蜉蝣

王豫湘 著

新华出版社

图书在版编目（CIP）数据

蜉蝣 / 王豫湘著. —北京：新华出版社，2021.6
ISBN 978-7-5166-5814-7

Ⅰ.①蜉…　Ⅱ.①王…　Ⅲ.①长篇小说—中国—当代
Ⅳ.①I247.5

中国版本图书馆CIP数据核字（2021）第079063号

蜉　蝣

作　　者：王豫湘

责任编辑：蒋小云　　　　　　　　　　　**封面设计**：中尚图

出版发行：新华出版社
地　　址：北京石景山区京原路8号　　**邮　　编**：100040
网　　址：http://www.xinhuapub.com
经　　销：新华书店
　　　　　　新华出版社天猫旗舰店、京东旗舰店及各大网店
购书热线：010-63077122　　　　**中国新闻书店购书热线**：010-63072012

照　　排：中尚图
印　　刷：河北盛世彩捷印刷有限公司
成品尺寸：240mm×170mm，1/16
印　　张：30.5　　　　　　　　　　**字　　数**：406千字
版　　次：2021年6月第一版　　　　**印　　次**：2021年6月第一次印刷
书　　号：978-7-5166-5814-7
定　　价：68.00元

序言

我有一个习惯或者说是癖好，那就是喜欢深夜孤站在空旷的街口、荒废的火车轨道旁、山间小道的隘子口，或有人没人有灯没灯的他人窗前。久久地，总认为那里将会发生点什么。原因呢？多年来我没弄明白。直到我将这部小说写完，就在掷笔起身的刹那，有那么一个画面或者说记忆的碎片飘将过来，让我从中找到了其动因。

或许是六七岁吧，反正是那个年龄段。在湘南阴冷潮湿的那么一个冬夜里，球场那边亮堂着一排六窗红光——那是粉丝厂的烘焙车间，里面烧着四尊大火炉。我被那些温暖所逗引，瑟缩着脖子走了过去。车间的大门紧闭，有窸窣声由里传出，我好奇地蹲下，凑近门板缝，映入眼帘的是一对夫妻正在蹭公家的暖，在里边搓澡。丈夫蹲着，丈夫背后是双膝着地的妻子双手绞帕在为他搓背，然后，端起一盆热水从男人头上淋下。"舒服啊——！"那男人便发出一声浩叹。我跳将起来，退回到足以让人察觉不到的黑暗里，伫立着，一股温暖流过我的全身，进入我的血脉。

这是我一生中翻阅最多次的简单记忆。几十年过去了，花红柳绿的日子过过，膏粱美酒的味道享过。然这一切却那么不堪岁月的涤荡，始终抵不过那曾经的一爿瞬间的记忆。那记忆是如此的长久，那记忆是如此的美好。当我写完这部小说掩页沉思，我终于明白了全部原因：我们需要的是一个朴真的世界！幸福来源于本真。人类跳不过动物生存的原动因。越过此范围，一切都是虚妄。

今天，现在——在新冠病毒肆虐人类泪水汪洋世界的第二个新年的元旦夜，站在耒水一弯破碎的黄月前，我顿时涕泪滂沱：好想好想裸身跳入河中、好想好想坐在灰色的瓦屋顶上看夕阳落日、好想好想站在高速铁路的月台上看着列车驶入驶出而无动于衷！

王穗湘

蜉蝣

二〇二一年元旦夜

致父亲！

耒水啊耒水——

您就是我父亲太阳光圈下的那个影子

我每天都含着泪水望着您：

当您的影子是那样的坚挺、那样的抖擞时

儿子的泪水是欢乐的

当您的影子变得佝偻像一个燃烧的点时

儿子的泪水是悲伤的……

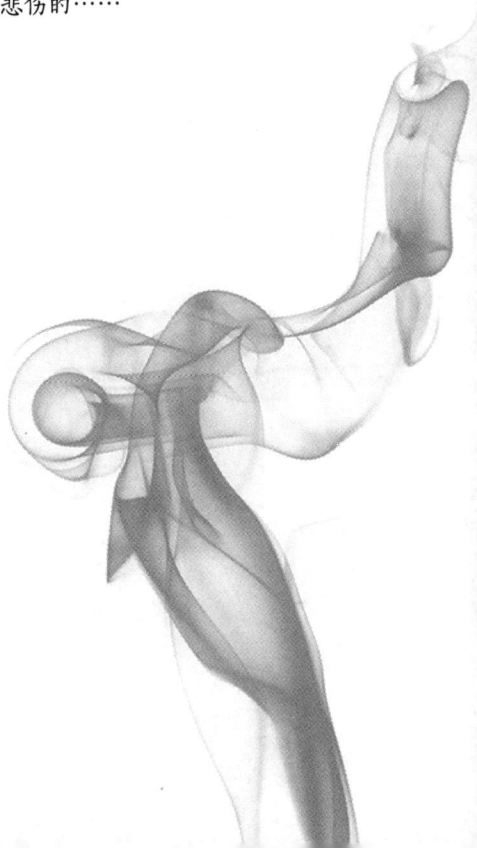

上苍是公平的，凭天地之伟力，它给了每一个村庄一件神物或法器，譬如石头村的白头狮、大河滩的百米喷泉、五里牌的四眼井、六甲村的葫芦塔和廖王坪的铁牛（陨石）。马村的神物就是那棵守山树。

守山树下曾经有过许多的马，因而方圆八百步得名"马村"。这棵千年古樟，有猛枝九根，虬曲苍劲，盘亘而上，犹如九龙飞天。其中有一巨枝横卧，枝腋叶梢触及大地，像大锅的勺柄一直伸至马村村口，形似一条神奇的登天小道，曲幽中送你到达古樟之上、云端之间。到了元宵节，这里便成了马村最理想最浪漫的观赏胜地。全马村的乡亲们都雀跃鼎沸在这棵千年古樟的巨臂上，为自家龙灯队欢呼。

马车右就是沿着这条小路般的樟树巨枝，到达了树的主杆分权口——一个足有半张乒乓球台大小的、如同巨型鸟巢的树脖窝。窝槽里铺满了经年沉积的腐殖、百年前的鸟粪以及叠生千年的苔藓。他躺在那儿，双手抱头，再一次想起六爷骂他父亲的那句话："没用的东西！"这话不痛不痒却挖心，使得他牙齿咬得咯咯叫。他并不知道，在距此十五年后的同一个无助无奈的赎罪日里，他会在那魔鬼与天使对决、死亡与重生较量的黑暗的深井中再次想起。

许久前，那时的马村还处在一个蒿草峙立、鼠路飘飞的茅草垄中，风吹草动中现出来的土屋、草棚，宛若一堆腐朽的蜂箱。有民谚道，马村有三怪：十八个蚊子一盘菜，短裤穿在长裤外，妇人洗澡在门外。有人那天看见那个外号叫"三腿驴"的瘦高驼背男人在马厩里撒尿时，面对铁青马吊在肚皮下的玩意整整发呆了半天。其状甚哀。

后继无人，拜堂冷清，是要被同宗同源的其他宗支欺负的。所以，从这个男人的爷爷的爷爷开始，多娶老婆多产子，就成了"家策"、成了"十九担"旁系这一支奋斗的目标。然事与愿违，三代单传，到了这辈上，竟然大有接不上后的架势了——他成了村里最后一个老光棍。

从马村的后山，过石桥，顺着贞德牌坊下的官道一直走，在一片稻田尽头的枫杨树下，是邻村老湾。老湾古时多出烈女，那石头牌坊就是大明宣德皇帝旌表李氏家族当年在朝廷征伐蒙古时为那些死亡将士的遗孀所立。但这种贞德并未得到传承。老湾有个叫"五嫁娘"的女子。女子十六岁那年正式嫁人，男人是外村的一个老实农民。这段婚姻极短，不出仨月，男人就得病死了。回到娘家还没足月，媒婆又上门说亲了。媒婆说这回得找个阳火重邪火旺的，这样才镇得住该女子。于是乎老媒婆找了个腰间插着两板肉斧游走在耒水上下游，大坳、官洲、大河滩三个墟场逢集卖肉的屠夫。屠夫姓郑，长得高大威猛，一身横肉。那时卖肉是个俏行当，逢三六九、二五八、一四七，几乎天天开墟，吃口稳当饭是没问题的。且时下又正流行着"四个轮子一把刀"，那"一把刀"就是指杀猪行业，香饽饽。女人答应了。这第二婚倒是比头婚强点，但也不过一年的光景。那年年关，大河滩上一户人家养了一头五爪猪，出栏时请来郑屠屠。这种多了一个爪的猪，不吉，遭凶。依乡规旧俗，执刀者必沐浴更衣，披蓑戴笠，脸上抹血，眉心点红。但正值年关的旺头上，明晨又约了户家，郑屠虽知有此一说，但没忌，下了手。诸事停当后，主人好客，桌、碗、椅摆好，热灶热锅，现杀的猪下水陈年的酒。淡黄黏稠、醇香四溢的倒缸酒，郑屠一连大满三碗。回家时，搭乘邻村西水贺家老二的手扶拖拉机。已经能看见自家的信鸽箱了，可就在上村口那孔石拱桥的时候，他却从拖拉机上一头栽了下来，头磕在了石头剪子上，脑壳开了花，带着酒气的血溢满了整一座桥。死了。嫁一个死一个，再嫁再死，且没一个男人让女子巴起肚来，背地就有人开始说了："没有金刚钻，不可揽这瓷器活。"这风言传遍耒水上下四十里。

有见缝就插的媒婆寻摸进了马村。媒婆长着螺蛳脸，干瘪像咸菜皮似的双耳垂上穿着金镏箍，嘴唇上角有颗痣，痣疣中心撇出两根蟑螂须——据说嘴角挂痣的媒婆，是绝配，但如果再配上两根能摇探四方的触须来，那就是媒婆之王了。天下没有她做不好的媒。从村口寻到村尾，把正在牛栏里看牛的老光棍拽了出来。"你还是个红花乃子吧？"媒婆见面就无不讥讽地说道，"再割两季禾，怕就成了秋天的黄瓜喽！"一句话将男人说得满脸通红，那嘴巴竟抽搐了起来，正想发作，媒婆抢在前又开腔了："这回好啦，我帮你寻了一门亲，女方可好哩！既漂亮又温柔，既懂理又贤惠，今年才二十，比你足足小了十多岁呢！真的是打着灯笼无处找，嘻嘻……"

天下媒婆一个样，"百货中百客"是她们的信条，她们笃信这个奇形异状的世界没有斗不拢的榫、做不好的媒。反正嘴巴两块皮，既不花钱又不费劲，开口说人话，闭口搭鬼腔；死能说活、假能说真；东边的王三，西边的李四，配不上也非要扯拢一块。媒婆将那男人说得跟在她屁股后面溜溜直转。被别人成天骂着"一双臭大脚冇得鞋配"的男人早已没了非分之念，当即应允。"只是……她下得了蛋不？"家贫自然气短，老光棍于是问道。媒婆挠头弄腰，双指尖从腰兜里捻出一方十字绣手帕往空中那么一划拉，快如飞道："搞不大肚子都是那两个死鬼的事，怪不上女方。我带她上过乡卫生所，赤脚医生说得有榫有卯，保准有你做爹的！"

一月后，那男的娶了那女的。没花几个钱，老婆娶回家。女子什么都好，既年轻又贤惠，既娇小又温柔，举止也得体，还不嫌他那一间半破茅屋，仅仅是脸长了一点。看相人说了，这是马脸，带杀气，可男人已经管不了那么多了，他太需要一个老婆了。

冬天，湘南乡村的夜晚漆黑而阴森。映衬在天幕下的山、树尖、竹梢、耸立的怪石，还有村头连着村尾弯弯扭扭的、闪着磷光的石板路，都像鬼魅一样在黑夜里张牙舞爪来着；黑暗中时有野兔在奔跑，它那小软蹄子像竹竿上吹动的裤筒发出的空洞声在四野急促地响起；而黄麂总是一动不动地警惕地立在远处窥望，准备着一有风吹草动便闪身而去；微风送来冬茅鼠啃噬茅根发出来的细微、低闷的咯咯声；只有耒水的浪涛声是那样的气势磅礴又浑厚亲切……

这对新人与所有新婚夫妻一样，享受着新婚的甜蜜与浪荡。那个被讹言妄语笼罩的马脸女人黑暗中暴露出来的不为人知的温柔总让男人兴奋不已。有一回女人从被窝里伸出头来窃声问道："你想生几个伢子？"雄心壮志弥补了他身体的单薄，他拍着胸口吼道："一窝！"像猪产仔一样，一窝至少也得七八个。女人咯咯地笑了。

男人本是个篾匠，靠着屋前的半山黄竹编制竹器卖与乡亲和过客为生。道路两旁堆满了青竹和编织好的箩筐、鱼篓、捞箕和小竹椅什么的；门墙上吊着筲篮和斗笠。大脚盆里堆满了打好的草鞋，以备歇脚客弃旧换新。村中的这条石板路就像古老悠远的驿道——沿着耒水河，从马村开始，一直通达到下一个水埠，再下一个水埠，直到衡阳。

窰牯佬——耒水人指挖煤的煤工；狗爬窰——耒水人指小煤窑。民间虽有"宁睡庙堂，不做窰牯佬"之说，但"人穷不计事苦，家贫不嫌钱少""钱少也是钱，苍蝇也是肉"，就这个理。男人想着还没投胎转世的那个儿子，以及妻子沾着口水数票子的喜气样子，决定上窑挖煤。管它呢，横竖百来斤，男人豁上了。

终于有一天，当妻子端了碗粥放在他面前说了一句"我怀孕了"时，在度过最初的木呆后，他泪如泉涌，继而像鸣金收兵的武士归队时充满着胜利者的姿态双手一抖解下一身重甲一样，狂笑了近半个小时。整个马村都听到了村尾那间土屋里传来的摸不着头脑的笑声。第二天一大早，太阳初升，男人就已衣冠整洁地开始从村下头悠悠然地向村上头走去，朝着吱呀开门的村民投去骄傲的目光，然后说上一句："我老婆怀孕了！"他就这样从村尾到村头，来来回回走了几个转，直到确认村里的所有人都晓得了这一消息才打止。

昨夜有雨。那是九月的一天，男人出了事。等到女人过去时，人已经从井下抬了上来，黑乎乎赤条条地摆在井口一侧的半扇门页子上，整个人就如同从污水沟里捞出来的带有几根枝丫的乌木，阳光裸晒的地方煤灰已结痂裂缝。看不见求生的渴望，看不见生死分离的伤痛。倒也安详。井下闷热、水气重，煤灰与汗水粘在一起如同泥套一般。因有此一弊，大多矿工为图便于工作，将衣裤脱光放在井口附近，赤身入巷。死者身上没有一丝纱，这个叫"三腿驴"男人，宣告其曾经的辉煌将不再有。

跪在尸前的女人抚尸号哭，哭喊声震撼着整个矿山。"你的女人怀孕啦，你不能走！死鬼呀，你把眼睛来睁开……看看你的崽儿……"女人腆起肚子把男人的手摁在上面。当抹去男人眼睛上的煤灰、男人露出肉眼时，女人看见，那竟然是个笑的样子。"你这个短命鬼！你这个没良心的货！你这个自私郎！你舒舒坦坦地走了，却把我和儿子留这个世界上……"

前一个晚上她还为他拔了一背的火罐。在为死者擦拭身体现出男人背脊上的刺青时——那是被煤矸石刮伤后留下的伤痕——是每一个窿牯佬无一例外的永恒印记——她不禁地把脸贴在他的背脊上，揉搓抚摩，似乎那样他会醒来。

人们大都以为死亡是一件难事，其实生命无常形。生命发生在这男人身上所表现的是变量中的抛物线。他有一项任务，就是传宗接代。其生命以透支的形式集聚全部能量使其达到顽强，当目标一旦实现，脆弱便显现了出来，就好比笋尖上的露珠、禾尖的霜，太阳一出，微风一吹，瞬间就化为了乌有。男人在井下采掘时，一块背箩大的散煤从顶板上坠落下来，正好砸在他弯曲的背脊上，就像镇纸铁一样，将他牢牢地镇在了井道下，甚至双手和头都还露在外面。人们不理解，按常态他是有力量抖落背上的煤团奋力爬起来的，但是他没有，似乎是想歇歇，等会再说，结果气没接上来，他已是太过劳累、太过虚弱，他已经没有了爬起的气力了。

这个死去的男人就是马车右的父亲，女人是马车右的母亲，而女人肚里的遗腹子就是马车右。

今天是他十五岁的生日，是他生命中最重要的一个日子——他在那个烟色小木屋里，完成了一个男孩到男人的蜕变！那个阁楼成了他生命真正意义上的始点。

睡在马家大屋谷仓板楼上的马车右被从窗外进来的烈日炙烤着，但从楼下谷仓涌上来含有陈年谷物霉味的阴凉空气汇合着后窗进前窗出的穿堂风，还是让他睡到快开晌午饭时才醒来。他睁眼呆呆地望着黑森森的房梁，死人似的白眼珠子连转都没转一下。窗外就是马村后垴山。裸在风雨中已经裂缝的窗户右角上有一面铜锣大小的蜘蛛网。那是一张新网，在日光下飘着晃眼的蓝光。蜘蛛缩成黄豆大小，窝进在窗角缝里，它正安心地等待食物上门。一只绿头苍蝇撞到了网上，挣扎到筋疲力尽之后，蜘蛛才慢吞吞地过来，试探性着让苍蝇耗尽全部气力，然后迅速将它缠成一个白团，带回窝旁慢慢享用。"我的呢？"马车右呆呆地看着这一切，拍拍肚子，就像拍打从鱼塘溢口提上来的空鱼篓子一样。在哪吃饭是每天都萦绕在他脑子里的严峻问题。

早先村里立下规矩：孤儿马车右十五岁前由村民共同抚养，"白天见人开饭，晚上逢人添铺"。但是，他似乎并没有作好准备，画龙点睛的作用力似乎也不知道从哪里去获得。他像往常一样来到马村街上，他仍然受惯性使然，想到哪家弄碗饭吃。六爷家他不再敢去了，而马老三家就在昨天，他那歪嘴媳妇儿没让他上饭桌，而是拿了个宽嘴碗盛了半碗饭后在上面压了些青菜萝卜递给他了事。马车右知道，那是打发叫花子的搞法。对面是马二爷的家。二爷卧病在床。二爷的房子是一缝南北直通长条形青砖瓦房。前面临街，后面靠河。往前看，是老王家贴着大红双喜的木格小方窗，如同一块古朴的木刻；往后看，门框里江水荡漾、白鹭飞翔。

老寡妇刘婶坐在门槛上，腿部架着一个盛放针头线脑的捞箕，一边干活儿一边看着门前的小猫捉自己的影子玩，从眼睛里流淌出来的思绪就如同从屋檐漏下来的阳光。刘婶的丈夫是二爷的三儿子婚后三年便死于急病。二爷的其他儿子也都因各种原因死光，只留下个小儿子叫马胜利，属首届高考生，就读于北京外国语学院。刘婶自己唯一的儿子在开封工作。这些年她一边侍候着二爷，一边守着这幢老宅子，养几只鸡鸭，喂头猪。十多年过去了，虽眼神已经稳定，但已熬得目昏多泪。此刻，在这样阳光明媚的安静的晌午，她没有心思去照料二爷，也没心思去想死了多年的丈夫，更没心思去想三年五年才回一趟家的儿子，而是想着几乎每年都要生一个娃的马车右的母亲。"我还真羡慕你娘。"这是她每逢见到马车右说得最多的一句话，而每次说这话时眼睛里总会现出蒙眬的不知何故的伤感和忧郁。马车右后来知道母亲嫁给了一个穷得屙血的船拐子——那男人全部家当就一艘破渔船。村里人笑话她，但她不以为然。那船拐子一身黑肉，肚皮中央有条带毛的马甲线，甚是骇人。他唱着京剧《智取威虎山》中的"今日痛饮庆功酒，壮志未酬誓不休"，把母亲娶上了船。马车右还听说，那船拐子会些法力，娶他娘上船时，并不急着入洞房，而是将船行至荒滩野洼，让他娘脱光了褛衣裳裸身在船头晾晒了两日，待到第三天傍晚时分夕阳落入水中江水鲜红如血时，舀来舱外水，皂洗红莲成新人。一说到此，大家就会偷着笑，只有六婶不笑，而是叹出一口气来。

马车右打刘婶家门口过时故意弄出些响动，想让刘婶留他吃饭，但今儿个刘婶似乎什么也没听见什么也没看见。街道狭窄，有一线阳光正好照在木窗下晾晒的一簿箕红薯干上和一小碗鱼嫩子上，马车右靠上去，伸手抓了一把，正待离开，这时刘婶点醒道：

"今天可是你黄狗过桥的日子哟！"

原来马车右的一举一动并未逃脱她的老眼。他发现刘婶眼睛里破天荒第一次地流露出别样的眼神，并且像鞭子一样抽打在他身上。他这才发现，今天这个日子竟然如此不一般。他用手指背在鼻孔下抹了一把鼻涕，"嗯"了一声，逃似的走了。

现在，他躺在树丫上，望着神树巨大的像擎天伞一样的树冠，那里漏下来无数的碎光片。"村里人的眼睛今天都怪怪的了。"他说给自己听的同时，看见六爷那双快要挤出泪来的老眼、樵夫马名旺朝他翻白的猫眼、篾匠马平安从竹筛漏格里偷偷看着他时的鸽子眼，还有马兔嘴、葛板凳、瘪牙齿……就连马二家怀孕八个月的大肚子媳妇，马车右也能从她青光肚皮上看到女人低垂在上面轻蔑的眼神。他烦躁地抓了一把枯叶淋在脸上。就在叶片纷纷坠落下来的瞬间，他最想听到的声音出现了，如同丝绸般从身心上滑过："崽哟，妈妈抱……"这是马车右唯一能记起来的母亲对他说过的一句话——其实也仅仅是一种从其他母亲嘴中听到无数次过后纠结于灵魂之中的一个记忆符号而已，却犹如天堂的钟声。像遥远记忆中从未体验过的那双绵柔的手在小心轻抚着他的脸颊与他对话一样。实在讲，这早已经麻痹了的母爱，不是在黑夜也不是在孤独中、更不是在饥饿时刻会令他忆起，而是在这种被强烈的阳光烤烫了的身体被忽然来的一阵习习凉风吹拂、周身在战栗中充分享受爱抚时，偶尔——实际上也只是仅有的几次，撬开了他半扇尘封已久的心扉。他这才似乎又看清了母亲的脸，似乎又依稀记起趴在母亲怀里的样子……即便如此，这也是短暂、一晃即逝的。当泪光在太阳下闪烁着更强烈的光弧灼烧自己时，呈现在他眼中更多的是马厩里的马肚下肥软巨硕的奶头、充盈的奶汁，这些淹没了渐渐走远的母亲的影子。

水面上跳动着的是上游县城基建的夯声。县城大规模的旧城改造工程已经启动，全县都在为县改市奋斗。"我也要做个对社会有用的人。"他这样想道。一颗白色的鸟屎垂直落下砸在他的额头上。马车右抹了一把后，肚子第二次发出咕咕噜噜的响声。"做工，首先得去做工。"他咬牙一想，从树丫窝站了起来。他临风伫立在高高的树丫上，眺望着横亘在眼前那白浪逐波的耒水出神，那样子，已有了些许顶天立地的男子汉模样了。风鼓吹起他的衣裤，樟香随风飘来，知了闻香齐鸣……一经决定明天走出马村，他忽然的就觉得有一种要飞起来的冲动、激情和梦想……也就在这时，他想起了六岁那年在山里伐木时六爷讲的一个关于马的故事：能在草原上日夜奔驰的马，叫千里马；能跟主人共心思同威风的马，叫骏马；能在山峦沟壑跳跃嘶吼的马，叫烈马；能在水上漂的，叫神马；能在天上飞的，那叫天马……正当大家围在柴火堆旁听得出神时，六爷却突然一把掏住马车右的鸡鸡并捏着不放，痛得他嗷嗷直叫。直到哭出泪来六爷才松开手。马车右哭叫着看见无数蚊虫蛾子在篝火上空化为火星，然后他听见六爷问他："你是匹什么马？哈哈，你家只出骚驴！"——马六爷的这种对马车右父亲的不满一直延续了十几年——尽管对手早已驾鹤西去。男人与男人之间有种争强斗狠讳莫如深。

想到这儿，马车右咬了咬牙，傻劲十足地哼出来一句："你才骚驴。"与此同时，他觉得自己就是一匹马，一匹全身在炽烈阳光下火一样燃烧的枣红马。虽然他觉得那马像奔驰在玻璃板上，脚下老在打滑，但它雪白的蹄子仍然奋力地撒着欢跑着哩！这个刚满十五岁的穷孩子心中第一次爆发出为自尊和荣誉而战斗的坚定决心和勇气。

太阳西落时，天边的山巅之上涌出一长溜橘黄色的云隙，像条扎了蝴蝶结的彩带，太阳就悬在这彩带中间。

经济风暴的气息从南方涌来。他再次听见县城方向传来的夯基声，但这次，那声音似乎变成了擂响的战鼓，使得他猛然地从树上跳下来，奔跑在河岸边。

也是这一天，就在马车右躺在谷仓里眼冒绿光羡慕蜘蛛有顿饱饭吃时，马村对面、耒水右岸国营红旗煤矿三居会的一排红砖平房里，也有一个青年人躺在简易的棕绷子床上两手枕在脑后望着窗外的天。

上班的汽笛响了。矿区新一天在木樨花芳香中开始了。

红砖砌的三层苏式矿办公大楼正门门楼上镶嵌着一个由麦穗托着的五角星，红星周围是一道道木制的金光，与之侧对的是一个足有二层楼高的"忠"字台。有工人正在架管上将上面"为人民服务"的巨型条幅改为"实践是检验真理的唯一标准"。办公楼前是用碎煤矸石铺就的广场，地上盛开着小黄花的马齿苋。过广场是大礼堂兼电影院；广场的两侧是对称的两堵百米巨型宣传墙，白底红字绿框。这就是这个拥有两万多职工的国营大型煤矿矿部。它的周围，是蜘蛛网般分布着众多弯弯绕绕的巷子联系在一起的七个居住分会以及一个分配给死人阴居的歪名叫"八居会"的坟山。这些纵横交错的巷子，矿山人谑称之为"九拐十弯"。

三居会有九排平房，排排相通、门门相对，又统称"红旗宿舍"。躺在床上捱时间的这个青年叫赵保刚。他比马车右大几岁，绰号"红眼鸡公"。他在等待隔壁老曹去上班。此时，他粗糙肥厚的指间夹着一支未烬的卷烟，床头的土质地面上落了一地的烟灰。烟的焦臭弥漫整个房间，但烟雾还在从他那油厚的、外翻的两片大嘴唇里徐徐吐往空中。他睁着两只睡足后略显倦意但已经完全回过精神头来的双皮大眼看着天花板，眼白上布满了血丝。母亲赶早市去了。她在三不管的山边地头种了些蔬菜，每天都提溜着一小竹篮自种菜到菜市场换点钱来补贴家用。入秋的天空像抽尽了柴火的土灶，已经热不起来了。简易低矮的平房，是矿山最常见也是最多的职工住房，成方成块、成排成堆。每排约十户，筒子形，每户一大间两小间，外带自搭的小厨房和一个小小后院；外屋的窗户统一对着走廊，整好一人高。各家各户为防过路人窥视屋内，将玻璃贴上各样纸画、彩色薄膜或漆上红绿黄兰等颜色。赵保刚睡在外屋，窗户的玻璃纸已被他揭开一角。住在同排东边的老曹每早上班必须从他窗下经过。老曹个子瘦高，驼背，斜滑的肩膀上耷拉着两条长长的手臂，永远低着头，永远轻踮着脚，步态就像图画上的猿人。与猿人不同的是，他头上少毛，仅剩下一小撮盘在顶盖上，是个半光头。经过窗前时，他明显的形态，"红眼鸡公"赵保刚一眼就能确认。

又过了两支烟的工夫，当薄薄的一层粉色阳光越过对面瓦屋顶从窗台上射进屋内时，老曹的秃顶便顶着早上的第一抹强阳光一蹴一磕地从窗前晃荡了一下过去了。看得真切的"红眼鸡公"赵保刚就像看到黑夜里向天空发射出的一枚曳光信号弹，一骨碌从床上蹦了下来，以极快而准确无误的一连串动作，把两个赭色挑箱摞起，再在挑箱上加把小方凳子，然后拉上了窗帘。一切停当后，他爬上挑箱，轻踏着木凳，将挨近头顶的那块活动天花板移往一边，——所有矿上的平房都是采用这种一米见方的三夹板拼接、齐缝、刷上白漆，然后用木条镶钉好的天花板。天花板上是人字梁，全层通透。因上面布了电线也为了日后检修雨漏，每户都有一块活动吊板。赵保刚将这块活动吊板移开后，双手支在横檩上一撑，爬了上去。顺着架空层中间的实心墙脊，半蹲着，借着稀少的几片明瓦和瓦檐缝里挤进来的细微光线，小心翼翼地向老曹家爬摸了过去。在太阳的照射下，架空层里散发着浓浓的房屋横檩、椽板的枯霉味和从瓦片缝隙中随着阳光稀进来的淡淡的野外气息。中间只隔了雷婆一家。对于赵保刚来说，这已经是轻车熟路。到达老曹屋界内，一给出信号，天花板下面便传来架梯子的声音。他轻轻挪开老曹家卧室上的吊板，见老曹的女人珍珍已端坐在了床头。

女人束着马尾发，长发齐腰，发梢弯曲。从上往下看，能看到她头顶上红塑料带齿的发箍下整齐而细密的梳齿印，给赵保刚的感觉是，就像未水退潮时从平静水面上那冒出来的长着一大扎青苔的圆形卵石。苔丝细滑，丝丝可现。这种柔情蜜意无数次地让赵保刚怦然心动。赵保刚扭着像熊猫一样的肥大屁股，"吱吱扭扭"地从竹梯上下来。

女人今年三十不到，虽单薄了一点，但娇小玲珑，除一头长发外，还有一对柳叶似的细弯眉，单皮杏眼，小嘴似笑非笑。看着赵保刚伸过来的手，女人脸上浮出羞涩，但极其淡然、转瞬即逝。她小手成拳递上让他攥着，顺着他的臂弯，腰身一扭便蜷缩进了他的怀里……

他们利用这个梁上通道来往已经一年多了。

许多年前有那么一个日子，在衡山至耒水的石子马路上，自北向南走来一头有着一对巨大睾子的种猪。猪上骑着个男人，他手摇鞭儿嘴里吆喝："走喽，走喽，快些走喽，赶到耒水做爹（音'牙'）去！"来到了耒水。最后落户到红旗煤矿做了一名矿山小火车司机。算起来已经是公元一九五八年前的事了。他身材伟岸、五官硕大，是标准的北方汉子。貌似强悍却内心宽厚，声如洪钟却言语温柔。手臂粗壮如牛，抬平时，上面能搁上装满水的一对大桶。常见顽童追着他的屁股跑，闹着要耍吊秋千，于是乎便常见他大手臂上吊着俩小孩拽悠着一路走来，像套上辕的暮归壮牛。南方人喜欢北方人是有道理的，他们亲和敦厚，虎头虎脑有生气。几年火车司机做下来，当年北方来的白脸汉子，变成了面黑如炭、红肉如泥的黑脸包公。那些粗毛孔里灌进去的炭灰像洒上了一脸熄不掉的黑芝麻。还好，有南方小姑娘不在乎他的脸黑就喜爱他的魁梧、厚道。于是男人娶了那娇小女子为妻，生得两女一男。两姐姐眼大身段好，是矿区的姐妹花，而男孩随了母亲，矮墩墩的。职业造就了火车司机无羁的个性，他万事无求，单好一口烈酒。喝酒就像喝耒水河里的水一样，抬起像火鸡一样的红脖子，一声咕噜，一杯没啦！胖乎乎、淫雨骄阳惯出的脸使这个家庭充满了火一样的温暖。男人常醉酒，两天一小醉三天一大醉，醉酒后就狂吼乱叫，张牙舞爪地将满脸堆笑却故作张皇的小女子像搂一只瞎蹦乱跳的兔子一样抱进内屋。孩子们常吓得躲在门角不敢出声，姐弟几个是你看着我我看着你，总以为天马上会塌下来。女的爱那男的爱得全身哆嗦。女人出自殷实有德的家庭，虽没念过几天书，却明理有范，且心中有爱。她对丈夫总是笑脸相迎、温柔伺候。孩子们经常看见她更像孩子一样心疼痒痒地轻摸摸父亲黢黑的脸，偎依在桌旁看着他喝酒，指指点点，说这道菜好吃那道菜有味，酒杯一浅便立马帮他把酒箍上。那斟酒的精细劲儿恨不能往杯上再打个双箍。

这是那个家庭最好的一段日子。

民谚之所以流传深广，是有其道理的，看似不着边际，天理世道却隐在其中。冥冥之中，自然法则操控着每一个渺小的生命个体。于森林深处、黑暗之中、苍茫之上、耒水河的深潭之下，以及恐怖的梦境里，无处不在的那片看不见摸不着、如风似雾的地狱之门，无时无刻在阡陌之间无形地敞开着，一个不经意和半点疏忽，你就踏入了万劫不复的十八层地狱。

那天，小火车停在道口，等待前车入仓。火车司机从车上跳下来跑到山脚下去屙泡尿，回来时在田埂边的一棵无患子树下——人们往往把山里最老最大的那棵树叫作"守山树"——看见倒了一只老麂。那麂子有四五十来斤，可能是被猎人打伤，力尽气绝后倒地而死。撒了一泡尿，却得了一个麂，他高兴地捡了回来——这可是上好的下酒菜，比市场上的猪肉还贵咧！一个扛着镢头走过来的老农民告诫地说道："田边不捡麂，山里不拾鲤……"北方来的大汉哪论这个，过酒瘾要紧。招呼来亲朋好友，"老虎、杠子、虫！"酒令一行，足足吃了三天。

中元节那晚，夜里便听见一声鬼叫——阎罗王在拿绳索人呢！果不其然，几天后便出事了。那天，朝露打湿了铁道、晨曦浸遍了山野、葱绿覆盖着大地，火车司机归心急了一点，火力全开的五十七号小火车拉着几十个载满煤炭像一长串黑馒头似的煤斗，从三工区——鹅婆岭往耒水码头奔去。炉火正旺，火星从未关上的炉门口飞溅出来，像大年初一燃放的爆竹一个样。正当呼呼哧哧跑在迎风的下坡道上时，火车的蒸汽锅炉爆裂了，蒸汽携着滚烫的水从裂缝中喷出然后遇火爆炸，炉膛口立即噌出来的一团火将大汗淋漓、穿着单衣的男人严严实实地包裹了起来。他从驾驶室跌落下来，在铁路基上打滚，并像全身爬满了正在噬咬他的蛇一样号叫着。路边没水，附近赶来的人用煤灰、沙土灭他身上的火。烧焦的肉又在满是尖石牙的路基上滚，等火扑灭时，人们看见那司机已不知道动弹了，只是张开要渴死了的嘴，往外嘶嘶嘶地冒气。他的眼睛从此再也没能睁开，全身上下没一块好肉，百分之八十的烧伤，当即抬到矿医院抢救。

这一恐怖的情形迅速传遍了整个矿区，延续了上百年的喧嚣和嘈杂声忽然间像被施了魔咒似的静了下来。人们都被这平地一声惊雷吓坏了，人与人擦肩而过时，甚至能听到对方惶恐的心跳声，能看到死神在对方的眼睛里张牙舞爪地肆虐的样子。而三居会第三排平房的那间黑矮的门槛上，一个母亲抱着一个男孩倚在门框上。母亲泪涟涟，男孩凄凄惶。

几天后，火车司机死了。这个死去的火车司机是小男孩的父亲，新寡的小女人是小男孩的母亲，而那男孩就是现今的赵保刚。

父亲的离世，决定了这个家的好日子到头了。这个家庭在悲伤艰辛中走入了公元一九八三年。这年冬季最冷的那日，棉花雪下了一夜。夜里二女儿与母亲对坐于地灶边，等待着家里的唯一男人回家。"妈，你有白发了！"女儿说，搂过母亲的头，"来，我帮你拔掉！"母亲听话地把头歪进女儿怀里。女儿像父亲，宽大胸怀睡起来很舒服，勾起了她对丈夫的怀念。母亲望着天花板出神，然后目光游移到父亲的遗像上，忽然，她从女儿怀里抽出头来，丢掉母亲的身份对女儿说道："八年了，我真的好想好想他。"说完，她泪汪汪地看着女儿，竟然像小姑娘首次掏心窝子给自己的闺蜜看同时又像大姑娘头一回向情郎坦露心声一样，脸上涌出潮红来，过了便"哗啦啦"地泪流纵横。

翻墙偷煤、路边捡铁、上山捉鸟、下河摸鱼，成天在外鬼舞十七的小尻子赵保刚几年下来，已将自己练成了独霸一方的"牛魔王"。夜已过子时，窗外是风搅着如雾的细雨，蛰伏在莽莽群山峻岭之中的矿山，在夜色还远

蜉蝣

未降临之前，就已在风雨交加之中瑟缩着安静了下来。街道巷口，阒无一人，连狗也销声匿迹。矿部错落孤怜的几盏竖在道口的路灯，在灰暗的天空下，显得孤寂凄惶，几近哀怜。但是，只要细眼一看，路灯下，斜飘的雨雾中，仍有不少穷尽生命之力奔向灯火的蛾虫，它们从黑暗中飞扑过来，慌不择路、横冲直撞。这分明就不是一个沉寂之夜。就在这个夜晚，那盏十五瓦的宿灯一直亮到天明仍没有等到它要等的人。

赵保刚那天夜里被一伙大龄青年带去了冷风窝。因为抢劫，被判两年劳教。被抓进公安局的第二天，是他十六岁的生日。两年后，一个风和日丽的日子，赵保刚出狱了，大姐和大姐夫把他接回了家。回家前换上了大姐、大姐夫带来的全套新装，意味去旧迎新。赵保刚到家时，母亲在后院一块巴掌大的菜圃里挖红薯。他扶着湿腐的院门站着，一时不知说什么。母亲穿着蓝色布衣，是那种边开扣的，褪扣全解，半边衣服拖地，她就像折了一边翅膀的大鸟匍匐在地上。她手持半节锄头，正将一个白皮红薯盘了出来。赵保刚看见母亲每挖一锄头，嘴里就自言自语叽里咕噜地冒着一串话来："你（指锄头）也吃点力哟，你哪能跟我一样，越老越不行了？你是个铁家伙啦！你又不要呷饭……啊嘞嘞，又下力重了，几多好的又挖开成两筒……诶，可惜唧可惜唧，你们究竟是嘛个鬼哩——要不就藏得蛮深，要不就躲在皮下……手下重了又重了轻了又轻了……"她挖出石头就跟石头说话，挖出草根就跟草根说话。当一锄头下去挖出一对夵夵薯，她就会拿到手上看了又看，玩了又玩，就会喜笑颜开拍着手叫了起来："嘿呀呀，没想到还是个双胞胎呢！喜气啊喜气啊……"

赵保刚心里顿时涌出许多无奈和苦涩。他鼻子一酸，叫了一声："妈——"母亲的头从那只黑色的大鸟背上一百八十度转了过来，她看到了她的儿子。她扔下锄头，从泥地跳了起来，双手往身上蹭去泥泞，跌撞着跑了过来。扶着母亲凉薄的身体，赵保刚膝盖一软就跪了下去。她踮起脚尖，像搂西瓜一样搂着半跪在自己面前的儿子的头，轻轻地抚摸着那张已经失去了少年稚气、苍白、略带粗糙的男人的脸膛，泪水汪汪地念叨：
"天啊地吔！我的刚子回来了……"从这天起，母亲一反过去的愁眉苦脸，
忙欢了起来。她似乎从多年来一直沉浸的对丈夫永恒的追忆和由此产生的
虚幻感中回到了现实里。锅碗瓢盆、油盐酱醋，浆洗衣被、铺床叠褥，等
等，每一件都像喝蜜一样做起来得劲。时常忙里偷闲，轻步蹑脚屏声敛息
地从厨房跑到前屋来偷偷看一眼沉默不语、目光呆滞、似乎还没有找到回
家感觉的儿子。她的高兴发自内心——这个家又有男人了，有男子汉了！
在丈夫强大的膀臂下幸福快乐心安无忧地生活了许多年的小鸟似的女人，
在儿子的回来以及从儿子蜕变了的眼光里重新找到了爱与心的归处。她又
变回去了，变成了当年那个活蹦乱跳的小女孩，一如当年在丈夫面前一样
样的：小心地侍奉、细心地体察、热情地招呼和满欢的喜悦，干瘪的脸颊
上浮现出了像蒸黄了的白纱布上溅入了一滴浸洇开来的艳红。

　　"回家了，你得去看看你爸爸，给他报个信。"早晨的时候，母亲来到
他的床前，弄醒了他。

　　江西岭——外来户、主要是县城江西籍的先祖葬坟的山岭。他们把死
于异乡不能归籍的亲人葬于此岭。至明清以来，几百年过去了，旧的已经
入土化泥，新的坟茔又落地而起，已是坟摞着坟、骷髅叠着骷髅。这里渐
渐演化成了本县没有祖山的外乡人掩埋亡灵的专用坟场。成了那些流离失
所的灵魂的壅塞之地。沿此岭山脊绕过"冷风窝"，毗邻的就是红旗煤矿约
定俗成的坟山，矿区人笑谑称其为"八居会"。坟山像帽子状的群山中孤
立突兀起的一座白垩山冈，从山脚开始延伸至山头，全都是土冢和水泥围
子围着的坟墓。与马村所有坟头一律面北不一样的是，这里的主人的故土
他乡都来自四面八方；情怀不一，葬俗各异，其缅怀追思先人的方向也不
一，以至于这里的坟头横七竖八，犬牙交错，如同乱坟岗一般。打架骂人
时，往往弱者会躲在门背，伸出头来骂咧咧道："你官再大、钱再多、再怎

么神气，死了还不是一个卵样？！（意思是都得埋在这里）指不准我还在你上头哩，我屙泡尿尿死你！"是的，世界上唯有死是最公平的。一入鬼门，便没有了尊卑贵贱，地狱另有尊门，一切将重新开始。

　　赵保刚在太阳迎着头，轮廓开始褪去金色的毛边时候踏上了坟岗，找到了父亲那块用混凝土浇制的水泥墓碑。枯萎的茅草和匍匐在地表上的蕨草茎覆盖了整个坟冢，只有墓碑兀地从乱草中冒出个头来，上面绾着枯蔓，像个草帽。用毛笔描在嵌线里的碑文仍然从枯蔓中射出血艳的光来，这让赵保刚一看到便顿觉憋得透不上气。他燃了三炷香后从竹篮里把母亲准备好的香蜡纸钱及供品摆放在供台上：一杯烧酒、一双碗筷和一小碗红萝卜丝炒肉。红萝卜带甜，这是北方来的父亲当年最喜欢吃的菜。在拜台前盘腿坐下后，从烟盒里抽出一支烟点燃，然后将烟卷小心地架在碑前的一个插香用的缺口碗上。他知道父亲是不吸烟的，可是他找不到其他方式亲近父亲。"爸爸……"他在心里喊了一声，却压着后半句没敢说出来，把半截子"我从那里出来了"的话又咽了回去。他仿佛看见父亲呫滋着酒味，潮红黝黑的大脸在他眼中晃了一下，丢下一句话来："大学毕业了？！"他分明知道父亲是在嘲讽他的，父亲口里说的"大学"是指监狱。赵保刚一时语塞，心也慌起来，脸上涌出羞赧。突然，他像憋不住这股气似的从地上气急败坏地跳了起来，一脚碾灭那支供在拜台上因燃烧一截后而滚落下来的半截烟，声音压在心底大喊道："怪你！怪你！就怪你！！谁让你不小心的呀？！谁让你死的呀？！你害了妈妈了！……大学？我就'大学'了！"他往后一跳，两只鼓眼直愣愣地瞪着那块碑后面的土堆，他怀疑父亲听后会突然从那里钻了出来，上前给他两巴掌——父亲的巴掌大得惊人，尽管父亲从来就没有打过他，但他怕。声音落后，什么也没有发生，四下静静的，只有芦苇的败絮在风中凌乱地轻扬，远处传来猫步的寂静。一条从坟垴后蹿出来的野狗在远处的坟角拐口伸出头来打量着他，迟疑着是继续前行还是另择其路；从坟头开裂的沟缝里趁着落阳时间涌出来的阴冷之气像老巫婆湿黏黑腻的蹼子一样轻挠在背凹上，让赵保刚感觉到背脊上凉丝丝的难受。他又往后退了一步，想象中，看见父亲正在难受地用双手抹开掉覆盖在脸上的泥土，像小时候带他到耒水河里扎猛子憋久了气上来时气喘吁吁地急急捋水一样。后来，赵保刚觉得父亲是想要睁开眼睛来跟他说话……这一感觉让他倏地觉得鼻子酸酸的，是一种想哭的感觉：他心虚了，他知道是自己的错，父亲是世界上最好的父亲。他给了他生命，他是他生命的转载体，因为他才有了他，才有了能用这万万年不可重有的生命之眼，天天看着这个博大繁复的花花世界。没有父亲的身体承载传播，眼前的一切全是虚妄。"纵有千般不好万般不该，作为儿子，不应有一怨。我怎么能责怨父亲呢，我一个刚从班房里出来的人，一个不肖之子！"赵保刚于是咒骂自己，重又靠近坟头坐了下来，盘腿间重新给父亲燃了一支烟。烟像一根细白弯曲的虫，慢吞吞地在碑前蠕升，不像是从烟卷里冒出来的倒像是从碑根的某个细缝里爬将出来的根根丝絮。

嘴里嚼着一根甜草茎的"红眼鸡公"赵保刚抬起眼皮，用他那眼白上布满血丝的大眼睛望着已经暗淡下来了的灰色天空，眼睛里充满了迷茫、痛和对父母的愧疚。一股由羞恼和怨恨推动的冲动逐渐地贯穿了他的全身。"我得活出个人样来！"他对自己嚷道，一拍屁股跃起，"明天就去做工、挣钱，然后找女朋友、结婚、生崽，生海多的崽！"他想象着自己摇着大蒲扇迈着电影里周润发似的那种逍遥无敌、傲视天下的慢步，而他的后面跟着的是一大群嚷嚷着要买这买那的孩子……

他在坟前一直待到天黑，其间在坟沟的枯草匐子上睡了一觉。月亮出来时，拍屁股站了起来。永远在"嗡嗡嗡"叫的矿山电厂的锅炉声在这寂静的夜晚显得尤其的清晰，这声音就像一条松了辘轳的琴弦，高亢又嘶哑、懒散又尾声拖沓，它永远是：你高兴，它像唱歌，你忧伤，它像悲号。今天、此刻，这永远不绝于耳的在矿区上空回荡的锅炉声，在赵保刚听来，如同号角。

二

马车右从古樟树上跳了下来后，决定下河去游泳。从滩头往上游步行一百米，是个废弃了的水上驿站。往昔，牛马骡驴、鸡鸭猪狗，人货轿辇、车骑脚夫，全靠着从这个码头乘大排过河——现在仍能从落蝶一样的寂静中听到远古的车步声在这红色岩石铺就的被风雨河流销蚀掉棱角的双行驿道上辚辚驶过。埠头上游不远的地方，是耒水上唯一的一个河岬，如蚌吐肉。耒水官称"中洲"，而马村人则称她"婆婆滩"。

砥开水流的椭圆形洲岬平卧于河中央，洲头的芳草地呈鹅卵状，上面开着密麻的紫色小花，这些小花在微风中倒伏着，阳光下，晕色迷人。听村里人说，在银色月光之夜，站在马村高高的守山树上眺望过去，那洲岬便宛如镜面上绽放开的一道柳叶形的唇口。似有无数子孑从唇口的谷底飞蠕而出，振翅欢呼后，便像蜕壳之蜉蝣腾空而起。

这是一块神憩之地——月亮走不出去，太阳落不下来。

在码头下游一侧，有个泛起金色沙浪的梨形回水湾，像面镜子——一面上苍赐予马村人最美的镜子。湾内的水在太阳照射下，温暖宜人。就像一根剥去皮的杉木筒子，马车右漂进了这个水湾，他像蛤蟆张开四肢静止在水面上。他能看见混混透彻的水流下琅玕美石在晃动；能看见长年淹没在水中的石块上长着袅袅青烟般的苔丝；能看见小鱼穿行在石径之间和鳜鱼侧眼于青石旁警觉的眼睛；还能看见天空的云朵在水中翻滚。垂下的手已能触碰到细软的沙床，浅薄的水流像丝绸一样从他黄蜡般的背脊上滑过，浓重的水气夹着樟香迎面吹进了他从未开启过的心扉，鸟儿清脆悦耳的鸣叫，像是为他的灵魂敲响了升华的钟声。马车右在徜徉中感到自己融化进了天地之间、万物之中。

当貌似烧壶的太阳滴出第一滴熔岩般金色的露珠触碰到耒水水面时，呼啦啦，一道霞光便在耒水水面上倏地蹿行而上，并携万道蛇信般的细碎金光一齐跃出，耒水在这一刻熔化了、醉了！有水鸟贴水面而上，猛然扎入水中，获鱼而起，于是乎河面上溅起铁水一般的浪花。马车右静静地随水漂流着，忽然，他听到身后码头上传来踏步声、然后是空桶摇晃时木提的吱扭声、舀水声，再后是满水的桶底存放在岸堤上的触沙声，再后来，他听到了窸窣的脱衣声。

马车右寻声望去，见到码头上放着一担粪桶，扁担横架在桶提上，一件褪色厉害的白色碎花套衫撂在扁担上，码头上却空无一人。"人呢？"马车右神情一振，将目光转向水面。在离自己五六米远齐腰深的水面上"咕噜噜"地冒着水泡，水泡周围是一圈圈向四周扩散开去、一个接着一个的波纹。"有人潜到水下去了。"马车右想到，两眼死死地盯着冒泡的地方。整个河面在夕阳的斜射下金光闪闪。"一、二、三、四、五……"马车右在心里数着数，数到第十九下的时候，水面先是放出来几个大泡，然后"咕噜"一声响，一个人从水中冒了出来。最先是白如雪的背，再是头，而后开始直立身子，黑色缎子面似的长发如同瀑布。在发帘离开水面的那一刹那间，此人猛然仰头往脑后一甩发，于是乎她广阔的胸怀便像海洋上鲸尾露出水面那样展现在了马车右眼前。目光穿过飞溅起来的水珠，他看见，一个女人从金色熔液般的河水中跳将出来。马车右猝然间便喘不上气来了！

女人因为面对着夕阳，夕阳的光辉与河水的闪烁，晃住了她的眼睛，她没能看到近在咫尺的马车右。附近周边，别无他人。

这对于一个十五岁的男孩来说是要命的。许多年过去了，那尊蓝天背景下闪烁着金色迷人光晕的、流淌着金色水珠的巨型母性胴体无疑像一幅用铁水烙下的画，永远地定格在了他的心中。只要一回忆起这个情景，马车右时常会觉得有一种晕厥感袭来，这种如同神圣般的图腾似的情景让他敬畏到了全身战栗宛若死而复生。

看得出来，这是一个住在附近的菜农。她上岸后撩起扁担上的薄衫套上。那是一件圆套衫，宽大而松软。弯腰，起肩，上路。码头的红石墩上留下一串湿漉漉的扁平的大脚丫印。沿着一行脚印，可看见堤岸上边出现的一条沙土小路。那小路两旁是一垄垄菜畦，所有的季节菜：茄子、豆角、辣椒、把藤压趴下了的黄瓜、开着小黄花的大肚子苦瓜应有尽有。小路伴随着一条沟渠像一条飘带一直蜿蜒到树荫遮隐的深处。在一棵蓖麻树前出现了一个院门，院门前垒着一长溜土墙。院子不大，木栅栏，栽种着南瓜的棚架遮挡去了大半个院子的阳光。像大红灯笼似的南瓜悬满了一棚子。院子深处有间一层半的烟色小木屋，屋顶爬满了藤蔓。看来，这就是那女人的家了。

女人把水桶存放在篱笆边的一个简易的小棚间里后，进了院子。小木门没有上锁，女人推开，大脚丫在门前的过板上"叭哒"了几下，震落沙泥后入了家门。小小的一个厅屋加一个耳房和一间朝着耒水的后厨。后厨用铁路枕木搭建，开了个木窗，面对耒水。有一方米黄色光线从阁楼上的楼梯口沉了下来，把细洁的楼梯板照得如同抹上了一层黄油。厅屋里陈设简单，但整洁利落。正面墙前靠着一张涂上红漆的条案，上面堆放了一些女人用品；一个蓝色镂铁花外壳的温水壶，没盖软木塞，淡淡的热气正从壶口往外冒；一个裂开一条银色细缝的小圆镜子，镜框用镀铬铁箍包边，用红毛线系在墙上的小铁钉上。凹凸不平的土质地板被长年的踩踏，油黑发亮。整个房间里充满了由晒过的菜地蒸发出来的一种夹杂着尿酸、枯叶、闷沤以及青草香等混合在一起的湿湿的芳香味。没有鸡零狗碎的杂物，没有家庭的氛围，只有单身气息。女人进屋后，直接对着小圆镜子理了理还未风干的一头浓发，顺便操起事先放在案台上的一碗开水"咕咚隆"一口而尽。就在这时，女人从镜子里瞥见一个人影，蓦然回首间，那人已立在了门口。"啊！你谁——？"她惊讶地一叫，双手立即抓紧自己的胸口，手中跌落的碗在案台上旋转着，水像银丝一样连接着地面。女人看见一个男人依靠在门框边。

伫立在门边，一手故作浪荡地搭在门框上的是个年轻人。他赤裸上身，仅穿一条邋遢的土黄色粗布裤衩，由于屁股干瘪，那裤衩勉强耷拉在没有腰际的股骨上，大有挂不住之势。此人瘦高单薄，鹤脚猿臂，肋骨突兀，腹肌扁平，乍一看，竖在面前的如同一根刚捏出来、抹上了黄汤还没来得及下油锅炸的白面麻花。

来人是马车右。

一看就知是个未沾腥味的毛头小子，这让屋里的女人稳住了神。很显然，来者非山野狂徒、杀人越货之流。她拢发紧胸束腰，一边迅速地打量了一番这个瘦猴似的半大小伙，一边镇定心情。当她瞟见马车右的裤衩仍有水在滴落时，马上意识到他刚才也在河里，而自己刚才是全裸从河里上来，脸上便飞驰过去一抹腆红。

"你看我洗澡了？"女人问，拿眼死盯马车右，逼上前一步。

"是我先在那里的。"他回答，神情淡定。

"你骗人！"女人放大了声音，"我没看见你！"

"没骗！是我先在那里的。"

"乱说！"女人又向前迈进一步，"照你这么说，倒是我看了你啰？！"

"鬼晓得，我又不是你肚子里的蛔虫。"马车右仍然从容，并大胆地抬起头来看着对方的脸。他看见她翘鼻子上还留有一颗未干的水珠正闪着橘色的耀斑。

"哟！这么大点人，色胆包天！"女人已经逼近马车右，就在这时，似乎有一种迷茫的亮光从她墨黑的眼睛里一掠而过。女人说不出何种原因地一把抓住马车右蓬乱的头发，叫道，"嘛噶？你敢说你没看？！"

"看了，又不是我要看的，怪我？！"马车右缩了缩肩膀，双手摊开，那样子既无奈又无助更无自责，全然带着讥讽，像一个沾了光还要无赖的小泼皮。女人于是扭正他的头，看着他的脸。在这激烈而相当长但却又是短暂僵持中，一丝幽远的暗光在女人的睫毛下停留了下来，并渐渐雾化。这种迷乱让她的手开始颤抖。当把马车右推搡到一屁股坐到门槛上时，女人突然掀开自己宽大的衣裳，把马车右整个头罩在了衣裳里……

这个世界没有什么比人类情感更微妙，特别是男女之事；这个世界也没有什么人能预知到下一秒将会发生什么，特别是男女间情感的微妙动向。

当女人喘着大气紧捂着的手开始松懈的同时，女人完全能感觉到甚至能清晰地看到，他那双从未触摸过女人身体的手在颤抖——那是一种别样的依偎、一种另类的渴望、一种苦涩的寻找。女人忽然扭过脸去望着门外院子里凉棚下挂满着的红南瓜，紧咬嘴唇，泪如雨下。

马车右被女人这突如其来、未曾想到的动作一下子弄蒙了。起初的时间里他还想把自己的头从女人衣衫里弄出来，应该说他的那种初始的、还未完全成熟到可以直接构成对女人爱慕、征服、占有、享用的雄性冲动感未到暴发的时候，另一种意想不到的、久远的，甚至是在马车右所有记忆的挖掘中——远至襁褓——都从未想、未见、未有过的母体的温存感，像闪电般地贯通了他的全身。这种温情如同魔法般使他立时安静了下来。世界变得模糊了，像河里下着大雨，他置身其中，听见的是雨滴声四起，看到的是白茫茫的一片，梦一样的幻境在极短的时间里笼罩着他，以至于将童年已经开始忘记了的记忆洗刷一新。他再清楚不过地看到了母亲的脸……

西边天际存留的未尽余霞，不再灼人，已经到了温柔清凉得你可以亲吻它的程度；丝缎般的霞光牵手耒水河吹来的傍晚之风，唤醒了已经蛰伏了一整天的大地；瓢虫从叶背翻转过来，蠖弓行到叶沿开始进食，蜘蛛跳出来抓紧时间修补它的那张破网，而房檐下的几只麻雀正在啾啾不停。它们上蹿下跳、左盯右看，似乎这个世界一切都在它们的掌握之中，但却单单不知道屋里门前那两个人正在发生什么。半边屁股坐在木门槛上的马车右与倚靠在门框上的女人缠绵相拥在一起。邂逅的尴尬与短暂间的敌意，再加上男女间不知所措的惶恐，都在彼此间心灵中最隐秘的情伤触碰后消失了，唤醒的是男女间爱慕的升华。事发至此，情形已让后续之事无法避免。

"你叫什么名字？"她问。

"马车右。"

"哪的？"

"马村。"

"你刚才是看我洗澡了。"

"嗯。"

"还看不？"她勾撩起垂在额前的发丝，姿态诱惑，语气中充满暗示和怂恿。

他没有作声，但有一种笔直的感觉，没有任何附加，直接通达到两性上。

"来……"女人耳语唤他，小指头甜甜地钩住他的手心窝。两人沿楼梯上了阁楼。

这是个斗笠形、方圆不足五步的小小封闭式阁楼。人字屋顶，小开窗。小窗被篾帘挡着，线光流入，当主人掀开篾帘，这窗光亮像首度踏入这个阁楼，它的欢跳是不是说明终于迎接到了自己真正的客人？在与屋顶两片明瓦射进来的光线在阁楼的正中心交汇在一起后，形成 V 形光柱，像舞台。有两只白蝴蝶从窗外滑了进来，在 V 形的光柱中轻盈起舞。房间里就一架简易木床，棉纱蚊帐，帐内端放着一床藏青色小白花蜡染的单棉被，红色

蜉蝣

024

绣花枕头，除此以外，就还只有一个新尿桶了，它搁在屋角，盖着木盖，散发出干桶的杉木味。整洁，干净，简易。

　　当月色施施然射进木屋时，懵懂少年带着力不能胜的身子、双手提着大裤衩、一脸突然间做下了天大的事的那种惶惶然和余兴未尽的景状走下楼来。他的腿有些飘。他身后跟着双手搭在他肩上满脸潮红不退、精气神儿极佳的女人。摸索到灯线，将灯拉开。在灯亮的霎时间，跳入马车右眼帘的是红色条案上一只宽口饭碗里放着的几个点了红的鸡蛋，那种南方乡村人过生日用来图吉增寿的馈赠品。他伸手摸了一个放在手心，于是在饥肠辘辘中第二次想起今天是他的十五岁的生日。"肚子饿坏了吧？来，吃红鸡蛋，你村的耿子送来的生日鸡蛋。"她说，一连拿出四个鸡蛋塞在马车右手里。她从他背后搂住他，默吻着他的颈骨。有蝙蝠从门外飞入，在灯光下绕了一圈后又飞了出去。他听见她在他身后小声地对他说："天墨黑了，快些回家。"马车右感觉她搭在他肩上的手执意不让他回过头来看她，貌似有一种逃避抑或是自责感。

　　对于马车右来说，此刻是饥饿还是舍不下这女人还是无处可去，他自己也分不清，总之，"我无家可回！"这句话到了嘴边又咽了回去。他没有或者是挪不动脚步，他一直愣在原地。在很长的一段时间里，是无言的沉默——他们这才从一种纯粹梦境一般的美妙中清醒过来，这才来得及思考并回到各自的世俗世界里。"我说了，我要做个有用的人，我要挣好多的钱，我要在河岸上建一栋高高的大厦……"他不知在跟谁说，像是一个男人在宣读成年誓言，又像在梦呓。女人在他背后听到了他不平静、躁动的雷声滚动般的心跳。"我要赚很多很多的钱……"他仍旧在自言自语。

　　就在马车右在离开小木屋拐到不远的一个岔道口时，饥饿再次袭来。他停下，想囫囵咽个鸡蛋压饥，但一个意想不到的事发生了，篱笆墙下嗖地蹿出一个黑影来。这黑影手执一根碗口粗的木棍，悄声闷气直奔他而来。

马车右吓得打了个冷战，还没来得及作出反应，木棍已当头猛劈了下来。"躲是躲不开不了！"这悲观的一念在他脑海中一闪而过，他下意识地一歪头，拔腿就跑。然而，那根在空中挥舞的木棍似乎是迟疑了一下，画了个半弧形似的圈，朝马车右抬起的右腿勒杆上"叭"地打了上去。已经起跳了的马车右被重击，顿时失去了平衡，在空中翻腾了一个跟头后，跌倒在一丈之远的沟渠里。黑影并未依饶，又紧随而来，马车右一个鲤鱼翻身，连滚带爬地消失在了菜地里的黑暗中。逃窜中回头一望，看见黑幕下的那黑影正奋力追来，一手执木棍，一手二指支在空中——那是一个极凶狠的攻击动作。身后有女人气急败坏的尖叫声传来："住手！回来！你这条咬人不露牙齿的狗……"

穿过菜地，奔到河堤，马车右才得机会喘了口气。他找到自己的衣服，趿上破拖鞋，往下游河滩上而去。耒水东来西去，到了马村口后，掉转头朝西北流去，于是，在马村的山坡下便形成了弯曲状的河滩。皓月星空下，一弯柳叶似的深蓝色的草带，然后是微微隆起的沙滩地带，再过去便是穿越卵石飞溅起无数细碎浪花的浅水滩。过了浅水滩，便是从深幽中蕴发出阵阵低声咆哮的耒水主河道了。马车右来到了这片月色欲滴寂静无人的卵石滩上，像匹马一样垂头垂手伫立良久。对岸就是黑魆魆高耸的悬崖绝壁，它的黑影将半条河收裹进了自己的黑色怀抱中。当惶恐和惊吓的心情稍微缓解下来一些后，望着这一江深不可测的黑色流水，想着先前还自以为是匹即将腾空的骏马，而此时却像夹尾巴狗一样四处窜逃，他忽然捏紧拳头击向空中，然后发出一声愤怒嘶哑的长嚎！声音在河湾里回荡，声音里从此没有了弱冠年华的稚嫩感，没有了弱獐惺惺惶惶的细声低吟，剩下的只有阴暗的孤独的狼一样充满噬血欲望的号叫。

他坐下来的时候，发现手里还攥着已经瘪成烂柿子般的两个鸡蛋，蘸红的蛋壳已经粉碎，蛋黄的香气扑鼻而来。马车右又一次想到今天是他十五岁生日的日子。来不及仔细地清除皮壳，便囫囵塞了一个在嘴里。蛋黄干涩，黏糊难咽，马车右抻直喉管往下强咽，但咽下的似乎是酸甜苦辣、恩怨情仇的复杂滋味，以至于他竖直脖子想让喉咙舒展开来时，感到了眼角有热泪滚出。"那黑影人是谁呢？……"

月亮光像覆盖在大地上的一层膜，村子里传来狺狺的狗叫声。马车右能从这吠声中分辨出来是"阿黄"还是"黑虎"。偶尔从上游孤灯残影的渡口传来沉闷单调的机帆船的马达声。这种声音在静悄悄的夜下像得了哮喘病的二爷半夜的咳嗽声一个样：憋着憋着，憋不住了便"突、突、突"地猛咳几声，接着又开始憋，直到憋不住，便又响起，周而复始。那是国营红旗煤矿的矿属渡口，通宵开船，每晚都有几百上千的上下班矿工要来回走渡。

他再次走近水边，蹲下。水面上倏忽即逝开花般地闪现出无数碎鳞片——那是鱼嫩子在逃遁。他蹲下捧起一捧水，看到平静的水面被挤破时，心情兀地再次被打乱，并且来得非常沉重。他第一次感受到了自己的心从未有过的复杂与慌乱，也从未有过的不安和躁动，就像这圆圆的月亮在水的晃动下映出来的一个支离破碎、散不开又归不拢的水中月一样。但有一点是再明确不过的了：从映在水中他那削长、泛着淡淡的铁青色光亮的额头和薄铁片一样唇际边那坚毅甚至冷酷的线条来看，毫无疑问，她——那个农妇，作为他男性初旅的第一站，促成了这个贫困、孤独、缺衣少食、少年肆学、三代单传，两代遗腹子的少年男的蜕变！世界在他人生的开端之夜瞬间变了模样。他将从这扇女人为他开启的门里带着溢满喜怒哀乐、爱恨情仇和欲望、掠夺、自私、残酷、尔虞我诈、暴力、善良以及正义等等等等的这么个复杂肉身迈向世界。

那夜，马车右在黎明前的破晓中倒在河岸的沙包上睡着了。醒来时，太阳已经高高升起，他的目光中也从此添加上了旁人不易察觉的冷漠和孤傲。

此后多年，即便到了生命弥留之际时的那个最后的梦中，这个叫"西女”的女人脑海里一直重复着这个不求天长地久、但愿曾经拥有的金色傍晚。她沉浸在这种甜美的回忆中，没有痛苦，没有叹息，只有在情景再现地不断咀嚼中幸福地度过那最后时光。

那个晚上，在小伙子走后她正准备闪身回屋时，黑下一眼瞥见篱笆旁一个黑影蹿了出去——那是一个早已埋伏好了的出击。那个熟悉的拖尾巴的跛脚影子，她一看便知是他。她慌忙呵斥，当确定马车右已跑远后，便回屋闩上了门。她靠在门背，用背抵住。她双手抱胸，感觉自己哈出来的气息，聆听自己捣鼓一样的心跳。激情过去但余温未散，她仍旧处在品咂着余味的兴奋不已之中，对于门外正在发生的事和人，熟视无睹。

“开开门吧，求你了要得不？”黑影已返回到门口多时。

“……”

“了得了得——了得啊！转眼又偷上别的男人了。嫌我了是吧？想当尿壶把我踢了是吧？没门！”黑夜中她门口站着的黑影一直软磨硬泡地央求着，最后在窗下一个树蔸脑上坐下。“看把你急的，原形毕露——原形毕露啊！老实告诉你，我可是手下留了情的，为的是给你留下面子。我若真下手，他屎尿都得打出来。当然，也为了他，不仅仅因为他是我村的一个孤儿，还因为烧的是同一炉香，供的是同一个祖宗。只是没想到他这点大竟然……唉！难怪老辈人讲‘寡妇门前是非多’，就是嘞……”

“放屁！”

“放屁？这不明摆着的吗！西女呀西女，亏你也下得了手，就不怕雷公劈了？！没良心啊，你好好想一下，我对你好不？缸里没水，挑水；桶里没米，背米；灶里没炭，拖炭；晚上热了蒲扇帮你摇风，冬天冷了胸脯给你焐脚。锄头砍刀耙子二指锄菜刀火钳……哪一样不是我帮你弄的？讲句不怕丢丑的话，尿桶也不晓得帮你倒过多少回了，就差没帮你洗屁股搓短裤啦！世上男人千千万，你用筛子过一下，剩下还有几个像我这样的？！我对你才是最好的，蠢婆胯哎！如今……偷上了新鲜男人了，怕是要嫌弃我了。唉，伤心噢、想死咧……"黑影人的伤感也许感动了屋内人。沉默了一会儿后，屋里传出话来：

"你最好回去，我今晚死也不会见你的，除非你杀了我！"

听到屋里发了这样的毒誓，知道没戏了，黑影人长叹了一口气，这才记起要抽一支烟。烟头的火光时不时将黑影人痛楚的脸庞写在如同墨纸一般的夜色中。等吸完了那支烟，他从树蔸脑上站起，蹾了蹾麻痹了的脚，走时，小心翼翼地朝门里丢下一句话："那我回去了。"

女人躺在床上，她能听见屋角有苍蝇的嗡嗡声和窗格上蜘蛛网中垂死挣扎的小蛾子间歇的振翅声，但最清晰明确的，是自己的心跳声。这是她有生来第一次听到自己如此巨大的心跳声。她在平滑光溜的硬板竹席上辗转反侧，肥硕的臀部上那条平脚红花短裤被风吹动，在黑下里露出上面飘忽不定的红色暗光来。直到子夜时分，她才渐渐地平静了下来，这才开始冷静地思考起今天所发生的事情。她先是极力给自己——准确地说是给两人——寻找一个定位。恋人？情人？露水夫妻？偷情？以及后期的结婚成家、生儿育女，种种。这些似乎都套不上，甚至挨不着边，最后终于发现，是一种冲动——一种先由母性诱使继而产生的异样冲动！于是，黑影人的那句"你也下得了手"，便让她心里顿生内疚。"我沾了他的光了，委屈他了！"她想到，一阵子心身颤抖。

"西女"是这女人的外号，她本姓李，两岁那年过继给了易姓家改易姓，名"桂花"，湘潭人氏。易家想男孩，按男孩养，给她穿开裆裤，让她站着屙尿。四岁那年家里旧褥子翻新，请来弹棉花的师傅。棉匠是个鹰面老者。夜间师傅宿在弹棉花的大台板上，而她被家人安排睡在装满了旧棉絮的大箩筐里。那天早晨睁开眼时，箩筐边立着垂目老者，有笔直的目光顺着他的鹰钩鼻子下来，停留在她身上。"好一朵豆腐花！"她听那老者说。老者在那几天就一直管她叫"西女"，至于为什么叫"西女"，谁也不知道。"西女"这个名字自那以后，随着牛皮筋的嘣嘣声便传遍了四乡八村。

今年的西女已二十五岁了。十六岁那年红脸媒婆——像戏台上那种白面搽红粉的戏子——带来一个打扮成城里人模样的乡下妇人。早上来，晚上走，半天时间决定了她一世命运。天落黑时，牛归栏，潲盆见底，鸡鸭鹅入了窝，父母就把她叫到屋里。一盏煤油灯照亮了小竹桌前的三张脸。小姑娘一双乌黑发亮的眼睛疑惑地轮流看着父母的脸，寻找着心中的答案。媒婆带来的女人是男方的嫂嫂，也是早些年从湘潭这边嫁出去的。男方那年三十岁，在湖南南边的一家叫红旗煤矿的国营矿山工作。工人，城市户口，拿国家三级工工资，每月有多达四十一块五的现钞，这还不算两斤肉半斤白糖的补贴。这些都是响当当的硬条件。她若嫁给他，户口可转成城市户口，还可以在矿上打打小工。而最诱人的，如果结婚，还可以分到一间房子哩！父母像看到了财神上门，脸上写满了刀也刨不脱的喜悦。虽然女儿还小，但机会难得。更重要的缘由是，原来这对易姓夫妻，因结婚十年没生下一男半女，经过赤脚医生、神医巫术、拜佛求签等仍无起色后，从远亲那里过继来了西女。西女六岁时，已经放下心来无心特意捣鼓那事的夫妻俩，却又怀上孕了，并且接连生了两胎。亲生的都是心头肉，西女多余了。把她尽早嫁出去就成了那对夫妻的共同愿望。

所有的表情都是肯定的，让小姑娘安心，是摊上好事了。从农村跳到城市，那可是无数乡里人一辈子的梦想和追求！没有惊慌忐忑，只有憧憬。就这样，三天后，媒婆就把她带出了山，在县城的汽车站交给了男方的嫂子。

大凡新婚夜都有一番不可外言的尴尬场景。而发生在西女这对速成夫妻间的那个新婚夜，却是平地一声惊雷——关键时刻，新郎官却扯起了羊痫风，一夜下来让一个十六岁少不谙世的乡下小姑娘一眼就望尽了自己一生的悲凉之路。在希望的远方没有找到希望，目尽之内皆陌生：陌生的地方、陌生的丈夫、陌生的人，从未经历过人生悲哀和如此荒诞之事的乡村小姑娘，着实给吓得傻懵了，那时的她连哭都不会了。丈夫第三天出了矿医院，但随即又被直接送到了省城专为尘肺病患者建的疗养院。半年后才摇摇晃晃地回家来。原来新婚的丈夫是石肺病（尘肺病）患者，不但有羊痫风病史，还患有先天性心脏病。也就是说是个病秧子。参加工作两年下来，就已经不能再劳动了，与众多——门前院后都是——患者们混在一起。这些职业病患者每月靠着国家给尘肺病人补贴的劳保工资过日子。每月十几块到三十几块不等，饭有吃、衣有穿，还分有一间三十平方米小筒子平房。有家的养家糊口，没家的赶紧娶妻下崽，来日不多。从那个恐怖的新婚之夜开始，西女——这个圆脸胖姑娘便加入了这个浩瀚的队伍，只不过她的男人，除了尘肺病外同时还患有其他重病。从此不能剧烈运动、心情不能激动、不能暴露在烟尘中，怕感冒、怕咳嗽、怕看到妻子少穿衣服……总之，得老实，得安静地过日子，否则……

　　生活变得如履薄冰。丈夫三十三岁那年又发了一次羊痫风，跌在路边的水沟里，头磕在半截砖头上。他再也没醒来。年轻的寡妇不乏可怜可爱之处，尽管因工死亡留下的寡妇在矿区多如牛毛，但还是有鱼与熊掌想兼得之人。有干部献上殷勤，建议给她安排到子弟学校以工代教，只可惜她虽有几分姿色也像那么回事，但却是个文盲。建议者"助"人之心不死，又给她谋了个家属委员会内勤的闲差，但她却嫌在女人堆里寡妇碍眼，推辞不受。西女最后选了一个己所能及的事，进入了矿蔬菜队。丈夫死后的又三年，那年矿上流行脑膜炎，儿子传染了脑膜炎死了。之后的几年，她靠吃丈夫死后转发给她的劳保工资，矿蔬菜队解散后在耒水对岸原蔬菜队的菜园里低价租了几分地，种菜销售给县国营蔬菜公司。她将菜地一个废弃的旧工棚——也就是现今住的小木屋——改成了小二居室。竣工那天，她花了二个鸡蛋请马村的三老倌写了副对联：柴米蔬果样样不少，香甜苦辣味味俱全。这成了她的目标，生活就照此样子过了。弄地莳菜，日复日，年复年，当年十六岁被撕开情窦的乡村小姑娘，稀里糊涂地走来，浑浑噩噩地明白，现如今已熬成了个年近三十、看破红尘的少寡妇。

马车右睡在河岸边醒来时，已是第二天上午十点。"女人"这两个字的含义，使得生命一夜之间来了滋味。欲望也在一夜之间填满了胸腔，人生的未知也给未来的路投下了迷人的神秘和向往。躺在沙包上，仰望蓝天，他记起了昨日在古树上给自己立下的誓言，于是像躺在地上懒散的狗被猛戳了一下屁股，嗖地跳了起来。他拍打净身上的沙土，到河边洗了把脸，便去了码头。他要去伍市铁铺，马五斤的铁铺就在伍市。耒水左岸是马村，右岸是千年古埠——伍市。穿过伍市便是有着几万人之众的国营红旗大型煤矿的矿部所在地。一条铁板渡船连通耒水左右两岸。此时日头正烈，又值上班的点上，门可罗雀的渡口仅有一两个挑担的老农和三四个提篮的村妇。大都是附近的村民，上伍市去买卖。马车右一个箭步跃上船，靠在船舱右舷扶栏远望。蓝天烈日下，他长发飘扬，像一匹刚出马厩的马驹，正打着响鼻，捯动蹄儿做跃跃欲试状。昨日还颓废抑郁的情形，今日却大有长缨在握、意气风发之感了。

渡口坡岸上那条蜿蜒的小道尽头，有一个黑点，像滚铁圈一样沿路飘忽下来，光焰中渐渐晃成了人形。随着"嗵、嗵、嗵"柴油机的轰鸣声响起，渡船启动了。"喂——等等！"那个黑点叫喊起来，然后从坡道上飞奔而下，在船离岸一步之遥时，飞身跳上了船。"你耳朵聋吗？！"跳上船的是个小个子青年人，站稳后，便指着驾驶舱的船工没好气地喝道。船公没敢吭声，小青年那盛气凌人、胡搅蛮缠的架势慑住了怕惹祸上身的船工。"我若今日掉进河里，老东西，你可就摊上大事了！"他又骂了一句，见船工仍没吭声，这才罢休。

船头效正方向后，一轰油门，从船尾冲出一股黑烟来，船便全速向右岸驶去。澄蓝的河水被螺旋桨翻起的浪花向下游奔涌，一层飘在河面上紫色的油污带摇摇荡荡、渐行渐远。那些受到惊吓的小鱼从水中跃出，火红的蜻蜓霎时侧翼腾空，闪往一边，继而停在空中，用那双惑然的大眼睛瞪着急驶而来的渡船。看到这些惊慌躲闪在空中无奈的蜻蜓，马车右发现其实生命中处处都充满着激情。就在这时，腰部被人轻轻地捅了一下，他回头一看，身后站着那个刚才骂骂咧咧的矮个子青年。"怎么是你呀？！"马车右诧异地问道，他刚才没看清他。他知道这个人叫"伍乃子"，常来马村找马五斤玩。他们见过一次面。

"十个矮子九个怪！"眼前这个叫"伍乃子"身高五尺多点的小青年，真名叫：伍建平。他比马车右大两岁。个头短小不是问题，但论在社会上混，已是洞庭湖的老麻雀了。上初二那年，被矿子弟学校开除。原因很多，比如上课太捣蛋，不是东扯一件事闹得全堂哄然大笑，就是西拉一个坏点子，气得老师无法讲课。实在无事可找，他响屁也给你硬挤出一两个来，课堂想不乱都不行。当然，也有安静的时候，但次数很少。在那些仅少量安静的时间里，他会反着拿书，一只手托住下巴，一手抠着鼻孔，于是满脑瓜子里就会冒出：大米为什么叫"大米"？它粒不大呀！煤炭明明是黑的，却为何叫"白煤"？等等，诸如此类。总之，有他在，十课得有八课没法上。到了课间休息，他又爱挑事促挟，不是唆使这帮学生与那帮学生打架斗殴，就是撺掇三三两两同学逃学旷课。完了，晚上还东同学家敲门约看电影、逛台球室，西同学家拍窗子叫出来外面寻衅滋事，甚至在下晚自习的路上装神扮鬼吓唬女同学。由此在学校是出了大名的！学校呀邻里呀，谁都知道，他伍建平就是阎王婆怀胎——满肚子里都是鬼。

一件事，导致了他最终被学校开除：教他们生物课的是一个新近从下面工区调到矿部学校的三十岁中年男人。第一天上课，那天讲的课题是"马尾巴的功能"，学生们就发现了这个男老师有个怪癖：讲台是一个四个单脚支起上有一排两个抽屉的条桌，两个抽屉一个放粉笔刷子什么的，一个放老师的备课本之类的。凡学生开始埋头做作业时，这老师必将放备课本的那个抽屉打开，从里拿出一方叠成手掌大小的帕巾醉醺醺地放在鼻子下深情地嗅一下，似乎那是一剂万灵药，之后精神头便十足的好。那是一个叠成三角形酱油颜色的闪着府绸面料光之类的东西，不像是手帕。这个行为无疑挑起了伍建平一帮学生的捣蛋欲。在给邻桌同学丢了一个调皮的眼色后，课间休息时，伍乃子趁老师离开讲台上去偷眼看了一眼。没有看出内有什么窍门值得老师那样如泣如诉，很是纳闷儿。当晚伍建平一同三人就架着木梯爬上了自家的屋檐，从竹椽筒里掏出一只麻雀来。几个人嬉笑着捧着雀子走了，一夜没睡。第二天的第一节课就是生物。十分钟后，伍建平朝另一同学使了个眼色，那同学便磨出了教室，然后在门外向老师招手，说有话要对老师讲。老师不知有诈，信步出门，就在这当口，伍乃子轻手蹑脚跑上讲台，掏出裤兜里的麻雀放入讲台抽屉里并同时把那块老师藏入其中的那方叠巾换了出来，窃笑着昂首阔步地回到了自己座位上，笑待事发。老师处理好学生的假托之事后回到了讲台上，继续上课。下课前十分钟布置完作业后，于是坐了下来，二指从鼻梁上取下那双宽边玳瑁眼镜，闭目凝神，像是在聆听又像是在倾诉，更像是在思念。少许一过，毫无例外，老师摸索到半圆铝制拉手，慢慢拉开了抽屉，正当他将手伸进的刹那间，那只麻雀"扑"的一声从抽屉里扑凌而出。老师先是一愣，然后怪叫起来："啊哩哩？怪哉！'瓜'——飞——天！'瓜'——飞——天——啦！"只见老师脸部肌肉七扭八歪、电光雷鸣闪过，双手匆匆忙忙地伸向天空捕捉，脸呈万般惊讶状。与此同时，伍乃子向全班同学展示开了那件充满香水味的让老师魂飞课外的神秘之物：原来那是一条女人的三角幔。有二工区知根知底的学生立马高调告诉大家，老师口中的"瓜瓜"是他新近去世的妻子的小名。

学是没得上了。母亲哭哭泣泣、趔趔趄趄地来学校求老师，被儿子拉住。"妈妈，求他们干吗！老子不上学了！我要去做工……"但没等他把话说完，"叭！"母亲一个大嘴巴子甩了过来，"你充哪个的老子？不读书，难道去做贼打抢？！"伍建平脸上盖章似的给印上了五道手印。"你爹死得早，要是在，笋索捆在门方上非打断你的腿不可……真是造了孽了，养下这么个飞天蜈蚣来！"

看着只有三寸树皮丁高、背驼得像铁圈似的母亲小黑点般从学校的大门口则的小门滚了进去，伍建平眼里冒出一滴眼泪来，转身撒腿跑了。

学还是没上成，"伍建平同学就是一粒老鼠屎，绝不能让这粒老鼠屎搅臭了一锅汤！"学校的决定不容改变。闲在家里没三天，摆脱不了脱离学校的孤寂，伍建平又做下了一桩事来，这件事导致了他彻底地离开了家离开了矿区。那是三天后的一个夜晚，伍建平白天伙同另一个逃课生，翻窗入户进入了矿宣传队活动室，从里面偷出一面铜锣出来。下夜自习时他们摸到一条小巷深处，敲锣吓女学生。结果当夜有女生父亲就提着锄头握着铁锹打上门来。伍建平则从窗户口钻了出去，消失在黑夜里。这以后的几年光景，矿区人再没见过这个调皮捣蛋的学生了。正当人们渐渐地将此人忘掉的时候，在一个橘色的天空中由东向西飞过一架喷气式飞机并留下久久不散的一条白色云带的早晨，他回来啦！原来那夜他跑去了县城，投了一个所谓的朋友，参加了"飞虎队"——一个在京广铁路沿线爬火车盗抢铁路运输物资的犯罪团伙。帮别人寻包引路、传风报信，从中得些牙惠。被抓后因年龄小，免于起诉。他回来那天，已完全蜕去了当年那个骑墙耍酷、招惹是非的顽劣相，全然是时下流行的新青年做派：他从矿山小火站停着的破火车头旁边拐出来的时候，手里提着一台卡式收录机，那收录机在他草绿色大口径喇叭裤旁摆来摆去，从收录机里飘出来邓丽君的小唱——"多少人为了生活历经了悲欢离合，多少人为了生活流尽血泪……啊——人生是一场梦！"这让矿山人一下子领略到了生命中未有触动过的别样味道。

伍建平的世界就这样混开了。起初矿区的大街小巷、拐角旮旯常有他的身影，后来伍市街边赌摊、榨坊油铺，广场的康乐球室、录像厅，也有见他不断出没；再后来，旅店餐馆、赌场牌室，也常有他参与的喝酒闹事、争强斗狠。每每走在大街上，他会目空一切地从嘴里吐出一个个烟圈来，再用中指戳进空中飘摇的烟圈里把烟圈划烂，口中得意地嚷嚷道："鸡有鸡路，鸭有鸭路；鱼在水里游，鸟在天上飞，蛤蟆上树蛇藏洞中，——这就是世界，各有各的活法！"

他就这样成了名——成了个专司歪门邪道、耍巧弄奸之高手的名。坊间称他的小名也顺势成了大名，人们逐渐忘记了他叫"伍建平"，而只叫他"伍乃子"这个颇有顽皮意味的小名。

"车右老弟，你这是去哪儿？"他问马车右道。河风吹皱了他原本细小的三角眼。

"去铁铺，找五斤。我想到他那找点事做。"马车右看见伍乃子听了他的话后，脸上飘过讥笑，那支原来叼在嘴唇中央的烟卷在咧开嘴的刹那滚到了嘴角边，险些掉落。

"打铁？！就你？！"伍乃子就差没笑出声来，"你瘦得像根葱似的，你抡得起那大锤？"

"那有什么办法，到哪去找活泛事？我又没门路。""没门路"后面还跟着有"没爹没妈"四个字，但马车右没说出来。他怕看贱自己。

随着船头拴着的两只破轮胎"嚓——"的一声触碰到岸堤上，渡船靠岸了。右岸的码头，其实就是一坨红色的巨型砥石。这块丹霞巨石呈扁担状，一头挑进山体中，形成陡峭的水面悬崖，一头直插入河床，形成坡堤。码头就建在这个卧石上。从挨近水面的地方开始，凿出一条条扁担宽的石阶，一直延伸到坡顶，总共有九九八十一阶，尽头便是伍市口。这条上坡石阶从"红旗煤矿码头"牌匾的木制门楼下经过。一过门楼，伍乃子便拖着马车右到一边，俩肩挨肩，面河而坐。

"这我得劝你，太苦太累又太脏，还不挣钱！一天下来你就成了个黑猩猩，你没看见马五斤那身黑肉，跟你村的阿黑（一条黑毛狗）一样样的。"

伍乃子一副认真的样子。他这次是来找搭档的。他一边点烟，一边查看着马车右的表情，揣摩着对方的心思。过了一会儿，又说道："我准备去广东。现在看来，要发财还得去广东。那边现在大力发展经济，热火热闹，什么都比咱这边强，洋货稀烂便宜！"

"广东？在哪儿？"马车右问道。

"哈哈哈，"伍乃子仰天大笑起来，笑得直抽喉，"没去过也就算了，连在哪儿都不知道，乡巴佬！告诉你吧，在你马村后背山的牛栏隔壁！哈哈哈……车右啊，我跟你说，要发展还得去广东。五斤那个破铁铺能挣几个铜角子？这样，钱归我来想办法。把五斤叫上一块去，他应该有些钱。他年纪大，经验比我们多，又有力气，论打架，三两个人也不是他的对手。"话说到这，伍乃子一把拖上马车右，一拍屁股，两人奔伍市的铁铺去了。

这是一个靠水上人家繁荣起来的歇脚商埠。街上几乎全都是前店后仓式的居家铺面，手艺人家居多。街道狭窄，屋檐低垂，一眼望去，一线天光之下，各类牌幌字号尽收眼底：桐油铺、伞铺、网丝鱼篓、铁木、水上给养、榨坊、磨坊、烧酒、豆腐店；只有一栋红砖二层楼房，是县供销社的人民旅社。马家铁铺，就在这条老街的中心。铁铺是马六爷家的祖业，公私合营后归属县轻工业局属下的铁木社，到后来又各自为政地自主经营，再到最终散伙，如今的铁铺又归了马家。马家人遵循祖上一句老话：开罢药铺打罢铁，百行百业做不得。打铁是个好行当！所以，这开了百年的铁铺代代传承了下来。现在铁铺由马六爷的小儿子马五斤承继。

挤挤搡搡向街心走去，老远就听见铁铺里传来"叮当唡，砰！砰！叮当唡，呼！呼！"的打铁声，于是两人相视而笑。伍乃子脸上更多的是讥讽，而马车右脸上更多的是即将开启新生活的冲动与期待。米店的对面就是马家铁铺。从絮结的蜘蛛网上缀满铁屑的窗格里有黑烟冒出，再从熏得一团漆黑的檐屋下升至天空。外墙灰尘成坏。铺门低矮，窄幅，门闩锁扣处卯了一块碗口大的白铁片。进了铺门，里面豁然开阔，也还敞亮，地板凹陷不平，乌黑灰亮；两座火炉一字排开，炉旁是风箱和一大一小带犀牛角尖的铁墩，铁墩旁边还立有个干细作的小铁砧。风箱两鼠洞里的拉杆磨得吱吱叫，火呼呼的正旺，瓦盖下两砣半成形的斧头烧得通红；长长短短、圆圆扁扁的专用火钳摆满了一灶台。此时挥汗如雨的马五斤正光着身膀，戴着长至膝盖的、有无数小烧洞的帆布护兜从炉膛内夹出来一块有大方肥皂大小的红铁块放在铁墩上。令锤一响，立在正面左右两方的两个彪壮大汉，便抡起大锤以三百六十度的借力，准狠稳地朝锻件上砸去，同时嘴里发出有规律的嘿哧声。红铁块在大锤下发出沉闷的声响，火星四溅，像放烟花。马车右他们进来时，几个人正打得起劲。因趁热打铁，马五斤只抬了下眼皮透过火花看了他们一眼。待到红铁块开始呈斧头形，开始返青，令锤才在铁砧侧边一呓当，大锤得令方落歇。用长柄钳夹住铁块往淬火桶里的黑水中一放，喇溜声变成噼里啪啦的爆豆子声音后，一股热蒸气从桶里像一群白蛇一样猛然蹿出，然后在瓦檐下呈伞形地散开。房子里顿时充满了木桶、熟水以及煮铁的铁涩味。

停下手头事，马五斤才曲指刮了刮额头，弹弹汗水，将风厢拉杆用脚收拢后，朝他们走了过来。他原本仅有一点点职业使然的双腿不一，却又由于地面的不平整而显得步状瘸了起来。"坐！"他粗口说道，一边去掉护兜，露出赤裸的上身来。接过伍乃子递过来的一支万宝路香烟时，他侧眼瞥了一眼一边的马车右后，便不再看他。不知为何，这一瞥，怪怪的，似有恼意，让马车右显得局促起来。马车右看着灶台上花样的炉火，嘴里不知道该说什么。"什么妖风把你刮来啦？"他听见马五斤问伍乃子道。

马五斤比马车右大十岁，身高中等偏矮，铁锤下飞溅出来的火屑烙印，叠加在他精瘦饱满的葫芦脸上。他身段奇特：背肉厚若熊脊，光溜溜如同一块上了桐油的黑色卵石，加上脊中央一条蜈蚣状的伤瘤，透出野蛮和刚毅；更能喷发出吓人力量与剽悍感的是他高高隆起的两片胸大肌，能看得清楚，在紧绷的薄皮下一块块筋肉严丝合缝地紧紧掐捏在一起，虽严丝合缝，却大都不安分守己，时而在跳；手长如猿、臂短如熊，犹如刚拔出来没去掉污泥的两节湖藕，上面爬满了像老蚯蚓一样的血管；指节背皮已化茧，胜似猩猩。奇怪的是，他下身却略显单飘：精瘦的屁股下是一双风干了似的大腿，这双腿，一粗一瘦、一长一短，怎么看也让人感到无法有效而合理地支撑起他如此硕壮的上身。他头小，五官紧凑，眉毛弯成八字，弯眉下是他的小圆鸡眼；嘴角豁掉了一小块，这给人一种他老在笑的感觉。

马五斤的性情一如其身体的表状：当你看着他的脸时，你会觉得此人温善；但当你瞟一眼他那凶神恶煞的胸肌时，你会有面对猛兽之感；最后，一看到他轻飘的下半身，他的那种软弱、温厚、无奈及退让感便毫无掩饰地呈现了出来，一扫而尽你先前对他产生的所有畏惧。

说起他的豁嘴，一直以来是马村人茶余酒后的笑谈。那年初雪，醉醺醺从邻村喝酒回来的他，快到村口时，酒劲上来，一头栽倒在田埂上。就像是倒提溜起一个灌满水的水囊，咕咕噜噜，肚子里翻江倒海般，吐得满地都是。酒肉味招来了村里的大黄狗。结果，狗不仅吃光了他的呕吐物，还帮他把鼻孔、嘴巴舔得是干干净净，末了，还顺便将他嘴唇边角撕了一块去。等人们把他送到医院缝了三针，醒来后已是第二天了。他回到村里时，狗还醉卧不醒。马五斤摸摸嘴角的豁口，顿时气不打一处来，操起根木棍便将那狗一顿死打。可怜的四眼四眼蒙眬地跑进山里，整整半月有余不敢回村。马五斤从那以后破了相，有好长一段时间，村里人都叫他"八一"。

"你小子现在来名堂啦！"马五斤说道，用大脚丫从墙角拖出一条木凳来，在两人面前坐下。他这才很不情愿地抬头认真看了一眼马车右，眼睛里有一种恼火中夹杂着异样和迷惑的神情。

"你什么意思？我来找你，是想来做事的。"马车右看到自己最好的朋友一反以往而变得阴阳怪气，一脸的困惑。

"做事？我这里可不是个洗什么的地方。"马五斤没头没脑的又是一句。

"你今天净讲些没脑壳话，吃火药了？"马车右气愤地站起身来想走，被伍乃子又摁回凳子上。伍乃子晃荡着肩走到炉旁，抬脚毫不客气地将架在炉灶边的几把火钳扫飞，又从墙上取下一把半成品砍刀，轻蔑地在手上掂了掂，也往墙角落一扔，这才说道：

"宝里宝气，这都什么年代了，还一天到晚打弄这些不值钱的破玩意。睁开眼睛看看这个世界吧，全国都动起来了。现如今谁还干这一行？打铁，打什么铁！忙活一天，短裤子汗得像屙了一裤子尿似的，能挣出半张工农兵来？还不够别人广东人吃个早茶的。我们今天来，就是让你敲喽这副烂摊子，跟我们一起下广东。"

"我这铁铺是祖传行业，丢不得。"马五斤挠了挠黑乎乎的脖子，从上面揉搓下一小点黑淤泥来，然后往火炉上一弹，说道，"你带车右去吧。他光杆一个，走遍天下都不怕。"

"看看！"伍乃子大惊小怪地看着马车右，手却指着马五斤，像见到怪物似的跳了起来，他用极其嘲弄的口吻说道，"乡巴佬！又一个十足的乡巴佬！还是老眼光看世界。真的，我不骗你，到了广东，像我们这样的人，随便做点什么都比这里挣钱多。不是兄弟我看不起你，我是真心想帮你。你自个去照照镜子看看自己，你黑得跟窿牯佬差不多。我也劝过你几回了，这是最后一次。信不信由你，你若不走出这一步，到那时，我和车右香车美女，气死你！你不信是吧？但事实肯定是这样子。我们是朋友，有肉大家吃、有酒一块喝，好事不想丢了你。这样，你若不放心，铁铺先关它几天，我们先过去看看，什么都清楚了。"

好说歹说，伍乃子终于将马五斤说动。三人合计好，过几天就动身。两天后，伍乃了再次跑来马村，找到马车右和马五斤。

"动身前，我们得搞一票。"伍乃子对两人说道。

"什么叫'搞一票'？"

"搞些去广东的路费呀。"

"怎么搞?"

"劫赌场!"

"啊?!"马车右、马五斤同时惊讶地看着伍乃子。特别是马车右,他那单纯、涉世未深的目光一直迷惑地停留在伍乃子那不以为然的脸上。伍乃子看出了他们的疑虑,于是说道:

"切!看把你们急的。不是抢,是劫。说白了就是点水[1],等赌场一乱,趁乱把赌资劫走,明白?"伍乃子为了缓解他们的紧张情绪,忙掏出烟来揲,见马车右不接便直接往他嘴里插上,并即时"叭"地打着火伸了上去。"什么事都有个开始,来、来、来,抽支烟。抽烟是男人成熟的标志。车右你放心,没有什么可以担心的,我们装着去看热闹,让五斤报案,等派出所一来抓赌,趁乱我们把桌面上的钱一扫而空。我已踩好了点,光桌面上的底盒[2]就有几千块,够了。到时你只负责将灯弄灭就行。我们没事,没参赌,又身无分文,何惧之有。"

马车右猛地吸了一口,烟味呛得他一连打了几个干咳,脸也涨红了。这是马车右抽的第一支烟,如果说昨夜的破处促成马车右内在的蜕变,那么,这支烟就是标记着他作为男人迈出了重要一步的外在标志了。他的那种毫无潇洒可言的三根手指头死掐住烟头的笨拙姿势也引起了伍乃子、马五斤一顿讥笑。

是夜,在矿区沿着河道直通县城的沙石马路上,有三个人影朝县城方向彳亍而去。透明的、象牙白的弯弯月勾,像女人的纤纤素手正轻撩起夜幕,将它怀里的半簸箕月色,撒向大地。用鹅卵石铺成的宽大、返着磷光的马路寂静而阴森;从林子里吹过来的凉风与耒水升起的水雾缠绞而产生的"呜嗞"声,像哨笛声一样,一阵追着一阵。他们带有凝固着杀气的脚

---

[1] 点水,意为告密。

[2] 底盒,意为赌资。

步声，惊吓住了路边草地里的野兔，野兔们全都傻了似的呆滞着，一当回过神来并纷纷向密林中逃窜，将栖歇在矮灌木丛中的小鸟吓得慌乱啼叫。马路对面是纸厂，有稀疏的灯光荡漾在懒洋洋的河面上，形成一条条长长的、闪烁着青花瓷似的水波。行者在入城口刹住了脚，开始吸烟。吸烟时燃烧的烟头火光像鬼火一样轮流照亮着马车右、马五斤和伍乃子那几张在夜幕下不加掩盖其贪婪的脸，只是马车右的脸上多出一分生涩。

晚上十点，他们进城了。

县城北街，罗巷。

这是一条仅容两人错肩而过的蒙屁股死胡同。墙高巷窄，巷子的尽头是一个一米见方的六角老井，用红色岩石砌筑，没了棱角；一轮残月在井中摇晃，很像银版上的一幅碎了的拼图。以前这是大地主红鼻头罗大毛的私宅水井。当年打土豪分田地，罗大毛被军管会镇压，枪毙于城南水库堤坝下。现在，这幢被国家没收的古宅子分割给十几户居民居住。漆黑阴森的巷子，只有巷口有一盏昏黄的路灯，喇叭型搪瓷灯罩下的灯泡落满了灰尘和被蜘蛛废弃掉的、黏成一团沾在上面的黑丝网。这只被厚厚的灰尘和丝网裹兜着的灯泡只有屁股下一点点地方有光亮透出，几只虫子在光亮中飞舞。灯光下，马五斤神情不安地踟蹰在巷口，不时地朝主街和巷内窥探。他的任务是一接到伍乃子他们上楼的暗号后，就立即报案。而古井旁，烟头的火光被吸得忽闪忽闪的，将马车右和伍乃子的脸像川剧变脸术一样来回照亮着，——他们在等待最佳时机。十点三十分，两人同时摁灭了烟头，朝巷子里的一个侧门推开进入，摸黑儿顺着右侧的一架木板楼梯上了二楼。二楼仅有里外两间，楼梯口开在外屋，无灯，里屋的灯光从中门投射出来，像泼在地上的一筛子焦黄的米粒，微亮中能看清仅仅只是放置了一个尿桶的外屋。中门门槛很高，门腰却窄瘦，属于那种老式的妾屋小门。一股旧尿的恶心臊味弥漫着整个房间。里屋除了一张雕龙画凤的漆红旧式床外，也就只有摆设在屋中央的菱形八角大桌子了。约有上十个社会青年围成一桌，站的站、坐的坐，你推我搡。身体肥胖的脱衣光膀子，体格瘦的敞开衣裳撸起袖筒；不安分、猴急的，趿拉着破拖鞋踏在板凳上；个子小的、手短的，屁股翘在椅子背上；眼睛不好使的、担心输的，手指发颤两眼发绿地趴在台面上；赢钱的、有底气的，悠然自得地靠在椅靠上，指弹鼓点口哼黄调；而输家，两眼发直、眼冒血光……剩下的几位看客，上蹿下跳。一桌子人吆三喝四正在赌二十一点。吊灯下，烟雾冲撞，汗臭口臭狐臭烟臭，以及不敞亮的老旧房屋里特有的那种酸酸的沤气味混合在一起，呛得人喘不过气来。好一个乌烟瘴气、大鬼小鬼闹神堂的场景。

　　伍乃子带着马车右进来时，屋里正高潮迭起，蛤蟆闹塘似的喊声响成一片。从伍乃子吊儿郎当的稔熟神情上能看出来，他无外乎也是这旮旯胡同里的常客。伍乃子朝马车右使了个眼色后，两人一并走到靠窗户的一边。马车右立在人群外围，一只手藏在后面衣摆下。他表情有些过于严肃，不仅仅是不识屋里的人，而是因为感到紧张。伍乃子侧像条泥鳅似的从赌徒的膀子下钻了进去，又将头从桌子底下冒了出来。他迅速地扫视了一下台面上的赌资，目测了距离后，把半个身子探在桌子面上。还有点时间，他若无其事地环顾四周赌客一眼，他要在动手前做到对各个赌徒的性情心思及突发事件时会作出的反应能力做到心中有数。

　　对面是五里牌墟场的"留（刘）一刀"。这人早年在墟场上摆了个修脚切"鸡眼"的摊子，于是有了留一刀这个绰号，现今在县食品公司屠宰场上班。他此刻正嘬起肥厚的嘴唇，死盯着自己手中的牌，那神态，除手中之物外，这世界别无他物；留一刀的上手端坐着东瓜山的"牛牯"曹水庚，是县百货公司的保管员，一副双层黑眼囊，鼓眼，长睫毛像帘子一样耷在眼睑上，活像牛眼，因而得此外号。他此刻双手排在桌上，一手压着自己的钱，一蒙住自己的牌，挑衅的目光轮流地扫视着所有人，看来他对自己的底牌已很有信心，同时又分明想从对手的眼神里窥猜出对方的底气；留一刀的下手坐着城关镇无业游民"尿泡"李兵，这是一个身材高大的家伙，在一次与朋友打赌中，他以一次喝一桶水半天不上厕所的成绩而博得此名。此时，他把牌窝在大手掌里，以不可撼动的傲然目光回击着所有的挑战者，并从嘴里吐出来一个个烟圈，那神气劲如临仙门，而那些烟圈在满桌的赌徒头顶上滚动、消散。他分明在耐心地等待着即将把对手打得满地找牙时那种快感的来临。再下来是矿上五工区卡车司机"酒糟鼻"张小军。伍乃子知道，这张小军是个酒鬼加色鬼，在矿区仗着开卡车的便当，干下了数不尽的风流缺德事。他开卡车，凡搭他车的女子必遭他的咸猪手，有时连半老徐娘也不放过。据说他的鼻子就是被一个"千不该、万不该"上了他的车的一个烈性女子给咬的。好多年过去了，他那鼻子还未痊愈，遇冷遇寒，便又红又肿。此时的他正双眼直勾勾地盯着手中的牌，脸上露出沮丧，口中怨声怨气地快快道："猪婆生崽也得三个月糠福，老子手气背得连猪都不如……"再往下排过来，是老街的伍彪、南街"大左"胡狗朵……全屋只有一个女的，此女子姓单，名冬梅，绰号响得很，叫"大瓶子"。是从山东随母嫁到矿上来的半边户，很胖。那足足有三个人腰粗的两瓣大屁股撅在人墙外围，像两尾鱼般地摆来摆去，气势之大、挑衅意味之浓，让人不敢贴近。她一人几乎独霸了一方。此时的大瓶子正赌得来神，她眼睛死死盯着自己手中渐渐磨开的牌，当最后一张牌惊现端倪时，她"啪"地将大手耙子往桌子上一拍，随即从椅子上跳了起来，"开牌！！"她用兴奋而变了调的声音叫嚷道。最后一个赌鬼是靠近伍乃子此局正坐庄的庄家，赶车郎[1]"九指神偷"吕万财。此人瘦黑精干，眉骨突出，黑厚浓密的拖刀大眉毛下有着一双深凹的眼睛，那双六亲不认的猫黄眼珠子冷若冰霜、神鬼莫测。一看他娴熟的发牌动作及惊涛骇浪中如弄潮儿般的轻松神态上来看，就知道这种场合对于他来说如鱼入水、虎归山、王八入泥潭——全对了路了。

　　夜。十点五十分。

---

［1］　矿上人对那些混迹于京广铁路旅客列车上行窃的人的称呼。

全县城已是一片寂静，独有大地主"红鼻头"罗大毛的旧宅里热闹非凡，吆喝声一阵高过一阵地从罗巷传出。正当这伙人赌在兴头上时，只见一彪人马入了巷子，从侧门贯入，稍时，楼下便传来急促密集的踏步声。除了伍乃子、马车右外，赌徒们谁也没有在意。对于这些大战方酣的赌鬼来说，此时此刻，只有手中赌具，没有身外世界。"不许动！"一个声音大声喝道。第一个冲进屋的是此次行动带队的城关派出所副所长。他先是一声大喝，以震慑住赌徒，然后只见他以一个蛙式动作从外屋跳进里屋，来了一个双手持枪的马蹲式姿势。那是一个漂亮的时下港台电影里标准手枪预备射击的动作。然而却由于木板楼的晃动，加之后面的警员蜂拥而上，也不知谁在副所长撅起的屁股上顶了一下，于是乎他下盘松虚、马步紊乱，跟跄地又往前蛙跳了两步，腰身上下波浪般的一晃荡后，才算稳住。一丝尴尬和慌乱从副所长脸上飞掠而过，手上的枪也在抖动。他的这一连串电影式的动作逗笑了大家，其中竟有一赌徒不知天高地厚地抿嘴笑出声来。这笑随即感染了所有人，大家竟像观摩表演似的一齐把目光投向副所长。"都给我……靠墙边……站住！"副所长有些结巴地喊道，但话声未落，马车右从身后摸出来一块早已准备好了的藕煤，迅速而准确地击碎了屋内唯一的那盏花线吊灯，之后便听见"大瓶子"单冬梅"啊呀"一声尖叫，全场顿时大乱。就这在时"叭"的一声，枪响了。整个房间如同黑暗里塌了房梁的马圈，嘶叫、呵斥、哭喊、乱步、翻了桌子、倒了椅子、响彻一片。枪响后，有人"啊——"地发出一声惨叫。

　　脑袋最清晰的莫过于伍乃子和马车右了。马车右发现黑灯的刹那间，伍乃子便以无法想象的快速将桌子上底盒钱搜刮入囊中，然后如同泥鳅一样从桌子底下溜了出来，赶在马车右前面从预先踩好点的窗户口溜了出去……

　　还是先前去县城时那条沿江的石子马路。"冷风窝"口的一棵冬青树下，马车右第一个赶到这里——这是他们约定完事后的会合地点。

这是一个多么温柔的小城啊！夜空的蓝像一床刚煮染过的蚊帐罩在子夜的大地上，帐顶挂着暗淡的月亮。北斗七星躲躲藏藏地垂悬在伸手可摘的夜幔上，宛若瑶池七仙女的瞳光。静静躺在星空之下的耒水，在返回着天空的蓝色时又给自己抹上了一笔墨黑。没有波澜，没有鱼跃，仿佛一长条巨大的平面玻璃安静地斜靠在左岸的坡堤上，从这块玻璃面上能看到像巨齿形一样映在上面的山峦的倒影。斑驳叠加、水天一象。县城方向的灯光已稀疏可数，鸡犬息声，灰暗色的城郭里，人们早已进入熟梦之中。柴米油盐酱醋茶、鸡鸭鱼肉牛马车、父母亲友、子女儿孙、妻子情人、男欢女爱、田耕劳作、生老病死及仇人相遇、情场失意……日所思梦所想，此时此刻，都在这万民众生的梦呓中像看不见却相随相伴的灵光一样，从那些青砖灰瓦的屋舍中飘曳而出，在这座美丽的沉寂的千年古城的上空弥漫、依寻、游走。天使与恶魔同行，善良与丑陋相随。

"冷风窝"的阴风吹干了马车右周身的汗水，却浸透了他的心，那声清脆的枪响和之后的惨叫声一刻也没有被驱离开，始终在脑海里不断地重复地响起。他坐在路肩边的石头上不断地吸着烟，将还没来得及入喉的烟又匆匆奋力地吐向天空，并大口大口地往肚子里吸着从"冷风窝"贯出来的阴冷之气。他焦虑不安地望着县城方向，他突然觉得自己无形中被推上了一条充满凶险且无法退却和选择的路，他心慌了起来，他感到心中像揣着个扑腾乱跳的雀子一样，无法让它安静下来。马车右带着由此升起的愤怒心情等待着伍乃子和马五斤的归来。他知道伍乃子成功逃脱了，他亲眼看见他翻出窗户从一楼屋顶的瓦片上滑溜下去。心情稍微缓解了点后，马车右这才心里一悸：这个世界竟是如此的惊心动魄。

蟋蟀终于困了，相比先前的阳刚和清朗，子夜后的鸣叫声已变得懒惰乏力，一声暗过一声，直至偃旗息鼓。夜下里像铺着磷白色缎子似的马路那头终于现出了忽隐忽现的火星，少刻，传来一声哨响。这种用食指弯曲塞进口里打出来的哨声，响亮而清脆，划破了寂静的夜晚。这是暗号，他们来了！马车右立即从地上蹦了起来，他蹿到马路中央，劈开双腿，两手叉腰，立候着。他原本想回一声口哨，但极坏的心情让他放弃了。"车右老弟？"俩走近后，伍乃子黑下里先试探地喊了一声，接着马五斤也喊了一声。可没等两人拢近，马车右早已经一个箭步跨上去，掐住伍乃子的脖子猛然一推搡，嘴里喊道："怎么会是这样子？！"伍乃子差点没倒了下去，幸好马五斤及时上来扶住了他。"你问我？我也没想到会这样子，枪走火啦，警察打了警察！"伍乃子叫了起来，躲闪开马车右后，在路牙边蹲下，闷头抽起烟来。"不能怪他，"马五斤将马车右拦腰抱住，打起圆场来，"谁也没想到会是这样。""闯了这么大的祸，我们怎么死得脱？！"马车右说出了大家的担心，同时心里却幻想着今夜一过，一切归零后明天再开始。伍乃子将烟朝路沟里一扔，跳了起来。"怎么办？还能怎么办？！到了生死线，去留一念间——马上逃！今夜那帮赌鬼就会将我供出来的，他们都认识我。现在没搞清楚，死了人没有？如果死了，可就惹着大事了，五斤在街上见人是被抬出来的，是他身后警员的枪走了火。""往哪儿逃？"马车右、马五斤同时在黑暗里忽闪着眼睛看着伍乃子。

　　"还能去哪儿，广东呀！这本来就是我们的计划，现在钱到手了，这里是一刻也不能留了，今晚就动身。出去两三年再回来，屁事也没啦，这个你们听我的，我有经验。"伍乃子边说，边将手中的一撂钱塞给马车右，见马车右一把挡了回来，嘴里嚷着不要这害人的钱，心里便急了。"这就是你的不是了，兄弟一起做事，讲究的就是有福同享有难同当，这也是规矩，你这可就是在为难我了。说句不好听的话，你不要也不行啊，罪可不能我一个人担着，走到今天这一步，也就都是一根绳上的蚂蚱一条船上的人了。钱肯定得收下！至于你们今晚走不走，你们自己看着办，反正我是一定要走的。"说完，伍乃子是硬将钱塞在马车右手里。分给他的是两千块钱。在马车右十五年的人生中，这是第一次见到过这么多的钱，这钱砸在手中比磨盘还重，比山还沉。他手在打战，那样子极像是一个爬到竹竿上过河的已没了回头路的老鼠。青春的萌动和本性的欲念以及对未来的憧憬，挤爆了原有的思想格局和行为禁锢，他没有再推辞。至此，马车右想做一个正经人、做一个对社会有用之人的想法，在他踏入社会的第一步便被伍乃子引向了歧途。

　　耒水河面上腾起的浓雾像水的氤晕，雾光映印中的马车右、马五斤四目相觑，当双方的目光最终都锁定同一选择时，一切也就在不言中了——逃离耒水，南下广州！

蜉蝣

三

　　红旗煤矿广场西侧道旁是幢煤房，向县城居民和矿职工出售散煤，煤房旁有一红砖围墙院落，大铁栅门，门拱上焊着几个锈红铁字：矿生活服务公司。院子里有排办公室，灰瓦、红墙、绿漆门窗，一行八间。左右两侧另有一排老灰砖平房，为材料库房和男女厕所。此时正值早班点卯时间，院里院外站着一簇簇人——他们正等待领导给他们派工。一群穿着矿服的妇女在一棵无花果树荫下追抢着什么，不时发出哄然大笑。原来是一张从一个少妇怀里飘落出的相片——那是一张军人标准照片，时下女人最抢手的男儿郎。女人们蜂拥着，轮流抢着看，你拽我酸地大笑一阵盖过一阵。

　　赵保刚在"里面"待的那两年学习了一些劳动技能，水电泥瓦、机电钳工，甚至修补轮胎、淘粪种菜等等诸如此类。"我也是矿山子弟，到这里找点事做理所当然。"赵保刚想当然地这样认为，这给他增加了一分勇气，于是稍做踌躇便迈进了铁门。原李姓经理换了岗位，现在管事的是原副经理。副经理姓付，是赵保刚隔壁邻居雷婆的老公。近一段时间，为了纠正别人对他职务的称谓，凡仍旧叫他副经理的，他立马就瞪起眼珠子白对方一眼，然后半天不理不睬也不派工，见对方仍不明就里，便会指头朝天嚷道："李经理上吊（调）啦！"直到对方拐过弯来并去除"副"直呼"经理"，他那张布满如同枕在细纱布上留下无数细碎皱纹的小白脸才会显现笑来，并龇出一排匀细的白牙。付经理是个有特点的人：他高子很高，眼睛大而有神，时刻闪烁着捕捉对方心思窥猜对方隐秘的目光。他这一目光让下属有种无处可逃、被剥光衣服的感觉，于是对他敬而又怕又恶心。而在对待上级领导上时，他这目光便转化成了善解人意、驯顺雅尔。他对上级领导的敬重在全矿是出了名的。他的老婆雷婆有一手好厨艺，做得一手好酒菜，特别是那盘"油爆大转弯"，简直绝了：用上好的三黄鸡翅膀先走大油，使其肉嫩皮酥，然后用碎姜、辣椒丁一烩，让其入盐上味，掌握好汤尽肉黏那一刻，锅盖一掀，那翅膀便肌黄脂白、丝红通透，再撒上鲜葱丝，顿时香气充盈，内敛而不外溢。一当用嘴撕开酱酥蜡黄的嫩皮现出里面筋肉如糯、软骨如玉的内质时，整个三居会的巷子里就又一次飘着让人垂涎欲滴的美味了。大伙便知道又有矿领导来付家体察民情了。付经理靠着老婆这一绝活拍足了领导的马屁。他拍马屁拍得准，总是能恰到好处。他如今嘴里能叼着"矿生活服务公司经理"这块全矿人都眼红的唐僧肉是有道理的。

　　"你、你、你！你们三个赶紧摸家伙去二居会四栋何婆婆家，上次谁去弄的？尽做蠢事，管子竟然从她卧室穿过，这会儿又爆了，水漏了一床，把那婆子吓得以为倒天啦！天还没亮就跑来矿办咒天，就差没上吊了……这老东西也真是，有事你找我呀，你跑去矿办干吗？"付经理穿着一件灰色华达呢竖领长风衣，一手揣在风衣兜里，一手配合着嘴指这划那。因为身材高挑，所以他特爱穿着这件合身的长风衣站立在办公室中央，这种鹤立鸡群、居高临下的感觉让他产生了一种飘傲的风采和颐指气使、咄咄逼人的气势。他很满意自己这项工作，也为自己跻身于矿上主要领导这个阶层而志得意满。赵保刚一看到他那白纱布般布满细纹的小脸，就知这是那号专拈活泛事做、凭得一副好牙口吃太平饭的人。"喂！二班的，进来！上午去码头卸水泥，哎，对了，昨天一肩扛三包水泥的是谁？好！就让他今天领班。下午到油库去滚油箍子……"付经理修长的手从众人头上伸过去，带长指甲的指头指着几个穿着一身油污制服的工人一勾指头喊道，然后瞅见了无花果树下那帮正笑搂成一团的妇女，没好气地嚷嚷道："看看你们几个都笑成什么样范了？低头看看，裤子掉啦！……别在这等喽，妇女组跟昨天一样，全到菜市口去平整路基，明天一早地面开浇混凝土……"

赵保刚侧身挤了进去。办公室嘈嘈杂杂站满了人，像竖了一屋子黑不溜秋的铁路枕木，他插不上话，也不敢插话，更没有谁在意他，只好有些忐忑地靠窗边站着。付经理倒是瞟了他一眼，但目光只是略显惊讶地在他那张有些惶恐的脸上停留了一下，便又移开了。打个招呼、点个头，对付经理来说都是一种向外施舍，他得见人行事。赵保刚有些闪忽的目光让他觉得没有那个必要。但仅限如此，似乎又不是付经理的性格，从他瞟到赵保刚那一刻起，那张由于领导欲而兴奋起来的脸上便多了一层复杂的表情，表情下面是他掩饰着的嫌恶感。等他貌似忙碌却实为啰唆地把一拨拨人打发走，几十分钟已经过去了，赵保刚脚都已站酸，人也开始不自在起来。

"哎哟，这不是小赵吗？出来了？"付经理将最后一帮人调配走，并在那张放着一块绿色玻璃台板的办公桌前坐下，用那并在一起秀长的长着两片女人般瓷滑指甲的长二指优雅地将一个方形烟灰缸拨到跟前，又慢慢地点上一支烟夹在手头间，无比惬意地吸上一口后，才故作惊讶地看着赵保刚说道，"你在里面倒是长胖了些，真的。有事？"哪里痛点哪里，赵保刚虽然窝着气，但不管怎样终于轮自己到了。他有些急切地快步向前一迈，由于动作猛了点且没有掌握好应该保持的距离，付经理腰身往后一闪，急忙竖直手掌不无嫌恶地阻止道："你就站那，有事说事吧。"赵保刚刹住脚，退回原处，"你好！付经理，我来找你是想……我爸不在了，母亲又没安排工作，家里很难，所以我想看矿上能不能给我安排点事做……""慢、慢、慢、慢着，"付经理突然竖起食指，那样子就像手中执着一根指挥棒，这根棒子在空中挥舞着，打着立即停止的手势，"你的这个说法是不对的，我要纠正你！矿上是没给你妈安排工作，但是矿上给了你大姐一个招工指标，那可是市棉纺厂。全矿才三个名额，你母亲哭着要的，这个我知道，我们开会研究过的……"

"我不是那个意思，付经理……"

"你别叫副经理，现在这里没有副经理，听着让人别扭。"付经理黑着脸打断赵保刚的话，一听对方是来找事做的便有些不耐烦了，抬眼看看门外，希望此时有一拨人进来，他喜欢那种被人围着的感觉。

"哦……经理，我来只是想找点事做，临时工什么的……比如外线组做些苦力事……看您这里能不能安排一下。"

付经理只是鼻子哼了一声，没再说话，他将双手平摆在玻璃板上，拿出一副很认真思考的样子，良久，看了一眼赵保刚后说了一句让赵保刚再也不敢往下接话了的话："现在正式职工都没工作安排，你从'那里'出来，不行啊！安排了，准会有人告到领导那里去……不行的！小赵啊，这个事你得自己另想门路了。"付经理说完就再也没理赵保刚了，翻开一个蓝色硬壳本子，在上面写写画画起来，另一只空着的手不停地敲着桌子面，指甲与玻璃面的撞击声细碎而清脆，很有节奏。

看着付经理埋在高领风衣里的那颗小脑壳及闷在竖领中的小白脸，与之同辈的父亲的那张黑脸膛便像抖开了一面帘子一样，飘飘忽忽地呈现了出来。赵保刚竟一时忘记了自己此刻身在何处，心一酸，手便伸向了空中，他想去摸摸父亲的大脸。"都是人，为什么好人、老实人都没有好结果，而奸佞小人、阿谀奉承之徒却活得如此滋润？"赵保刚这样想到，眼睛里便闪现出来一股凶光，当他再次将目光投向付经理那颗棒槌似的小脑袋时，发现付经理正用笔头顶在下巴颏上，眼睛像审贼似的瞄着自己。赵保刚再没说话，转身甩门悻悻地走了。

接下来几天，"红眼鸡公"赵保刚又跑了几个部门，装卸队、机电厂、预制板厂、煤场和煤炭码头等，无一例外吃了闭门羹，一气之下在家睡了半个月。家里很多饭蝇，每天起来他就坐在饭桌前抓苍蝇玩：他把手指头慢慢地向苍蝇磨过去，到达了距离范围内苍蝇还在玩味地抹嘴看着他的时候，猛不丁一弓指背，苍蝇腿便压在了指甲下。他扯掉一片蝇翼，看着它们在桌上晕头地旋地转圈。他每天要抓上几十只苍蝇，整个桌面上都在发出不死的苍蝇吱吱嗡嗡的声音。越是这样心情就变得越坏，耐心也在逐渐丧失，眉头间像挂了把打不开的锁。一身的力气，却找不到一个事做；铁墩一样的男人，却养活不了自己一张臭嘴巴；路还刚开始走，面临的都是死胡同；所有的憧憬与希望、美好与内心冲动，都在这几天奔波中化为泡影。已是秋干草香的时节，凉爽的、淋漓酣畅的、带着屋前屋后泥土芬芳的初秋之风携裹着飞扬的黄叶给矿山人带来了好心情，却吹不散赵保刚不堪其忧的一脸愁云。这天，一个牢友出来了，这个叫赖小毛的青年虽然只比赵保刚大三岁，却已是个二进宫的老油条了。他身短头大，宽脸，短发，一双牛眼。他一踏出牢门，便像一个无家可归的野鬼似的，直接就到了赵保刚的家。两人待在家里，一关就一上午。

　　"啊耶，你好天真噢！"听赵保刚将那几天找工作的事跟他一说，这个赖小毛、人称"癫皮狗"的青年人便揶揄起来。他一脸疙瘩肉，双管猎枪似的鼻梁上有一条像断节的干蚯蚓似的刺青疤痕，当他开口讲话时，这条伤疤就好比被一根细细的绳牵着蠕动起来，配合着直往外喘粗气的大蒜鼻子，显出凶相来。"有道是：屁眼上的屎，擦干了照样臭！我们这些从那里出来的人，在他们眼里就是一坨屎，你甭想香起来，省了那份心吧，日子该怎么过就怎么过，你神气你的，老子有老子的活法。我对你讲，保刚老弟啊，你我家庭全都是老实巴交的矿工，别看矿上几万人，好大的世界似的，其实人人心里都有个谱，谁谁谁家，都清楚得很，我们是那种要权没权要势没势要门路没门路的货色，谁都不会把我们当回事的，只有鬼才帮你。那帮当官的，见了领导哈巴狗似的，就怕尾巴摇得不够起劲，见了老百姓却调起一口的官腔，该帮谁、该怎么做他们早就心里有谱，却还要害得你瞎冲乱撞，我算是早领教过了。如果说还有办法的话，那就是送送礼了，兴许能行。"赖小毛突然把头凑了过来，说道："要不我帮你出个主意？"

"什么主意？"赵保刚问，懒得看他。

"我们活在当下一个凡事都讲关系的世界里，没关系就得钱说话了，可我们又没钱，怎么办？那就用东西了。"

"什么东西？"

"树。鸭子岭上农民正在砍树，偷一筒来送到他屋里，准行！谁家结婚不打家具。现在这是个好东西。"

赵保刚做工心切，当即答应了这个方法。两人正谈得起劲，谁也没注意，门不声不响地开了一条缝，一双眼睛冒出阴冷的光正从这条缝里往里挤，却半晌不吭声，良久才轻推开门，侧身一跐，也不打招呼，摸着门边的沙发就把屁股挪了上去。进来的这个青年人叫祝平，与赵保刚、赖小毛都是儿时的玩伴，只是祝平早早地已经结了婚，是个有家室的人，也有一份相对来说比较固定的工作：做歌郎唱夜歌子[1]。矿山当年红火的时候，他顶了父亲的职，得了一份工作。因弹得一手好吉他，又天生一副女人般秀朗的好嗓子，便安排在了矿上文艺宣传队。天天除了排演就是下到各个工区演出，甚至于到井下为现场作业工人表演慰问，再不就出墙报、办刊物，将刻写端正的油印小报派送到矿山的角角落落。一时间成了矿上小有名气的文艺多面手。但好景不长，煤矿效益直线下降，这种大型煤炭企业好似笨拙的大象，既呆板又尾大不掉，一年的光景，宣传队就解散了。一帮原班人马改业不改行、现炉子现灶，摇身一变成了矿区最好的个体组织性质的殡葬礼乐队。祝平也就唱起了夜歌子，当了歌郎，凭着这，赚起了死人的钱。俗话说得好，跟着蜜蜂找花朵，跟着苍蝇上茅房，跟着钟馗去找鬼，

---

[1] 葬礼上替死者家属哭丧唱哀歌的人。

跟着神灵到天堂……这种送善男善女上天堂、恶男荡妇下地狱的奇特职业，让一个有着阳光灿烂过去的祝平，在历经了几十场"吊孝哭灵"的白喜事下来后，变成了如今这个眼冒绿光神神道道、轻手飘脚形迹诡异的祝平。

此时，赵保刚和赖小毛聊得正起劲，他一声不吭地猫进屋里，那神情像从幽僻之地而来，正在捕捉现实的印迹。终于，在眼前的两人咬住耳朵准备说悄悄话时，他开口说话了：

"没看走眼，就是你——癞皮狗！"

这貌似平静却声音怪异的一声长腔，把屋里的俩人吓得一惊，同时嗖地站了起来，往一边躲闪，这才发现屋角里多了个人。"啊哟哟，爹耶！我胆子小，你今后别这样人不人鬼不鬼的了好不好？！"定神一看是祝平，赖小毛叭的一屁股又坐下，恼怒地怨道，"你什么时候变成这副模样了？你进屋来不吱声放个屁响一下也行啊，鬼吹灯似的，真的好吓人。早跟你说了，别干那事了，成天哭哭啼啼地送死人，把自己也弄得成了个半死鬼。"

祝平的脸迅速地白了两块——他很忌讳别人谈及他的工作。他知道别人怎样看他，也知道别人背后怎么议论他，虽然也曾多次想改行，但是，每每锣鼓法器一响，音乐奏起，他心中就会产生一种无法控制的冲动或者说是一种生与死之间的通灵之感。他很渴望那种着魔一样的感觉。他就觉得那是每天的精彩时刻，因此，他下不了决心脱离这行，就如烟鬼戒烟瘾一样，戒戒犯犯，永远也下不了决心。"怎么就出来了？"他问赖小毛，他想把话题转开。可这话一说出来赖小毛就又不高兴了，"你什么意思呀？什么叫'就出来了'？你是巴不得我把牢底坐穿是吧？！告诉你，一百零八天，一天不多，一天不少！"

几个人又胡乱地扯了一阵子，赵保刚被这段时间闷在家里折磨得难受，于是说："走吧，我请客，为你接风，我们到望江楼喝酒去！""嘿嘿，好主意，走咧！""癞皮狗"赖小毛一听喝酒就咂起嘴来，他第一个站了起来。三人勾肩搭背成一排往伍市的望江楼而去。赵保刚夹在中间，他的大屁股像肥鸭屁股似的一扭一扭的。靠在右边穿着西装短裤同样敦实的是赖小毛，他的那双露在外面静脉曲张的脚肚上就像各自盘着两条蠕动着的青蛇。而左边的祝平则脚步紊乱、似醉非醉般。太阳西斜，三个人的影子在灰色绒毯一般的广场地面上奇怪地跳跃着。

赖小毛是独生子。他选择了一个不对的年代、不对的父母和不对的时间来到这个世界。父亲是红旗煤矿矿属砖厂的窑工，母亲是父亲在窑旁捡到的叫花婆。那年，懒汉——也就是赖小毛的父亲被挑大粪的老爹赶出了家门，上了窑厂做工。那是个冬天，天降大雪。工歇间，赖小毛父亲跑到砖窑旁来暖身子，结果在窑脚下看见了一个破袄邋遢肚皮青黑的荏弱女子，也就是赖小毛的母亲。三十岁没沾女人味的男人见四下无人，便怀揣歹念凑上前去，将一个自己充作午饭的红薯给了那女子。趁女子狼吞虎咽间将其搂入怀中。暮色下，两人便在红火火的热窑下行了那事。女子年方几许、姓什名谁、从哪儿来到哪儿去，一概不知。仅从路人口中得知她的一个绰号"一滴香"。几天后，便在摆放着一床红棉被两只鸳鸯枕头的板房里结为夫妻。当月怀孕，九月就产下一崽，但未满月，婴儿就死了。第二年的八月又产下一崽，还是没满月便夭折了。等怀到第三胎时，一家人诚惶诚恐，又是烧香拜佛，又是请神驱鬼。在父母倍加小心中，赖小毛这才在那个民间传说的"四月八，冻死毛毛鸭"的不祥之夜，于窑厂西角那爿板房里出生。这孩子打一落地，便像个老天不会放过的人，牛眼圆睁，骇目看人，有人说了，他是践踏着兄弟的尸骨投胎的，一出生就带有血腥味，而且似乎早在赤子之初卑鄙就铸于灵魂之中。

三天后，赵保刚领着赖小毛、祝平还真的在半夜里从鸭子岭偷来了一节直径约两百毫米、长约两米的红楸。但没想到的是，当几个人气喘吁吁地把木头扛到付经理的后院，轻敲开门，结结巴巴地对付经理说"请笑纳"时，得到的却是付经理的一顿臭骂，同时也被爬在窗台上的付家小女付艳看了一场笑话。三人像夹尾巴狗般地逃入了黑夜里。至此，赵保刚想在矿上找一份工作安分守己地做个事的想法彻底的泡汤了。

监狱是个高墙大院的修炼所，修炼过程中会有一个命运之点出现，这个点就是人生之旅的另一起点。当你从监狱迈出大门那一刻，方向即命运：朝着亮，便越走越亮，朝着黑，便一头到黑。

日有所长，月有所短，太阳每天照常出来。在烦躁中的赵保刚心里，每天都是漫长的，而这种漫长体现在日历上却又是如此的短暂。仔细算来，这转眼间离赵保刚从那里出来已经半年零十天了，按他自己的说法，已在家白白地挺了半年尸。这天，太阳跟往常一样，先是穿过对面梧桐树树丫，然后爬上对面那排低矮平房的屋脊，那些通过树枝过滤后的阳光像蛇伸出的信子一样四处探摸。再后来——赵保刚知道，这些阳婆会在屋脊上一字排开，于是他就会在心里喊道："一、二、三、开始！"阳婆们就像得令似的从屋顶倾泻而下，满屋棚上如同倒入了一簸箕金色的大豆。有一部分会从未拉严实的窗帘缝里像铁铺里烧红的扁铁一样挤进屋内。四仰八叉的赵保刚平躺在床上，每天定时地等待着这头一批阳光。今日头疼，看着这些钻进来的阳光，他无动于衷如同死尸。那垂直的光线，像竖锯，将他带着胸毛、腹肌毛的身体拦腰截断。

昨晚又和几个狐朋狗友出去喝了一顿猛酒。金刚刺蒸馏的高度数烈酒，像烧红的烙铁一样，从喉管咝啦着一直插入胃里，然后从屁眼冒出，火烧火燎，如受酷刑。如此喝法，本以为麻醉一下后应该能睡一个好觉，却不料，肚里翻江倒海般，一晚下来，喝了半缸水，屙了一桶尿。"一身好肉，却卖不出个肉价！"他拍打着自己烂醉的身子咒着自己。同样也有一只蜘蛛从窗角拉一根线缠在帐杆上，然后悬在他脸的上空，那蜘蛛睁着两柱眼睛看着他。蜘蛛情感丰富的目光中透出来对眼前的傻瓜的可怜神态。赵保刚一把把那蜘蛛握在手中，打开手看时，那家伙抻长前足嘲笑地跟他打了打招呼，竟大摇大摆地走了。熬到鸡叫三遍了才迷迷糊糊地进入了半睡之中，心里面却仍然是明明朗朗的，听见屋里有了响动，好像母亲醒了，又听见屋外的门廊下有早班人走动的声响。"这怕是就天亮啦？我还一点没睡饱呢！"他迷糊状态下想到，于是把枕头拿来蒙在头上，强令自己什么也别去想，恨不得把这个世界给抛弃掉。依稀中，一阵嘈杂声袭来，先像是谁家的脸盆之类的东西被掷在地上发出的"咣当"声，接下来便从一个女人嘴里发出类似赶鸭子的"嗾嗾嗾"声，这种急急的带有气急败坏意味的"嗾嗾"声，赵保刚听得出来，其实是为了引人关注，准确地说是在招引人。不一会儿院里便喧闹声大起，鸡飞狗跳了起来。"红眼鸡公"赵保刚知道自己这回就算是把世界上的羊都数个遍也是白搭了，肯定再也睡不着了。他坐起，脸避开光线，嘴里仍然一股浓浓的酒味冒出，能点出火来，害得赵保刚看着手上的打火机，硬是没敢抽烟。

原来走廊外的吵闹声是隔壁雷婆——也就是矿生活服务公司付经理的吊门子老婆在摔盆砸碗骂大街。她骂的是她隔壁的邻居家：珍珍——一个从江西嫁到矿上来的外地媳妇。开骂从后院开始，一直骂到前门。

"……啊嘞嘞，啊嘞嘞！快来看呀，快来瞧呀！"雷婆一手捂嘴，一手用火钳夹着一条带着黑血的女人月经带，手臂伸得长长的像拈着根搅屎棍似的嫌恶地翕动着鼻孔，正向院里人展示。这个老女人身材像矿上油站的油箍子一般，又圆又壮，且体型高大。她有一张长相凶悍又奇特的脸，腮帮子又宽又阔，额头却狭窄尖削，双耳尖耸，加上那头黑油浓密的波浪卷发，整个就像是罩了个豁着大口的漆黑的破喇叭，有那么一点地狱篇章《玉历钞传》里的厉鬼黑无常的味道。那嘴，鲤鱼形状，肥厚、卷着唇边，叫骂声像鼓泡泡一样从里面冒出来，声音既洪亮粗犷，又充满杀气。谁挨到这张嘴一顿骂，不脱层皮也得生一身疮。清早，院里的公共水龙头旁就已站满了抢水的人，雷婆的这一喊叫让所有人像一群草原獴似的齐刷刷地都伸长了脖子，他们的头都像活动的螺丝帽，跟着雷婆的手，拧过来转过去。

珍珍家却静静的，半天也没有响动，这更激怒了雷婆，当所有邻舍的屋门都敞开人都挤满门口时，雷婆的骂声就更起劲了。

欠身躺在床上的赵保刚被院子里雷婆的这一顿叫骂，早没了一丝睡意，脑壳里"嗡嗡"直响，心烦到了极点。忍不住时，便一骨碌从床上跳起，走到窗前撩起窗帘子，贴在玻璃窗上往外看，耐不住了又一屁股坐在床上，他感觉心中有股无名火涌起。

"心虚了吧？做了缺德事了吧？不敢出来了吧？"雷婆冲着珍珍的房门不停嚷着，气焰嚣张。雷婆不姓"雷"，雷婆姓"杜"。雷婆是她的外号。"雷婆"是句骂人的话，是指那些声音大、不讲理的老女人。院子的人都畏她若虎，谁也不敢上去打圆场，只待在一边作壁上观。老公昨晚上夜班得等到澡堂子里洗刷以后才能回来，屋里就刚起床的珍珍一个人。外面一通恶骂惊醒了她，"坏了！"她想起昨晚换下的那条月经带，猛地从床上跳下，光着脚丫"吧嗒吧嗒"地跑去后院，朝垃圾桶里一瞧，果然，那条沾满了血污的黄色草纸带子不在了。她脑子一蒙，知道了雷婆是在骂她，心立即慌了起来。"这肯定是哪家的狗昨夜叼过去的。"珍珍断定。迷信有一说，那东西不吉利，会引祸招灾。雷婆这号人可吃不下这种污亏。她跑前跑后，一时没了主张，嘴里喃喃自语：怎么惹上她家了，怎么偏偏就碰上了这家活鬼……几番权衡，怕是怕，但对方已经开了明招，躲是躲不过了。珍珍攥着拳头捶了捶自己的胸脯，以此给自己壮胆。她决定还是开门出去跟对方好好解释一下。哪里晓得，门一拉开，"付阿姨"三个字还没说出口，那老妇人颠着大屁股、龇牙咧嘴就疯了上来。只见她二话不说就一把抓扯住了珍珍的头发，大屁股一沉，扭摆间就把珍珍拽了出来，嘴里咬牙切齿地嚷着："出来！你给我出来呀！"珍珍简直成了一只被黄鼠狼咬住了头的小母鸡，手脚乱动弹却无力反抗地她被拖拉到了院子中央。亏得几个胆大的邻居挑开铁丝下晾着的衣服上去解围才让珍珍从雷婆的手里脱了身。散发赤脚的珍珍很狼狈，也像是吓破了胆，转身逃回家的时候屁股还被挣脱众人之手后的雷婆狠狠踹了一脚。珍珍像一条被恶犬咬了的小花狗嗷嗷叫地逃了回去。她再没敢出来。

雷婆可没有鸣金罢休的意思。她今天是有心吵架，她知道，邻里关系中最讲究个“敲山震虎，杀鸡给猴看”。为了确保自己今后在街坊四邻的心中有着不可撼动的威慑力和杀气，赶好今天遇上个弱的，机会难得，于是便使出了这杀威棒。她心里盘算着今天定要大施手段，从此立下威风来。要说这个雷婆，还真是，从衡阳西渡一路杀来至耒水，已熬成江湖上的老蟆拐了。此刻，毫无悬念的胜利让她悠然了起来，她双手支腰站在院中央，改破口大骂为慢言轻语的嘲讽。

在自家屁大点小房间里转了十几圈圈的赵保刚心中早已窝了一肚子的怒火，半年多了，滞涨在心中一直搅得他心神不宁无处宣泄的腹中火，就像嘭一下撬开了盖的啤酒瓶终于找到了冒泡的口子。他没多想，从床上一滑溜下来，顺手操起帐杆上的夏衣甩在肩膀上就往外冲，母亲一看，慌了，还没来得及阻止，儿子早已“咣当”一甩门像头狗熊一样冲了出去。

“你这个老巫婆，发羊痫风啦？还让人睡觉不？你屋里又没死人又没倒灶，犯得着这样骂别人吗？”赵保刚穿着大短裤站在自己门廊前，朝雷婆吼道。声音很怪，掷地如雷。也在院里看热闹的老王家的那条腹腔下吊着一溜锯齿般黑乳房的老母狗被吓得掉进了檐沟里，沾上一身臭水后“嗷嗷”叫着逃走了。大家纷纷扭过头来，原来蛰在家怕惹闲事的人都也忍不住开门出来凑热闹。有早起的小孩揉巴着眼睛爬上了断墙；院里唯一独居的老女人——解放初期来矿山改过自新的老妓女——邓娭姆也拄着那根满是疙瘩的拐杖站在石榴树下，她抿着没了牙齿像倒吸进去的橡皮嘴子似的嘴巴，嘴巴上倒插着一支香烟——也许嘈嚷中她还没来得及辨明倒顺——睁圆着两眼看着眼前发生的事。正叉着双手骂得兴起的雷婆听到身后赵家小子一声大喝，惊诧不已地愣住了，“半路杀出个程咬金啊？”雷婆首先的反应是屁股往后一尥，然后就像磨盘一样不慌不乱地磨转了过来，把脸对着赵保刚，眼睛瞪着他看，那目光里有疑惑、不解、愤怒，以及恶毒、不屑，磨蹭了半天硬是没说一句话。所有人都看出来了，雷婆根本没有被赵保刚的吼叫吓到，并未乱了方寸。很快，像一道闪电击中了她，只见她一撸袖子张开嘴，嘴里爆出马蹄形血红的牙龈，将双手伸向天空，像要狂抓什么东西似的一个劲地摇晃，然后就像发动了一台推土机般地向赵保刚碾压过来，一串串恶毒的骂人话从两片肥厚的嘴唇里冒泡似的冒了出来：

"死开！关你什么事？啊？！没撩你，没惹你，没逗你，你跑来帮什么腔？答什么白？啊？！你一劳改犯短命的没寿的、有娘养没爹教的货，妇人家的事你来掺和什么？！难道她骚胚子偷上你那屙尿下脓的猪肠子狗尿泡了不成？……哟哟哟，看你啜开个嘴，想吃人呀？小毛卒，还轮不到你来老娘面前逞英雄，充哈巴狗……呸！什么东西，乌龟王八蛋兔崽子龟孙子吊胫鬼砍脑鬼没脑壳鬼断手断脚独眼龙半边脑壳血滴滴……"

雷婆骂人一溜一溜的，一点都不卡壳。一顿连珠炮轰来，一下子把赵保刚给噎住了，他半晌说不出话来，只有干瞪眼，紧握的拳头里发出骨节咯咯响的声音。母亲跌跌撞撞地从屋里跑了出来，她那瘦小单薄的身子仿佛是用一根竹竿撑着的一个没有填充满的稻草人。赵保刚觉得母亲简直就是向自己倒将过来。"死崽！死崽哎！"母亲一把抓住儿子的手臂就急慌慌地往回拉，可是健壮的儿子铁墩似的立在那里，又光着膀子，生得小巧的母亲既拉不动也抓不住，急得直跺脚，口里嗷嗷直叫。儿子丝毫没有想撤的意思，牙齿咬得吱呀响，脸也青一块白一块了起来，样子好可怕。母亲一看，儿子这是要犯傻了，慌乱中双手搂过来儿子的手臂，龇牙一口死死咬住，连拖带拽硬是把儿子拉回了家，"嘭"的一声关死门，然后把她那纤细的身子紧紧抵在门背上。

"妈妈的蠢崽哎，那是个矿里出名的泼妇，什么事都敢做的恶霸女人，谁见她都躲得远远的，崽耶，你今天呷了癫药还是得了神经病？你去惹她干吗？！"母亲的拳头雨点似的打在儿子身上，猛然又像想起了什么，忙把儿子的手操起来看，当看到赵保刚手臂上几个深嵌的青牙印时，懊悔得嗫一口唾沫，急急地揉搓起来，口里心疼乖乖似的不知唠叨些什么。

被呛得一直说不出一句话的赵保刚坐在木制沙发上，两腮帮子胀得红里泛紫，又紫中带黑，他的眼眶里像止血纱布一样充满了密麻的血丝。赵保刚打小就这样，凡有急火攻心，便眼血充盈，此刻，这双眼睛正闪烁着血色光芒。本以为能唬住对方，却不料这老妖婆刀锋一转，反受其制。让雷婆这样子一骂，丑丢大了不说，连场也不知怎么收了。赵保刚窝着这股气啊，当着母亲的面，脸又羞恼成了猪肝色。

门外更热闹了，雷婆骂了珍珍骂赵家，骂了赵家骂珍珍，轮流着骂。街坊四邻拥在前屋后院看热闹，有胆大的，爱操闲心的人，明知无用也上前去劝上两句，而后悻悻而归。一直坐在石榴树下帮隔壁毛家媳妇的细伢子把屎的邓娭姆，一脚蹬开正在抢屎吃的两条狗，放下孩子，挂着拐棍走上前来，打嘴说道："算哒，算哒，莫骂得那样出口……别个还是个黄花崽……"本以为能倚老卖老，但话没说完就让雷婆狠狠地白了一眼，给噎了回去。看来雷婆今天是豁出去了。"一个弱女子和一个刚从牢房里出来没板凳高的黄毛小子，有何惧哉？！"雷婆心里明白得很。此时的太阳已经高高升起，阳光像把扫帚抹红了雷婆那张又阔又肥的脸，连脸上粗糙的毛孔根部也充血了起来，像黑红的芝麻粒一般洒满了一脸，显然，她明显地亢奋起来了。

"咦呀呀呀！两年没见人，我还以为上北京、下广州什么地方出息去了咧，哦哟哟哟！原来是到号子里光荣了几年……嘿嘿，一万个不要脸的东西，背块'劳改犯'的牌子，还自以为是背块北大清华的金字招牌哩，充好汉来了，丑耶！羞耶！要是我养出这么个东西，老早就把他扔进尿桶里闷死了！"

被骂得狗血淋头的赵保刚被母亲双手拽死在椅子上，他的头一直恨恨地摇来晃去，屁股像坐在钉子上，一跳一跳的。母子俩躲在家里，一个气愤万千，一个惊恐万丈。实在忍不住了，趁母亲一不留神，甩开门就往外蹿，口里高喊:"我捅你屋里噶娘的!"刚骂一句就又被母亲拖了回来。

"看看看,邻居们你们都看看吧,这个不要脸的东西说出什么话来!"一听这话,雷婆是一蹦三尺高,便出了她的绝杀。只见她像抽腰刀似的扯着裤带头"哧啦"一声便举起了右手,将那条红白相间的裤带便像蒙古弯刀一样在空中飞扬了起来,接着裤口就像松了绑的麻袋坠了下去,露出里面挤得满满当当的红花裤衩来,肥白的肚腩肉像被一个三角形的细钢丝拕挈起来一般。她就那样,又开双腿站在那儿,虎视着赵家,上身往后仰、下身往前努,在发出一声像杀猪的尖厉叫声后,双手便像黑猩猩拍打胸脯一样猛烈地拍打起自己的下体来,每拍一次,喝声就提高八度。"当年你的那个死鬼爹跪在我床脑边央求我嫁给他时,幸亏被老娘一脚端下,要不生下你这号没大没小的缺德货色,那还有人过的日子! ……死噶死、守寡噶守寡、蹲号子噶蹲号子,阎王殿里打灯笼,一屋子噶鬼……"

当赵保刚的母亲听到说当年丈夫乞求过雷婆嫁给他时,脸像被竹片抽打了一下似的红了起来,继而又是一阵煞白,薄嘴唇拉成了一根直线。她目若呆鸡地望了儿子一眼,那一眼像是要求证什么,然后脸部的肌肉开始抽搐,眼里发出赵保刚从未有见过的那种错愕的光芒,但旋即,一股自信笼罩了她,她脸上露出不屑的神色,这个纤瘦端庄的女人似乎来了勇气。她将门拉开,伸出头去,高喊一声"放屁"便又急忙退回吱扭的一声把门合上了。她对儿子说:"别听她的,你爸不是那样的人!"但赵保刚从母亲乌青的双唇、飘晃的身体上感觉出母亲已处在了崩溃的边缘。赵保刚有生来第一次见到母亲如此这般。

"别不信呀,有本事到阴间问你家的那个死鬼不就知道啦。轮到你也只有捡别人剩下不要的。"雷婆见赵保刚的母亲应战了,像久战未酣中遇上了真对手,士气大振。她冲上前去,突然一个回旋掉过头来,将屁股对着赵保刚的家门,"我放屁?你才放屁呢,屁从你嘴里出!"为了让"屁从你嘴里出"这话能体现在实处,她甚至把臀部高高撅起。雷婆还真的挤出一个屁来。屁响一过，廊下像等待什么似的，忽然就静下来了。这寂静有点恐怖。

约莫过了不到一分钟，赵保刚的家门打开了。赵保刚从屋里出来，手提一把青光闪闪的菜刀，他身后是已无力支撑起身子倒卧在门槛上的母亲。母亲用一种无奈的浸着泪水的目光望着儿子的背影。他一反先前的火爆，显得异常冷静而坚定，步伐稳定，但眼冒凶光，杀气腾腾。铁青的刀面在太阳光下光芒闪闪，晃眯了雷婆的眼睛，雷婆立即神色惶恐地一搂裤子便唧唧呱呱往自家跑，口里大喊道："二毛！三毛！快出来！！"

院子里的公用水龙头旁有一个供大家捶衣搓衣的水泥台板，有半个乒乓球台子那么大。"红眼鸡公"赵保刚走到台前站定，一听她喊儿子，便拿眼往雷婆家门口斜睨了一眼，嘴角露出冷峻和不屑，他知道走这一步，直接面对的不是眼前这个老女人，而是她在家的两个儿子——他心中已经有了这个预计。慌了神的雷婆情急中又赶紧喊了一声，只是这一声有点发颤。门开了，一前一后从屋里大摇大摆地走出来雷婆的俩儿子：二毛、三毛。跟在俩哥后面的是他们的小妹付艳。这两兄弟与赵保刚年龄相仿，上下不差两岁，相貌随母，都是身板高大，虎背熊腰，肥硕的头宛若半爿门板上顶着的一面鼓。因懒散嗜睡而变得松弛的脸上挂着一对软皮晃荡的鱼泡眼。俩兄弟看上去不是那种靠体力吃饭或者凭打杀混迹江湖的人，但单凭他们那一身膘，绝非一般人能吃得住的，更别说矮墩墩的赵保刚了。雷婆在家立有家规：凡有事，全家上！多年来，在红旗煤矿，他们家先声夺人惯了、包赢不输惯了、目中无人惯了，掉以轻心也惯了。此时的兄弟俩睡眼惺忪地出来，母亲在外吵架惯了，他们已司空见惯，你吵你的我睡我的，但是今天一听母亲这声调，知道事情不妙，相互推搡着起了床，来到屋外。兄弟俩一眼看见矮墩墩的赵保刚叉着腿站在院子中央，像一只斗犬般虎虎地瞪眼看着他两，手执一把菜刀，凶神恶煞般，那是一种随时准备开战的架势。俩兄弟互相看了一眼，彼此都看出对方有些心里发怵。

"今天的结果只能是一个！"赵保刚说话了，"横竖要死人！不是我死，就是你亡！"

二毛、三毛两兄弟显然没有这种心理准备，一听这话，"轰"的一声脑袋便大了。看看母亲顿足捶胸、抹鼻涕擦眼泪的样子，再看看两手空空的彼此，两人一时没了主意，蔫巴了，谁也不敢上前接招。

"赌命！"赵保刚又是一声大吼，"赌局是我设的，所以，让你们先来！"说完，"咣当"一声把刀掼在水泥台板上，刀像弹簧一样跳了两下，发出铿锵的声音，这声音犹如利矛戳在鼻头尖上让俩兄弟同时倒吸了一口冷气。见两人没动静，就又补上一句："来呀！接刀！由你们先动手！"说完，赵保刚竟操起刀以当年吕布辕门射戟的准头不偏不倚地将刀飞掷了过去，刀正好劈在五米开外二毛三毛身后的门楣上。刀在门楣上两边寒光闪闪。赵保刚的这一举动立即吓瘫了两兄弟。吃粗糠长大的与吃白米饭长大的是有区别的。赵保刚在这最紧急的一刻，看出了对方的胆怯，也就是在这一刻，赵保刚知道对方败局已定。他的气势由此陡然上升，他朝他俩勾了勾食指，脸上呈出流氓嘴脸，阴阳怪气地说道："嗬嗬，拿家伙呀！怎么了？不给面子是吧？让我先来是吧？好啊，阳气，那就我先来喽！……我数三下，如果你们还不动手，我——动——手！！"说完，赵保刚便向刀走去。那种缓慢的、坚定的、不容置疑的动作让一边的雷婆猛然一震，寒从脚起。她突然想起来几年前开完批捕大会的那个晚上，老公在床头对她的叮嘱："隔壁姓赵的那小子今天在台上还笑哩，今后可别招惹那货，那是个天生杀人放火的种！"想到这儿，雷婆的脸像放完血的老猪婆肉，刷白刷白的了，并且嘴巴歪扭，腮帮子抽搐，那样子，比头刚从鸡窝里抽出来还难看。当听见红了眼的赵保刚震耳欲聋地高喊"一"，而两个儿子双脚打战、神色慌张时，雷婆彻底崩溃了。她的双腿像被一根横扫过来的铁撬棍打中似的，"哗啦"一下就跪倒在赵保刚与儿子们之间，接着便是"哇"的一声大哭："不得了啦……不得了啦！快来人扯架噢！这是要杀人啦……刚子哎，慢、慢……使不得的啊！……这才多大点事，都几十年的邻居啦，犯得着这样子吗？……当年你妈生你难产，还是我们帮着你爸爸抬去的县医院，这些你记不得，那小时候在锯木厂跟孟伢子躲光光老鼠，你眼里飞进了锯屑，肿得像灯笼，哭着闹着，是我跑来飙出奶水帮你洇了出来，这个你总还记得吧？！刚子啊，做人可要讲点良心呐，婶婶千错万错，也是长辈啊！快些把刀放下……呜呜呜……"

"二！"赵保刚见雷婆如此这般，而那哥俩已缩回了家，只有付艳倚在门边拿眼瞪着他，一小片叶形阳光照在她脸上——那是一张美丽而愤怒的脸。赵保刚避开那目光，伸长脖子又狂喊了一声。一看出现了这种状态，惊魂未定的母亲赶紧跑过来，小手攥着大手将儿子往家拖，嘴里连声骂道："死崽，还不赶紧回家！"

事情就这样戏剧性的、以赵保刚压倒性的胜利和英雄救美女的佳话中戛然收了场。回到了家，赵保刚伸长脖子试着转了转，看着窗外法国梧桐树上五角叶迎风招扬的样子，他嘴角和眉宇间飞过一丝笑意和满足。一口喝尽杯中水后将母亲扶着坐下，并粗手笨脚地抹去母亲脸上的汗渍，他用父亲当年那种刚毅和爱怜的目光看着妈妈，握住她仍旧冰凉的手。渐渐的，母亲的脸色开始好了些，还乏力地掠过一道恐怖过后孩子般的窃喜。"妈妈，你不用怕，我那是吓吓他们的。"几句温暖的话一安抚，赵保刚感觉到了母亲软绵的小手在自己的掌心里开始变得暖和了起来。

次日，赵保刚终于睡了一个好觉，要不是被尿憋醒，兴许整个上午都得睡过去。他坐了起来，斜睨着停在帐杆上的一只天牛。这只甲壳带金属般光泽的天牛从昨晚上就一直停在那陪伴着他，一动不动。门响了，母亲回来了。"妈！"他喊了声。母亲掀开门帘把头伸了进来，灰头土脸，眼角有风干的泪迹。"妈，你怎么啦？眼睛是红的？"赵保刚诧异道，忙从床上下来。

"看你爸去了。"

"中元节不是刚过，又上去干吗？"

"我去问了问他，他是不是真求过隔壁的。"

"呵呵，爸说啥？"赵保刚一笑，双手搭在母亲肩上摩挲。

"说了，说她胡说八道，没有的事！"

"肯定的，我爸堂堂美男子，怎么会看上她那样的，猪头狗脸。"赵保刚一看母亲爱听这话，心中一喜，于是把脸凑过去，贴着母亲的耳根说道："我早看出了，爸就喜欢妈你这样的女人，又温柔、又苗条、又体贴、又善良……"

圈圈吃了点东西，赵保刚便出了门，他想去找赖小毛谈谈，总得要寻一个事做才是正理。院里的老柚子树上两只知子轮番"知了"个不停，也不知它们究竟知了什么。廊道里静静的，两头无人。廊外地坪上细密厚实的地苔散发出迷人的温湿潮润的气味来；公共水龙头没有关严，滴水成线，晶亮耀眼，像根银条；太阳正火辣辣地吻着大地，暴晒下的水泥台板上涌出热浪，像泼在玻璃幕墙上的雨润。这就是所谓的"秋老虎"了。在经过珍珍门口时，赵保刚发现门是半开着的，珍珍面朝门外坐在小客厅中央的高靠椅上。她着一件自缝的紫色紧腰花缎马甲——白色的花边像箍一样扎在她的细腰上，胸成峰，墨黑色的筒子裤，裤摆像书页般叠放在地面上。下身宽松，上身紧束。她正在全神贯注地织着一件麻灰色的毛衣。在赵保刚的印象中，打她嫁过来起，似乎永远束着一条粗大的马尾式长辫，似乎永远将这条扎着蝴蝶结的长辫搭在细挑的肩膀上。她匀圆的小脸、尖尖的鼻子，黑亮的眼睛里向外闪着小动物般稚萌的目光，配合着嫩薄的一弯嘴唇，给邻里人的印象是：这小女子温柔善良、与世无争、安于本分。

一听廊下传来脚步声，珍珍便猛地抬起头来，当赵保刚从门前经过时，她便朝他微笑，目光中投去歉疚和感激。遗憾的是她有一个欠身请他进屋坐的动作还没完成，赵保刚一点头就过去了。一连几次如此。直到有一天，那天，她以同样的装束坐在客厅中央，所不同的是她没再织毛衣，而是将已织好的毛衣捏掖在怀里，她已作出了决定、下定了决心，她那一动不动一连几个小时的凝神静听，就像是客厅中央摆放着一盆花——一盆正静待怒放的水仙花。赵保刚回眸一望，她的这个画面突然定格在了他的脑海里，与此同时，她向他射去的那束殷切的目光黏住了他的脚步，他似有所悟地稍做了下停顿，其间珍珍已经箭一样迈了过来。

"刚子……"她说，示意他进来，脸上飞过一朵红晕。

"怎么？"他问道，感觉她有事，又感觉自己有点情不自禁。

"进来一下。"她说，声音很细，细得像头发丝相碰一样。她一边往后退，一边摆手把他央进屋。像是终于等来了久望之人，女主人脸上堆满了兴奋和如愿的微笑。她小嘴有点哆嗦，那种看着赵保刚像看到久违亲人般的泪光在圆溜溜的眼珠里荡漾。她甩动的马尾辫、她的深呼吸、她起伏跌宕的胸脯、紧束的腰肢以及不知所措的双手，都在向赵保刚述说着某种隐忍在内心的一种情感。"我去帮你倒杯水来。"她说道，一溜小跑进了后屋厨房，留下一阵筒裤窸窣的声响。趁这工夫，赵保刚打量起了房间的布置，不知为什么，竟然轻佻地吹起了口哨，只是这口哨有点"此地无银三百两"的味道。

珍珍家与自家的房型一致，前屋是一个方方正正的小客厅，仅摆着一个五屉柜、一方小桌，靠门的一面墙下一溜排开四条小竹椅。顶上放着座钟的一个角柜里摆放着几瓶风湿虎骨酒和两瓶宝葫芦似的青花瓷瓶的白沙液酒。靠在门廊窗下的是一张漆本色漆的连体木制长沙发，楸木的，赭红细密、纹理遒劲，上面铺着一展竹席。除此外别无家具。地板漆成铁红色，整洁而一尘不染。珍珍结婚五年了，没有孩子的小夫妻之家就是干净，一切都是簇新的，感觉像新婚之家。不多会儿，珍珍就踏着碎步轻盈地从后屋出来。她双手捧住一个小白搪瓷茶杯端放在方桌上，然后像燕子点水一样一跳而起，旋即从酒柜里拿出一个宽口麻花玻璃瓶，拧开盖，用她那细长且圆润、米线般泛着淡淡的蓝丝印的两个手指，从瓶口里拈出一块足有红枣大小的冰糖放入杯中，再端起杯子，双手献在赵保刚面前。"刚子，喝水。"她说道，双手叠放在腹脐上，并退后一步，垂身恭立，脸上泛起来等待的笑。那样子像酒店大堂迎宾小姐。赵保刚其实就是一匹在外野惯了的野马或者说是个斗鸡公更合适。他是个放肆惯了也随便惯了的人。珍珍的这一通客气反倒让他一时有些局促了起来。他收拢起叉开的双腿，摆正斜歪在沙发上的身子，将桌子上的茶杯用五根手指头像吊车的抓斗一样抓过来，捧在手心。他看了一眼珍珍，又撤过头来看着自己从人字拖鞋里冒出来的一排脚丫子，一时间不知道该说什么。倒是珍珍一反常态，很是活跃。

"看，我给你织的毛衣。"她说道，调皮地歪了一下头，那样子是生怕他拒绝，然后走近赵保刚，在他身边坐下，并将衣服搭在他肩上比画丈拃，"你试一试吧，高领的，好看得很咧！"

赵保刚心不在焉地将那件麻灰色粗毛线双层高领毛衣套在脖子上、穿好、理顺、扯直。试好后，在将毛线衣从头上退下来时，由于领子太长，尽管赵保刚已经抻直了手，但是毛衣领子还有一节套在头上，珍珍咯咯咯地笑了，上来帮他。当珍珍无意中触碰到了赵保刚那隔着毛衣的脸时，他闻到一种从她的笑声中、从她那件浅米色带小黄花的束身短衫里、还有一头浓密的发辫里共同散发出来的那种柔绵、甜腻夹着粉香的气息。这是一种他从未闻到过的气味，依魂缠魄、酥心糯骨。那一刻，整天在外疯玩的野孩子长大了。他像遭了电击般突然失去自制力，被一种从未有过的魔力所控制，不由自主地搂住珍珍的腰。

"不，刚子放开……我不是那个意思……"珍珍一下子急红了脸，她像被掐住身子的小黄花鱼儿拼命地扭摆着身体，想挣脱出来；她甚至用小拳头在他背上捶了一下，鼻腔里发出嗯嗯唧唧的气恼声。珍珍确实是没有想到这一层，雷婆骂她是这个青年人解的围，她存有的是对这个青年人发自内心真实的感激，她可不能鬼使神差地将他领进一扇没有准备好向他开放的禁门。她的态度很坚决。然而，冲动之下的赵保刚一时间脑瓜子里根本没有听见珍珍在急促哼唧地央求什么，他将哆哆嗦嗦的珍珍平放在沙发上，一脚把门蹬上后，便扑了上去。他像个钉子一样把珍珍铆在了楸木沙发上。

女人是世界上最可爱的奇特动物，女人的情感也是世界上最着摸不定的神秘之念。在手指松懈瞬间，她知道自己沦陷了……

完事后的赵保刚老实得像个累了的孩子趴在那儿不动了。两人静静的，谁也没开口说话。他们相互听着对方的心跳、呼吸着对方的气息，思考着怎样面对这不知是喜还是乐的人生际遇和火山爆发后归于平静的那个尴尬时刻。

屋外的走廊仍是静悄无声，叫乏了的知了再也拉不出先前高亢嘹亮的长调了，而是像被逼无奈似的应付着吼出两声；白皮的法国梧桐树叶婆娑的影子透过窗户，在小小的客厅中央起舞。赵保刚无声地看着那件搭在椅背上灰色的高领毛衣，那毛衣像一条灰狼的皮囊。

"我真的不是这个意思……"她打破沉默，仄瞥了他一眼，说道，脸上满是羞涩。良久，见他不哼声，只顾着低头吸烟，便将手轻放在他肩上，小手指头像揉米粒一样轻轻揉着，"细哥哥……"声音里似有歉意，又似乎是在为自己辩解。赤裸身子躬腰坐在沙发椅上的赵保刚仍然没有理她，他只顾着抽烟歇气，目光沉凝在地面上。烟像一面从他嘴巴里抽出来并不断膨胀的白手帕，淹没了他的脸。珍珍看不到他的表情，只能看到散发出汗蒸味的一头浓发裹着下的那粗壮的脖子，于是女人的心便有了一丝慌乱和不安。"他在后悔！他肯定在责怨自己将男人的第一次送给了一个不该给的女人！"她心里想到，手从他肩膀上胆怯地抽回去。她待在一边，瑟缩着，歉意着。就在女子不知如何是好且又无言以对时，赵保刚已目移它处，当他再次拿眼睛看着她时，忽然地把烟蒂往地下一扔，猛然把珍珍揽进怀里，"你刚才说不是那个意思，现在又说不是这个意思，究竟不是哪个意思？"他把她的头握在双掌中，目光逼视着她，放声喊道：

"反正我是这个意思，他不要，我要！"这声音廊道里全能听见。珍珍吓得一身瑟缩。

那些都是一年前的事情了。赵保刚利用这种平房穿透的人字屋顶，把它作为通道做梁上君子也已经一年有余了。

"怎么了？今天好像不高兴，病了？"看着窝在怀里一言不发的珍珍，赵保刚懒懒地问道，"心里有事？"

"他昨晚哭了。"

"为嘛？我们的事吗？"

"说是胸口疼。早一个礼拜上班时被煤桶撞着了胸口，就一直痛，昨晚更厉害了，还在床上打滚来着，很痛的那种。在码头翻煤桶这个工种已经做不下了，他想换个工种，苦于部门经理跟他有过节，矿领导又说不上话，烦咧！昨晚忍不住哭了，委屈死了，他又不说话，鬼知道他那心里还有没有其他事。"珍珍说完，拿眼去看赵保刚，两人交换着眼神，似乎都在心想着同一个问题。

"这个事我来帮他解决吧。"想想后，赵保刚说道。

"你算哪根葱，矿上还能听你的？"

"这个你就别管了，我有我的办法，你就问他想换到哪里吧。"

"刚子啊，我听别人讲，你现在摽着一帮人成天打呀杀的，这不是正道人走的路。"

"……"

"听姐的，哈？"她侧起身子来，把她那纤细圆滑像嫩藕尖的手臂弯在他粗壮的脖子上，"还有，断了吧我们，我老觉得对不起老曹，他身体早就不好，现在更加不好了……喂，好不？刚子？断了吧！……再这样下去，会连累你的，外面的风言风语，就像一把刀，会杀了你的。你年轻，要找老婆了，再说，也会害了他，我不能太自私……我的大慈大悲的菩萨哎！您老人家怎么把我撑到了江中间，您这是让我过不去也回不来啊……"

深夜。京广铁路线，马田墟站。

通往火车站的泥街两旁的店铺早已打烊了，这条堆积着长年被煤车抖落下来的煤灰又被无数的车马人畜践踏而变得又硬又黑的下坡街道，像一条从黑暗中冲出来的过山飙蛇。它蜿蜒着强劲的脊背，在仅有的几盏昏黄的路灯下，披着墨黑的光芒，以刹不住脚的慌乱别扭姿态俯冲着进入到旷里旷荡的铁路客货站，最后在长长的青石垒筑的月台前才紧急地嗞溜住，像断头蛇一般戛然止步。马车右、马五斤、伍乃子三人如同幽灵般的影子，出现在了这条空无一人的小街上。

欧式的小方阁验票厅、红砖抹黄的低矮候车室、铁栅栏外闪着磷白色光的站台以及站台上葱式圆顶的指挥亭，外加横贯南北的一溜溜青光闪闪的铁路线，这几乎就是这个小站的全貌了。候车室的窗户早已破烂，挂满了沾满灰尘的蜘蛛网，摇摇欲坠着，候车室四通八达，哨风四起，在这样炎热的夜里倒也凉快；室内有三三两两旅客五叉大摆地横躺在长条木凳上睡大觉，屋梁上悬挂着的两台脏兮兮的吊扇有气无力地、死去活来地低速转着。候车室入口左右两侧支着一副正在营业的米粉摊，这是专为接那些半夜旅客零星生意的小摊贩。一男一女俩小贩正在支起的破帆布篷下懒懒地收拾碗筷，临时挂在竹竿上的灯泡以及煤炉里的火光照亮了他们汗津津的脸以及女摊贩红嘟嘟的手和干瘪老头瘦骨嶙峋的爪子，除此以外，整个车站几乎看不到其他活物。但每隔十几分钟便会有一列火车隆隆驶过车站，那一刻，大地都在震动。而一当列车过后，猫步般的寂静又死死地笼罩住了车站，只有远处停着的那台蒸汽机火车头，冒出咻溜溜的蒸汽，时而憋不住了便会"轰"地一下吐出一口水汽来，末了，留下"呲呲"放汽的声音陪伴着沉寂的、被闪着寒光的轨道束缚着的小小车站。

三人在米粉摊前坐下，每人要了一碗米粉，马车右、马五斤另外加了个油炸糍粑、两个红薯杂杂。

072

"我刚看了列车时刻表，四点前已经没有南下的车了，"伍乃子说道，"但是今晚必须走，说不定公安已经布网抓人了，等我们进了篓子，想跑也跑不掉了。"

"那怎么办？"马五斤问，黑手死命往嘴里塞糍粑，抡铁锤的活儿造就了他的大饭量。

"只有一条路，爬货车！"伍乃子接着又说道，"而且爬货车是最安全的，起码警察找不到，只是委屈了我们自己。"

"都到这份上了，还什么委屈不委屈，是屎也得吃了，楼也得跳了，你就说怎么弄吧！"

"既然如此，那就趁早离开这，爬货车！"

吃饱喝足了，几个人朝着铁路走去。二道、三道为南往北去，四道、五道北往南去。他们在最外围的五道旁停下，一边闻着被烤热的铁路路基上散发出的屎尿晒干后腾空升起来的臊臭味，一边抽起烟来。"左边是北，右边为南，只要是从北边来的车，我们都可以上，因为南边终点就是广州，一路上没有支线。只要往南，见车就上。"若论爬火车、夜潜、窜逃，伍乃子相比马车右、马五斤来说已经算是个老狐狸了，在行、理手。他在"飞虎队"干过。伍乃子所做的决定，让马车右、马五斤两个乡村青年都无话可说。有了一个既定目标，几个人心情这才稍许轻松了下来。

"往广东运的就两样东西，猪和煤。"心情稍有放松，伍乃子的嘴也就来名堂了，说起笑话来，"车右老弟，你想坐哪种车呢？如果坐煤车，明早一到广州，我们仨就成黑猩猩了，广州的条子很多，立马会把我们抓走，然后直接往动物园送；但是，如果坐生猪车，那明早我们一下车，可以大摇大摆地出站，那些查逃票的见了我们立马就跑，否则臭他个半死不活，车右兄弟，你看……？这事我们得征求你的意见。"

"那就这样吧，"马车右马上就把话接了过来，他一反整晚一直心事重重的沉重心境，脸上滑过一丝狡狯，笑道，"你们俩上煤车，我进猪笼子，等到了终点站，你们就走在前面，我捡根棍子跟在后面，那些广仔以为是送猪的，肯定一路通关。怎样？"

"哈哈哈！"三人都大笑了起来。

说笑间，"嘟——"一声汽笛长鸣，一柱光亮从天空横扫过来，一列蒸汽机车拖着长汽，从北而来，不一会儿，挂着几十个各式车厢的货车"咣咣嘟嘟"摇摆着进站了。列车要在小站停车加水。三人闪往一边，抬头看着近在咫尺的列车风驰电掣地从眼前开过，刺耳的刹车声爆响，巨大的轮毂下飞溅出星星点点的火花来。车头已钻进站棚，车尾还像一条长长的、黑乎乎的链条摇摇晃晃地徐徐而来，似乎是停不下来。这是马车右第一次见到火车，火车从头上轰隆飞过去的那一刹那，他目光惊诧，呆若木鸡——这可不是矿上那种叽叽歪歪的小火车，这可是实打实的大火车啊！马车右张大的嘴巴半晌都没有合上。马车右心中的一个新世界就像这列火车一样，以巨大无比、不可阻挡的力量轰隆隆地拉开了序幕。马车右觉得列车驶过时，它的冲击波、它的嘶叫声、它铁轮毂巨大的惯性、它那一声汽笛的长鸣，还有它黑乎乎一节一节从头顶上飞驰而过的车厢，这一切都让马车右觉得，已经置身其中，生命在那一瞬间震荡起来，人生已不由己。

凌晨一点三十分，他们上了车。装运煤炭的车皮共有五节。前面是几节平板车，上面用铁索捆绑着几台水电站用的巨大涡轮，煤车厢满满地装载了六十吨散煤，煤层离车厢板上沿口半人高，三个人靠近车厢板坐下来，正好隐藏其中。一落座，便像卸下了千斤担子，同时一想到再挨一个晚上明早便到了广州，像入了泥塘的牛，那种兴奋、惬意便毫无保留地显现了出来。不消十分钟，列车拉响了一声长笛，在车厢"哐嘟嘟嘟"一连串的撞击声中启动了，马车右兴奋中看见月台上挥舞着小旗子的铁路巡察员的身影开始后退，后退，直到消失在夜幕中。

凌晨二点三十分，入南岭，火车吐着大把大把的蒸气，一头栽进了大瑶山隧道。从这个全中国最长的铁路隧道里出来的时候，几个人差点没被憋死，当他们把蒙罩着整个头的衣服取下来时，迎面陡峻的粤北山区扑来的新鲜空气就像一剂强心针，再次将他们的神提了起来。

　　一望无际、宽广深邃的天穹苍昊之下，是广袤富足的生息着千千万万华夏子孙的土地，美啊！随着不断迎来又不断远送去的群山峻岭，马五斤突然觉得有一种要把自己已经压抑不住了的心声诉说给这片大地的冲动。他润润喉咙，唱起了歌：

　　　　妹妹没得阳布伞

　　　　妹妹没得花衣衫

　　　　……

　　　　妹啊！妹啊！妹妹啊！

　　　　哥哥没得钱，打筒米过年

　　　　神堂敬上三炷香

　　　　保佑我们上天堂

　　马五斤唱着唱着，尾音就忧伤了起来，不知歌声触碰到了他哪根神经，他换了一首歌又首，唱完一曲又一曲，似乎不知疲倦，最后一首竟然让马车右、伍乃子从他伤感的歌声中听到了哭腔：

　　　　山有几个弯

　　　　河有几个滩

　　　　哥哥蹚过河来把妹看

　　　　妹腰腰好像杨柳树

　　　　妹眼睛好像夜火虫

　　　　夜火虫噢夜火虫……

　　　　让哥我胸口想得痛……

马五斤的歌声被风搅得稀零八乱，腔调也变至忧伤至极。他像是在对天而唱，他那种心胸憋屈、喉管壅塞，且夹着出门三日便油然而生的思乡之情的男低音，将他自己感动得悲苦怜悯。三个人中马五斤最年长，已近了三十还没娶妻。他是否经历过了男女之事、有否情感创伤，谁也不知，总之，马五斤的歌声一停就再没哼声了。他的心似乎并不像马车右、伍乃子般地早已经飞向了广州——那个梦一样的城市。一直到广州，他都没有再说过一句话，渐行渐远不是带来喜悦，相反，似乎愈加沉重。当另两个兴奋过后进入沉睡中时，随着火车哐啷声的，是马五斤眼中满溢的泪水。

清晨五点，火车呼啸着穿过英德站，一出站便迎来了东方第一缕曙光，半圆弧形的遥远的地平线上像一条灰绸缎带将天与地分开来，仅仅少许时间，天空便蓝了起来，地平线上变得一片橘红，平原上第一座高高的、像标杆似的高楼大厦，由远而近、由细而粗，最后带着通体沐浴着的金色晨光从列车旁边一闪而过。紧接着的，是它身后一望无际、横跨东西一线的像树梢般色彩灿烂、鳞次栉比的建筑森林。这些森林以排山倒海之势扑了过来。

"看，广州！广州！！"

谁个喊了一声，三个黑乎乎的脑袋从狂飙的车厢板后面齐刷刷地冒了出来，三双黑手一字排开扣在前厢板上，如同树林里三只趴扶在长满了枯藤绿苔的褐色树杈上的露出三口白牙的黑猩猩，它们正一溜排开用充满欲望的血红眼睛死死盯着前方。

四

这是一个把一切都冰冻起来、让世界裹在琉璃中的童话般的冬天。枯枝如同套上了玳瑁管，黄叶就像流淌着的熔岩，绿叶则变成了厚透的翡翠；河滩上的卵石像倾倒了一地的果冻；那些被冰凝固的水草都成了形态各异颜色斑斓的玻璃花骨，而菜地里的白菜苔、紫菜苔开出的那一簇簇黄色花牙，宛若无数闪着耀眼光芒的金色沙包。在山谷、在河套两岸、在裙连的树林间、在河堤边的沟壑里、在高耸的枞树枫树杉树枫杨树构树和纹丝不动的垂柳间，是来回摆动的雾帘。有"嘣——啪"的断竹声间歇从竹林里传出来，这声音有时会像多米诺骨牌一样此起彼伏引出来一阵——这就是中国冬季的湘南。

今天，马村人为自己的族长马六爷做六十晋一生日宴。

"哟——伙！回村哒嘞！"相比广州满街的灯红酒绿，这村道两旁牛栏马舍里扑腾出来的粪沤味来得更畅快淋漓些。有人对着旷野大呼了一声，细碎的裂冰声便四下响起。呼者是马五斤，他回乡了！

马五斤常有脑子被驴踢了的时候——他曾做过一件涮水桶里舀水洗澡的蠢事：

早二年时，媒婆介绍个坳上村的一曾姓女子，见过两次面，赶过二回墟，对方竟然答应了，说好打了家具就把婚结了。这让马五斤高兴得差点没掉进茅茨里。但这一时的忘乎所以，便让到口的肥肉给狼叼走了。村里有个与他同龄的青年，是住在村尾砖窑旁马三怪的儿子，叫马善民。个高，单瘦，也是个讨不到老婆的大龄男。两个讨不上老婆的男人同病相怜又彼此揶揄，所以心里都窝着火。马五斤总算擒住了机会，不知是胜利冲昏了头脑还是那天马善民用一瓮老酒将他灌得二五二五，总之，马五斤一拍胸脯，晚上请马善民看电影，并将自己的女友一并捎上。"让这家伙跟在屁股后面当电灯泡。"马五斤得意地想到，嘴角飞掠过一丝胜出者鄙视败者的不屑。好啦，大意失荆州。一场电影下来，女人着了魔似的跟精怪马善民好上了。刚出笼的包子，自己不舍得下口，却让他人叼了去连皮带馅一口吞了。马五斤连魂都没回过来，那边种子就冒芽了，女人已映着大肚子嘴里啃着鸡爪，来回地从村头逛到村尾。马五斤气得太阳穴上那根青筋像蚂蚱似的跳鼓了起来，拍腿跺脚，这个悔啊，就差没出吐血来。后来得知，那晚散了电影后，马善民趁前头马五斤正得意忘形时，拽了下那女子的衣角，悄声说，五斤在外嫖娼得了性病。"好险啊！幸亏幸亏，感谢你好言相告。"女人当即就在心里面决定跟马善民。这些都是后来从村里旮旮落落里传出来的小道消息。可见这马善民有多不地道。

"傻呀！"六爷骂道，脚在门前的镇宅石上跺出血来。马五斤憋在铁铺半年没敢回家。男人心中有女人与没女人大都能体现在生活上。一个人待在铁铺里的马五斤，一段时间来手下没出一件像样的东西，让顾客好一顿骂。之前可不这样，出自他手下的锻件，犹如天作。菜刀乌光锃亮、镢头平整笔直、斧头刚劲有力、吊钩精细秀美，连杀猪刀上洇出来的寒光都像多了一分柔情和惬意。其间倒是见过几回马善民。马善民一见马五斤不是点头哈腰就是递烟请罪，装出一脸的歉意。"娘的，席也入了肉也吃了，还在老子面前装孙子，早晚老子砍了你。"马五斤虽然肚里这样想，脸上还只能是打断牙齿往肚子吞，赔着一脸讪讪的笑。善民不善，是个吃了咸鱼不嫌口干的人，时间一长，什么都在他心里过去了。一切都成了理所当然。马善民比马五斤小半岁，个高眼小、寡言少动，留着叛徒王连举式的大分头，看上去老实本分，其实这都是外在表象。还是六爷眼辣说得不走歪：他就像塘里盘出来的烂藕——黑心眼多。他屁眼上的屎，全马村人都知道，唯独马五斤视而不见，由此给自己惹下终身的不自在。

马家大屋，是马村乃至整个耒水方圆四十里，最高大、最古老、也最气派的大屋。八进八出，八挑马鞍形的飞檐。每个飞檐薨脊上由大到小依次纵列着九匹枣红色的飞马。历尽沧桑已有三百年。它面朝耒水，背靠竹林，右有神树古樟，左有齐天峻岭。夹在青山绿水中的小小马村恰似一舫古老得不能再老的油画，而大屋就是这舫画中的一窗木雕。

"掌灯喽！"传来掌事的一声吆喝。

有俩小童跑出来往马家大屋六米高的横橡上挂大红灯笼。门框是松木的，门钹上穿着一对青铜门环，时至今日，仍时有从疤瘘里面冒出松油来，散出松香味。六角菱形镂有卍福花纹的门榫，如同双眼。青石莲花座的礤墩上立着两根九米高的楠木楼柱，这是马家大屋最神武的标志物，三百年了，丝丝清香仍从木质中徐徐渗出。"白驹第"三个大字两边双展飞檐的壁墙空处，镶嵌有一幅做工精致的汉白玉浮雕，浮雕上的图案为：双层莲花云边环绕的甲骨文"门"，贴近花边有瑞兽五只，为飞形各异的蝙蝠，意寓高门族望、五福临门之意。整个大屋有八八六十四间房。拜堂之上的神龛里排列着马氏宗祠的列祖列宗。香火袅袅中能看见悬放在房梁之上、按年排序、成梯形状的四块匾额。这四块匾额全都漆上生漆，油黑发亮，沉重如铁，犹如这个强势家族最直观的编年史。它们全都由遒劲浑厚的行楷书就："开蒌发梓、厚德疆安、威武寿德、丹心铁骑。"最霸气的，当数最顶上那块"丹心铁骑"匾了。它比其他三块大上一圈，漆皮厚实，四角全部鎏金镂花，几百年了，当大门洞开、光亮倾泻到匾额上时，从积尘墨迹的后面便会有金光溢出，灼灼耀眼。这匾传说是康熙皇帝所赐，上书的"丹心铁骑"四个大字也是康熙的御笔。不管是真是假，但马氏家族代代都信这个，那就是真的了。

据族谱记载，马灏，马村一支的开宗始祖。他有一个比他族谱上的名字更响亮的传世别名：十九担三十六斤。这是一个载入了清廷官方正式文牒的名称。来历嘛，马六爷在族会上不厌其烦地反复讲过，马村人也听得滚瓜烂熟。马灏当年流落到这耒水河畔时，这里还一片荒芜，是杳无人烟、鸟兽麇集之地。"老祖宗勤奋啊！开山辟地、除草造田，当年田畴就收获了谷物十九担三十六斤。附近居民不认识这个陌生的青年人，如是给了他这个绰号。"每回只要说到这儿，马六爷就通了电一般浑身的疙瘩肉抖动起来，用那双如被神召唤后灵光闪现的眼睛看着氏族成员，高喊道："轰轰隆隆，这个名号像闪电打雷一般，震撼了耒水上下四十里！"而后鼓噪起他那破了蛇皮的三弦一样的嗓子，嘶嘶咧咧絮絮叨叨起来。"了不得啊，了不得……我们的神武的老祖宗！"为了增加说服力，六爷十回有八回会立马晃晃悠悠地钻进厢房，从床板下的木盒里翻出族谱来。全村人这个时候都知道他的下一个操作，于是立刻闪出一条夹道来。他从人群的夹道中像脱毛的鸵鸟似的连滚带爬地攀上厅屋中央的八角桌，剥去上衣露出排排肋骨，像把老弯弓一样在桌上旋转，一一看过大家，举着蓝皮族谱的双手在颤抖，小眼射出两缝亮光。这时厅堂四壁都是人影子，而六爷的影子已到楼顶板上，像个跳大绳的神汉。"看看吧，我们的祖坟地——大别山上的八百罗汉斗！八百罗汉斗啊！"他叫着，踮起脚尖就又旋转起来，将族谱示给人看。稀烂的族谱首页整版是一幅图，图是用细毫勾勒出的一个山脉，近看如窝，远看如斗，山峰林立。"八百罗汉斗！八百罗汉斗啊！"六爷嘴里重复着，激动得没有其他言语，眼角溢出一粒在火光中闪闪发光的泪珠来。"这是我们这支入汉地后的第一块祖山，风水宝地！风水宝地啊！……"

三百年前确实有那么一个日子，那个日子后来永远地刻在了这个家族的荣耀碑上，以及氏族子子孙孙的心中。那一天，天高云淡，晴空万里，一匹枣红马立筏从对岸渡河而来。马咬着嚼子，单脚腾空，在离岸三丈开外便急不可耐地一跃，它像匹腾空展翅的天马，驮着主人跃上了岸堤，便直奔马村而来。马蹄下飞溅起来的泥块像一弯迁徙中折翅沉载的大雁跌落一地，扬起的尘埃掩盖住了半江秋水。少刻，便驰骋进了马村打谷场。"十九担三十六斤听令！"军士一声大吼，吓坏了村里的老老少少，马灏家茅屋上的尘土被震得像雨线一样纷纷坠下。马灏慌得连滚带爬从茅屋里匍匐而出。马甩着长腿已在打谷场上跑了两圈，灰色的大鼻孔里像开火后的双管猎枪一样冒着白烟，那双像铜铃一样的眼睛闪烁着血光。军士见到马灏出来，夹腿，鞍辔一收，马便咴咴叫着"嗖"的一声双蹄腾空而起，那蹄子比茅屋还高出半截，然后两门钢炮似的巨蹄，猛然齐刷地砸在地面上，禾坪中央立即现出两个一尺来深的蹄印。"十九担三十六斤听令！"军士又是一声大喝，"传圣旨：大兵至，沿途乡勇团练即充作伍。马村'十九担三十六斤'即刻率家族马队及乡勇，速驰衡卅归辖征南将军穆占所部，追剿逆贼吴三桂残余，务使斯根除株清……"话音一落，旋即离去，战马的绑尾在村口扬起时，马厩前的一根拴马柱应声倒下。

是夜，年过半百的马灏率本村青壮丁勇急赴衡卅。康熙十七年，夏，五月，吴三桂残部胡国柱取粤过永兴时，被追剿斩首四千五十余首级。马灏从此名声大噪。也就是从那时起，"十九担三十六斤"这个名号出现在了官方典文之中，人们不再叫他"马灏"了，而叫"十九担"，并一直袭用至今。

在这之前，十九担已娶了两房太太。大房脚廖氏生三男二女，马五斤出自该支；二房脚曹氏生二男一女；三房脚——也就是马车右这一支的祖奶。她是马灏在这次往郴州追剿吴三桂残部时，途中拾得的。女子刘姓那年十二岁。据说当年落荒而逃的吴三桂残部经过沿途的一个村落时，抢劫村民食物充饥。十九担领着乡勇赶到时，残匪已向西逃窜而去。村庄一片狼藉，满目断壁残垣，其中一家茅屋已烧尽，残墙兀露、余烟缭绕，仅存两根黑不溜秋冒着残烟的屋柱和一堵夯墙。有尸体两具分别蜷缩在门房中央和内屋的土炕下，嘤嘤嘤的哭声从厢房传出。十九担寻声过去，见一吓傻了的瘦脸小女孩立于危墙之下，唇齿哆嗦、浑身瑟缩。十九担抱她出来，放在门口的敞坪上，说："墙会倒！待在外面！"当十九担跃上马，就在策马扬蹄之时，偶然地一回头，见那女孩浸满泪水的眼睛闪动着黑色的亮光，那分明已不是失去亲人的痛苦而是一种对骑马人的寄望和乞眷。那一刻，老男人担勒住了缰绳，回马跳下，他用那双沾满了黑泥如同长臂猿似的大手搭在她那小小的肩膀上喊道："在这儿等着！"

三天后，十九担回来了。女孩坐等在原地，换上了衣服，洗净了脸，凝着泪的杏眼默默地眺望着西归的路头。十九担阔步走向她，用战袍裹着她跃上了马背望乡而归。

把女孩安在偏房好生调养，十九担便受命往衡州做了几年骑射教官。当他志得意满地骑着高头大马、马屁上驮着两褡裢黄金白银夜行归家时，灯笼下见那捡来的女孩已到穗浆初灌、情窦初开的佳境时节了。于是揽入怀中，劫入内屋。次日便娶为三房脚[1]。战争给他带来了女人和财富，马家大屋就始建于那时。这个方圆不大、有田三十六丘、竹林两爿、桃林两座、一湾河坡，十七棵大楠树点缀其间的村庄就这样卵形地展开了。十九担三十六斤是马五斤、马车右共同的祖宗。迄今已延续十二代。

安放桐油火烛的两只大红灯笼已经在门廊上高高挂起。风吹着灯笼轻轻地摆，火苗在灯笼里蹿动，红光之下，是挂着笑颜喜气的马村人进进出出的脸。

"喂喂，五伢子、六伢子，去，把谷场上的三堆柴火点着！"主事官"狗脑壳"在喊，"……又怎么啦？还不明白——大厅六桌，各厢房每屋两

---

[1] 三房脚，旧时本地称的大太太、二太太、三太太。

082

桌，其余的全摆在打谷场上……噢哟，二嫂子哎，两大箩筐碗全部后仓放着呢，它们就像刚下的一窝白猪仔，正等着你去奶哩……还嘻嘻个啥，快点摆上吧，开席的点快到啦！癫子家的，我真服了你了，又来问，不是说了，剩余的摆放在打、谷、场！有三堆火，还能冷到哪去？！想当年我在东北当兵，零下几十度，我的妈呀，那才叫个冷呢！把我们这帮不爱穿衣的南方蛮子冷得脚打摆子，憋着的一泡尿硬是没敢屙咧，啊，为什么不敢？敢吗，你去试试看，拿出家伙来，尿没屙完，风一吹，哈哈，你猜怎么着？尿都成冰柱啦！马二家的小媳妇，你抻着个鹅脑壳听什么听？！莫不是想从本堂这里再要一副'收宫草'？……小心轻放，小心轻放。别砸喽，好，好，就放那儿。看见了吧，这还是前年的前年，六爷就准备好了的五坛子倒缸酒，全都红绸封口，牛屎堆里温沤，喷喷喷，好酒啊！六爷，您老万福啊！哎？这老爷子呢？哦哦，在那，好好，原来稳当当地坐在太师椅上。您老就坐那儿，闲着，没您的事。我跟您说啊，您老的这几坛子酒真是好东西，糯米草似的粑粑黏黏，有点像喝那个什么……呵呵……女人生头崽的三月奶那味儿。六爷您说是不是？这酒只要三杯下肚，六爷哎，保管让您老雄风再现，崩田埂[1]那点事儿，小意思啦！洒洒水啦！哎哟哟喂，您老别用拐杖打我呀，我说的可是真的，不信开一坛，先让大家闻闻，有句话是这样子说的：开坛酒香飘百里，闻个喷嚏醉三天。说的就是我们耒水产的这红彤彤的倒缸酒……"

这边狗脑壳正说得起劲，那边早有一拐挭打在他了精瘦的背脊上，还来不及叫声"啊哟"，又一棍劈在屁股上。打他的是蹒跚而来的五奶，是死了的马五爷的遗孀。五奶是从遥远的河南嫁过来冲喜，结果适得其反，没三天就死了丈夫，落了个终身寡妇。"瞧你这张破嘴，什么屁都能放。崩田埂，崩你的头！没大没小的。"五奶抿着缺牙的嘴骂道。十年了，她与马六

·
四
·

---

[1] 多年前六爷与女子在田边偷情，结果压崩了田埂。这里指说六爷的笑语。

爷都住在马家大屋，各驻半耳厢房，相互照应，形同夫妻。谁说六爷的骚话，她便气不打一处来。挨了两棍子的主事像火烧脚板似的跳了起来，嘴巴咧开像挤扁的茄子，"哎哟哟，我的奶奶哎，轻轻点吧，痛呢！崩田埂这事还是从您老口里说出来哩，你倒怨起来我们晚辈人来了……"

大家正说着，有人喊了声："看，那不是五斤回来了吗？"大家朝村口望去，真的，是马五斤回来了。三堆篝火呼哧哧蹿起老高的火焰，火光像喷洒在空中的红粉照亮了马五斤带着笑意的黑红黑红的脸，以及他朝村子这边走过来一瘸一拐的身影。三哥马尚武八岁的女儿青青和四哥马崇武六岁的儿子牛牛，两人撒着欢朝他跑了过去。"五叔！五叔！"他们朝他喊。马五斤卸下包袱单腿下蹲，将侄子侄女各抱了一下，并用他那扁扁的豁了一点角边的嘴亲了一下青青。"来，两人一起把五叔这个大包抬过去，放在桌上。"他招呼道，然后自己加快了步伐。马五斤在乡亲们的簇拥问候下，在打谷场正中的一张桌子前坐下。接过马若男——大哥快十四岁的女儿递上的热茶、点上马三怪拍马屁硬塞在他嘴里的纸烟、端起酸胀疼痛的脚架在马二虎媳妇为他搬来的凳子上、舒舒坦坦地靠在左右两侧攀扶在他身后的俩老表胸肌上的马五斤，如同坠入了云端，衣锦还乡的幸福感便冉冉升起。他半眯着眼睛，努着嘴，长长地吁着烟，一个个白色带着粉红的烟圈一环扣着一环向黑暗中遁迹而去，他的脸上也随之荡漾出一种陶醉其中的幸福神情。配合着这种神情的是他那双手，那双精瘦有力、青筋暴突、又黑又糙的手不自觉地就伸向了被俩侄儿抬放在桌上的大包裹。马五斤原本是要等到明天再分发这次所带的礼物的，眼前的情形已经使得他迫不及待了。

"青青、牛牛，过来，"马五斤从包里拿出一包用黑皮筋扎箍好的一大把电子手表，红黄黑绿，什么色的都有，少说也有二三十块。"你们每人从中挑一块，其他的拿给弟弟妹妹们去挑。大哥，这是给你的，万宝路香烟一条，还有一条牛仔裤，牛头牌的；三哥，这是你的，跟大哥一样，哎？

四哥呢？牛牛过来，替你爸爸拿着。"顷刻间，桌面上便码满了东西，有肉松酥饼、果仁巧克力、牛轧糖……光洋烟就有十条之多，555牌、箭牌、骆驼牌、希尔顿，等等，应有尽有。整个桌子堆成了山，俨然成了一个货摊。这些礼物各式各样、花样繁多，最多的是时下开始流行起来的小电子产品。马五斤心细得像一扎细致又紧密有序的线坨，这些礼物既做到了面面俱到，又适应着各种年龄类型的人，而烟和打火机，是见人有份。对于马五斤这类四肢发达头脑不想事的人来说，确实下了一番不凡的功夫。分发好了礼物后，马五斤拍拍手准备进屋见父亲，一眼瞥见马善民独自闷坐在一边，手里不自在地玩耍着一个打火机——那是一种类似小伙伴刚分生又想和好但主动权却不在自己手中掌握的那种无奈情形。马五斤扶着桌子绕了过去，他摇晃着脑袋，嘴里打着口哨，那眼神像鱼钩一样直钩着马善民看。是的，马五斤这次南下广东，开了眼界，也挣了不少的钱，相对马善民来说，他已是志高一筹、心宽一丈，他马五斤是上过大城市的人了。他本想调笑一番这个曾让他蒙受奇耻大辱的瘦猴似的男人，甚至骂他几句解解恨，可是一到跟前，嘴就又不自觉地咧开笑了——一种善意的、自嘲似的笑。他临到跟前改变了主意，还从挎着的腰包里取出来一方不知原来是准备送给哪个女人的真丝围巾。包装很是珍美，月白色的扁纸盒上系着蝴蝶结。

"善民，你老婆呢？"

"在厨房打下手。"

"我给她带来了一条紫荆花图案的真丝围巾，不知她喜欢不，你帮她先拿着吧。"马五斤把东西放在马善民迟迟没敢伸过来的手上，正准备避开这种尴尬，大侄女马若男嘟着嘴跑了过来，生气地甩开两手，"五叔，我的呢？！"她嚷道。"你先一边去，我还有事，得去看爷爷，我带给你的可是最好礼物了，别给人看见了，待会儿给你。"马五斤说完就要走，被马若男拖住，"不，现在就给！"说罢拖着马五斤就往火边亮处走。马五斤只好从裤兜里摸索出两块表来，女式的，用带泡泡膜的塑料小袋子包着，他对着火光分辨以后，给了马若男一块。可马若男眼快，一看叔这神秘细心的样儿就知道银黄有别，她一手虎过去把两块都攥在手里，一看，说："我要这块！"马五斤慌了，赶紧抢回。

"这块我自己要的。"

"这是女式表，你要干吗？"

"哎呀，侄女妹子哎，我有用！"

"哼，绝对是想用这去骗女人……"

"好侄女儿，你五叔都快三十过了，还没讨上老婆，你没见到你爷爷看五叔时的那张脸，比驴脸还长，比尿了一脸尿还难看，要是再不找个老婆回家，他龇开嘴是要咬人的。听话，就拿那块，那块是全不锈钢的，磨不坏，一百年也不生锈，听着，嘴巴给我抿紧点，别在外面显摆，我可就一块了，别像你爸爸当年那样，买了块海鸥表，像得了什么宝贝似的，抠个鼻屎还要捋起袖管，有事没事，见人就抠鼻屎，结果把鼻子抠出血来……"

打谷场上热闹非凡，时而有意想不到获得礼物的女人发出一声惊喜的狂叫；她们把围巾绕在脖子上、把披肩坎在肩上、把高跟鞋儿往大脚板上使劲套、把肚兜系在腰间、把长长的丝袜当马辫儿甩，更有年青点的，戴着遮阳帽扣上墨镜，扭动着屁股在篝火旁张狂不已，引得一群娘儿们你挠我掐、跌声大笑。正在哺乳期的柳家大媳妇一时忘了形，以为是在自家坑上，一声尖叫，捻着一方丝巾跳舞似的双手往天上一泼，衣内之物在外当啷了好一会儿，一瞬间，引得那些偷眼望见的男人顿时呆若木鸡。但男人们更多的是在一边静静地抽烟，马五斤的回村让他们平添了几许心思，他们更多的是想听马五斤讲讲外面的世界——兴许自己哪天也会如此风光。从马家大屋高高的屋檐上不时有沉不住了的冰凌坠落，"叭"的一声跌在地上断成几节然后像玻璃球一样朝四方滑溜而去，小孩子们便撒腿追逐。打谷场上像打翻了一锅粥。

　　被晾在一边今日主角的马六爷始终端庄地坐在大厅屋的首席位上。他的背早已驼了，但今日他始终硬挺直着，那件儿子们为他寿辰上县裁缝店定做的藏青色尼子料的中山服正装，规规整整一直扣到领口，连竖领的小钩扣也是钩上的。因为紧了点，抑或是习惯了敞开领子，马六爷时不时地一龇牙，抻扭着脖颈子，以缓解不适。即便如此，马六爷仍不愿解开一粒扣子，以至于不到半天，他那像煺了毛、满是皱皮疙瘩的老鸭皮脖子上便勒嵌出了一个红皮圈圈。他的小眼睛眯着，所有人都以为他什么也没看见，其实他什么都看到了。早已听到小儿子回来了，却久也不见儿子前来拜望自己，屋外闹纷纷的场景撩得他心烦。"又是在打肿脸充胖子，穿草鞋进棺材的货。"正襟危坐的马六爷咬咬牙在心里骂道，嘴角溅出稀饭粒粒似的白沫。"不把这条剁尾巴狗叫进来，老子会气死去。"他又在心里面骂上一句，然后用他那瘦得只剩皮包骨的拳头往桌子上砸了一拳。"牛牛，去，揪着你五叔的耳朵，把他给我拖屋里来。"他支唤着孙子去叫五斤。

　　"爸爸！"马五斤总算是进了屋。高高的门槛差点将他绊倒，跟跄了好一阵才站稳。儿子身上那股傻乎劲一下子让六爷没了脾气，刚才腮帮子还鼓得像闹塘的蛤蟆，倏然就瘪了下去，换上了一副断肠愁。"爸爸！"马五斤亲亲热热地又喊了一声，像棵歪脖子树兀立在老爷子面前。"这是给你的。"马五斤将怀里搂着的一摞东西撂在桌子上。马六爷看到桌上的东西，眯缝眼亮出泪光来，他甚至有点受宠若惊抑或还参合了一些拍儿子马屁意味的口吻问儿子：

　　"这是给我的？"

　　"当然，给您老人家的生日礼物！"

　　"都是些什么，这是瓶酒吗？怎么跟尿壶一样。"

　　"这是洋酒，法国产的玛爹利，好几百块钱呢！这个是收音机，上海红灯牌，晚上我教你怎么用，这是一盒高丽参……"马五斤又将一个红包递给父亲。马五斤看到父亲那双骨瘦如柴的手竟然颤抖了起来，他贴近儿子站着，仰望着儿子的脸，他像看天上的星星一样看着儿子，双手合拢将红包压在手心。"外面的人都给了？这得多少钱啊？我的傻儿子，攒点钱讨个老婆回家吧，我的儿子……"马六爷突然地就眼睛红了，那带着眼屎粑粑细眯成一条缝的眼睛犹如被利斧砍了一刀的老枞树，从缝隙里挤出来一滴干巴巴的老泪来。

"没关系，我现在有钱啦，广东那边好挣钱，我跟车右在一起，包了几个工程了。"说完，他撇下老父亲上了一趟后厨。

厨房是原本的柴房临时改的，梁上悬挂着一盏四十瓦的葫芦灯泡，外带两盏松油灯，将偌大的厨房照得通亮。两座黄泥巴柴火灶上架着两口大王锅，灶台一角劈剁好的枞树筒子一直码到了瓦檐下，燃火的刨花柴塞满一箩筐，整个厨房充斥着夹着松香香味的肉香。从外村请来的一师一徒——两个大厨正垮开上衣在蒸气缭绕中挥汗如雨。村里为他们安排了包括马善民老婆在内的一共五个下手，她们正沿门两侧一溜排开立候吩咐。在耒水，跑厨的永远是这番的搭配：主厨——也就是大师傅，肥头大耳、满脸横肉，他们的脸颊永远是肥嘟嘟的，眼睛永远是笑眯眯的，鼻子永远是肉坨坨的，嘴巴永远是油津津的，他们的脸上永远写着闯荡江湖的老练和浪迹千家的狡狯；而帮厨——也就是他的徒弟小师傅，永远是年轻干瘦，永远两眼跑光，永远唯唯诺诺，永远脸膛上跳跃着火光，永远掂着长勺舀点汤，或者从滚烫的锅里拈出一块肉来递到师傅嘴里，然后一边等候师傅示下。马五斤过来时，那个缺了一耳的大铁锅里正煮着今天现杀的牛肉。这道菜很有讲究，清水煮牛肉，只放佐料，不搭配菜，出锅时飘上几片芹菜叶，这时的肉将烂不烂，嚼起来松软，入喉润滑。有一个条件必须具备，就是肉断筋连、筋精柔韧，检验的尺子在每一个食客的口中——将大块牛肉嚼烂咽进肚子里后，再将剩余未咽下去的余肉扯出，能将已咽进肚子里但仍连着的肉扯出来重新回嚼一番，叫恰到好处，否则，便功亏一篑，水平没到堂，厨师是要挨骂的。

六点一十九分,天压黑,月亮钩钩钩开树林中的叶子露出脸来。"点炮!"掐准这个时间点,主事官"狗脑壳"高喝一声。挂在发财树上的两挂一万响爆竹"噼噼啪啪"的爆炸声几乎同时从马村和耒水对岸的悬崖坦洞里响起,那回声甚至更嘹亮,如同天降瑞音,密集而清脆,又宛若千万条响鞭,震惊了整个夜空。

"开席!"

打谷场的三堆火焰,在闪烁着芒硝光的耒水河面上拉成三条长长的链条似的光柱,跟着这光柱追望过去,能看到马村身后巨大的山影及山影两侧波浪般绵延的黑色山峰。这个时候置身其外看马村,孤月与寒冰相映的靛青色的天幕上,马村就好像一个双脚着在水面上正展翅腾飞的黑色蝙蝠。这只蝙蝠的中心位置,就是在篝火中跳跃着的马家大屋。据说蝙蝠是马氏村落的家徽,马家大屋天井面阳的石壁上就凿有一幅百蝠图。有"蝠"(福)的马村,今夜无眠!

河岸坡上的菜园子在黎明前的寂静中显得格外的安详、静谧,受此影响的一只冬季饿坏了的灰兔衔着一片菜叶在穿过小路时,也是细无声响地蹑足而行。被冰溜裹将起来的树丫,覆盖着的大片菜叶,在微风的拂动下,发出冰裂时柔绵细脆的像拧毛巾时的水滴声,又像在耳边慢悠悠地撕拉开一张薄纸片。堤坡下那些停泊在右岸的运煤船,在河雾中晃动,并撞出沉闷的声音。

还是那条暗白如带蜿蜒曲折通往西女木屋的沙泥小路,与夏天晚风吹着藤蔓、瓜果凉棚在月光下摇曳飘逸的景色不一样的是:此时小路两旁的园地、披上寒月银光的篱笆、空棚架子、那些用石棉瓦盖着的小小舍屋,以及成片的油菜、青菜、大白菜、开着小黄花的紫菜苔,都在静默无声中浸染上了一片紫色的薄雾,犹如一池映着月亮影子的浅水塘被泼洒上了千万点墨汁,墨汁像丝絮一样在水中扩散。风将斜缓低矮的木屋中男女间呢喃低语之声传至屋外。

……

"送给我的？"

"当然，第一次发钱我就买好了，一直放在身上，全自动的，不用上链，摸摸，还热乎呢！"

"呸！我才不信。晚上也能看见？"

"能，咱们钻进被窝试试。"

"哎呀，就在外面。"

"外面有月光，看不清。"

"哦……这样……噫呀！是的，真亮，像萤火虫一样亮！"

"我不骗你吧……"

"咯咯，放开……痒得慌！"

"不！我就喜欢你这身坨坨肉。"

"放开，我要闷死啦！"

"就不放，你答应我……我们结婚吧！"

"不结！"

"为什么？"

"不为什么。"

"不为什么是什么嘛？！"

"就是不嫁人。"

"……"

"他好吗？"

"谁？"

"装聋卖傻，你知道我问谁，哼！不讲拉倒！"

"你对他真上心啊……"

"就要。"

"那就告诉你吧，他现在好得很哩！包了几个土方工程，赚了大把的钱，你这样的女人，他不过玩玩而已。他可不是几年前的那个钻山猴子了，不会再要你了。"

"——你，那你干吗要？"

"因为我是真要！"

"真要也不嫁——这是我的真话！"

……

黎明的曙光像钢炉里迸溅出来的钢花，其线状的朝晖爬上了东方的山际线上；当这抹朝霞由橘黄演变成炽白时，耒水河畔迎来了今冬第一个艳阳高照的暖日。薄冰迅即溶化，晨雾遁迹，大地一片清爽静朗，万物已从这南方吹来的风中舔到了春天娇艳温馨、生机勃勃的融融暖意。西女木屋的小窗帘拉开了一条缝隙，那盏用硬纸板折成的三角灯罩里的灯光熄灭了。

赵保刚忙活完了在矿电影院附楼开一家快餐店后，想起了承诺帮珍珍丈夫老曹换工种的这事。

脸皮白净嫩薄、鼻子端庄如粉笔头、三角眼、眉毛笑似断箭、博学、温雅、慢条斯理、透着狡狯、含着傲慢、具有知多学广的自信又有世事洞明之练达——这就刚从矿务局技工学校校长位置调来红旗煤矿没有实际管理经验但却能把任何事情都说得头头是道的新任矿长刘天宝的那张脸谱。刘天宝原是湖南洞口县一名小矿山子第学校的小学教员。那年分管文教卫战线的一个女副县长到子弟学校来调研。饭局间，只是让来陪陪酒的刘天宝忽然喧宾夺主，与女副县长拉上了关系。之后的半年工夫，十分只使了二分力的女副县长便上调了，做了地区行署副专员，专司文教卫。

刘天宝做梦也没想到，自己的命运被彻底改写，从此泥蛙入了塘，有了天地。女副县长一路将小学教员的刘天宝擢升为校长，后又送到省城进修，最后被调到省煤炭系统最好的矿务局技工学校当了校长。

此刻，刘天宝正单脚鹤立，合掌捧着一个茶杯倚靠在矿办大楼他自己办公室前铸花阳台的栏杆上品着茶，嘴里哼唧着京剧，脑袋画着弧，正在那享受着晨曦中从沫水河畔吹来并顺路捎来的野花芳香和青草泥土的湿润味。那条往后跷起的小腿，随着他高高低低、别别扭扭的哼唧声，像公马的后腿有节奏地蹭着地面——看来他轻松自在极了。

到了楼梯口时，癞皮狗打起了退堂鼓，"算了吧，兄弟，不要去现这个丑啦，他乃一矿之长，管着几万人呢，我们算什么！再说了，为了一个没劲的瘪女人，值得你这般地费神嘛？而且是帮她男人，难道你就不怕那男的忌讳？你这种搞法不是明卖猪婆肉——不打自招吗？！"见赵保刚懒得理他，又只好迈着八字步紧跟在后，"毛病——"他嘀咕着，身体一摇一摆，像硬赶着上架的企鹅，身体的每一个动作表现出来的似乎都是在等笑话看。

赵保刚他们上去的时候，见一穿着白荷叶领、蓝卡基布制服的中年妇女站在刘矿长面前，上衣口袋随着她大尺度的呼吸跌宕起伏着。赵保刚看见那女的正在做一个撩发卖俏的动作，而这个动作让刘矿长看眯了眼。她定是在向他讲述着什么，而他定是听得津津有味，因为他手里的茶杯盖仍像先前哼京剧时般有节奏地轻敲着杯口。他捻着杯盖的两根手指又长又细，嫩白得像蚕背，放着蜡光。这情况，此时过去恐怕不是时候，赵保刚想，于是放慢了步伐，在还有一段礼节性距离的地方停了下来。

赵保刚认得那女人，她是矿计生办主任，是五工区卡车司机"酒糟鼻"张小军的二姐，叫"张小兰"。这张小兰正说在兴头上，瞥见赵保刚、癞皮狗站在一边朝这边注视，立即就收住了话题，脸上露出好事被无端吵搅的气恼，然后——刘矿长个子很高，而张小兰秀小敦实，她就像仰望领袖像一样仰望着刘矿长，嗲声嗲气地说道："刘矿，那我先走了，下午我就把危险户的表格给您送过来。"说完，嘴一噘，眉一挑，头一甩，一个灯笼转身，胸一挺、臀一翘，全然忘了自己是一个半老徐娘似的与赵保刚他们擦肩而过，末了，还不忘厌恶地瞟上他们一眼，给身后留下一串"哒哒哒"女干部干脆利落的鞋跟声。

当刘矿长扭过头来，用那种在矿区这个地盘上高傲已成习惯的目光看着两个灰头土脸、一副窘态、并不认识的青年人时，立即就把一分钟前与女计生干部谈笑风生的一脸轻松笑意收了回去，恢复了长期习惯了的官样做派。

"你们——找我吗？"刘矿长的眼睛像钩子一样甩了过来，嘴里吐出的话像枯树洞里的朽木絮一样寡淡。对于这些初出茅庐的半大青年，这个当了十年技校校长的新任矿长是太熟悉不过了。他只需瞟上一眼，怎么也能入木三分，任你是什么毛头小子，还是飞天蜈蚣、下三烂，那点花花肠子都得被捋得顺溜溜的，什么也躲不过他的眼睛。

"嗯。"赵保刚上前一步，癞皮狗则原地不动，嘴角一勾，扑哧出一股烟来——他正在等待看笑话呢。

"什么事？你是哪个部门的？"

"不是哪个部门的，我是……"

"那是下面工区的？是矿职工吗？"

"也不是，是这样，有一件事想请你……"

"不是职工……"刘矿长眉间一皱，他白净的脸上隐藏不住地流露出来一丝不快和烦躁，五指拎住放在阳台栏杆上的茶杯就准备回办公室。于是赵保刚赶紧又凑上一步。"是这么回事，"他挡住刘矿长的去路，"我的一个亲戚是煤码头的翻斗工，早些日子受了工伤，被煤斗挤伤了胸口，情况很不好，不能从事原来的工种了，想换一个，所以……"

"他自己为什么不来？工伤？认定了吗？既然不能再工作，为什么不去找码头负责人解决？为什么找到矿部来？你是他什么亲戚？你来算是什么？"刘矿长的一连串的"为什么"，把赵保刚问得是张口结舌、不知所措。一看这戏这种唱法马上会黄，赵保刚眉头皱了起来，冷言道："他是个老实人，跟码头上的领导讲不上话，更不敢来找你。所以……"说到这儿，赵保刚眉峰一挑，眼睛直逼着对方，露出一股凶光来。他停顿了一下，想捕捉到对方的怯意，可刘矿长像看小学生似的看着他，又像在看要把戏一样饶有了兴趣地望着他，丝毫没有赵保刚想要看到的。于是赵保刚就说出了下面的话来："他不敢找你，所以我来了，请矿长卖兄弟我一个面子，对于你来说，既不是什么大事，也不违背原则，这个面子是一定要给的。"

"小伙子，请你打住。"吃惯了蕻子菜的刘矿长一听这话，脸唰地严肃起来，他做了一个紧急制止的手势，然后手指头又掸掸袖口——尽管那地方什么也没有。这是这个矿长表现出来的一种生气时的惯用动作。"我说小伙子呀，凡事都有个规矩，你既不是当事人，又非本矿职工，'越俎代庖'你不一定懂，但'不关你事'你应该明白。矿上既无责任也无义务来为你解决他人之事；请你明白，这是他的事，得他来，你来算个什么事？再说了，工伤也好，换岗也罢，国有国法，厂有厂规，工伤不是嘴巴说出的，'公'字，公也！得公家认定，也就是说得有医院证明、部门认定、国家划定；至于换工种，也得经过码头煤场，这是他们的工作和职责，不是矿部可以随意插手去管的，这叫规矩。有规有矩，才成方圆，这个道理你应该懂得。工伤，这种事在几万人的矿山三天两头、时时刻刻都在发生着，安全生产是我们的生命线，大会小会，天天在讲，墙报内刊，天天在出，我就纳闷了，为什么还不断地出来这种伤那种伤呢？原因很简单，就是有那么一些浑蛋职工不严格地按操作规章工作，把年年讲、月月讲、天天讲的安全生产当耳边风。挤伤了？他严格遵守操作规范去工作，会挤伤吗？我的回答是不会的，请你明白，安全规范是通过严格的，甚至可以说是通过几代人不断摸索探讨，也可以说是用血的经验总结出来的铁律。遵规守纪，不把头伸出驾驶窗外，井下电车司机李飞鱼会被风门削掉脑袋吗？不乱发信号，林细毛会被提前升井掉下来煤桶砸成肉饼吗？按规装上断路连接线，黄满庚会被万伏高压烧成灰吗？"刘矿长想起近期矿山发生的几起死亡事故，声音陡涨了几分，眼睛里也充满了那种恨铁不成钢的长者威严，

094

"因为……所以，哼、哈，只要我们……那是绝对不可能发生的……"

"刘、矿、长！"赵保刚突然压低声音一字一顿挫地打断刘矿长的侃侃而谈，"规呀矩呀、权呀利呀的，没有那么复杂。其实很简单，拜托你帮个忙而已，你就说解决不解决吧。"

"这个嘛，按程序来，先到班组确认这事，然后上医院检查开个诊断证明，附上报告，由码头管理处解决，我这不管这个事。不过……当然……如果他们解决不了，再报矿办来研究……"

看见赵保刚忽然蹲了下去，刘矿长以为小伙子是去系鞋带，口里是仍然滔滔不绝。此时的赵保刚已经失去了耐心，也知道按通常套路解决不了问题，于是走向了极端。他蹲下去突兀地抱紧刘矿长的双腿霍然地站了起来，刘矿长那瘦不拉几的屁股便像被弹簧弹飞起来一样"嗖"地蹿上了阳台栏杆，整个上半身悬在阳台外的半空中。赵保刚的这一胆大妄为的动作，把猝不及防的刘矿长吓得半死，瞬间，脸像被刷了一刷子绿漆，呈现死青色，爆满了可怜的、濒临死亡、极度哀求的神色。他甚至来不及惊叫一声，便发现喉咙干哑抽搐得已发不出声来了。那只放在栏杆上的茶杯在慌乱中撞落了下去，砸碎在办公大楼前的地坪上。一个女人的尖叫，惊动了两个正站在楼下向生产科汇报工作的生产一线突击队员，他们迅速地冲上楼来。

"给你五秒钟时间，帮，则皆大欢喜，不帮，则同归于尽。"赵保刚冷冷说道，又往外耸了耸刘矿长的身体。

"帮！帮！小伙子快快放下来……一定帮！"过了几秒才能说出话来的刘矿长几乎是哀求道。在与赵保刚目光相碰撞的那一刻，他明白了，必须马上无条件地答应对方的所有要求，否则老命玩完。他看到的，是他几十年教旅生涯中从未见到过的可怕的、决然的、令人胆寒的顽牛似的目光。这时一边待着准备看热闹的癞皮狗赖小毛没料到赵保刚会来这手，也被吓出来一身冷汗。生怕朋友做出蠢事，他一个箭步上前，伸手抓住了刘矿长的皮带。当赵保刚把刘矿长放下阳台时，楼下的两个青年突击队员已经跑了上来，癞皮狗见状立即迎了上去，他堵在路中间，双手一摊，说："没事，没事，掉了个茶杯。矿长在谈事。"看见刘矿长与赵保刚平排靠在栏杆上，而刘矿长并不拿眼看他们，两人狐疑了一下，也就又下去了。

刘矿长还是蛮信守承诺的，这个站在规矩上却不守规矩的人，三天后就为珍珍的老公老曹调换了工种，还在煤码头，做了一名记账员。但这个忙帮得让珍珍并不高兴：全矿都在传那个火车司机的儿子"红眼鸡公"赵保刚用下三烂的手段胁迫矿长就范，但谁也不知道是为了件什么事。珍珍心里却有数，她对这个比自己小五岁的青年产生了一种情感，这个种情感由歉意转化成了一种责任。她不想、不愿意、不能让他为了她如此这般的去不计后果地胡作非为。所以，当赵保刚把这事跟她讲的时候，她没有丝毫笑意，她甚至见四下无人，抱住赵保刚的手臂狠狠地咬了一口。这个留在赵保刚手臂上一个礼拜没消的牙印，让赵保刚无法从中分列出有多少是疼和多少是怨和多少是无奈的情怀。

五

　　一九八八年，打矿外回来两个人。这两人的到来，惊醒了沉睡的平静的按部就班的矿区人昔日之生活，恰似两只泥蛙入塘，从此矿区闹腾了起来。

　　那是九月末的一天——一个升起冰冷的太阳的日子，从县城方向沿河岸通往红旗煤矿的那条卵石道上驰来了一辆白色的轿车。车速极快，如同放箭——一支闪闪发光的银箭；车尾扬起的灰尘宛若一条张狂的狐狸尾巴。"看，小包车。"有穿着开裆裤站在铁路枕木堆上玩耍的小男孩迎着风尘指手喊道。平常，只有矿务局大领导或者是省厅级干部来的时候才能见到吉普车身影。这是件稀奇事。

　　看来小车司机对矿区的街道环境早已是烂熟于心的，车子开得平稳快捷，那条白狐尾巴在九拐十弯的街巷内，时隐时现、东奔西窜。没有踌躇，没有迟疑，干脆利落，最后在七居会的一排红砖平房前停了下来。这是一台日产右舵蓝鸟牌轿车，崭新、典雅华贵、流线傲慢。随着那对矿山人而言陌生的车门开启声，瓷白炫目的车门闪烁间，大家看见一个穿着考究的青年男子不急不慢神态自若地钻出车来。他身材中等偏瘦，白衣白裤白皮鞋，红色纹龙领带随风飘扬；紧扣的衬衣袖口上有方形磨边的金质纽扣在闪烁，右手手腕扣着一块炭黑色的西铁城石英手表，左手手腕套着一圈田黄石念珠，无名指上还有一方印型的硕大戒指，在他挥动手的时候，戒指便随着各面角度光线乱闪。与戒指的金光相映生辉的是他脚上那双白色三节头的牛皮皮鞋。这双鞋擦得一尘不染、油光锃亮，上面像荡漾着了一层晃人眼目的玻璃水。虽然腿有点瘸，但他却能巧用其陋，挥洒自如中绝不失优雅、傲气。

当大家看清楚了这个开着小车、一身富贵奢华的青年人竟是早已死去的矿山电厂锅炉工费久囿的小儿子时，所有人都惊得目瞪口呆。那些抻开的嘴巴，都成了一个个随着那小子移动而移动的合不拢了的黑洞。"洞"中的舌头僵硬、牙齿哆嗦、内唇发青、外唇发紫、喉管奇痒。这绝对是个明白无误的事实：费跛子——费建业，这小子回来啦！发啦！发大啦！

但这仅仅是前三分钟的震撼，接下来的后三分钟，更让左邻右舍几近窒息。当费建业优雅地侧弯身子，绕过车头，将后左侧车门拉开，立正、弓腰、伸手请……完成这一系列只有在电影里那些纨绔子弟、达官贵人身上才能看到的煽情动作后，从车里伸出一条女人的纤长的腿来。这条腿冷傲地轻踏在印有清新轮胎印的细泥地上。这是一条举世罕见、无与伦比、让所有人女子自愧不如、让所有男人神魂颠倒的腿。小脚穿着桃红色的高跟水晶凉鞋，凸起的脚背像耒水河中捞出来的那种油浸浸的白色卵石，脚脖子优美曲线下小馒头似的粉色脚跟与鞋帮子浑为一色，而鞋尖的开口处，挤出来的三个半截小脚趾，宛如刚刚剥开表皮的羊脂玉似的细蒜瓣子。

站在自家门口、从未见过如此洋气水灵的美女的费建业隔壁老王家的二儿子"四眼"，被眼前这个珠光宝气、晃悠悠如天外云卷中飞来的美人儿惊得是哑言失语。张开的嘴巴就像抵进了一个弹簧，能塞进去一个篓子。当他的脖子抻得就要飞出项颈时，"啪"的一下，后脑勺挨了一巴掌。"就算你能看穿，那裤裆里的东西也是别人的。"这声音里连说话者自己也酸溜溜的。四眼一回头，见是父亲，脸一下就红了。"爸——"他羞恼地叫道，一边嫌恶地拍打掉父亲搭在他肩膀上的手。老父亲是广东人，看着儿子如此这般，悻悻地又瞟了一眼那女人，便骂咧咧地回自家那黑咕隆咚的屋里去了。他是矿山技术员，知识分子，对隔壁的费家历来没正眼看过。觉得他们没文化。如今好了，苍蝇变成了金疙瘩、丑小鸭变成了白天鹅、跬倒茅茨里的小鼻涕虫成了一个摆在面前一座高不可攀的山。今天这一气，非同小可。

四眼目光蒙眬，想要哭。他狠地咽下一口口水，在喉结发出一连串的嘎咕声中挤出了人群。像渴死鬼不敢探头望一眼深井里的那一汪碧水一样，"总有一天，老子……"他嘴里嘀咕道。

费建业捏着女人的三个手指尖，斜飘着腿引领那女人往自家走去。他的这一行动在告诉所有人：这是他费建业带回来的女人——他的女人。女子个子颀长，丰唇齿白，脸盘明净，大眼睛、高鼻子，不说瘦小的费建业，就是一般的男人，她也能高出半个头去。她身上所有的特性都是矿区这些南方人所鲜见的：云髻高绾，如燕群衔泥造窝，给人端庄典雅之感；身材高挑，如玉树临风；衣着华丽雅致，犹如金箔贴其表；冷艳高傲的眼神，有如大鸟突入鸡群。自从一下车，她那双黑亮的眼睛发出的高傲而冷漠的目光，未曾，或者说根本就不屑与他人相碰，那里面找不到一丝一毫的身处异乡的怯意。这是一个典型的中国北方大妞，是个美得让南方男人不敢靠近、靠近必要命的女人。

费建业在家排行老幺，上面除了一个姐姐外，还有两个哥哥。此刻，两个穿得邋里邋遢的哥俩正一脸懵懂地看着眼前发生的一切，当他们震惊地发现这就是他们离家十年未归、早已在记忆的账面上注销了的小弟时，兄弟俩不知所措地傻傻地相对一笑，眼泪止不住簌簌地飙了出来。

"弟啊！"他们举手齐呼。费建业没有体现出太多的激动与伤感，他回避开两个哥哥投来的愕然目光，冷冷地说道："你们这是哭的什么！先把车上的东西搬屋里去。"随着"嘣"的一声，车的后备厢盖升起，费建业腿瘸，背不动，他指挥兄弟将里面的两个红白相间、用封胶带死死地缠了无数圈的、每个足有上百斤重的蛇皮袋背回了家。就是这两个蛇皮袋，成了红旗煤矿大小五个工区、七个居住分会、两万多人心中一个永远的谜——在至此以后的岁月里，猜测、揣摩、想象、分析、争论，甚至偷窥、潜入，尽管愈演愈烈，始终占着人们大部分的好奇心，甚至搅得人心不安，但谁也说不清道不明，那两个袋子里装的究竟是什么？在费建业这个跛脚小子身上发生过什么事？他那秘不示人的一面从此像散了又拢、拢了又散的神秘面纱笼罩在了矿山人头上。

这以后，矿区多了个费老板。"老板"这两个字不再遥远模糊，而是看得见摸得着了。所有矿区人都被这两个字撩拨得跃跃欲试，仿佛不戴上这顶帽子，人生将从此暗淡。费建业头上还顶着个绰号："铜壳子"。

这绰号都来源于十几年前的同一次事故。那时想要看一场电影，得从矿部沿河岸走上五里多荒无人烟并流传着多个版本鬼怪传说的山间小马路，才能赶到县城剧团。但是如果爬上驶往二、三工区拉煤的小火车，则能节省三里地。爬火车进城成了矿山人进城最简便可行的方法，捡这种便宜，几乎在所有矿山人身上都发生过。尽管事故层出不穷，但仍旧是屡禁不止。那年，在姐姐——费建业唯一的姐姐——的怂恿下，姐弟俩决定去县城看场电影，并且也爬小火车坐上一程。

那是个七月炎热的傍晚，姐姐穿着烂帮子凉拖鞋，弟弟跛着绞了帮子的解放鞋改造型胶拖鞋，借着月色，猫到了矿郊的牌楼道口。这是一个没有设卡的坡顶道口，道口旁竖着一根不高的黄竹，竹梢弯悬，上系着一盏落满了灰尘戴铲帽的路灯。昏黄的灯光下飞舞着无数的蛾虫，灯光外围是展着黑翼的蝙蝠。这些蝙蝠驱赶着飞蛾挤到一团，然后猛然栽了进去，恣意痛快地享受着这种张口就来的捕食乐趣。一团浅浅的黄光像喇叭罩一样投在两道青光闪烁的道口上，风摇动着地面上的光团。这是矿山火车的必经之路，每四十分钟就有一趟经过。车到坡顶道口都得减速，于是这里便成了搭车的最佳位置。

"呜——"汽笛声在风的肆虐下像风笛声，小火车咣咣啷啷过来了。一柱灯光从远处低洼地带爬了上来，照在道旁，于是树木就像一个个奔跑着的鬼魅黑影，如同庙堂之上的金刚恶煞，在灯光下张牙舞爪起来。滚动着的无数小铁轮撼动了姐弟俩脚下的大地，蒸汽管爆裂般的吼叫，震醒了姐弟俩头顶上沉寂的天空。当车头杀猪般嚎叫着驰过来时，热浪卷起沙土以及焦油的苦涩味向紧抿着嘴的姐姐和用小手罩住口鼻的弟弟猛扑过来，掀翻他们的衣裤，扬起他们的乱发，飞沙像钉子一样刺痛着他们的双腿。时机决定成败。四只眼睛紧盯着火车头。明亮的敞篷驾驶舱里有黑脸司机正拼命地用锨往炉膛内添加煤炭，炉膛的火光和飞溅出来的火星照亮了司机千疮百孔的工作护兜。挨近道口，火车吁出来一口白气后，便慢了下来，几十个煤斗组成的黑色长龙跟了上来，它们摇摇晃晃、你推我拽，"咣当咣当"地从姐弟俩身边驶过。看着那些黑乎乎的铁家伙口吐白沫脚踏火焰摇头晃脑地过来，弟弟当即吓得脚打摆子。"上，我垫后！"听到姐姐一声令下。助跑、加速，与车同速。弟弟比姐姐灵活，时机一到，抓住斗边跃了上去。而姐姐迟疑，几次尝试都没成功，眼看着火车一节节闪过道口，而火车一过道口便将驰入了下行道。当最后一节车斗像松鼠的尾巴跳来甩去地经过道口时，弟弟看见渐渐拉开距离的姐姐奋力奔跑的影子在变小，那影子跳着跳着便看不见了。

"姐姐！姐——姐——"黑暗中，从火车巨大的轰鸣声中逆风传来微弱的呼唤声。

火车过去了，隆隆的声响渐渐远去，道口恢复了原有的宁静。飞蛾又汇聚到了灯光下，蝙蝠又开始了它们的盛宴。

夜色下纸质似的景物模糊不定、似动非动。当大地重归寂静后，道口变得渺小了，而孤伫于灯光下的姐姐像没有了魂的稻草人，机械地甩动着空洞洞的袖管。风，传送着她嘤嘤的泣哭声，时间在那一刻仿佛凝固了。

过了一会儿，她似乎明白了什么，于是疯狂地冲入了黑暗中，但黑暗的恐怖又将她拽了回来，她像舞台上表演悲剧的芭蕾舞演员在喇叭型的灯光下痛苦地旋转着，像热鏊上蚂蚁，像瞎驴推磨，像天旋地转，她的不知所措，如同拧断头的蜻蜓。

“姐……”黑暗中有细语传来，姐姐惊喜却又极恐地看见弟弟从黑暗中闪着寒光的轨道旁走出来，他的一只手捧着半边脸，一只脚提溜着，他委屈的眼睛就像被母牛踢开的小牛。

“你怎么……下来了？”她问，冲到跟前。

“你没上车，我就又跳下了车，看不见，我跸了一跤，姐，我的脚……”弟弟说，然后倒伏在姐姐身上。将弟弟抱到亮处，灯光下，她看见弟弟胶拖鞋里灌满了血，将鞋子脱掉，发现右脚的两个脚趾已被碾成了肉泥，而将他蒙住半个脸的手移开时，又发现左额头上有一个五分硬币大小的血窟窿，血正从填满了炭灰的窟窿里往外渗。

寂静的夜晚被相拥在一起的姐弟俩的悲恸哭声打破。

“怎么办呀?！爸爸会打死我的。”姐姐哭叫着。

“姐，我要回家。”弟弟央求道。

……

被这突如其来的灾难吓得惊恐万状的姐弟俩首先考虑的是怎样面对父母。于是他们决定先去河边洗净伤口。摸索到河岸旁，借着惨淡如蜡的月色，姐姐替弟弟擦洗干净血渍。成团状暗黑的血水被汲潮冲淡后向下游流去，血腥味引来了成片闪着白磷光的小鱼。没有纱布包扎，姐姐只好脱下上衣，用卵石砸断袖筒包裹好弟弟的脚。双腿发抖的弟弟躺在姐姐怀里，哭声变得衰弱而哀怜。残袖破衣、心乱如麻的姐姐驮着弟弟战战兢兢地走在回家的路上。终于看见了矿广场上那尊巨大的“忠”字台。台上立着的巨型广告墙被竹架包围，挑着一个大灯泡，有两个工人正在加夜班将那幅巨幅画像抹掉。两个工人发现了夜幕下走过来的小姐弟。看着长长的血迹，好心人将俩孩子送进矿医院并通知了父母。

十天后的一个夜晚，父亲上零点班。没有月色的夜幕像块黑污浆硬的裹尸布，并把沉闷热湿的带有电厂煤焦味的空气和锅炉房的低喘声紧紧地憋住在地面上。没有风，树梢草尖纹丝不动。从七居会后面的"八居会"坟头传来哭鸟[1]凄厉的、令人胆寒的叫声。这种被人们认为不祥的鸣叫声，就像耒水上的打鱼人放养的鸬鹚的喙一样，啄勾住了人们的心。尤其是那些历经过风雨、闯荡过世面、品咂过人生苦辣的人，这鸟的叫声会让他们惶恐地紧闭门户、拉严窗帘，喝令孩子不得外出借以禳灾。这是一个貌似平静却内藏不安的难眠之夜。

晚上十点，原本应该先睡两小时再去上夜班的费建业父亲费久囤没有睡觉，而是板着长年被锅炉烤红了的那张发硬、已经生了茧皮的麻婆脸，孤身一人坐在黑暗的里屋。他两管鼻孔直往外冒着粗气。过了会，他突然凶巴巴地掀开卧室与外屋的门毯，一个箭步冲了出来，但旋即又止步于低矮的门框下。他那双被疲惫和高强度熬夜折磨得红红的、暴突的眼睛，充满着无法抑制的羞恼和无法忍受其旺火攻心的欲望，恶狠狠地盯着仍待在厅屋墙角边的患有严重肺痨的费建业的母亲。当这个四个孩子的父亲、家庭唯一挣钱养家的丈夫、整日劳累却消磨不了强烈欲望的男人，仇人般的目光投向她时，费建业的母亲几乎是用一种哀求的眼神回望了他一眼。那眼神在说：我这无法喘上气的肺、我这已经焦黄了的躯体，还有这已是空心皮囊的胸脯和干涸得像吸净了最后一丝气的破瓜烂葫芦——你所要的，我已经给不了啦！命，要就拿去吧……男人仰天嘶嚎一声后，转身间突生恶念，他拐进了后屋厨房边搭建的那间隔板房……

被惊醒的费建业在黑暗的破蚊帐里睁大着明晃晃的眼睛。

腊月前的一天父亲死了。是被已经冬眠的蛇咬死的。那是一条一米来

---

[1] 哭鸟，俗指猫头鹰。

103

长的银环蛇，当地称"四十八节"，在他翻动柴火时，从灶屋后蹿出来咬了他一口。他不停地骂着，将蛇打死做了一盘下酒菜，喝酒间还唱着湘剧《刘海砍樵》，完了这个一辈子没尝过自己眼泪是咸味的男人，趔趄着爬上床睡觉去了。冬蛰苏醒过来的蛇最毒。等家人回来，发现情况不对急送医院时，他已经全身青紫，肉呈斑状，七孔流出紫血。两只眼睛是睁开的，像一对仿古做旧的铃铛。他干干脆脆地死了，做了个饱死鬼。有人说他是找死，有人说是想死，有人说他该死，总之，那个费建业叫"父亲"的男人死了。费建业整个晚上睁开大眼瞪着黑色的窗口，而母亲拖着病恹恹的身体在家号哭了一夜。她没有丝毫终于结束了被丈夫多年蹂躏的庆幸感，只有面对四个未曾成年的孩子该怎么去养活的无限伤愁。

伴随着费建业回乡带来远未平息的躁动中，十月矿区又回来一人，这人就是马车右。这是他南下广东五年后第一次回乡。当那台银色六缸发动机的宝马右舵轿车轰足油门心急火燎地拖着飞扬起如同两只拴在车屁上扑腾着翅膀的斗鸡似的尘土在矿广场伍市南街口停下来时，顷刻间就围满了爱看稀奇的矿山人。车门开启后，伍乃子、马五斤、马善民和司机王猛子鱼贯而出。最后出来的是马车右。他坐在右后排，不知是腿脚僵硬还是下脚太重，当那双黑乌锃亮的皮鞋踏在地面上时，鞋的四围立即扬起一圈灰尘来，如同踏在月球表面。下车后他并不急于挪动步子，而是笔直地站着，喇叭裤在风中像鱼尾一样扫动着。少许，他活动了下脖子，做的第一个动作是两手将那件竖条纹大尖领的花格子衬衣潇洒地一抻，第二个动作便是从上衣口袋里抠出一副圆形水晶玻璃墨镜来。扣眼镜的动作既熟练又自然得体。在他做仰视高空状时，镜片的角度便与太阳成一个斜角，镜片马上就反射出灼眼的茶色光芒来。他的左前方是伍市南街口，他的右前方是进入矿山的牌楼。他注视着，有大概约半分钟的时间像竖着的一木牌一动不动。看不到镜片后他的眼神，也感觉不出他的肢体语言，但从刀切似的一溜短茬胡髭下两片铁青色的薄嘴唇时不时翘动一下来看，此刻他的心情充满了轻松外加傲慢。他——马车右，在广东艰苦打拼几年后，带着第一桶金回来了。从今往后，已不是当年那个抱着马奶喝奶、长发遮颜、破衫蔽体、东家讨一餐、西家蹭一顿、李家睡一宿、王家熬一夜的那个被称作"干猴子"的马车右了。他要在耒水拉开创业的序幕，做一个他所以为的"对社会有用的人"。他高高的驼背、倒三角形的身影、长长的马脸、眯缝得像墨线一样的眼睛、隆起的斧头眉毛以及鹰钩鼻梁两侧那道深深的嵌纹等，无不在体现出这种志得意满的同时，也使他的周身产生出一种像鹰一样冷峻、狼一般野性和像矿山涂抹上沥青后黑枕木一样阴森的令人生畏的恐惧感来。

太阳将倾，他身后倒三角形的影子里站着马五斤、伍乃子等一干人，如同斜阳下披展着黑衣的一片小树林。在似乎是感觉已经找到了后，马车右举起右手，夹着两个手指，示意地弯了弯，做了个要烟的动作，司机王猛子立马上前递上烟并叭地打着火。马车右饱饱地吸了一口烟，"走，望江楼去，为衣锦还乡的我们洗尘。"

他们像一干排兵走在狭窄的伍市街上，这条旧时期的驿道，被这几个踌躇满志的青年人堵得水泄不通。大模大样的他们让迎面而来的客流像中分线一样往两边闪开。小街狭窄而拥挤，生意正当时。有挑着筢箕卖小菜的、端起簸箕卖豆腐的、架着油纸伞卖豆油的、支着油锅炸糍粑的、摆着塑料盆卖河鱼的、喊着小喇叭卖狗皮膏药的、白布上摆满了从小到大死耗子模型卖老鼠药的、有大板车上摆满了水果的……鼎罐铺、布店、米店、炒货摊、油坊，纸张笔墨、百货南杂、畜牧土产、兽医兽药等，凡活人用死人要的，这里一应俱全。

一进伍市，伍乃子欢蹦了起来。他的外公在伍市开过当铺，他的童年是在这里度过的，他对这里一切都滚瓜烂熟、了如指掌。哪块石头磕破了他的脚趾、哪面墙角蹭破了他的屁股、哪个犄角旮旯他撒过尿屙过屎，他都心里有数。有着超级精力和极强欲望的伍乃子也亦非五年前的那个伍乃子了。他的脸皮像熄猪毛一样刮净了昔日的少年顽劣，而变得成熟老练、自命不凡。他衣着打扮最赶新潮：金利来皮带，鳄鱼牌衬衫，皮尔·卡丹西服，镶金胸针，牛头牌牛仔裤，老爷车三节头皮鞋；脖子上花生米粒大的粗项链在斜阳下闪着金光；黑色手表配白色表带、蛤蟆镜、右手腕上刺有一条眼镜蛇文身。由于裤腰太紧裆太短，以至于他的裆内像顶着一把短火，配上他那有些外八字的步状和习惯性的大弧度甩手，这一切派相都在告诉认识他和不认识他的所有人：他——伍建平——伍乃子，已今非昔比，再也不是街边小巷抹着鼻涕玩粑粑游戏的那个伍乃子了，是另眼相看他的时候了。几个人，只有年纪最大、从来不修边幅的马五斤改不了乡巴佬的一身臭习气，都已入秋天，他仍旧趿着一双散了绗线的人造革皮凉鞋，又长又黑的两个大脚指头从豁着的鞋尖跷出来，像双头龟。身上的衣服七上八下，歪扭不正的衬衫领口油黑贼亮。他默不作声地跟随在后，什么时候他都像那个"一边待着"的人。

回来的第三天，他们便做下了第一桩让全耒水的人怎么也想不到、令人刮目相看的事：耒水第一个上千万资产的老板名叫王百万的首富死了母亲，马车右得信后立即招集手下凑齐十人，在既不相识也无亲缘关系的情况下，出殡那天，全部裸露上身披麻戴孝参加送葬，这个意外之举，让丧家感激涕零。由此找到了第一个财主靠山。第二件事便是为县公安局马副局长死去的父亲造坟。马副局长叫马效军，是马村人，也是马村唯一的大官。前年死了父亲，马车右没有回来，这次回乡借着同宗同源的理由，搞了个声势浩大的立碑造坟仪式。马村祖山上那座汉白玉围栏的坟茔，隔着两座大山亦能看得清楚。为了表达童年受到全村人的抚养，重阳节那天，马车右在村里摆了三十桌谢恩酒。又把马效军作为主宾请回了村。

马效军：国字脸，大刀眉，翘鼻子，卵形嘴，是个大口喝酒、大口吃肉、大声说话的急性子人。当年刚转业等待地方安置，对越自卫反击战打响了，作为广西前线部队，这位湖南兵蛮子二次入伍归队上了前线。靠着马村人天生的一股子蛮劲，在战场上立了不少功。战斗结束转业回乡，在县公安局任政治部主任。现已经是分管刑侦的副局长。

"全给我干喽！"一上桌他就端着酒杯一干而尽，用铜钟一样的声音朝大家喊道，"全都干喽，杯杯见底！滴酒罚三杯！好、好，对喽，这就是我们马村的风格。下面我独自再干一杯，这是杯敬酒——我敬各位。"

他自斟自饮，又朝嘴里灌了一杯，接着说道："我今天来的意思，是我下面要讲的话。我们马村的人哪，都一根肠子、一个德性，所以，马村就出两种人：要不就是好人——好到你可以骑在他头上屙粑粑；要不就是坏人——坏到骨子里，挖了别人的灶，还要铲喽别人的坟。你敬老子，老子的脸可以给你当屁股坐，你若不待见我，天王老了来了，老子也翻脸不认人！这些性格是好事也是坏事。这就好比我们村的人全都站在一架桥的中央，往好的方面冲，便是一群有血性、敢担当、天不怕地不怕的好男人，国家的好材料；但若是往坏的方向冲，便是一群无恶不作的恶霸、坏人，既狠又毒。今天我想要说的是，我们国家是从无数个劫难中走过来的，人民也是一群从苦难中挣扎出来的苦惯了的人民，我真的希望我们国家好起来，人民富起来。现在好了，我们终于迎来了最适合我们这个民族的发展机遇，是我们中国人扬眉吐气的时候了。它的强大不容置疑——老三笑什么笑？我这可不是说的官话大话，是实打实的真话。今天本来有事，但我还是来了，不为别的，就为咱们都是一个祠堂的人，是十九担三十六斤的后代。我要奉告在座的各位：人类的进步、人类的繁衍、人的幸福、人的快乐、人的长寿，无不隐藏在这千百年来自然而然形成的正理之中。所以，我希望你们走正道、赚正经钱，这才是人之大道。总之，一句话：犯法的事就请别做，出了事，我可保不了你们！该抓的要抓，该关的要关，该杀头的要杀头，谁也保不了，这点可听清楚啦？！"

那个晚上马效军大醉了一场。他整晚拖着马车右说话，马车右听得最多的就是"良心、善良、正直"之类。

有那么一个晚上，赖小毛在外赌博输钱后深夜回家。在通过伍市到矿部的那条夹巷时，忽听到头顶上一微亮的窗户里传来"吱吱"的开门声，接着听到有男人说"才散会"的声音。这声音鬼头鬼脑，贼精，一听便知是老狸拐子溜进了房。这分明是在偷情。老于此道的赖小毛于是立住了脚。这是一条狭窄的小巷，烂沟里的霉腐味和整日流淌不动的泔水味，形成独特的酸臭气充斥着整个巷子。雾气从未水灌了进来，能见度极低。赖小毛静静地立在窗下，抬头望着二楼的窗户。那窗口射出一窗昏黄的灯光照在对面的巷子壁上，像块邋遢的方桌布。

"盆里给你放了热水。"这是女人的声音。她可能随手扔过去一块毛巾，窗下甚至能听见空中飞布的窸窣声。一听到这儿，赖小毛便将烟屁股扔了，然后四肢撑在窄墙壁上，一弹一跳，像只树蛙，不一会儿便攀上了窗台。

确实是两男女在偷情。让赖小毛吃惊的是，男人竟是当今矿长刘天宝，而那女的是上次与赵保刚去矿办公大楼时见过的那个叫张小兰的计生女干部。赖小毛看了好一会儿，直到脚发软撑不住了才下来。本已经走出巷子，但不知为何突然又返了回来，并一直待在窗下默默地抽着烟。

天空，细弯的月牙儿已经移到了正当头；月牙儿照亮的天空周边，是像丝絮一样稀疏的白云；而没有云丝的月牙儿的边缘，却是一圈深蓝，犹如一泓深井——深邃而平静。月牙儿晃晃悠悠逃不出蓝圈儿般地向西移去。

困乏、单纯的矿山人已沉沉地进入了各自的梦乡，做着各自的美梦，把一个偌大的万籁俱静的混沌世界留给了一小撮不安本分、不守天规地制、不遵纲常礼法的人——当一些人正在情潮汹涌地享受着男欢女爱时，不曾想到另有穷凶极恶、心怀鬼胎之人早已虎视眈眈，正等着饿虎扑食的那一刻。

抽完了整一包烟后，楼上才消停。已冻得牙齿打战的赖小毛竖着耳朵细细地听，当一听到开门声后，"就现在！"他给自己下命令，一个快闪，翻身进了院子。他像黑夜里射出的银色箭镞直冲到张小兰的门前。"咚咚。"没有一丝的犹豫赖小毛敲响了门。刚关上门就听到轻敲门声，房里的张小兰以为姘夫落下什么东西回头来取哩，便毫不犹豫地开了门。当门刚刚裂开一条缝时，一个猛鬼便迅速挤了进来，反手又将门合上了。红绸子睡衣歪在肩上、布纽子全解的张小兰顿时大惊失色。不知是被吓得忘记了尖叫，还是本身就不敢尖叫，慌乱中的张小兰哑言失声地一捂胸口，连蹦带跳钻进了内屋——也就是窗户对着夹巷的那间小屋。她的这一行动，让赖小毛在黑下里露出了狞笑。他直直身子，轻喘一口气，便钻进了进去。

"你……干什么？"双腿夹着米色睡裤退缩到屋角大衣柜一侧的张小兰惊愕地问道。她闪忽的眼睛正紧张地打量着揣摩着面前这个男人的来意。

"抓奸！"赖小毛说。

"抓……谁偷了人了？污蔑！"

"你偷人了——偷上矿长了。我刚才就趴在窗台上，都看了半个小时啦。要不要我学学你是怎么叫的？"于是赖小毛假起嗓音，学着女人腔怪模怪样地说道。

"关你什么事？"张小兰的脸立马红得像猴子屁股一般。

"当然不关我什么事，但是关其他人有事，比如你老公、矿长老婆、你的前情夫'九粒麻子'——那可是个矿上的恶霸，还有你在二中上初一的儿子——都关他们的事。还有，你搞计生工作得罪的那些人，他们恨你恨到了骨头里，正在找你的碴儿，你与刘矿长今晚唱的这一出好戏，都关他们有事，张扬出去有没有事，你自己肚里明白。"

"你究竟要干什么？"赖小毛的话让张小兰感到无力，她哀求地望着赖小毛。她的一双眼睛像受惊的兔子一样惶恐不安地转动着。

这张小兰原本也是个辣妇，头顶上点灯，肩膀上走蛇，胯裆下跑马，也曾敢干敢为，要不怎么领导一眼就看上了她，让她来当计生干部。可以说是一个厉角子女人。但那毕竟是吃的国家饭、坐的是单位板凳，那些丁丁卯卯都是在单位内发生的事情，上有国家政策规范，下有矿上领导撑腰，她敢放开胆子，明明正正地对撕，正正当当地吵架。可现在碰上的却是一个社会上的混混，不寻正理，不按常规出牌，遇上的又是一件无法启齿、启齿必羞的丑事。张小兰直感到成了一只无法使劲的待宰的羔羊。她蜷缩的身子一下子便瘫软了下去，露出了弱女子相。她手捂住了脸，有眼泪从短白圆润的手指间挤了出来，"吧嗒吧嗒"地往下滴。她不吭声了，她老实了，她像一条刚挨了一棍子的小狗一样看着那个瞪着她的男人。

赖小毛只一眼就读懂了她。他悠悠然抽完一支烟后，从椅子上站了起来，走近她，用一种女人家张小兰从来没有碰到过的带有强行行事的凶残目光追着她看，那目光的凶狠超出了先前覆盖在他脸上的那种地痞无赖的范畴，变得像杀人犯。当赖小毛将手伸向她的时候，张小兰失去了声张的勇气。

窗户一侧的墙壁上有一条灰麻色的壁虎翘着尾巴甩头甩尾幸灾乐祸地往上爬行，不时地停止步伐回头看看床上的两个人。

夜幕拉升时，东方天际上现出一抹带着橘红的紫斑，然大地却仍在一片漆黑之中，棉团般滚动的河雾，像幽灵带着狰狞的吻向四处弥漫。当公鸡发出第一声啼叫引发出鸡鸭鹅舍晨起的骚动时，赖小毛从张小兰的屋里出来了，他得意的背影消失在了楼道口。

一早，赖小毛在篮球场遇见了祝平，他把这事告诉了祝平。祝平看着赖小毛，说："我原来认为你坏，没想到会这么坏！"

短短的一个月，赖小毛便完成了从逼奸、通奸到奸夫的三部曲。到张小兰那幢筒子楼去的路得绕过矿溜槽车间，但插小路，则要翻过一堵围墙，就近多了。矮墙那边是张小兰住的院子。现在他正捂着领子迎着斜风雨走在这条小路上。小路前面是一栋土夯的危墙，墙上开裂出一条足能塞进去一个拳头大小的裂缝。怕倒，主人家将一根横跨小路的杉树杆子斜撑在裂着缝的墙壁上。赖小毛远远看见院前落光了叶子的核桃树下，一个戴着藤帽的矿工——炭黑的工作服还没脱下——正在拿着特制的竹夹片在雨中抽打着捆绑在树干下的一个六七岁的小男孩。由于小男孩的手是合抱着树干捆绑着的，上身动弹不得，下身可活动。于是为了躲避打在屁股上恐怖的竹片，那小小屁股拼命地跳着、挣着、左右扭着，像一只落入豹口拼死挣扎的小鹿的屁股。小孩号叫着、哭喊着，而父亲没有丝毫手软，噼噼啪、噼噼啪，那声音像在说山东快板。大人骂道："狗日的，你连家里的钱也敢偷？！打死你这个畜生！……我再问你，冰桶里明明还有八坨冰棒让你去卖，怎么只交回了五坨的钱？啊？吃了？姐姐也吃了……狗娘养的，那是想弄点钱给你奶奶治病买药的……打死你！打死你！打死你……"

一路急匆匆低头而行的赖小毛抬头一看这情景，眉便弯下了，伫立不前了。这种痛打加臭骂、求饶加哀号让他想起了自己的童年，甚至比这更惨。赖小毛记得，父亲曾将自己吊在门梁上用竹扁担打得皮开肉绽后又让母亲用盐水擦洗伤口的情景，那个痛啊！一阵寒战掠过他的后背。他退后一步，不想打这条道过了。他决定翻墙。红砖围墙厚实低矮，粗粝的墙面极易攀爬。赖小毛翻上墙跳过去的时候，听到裤裆下"嘎嚓"一声，低头一看，坏了，锁裆扣侧边挂开一个鸡蛋大的口子。原来墙头上的石灰里备了一些防止攀爬的断玻璃碴子。他暗骂一句，跨过花池向院里一弹一跳而去。

赖小毛推门进去的时候，张小兰正云髻高挽地坐在摆了一盆小黄花的窗台边的小桌旁吃面条，手里拿着本《大众电影》在看。见赖小毛抹着脸上的雨水勾头进来，便道："白日煌煌，来这干吗？"说完把碗筷扔一边，替赖小毛拿了块干毛巾来。"找你有好事。"他说。"哼，你会有好事？你的好事要不就是打架斗殴，要不就是菜场调戏妇女，除此以外，你还能有其他的？"张小兰没好气地白了赖小毛一眼。没想到短短数周时间里，她竟然为这个男人吃起醋来。丢下话后她便扭着屁股收拾碗筷上前屋去了——

与所有筒子楼一样，她家的厨灶洗碗盆也摆在门外过道里。赖小毛像公狗尾随母狗一样跟在她屁股后面，然后依在门旁。门窄，他弓着身子手撑在门横楣上。"真的好事，"他油着嘴说道，"矿上有个倒闭了的冶炼厂，我昨天特意去看了看，光草就长得有人高了，木门腐烂，铁门生锈，真的是倒了。但高炉还在，设备还在。听说光设备就投入了上千万哩！我有一个想法，你去跟刘矿长说说，我们把这个厂子的场地低价租了下来，然后再高价转给别人，如果转不出去，光卖铁也能挣不少钱。"

"这是国家财产，怎么会租给私人？你不知道你是什么人了吧。你呀，这是想钱想疯了。"张小兰没好气地说。

"不是我疯了，是你脑子锈死了。这都什么年代了，全国都在改革开放搞活经济。你只会逮孕妇去结扎，其他的什么都不懂。你去问问刘矿长，肯定能行。"

"就算有可能，你身无分文，拿什么租？"

"这个你就不用管了，我去找赵保刚，他应该能有办法。"

有一天赖小毛到县城五交化公司去找一个朋友玩，在经过会议室时，见一个肥头大耳的胖子坐在台上正给一帮据说是首批个体私营业主讲课。"……人类的生存力是一个有限的东西，人类也明白了这个道理，都想慢悠悠地渡过这个历程，但在拥挤的生存之路上，所有人都怕落后，因为落后会死得更快。我们这个民族落后了太久，因而苦难太深。今天，我们终于懂得了这个道理，我们选择了追上去，选择了弯道超车。好了，现如今，一个万马奔腾唯经济发展是硬道理的时代已经到来了，这个时候如果我们还不摒弃一切胡思乱想、一切瞻前顾后、一切不合时宜的所谓'情怀操持、道德范畴'，甚至于空洞的伪标题的爱国，那么，都将会被这个猛然惊醒过来的社会所抛弃！好了，当一个社会快速发展进入一个完全未知的领域时，这个时候法律是置后的。也就是说过程会有曲折、会有错误和失误，必须边走边看。有些事事后才知错了。对于国家如此，对于我们个人亦是如此。所以，这里就有一个预感和预知的问题。就个人而言，你必须了解法律——法律的边缘在哪里？可以触碰的底线在哪里？在大家都茫然不知和畏缩不前时，知者和勇者都是胜利者。触法不犯法才是明智之举。完全不知者勇，知者勇。我们当然选择后者。告诉各位，我们的社会当今就处在这个时期。也许有千千万万的机会就摆在每一个人的面前，但我们却浑然不知。'怕''担心''瞻前顾后'束缚了手脚。我有一个朋友，一次从银行无抵押低息贷款一百万，我就很佩服，我就不敢。但谁又能说得准这是件好事还是一件坏事呢？"赖小毛立在门口半天，把这些都听进去了，并且消化得很好。

果然不出他所料，关于出租厂房的事矿领导开会讨论后竟然同意了。

赖小毛当然知道自己几斤几两，也知道赵保刚两个姐姐每月总有些钱送回家，还知道他家的猪栏有一头大肥猪。于是，接下来的几天，赖小毛一直鼓动着赵保刚，把也一心想创业的赵保刚说动了。赵保刚让母亲卖掉了栏里的猪，凑足六千块钱交了第一个月的租金款后，牵头把红旗煤矿矿属冶炼厂场地租赁合同签了下来。但是，过了几个月，他们并没有按原计划将厂子高价转包出去。这时候的赖小毛露出了邪恶的本来面目：卖铁，卖设备，一卖精光，然后拍屁股走人。"合同是我签的名，你这不是抬我往河里扔吗？！犯罪的事可不能再做！"赵保刚想，没有答应。至此，冶炼厂在他们眼里成了猴子嘴巴里的姜，吞不下也吐不出。

后面的路该怎么走，几个人闷在家里想开了脑壳，最后在祝平的提示下，他们想到了赚了钱刚从广东回乡的马车右。于是通过伍乃子把有意合作的信息传递给了马车右。

"这个厂停产太久，许多东西都已经报废。高炉要彻底翻修，电缆电线、线盒开关，要全部更新，设备设施须大修，化验室所有器皿得重新置办，厂房雨篷刷新补漏，重新开通高压电，护坡建塔，道路维护……光这些，我们粗略算了一下，就得过四十万，如果把开工所需的原料款计算进来和备些流动资金，得整整一百万才能启动这个厂。"这是马车右请来的工程师给赵保刚算的一笔账，目的是要压底他们的股份。马车右决定与赵保刚合作接下这个倒闭的冶炼厂。

"如果你们再投点并愿意接受不超过百分之二十的占股份比例，那么，我们的合作就算成了，如果不行，那就请另找他人了。"如今的马车右已变得非常老练，他丢下这句话后就走了。他知道赵保刚定会同意，因为这厂已经成了他们烫手的山芋，也知道这些股份已对得起他们了，但也有不知道的。不知道的是，当赖小毛得知马车右并不是要租这个场地，而是要救活这个厂子时，他眼睛一转，立即看到了其中的可乘之机，当即丢下众人，找到了张小兰。一阵密谋后张小兰当夜就把刘矿长召到了自己卧室，一阵枕边风，达成了一致。这个当年出公告：谁愿意承包救活这个厂并让二百多名下岗职工重新就业，将免其三年水电费，并为其争取一系列优惠政策的承诺，一夜之间改变了。马车右成立的青龙公司须每月缴纳承包费一万两千元。虽然如此，马车右还是看准了这个项目，决定签下。恰到这个时机，赖小毛蹦出来了，他对马车右说，他可以通过张小兰（大家都知道了他已成了张的姘夫）把承包价格压到原价每月六千元，条件是给张小兰百分之五的暗股。虽然赵保刚反对，但马车右还是同意了。这事本就是赖、张、刘商量好了的，自然也就成了。从此，张小兰就拥有了冶炼厂百分之五的股份，只不过为了避嫌，股份挂在她弟弟张小军名下，由赖小毛代管。

几天后，在望江楼"别有洞天"的包厢里，马车右与赵保刚单独一聚中有一个推心置腹的对话：

"打广东回来第一天，就有人跟我说起你。就有那么怪，那晚上一直就睡不落，几乎过一刻刻，就会想到你，好像觉得我们就是曾经的朋友，整晚上有一种盼着急切会面的感觉。"马车右说道。在他与他之间的四方桌面上，摆着一玻璃壶潽耳茶。茶色妖艳，浓郁透彻，像琥珀。"我是个孤儿，没文化，我所认识的一切都是饥饿教给我的。所以，我凭直觉认识人。正想着结识你，你却找上门来了。天意，天意啊！保刚兄弟，像男女耍朋友一样，我们是前世修来的一对'恋人'啊，呵呵，你说呢？"

"但愿！"赵保刚呷了一口茶，茶汤在杯中像熔岩一样晃动了一下后，即刻就归入了平稳。他是一个不大容易动情的人。

"小时候在村子里，因为瘦，又喜欢爬树翻墙，别人都叫我'猴子把戏'。五岁那年——我记得好像是五岁吧，村里有个叫马向辉的，我们都管他叫'马上飞'，是村里马伍的满崽，比我长几岁。此人最缺德了，因他们家有一条叫'赛虎'的黄狗，老跑到我们下街来抢地盘，还把五斤家的一条白狗追进茅茨，结果白狗淹死在了屎坑里。后来我和五斤把赛虎打死了，为此，他恨死我了，已经打了我几顿，还不解气。那天午饭后，我们都在湾里的水塘边玩，这家伙那天家里杀鸡，手里拿着两个鸡腿出来。哦噻，馋得我流口水！我就跟他商量：我把我的链子枪给他——就是那种用单车链条做的、打火柴的枪——换他的一个鸡腿，他不肯。但刚吃完饭又吃了个大鸡腿，'马上飞'肚子胀得鼓臭屁，吃不进了，看见饿狗似的我一直跟在他屁股后面转悠，又不想给我。这时正好从水塘里上来一头水牛，路过我们面前时，屙了一大盘屎屃屃。'喂，猴子把戏，想呷是吧啦？那就拿去啰！'他说完就走到牛屎边，把另一个鸡腿插进了还在冒热气的牛屎里，然后鼻子打起哼来，是那种非要气死我的神情。我在心里大骂，等他走远了，见四下无人，还是走了过去，把那个鸡腿从牛屎里扯了出来——我实在太想吃鸡棒捧了！跑到壕沟里捭干净后，躲在猪栏后的草檐下，把那鸡腿偷偷吃了……嘿嘿，真香——没骗你，真的是香，一直到现在，当我看着天空的时候，当我的眼泪水下来的时候，舌尖上就感觉到了那鸡腿留有的余香。说真的！"

"呵呵呵……"赵保刚仰面笑了起来，当他发现马车右眼角闪动着泪光时，又立即止住了笑改为将茶杯推到马车右跟前，让他喝口茶，"可以理解，也可以感觉到。"

"保刚啊，一点不骗你，我就是一个把鼻涕当零食吃长大的乡里娃，如果当年没有发生那次逃离家乡的事情的话，我也许现在还在马村山坳上背竹子，每天还在为从哪搞餐饭吃而绞尽脑汁。人生的每一次经历都是你不可多得的财富。有时，一个错误就改变了整个人生，我真的感谢我所犯的错误。谁又能说得清楚这个错误不是一件塞翁失马的好事呢？就像爬火车去广东，原以为是去逃难，结果完全相反，是去天堂。我现在与你什么都一样，但有一点肯定不一样，那就是我去了外面的世界，有了见识，而你没有。外面的世界大得很啊！五花八门、精彩之极，现在回过头来看马村，嘿嘿，那些守着半边山二分田的农民，狗都不如！

"人在江湖走，各有各的道。对于我们这些大字不识两个、扁担横在地上不知是'一'的人，得靠力气、靠不怕死、靠胆大敢做，这就是我们混世界的资本。现在的广东，谁胆大，谁挣钱，谁敢做，谁发财。胆大吃西瓜，胆小吃芝麻嘛。一成不变，死守'泥巴碗'，最后就只能是吃屄屄啦！我这次回来，就是想交上几个人一起干一番事业、闯一片天下。保刚兄弟啊，你没有父亲，我是遗腹子，这就是我们的缘，一起干吧！"

马车右说完，握紧拳头往桌子上擂了一拳。桌面上那仅剩的半壶浓茶汤，荡漾起雨点似的波纹来，像一壶煮沸了的古巴糖。一直侧身靠在椅背上认真倾听的赵保刚，取出一支烟放在鼻孔底下嗅着，为了让那支烟能在鼻孔下放稳，他把自己的那块厚嘴唇噘得高高的，形成一个凹槽，就像拒绝孵蛋的母报鸡婆鼻孔中插入了一根羽毛一样。这个样子感觉他对于马车右情绪激昂的侃侃而谈，显得不是那样的冲动和情绪高涨，更多的是略显谨慎。但是，当马车右说到自己是遗腹子、并用瞳孔里带着一种悲凉的散乱的目光看着自己时，赵保刚的眼睛也模糊了起来。这时，一阵凉风从眼皮底下掠过，隐隐感觉到有一个影子在眼前晃动。他蹙起眉头，极力想看清楚影子是谁时，眼前却又是一片茫茫的空旷，脑际里只有一个点——像萤火虫一样在银色之夜的天空中四处划过的点，飘飘忽忽；而正当他定神凝思时，陡然，像拉开了一展幕帏，他看清楚了，那是自己的父亲——是父亲宽大的背影在眼前飘浮。

"废话不说，车右啊，一句话：兄弟我跟定你了！"赵保刚猛然站了起来，把手伸向马车右。

这对男人，在各自亡父回眸一现的刹那间结成了同盟，联袂演绎了一段今生今世的香火因缘。

六

马车右的创业开始了。

一百万呐！从何而来？对于一个没想过后退，只想着往前冲的二十年出头的青年人来说，希望是无限的大，失败是无限的小，并且小到可以忽略不计。他在脑子里列了个表，按图索骥。他想到回乡第三天带领手下去给耒水首富的母亲送葬时结识的那个王百万，于是从他那借来了十万；他想起本村在县公安局任副局长的马效军，自卫反击战时他有一批战友现都在各个要害部门任职，由马效军找到了在建设银行当行长的战友，从那一下低息贷到了三十万；他把村里属于自家的半山竹林包给别人二十年，酬得了两万；他让马五斤骗取了六爷六千元的存款；他让马良坡、马善民卖猪卖鸭得手了八千元；他伙同伍乃子做假资料，在乡信用社骗贷了五万；加上这几年从广东赚到带回家的十万……

"该想到的都想到了，能做到的也都做到了，现在整整还差二十万。兄弟们，再想想办法吧。"马车右对大家说，"市场我是看准了，走到这一步，前进则生，后退则死！"

"有一个人可以去试试。"伍乃子说。

"谁？"

"矿里来了人物，叫费建业的，外号：铜壳子。"

　　入秋后很长一段时间，当矿区七居会那片横七叉八的灰色瓦檐下腾起袅袅炊烟、当壕渠里潴积的阴风带来寒鸦的孤鸣、当红色厂房高高的墙壁折回母亲呼唤孩子归家的唤叫声时，日落余晖便从数只云眼中像探照灯的光柱一样，泻满了矿山的各个巷弄。其中总会有那么一道霞光越过低矮的山冈地带和蚕卧着的费家那幢因落满了樱桃树叶而变得斑驳陆离的灰色屋脊，准时准点、不偏不倚地照射在坟岗"八居会"上。每天如此。那时的坟岗在残阳下如同一座屹立在金色雾霾中用古铜币叠摞起来的山峰。矿区一片苍茫，归鸟伫候，而天空却孤霞横飞、素净明朗。就掐准这个将黑不黑的时间点，在墓碑凌乱、径道交错的坟岗上，有那么一对男女，男的着一身白色西服，女子披一身素色长裙。他们就是"铜壳子"费建业、东北姑娘张红。他们准点出现在坟岗上，每天如此。这俩牵手于乱石小径，飘荡在坟冢之间，像鱼线上跳跃着的两个浮标，忽上忽下、忽前忽后，鬼抬轿般在粉色的光芒和夜雾的交织中，彳亍而行。

　　从矿广场到六居会有一条长满了绿苔皮的充满尿臊味的泥地小巷，无雨的日子里平润阴凉，正好面对"八居会"下山的坡道。小巷来往之人时常在暮色中看见如招魂幡幛般的一对白色的影子从坟岗上飘然而下，如同鬼魅蜮影、邪恶淫魔，好不让人毛骨悚然。当人们弄清楚那是费家的小儿子费建业和他的女朋友从坟岗上散步回来时，这个突然间暴富起来让全矿人对他既摸不住头脑又倍感高深莫测的青年人的这一怪癖，一下子又平添了一份悖逆不轨且与妖孽同道的神秘之感。

　　第二年的清明时节，有人上坟时，发现一座用汉白玉石做围子的豪华合葬墓建在了坟山的西侧。高大、雕有飞檐挡雨的青石墓碑上碑文清透鲜红；左右两侧各有白头狮一座；拜台、香炉都是用切割打磨极好的黑珍珠花岗石砌成；护佑神笼八字分开。在这偌大凋零的一个坟山上、在这个活着是熟人死后是旧鬼的极乐世界里，俨然成了一座拢妖聚鬼的豪华地宫。这是费建业父母的合葬墓，也是费建业回乡后做的第一件事。单就这个，不足以让街坊邻里感到奇怪：小子在外发达了，挣了大钱了，理因尽份孝心。但让人匪夷所思的是，自这以后，极端寂寞肃静的这个以"八居会"命名的坟山上出现了许多怪异之事，它不再寂寞，连天光白日里也平添了几许肃杀象。首先就是突然间出现了许多猫，这些猫各色各样，脸上带豹纹的最多，全身通黑的最广。它们在坟沟里窜来窜去，一到夜里，猫眼便变成了无数摇动的磷光，它们一对一，在黑夜中如同满山的萤火虫在飞舞。求偶季节，争宠间，它们彼此比着谁的嘶嚎声更大、更厉。整个山垒坳脊上此起彼伏都响彻起了它们如同婴儿断奶般的啼哭声。这种嘶嚎，让人心惊。"八居会"已经完全沦陷成了猫的世界。这里成了个恐怖之地，再鲜有人来往。然而，就是这么一个让人倍感恐惧的地方，费建业和他的女友，却像例行公事一样，着一身白装在暮色中，每天傍晚都会出现在山冈上。

于是乎矿区有了议论：

"昨晚我小孙子被后山的野猫吓醒后，闹腾了一夜没睡得着，怕是闹鬼了吧，往日可不这样。"七居会的瘸子老拐说。

"年前的那场倒天雨后，有人看见费家的小子，提了一笼子的小猫上了山，脚还崴进了树杈里扯不出来。"五居会退休工人断臂"独掌擒贼"说。他的另一只空袖管像鼓风机的风筒一样被风吹起。

"那他弄那么多猫上山干吗？"六居会爱钻牛角尖的"满妹子"咧嘴眨眼问道。

"鬼知道。"四居会的"划大船"蹦出一问。

"我呀，最是看不惯那女的，八成是狐狸精变的。脚上套双拃八长的高跟鞋，头发拖在屁股上，你们发现没有？只要他俩往山背上一站，一不留神，还真以为碰上鬼哒！"头大如箩、耳如垂卵、爱探闲事爱凑热闹的煤场记账员"统计加估计"卢清华说道。

"这还算不得什么，这'八居会'埋了上百年的人，码着码，鬼都已经住上楼房了，都快装电梯了！那天我上山刨柴火，虎子——我家的花狗——跟在我后面。一到山脚，狗就不挪步了，我喊了半天才夹着尾巴上来。到山腰老桐子树下时，我看见一只白猫伏在坟头上，一动不动，只拿像跳棋子那样黄玻璃球一样的眼睛看着我们。有一撮黑毛正好生在它另一只眼睛上，乍一看，就像只有半边脸。你们猜猜，它趴在坟头上干吗？——它在剥老鼠皮！新鲜——猫吃老鼠还要剥喽皮再吃。那皮剥得比硝皮匠还了得，服服帖帖、有鼻子有眼儿。'嗾！嗾！'我便喊狗上去咬，耶嘿？一看到那猫，狗像打摆子似的，掉头就跑，丢下老子自个逃下山去了。你们说，这是犯了什么邪乎了？猫成精了还是鬼附体了？"天不怕地不怕炸鱼炸没了手掌的老于——"鱼得水"说道。他闪忽不定的眼神向众人传递出一种神秘兆象——那就是怪异和恐惧。

　　的确，只在极短时间内，"八居会"这座俯瞰矿区全境的坟岗，便成了一块令活人惧怕、死人不安、飞鸟不落、蛇鼠匿迹、野猫飞蹿的唯费家男女独来独往的"乐土"了。它以坟山独具的内涵及一种寄予阴阳联系的可怕方式，刻在矿山老幼妇孺心中的同时，又以一种令人恐怖的浮想联翩强行置入进了人们的生活里，让人觉得这个令人无法靠近的人，背后有一片巨大的黑影，从这黑影中渐露出的狰狞，使人惴惴不安。

　　红旗煤矿。第七居住分会。傍晚。费建业隔壁老王家父与子，此时正在垫着一块彩色塑料垫的餐桌旁相对而坐。桌上放着一瓶没有酒标的简装白酒，已所剩无几。沉默相望的父子俩近期来被隔壁的那个"铜壳子"弄得是心迷肉痒、神情恍惚，浑身上下是没有一个地方舒坦、没有一个地方得劲。食无味、夜无眠。不该想的总在想，想要说的又总开不了口，这个难受劲儿，就像有一群蚂蚁排着长长的队伍，从他们心肝上啃下一块块肉屑浩浩荡荡地往蚁巢里搬运一样，气也好，恨也罢，还只能眼睁睁地看着。

就在昨天中午，费建业家又拖来一大堆的时尚家具，正在吃饭的父亲突然操起酒杯掼在地下，涨红着脸骂道："今天一车明天一车的，这是要把街坊四邻都逼成狗呀！"他骂够了，知道气也是白气，别人的日子照样乐滋滋地过，于是抹了一把瘦皮尖削的嘴后自己又老老实实地将酒杯捡起。没用的！人比人气死人。自家的小日子总还是要过的，总不能光看着别人山珍海味、琼浆玉液，而让自己往死里气，得有办法才行呀。父子俩今晚心境平和了起来。

"昨天来了个老板到我办公室，说是要承包矿上的砖厂，连饭都不舍得请一餐。笑起来没见个金牙，指头上也撸不下个戒指，还老板，呸，屁！你看隔壁老费家的，天天在往屋里拉东西呢，今天又来了一大板车，全都好家伙。彩电、冰箱、洗衣机……行时货全弄齐了。奶奶的，还有什么洗碗机，想都没想到过，世上的人都懒成了这样范了！把拉板车的'老歪'累得两裤脚湿浃浃，也不知道流的是尿还是汗。我臭他：'老歪啊，不要命啦？挣钱好埋你是吧？''人家费家就是牛，给的双份钱，我在老婆面前打了包票的，年底咱也买台电视看看，嘿嘿，黑白的就黑白的啰，哪能跟人家比。'老歪两块嘴皮，高兴得像副牛屄，那眼睛吃足了油似的看着费家。唉，世道人心变了啊……"老子说道，猛呷一大口酒，那喉结便咯噔地响了一下，像吞下把刀子。

"也没怎么见那东北娘们出来遛遛，整天窝在家里，看她那号人不像是能窝得住的呀。"儿子道。他们思路不在一条道上。

"昨天听老马说，他家老二在广场靠近他家后院前的标语墙凿了个口子，开起了一间小铺子。我去看了看，咦，生意好得很咧。你说说，两人的工资加起来也不过三五百，怎么就能开起店了？钱从哪里来？"老子又说，询问地看着目呆神游的儿子。

"那娘们怎么说一米七有余，我打她肩前过，趁她正缩头，偷眼一看，哟，感觉比我还高出半个头来。"儿子又说。嘴里像在咂巴着什么味儿。

"碰你老妈的鬼呀！你怎么张口闭口都那个女人？色癫啦？！"老子突然火了，他把筷子往桌上一算，怒目相向，"左一个娘们，右一个娘们，脑子里还有别的事不？！"

"爸！我说我的，你说你的，井水不犯河水，关你什么事来？你盯着别人的钱干吗，有用吗？何必呢！"儿子白了老子一眼。

"照你这么说，你成天想着别人的女人，就能弄上啦？自己没用，倒想吃起天鹅肉来了。"老子可没给儿子留面子，哪痛往哪撒盐。

儿子立即把脸气愤地扭向一边，嘴噘起。

"嘴巴每天要吃，屎每天要屙，长了个脑壳就是用来想事的。我的意思让你找时间上他家走走，也跟着学点生意上的本领。你俩小时候不是耍得好吗？崽儿啊，俗话说得好：'世上只有三样真：吃饭、穿衣、油点灯。'还是得挣钱啊！上月矿上大会已经宣布了，可以请长假、可以下岗、可以停薪留职，也可做生意——放开啦！儿子哎，我们得跟上这个时代啊……"儿子听出老子语调里有了些幽怨，他瞟了父亲一眼，然后眼望窗外。那里有一片清淡的充满伤感的月色透过窗棂洒在大衣框的立镜上，一只小虫在镜面上的那片光亮中往上爬行。

"我说爸爸，姓费的那钱不是什么人都挣得了的。你没见他手臂上那个碗口大的疤，听说是在外面被人砍的。这个'铜壳子'，你不知道他在外做的是什么鬼生意，有的时候，钱会带来杀身之祸的。"儿子若有所思地说道。父子俩的对话开始诚恳起来。

"谁让你去赚攀命的钱了？我是想让你出去闯闯，磨炼磨炼。这个社会现在我算是终于看懂了，知识（鸡屎）就是财富（裁缝），"他抿呷着酒的嘴巴里蹦出一句广东话，"还是得有钱啊！钱才是天王老子。发展经济才是正道。所以啊，孩子哎，还是削尖脑袋往钱缝里钻吧！女人，那东北娘们不也是冲着钱来的吗！"说到这儿，老子忽然间放下父尊咧开嘴讨好似的对儿子笑了笑，把老脸凑过来，舔舔唇又道，"嘿嘿，挣到钱了，咱也找个漂亮媳妇回来，给你爹长长脸如何？”老王年轻时是矿上“打虎队”（反贪队）成员，当年的革命精神和由此产生的附生道德观已在修改中变了滋味，新的激情将他烧得难受。像吃饭，吃是因为需要，而屙，是因为过往已成必弃之物。

父子俩终于把话说到了一块。父与子的两个尖尖脑袋在昏黄的灯光下就如同碰在一起的两只老鼠，它们相互用触须碰摸着彼此，看着桌面，极力幻想着那上面会有一堆刚从炒锅里掀出来的香米。直到儿子意识到乱了辈分的这种恬不知耻的交流太过荒唐也太过卑鄙时，儿子的目光才移往他处。他又看见一个甲虫从窗户底下的木缝里挤了进来，路前有一张像蒙古包似的网，蜘蛛的骇目早已瞪住了它。

这天，马车右找来伍乃子商量。

“那是一块铁把脑！说他有黑社会背景吧，也并非没有道理，说他富得流油吧，这绝不是空穴来风，说他阴险狠毒吧，谁也不敢否认，说他笑里藏刀是个白面杀手，只有鬼能看透。所以，不到万难，不要去碰他。”伍乃子小声道。而马车右正噘着嘴吹茶杯中的茶沫子，目带沉思，他的顾虑似乎不在于此，而在别处。

“他杀人也好，放火也罢，都不关我们什么事。说白了，我们是冲着钱去的。还差二十万，已经没有办法了。既然大家都说他有钱，为什么不去找他？又不是要他的钱，只不过拉他入伙而已。我啊，现在只苦于没有一个穿针引线的人。”马车右说。

“有一个人最合适。”

“谁？”

“四眼。”

“谁是四眼？”

“他隔壁的一个邻居。”

再无旁路可走的马车右盯上了矿区最神秘的费建业。这天吩咐伍乃子把四眼叫了来。他让四眼去给费建业递话，他要见他，交个朋友。但请了两回，对方并未理睬。事不过三，这是礼数。若是再请不动，就得另换套路了。马车右心里毛了起来，拳头拧得嘎巴响，太阳穴的青筋凸成绳。对待通情达理、身居官位或者是循规蹈矩之人，马车右觉得有时还真不知如何使劲，而对待那些所谓的混世魔王，反倒觉得游刃有余。他对此充满信心。

当一辆大板车拖着家用电器从马车右面前移开后，站在台球室门口的他看见了铁路那头走来一高一矮两个人。高的像踩着高跷，矮的迈着八字步，一看就知是四眼和伍乃子。马车右于是转身回到台球室，在沙发上坐下，跷起二郎腿。马良坡与赖小毛在打台球玩，赵保刚与马五斤坐在火炉旁喝茶闲聊。不一会儿，伍乃子与四眼便进来了。伍乃子像累得散架了似的，一屁股倒在沙发上，伸手从马五斤兜里掏烟，四眼则立在一旁。

"看着我干吗？什么情况呀？真的就一点面子都不给？"马车右问道。

"这回答应了，只不过他手头上很多事，来不了。他说他今晚的火车，急着赶去广州，如果你有时间就过两天广州去见，如果你急，就……"四眼停了下来，拿眼看着马车右。

"就什么？"马车右追问。

"问你方便不，如果方便的话就下午三点到'八居会'去，正好他在那儿有些事，能抽出点时间来。"四眼于是说。

马良坡、赖小毛、赵保刚、马五斤一下都围了上来。"上坟山？"几个人几乎同时叫了起来，"亏这个姓费的也想得出来，上坟山上见面，是去见鬼吧？！这人葫芦里究竟装的是什么药呀？"带着这些疑问，所有人都把脸转向马车右。

"哟呵，新鲜！"马车右一挠头皮，怪叫道，"好呀，都说这个费老板通神弄鬼，果不其然！好，喜欢！说定了。你就去回话，说我按时到。"四

125

眼很怕这伙人，得令后便闪身走了。四眼一走，屋里便叽叽呱呱地闹开了。马车右谁也没理，甩开众人，去茶柜里拿了包鬼佬烟往屁股兜里一插，出了门。

马车右独自一人在广场东边角"三粒"——李海洲新搭建的餐馆里吃了一碗盒饭。"刚开的摊子，味道弄得不好，钱就免了，算捧个场吧。"这个脸膛消瘦、毛孔里能抠出煤渣的老矿工三粒，还真是块做生意的料，满脸堆笑，一腔暖语。"那哪儿行，一码归一码。"马车右扔下三块钱，起身出门，刚迈出门槛又折回来，问道："去'八居会'有几条路？""两条：一条是大路，从七居会山脚下上；另一条是小路，在东边演习洞那边，有一条碗口粗的水管，一直通到山顶水塔，小路就跟着水管上去。""谢了！"

马车右选了小路上山。穿越广场、绕过一小片桦树林，扶着最后一棵像白癜风皮肤似的桦树干，马车右看见了那个废弃的演习洞。红砖拱门的洞口早已是杂草丛生、树杈横贯，蜘蛛网上凝结着耀眼的冰珠；洞口上方有棵光秃秃的松树，洞前落满了足足有一尺厚的松针，像棉被；北风过来，从洞中发出呜呜的箫音。这原是一个矿山救护队用来练习的斜井。沿着铁锈斑迹的水管马车右少许时间便登上了山顶。他靠在龟裂厉害，析满了白碱的水塔壁上，望着坟岗脊背上那条茅草小路与从西边上来像龙骨似的大路对接的地方。他知道他会从那上来。现在那里空无一人，只有败坏了的一片枯草和满是鸟屎的三块石头垒起的一方石柱。石柱上孑立一只黄莺，挺胸展尾，察看四周。似有在告示这爿各有不同情仇的幽灵鬼魅们昼伏夜出的山冈暂时的寂静。马车右抬手看看表：时针指到二点五十分。茶籽树花开得正艳，四面山坡上都是，一簇簇、一团团，银装素裹，像下了场初雪。茶籽花让马车右想起了儿时吮吸花蕊里茶糖的味道，于是便折了根枯蕨茎，把茎中的内筋小心地抽了出来，蕨茎便成了一根小小的吸管。他走近水塔旁的一棵茶籽树下，找了一朵向着阳的花朵，把吸管插进蕊中，像蜂鸟的长喙一样，吱吱响地吮吸了起来。夹杂着花粉的蜜，沿着丝管滋进喉咙，清澈而甘甜，马车右一连吸干了三朵花，还没过瘾。就在这时，身后传来了枯枝梗被踩折了的声音。这是人的脚步声，轻悄沉稳、缓慢又坚定。"这是他来了。"马车右心中一紧，但没有回头，照常吸着蜜，完后才回身。"曲径通幽处。"来人说道，皮笑肉不笑，一手藏在背后，在离他三步之远的地方用魔鬼召唤般的目光看着他。

马车右一惊，他没想到对方竟会用这种类似调侃，却实为巧弄阴险的方式来作开场白。马车右少学，但心有灵犀，他立马想起来了那是时下电影《黑三角》里苏联特务接头时用的一句暗号。"禅房花木深。"他庆幸自己竟然答上了后一句。马车右言毕调整好身体，凭着儿时双方在鱼塘里摸螺蛳的一次经历，尽管对方周身上下已全部褪掉了矿山人身上原本的风貌，但马车右还是捕捉到了已经久远了的一丝印象并凭着他眉骨上的那枚铜钱疤断定：来人就是费建业。费建业戴着一顶灰麻色的鸭舌帽，着宝蓝色长风衣，脚下是高勒的军用皮靴。奇怪的是他腰间很不协调地系着一根大拇指粗的黄麻绳。费建业比马车右年长，但个子却矮一截，白长白长的脸在迷蒙的秋日下，像镀了一层白瓷，冰冷冰冷的，而那眼神，也极阴森，似乎能剥皮碎骨。

马车右口中叼着蕨茎，稍有局促地笑了笑，朝费建业走了过去。"能在这种奇妙的地方与费老板相见，得劲！"马车右说道，伸手过去。他略显殷勤的目光立刻就映在费建业的瞳孔中。"不得已而为之，都怪我抽不出空来。"费建业说道，上前一步潇洒地一甩手，握住了马车右的手，"走，我带你去个地方。"

马车右握住费建业的手时，感觉到对方的手很软绵，像刚产子的女人手，软不拉几的，但手在马车右的掌心里却很自在，充满了自信和骄傲，同时还在有意无意地传递出一丝的轻蔑。于是马车右使劲握了一下，算是一种反击。

两人由东向西，蹚过一片过了火的草地后，到了一棵枝丫稀零的梓树下。深秋初冬，梓树的花枝已含苞待放。马车右看见梓树下是一座蕨草伏卧、茅草崃拥的豪华坟茔。坟头两边戴有石帽立柱上写着一副对联：日月照千秋，子孙万代昌。铭刻的碑文是：故骨父费久屯老大人、故血母邓幺女老太君之墓。也就是母祔父之合葬墓。费建业来到墓碑前，右手放在碑额的雨挡上，说道："今天是我父亲的忌日，我来看看他。"说话间将酒三杯酹入坟头，又道，"我父亲嗜酒。"然后又点燃一支烟置于碑前，再道，"我父亲好烟。"做完这两件事后，他在碑前的拜台上坐了下来，这时的马车右似乎在他心中已不存在。马车右看见他双目凝固，有思绪像烟雾一样在他面前掠过，马车右听到他在自言自语："算起来他整整去了十五年。那个时代，我们全家就靠他一个人撑起。爷爷去世那年，他抽不出时间回老家送葬，坐在床上哭了一夜。这是我见过的父亲唯一一次掉眼泪……"

　　碑前的红烛已烬，烛泪像一盘碱水泡发的蚯蚓，地上的纸钱已成轻舞飞扬的霜蝶，供台上摆放的供品似乎开始有了灵气。供品中有一物让马车右颇为意外，就是那瓶原装进口的人头马XO白兰地酒。这种酒他在广东厚街时，老板为了答谢他，在老板的私家别墅里吃过，很贵的。费建业似乎并不觉得马车右在一旁有所妨碍，祭奠活动有条不紊地一一干完后，才长叹一口气，在拜台前的一块一米见方镌镂着银色菊花的黑色瓷板上盘脚坐了下来。他抬头看看马车右，摸过来两个小饭碗来，掐着酒瓶的脖口，把碗斟满，动作高傲而矜持。"马兄弟，来！"费建业的脸一沉，手掌像劈柴似的往下一切，与其说是一个"请"的动作，还不如说更像刀砍剑劈。马车右觉得自己有些被动和盲从，他不知道费建业这一套出乎意外不合常理的举动背后隐藏着什么。他略有迟疑，但没有选择地在酒杯前坐了下来。由于费建业面东而坐，脸背着光，马车右看见他被光晕包裹着的脸显得有些阴森，尤其是那双大眼睛就像两眼深邃的洞，从洞中探出头来的是两条黑鳗。

　　"我不爱我的父亲，他就是一个烧锅炉的，但他送了我一条贱命，以至于我今天能够无羁于天下。我知道你们找我什么事，无非就是钱。给与不给，那是我的事，要怎么着，那是你们的事。老实告诉你，你们这一伙人，在我眼里不过是一帮矿区的小混混而已，香港黑道的半壁江山都在我们衡阳人的手中握着；张子强在我老大面前也只是个提包的；玩阴的玩阳的、白道黑道，你们都不是对手，可以说远不是一个级别。要玩就玩个牢底坐穿，人头落地，量你们也不是那号人。"费建业一点不留情面，劈头就来。

马车右身子一冷，头皮一缩，收紧了拳头，他冷冷地看着费建业，哼不出声来。

"你先别急。"费建业并不正眼看马车右，也不在乎他的反应，而是轻轻地揉了揉额头上的那块铜钱疤。那伤疤里的肉瘤像虫子一样被他揉得左右蠕动，之后他盯着自己张开的五个手指，不紧不慢地道，"红旗煤矿是我的家，把在这里搞得腥风血雨，我于心不忍，我心疼家乡人。朋友的交法对你我来说无非两种，一是打出来逼出来，二是臭味相投一拍即合。你今天能到这里来，出乎我的意料，也在意料之中。说句实话，我看着你顺眼，是那种讲义气重江湖规矩的人，我喜欢。所以……"费建业用两个指头将另一杯酒推至马车右的跟前，"我愿意用后一种方式交你这个兄弟。这酒嘛，是刚才祭过我父亲的，你知道，庙堂上的供品是沾过佛光的，是通灵之物；祭祀过先辈的食品，是不轻易给外人吃的，因为那是亲人阴阳两隔的系带，是祥物，是会受到亲人的魂灵保佑的。来，你如果愿意在我父母的灵前干了这杯酒，我们便是异性兄弟了。"

没有想到费建业这一打一拉、忽冷忽热如此这般的来得千变万化，马车右措手不及中生出一种莫名的感动，他爽快地伸手一扫把碗扣在手中，"承蒙不弃，干！"

"说吧，需要多少？"坐在坟前的费建业醉眼蒙眬，他像拉弓射箭一样斜着身子，大眼睛眯成缝，握枪瞄准般地看着马车右说道。

"不是要，是想请你参股。"马车右将公司的情况以及将倒闭的冶炼厂重新盘活的情况毫无保留的全盘托出。费建业一边听着，一边像是认真在思索，但目光散乱在一个不为人知的地方。虽然在听，马车右却能感觉出自己和自己所说的事都不在对方此刻的心中，对方貌似神游到了一个虚幻的别梦里。待马车右说完后良久，他才收回那种停留在冥界的目光，温和地看着马车右，脸颊上像泛起一层蜡光。

"我本苦命人，无家无父，手无三斤提力，腿脚一长一短，一辈子靠着浪迹天涯吃碗朋友饭。"究竟是酒精的作用还是情到深处自然真，总之，马车右觉得此刻的费建业换了一个人，难言之隐中似有真情在流露，"入股就算了吧，我在一个地方待不住。你们的资金缺口，我来帮你们填上，明天就安排人给你们送去十万，另外十万嘛，我现在手头紧，等我从广州回来再说吧。车右兄弟，股份我不要，可我是另有要求的。"马车右一听，从地上站了起来，"费兄，你如此看得起兄弟我，行如此仗义之事，我若不识好歹，我还是人吗？！上刀山下火海、剁个脑壳碗口大的疤，那是吹牛说大话，但凡只要我做得到，我一定会尽力而为的。说吧，什么事？"

"我的两个哥哥都是走不出矿山的老实人，你就是用篙杆去捅，也捅不出一个屁来，这往后的日子，万一有个什么事的，你们得罩着。有钱是兄弟，无钱是骨肉，一母同生，吃一坨奶长大的，我放不下他们啊！"

"汝兄即吾兄。天再大，没有我们兄弟之情大，地再厚，也没有我们兄弟之义厚。就是把天下人得罪光了，你的兄弟仍是我不弃不离的兄弟。"马车右一时豪情满怀，竟也咬文嚼字了起来。他为自己有时也能出口成章而洋洋自得。

二人坟头山盟海誓，说尽了人间慷慨陈词。

当西方紫烟升腾、第一只画眉鸟飞临到密匝的冬茅丛中，伫立在断桔梗上，等待着暮归夜栖时，马车右与费建业在乱坟岗上分了手。闻着杉木的树香，踏着花圈的残骨，走在死人归来活人离去的坟间小道上，马车右心里别说有多润味了——他没想到会如此顺利。对这次交锋还是满意的，虽说在士气、财气、主动权上都略输风采，但不管怎样，效果是出来了，在对方心中的地位出来了，更重要的是，目的达到了。"这世界不就是钱吗？！那可是整整二十万啊！这姓费的还真是个汉子！"于是，他在心里面就今后对待费建业及其兄弟上，给自己立下了不侵扰不涉足、凡对方有求有难均不能坐视不管的规矩。一种生死同盟的契约精神把持住了他桀骜不驯的心。

太阳的光晕把电厂高高的烟囱涂抹上了一层迷幻，你不知道那是烟囱还是天空的黑斑；山谷垄巷送来了风的"呜呜"声，你分不清那是耒水的潮汐声还是电厂的锅炉响；云端中有黑点在徜徉，你分不清那是岩鹰还是风筝……世界这一刻，在得意人的心中全是彩色。

费建业没有失约，当晚便让哥哥送来了十万。但是，后个十万却一拖再拖，眼看时间越来越紧，马车右实在等不了了，于是把没出钱或者钱没出够数的人找来，说道："虽然费承诺是二十万，但后面的他如果没有送过来，我也不能去催他，他已够仗义的了。剩下的还得在座的各位自己想办法了。"说完，他不敢看那帮一筹莫展的螺丝脸，起身走了。

马车右一走，"癫皮狗"赖小毛便率先开腔了："我们都是些穷得屙血的人，八岁还穿着开裆裤在一起抠鼻屎玩，到哪去弄那些钱？！就是剥层皮，也还凑不出一个零头来。我看不如这样。""怎样？"大家全看着赖小毛。于是赖小毛便说道："东扯葫芦西扯秧，最后还得绕回来，从费那想办法。他不是答应了吗？其实他已经从广州回来了，只不过待在家里没露面而已。昨天有人看见他还与女友在坟山散步呢。他十有八九是不想出后面的钱了。所以……只有'放火救火'这招了。""放火？小心烧了你的裆！"祝平不解，没好气地冲着赖小毛吼了一句。"你懂什么，你在行的事是替死人吹喇叭。"赖小毛瞪了祝平一眼。赖小毛太清楚了，跟祝平这号人谈不了正事。于是把脸凑到赵保刚跟前说，"矿上凡有新电影，费都会带他女朋友去看。我有一个牢友叫'尿泡'，可让他们在费看电影时，将费打一顿，我们再去找几个'尿泡'不认识的人帮费救火，将'尿泡'他们赶走，这样一来，不管费是感激我们还是怀疑我们，他都会想到承诺钱的那档子事，这个人心里贼精，他一定会把钱送来的。这样不就解决了我们的难题了？"

赵保刚一听这话眉毛就皱了起来。他现在很反感赖小毛的这一套惯用手法，于是说："我的资金该缴的已经缴齐了。说句真心话，我今后只想做个好人，多赚多吃，少赚少吃，不赚不吃，就这么简单。打呀杀呀，那条死路我可不会再走了。还是搞点正经的吧。"说完站起来想走，但被赖小毛拽住，只见赖小毛不满地嚷嚷了起来："正经的吧？你为那个女的倒是正经了一回，就差没把刘矿长扔下楼去。我告诉你吧，全矿区都传疯啦，谁都知道你红眼鸡公搞了别人的女人，连她老公都晓得了，还'正经的吧'，听来真的是好搞笑……"赖小毛说完，气鼓起地走了出去，但旋即又转了回来，丢下一句，"你们不干我干！我只希望你们别把这事告诉了马车右。"

礼拜六那天傍晚，放新电影《少林寺》。电影里武打场面和震撼的音响充斥着整个影院。电影院门口满是人。矿山广播室一直以来都是宣传共产主义理想和矿区喜闻乐见的社会主义革命事迹。停播了很长一段时间后，电杆树上的两个高音喇叭又重新响了起来。只不过这回播的是邓丽君的歌曲《何日君再来》。

矿山广场的官定名叫"红旗广场"。这名字来源于那个战天斗地、红旗飘扬的时代。多年后，在禁锢了几十年、"爱情"两个字已成了麻花扭曲残废将要死掉的时候，开闸了！那是个普通再普通不过的傍晚，广场东头挂上了屏幕，爱情影片《刘三姐》将在广场首度放映。那日的广场，万人空巷。放映不到十分钟，有工人从小板凳上站起来，一个、两个、三个……足足有整一个班的男人，他们突然跳将起来，冲向银幕，犹如世界末日。他们抑制不住忽然爆发出激情，不管不顾地拥抱屏幕……

至那以后，广场便有了另一个名字"爱琴（情）广场"。这个名字更深入人心，因为它是以毁掉了一个工班的男人幸福生活为代价而刻记在了人们心中的。

华灯初上，踩着这软绵绵的节拍、哼唧着勾人魂魄的歌曲，费建业挽着女朋友张红的手从爱琴广场的另一端向电影院走来了。但凡在公共场合出现，费建业永远是着那套白色的西装搭配白色的尖头皮鞋和袖口下表链松垮的闪着金色光芒的全自动手表。即便是跛着脚，个子单瘦，却依然步伐沉稳、自信、傲慢。挽着他的胳膊、比他足足高出一个头的女友张红，既娇媚又优雅地随在他一边，步态轻盈、腰骨飘逸；但无论如何雍容华丽、鹤立鸡群，她却能不显刻意地以陪衬的角色去与费建业保持着步伐的协调——她自知只是身边这个小男人的陪衬。

张红今晚换了发型，扎马尾辫，梳球型发，连额头发根处细黄色的绒毛也喷上了定型发胶，统一地向脑后将得整齐，晶莹缇亮。这使得这个女人身上透出一种天生的傲视群芳的不凡气质。看一眼她今儿个穿着的那件淡绿色旗袍似的毛线长筒裙、椭圆形高凸的胸脯、长腰下紧裹着的臀部——圆浑而丰实如同山里奔跑着的成年麂子的屁股，再看一眼那裙襻绗绣上去的一对粉红色的大蝴蝶——蝴蝶在她肩上离衫起舞，便刹那间像给人施了定身魔法一样，所有人呆住了，饱受折磨。

影院门口——这个每天晚上矿山最热闹的地方。再过一刻，电影就要放映了。一个孕妇围着白布肚兜，站在两个绿色搪瓷冰桶前拖着长声地喊："冰棒，冰棒，牛奶冰棒……"而另一端，则有一个乡里男人挑着半箩板栗在卖，箩筐边围着几个流口水的小男孩；小卖部悬着的灯泡下人头攒动，满地是瓜子皮和花生壳。

从县城过来的尿泡一伙人，稀稀拉拉地散在一棵白皮斑驳的法国梧桐树下。长得身材高大、黑皮肤、嘴角向上歪斜、鼻孔像双管鸟铳的尿泡正探着肥脑壳向广场方向张望。另有两个小青年：大分头史文革和小分头李健，在尿泡身边来回地有些踌躇不安地走动着；还有几个配角，扶着树干小声在说话。当费建业携女友走上影院的台阶时，人群都一字散开恭敬地给他们让路，而他俩谈笑着、目无旁人地自顾自地走着。偶尔，费建业会稍稍提一下裤腰，以便让瘸的那条腿不至于老踩着裤跟。而这时，张红就会眼望别处，小心翼翼地放慢脚步，好让自己稍后于费建业半步。

眼明手快、猴精的大分头一眼就认出了事先给他们描述的那个跛子和高婆女人。他趋身向前，靠近尿泡，用肩膀拱了一下他，小声道："来了。"尿泡眼一亮，死瞪着费建业，似乎是想在最短的时间内分析好对手，一边低声喝道："准备好！"

当费建业和张红与大分头擦肩而过时，大分头便将脚往张红裙子底下一伸，使了个绊。"哎呀！"一声尖叫，张红一个趔趄差点跌倒。"你神经病啊？！"张红站定，回头一骂。她杏眼怒瞪，红唇紧锁，表情羞恼而嫌恶。按大分头的德性，一句话不合便会大打出手，何况这是故意寻衅。但就在与这女人的目光一碰的刹那间便蔫巴了，口齿囫囵，竟接不上话来。好在小分头及时补上，嚷嚷道："你自己走路不长眼睛，绊到别人还先骂人，找死啊？！"说完抽手就要打人。跟着后面三步远帮费建业提包的四眼，见状即时赶上。"莫乱来！"他把身体挤在双方中间，抬手平放在胸前，张开十个手指，示意对方住手。但他还来得及往下说，便让另几个尿泡的人给挤搡到一边去了。眼看着小分头那脏兮兮的拳头就要落在心爱的人身上，费建业出手很快地一把挡住。小分头的手像根空心竹竿打在铁杆上似的，"叭喳"地一响，便稀里哗啦地滑了下来。费建业却不说话，冷冷地毫无惧色地看着小分头，眼睛里像放幻灯片似的轮番换上一股胜似一股的凶光，那目光像夜里刀片上滴溜下来的寒露，直逼得对方目光游移、闪烁不安后，才撂下一句："不要找事。"当他正转身搀扶女友准备离开时，肩膀被一张大手牢牢把住。"怎么？骂了人连一句道歉都没有就想走人？"尿泡已经赶上来，他左手扳住费建业的肩膀，右手握拳高高举起，只等着费建业回过头来，便照着他的那枚铜钱伤疤猛击一拳。费建业像机器人那样卡在了那儿，但这仅仅是片刻间，世事老道的费建业连往后看一眼的动作都免了，就以迅雷不及掩耳之势，返身一记重拳打在了尿泡的眼睛上，那眼睛立马鼓成了一个灯笼。尿泡哇哇呀呀一阵乱叫，独眼圆睁地向费建业扑了过去。其他几个人一哄而上，把个"铜壳子"费建业压在电影院海报下的土坡上，正待要一顿猛打。

这时，受赖小毛指使的一伙人恰到好处地赶了上来。"哪里来的水老倌敢在我们矿上闹事？给我打！"十几个带棒拿皮带的矿上人，像放出来的一栏野兽，呼啦啦地蜂拥而上，棍棒狂舞，喊声震天。一帮压在费建业身上的人，像被扔稻草人似的，一个个被掀了下来。耳光声、拳打脚踢声、叫喊声，顿时像爆豆子一般响成一片。尿泡见事态不对，拔腿就跑，围追在后面的人一边高喊"打！打！打！"，一边放虎归山似的不紧不慢地追着，直到将那帮矿外人赶出广场外围才罢休。

费建业从地上起来，掸了掸身上的灰尘，他正领口的动作非常镇定，且不失优雅。他冷着眼，把手伸了过来。"谢谢。"他对赖小毛说道，冷的程度，像扔在地上的冰块，脸上也看不出任何表情，也没多话，并且把目光毫不给面子地移往别处。他平淡得像刚才什么事也没发生一样。费建业用手围在张红腰后，朝她一努嘴，那是一个"走"的示意。当费建业走到影院门口时，有一个回头一望的狼顾动作。那眼神很阴，是一个很内敛的、掉了队但不慌张的孤狼一样的目光，泛着蓝。

事情果然如赖小毛分析得出的结果一样。第二天，费建业让他大哥再送了十万元。所不同的是，这回费建业的大哥让青龙公司出注了一张收据，加盖公章后并在上面注明为入股金。

望江楼上今夜灯火通明。马车右赢得了自广东回乡后第一个双喜临门的日子："青龙矿业公司"正式挂牌、冶炼厂开工投产日正式确定。青龙公司的贺客宴今晚就设在这望江楼里。

费建业也收到了请柬，但没来。望江楼为了接好这单难得一次长脸的酒宴，特意换上了由四个灯笼组成的酒幌。灯笼照亮了门前黑水闪烁的地坪，给那些大摇大摆、恣意不羁地停在坪中的几辆小车又添加一分光鲜和傲气。这些车辆有县公安局马副局长乘坐的桑塔纳；有县矿管办的南燕牌吉普车；有矿派出所的湘江牌边斗三轮摩托；有矿党委刚从广东接来翻新日本产皇冠轿车；还有青龙公司自己的那台挂着广东东莞牌照的宝马右舵车。几个小男孩骄傲地在这车周边捉迷藏，不时传来他们发现了目标时跳出来的高声大叫。这种盛况，在矿区稀有出现过。

夜晚漆黑，朔风像厉鬼手中舞着的刀子，万生万物，都瑟缩在这凛冽凄厉之中。伍市早早地睡了，而望江楼黄澄澄的窗户笼子里，满是东倒西歪的影子。"……哥俩好啊！……八匹马啊！……""石头、剪刀、布！""老虎、杠子、虫！""……一个螃蟹八只脚啊！……两个螃蟹十六只腿！……喝！"天南地北、奇形怪状的酒令，像剥树皮似的噼噼啪啪传了出来，从夜幕下飘向远村。

一个黑影从灯影摇曳的酒楼门前闪过。他竖着高领，带着雪帽，弓身潜行，在酒楼拐角处的黑团里站定。他举目扫视着门前的车辆，抬头望着热气蒸腾的窗户，斜耳倾听着酒楼传出来的嘈嘈声，很是用心。叼在嘴边的烟火在黑夜里特别明亮，照亮着他白纸一样的脸。片刻后，他出现在了百米开外临河的那块巨型岩体上，像一根歪插在石坝上的黑旗。月下传来捉迷藏的孩子们唱的儿歌："月亮粑粑，里面住个嗲嗲，嗲嗲起早买菜，篮里装个奶奶，奶奶绣了个糍粑，糍粑黏黏苦，和尚呷豆腐……"

"把脚挪开。"儿歌让他想起了儿时就在这酒楼门前踩到一个枇杷贩子掉在地上伍毛钱的往事。"为什么？"小孩说道。"你踩着我的钱了。"贩子揪着小孩的耳朵，想把他扯开。"乱讲！"小孩尖叫道。"那你挪开脚。""不！凭什么要挪？！""老子揍你！""看呐！大人欺负小孩！"于是那乡下来的贩子就无可奈何地坐在酒楼前的石阶上，卷起喇叭筒慢慢悠悠地抽起烟来。贩子的眼睛始终没有离开小孩的脚，贩子分明想看看，这屁大点小毛孩究竟有多大的狠。他就像现在一样，望着天空，始终不动。半小时过去了，又过去了半小时，腿酸了，脚麻了，直到太阳将要落山了，贩子烟盒包里的烟也抽光了，最后贩子只好悻悻离开。离开时，贩子朝小孩恨恨地骂了一句："天杀的。"贩子走了，小孩弯腰拾起那五毛钱捏在手里。对于当时才六岁的他来说，那是一张面额很大的钱，重得很。

想到这儿，黑暗中的他嘴角苦涩地撇了一下，一丝不需要掩饰的痛和隐忍从他嘴角边滑了出来：人生需要韧劲！

费建业家。

"我们被人盯上了。"

"谁？"

"一帮混混。"

"你是说矿里那伙人？"

"嗯。那天电影院的事是他们自编自导的。"

"不是给他们送了二十万吗，这可是天大的一笔钱哪！"

"单是钱的问题，倒也罢了，怕就怕……"

"那怎么办？"

"还是那句话，跟我去澳门吧。"

"不，我们哥俩在这里长大，已离不开这个地方了。我们也不想待在外面，再说了，清明谁来给父母亲扫墓？"

"唉，你们啊你们……"

窗外的风声像魔头唱的一曲悲歌。

半年后，青龙公司在厂门口和矿部贴出公告：冶炼厂即日重启，凡原厂职工十日内回厂就业。

七

这是中国的九十年代初——一个铁封了几十年大彻大悟后彻底打开国门的时代。当这个万众之母犹如一条超级巨轮在茫茫大海中校正了方向后，便以这个民族前所未有的团结一心、几千年来前所未见的速度前进着，所向披靡。苍茫大地的角角落落、阡陌红尘的旮旮旯旯，无所不至。它的到来，掀开了一个新时代——一个急切想融入世界并力争超越的时代、一个伟大的时代、一个空前绝后大发展的时代、一个让所有人都找到了目标却迷失了方向的时代、一个把世界从固有状态带入被动前进的时代。

红旗煤矿，小社会大世界。世界在变，他们亦在变，但总有落伍者。当后者还自鸣得意地坐在刚安装好的搪瓷马桶上惬意地拉着屎抽着烟时，却发现有人已坐进了德国产奔驰车中，他们戴墨镜，着西装，领带飘飘，身边簇拥着女郎，在城市的金山银海中穿梭。那不是电影。那是现实。于是乎他们立马从马桶上一跃而起，捶胸顿足，觉得自己的窃喜是多么的愚蠢幼稚……

这种躁动，这种不安，这种你追我赶，让一场全民造富的运动踏上了快车道。矿山人在这一年方寸大乱。各种商店铺面如雨后春笋般涌现。有人将道旁的杂房改成餐馆，有人在门口支起了摊铺，有人在广场摆起了夜宵摊；铲掉廊下的棋盘改为鸡舍，刨掉院里花草建成猪圈，打通前门后院变成客栈……矿领导突发奇想嫌广场的苏式牌楼太土气，把它拆喽，换上了两尊山羊石雕。老山羊捋着长长的山羊胡，蹄子下踏着一枚硕大的铜钱，挺拔着一身全刻着各个朝代不同形状铜钱的身子，傲视蝼蚁般的人流。这对充满金钱气味的老山羊，成了上至矿领导下至平民百姓都一致认为的最具灵验性的招财进宝的祥物。广场成了市场，市场成了战场，战场成了钱的阵地，阵地成了所有人的游魂。不知哪天开始，矿电影院门口成了夜市。每晚人头攒动，吆喝声四起，从广东弄回来的各种商品玲珑满目、目不暇接。摊位上的收录机闪动着红灯绿火整天价都在嚎叫着："燕舞——燕舞！一起歌来一起舞……"

二月。出节首日。衡阳火车站。南下广东打工的民工潮，像烟熏出巢的蚂蚁，黑压压一片，车站广场成了人的海洋。进站的队伍挤满街道，这条无法估量出人数的等待南下的长龙，一直排到了耒水河前苏联援建的双层铁路桥上。结果，在高高的足有十几级的进站台阶上，出站的人流与进站的人流汇集到了一起。哭啊喊啊叫啊爹啊妈啊姐啊哥啊救死救难的菩萨啊……

黑暗与喧嚣掩盖了一切，骚动让那些在焦躁不安中的等待者们疯涌向前。"前进！前进！！"有人站在人群的肩膀上高呼，于是这股让大地喘不过气来的潮流，便像一列启动加速不可停止的火车，"咣、咣、咣"地涌向前去。

或许这就是奠定这个民族再次伟大的潮流——

蝴蝶在合欢树间缠斗，马车右漫步在废弃的小铁路线上。沿着这条承载着矿山人无数甜蜜无数梦魇的小铁路线，便能走到傲立在耒水右岸的煤码头上。冶炼厂接下，并把赵保刚安排在那负责后，迎来了回乡后第一个轻松日，马车右的心情好极了。他将自己的皮鞋擦得油光锃亮后，在由这种好心情弥生出来的连他自己也未能觉察到的动机诱引下，踏上了这条铁路线。打他回乡，已过了仨月多了，他还没有到过西女那里。尽管他试着想回避抑或是忘却那段经历——那段过程极像是一个懵懂的少年被大人拽上坐了趟人生从来不曾经历过的过山车。那是在一个没准备好的状态下，强行开启、倏然品尝到的头回滋味。如今的马车右已是一个十足的男人。他也曾决定忘掉她，但时间涓涓流淌中似乎没有淡化掉那个曾经惊涛骇浪梦一般夜晚——尽管在广东的那好几年，他常出没于灯红酒绿的场所，但那种"例行公事"极大地冲淡了他对异性神秘而美妙的向往，甚至有时给他带来一种无法言喻的苦恼和郁闷。于是乎那个女人就冲破记忆，跳了出来。在这种此消彼长的情感浸淫下，马车右给自己扎的篱笆围子破了。"那才是人味！"这是他得出的结论。

已经满是野草、狗屎、猫尿和鼠路的铁路线，在绕过野蔷薇、香丝草缠绕着的黄色铁路工棚后，便进入了一截依着枣山的冷僻地段。初冬季节，枯败了的蒲公英、鱼腥草、红花酢浆草、益母草和野鸡冠花、艾蒿等，倒伏一片，像一团团腐烂的破蚊帐。原来基轨上特有的那种煤焦味和日晒火烤后黏糊糊的机油味已经稀薄寡淡了，更多的是空中飘扬的茅草败絮。但是，蹲下来，拂去枕木上的灰尘，立即会从那些布满马钉眼、浸透了沥青的枕木上闻到仍然顽强地散发出来的沥青味儿。这气味粗涩糙灼，像吸旱烟。马车右闻到这种气味就像闻到魔香一样，立马就看见西女前倾着身子向门外张望的样子，她在召唤，在乞盼。他身上的某处就会为之一动，那种儿时吃满口肉的快感瞬间痒遍全身。他便生出不想管控这种感觉，由着性子行事的冲动来。他加快了步伐，冷艳的阳光把他瘦长的影子投在枕木上。影子在铁轨上一长一短地跳跃。

几分钟便到了码头。这时，正值山巅上的落日与耒水水面上跳跃的红日，在天与水之间正好形成一条线。天与地、水与山，刹那间全都笼罩在了一片温暖而亲切的艳阳之中。一条乌篷船正驶入水天一色的霞光里——这种景象与六年前的那个七月的下午一模一样。只是那时是炎夏，而此时是初冬。

马车右看见西女的小木屋正融化在朦胧中。那杉皮屋顶就在树荫底下藏着，而她就在那屋里。"突突突"的渡船声就如同吹响了号角，就像匹得令的马，他奔跑在背后是蓝天的山脊上，他飞扬起的长发就如同猎猎飘扬着的马鬃。

菜园在寂静中浮着一层雾似的薄纱，那纱像蒙古包般的静静地覆盖在小木屋上，谁只需用一根细长的竹竿将如网般的雾纲挑起，雾帘下就会渐渐地现出那间神憩的木屋来。马车右不由得立住了脚，想在园外待一会儿，以便使这种心情融入景色。园子里有只老母鸡在漫步，它已看到了篱笆外的他。另有一群拇指大点腹部呈橘黄色的小鸟，正在腐沤的地皮上寻找稻草中的芽孢和杆菌。马车右伫立在篱笆门下，望着那扇门，这里的宁静让他生出一丝犹豫。他犹豫着自己离开那么多年了，是否该再开启这扇门？是否会打乱她业已归安的心境？而会不会被接纳也是个未知数，毕竟当年的事只不过是一次少男寡女摩擦出的一点转瞬即逝的火花。对于自己那是第一次，重得很，但对她，也许只是多次邂逅中的一次邂逅而已。这时，门"吱呀"了一声，有女人端着一个簸箕像骑木马似的劈开双腿侧身坐在门槛上。是西女，她着衣朴素，双绗线大格子棉裤，并拢的双腿如同两只鹅背，簸箕就平放在双腿上。暖阳在簸箕里跳动。她聚精会神地拾掇着，不时撩拨开额头上垂着的几卷细柔的刘海。女人全然不知有人站在院子门外正注视着自己。

究竟是想让自己的心情平静些，还是分别已久口齿生涩，马车右有一刻钟都处在不知所措中，直到不自觉地掏出打火机"叭"的一声点起烟来。

打火机的声音预示着有男人到来，女人的身子别样震了一下后，目光立即当空静止，那是一个分辨的眼神。眼神在问：这声音是曾经有过的，还是出自陌生人之手？只过了片刻，似乎有所确定，她猛然收回了目光，在她与马车右的目光一触碰的刹那间，整个人定格了下来。怀疑、惊喜、惶恐、兴奋，在她脸上紧张地交替上演。她不由自主地颤抖。当她完全看清并确定那个貌似从容不迫站在院子门横下的人是她梦思夜想得已经彻底的疲倦并开始渐渐忘却了的那个紧咬住了她的心的男孩——那个眼前的这个男人时，她惊得站了起来，宽大的臀部蹭在门框上，簸箕像圆盘一样从她身上滚了下来，金灿灿的黄豆撒了一地。她的脸从通红到煞白，从煞白又归至通红，喜泪在黑亮的眼睛里跳耀。看着自己胡乱的着装和灰头土脸的样子，她忽地想转身回屋，但又觉得重新梳理已来不及，又转了回来。她滞留在门前好一阵子，但最终她慎定了下来。她把头发往脑后拢，那种期待已久却人为压抑的不露声色的成熟女人的目光从她手腕子下微笑地射出并穿越爬满金银花残骨的篱笆看着他。

放好簸箕，掸扫尽衣裳上的毛灰，看着眼前的这个伟岸、威猛的男人以及他削长的脸上眯缝着的眼睛里那毫无忌惮地露出来的野性，女人知道这已经不是六年前的那个初出茅庐的青涩少年了。那个定格在她心中多年来一直是以一种姐姐般的疼爱之情来思念的情愫卡在了心口。"当年那可是一时的冲动，这都已过去好多年啦！"当她把这种情感调整过来、并重新面对一个更让她动心的大男人时，她的心悬了起来，她胆怯了。她刚迈出门的脚又猝然地停止了，她紧紧靠在门框上。传统的情感与道德、纲常与伦理，让她感觉到与眼前这个既熟悉又高傲的男人比，自己是如此的渺小和不配。"也许他是路过，也许他仅仅只是来简单地看看。"受到这种心理的影响，她踌躇不前，口中死死地咬着一缕头发，既不敢迈步上去迎接，也不知如何开口。她在等他，等他给予她——她觉得自己无权选择——一种什么样的接纳。

斜阳抹在她的脸上，晃眯了她的眼睛，她在忐忑之中听到自己的心像雷一样轰咚地响着，那是在祈祷："上苍啊！求您帮帮吧，请给我我最想要的……"

"姐。"马车右终于哼哼地喊了一声，并毫不犹豫地展开长臂。如同天庭响起了神灵的呼唤，如同心扉里闸开了汹涌的狂潮，一看到马车右的这个动作，女人散开紧紧攥在手里已揉乱了的衣角，咧嘴笑了。随后，她抛开矜持，撒开两片大脚板飞也似的朝着马车右奔去。

"想啊，想啊，终于是让我想到啦！我肉亲的乖乖心痒痒的满哥哥哎……"

一道道西边燃烧着的最后余霞斜刺过来，在穿过枝丫稀拉的梧桐树后，从院子满是枯萎藤蔓的瓜果棚上像漏勺一样落满了一院子。斑斑驳驳、画影婆娑。寒月升起，飘忽在碎云乱飞的天边。

架炉子烧水，杀鸡宰鹅，西女在忙，马车右在看。看着她跑到菜地里拔萝卜扯大蒜，看着她笑呵呵红扑扑的脸，看着锅里冒出来热腾腾的蒸气，马车右心中升出来一种回到母亲身边的感觉——尽管他记事以来就从未体验过那种感觉。"为什么？"马车右问自己，"为什么在她身上总能唤醒这种感觉？"

饭后闲间，马车右正坐在门前抽烟时，西女从厢房拖着一个莲花边澡盆出来——这是典型的马村妇人傍晚搁在大门口檐沟上洗澡的大脚盆。马车右见状笑了。"姐帮你抹澡。"她说道，起身，热腾腾的胸脯和红扑扑的脸，荡漾着诱惑。"呵呵，门外就有个现成的大澡堂，还用这个？我下河去。"马车右从她手里夺过浴巾绞在手腕子上，转身就出了门。

"你疯啦，这是冬天。"可马车右并没理她，背影早已消失在了院外。"我也去。"受其感染的女人一声大叫，立马在厅屋中央一顿瞎蹬胡扯，脱下鞋和袜子，飞也似的跟着跑了出去。她因壮硕，动作特别的女人化，臀部高翘、胸如悬壶，两只手不是前后甩，而是左右扒，像提着篮子去赶集。院里地坪有一洼半干的泥凼，当她白胖的大脚蹼子踏上去时，泥泞就像削面一样从她脚丫里飘了出来。

起黑时的东方，如同空中劈过来的一杆黑色的大旗，旗帜上缀满着繁星；月亮则羞着脸，只瞅出半边来。马车右吹着口哨大步流星地走在前面，后面跟着的是一惊一乍翩若惊鸿的西女。两个影子在夜幕下一前一后，摇呼相应。等西女高一脚低一脚吇吇也走过菜地小路到达卵石滩时，"来啊——"他已在叫她。滩前的河面，像块银色竖镜，马车右脱得精光奔跑的身子映在这面镜子上。临近水边时，他忽地来了个倒立。"快点呀——"他又喊，在沙滩上用双手走路。他的双脚八字撇开保持着平衡。

从东南方向朝着西北方向流去的耒水，恰巧在此地来了个急拐，奔涌着冲出壶口，向着太阳落山的方向汇入平缓宽阔的下游。滩头对岸巨大陡峭的绝壁如若一弯秃鹫的背影遮去了耒水半江月光，使得这条母亲河一边魆黑阴森、黑水汹涌，一边却月色如银、恬静优柔。

"真冷。"她说，紧搂着他，把脸紧贴着他的胸窝。他感觉到了她身上起的鸡皮疙瘩。

"下雪才好呢，雪天水才暖和。来，姐，搂紧我。"马车右搂着她一步步向深水走去。

"不嘛！我怕！"她叫着，双腿夹紧马车右的腰。

两人离河岸越来越远，已到了齐腰深的地方。前面就是激流。

"停。"西女紧张起来，"不能再走了，我听矿上人说，前面老虎口里住着水鬼。"

"不是什么鬼，是水猴子。"马车右将她放下，"这些水猴子冬天住在水下的岩石洞里，夏天就爬在河边的柳树上，看着河里游泳的人，一旦有它看上眼的，就'乓'地跳入河中，拖住人脚，把人闭死，然后找一个地方——看见对面的石坦了没有？那下面的水中有许多石洞，它就会将人拖进洞里，从人的鼻孔里吸血，吃饱喝足了后，再又把人放回岸边。所以，那些淹死鬼都像焯水后捞出的猪肉，全身惨白无血，鼻孔有两道红印子……听说那些水猴子最喜欢童男玉女。"

"为什么？"西女胆战心惊地问。

"因为他们的血香呀！"马车右像拍小姑娘的脸蛋一样拍着她的脸，笑道，"不用怕。天下的鬼都一样，怕它它便找你，不怕它它便躲你。姐，站一边去，正好此猴子想会会彼猴子。让俺老孙去瞧瞧……"马车右说出这句电影《西游记》里孙悟空的台词后，没等西女反应过来，便一个猛子扎进了水中，两条腿在水面上划了一个弧，没影了。

"哎哟哟！不行……你！"她惊叫着，恐慌地望着黑压压狂放不羁的河面。当她再次声嘶力竭地喊叫时，只剩下从对岸绝壁返过来的回音："车右、车右……回来、回来……那里是漩涡、那里是漩涡……"

河中央黑浪高悬下还真的有很多让人恐惧的漩涡，小的围着大的转，犹如一群缺氧正垂死挣扎张开大嘴浮出水面的鲇鱼，并发出吸空水面时"噷噷噜噜"的怪响。壶口下的水面游走着数不清的、人头大小的、黑乎乎的泡沫。这些泡沫看花了西女的眼睛，她分不清楚哪个黑坨坨是她心中悬着的那个"满哥哥"。那些黑坨坨的翻腾与粉碎，每一个都像带卡的紧绳一样，一次次锁紧她的心，并在黑暗里将那心一次次提起来，她几乎就要背过气去了。"回来！回来呀……你个法海[1]，你个癫猴子……"她的呼唤声一次比一次削弱，一次比一次揪心。她忘记了刺骨的寒冷，忘记了肌肤的麻木，她身心都悬在远处的水面上。她哭了起来，低婉哀切地在心中重复着自己的祈求："……阎王哎，您可看清楚呢！这个可不是您要的人啊！呜呜……"

"姐，看这里！"黑暗中马车右在高呼。

西女寻声望去，在对岸绝壁上撞出的浪花中，隐约看到马车右像木头般凫在水面上，他身边是激流和漂浮的泡沫团。他拍打着崖壁，汹涌的波浪像掀芭蕉叶一样，高高地将他抛起，然而他却全然无所谓在那朝她呼喊："是这里吗？老虎口下……水鬼的洞？"

---

[1] 这是一句骂人的代用语。

"哎呀！你快些回来吧，我管你喊'大大'[1]要得不？快——回——来！"她的哭泣哀号声淹没在浪涛声中。

阎王做事是有讲究的，马车右终于是回来了。当他像一枚发射过来的鱼雷从波涛下直愣愣地冲着她而来、并直接穿插进她双腿间、像小孩坐肩马一样把她从水中擎起时，西女悬着的心才落了地，她破涕而笑。她弓背掬抱着他的头，说："吓死我了，你也太不识凶险了。""这算不了什么，"马车右一抹脸说道，"看见斜对面坦洞里的寺庙没？有盏庙灯的地方？那是二楼的宝塔，我们小时候就从那往下跳。水深，没事。我是太熟悉太熟悉、太喜欢太喜欢这条河了！我就喜欢它的猛，喜欢它的浪，我骨子里就需要这个，没办法，我一看到这条河就一身痒痒，就像一看到你一样——"

搂着他的脖子的西女将双腿架在了他的腹部。她就像叉开腿坐在大船的桅杆上荡秋千一样，她那张被月光照亮的脸现出烂醉如泥的幸福感。

"有味嘞。"她笑叫，野性在这一刻被激发了出来。

"有一天，我做了个梦，梦见我们两没穿衣服在灰凼里游泳。走，我们上那儿。"西女拽着马车右便走。灰凼是下游河道的一个地方，马车右知道那里有股暖泉。他们蹚过滩头，前方不远的地方，枫杨树怀下、水藻边，就是那个耳型的浅浅水洼——马村人把这叫灰凼。水洼有半个水塘大小，锅底状。月下，早已等候着的水洼在佳境中透出黄沙的铜色，清冽的梅花香沉凝在平静无波的水面上，柳叶、枫杨树叶、蛋黄的银杏树叶和红枫叶则像纸船般被风吹入角落，整齐划一地静静排列着，而芦苇茎则像池中鱼栅。

西女站立在水洼的边缘，向他递过手来——月色中她健硕的胴体让马车右一如当年在霞光映照下看到她的胴体一样：双膝发软胸闷气短。他扑拥进她怀里，两人像下了一对白皮饺子似的溜进了宛如汤锅的水洼中。踩

---

[1] 指父亲。用在此是嗔怪、疼爱，有老祖宗之意。

蜉
蝣

在细软洁净的沙床上，闻着梅花香，西女泥鳅一样滑溜的身子在马车右的怀抱中旋转，激起的波浪惊飞了一只夜鹭。夜鹭的黄趾像两环戒指划过水面腾空而起，遁入黑暗，给一汪清静的水面上留下一道转瞬即逝的波纹和一小串竖琴般的水波声。在既无期许又无定数的多年等待中积蓄在西女心中的狂欲在这一刻喷发了。来吧，亲爱的！我等你已等得太久！

那只被他们惊飞的夜鹭啼啭着又返了回来，它绕着水洼，围着他们飞了一圈后，一声呱鸣，蓑羽干净的白色影子便直冲上了夜空。在这个冬季的夜晚，在这个夜雾退去、对岸雄峙的陡壁孤峰渐渐逼近壮大的子夜，天与地交融。

他们从河洼里、沙滩上、水草甸子上，一直转战到回木屋的小路上、浸满冷月的门前小院，以及高过半个膝盖的木屋门槛上、炉膛边，最后大结局于木屋的小阁楼上。毫无疑问，于他，于她，这都是一个狂野、销魂，充满生命全部意义的夜晚。

第二天，当两人站在河堤上分手时，太阳已经出来，寒冷的河上正升起一团团白雾，像天空倒置，他指着对岸目醉神驰地对她说："等着吧，不久的将来，我定要铲平那些破房子，建一座高楼大厦。在那里，我将留下整一层送给你。"

"不要。"

"那就给你独建一栋洋楼，前庭后院。"他补一句道。

"不要。"

"那就配上小轿车雇上保姆。"他又补一句。

"不要。"

"那就把地板溜成金砖，把房柱子拓上金箔，把窗子筑成海洋镜，把墙壁画上天国图，把篱笆改为白玉栏……"他再补一句，并非说笑，很认真，脸上露出梦幻般的神往。

"不要。"

"那你要什么呢？"他不解地看着她。

"我要人——"她说道，睫毛跳跃，胸脯嘭然鼓胀，似乎一个久远的令人颤抖的愿望已然可企。她面色温红，目光飞驰。那是一种彻底的沉醉，一种彻底的满足。

当她留有余味地侧头弯在他臂膀中，而他的唇角上正浮出天真和引以豪壮之时，太阳的万道光芒从侧面吞噬了他们。

回矿部后，马车右让人给西女送来一台九寸的黑白电视机和一条小狮子狗。从此，西女木屋上便多了一条传递世事万物的天线。西女把它叫作"铁蜘蛛"。

冶炼厂安顿好后，马车右并没有闲下来，他瞄准了下一个目标：白鸡洞煤矿——那是他父亲死的地方，是他魂牵梦绕的地方。

这天他回到村里——他很长时间没有回村了。把在白鸡洞煤矿做工的本村青年马良坡也叫回了村。他需要了解更多这个煤矿的情况——马良坡在这个煤矿帮着老板跑销售。算起来马良坡应该是他的本家堂侄，论亲疏远近比马五斤还要亲。但两人年龄却相仿，马车右比他仅大几个月而已。"神仙不如荒脑火"——午饭后两人坐在马家大屋厅堂中央烧着茶树荒脑的火盆旁喝起熬茶来。一壶酽茶下肚，马良坡那张让女人爱让女人疼的漂亮脸蛋便泛出红潮来。谈兴正浓时，刘婶急慌慌地跑了过来，上身布衣钮子撒开。

"车右大侄子啊，快快，你二爷又落到床下了。"还在门外的时候，她就招手喊道。她那老女人的细碎步子，让马车右直感到她随时可能跌倒。两人站了起来，往二爷家去。二爷的屋子是长形的，采光全凭前后两道门。这大冷天的，门都是闭死的，所以道里黑咕隆咚，只能靠着门缝里挤进来的少许光摸墙行走。二爷的卧室是过道中的一个耳房，不足二十平方米。马车右和马良坡摸进去时，听到暗黑中有类似病猪般的哼哼声。两人同时摸出打火机，"叭叭"打着。在一架棕色老式雕花床下，二爷裹着棉被蜷在地上，头枕床踏板。他脑门上和脖窝处各贴着一块狗皮膏药。那张从褥子里抻出来的历经过无数战争硝烟的脸，像是一颗发霉的满是皱褶的干枣。"这谁呀？"二爷艰难地转着眼珠子看着透着微光的葛布帘子，极力喘出声来，以示自己存在。马车右挂上帘子，把火机放在下巴下，照亮自己。二爷眼睛在黑暗里使劲眨巴，当马车右将脸再凑近时，二爷的眼睛明亮了。"这不是马青松（马车右爷爷）的独苗孙子吗？'猴子'也长这么大了？"二爷说道，"你二嫂（刘婶）半天也不进来一趟，这天儿也不知是白天还是夜晚，一翻身又落下了。唉，她一个人又扶我不动，喊个人来吧，得等半天。我睡在这儿等啊等的，梦醒时，多有不知是在床上还是地下。"说话间肺里呼噜作响，像沼池里冒泡。马车右将苍白皱巴、瘦骨嶙峋的二爷用被子裹紧，抬起放在床上。一股屎尿的沤臭扑面而来，马良坡立即捂住口鼻，用脚并碰了一下马车右的腿，示意快走。马车右不知该说什么，看着黑帐布里这个如若鬣狗的老人，心里叹道：这还是那个厮杀于疆场、斩敌于胯下、历经百战而不死的二爷吗？正准备离开，不料二爷以这把年纪罕见的速度从被窝里伸出手来抓住马车右的衣襟。马车右感觉到了来自他手上的遒劲感，心中不免又是一叹：还真不愧是个老兵！"别忙着走啊！"二爷说，然后一阵猛咳，哈出一口饿狗吃了屎一样的臭气来，熏酸了马车右的鼻子，马车右往后一侧身，想要溜走，但没成功。二爷没放手，脖颈子从被窝里抻出来，跟市场卖的腊板鸭的脖子差不多，甚至更黑污。马良坡早已退到了门口，缄默不语地抱胸依门靠着。马车右不得不挨着二爷坐在床边。"二爷对你有话说。别这样看我，别可怜我。"二爷说，放开衣服，转而用那只细瘦如柴的扣过无数次扳机杀死过无数敌人的手指像鹰爪一样扣在了马车右的手腕上，来自指节的力量让马车右又是一惊，"你们想错了。我现在就是吃屎也是香的，这个你信不？你肯定信不。唉，你们小啊，你们啥屁都不知啊！可你爷爷马青松信！刘庚朵信！曹满福信——那些许许多多的孤魂野鬼信！因为他们都已经沤成了泥巴巴喽，而我还活着。死了那么多人，尸体堆成山。我却活着，我比他们整整多活几十年嘞。如今快死了，眼还是能转，手能动，嘴巴能出气，屁眼能放屁，我活了他们的两个辈子了，花得来了。所以，小子哎！不用可怜我，你要可怜，就去可怜你爷爷吧……他那时才三十冒头啊！"

马车右把二爷的手硬扳开，鼻子里酸痛得像捅进了一根竹签，他觉得有一种莫名的怨恨在咬噬着他的心，以至于挨着床边坐的屁股差点溜了下去。他把屁股挪正后，从兜里掏出一支烟来点燃。他高兴时、烦躁时、忧郁时和紧张时，都会不由自主地去掏烟，似乎那样能够蔽挡住或者减轻什么。二爷有哮喘病，闻不得烟，但马车石顾不得他了——村里人都说自己爷爷是二爷带着去的常德。抓壮丁时，马车右的爷爷刚好从岭上挖草药下山，抓丁的军头问已被押上船的二爷，"那小伙子是干啥子的？"二爷本可告知军头，马车右爷爷是独苗，不属派丁范围，可他却说是村里的蛇医。"啊哈！踏破铁鞋无觅处，得来全不费功夫。"原来南方多蛇，军中正缺蛇医。马车右的爷爷死活不肯地被抓上船。"格老子的，仗都打到自家门口喽，有卵子的都得上，哪个也走不脱！"军头是四川牯子，操着一口四川话，张飞眼睛一瞪，马车右的爷爷腿就软了。就这样，战地入伍，当了国军。"地无分南北，年无分老幼，牺牲到底！抗战到底！……"他们高呼着委员长训令，编入了战斗序列。

"常德保卫战，我俩没死；长沙会战，我俩也没死；一九四四年夏衡阳守卫战，我俩同在炮兵连，驻扎在回雁峰下。我没死，你爷爷死了。"二爷轻松地说，眼睛里跳跃着马车右叼着的烟蒂的火光。这些在他脑海翻来覆去不下千万次的情景，早已经淡化了他的那颗沸腾不起了的心。他像给小孩讲童话一样眉飞色舞地说了起来，手仍死死地拽着马车右的手不放。"你爷爷没有摸过枪，但他得上前线救护伤员。战场上全是身首分离的尸体，你爷爷像瘸了一条腿的狗一样奔跑着将它们归拢到一起，寻找活着的人。

那仗打得苦啊！整连整连地上，整团整团地上，人堆人，码得比楼高。都没有回来的。血从城墙石缝中涛出，街上遍地是血，池塘浮着拥挤的尸体。都这样了，督战团仍在后面高呼：后退者杀！你爷爷脚被炮弹片划开了个碗大的口子，像水管一样往外喷血，倒在战壕里三天三夜没挪过地方。脚上起蛆，但人还活着。你爷爷要死的时候托付我，一定把他带回家。他要埋在祖山上。小子哎你记住，我后来找到你爷爷时，他全身都爬满了绿头苍蝇，蛆虫从鼻孔里、眼窝里往外爬哩。'青松啊，那我们回家吧！没法儿，清不干净，只有将它们一起带回家了！'我当时就是这样子对你爷爷说的。我用件军衣把你爷爷裹回了家。追悼会就在马家大屋厅堂举行，棺材上覆盖着民国国旗，县长亲率部属参加，用的是十六金刚抬的大轿（棺）。那可是我们马村最隆重的一次葬礼哟！哎呀，这一晃就几十年，青松的孙子都这么大啦！"二爷这才长长地叹口气。他那双被枯老的黄色睫毛黏糊住了的眼睛张开一条细缝，首回露出被久远的伤痛击中的痛楚感。马车右知道，衡阳守卫战后，二爷死里逃生后转战到了其他战场。他比自己爷爷命好，按当时士兵们中间流传的话说，是头上有块天。身上全是窟窿，八次受伤大难不死，后来竟随部队投了解放军。再后来转战徐州，又参加渡江战役。新中国成立后，还未喘过气来，他的部队又开拔到了朝鲜战场，在朝鲜战场上他已经是一名机枪班的班长了。他总能不死，神！归国后，他被安排在长春的一家大型国有工厂当干部。全村人都知道他做了一件傻事——马村人都有这种治不好的病——想家。于是假说患头痛病，他说只有家乡的草药治得好，偷着回了乡，从此脱离组织，又做了一名农民，并重新安了家。军人出身的他给家乡生的这个儿子取了一个响亮的名字：马胜利。现在，除马村人外，外界几乎没人知道，马村里还留存个参加过那么多残酷战争而不死现却在每天等死的老兵。

马车右一听到爷爷的事，便静了下来让二爷讲完。关于爷爷的事，过去只是听村里人七拼八凑地讲过，这是他第一次从二爷嘴里听说到自己真实的爷爷。知道了爷爷的名字叫"马青松"。爷爷，这个不曾想起、也没法想起的模糊影子，让马车右心情一下子沉重起来。他不再想把手从二爷的爪子中抽出来了，而是主动地握住它。马车右要走的时候，二爷的脸上呈出紫斑，望着马车右，析出百年后的某种等待的目光："看在我把你爷爷带回家的份上，求你一件事好不？这话在我舌头上滚来滚去已经许多年头了，就等你来，我知道你会来的。早听村里人说你发财了，当了老板了，是不是？有种！二爷放在猪栏架上的那副寿料被白蚁蛀了，你给二爷重打副新的行不？不要太好，睡得落就行。"得到马车右答应后，老脸挂花似的露出了歉意的笑来，又道，"我死了，麻烦你们把我葬在你爷爷身边吧。那年我真不该说他是蛇医，结果害了他。拢近一点，二爷好向他道个歉。"说完，二爷像一条活到点了的忠诚老狗那样看着黑漆漆的楼板上一个什么地方，显示出岁月未曾磨掉的最后一丝激情。他把手伸进床角的褥子下，掏出一把叮当作响的东西放在马车右的手心，"寿多则辱，我可以死了。里面有副挽联，是你爷爷葬礼上当时县长谢国安写的。你小子拿去看看吧，今天的和平都是用战争换来的，小子哎，你们真的不知道战争是什么，你们也许永远也不会知道什么是战争。可千万别忘了本啊！"黑下看不出是什么东西。告别了这个心如死灰、形如槁木的老人，到了门外才看清，那是一大把功勋章——一个马村近百年来最了不起的人物的最后遗存。

马车右与马良坡交换着一一看过。这些勋章有六七枚之多，有国民党的青天白日勋章，也有共产党的，还有一张奖状。奖状是解放军第二十三军颁发的。马车右握住一枚做工非常精致的纪念章时，竟像托着个秤砣，心压得慌抖。这枚红铜铸造的五角纪念章，红底，中间镂着和平鸽，和平鸽的羽毛图案精细到如同细梳篦过一般，"和平万岁"四个字在不断地摩擦下，变得乌光锃亮。一枚勋章背面刻有"精神不死、浩气长存"，另一勋章背面则刻有数字"46291"。"这号码代表什么？"马良坡问马车右。"也许是勋章的编号，也许是军人代码，我哪知道。"马车右从未见过此类东西，心里不免有些热血沸腾。马良坡掂了掂满把的勋章，说道："说真的，二爷真不该回来，回到这个破地方干吗呢？有这么多的荣耀，你想想他能过多好的日子。"俩人互望着，有一层意思很明显：二爷这堆"菟脑火"已到了行将熄灭的时候了。马车右叹口气道："这些溅满了生命之血、荣耀四射的勋章，在二爷的眼里也许变得轻如鸿毛了，二爷的世界我们不懂啊。良坡，这些先都存放你那儿，等二爷归天日，放入棺材里，让他带到坟墓里去吧！这挽联是写给我爷爷的，我留着。"

两人在村口分开。马良坡去百鸡洞煤矿打探情况，马车右则去渡口乘船。到了路口，马车右找了块石头坐下，不假思索地摸出一根烟来，然后将二爷给他的那一小块写着挽词的白绸放在膝盖上慢慢展开，不禁鼻子又是一酸。在微风鼓动的尺素上，是用小号毛笔写就的一副对联：

战常德保长沙守衡阳十军不死精神长存

为国家为人民为民族捐躯禹甸青松常在

"青松就是我的爷爷啊……"马车右嘴里叨叨着，两颗泪从齐缝的细眼角流了出来，在坠落的过程中闪着太阳的光芒。这是他为那个从不知何模样的爷爷偷偷流的第一场泪，也是第一次比效清晰地看到了爷爷的背影——那个着国军军服的背影，并从心底生出一些豪气来。他并不知道若干年后在那个阴森的矿井中，那股直冲冠顶的豪壮是缘起于此刻。

天空只剩下了最后一抹灰蓝，宛如斑点的紫云浸透在干冬的大地上；掉落在耒水中的碎光像紫罗蓝的叶片一样，一瓣一瓣地胡乱散落在银波荡漾的水面上；天地溶化在紫色的暮色中。

三个月后的一个清晨，当东方沉甸甸的黑幕上从焊枪般割裂开的一条云隙中挤出一道蓝色、当这层蓝色到达大地形成网眼稀疏的罗幔浮动在河雾笼罩下村庄的角角落落时，没有传来二十多年来马二爷那貌似要掉气的像沼泽里冒泡一样的咳嗽声。这种马村人借以为时钟来提醒起床的咳嗽声，在那一刻停止了——那天全村人都误了时间地从被窝里爬起来，揉搓着惺忪的眼睛嗫嚅道："二爷死了，这回怕是真的。"是的，二爷这回真死了。生命终于离开了伴随着他八十二年的躯壳，按他自己的话说："值。"

过河后，马车右抛开这些缠在脑子里的过往家事，他把这些小心存储在一个只有在孤独息�时才会拿出来追忆苦恋的记忆角落。二爷讲的那些太过遥远，他眼下急着要琢磨的事是挣大票子、弄大事，是时下人们眼中高于一切的物质追求，是数钱数到手抽筋的那种痛快感。他定要把白鸡洞煤矿弄到手有着上述的思想，他兴许并不知道，促使他明知有难却偏要做的，不仅仅是一种儿时的饥饿惯性，而多了一种灵魂索求和深藏的情感。是受宿命所牵。

走在寒风冷冽的伍市行人稀少的石板街上，远远见一老者穿着水鞋从街那头走了过来。他手持一个竹梆，每敲一下，便用手背擦一下鼻涕，哈出一股热气在手背上后便扯开嗓子喊上一句："满——水——！"梆声响彻整个伍市街。伍市与马村一样，自开埠以来，每天都有专人敲梆喊话，各家各户挑水灌满缸盆，以防火患。这种安防使成的规矩已沿用百年之久，只不过马村是由族长来喊话，而伍市是街坊邻里轮流值班。于是伍市街每天在断黑前就会出现担水人的长龙。整条街都留下了密密麻麻的水印。成了麻花街。位于裁缝铺东侧不远的拐巷里有一眼水井，水量丰沛，口小底宽，是个葫芦井，名"模范井"。马车右路过此巷子时，忽听里面传出一声女孩尖叫。本不好探闲事的马车右不知道何故被这声音所吸引，停了下来，后又拐了进去。井口边围满了穿着花花绿绿各色服装的男女老少。马车右见一十五六岁穿学生装的女孩正在井边跺着脚，并向周围的所有人丢去气恼的眼光。"怎么啦？"他问。当女孩抬起头来极委屈地说"桶掉井里了"时，马车右顿时惊叹不已——"伍市还有这么漂亮的女孩？！"这是马车右自广东回来后见过的最美的女孩。女孩穿着红衣外套，里面现出白领尖角衬衫，绕过脖子的一大札长发像黑色的瀑布一样垂在离水面一尺之上，与水面上的发影连成一线。马车右朝井下探头一望，水上空空如也。"没有啊？"他说。"是铁皮桶，沉了。"女孩说，那凄惶的眼神竟使得马车右如坠云端。这时另一个女孩拿来了一根带钩的长篙。这根足有五米长的竹篙插入水井后，只有一小节露出水面，根本无法拨动——这是一根钩捞木桶用的备用篙。"篙没长眼睛，没用的。我来帮你吧。"马车右站起，同时在内心在对自己说："这就是我期待已久、宿命中的女人。"于是，就像是自己亲人面临困境似的，他以一个男人义不容辞的当有责任，以一种他人来不及反应的速度，脱衣褪裤，仅剩一条里裤。他二话没说，双手撑住井口顺着竹篙便一滑碌地下井里去了。"你只需靠井边扶住篙杆就行，"他对她说。惊诧不已的女孩顿时匍匐到了井沿口上，"不能！"她急忙喊叫道，慌张地想揪住他的手，却被马车右无畏的眼神挡了回去。"没事的。"马车右一收笑，沉了下去，水面上吸进去一个黑色的圆形水窝。

自此以后的许多年，马车右总是在静悄撩人的夜晚会无限眷恋地怀念起这次他浮出水面看到她时的那个情景：当他潜到水底，摸住桶耳向上浮出时，井口就像是一个摇晃中的巨型月亮，那"月亮"像个蛋黄飘荡在蓝色的海洋上。他起先看见那"月亮"有个缺影，像啃了一口的苹果，临近水面时，才发现那是颗人头，一颗恨不得把脖子抻长再抻长的人头。马车右在水下感知到了女孩的焦虑之心。于是他在浮出水面那一刻停下了，如同隔着玻璃看风景，玻璃外是女孩的脸在圆月般的井口晃荡，挤压成各种形状。马车右平静地停留在水面咫尺之下，他不知道为什么这样做，也不知道自己为何想这样做。气泡像线珠一样顺着竹竿往上冒。直到耗尽最后一丝的氧气，马车右才鼓出一串大水泡后，把头冒了出来。女孩的脸近在咫尺，哈气可嗅；他看见她悬在眼睑上的泪水荡漾着井水的光芒——这成了他一辈子的记忆。

马车右将要离开时，女孩如梦初醒，追上前来说：

"你不能走……"

"为何？"马车右说。

女孩本是情急之语，见马车右反问，一时语塞，便窘红了脸，一急，跺了一脚，嚷道："你弄哭了我！"显然，她将她的一时间萌动出来的又不能表白的情愫寄藏在这无端的指责中。

"啊？！还能这样说？那是不是得放回去？呵呵。"马车右先还是笑，当女孩那闪动不安的藏着羞涩的眼神触碰到了他自己那同一根弦时，笑便戛然而止了，"细妹子，这样吧，你如果觉得难为情就给我织一对耳罩吧。除了耳朵，我哪儿都不怕冷，真的，我是火体，身上往外冒着火哩。"

走到巷子口，他忍不住回头一望，暮色苍茫之中，马车右看见女孩还伫立在巷子深处，一副"伊人一去不复返"的伤感之状。暮色的光晕包裹着她，只留出她那张哈着白气、耸着鼻子、干瞪着眼的脸。马车右心里咯噔一下。这"咯噔"像一支彩色的蜡笔将她的这幅画面画在了脑海里。从此她走进了他的世界。

许多年前有那么一个早晨，当晨曦初露雾霭退入山峦之间时，东方天空呈现出蚌肉出壳的景象，于是乎，耒水河面上便倒映出一团奇怪的云彩来。站在自家铺子前、伍市街口临河的高高堤岸上，裁缝唐师傅看得真切：恬澹的河面上，浮出两朵白云来，两朵白云缝间出现了一条柳叶形的、粉红色的朝霞；朝霞挤开白云，逐渐地、像菊花绽放般地展开，形成桃形。就在两个小时前，产期临近的妻子被抬去了矿山医院。"又是一个女孩。"裁缝一声叹息。此时此刻，他看什么，都像是女人的那个部位——他那要生一个男孩的远大理想和坚定信心已经在一次又一次的失败中丧失了。果不其然，日头上来时，报信的来了。唐裁缝看见街头那边一干人抬着空竹床回来了。"怎样，男……还是……？"他还是问了一句，但后面的"女"

蜉
蝣

156

字都没敢发出音来。他幻想着会有奇迹发生。"母女均安，恭喜恭喜。"一个长着瓠瓜脸的人高叫道。大家都知道唐裁缝想要个儿子想疯了，走近时都把脸撇向一边，避免尴尬。虽说已有足够的心理准备，但唐裁缝还是挂不住笑，脸跌了下来。他退回到门廊下，一屁股坐在门墩上，呆瓜似的看着河中的云彩。"我老唐家又得一千斤。"他说，忽然地便大笑了起来，在身上挠痒痒，越挠越不得劲，于是干脆在地上滚了起来。他在门前的水沟过板上一连打了三个滚，他奇怪的笑声也像开闸放水一般，呼啦间便从街头到了街尾。

　　三天后的一个中午，无心干大活的唐裁缝拿出细活正坐在门前锁扣眼，从鸭婆垄老山里搬来伍市开油榨坊的许蝈蝈，脖子上骑着光屁股小男孩——那是他的第三个儿子，闲逛到了裁缝铺门口。这许蝈蝈在榨房里榨了一辈子茶油，一身是力，又在伍市落了"长脚"，是个老街坊了。他黑脸虎胸，上长下短，性格开朗，爱开玩笑。是个超生户。见唐裁缝头也不抬，一副愁眉苦脸的样子，知道是又生了个女孩心里不快。当时光腚小男孩正骑在他脖子上又是蹦又是跳，于是就想借此气气唐裁缝。他故意地扭抻着脖子，做出一副脖子很不舒服的样子，说道："噫呀呀，嘛东西梗在颈骨上，一点都不舒服喀。"瞅瞅唐裁缝，见没什么反应，又大声道："狗崽子，你给老子安静点好不好？跳、跳、跳，你细伢子卵子梗得我脖子痛，知道不！"又瞅瞅，见唐裁缝还没反应，于是在挨近他时就又说道："唉！这个世界啊，就是不公平喀，想扒灰的吧没得扒，不想的吧，嗨，还扒不过来……"

　　句句戳心。别以为唐裁缝没听见，他句句都听得真切。"也太损人了。"活了几十年从未与四邻红过脸的老裁缝内心的那根痛筋被人雪上加霜地又踩上了一脚。他那张白纸般泛着黄斑的麻布脸痉挛了起来，一红一白后，只见他从小竹凳上兔子似的蹿了起来，就扑着许蝈蝈而去。

　　"这哪是人讲的话？！满嘴喷屎！我让你卵坨梗得脖子痛……"在伍市街上人畜无伤地待了几十年的裁缝师被气得照着许蝈蝈挥拳打了过去，许蝈蝈立即腾出一只手来挡。只听见"唧呱"一声，像肉手砸在石子上的声音，许蝈蝈纹丝未动，而唐裁缝却摔了个狗啃屎。这许蝈蝈本来是想开个玩笑，没想到这唐裁缝不经搞，加上脖子上还驾着个孩子，于是连连赔笑，边往街心退去，嘴里说："开个玩笑，莫当真，千万莫当真。"唐裁缝哪里得肯，于是爬起来再战。许蝈蝈这时已经将孩子放下，四平八稳地站在街中央，见唐裁缝又跑上来，于是说道："唐师傅哎，是我不对，这样好不好，我站着不动让你打三拳把气泄出来怎样？"唐裁缝被点燃的不仅仅是对许蝈蝈的火，更多还有对自己极度不满。这回正好可以发泄到他人身上，于是什么也没听见，二话也没说，呀呀便一头撞了上去。没提防裁缝会来妇人这一招的许蝈蝈仰天倒了下去。这下许蝈蝈认起真来了，只见他一个鲤鱼打挺便从地上蹦了起来，大步向前，手臂像大象鼻子似的席地一卷，唐裁缝便坐上了飞机，然后在空中旋转，再后来便把他往地上一抛。他的头撞上了石牙，血流如注。许蝈蝈过去干过劁猪，血见得多了。他毫无怯意地将肥墩墩的大屁股往唐裁缝身上那么一坐，唐裁缝便只有出气没有进气了。唐裁缝像折了一边腿的瘦蚂蚱，一只手一只脚在空中作无用功的瞎蹦弹。大家怕出人命，把许蝈蝈硬拖开。

自从这"打脱牙齿往肚里咽""口吃黄连不能言"的打架事件过后，唐裁缝不但头顶上留下一个"卐"字伤疤——自此戴上了一个土灰色的铲帽并直到死都没摘下过——而且还彻底的断了生一个男孩的念头。"生男生女都一样"这才在他心里落了根。他把他多年等待多年积累的爱——只为给那个尚未出世能为他传宗接代的男孩——集中爆发在了这个幺女身上。女儿取名"唐念芝"。因每每在裁剪台上玩耍时就哭着闹着要拿裁衣剪，唐裁缝见状，余气未消地忽然朝着大街上高喊一声："你有卵子，我有'剪子'，'剪子'专剪你的卵子！好嘞，幺女的小名就叫了'剪子'了。"于是有好长一段时间女儿的小名叫"剪子"，直到有一天，寺庙的慧敏老尼姑来做衣裳，就是当年在伍市伙铺闹得沸沸扬扬不得不遁入空门的那个石女，尽管

158

人们未曾善待她，她却仍能慈悲为怀善待万物。她逗过小女孩后说道："剪，乃凶器也。小满时节（女孩生于小满那天），谷浆初灌，小满福，厚则亡，改叫'玉子'吧！此乃佛意矣。"唐裁缝不解前言与玉子何关。于是老尼姑又道："玉，素洁高雅，满而不溢，温而久远，小满谷浆，恰如玉子。"唐裁缝本就是心善口善之人，亦信佛，当即按尼姑之意改叫"玉子"了。从此安下心来。白天带着她上班，活忙时间就把她放在米桶里，闲着就把她抱放在台板上逗着玩；晚上搂着她睡，给她扇风挠痒讲故事；吃饭口口相喂，上街步步相随；难得休息一天时，便用背箩驮着她到河边玩耍捡石头。近水楼台先得月、吃哪碗饭沾哪份光。每每给顾客量衣拃布时，他都拃得松紧有余，将偷减尺寸截留下的边角废料给女儿缝制各式花巧衣裳。就这样，这个听着裁剪的咔嚓声、伴着缝纫机的踏板声、浸泡在浓稠父爱中的女儿穿着花衣裳渐渐长大了。女儿像父亲：高挑、白皙、大眼睛，美若天仙。从此，老裁缝脸上连那些白色的雀斑也跳跃着喜悦。七岁那年，唐裁缝把藏在大衣柜的一把缺了一根高音弦的小提琴拿了出来。这把琴有些来历：多年以前，有一从上海来伍市支教的女学生，就住在裁缝铺隔壁。后来被伍市一个恶霸强取为妻。恶霸并非喜欢她，而是用她的气质与才华来装点门面。她经常挨打，每次挨了打后便上裁缝铺里来哭诉。恶霸死后，女子决定举家迁回上海。宁走时把这把小提琴留下给了唐裁缝。她说："你屋里的满女，十指细长、指肚圆润，是块好材料。收下吧，她会喜欢的。"当父亲将这把小提琴拿出来的时候，小女孩惊喜万分，从此爱上了它。十二岁那年，她拿着这把小提琴加入了矿子弟学校的文艺宣传队。

上苍把十分美丽拿了九分予她。十三岁那年她第一次穿着白色的吊带素裙出现在伍市时，像一只穿越街巷的白鸽，水榭亭台、斑斓炫丽的百年老街顿时黯然失色；十四那年她穿着蓝布印花瘦衣裳随老裁缝到下游墟场收衣时，喧嚣千年的古老水埠顷刻鸦雀无声，连待宰的猪也不叫了；十五岁那年她在自家阁楼上拉小提琴，琴声悲天悯人，耒水水面水珠飞溅；

十六岁那年她穿上大红长裙立于渡船船头时，风岔开两股，阳光四射，她像兀立在水天之间的天使，万物为之动容。

这个叫"玉子"的女孩今年十七岁，她就是今天失桶于水井、后来与马车右回头相望的那个女孩。

如果说情窦初开的少女为不期而遇的男人荡漾起了芳心的话，那么，一个月后的那次龙灯节，简直是对玉子心灵的一次强烈震撼，这种震撼掳走了少女之心。以至于玉子多年以后在饱受痛苦和医治创伤的很长一段时光中，一直没有真正明白，究竟是什么，让她沉迷其中而不能自拔？追本溯源，其实早在那个元宵之夜，她已是芳心暗许。

那是个元宵之夜，星星遁迹，月亮无踪。对岸的马村火光冲天，响声如雷，那是村民迎龙扫宅祈福放的爆竹。站在自家铺面门前的玉子看得清梦，整个马村的坡坡坎坎都插满了红烛。连成一线的红烛犹如钢厂出炉的绞丝萦绕着村庄。迎接龙灯的铁板船早已张灯结彩，船首翘着一盏大红灯笼。七点五十九分，一发礼炮撕开黑幕冲天而上，在广大的夜空中"嘣"的一声震天响，开出一朵红艳艳的擎天花来，接着便是万炮齐鸣。玉子看见，一阵众人的"哟——嗬"声后，像铁流一样从马村村口俯冲出一条火龙来。这是一条近百人齐舞的长龙。龙头喝着天水，引胫长啸，蜿蜒起伏于乡道之间。龙头已到渡口，龙尾还在村坳上。通身火光的龙，照亮了簇拥着它的马村村民。吆喝声呐喊声嘈嘈声响彻着整个耒水左岸。"爸爸，龙灯过来啦！"玉子呼唤父亲。等父亲从后屋收拾停当出来时，龙灯已过了河，喷着焰火的龙头穿过码头牌楼爬上了伍市街口。玉子拽着父亲挤向前去。伍市街口像个喇叭，有块石坪，石坪斜向，如同舞池。按照历年的惯例，龙灯在为沿途的户家祈褉禳灾的同时，要在这巨石坪上舞一个花段。龙头在石坪前一止步，伍市街的家家户户便礼炮相迎，而后老老小小便围成了一个人圈。有助兴者往圈里扔着挂炮讨吉利。玉子在挤搡中抛下父亲钻到了人群最里头。

那天晚上，玉子看得清楚：领头的就是那个早些日子帮她从井下捞出水桶的那个男人。他双手紧持一根用猪血染红了的木棒，棒子上立着龙头。他头上捆绑着红绸，长发如盖；他紧闭着薄唇，短髭如墨；他下身紧勒一条黑色的灯笼裤，系着绑腿；他赤裸上身，颀长的腰杆像一根蛮缠着肌筋的黄竹，在火光下闪烁出桐油的光泽；他肩宽臂长，龙头在他的舞动中如腾云驾雾，牵动的龙身如高山流水。

那天晚上，玉子看得清楚：那是一条草龙，龙身是用稻草紧扎起来的，节节相连，上面密密匝匝插满了香火，这些燃着的香组成龙身上火一样的鳞片；玉子还看到，张牙舞爪的龙在那个男人的挥舞下，俨然成了这个世界的主宰！它一会儿引颈翘盼，那是在向上苍催降瑞雪，一会儿又潜游大海，那是在向海洋索求安详，一会儿又俯卧大地，那是在向所有的生命昭示来年的万物丰登。当龙头戏耍着龙尾，形成一个火圈的时候，中央的礼炮"嘘"地冲向了天空，天空顿时万紫千红，一朵舒卷的祥云呈现出来，大地一遍红光。

那天晚上，玉子感动了，感动得热泪盈眶。当旋转的龙一圈一圈盘成盘时，当那个男人跳上一个大汉的肩膀，大汉抱住他的双脚猛然站直身子时，玉子看见，他疙瘩结实的细腰下，是黑色的灯笼裤在风中猎猎作响；他双手高擎着龙头，龙头仰天长啸，一股焰火从龙嘴中喷涌而出。顿时，就像溅起了一炉四方开花的铁水，铁水像瓢泼大雨般地裹罩着他，那些火花从他油亮的身子上纷纷滚落下来……"啊耶——"玉子抚紧胸脯泪奔失声，"勇士啊！"她在心中呐喊。爱就在那个火焰燃烧之夜催生了。

也就是那个元宵之夜，初发春情的少女第一次失眠了。那种马村风格的英勇激起了少女的仰慕之情，让她觉得英雄并非遥远，而勇士就在眼前。玉子记得清楚：回家后的整一夜，自己未曾入睡，辗转反侧中，看到的都是黑漆漆但却光明一片的夜晚。那一刻，世界上所有的男人都融化在了一

· 七 ·

161

个点上，这个燃烧的点煮沸了她萌动了的心田，填满了她对整个世界的希望，那朵豆蔻之花在那个夜晚里彻底地绽开了。此后，她脑海中曾无数次地重现他火一样燃烧着的身体；他那无畏无惧充满野性的长脸总是浮现在眼前；她仿佛看见在他迈着猎猎作响的裤筒朝她走过来，她曾羞涩难当地想到，当他用他那宽阔的臂膀将自己揽进怀抱中时，自己将是何等的一种惊惧震颤。

生命中从未出现过的惊涛骇浪让少女瑟缩了一夜，并终其一生。

蜉
蝣

八

　　耒水左岸堤上，是西女的那一片葱郁的菜地，过菜地后便是一堆堆类似腐烂木头疙瘩似的工棚。工棚里仍旧住着人，有孤寂的炊烟袅袅升起。工棚前有个"丫"字路口。岔道往右是红旗煤矿的十三甲工区。岔道往左便是青龙公司承包的铅锌矿冶炼厂了。在"丫"开的喇叭口正中，有着两座高高的煤矸石山。那些蕴藏在地下成千上亿年被挖出来的矸子，仍透着阴寒之气，在九月的阳光下闪烁着冷森森的光。冶炼厂原址是矿山油库，依山而建，顺坡而下。这个占地面积约三十亩的厂子，由三栋低矮的厂房成品字形摆开，白墙已黑得像泼了墨汁，但每一栋厂房的人字梁中间的红色序列号，漆皮破落中仍然能透出来当年火红的威严和肃然起敬的庄重来。与之不协调的是两座高炉和冲天的红砖烟囱。

　　进厂的大路顺坡而上，一台小型的装载车"突突突"地从一个厂房拐进另一个厂房。告示墙下卧着一条黑狗，此时忍耐着酷热，忠于职守地望着厂大门，它的舌头像灌了锈水的红色气球，一伸一缩，涎水成线。

　　时值正午，大汗淋漓的赵保刚站在化验室门前，黑色套衫撸到胸大肌上，露出腹肌上一绺子黑毛。有几个穿着蓝色工作服的人围着他——近一阵子他都在忙碌着接手后恢复生产的工作。

"那不行，一个礼拜后必须点火。"赵保刚对身边那个耳根挂着蓝布口罩的一个高个子说，"都过了半年了，再不生产，怕就要当短裤了。你不能说说好话先赊回来再说吗？……煤？这个好办，现在的煤滞销严重，货到付款，我打个电话先让小煤窑送几车来，钱嘛，拖压着再说。还有什么？刘工还没来？下午老子亲自去请，拖也得把他拖来。堂客生崽，有医生，他还能帮着生不成？！老婆胯痛他屁眼跟着痛是个什么事。还有，广西的矿粉快来了……"

正说着，狗叫了。赵保刚寻声望去，绿铁门旁扶着一个单瘦女人。光线太强，地表有热焰摇曳，赵保刚一时没看清楚，只辨出是个穿紫色衣裙的女人。"刚子！"那女人喊，赵保刚丢下他人，向大门口跑过去。

"他死啦！"传来女人惊乱的声音。

女人是珍珍。她发乱衣乱，裤脚上满是泥泞，那双黑色的人造革鞋鞋帮子歪在一边，脸色苍白，乌青的嘴唇紧咬。由于怕站不稳，手像挂拐杖一样把着大门。慌恐间有隐藏着对亲密人不愿隐瞒的一丝窃喜。

"什么时候的事？"赵保刚问，扶稳她。

"上午，十点。"

还是在三天前的时候，老曹——珍珍刚死的男人——就托珍珍带话过来，说自己见阎王前得见他一面。赵保刚犹豫半天，还是去了。搞了人家的老婆，全矿尽人皆知，老曹那里却如同向耒水河扔了块小石子般的风平浪静。现在人要死了，说想见一面，赵保刚纵有千般不愿意，也是无法拒绝的。于是他去了老曹住院的那家县城关医院。医院从县西正街的一个拱形的门洞进去，里面是一个另有天地的一个大院子，东南是两排平房，低矮，瓦檐平斜，像晾晒在旷野中的两块灰色染布，上面正蒸腾出药味。北边是双层红砖楼。老曹就住在二楼的第一间室。赵保刚踏上楼梯口时，心里再次产生一丝犹豫：不是怕尴尬，更不是怕老曹死前会对他有什么复仇之类的攻击，而是无法面对一个弥留在死亡边缘的男人表现出来的那种无法拱手相让却又不得不让时的那种痛苦感情。赵保刚自问，对于一个男人来说，眼看着自己的女人可预见地从此睡在另一个——眼前的这个——男人怀中时，这对他是不是太残忍了一点？赵保刚又想：若是他咬我一口，抑或捅我一刀子，那倒好了，我便今后可安心地享有了。"这是不可能的。"赵保刚心里马上断定，老曹之所以是老曹，就因为他是老曹。

从楼梯口的另一侧飘来一股淡淡的冷冷的甜腻味，这种生石灰夹着桐油腻子粉的特殊味，让赵保刚眉头一皱。他抬头看见就在对面西围墙下小白房子的绿板门上赫然地用中号笔写着"太平间"三个大字。"娘的，太平间对接楼道口，还是流水作业，这是医院还是屠宰场？！"赵保刚在心里骂了一句，踏着楼梯继续往上走。脚步多了些沉重，但态度坚决了。

老曹得的是肝癌。这种过去极为罕见的疾病，不知为何现如今如同吃饭硌着石子一样简单，一不留神便惹上了身。短时间内矿上已死了几例。黄皮寡瘦、骨如干柴，其状煞是可怕。赵保刚进病室时，老曹正在吊水——其实就是打一点葡萄糖维持生命而已。他靠在白色钢管床上，把半眯的眼睛里剩下的所有目光全部投了吊瓶上，似乎正在从滴答滴答的药液声中感知着生命即将结束时的那点最后时光。当眼前有人影晃过时，他的秃头像锈垮了的水车轮子姿态悲伤地转了过来，用哀怜的眼神缓缓地扫将过去，停留在赵保刚身上。这目光内容太少，空洞无物，像鸡和鸭的目光，似乎什么都没有，只剩下死。

"下辈子变猪变狗，不变人。人有思想，太苦。"老曹说。虽为邻居，但从未有过交往，这是赵保刚听他说过的第一句话。

赵保刚没来得及思考此话深意，他把身子倾向前去，以示关怀。他想找句话来说，但却找不出一句可以拿来说的话。诸如"安心养病""放宽心""会好的"，这些在赵保刚看来都是屁话。说出来不是伤口上撒盐，就是雪上加霜。这种场景很难受、尴尬。稍做停留，赵保刚便想找托词离开，好在这时珍珍进来了。两人互望了一眼，珍珍便帮老曹擦起身子来。

上苍有时也有不按路数出牌的时候，它时常召见不该见的人，老曹就是一个。赵保刚看见老曹的背皮已丧失了生命应有的迹象，如同钳工扔弃不用的油污手套；那两条曲弯的脚，也如同晒干后的黑丝瓜穰，胼胝龟裂。赵保刚不忍直视，于是侧过脸去看墙上一幅白衣护士图。才过一会儿，老曹就吃力地打着手势让珍珍出去。珍珍脚一迈出门外，老曹那只像从污水沟捞出来的黑铁钩似的瘦骨嶙峋的手就钩住了赵保刚的手腕。赵保刚心生嫌恶，却硬着头皮。"刚子啊，你是个暴躁鬼，答应我，别弄痛了她，她怕痛，若不，我变鬼来找你……"

这是这个男人跟他说的第二句话，也是他的遗言。这听来痛苦却不温和的话，让赵保刚脸变了色。他缩了缩手，试着想让他放开，但老曹显然没那意思，手是越扣越紧，就是不放。赵保刚看见老曹眼里冒出凶光来，里面充满了死神给予的力量，他在等他的承诺。这是老曹这个老实人一辈子从未出现过的目光，赵保刚浑身一阵躁痒。两人在尴尬中沉默了一刻后，急于想离开的赵保刚情急之下，一把将老曹的爪子从手腕上撸下来。他没作告辞就转身向病室外走去，却能感觉到老曹的眼光死追在自己背脊上。赵保刚在门外拐口停了下来，他掏出烟来，匆匆地点，但没点着，于是一把把叼在嘴上的烟夺了下来，握在手里。迟疑片刻后又转回了病室。他俯下身子，两眼看着满脸凄苦、嘴角抽搐冒泡的老曹道："既是我的女人，我定会好好待她的。你就安心地上你的路吧，即便是到了那边，也别再操这份心了。给她一个心安，相信我，我一定做得比你好。"听了这话，老曹不知道是满意了还是没满意，他像灌进了一壶百味药似的脖子往后那么一仰，胫骨里发出咯噔一响便沉寂了。半滴眼泪从他眼角冒出来，顺着鼻沟滚落，洇进嘴角。那样子大有将爱"物"拱手相让却没有得到对方同情和感激的悲怆之情。

赵保刚拐出病室时，从眼睛的余光中瞥见紧紧靠在门外墙皮上的珍珍——那仅仅只是她的躯壳，而灵魂早已摸进病房，正在倾听两个男人的对话。

在回厂的路上，赵保刚不禁感叹道：老曹的死是男人最痛的死。上苍总是成就一些人的同时又违背一些人。它总是在公平与不公平之间存在着。

太阳在乱云飞渡中渐落西山，西霞穿过马村后垴山弯弯的竹梢，闪耀在赵保刚的足下；两座矸子山就像贴着无数铂金纸般，高耸而灿烂辉煌。面对矸子山，赵保刚站住了，心里突发奇想："这些煤矸石埋在地下已经上万年甚至百万年了，如果没把它们挖出来，也许，它们还会在原地安享宁静数百万年乃至无限的久。现在好了，不过几年、或许十几年，它们将被风化。原来生命的奥秘是在乎于平静的啊！"老曹的死让赵保刚发现自己变得多愁起来。

这时的天空像大面积泼上了墨的一幅残画，画心在燃烧。

穿过二居会的李子园和三居会的田螺巷，到自家所处的四居会时，天色已暗。没有路灯的窄小街道上，积水在黑夜里闪着动物眼睛移动时的幽蓝光芒，偶尔有条狗什么的从身边蹿过去。只有到了成行成排的平房区，便灯火明亮、人声沸然了。各色窗亮投映在廊道里，于是会有一种这样的错觉：那里正停靠着一辆夜行的客运列车，歌声、嬉戏声、吵闹声从车窗中跳出来。这就是矿山人们生活的百象图。巷子口黄二毛家已将外间改成了一个杂货铺。赵保刚经过时看见，小两口正有说有笑地坐在里间吃饭，撩起的红裙下露出女人滚圆的大腿。而黄二毛的老丈人侧靠在前屋的柜台上摆弄着一台台式收音机。那是一件奢侈品：红灯牌台式收音机。典雅高贵的丝光面板闪烁的紫色光丝汇入到跳跃的彩灯中，晃眯了这个曾是矿山大食堂一号掌厨的光头老人的老眼。而另一老头，数过去第三间房的"周扒皮"，正坐在廊道，手摇蒲扇，给一帮围在膝下的小孩讲历史上《图穷匕首现》的故事，而他家的那台九英寸的电视机正在他老婆一个劲地换挡中哇哇乱响，徐家两个小孩正趴在窗户上等着蹭电视看。

167

赵保刚快到自家门口时，左排平房的邓娭姆从后院推开篱笆门一个箭步跨了出来，掐手挎腰横在赵保刚前面，那张印有旧社会尤物生涯痕迹的脸朝赵保刚露出不加拘束的笑。"好刚子，娭姆还想要一包鬼佬烟抽。烈，过瘾。"她说道，把身子贴在赵保刚身上，眼睛明亮，那张老茄子皮似的脸仍能闪动着少女般情浓意满的光芒。这已经是不知多少回找他要烟了——吸烟是她旧时代做妓女时留下的嗜好，现已成了她生命的依赖。烟雾能让她想起曾经的灯红酒绿。"就半包了。"赵保刚掏出烟来放在她瘦瘦的小掌心上，歉意地一笑。"够啦够啦！你真是个好伢子，愿菩萨保佑你。"邓娭姆乐开了花，立即抽出一支来，叭地点燃，吮血般深吸一口后，挑眼并用肩膀蹭了蹭赵保刚，以示谢意。她的这套早先职业留下的不由自主的动作，已经运用到炉火纯青，既风情又自然，既生情又不失长者风范。在经过自家隔壁"雷婆"家门口时，雷婆的小女儿付艳正倚在门边嗑瓜子，她努起丰圆红艳的小嘴，准确地把瓜子壳儿吐进门前的檐沟里。赵保刚的经过，对于她来说是不屑一顾的。而他父亲——也就是付经理，正从一个带防撞泡泡的塑料袋子里往外拿出来一些宾馆酒店免费提供的一次性牙刷牙膏和小方块肥皂什么的分发给邻居们。弄巷里一片欢天喜地。

家里就母亲一个人，俩姐姐在市里上班，难得回来。柴门半开，半爿灯光像破蚊帐布一样铺在凹凸不平的门前。门口有张破竹椅，随意而寒碜。赵保刚推门进去，母亲正蹲在后屋通往院子的板门下，蘸着身边的半碗糨糊专心致志地用旧报纸糊着杉木门板上的裂缝。快立秋了，将窗户、门缝，乃至裂开了的墙壁都糊上一层报纸好过冬。雾一样昏黄的灯光下，是被银发模糊了的母亲瘦小的身躯。

"妈——"赵保刚轻唤了一声，站得远远的。他不敢靠得太近，黑下里怕吓着她。自从父亲去世后，赵保刚时常发现她一惊一乍的。

"呵呵，我的刚子回来啦！快了快了，就一丁点了。"母亲一回头，全身上下都溢出来见到儿子的快乐感，"提壶里有水，自己先筛杯水喝，妈妈马上给你做饭。""我来吧。"赵保刚这才走近，夺过糨糊刷子。母亲的腿利索不起来，半晌也没直起身子。赵保刚挽着母亲的腋窝，她才一手撑着大腿站了起来。"母亲这是老啦！"赵保刚想到，同时手感中第一次发现母亲支在自己手臂上的身子是如此的轻飘。于是鼻子一酸。"好喽！儿子回家喽！妈妈给崽崽做饭去喽！"母亲高兴地拍打着手，步履蹒跚地进了厨房。饭菜都是做好现成放那等着的，儿子一来立马开火，一会儿工夫热饭热菜上齐了。一碗肉蒸干茄子皮、一大碗冷南瓜、小碗酸豆角。

母亲袖手坐在儿子对面，兴奋而自豪地看着儿子狼吞虎咽地吃饭——像当年看着丈夫一样。等儿子吃得差不多了，才上桌并碟子囫囵一扒便捡场。

"听说隔壁的老曹死啦？"母亲突然脸带震惊地说道，"才上医院没半个月，怎么说死就死了？这什么病啊，来得这样飞快？"

"癌症。"赵保刚答道，眼前立马呈现老曹行将归天时的样子来。

"什么癌症？没听说过。怎么，你知道啦？"

"我去医院看过。是个治不好的病。"

"你去看他？老曹是个怪人，不与外人来往……你不是一直在厂里忙着吗？"

赵保刚沉闷不哼声了好一会儿后，就突然说道：

"我与珍珍好上了。"

"谁？跟谁？他老婆？"母亲吃惊不小，瞪大了眼睛，期待着孩子那是说了一句浑话。她脸上像刚抹了一把汗似的，腾起一股不知所措的热气。

"我要娶她。"但赵保刚紧接着又补了一句。

"你是说要娶死鬼的老婆？啊？是这样吗？"前面几句还在闲聊，后面几句就突然说起要娶别人新寡的女人？！这事来得太猛，如同晴天的一声惊雷。对于儿子这种不可理喻、超乎常情的猛然决定，让她大有慌不择路之感。"刚子崽，你没病吧？你可别吓着妈妈了，这种事可不能乱说。妈妈不催你的。"

"我是说真的。我已经与珍珍好了几年了。"赵保刚把目光放在灯泡下一个飞旋的蛾子身上。他没敢看母亲。

"哎哟，她是一个寡妇哎。比你还大好几岁哩，这怎么能行呢？再说了，他们结婚六七年了，崽都没养下过一个。谁家的男人会去娶一个下不了蛋的'鸡'？不行。不行啊，我的崽崽。"母亲从板凳上跳了起来，趔趄着往后退，同时眼睛不断地睁大。她像不认识自己孩子似的看着他，已经窝陷进去的眼睛里进出来泪花。她反复地念叨着，"不行，不行，真的不行。崽崽啊，你得对你爸爸负责。你得对赵家负责……"

"妈！生不了孩子是老曹的事，不怪她。我知道的。"赵保刚跨过凳子走过去，扶母亲又回到座位上，"你放心，保证有孙子给你带的。"

"那也不行。你缓缓，得等姐姐们来商议商议。你让我静几天，我还得问一下你爸，这可是大事，马虎不得。这传宗接代的事垮了场，来日奈何桥上与你爸相见，他会怨我的。他会说，萤子啊（母亲的小名），刚子可是我从北方带来的一条根啊，我命短，看不到他生儿育女、子孙满堂，你福大命大，可得好好帮我看着，待你百年之后来相会时，说给我听……"说着说着，母亲趴在桌子上"呜呜"地哭了。窄小的肩膀随着她喉咙的泣啜无不伤感地耸动。

小屋子里安静了，母子俩各怀相去甚远的心思谁也没再哼一声。趴在桌上的母亲像进入了一种沉醉。这种沉醉是如此的安静平和。也许她正追怀着少女时第一次依偎在丈夫怀里的幸福情景；也许正在眷恋着那曾经与她共同分担生活压力的宽大肩膀；也许正在重现还是在怀孕时的自己像小鸟依人一样聆听着丈夫的叮咛、嘱托和憧憬；也许正在给丈夫温酒，然后像小学生上第一堂课一样，双手端正地摆放在桌面上，看着丈夫喝得脸红脖子粗的那张大脸庞。总之，生活之难、人生之孤寂，总让她恋想起丈夫。丈夫的影子就会出现，摇曳在眼前，唯有此刻，她会置一切都不管不顾，她极想把这个瞬间无限延长，徜徉在这蜜一样的遐想中。赵保刚知道，母亲一定是在想父亲了。母亲是那种一切家事都想听令于丈夫的女人。听命于丈夫的各种支使，视这种支使为快乐，视那种声音如神谛，这是她生命之动力所在。现在好了，儿子如此重大的决定需要她一人来定夺。赵保刚不知道用什么言语来安慰母亲这种惶惶然不知所措的心情。

赵保刚站了起来，把碗筷收进厨房，默默退进了自己的房间。转盘式的塑料开关盒"叭哒"一响后，那盏十五瓦灯泡中的钨丝便燃烧起来。灯亮后，屋里裂开三道缝的解放式简易办公桌、桌上的口琴、一张霉黑了的藤椅、他一直踩着爬上天花板的那对赭色挑箱、架在木马上的石磨、五钩衣帽架、父亲当年开火车用过的铁铲，等等，像挂在眼前落满了尘埃的一张张蜘蛛网现了出来，把他拥挤在窄小的空间里。他站在中间，如同站在旧货市场的夹壁中一样。看着这些伴随着他成长既熟悉又带着伤感、每一样都记录着这个家的历史印迹的东西，赵保刚深呼了一口气，在床边上坐了下来，呆呆的。他开始紧张地思索要娶珍珍为妻的种种理由来：她是寡妇，她应该对我没有挑剔的；她善良、她温柔、她娇羞可爱；她成熟、她善解人意、她勤俭持家、她安分守己；她不会对他有过多的要求和奢望、她能够百依百顺地守望着家和丈夫。赵保刚认为，有一个最根本的原因：他可以轻松地没有任何压力地与她生活一辈子——这点很重要。这种预知坚定了他的决心。他突然间发现，珍珍身上有许多母亲的影子：对丈夫永远是关怀、爱护、忍让和无所它求。"对男人而言，这不就是世间最理想的妻子吗？！"赵保刚举起双臂往后一仰，四平八稳地倒在床上，眼望着满是黄斑的帐顶。"我要的就是这样一位妻子，因为她将会给我一辈子的平静。"他又道。望着帐顶上一只被刚刚震翻又翻转过身来的甲壳虫正急速地爬行至帐杆边振翅欲飞，赵保刚像怕错过时机似的一个鲤鱼打挺从床上跳了起来，"十世修来同船渡，百世修来共枕眠。就她了，错不了。"

最后，在月亮刚刚爬上窗台、露出半张窥猜的脸时，赵保刚爬上了挑箱，并将天花板上的那块活动吊板移开——他决定最后一次利用这个通道去往珍珍家——大大方方走正门进去的日子即将要到来了。

这是一个只能听到近处有声而远处寂静怕人的夜。一间之隔的珍珍家今天显得有些远。白天可以借助瓦片缝隙间泄下的光，而晚上，只有靠吊顶的裂缝射上来的细光，脚下是一片漆黑。他必须小心下脚，以防踏空。头顶上静得能听见风从瓦片间挤进来的"丝丝"声和偶尔瓦片移动声的"咯吱"声。在经过雷婆家时，传来了雷婆与老公在床上的对话声："……肯定的，老曹肯定是被隔壁姓赵的那小子气死的。"女的说，声音带着恨。"瞎说，老曹得的是癌症。这病治不好的。老曹那白面寡瘦的样子，一看就是那种严重肾亏的男人。这女人呐，就像炉膛里的火，时不时得用火钳通通，否则就会闷死。家里没个饱饭吃，外面偷人是自然的。这回让姓赵的小子捡了个大便宜了——男人死了……"男人说，酸得很。"你眼红了？是不是也想着上哪捡个便宜？""我哪敢，你就够我喝一壶的了。""呸呸！"

赵保刚蹑脚停了一会儿，听得真切。"如果这个时候我一脚踩空掉了下去，保准会将这对狗男女吓个半死。"赵保刚心里骂道。

到珍珍屋界后赵保刚向下面发了暗号。散着发的珍珍正半个屁股坐在床沿上发呆，当赵保刚顺着梯子下来还没等调转正身子，珍珍早已像一只受伤的小鹿钻进了赵保刚的怀里，小脸贴在他的心窝，恸哭中两行悲喜交织的泪打湿了赵保刚的衣襟。两人在昏暗的灯光下长时间相拥在一起，赵保刚冷眼扫视了一下四周的暗处，似乎正在黄泉路上赶路的老曹会突然打道回府。

"我要娶你。"定下神来后，他说。

"啊？"珍珍钻出头来，仰望着他。

"我是说真的！"他说。脸上的表情很是坚定。

"刚子，别发乱话。姐姐爱你，爱你才不让你捡姐姐这个旧货。我嫁人都七年了，现在又是个寡妇，一身的晦气不说，还比你大上那多，你若娶了我，你有多亏啊！爱过了就满足了，我没有奢望过要嫁给你。你正年轻，正干着事业，等挣了钱，找一个漂亮年轻又贤惠的姑娘结婚，为你们赵家生儿育女，这才是你的正道。我宁愿做你的姐姐——随时听你使唤的姐姐——一辈子守候你的姐姐。说正经的，你心疼姐，就帮姐姐在冶炼厂找个工做吧，我这辈子哪儿也不去，就待在矿区了。等你结婚了，再帮姐看着点，有合适的，找个二婚什么的嫁过去，这就蛮好了。"

珍珍说的是真心话，但赵保刚捉住他的双肩推至眼能看清的最佳距离，以一种他性格中对待亲人最粗暴直白的方式大声地吆喝道："你没那么贱，我也没那么贵气。葫芦对上了瓢——就要你了！娶定了！"珍珍无力拒绝的手从赵保刚胸前滑落下来。她闭上了双眼，她的激动无以言表。这种抑制在心底的激动传递到了她的眼皮上。赵保刚看见她细薄的眼皮下有泪珠在涌动，像蠕动的虫。

赵保刚从珍珍家出来的时候，已经是黎明时分了。他没有回家，怕惊扰了母亲，直接去了冶炼厂——马五斤今天有车货送到。走在潮湿的、凉丝丝的伍市石板街上，微风轻拂而来，赵保刚的心情是轻松的，一种从未有过的轻松。这种轻松让他感到身心沉浸在一种通透净朗之中，这种净朗是种难得少有的享受、为之不多欢悦。赵保刚是个懒散的人，他向往一种单纯而简洁的生活。生命像一滴水，那才美好。他从父亲身上继承了那种不求奢华，但愿实在的品质，并把这一品质发扬光大。

伍市街像个刚苏醒的布衣艳妇，正在揉擦着睡眼惺忪的眼睛。赵保刚在欣赏着自己踏在石板上的孤步声的同时，也不时听到身前背后"吱呀"的开门声、笁帚洗涮尿桶的"咕咕"声、锅盆木桶的撞击声、鸡鸭扑翅声，甚至于连穿衣趿鞋之声，也能感觉得到。那一窗窗跳跃出来的灯光，都在上映着他与珍珍同一样的故事。上拱桥时，赵保刚看见天保药房旁的一扇木门"吱扭"地开了，一个妇人和衣从门缝中闪出。当她正准将背篓摆放在门口的石墩上时，抬头看见了暗里走过来的赵保刚，便慌乱中把东西往门外一撂，像田螺肉似的慌忙又缩了回去。他黑下里笑了，替她拾起掉出来的秤砣放进箩里，心里却在想："这女人床上定有男人，昨晚春风一夜，按理得多睡一会儿，肯定是被宿尿憋醒了，趁着早起屙尿顺便把卖菜的熟人寄放在家中的东西撂在门外，省得回笼觉刚睡得舒服又要起床开门……"想到这儿，赵保刚脸上不由地露出了会意地一笑，一大口烟从嘴里喷出，感叹道："生命真美啊！过程永远永远不可重有。唉——倒霉的老曹。"

在与母亲谈过后的第三天头上，母亲答应了儿子娶珍珍的要求，条件是先得试婚，怀孕后再行婚礼——一个女人能不能生孩子是天大的事，由不得儿子胡来。第六天头上，在县城关医院太平间里待着的老曹被赵保刚请的两位专司白事的老人拖出去埋了。埋在矿属专用坟山——"八居会"背阴面的一块冷僻的断崖旁。有人在第二年的清明节上坟时发现，老曹的坟头长出来一根绿苔如衣的血藤。血藤比鸭脖子还粗，绕在滴水淅沥的断崖上。隔壁墓的主家在清明砍伐清理灌木荆棘时，无意间在血藤上劈了一刀，于是那藤从刀口处渗出来一滴滴血色的泪珠来，好不怕人。又过了一年，老曹的坟冢就基本平了，墓碑也被山水冲垮，横躺在别家的墓沟旁。荆棘乱草中有一溜倒卧平整的鼠道，这条鼠道曲径通幽。再后来，唯一能确定老曹坟墓位置的，也就只有那根越来越粗壮的血藤了。血藤的苑脑一定延伸至老曹的阴宅里，要不它不会长得那么茂盛而血液充盈。每年的清明，只有这根血藤才会让矿山人想起，那个并无深刻印象、可有可无、也来过这个世界上白白走了一遭的老曹。

马车右盼望的商机在一九九二年来到了。这年当马车右的青龙公司又将红旗煤矿所属的广西另一个铅锌矿承包下来后，不到半年时间，矿粉和贵金属产品价格连年暴涨，马车右手上有了大把的钱，而煤炭行情却正好处在谷底，这让他嗅到了下手的机会，同时也怕一旦煤行情回暖价格飙升后所付出的成本更高、难度更大。于是一早就差人到白鸡洞矿把早早就有意安排在那借上班实为探摸情报的马良坡叫了回来。这个长相英俊、身材魁梧的青年，此刻正在向马车右汇报白鸡洞煤矿的情况。

两人像一双触须相碰的蚂蚁蹲在青龙公司院里的地坪上，颇具神秘地交谈着，时不时肩膀相互蹭来蹭去。只有说话的神情，却不闻其声。太阳光照在马车右一侧刀斧劈削般冷峻的脸上。

"原先，矿属大队，归集体所有，后来两个生产队为了争夺利益经常吵，还为此老湾村与新湾村还发生过两次械斗。办不下去后收归给了乡企业办。但乡企业办这帮孙子有自己的小九九，从来就没想要把矿办好，而是用年年亏的办法打了个报告，倒逼县主管部门同意实行承包制。于是他们自己找了个代表——也就是乡企业办主管煤矿方面的一个姓贾的——承包了。这个姓贾的什么事也没干，拖了一年后又抬价转包给了他人。乡企业办几个人从中撸了一通钱。后又经几轮转包，层层剥皮后，现在矿权在大队支书许现成的手上。这是个实干家，开始时吃了不少苦头。每天骑着自行车，车架上绑着个打气筒，龙头上吊着水壶，走村串户赊工借钱，跑关系拉人情，硬是一个人把矿撑了下来。他仅用了半年时间，一边挖煤卖煤、以矿养矿，一边招商入股、上下买通，一来二去，竟然最后自己把矿买下来了。乡企业办的人私底下有股，所以，里应外合，仅用四万元就把这个矿处理掉了。这四万还是拿的别人投的股金，许现成一分钱没掏。现在外来股东已被他挤走，他一个人就占去整个矿山百分之七十的股份。还有百分之二十在乡企业办唐主任手上，百分之十在企办会计手上。现在苦日子已挨过去，路也加宽了，能上大车了，还建了砖房，是赚钱的时候了。他现在是连支书也不当了，完全以矿为家。我们这个时候打他的主意，车右兄弟啊，这无异于虎口夺食，难！难啊！"马良坡看着马车右，一个劲地摇头，脸上现出一丝看到田螺吃不上肉的馋猫相。

"他能力怎样？"

"能把这么大的一个矿不花一分钱弄到手，又让它挣到了钱，你想，他会是个简单的人吗？！再说了，他当了十年的大队支书，绝对是个不好对付的癫子脑壳。"

"性格、为人处事呢？"

"是那号泥巴成了精比石头还硬的鸟。没文化，使蛮劲，性格凶残，贪得很，大钱小钱都要赚，淘米水也要篦出稗子来喂鸡的小气鬼。他吃肉还看不得别人喝汤。总之，是个鸡肠子上刮油，鸭脖子上捋膏，鸡屁股里挤不出蛋来就踢一脚的人。还有，嘴巴能讲，土道理一套一套的，拗得狠，天下谁也不服！"

"好，"马车右一拍大腿站了起来，"总算是找到了对手。我们就来治治他的'不服'。再把矿的基本情况说说。"

"这是我们耒水左岸最大的矿。年产量两万吨，煤质好，发热量普遍高于六千大卡，且煤层厚，目前还只开采二煤，还有三四五煤没动，按现在的规模，二十年也采不完。风险是瓦斯矿，年年死人。现在死一个人，行业内的标准是赔两万元。因为利润太高，所以他们不顾这些。再就是，附近村民见钱眼开，都来碗里抢饭吃，像老鼠打洞，在矿的周边开了不少的小煤窑，两根竹梯一个洞，钻进去就挖煤。这些人也是不好对付的，给矿山造成不少安全隐患。车右兄，信不信由你，把这个矿盘到手难，盘到手了要办好，那就比猪婆穿针还难！还是趁早打消念头。"马良坡再次拿眼认真地看着马车右，他想在他脸上寻找到一种肯定或者是否定的答案。

马车右站立了起来，跺跺发麻的脚，脸色阴沉。当他把手搭在马良坡的肩膀上的时候，目光已跳过马良坡的头看着围墙外那棵冬青树的树尖。"弄。"他斩钉截铁地说，"但是，对待许现成这类人，一定要用偏方下猛药。我就不信这块骨头有多难啃，不就是对付一个投机取巧的老混蛋吗！"

两人相互鼓励地看了对方一眼，哈哈笑了。

很久很久以前，村西头的一丘田里落了一只折断翅膀的白鹭，一个叫

"花花"的小姑娘把它抱回了家。村里人说这种白鸡肉酸不能吃且带晦气，令扔进粪坑淹死它。小姑娘不肯，抱着它放进了西山丹霞岩崖中的一个坦洞里，每天抓些鱼虾喂它。好多年过去后，女孩也已成大姑娘嫁把了外村，而坦洞里从此多了一群白鹭。至那时起，这个地方便被叫成"白鸡洞"。它不是指村，也不是指镇，而是指那群见了花衣裳便"唧嗷"叫唤的白鹭通常栖息的一个范围。

白鸡洞煤矿就在这个区域内。三天后，马车右与马良坡来到这个矿山。刚进大门，便被一阵乱风吹得晕头转向。那是一股旋风，风嘴叼着煤灰，像一条被绳子拴住的尾巴的狐狸，瞎奔莽撞后，便朝站在大门口的马车右他们扑来。"好大的风。"马车右于是说。马良坡回头答道："这是个风口，三面环山，山里刮进来的风都从这大门口绕出去。夜里，像鬼吹灯似的呜呜响，吓得人死。老矿工讲，这里面常无缘无故的平地起风，是凶相，是妖风，你信不？"要按马车右的脾性，听了这话，他会不屑一顾，然而此刻却神色凝重，忐忑地看了马良坡一眼。这一眼无意中透出了马车右心中深藏着的怯意。当然，马良坡并不知道马车右的心结，以及对夺得白鸡洞煤矿的那种义无反顾的冲动。

入了大门，伫立在宽敞的煤坪上，一眼能望见右斜角的那个井口，以及从井下爬上来的像蛇信子一样的轨道，不知怎的，马车右忽然间地就忍不住低低地喊了一声："爸爸！"这声音好生涩啊，因为他从来就没有喊过。

站在煤坪，可以看到矿山的全貌。两层楼的办公楼和生活区、机修车间、绞车房、塔砖上的变压器、电线杆子，以及一座煤矸石山和一个大煤堆。这些都在覆盖着的一层雨亮下闪烁着簇新的光，静悄而肃然。年后多雨，矿山还没开工，守矿的人都待在紧闭着房间里打牌消遣时间。马车右带着非常沉重的心情冷冷地一样样地看着这里面从未见过却又曾相识的一切。"亏了你爹霸蛮，砍了半山黄竹卖了，娶你娘回屋，三天硬没让她出门，下好了种才安心上矿上挖煤。要不，你个兔崽子，也不知被滋到了哪间茅

·八·

茨里去了！"他想起六爷跟他讲过的话。这话是他五岁那年对他说的原话。

有人在对面二楼，将脸贴近起了雾的窗户上，朝玻璃上哈了口热气，从吹亮的地方窥看煤坪上站立着的两个人，然后放出狗来。狗狗并不热心履职，出来后，懒散地朝两人走过去，摇了几尾巴，便又懒懒地回到门廊下。玻璃窗后的人这才放心退了回去。

"去年产量达到了两万吨。八十多元一吨，除去成本，还有近三十的利润。一年下来，有五十几万块钱呢。了不得啊。"马良坡低语道，"听工程师讲，稍做些技改，年产量还可上一个台阶，达到四万八万吨都没问题。"

"我现在最想知道的是从哪儿下手。有哪些可靠可行的手段。"马车右像狩猎的猎人，在雨雾中环顾四周。头发、眉毛上沾满了细粒的雾花。

"这个嘛……"马良坡说，"我想还是这样：先把龙会计的股份弄过来。他们股东不和，听说两年没有分红。早两天，龙湘（乡镇企业办的会计）又与姓许的吵了一架。我看，现在去找龙会计，先把他的股份悄悄买过来，我觉得是有可能的。他是单位上班的，呷的是官饭，不敢张扬出去。矿上也没安排他管事，钱又没钱分，出了事故还要担责任。有人要买，他巴不得卖掉。只是股份少了点，就只有百分之十，但我想，管它多少，上了船再说。新媳妇抬进屋了，管她娘的愿意不愿意，老公有权脱裤子上床。你说呢？"

"好，百分之十，就百分之十！先打进一个楔子。"马车右握着马良坡的手使了一下劲，"然后呢？"

"许现成是条疯狗，脑壳比茅茨里面的石头还硬，若不把他整得缺胳膊少腿、家里家外鸡飞狗跳，他是不会服软认输的。他的两个儿子都在矿上做事。老大叫'大毛朵'，是个四肢发达、大脑简单的马大哈，爱打老婆；老二叫'细毛朵'，奸猾，好赌，好色，偷鸡摸狗是其专长，特爱撩骚那些有夫之妇。这点是从他爹身上捡来的。兄弟俩一人一台解放牌卡车，每天往耒水电厂送煤。"

"还有呢？"

"还有……好像就这些了……"马良坡瞥了马车右一眼，将言不言。

马车右一看那眼神便猜得了一二，于是什么也没说，只管往前走。果然，马良坡耐不住住了，追上来道：

"许现成的两个媳妇也在矿上做事，都水灵得很。大媳妇叫'巧巧'，管收账，凡外面的账款由她负责催收，也常跟着许现成到外面去拉关系、搞应酬。二媳妇是江右么村人，叫'么丢丢'，这名字好生怪，人也有点意思，眼睛溜圆闪亮、胸脯活蹦乱跳。她在矿上管财务，所有钱都从她手上过。为人还和气，就是有点妖。这阵子一有时间，就摸到我寝室里来，叽叽歪歪，有点那个。"

"听这话，你们俩是对上口了？"

"没呢，嘻嘻，还是一种感觉。"

"有感觉就快了。搞女人我不管，但别误了我的正事。"

"怎么会呢？她那里可掌握着这个矿上第一手资料。我这是在委曲求全呢，我的老板哥！这事我亏大了，公司得补助点，否则，我可不愿意去搅这个潲水桶！"

"哟嗬，你这是打色财双收的主意啊，行！你马良坡好这口我成全你，说吧，要补多少？"

"起码得配台雅马哈摩托车吧，要不怎么开展工作？"

"行，一言为定。这样，你明天第一时间去找那个什么乡企业办的会计，把他的那个百分之十的股份先盘下来，办好这个事，立马给你买。你身上的BB机也该扔掉了，听说广东那边已经流行移动电话了，叫'大哥大'，到时第一个给你配上！"

"好嘞！那我就只好吃一回臭豆腐了。"马良坡高兴得手舞足蹈起来，搂住马车右的腰，推拥着转身往回走。雨夹风仍在下，风搅雨仍在吹。两个男人渐行渐远，消失在雨雾飞舞之中。

在把乡镇企业办主任以及龙会计各百分之十的股份转让到手后，马车右执转让合同开着他那台从广东带来的右舵六缸宝马二手车，带上龙会计和伍乃子、王猛子来到了白鸡洞煤矿，正式登门拜访来了。算是第一次的与许现成交上了锋。

许现成当时穿一套明显大一号的灰色西装，没系领带，却在西服翻领上别着一枚镶嵌着宝石红的金质别针；长了一节的裤脚缩在黑色的皮鞋上，腰间挂着一大串钥匙。当轰出黑烟的轿车冲上矿山大门前的坡道、并以果断、坚定的态势猛踏刹车停稳在办公室前时，许现成愣了一下，那张饱经风霜、油腻粗糙的柿饼脸上立即拂过一丝诧异和警觉。他黑矮壮实，眉毛短粗，眉骨凸起，眼睛间距很宽，眉间中有两印垂直的刀纹；下垂的沉重的眼袋和平翘露出鼻毛的猩猩鼻孔，都犹如用重墨双行线条画出来的一般。他有一个歪嘴的习惯，感觉像是喝了辣椒水急需降火似的总在大口地吁着气。总之，此人目有凶光、面无善相，一看就知是那种只能沾光不能吃亏的刁蛮之人。

马良坡见马车右一到便故献殷勤地一路小跑过来，紧贴在许现成身旁，装腔拿势，假以他安全感。许现成欣赏地看了身边的马良坡一眼后，眼袋便松弛了下来，他以一种"此山是我开、此树是我栽"的主人家轻慢的目光看着从车上下来的马车右几人，当看到龙会计也在其中时，目光便立马凶悍了起来。

"许老板，"畏缩在马车右身后的龙会计闪了出来说，"这位是青龙公司的马总。"见马车右将手伸了过去，许现成勉强地握了一下，丝毫没有请客人入室就座的意思，脸上冷冷的。

"有事？"他说，然后用了一个利害关系人能感受到的带有威胁性的动作将手伸进后裤兜——这是一个假以掏刀的动作——摸出一包烟来。马车右看懂了他的肢体语言，于是二个指头从上衣兜里夹出一包箭牌烟来，给许现成递上一支，然后"叭"地打着火机，黄呼呼的火苗便从那支刻有虎头的银色汽油火机里冒了出来。当许现成夹上烟准备接火时，不料马车右却并没有给他递上，而是给自己点上后又盖上盖子，且没有看一眼许现成。许现成脸上立即现出一丝尴尬来。"我们去办公室坐坐吧。"马车右做了一个"请"的动作后，几个人便自顾自地往办公室走去。许现成一惊，眉宇间飞过羞怒，又不便发作，无奈地悻悻跟在后面。开局便有了一种主客倒置之感。进办公室后马车右便在接待桌主位的对面坐下，王猛子、伍乃子则立在他身后。许现成撇着鸭腿慢悠悠地摆进来，朝他的位子走过去，这才摸出打火机给自己接了个火，坐下，说：

"我这里庙小和尚穷，请问各位是哪路神仙，来本庵子有何事？"

于是马车右便向身旁龙会计点了下头。早在一边鼓足了勇气的龙会计清了清嗓子说道："我们是来告诉许老板，我的股份和主任百分之十的股份都已经转让给了青龙公司，今天是来矿上通报一下的。"此话一出，许现成立马脸色大变，整张脸蹙成一张蛤蟆皮，脖子上的青筋像钻进的一条黄鳝暴凸了起来。气氛在沉默中陡然紧张。像是终于抑制不住内心的愤怒，许现成黑厚的巴掌猛然地往桌子上一拍，"啪"的一声响，桌上一排茶杯的盖子像钢琴的琴键般纷纷跳了起来。

"谁让你们卖的？啊！没通过我，无效！无效！"

"我们一直没得红分，我们为什么要持有这些股份？假如矿上出了事故，我们的责任谁又来承担？青龙公司是专业公司，请的都是国有公司的专业技术人员，我们信任，我们认为转让给他们心安！"龙会计说道，怒目相向。这也许是他第一次敢坦然面对许现成，脸上溢满了复仇的快感。

"那为什么先不跟我说，要转让，也得知会我。我有优先权。"许现成目光紧逼。

"合同上没这条，他们转给谁都行。"马车右这时不冷不热地说了一句。

"你们买这个股份什么意思？你们凭什么买他们的股份？"许现成朝马

车右吼道，"告诉你们，转了也是白转，我——不——认！"

门口闻声来了不少人，但毕竟是矿休，整个矿上空荡荡的，人影稀少。这时，又有两辆小车飞溅起一路的泥泞向矿上驶来，不一会儿便停在办公楼坪前，从车上跳下七八个人。原来是赵保刚、赖小毛和祝平他们。一下车，他们便咋咋呼呼地往办公室拥了进去。"马总！马总！"一顿乱喊后，房子里挤满了人。站在许现成身后的马良坡被挤到了墙角。他像是故意的。

"你们怎么找到这里来了，不是约在下午吗？"马车右说道，顺便看了一下许现成——他发现，许现成的脑袋极像大队部宣传墙上那只凶狠砸向一小撮牛鬼蛇神的大拳头。

"兄弟们想让你早点过去，挖掘机排了一排，就等你一声令下开工了。"赖小毛说道，然后故意挤到许现成身边，恶狠狠地盯了他的后脑勺一眼，"什么破事儿，值得你费这个劲！打个招呼不就完了，人家哪能不守规矩。快点，快点，我们在外面等你。"说完，几个人又呼呼噜噜地出去了。

马车右又给许现成扔去一支烟，不愠不火地说道："我们钱也付齐了，这已成了不可改变的事实。喏，我的人我也带过来了。"马车右把伍乃子拖到身边坐下。"他是我公司的全权代表，常住这里。今后请多关照。好啦，我今天还有其他事，是挤出时间过来的，哪天空闲了，我请你喝酒。"说完，马车右站了起来，理也不理许便往外走，刚到门口，便又回过身来，说道："老哥，最好按规矩办事，像打牌一样，大鬼小鬼都抓在你手上，也得按路数出牌，他们宽容，我们不行。好了，牌怎么出，你看着办吧！我们走！"

话音一落，几个人旋风似的出门了，连马良坡也到了门外，留下许现成孤单单地一个人呆呆地坐在那儿，老脸通红夹白，硬是半天没回过神。

伍乃子是个一刻钟都停不下来的飞天蜈蚣。自从把他派驻到了白鸡洞煤矿，不出三天，便把矿上搞得是鸡犬不宁、猫狗上墙。上午这里看看，那里摸摸，身上连揣着三包烟，裤兜里塞满零角子。见男人撒烟，逢女人便买零食。矿休日，只剩下个厨娘——一个四十出头的中年妇女。伍乃子便有事没事老过去，说些贴心话、送点小玩意，第二天就拖来桌子上了酒菜，两杯酒下肚便勾肩搭背、掏心掏肺地拜了姐弟。连看大门的康师傅，也是大哥、姐夫，甚至叔叔伯伯地一通乱叫，只要对方高兴，怎么叫都行；两壶酒一包烟，搞定。机房电工老崔，是留下负责井下抽水的。矿上虽然丰雨期休假，但这个工作二十四小时不能停，得有人看着，一旦停机，漫上水来，井底设备遭淹，将损失惨重。伍乃子却不管不顾，没事便拖着老崔上厨房让厨娘搞几个菜喝酒，一喝就酩酊大醉，一醉，老崔就装疯耍泼，老子天下第一，看谁谁小二，谁招跟谁急。到了傍晚，伍乃子便拖上值班员、修理工，让马良坡把愁得找不到出门借口的丢丢也叫来，在食堂前庭的天棚下，听着邓丽君的情歌，吹着暖洋洋春风，然后喝酒，天南地北、海阔天空地一顿胡侃。完了吆五喝六地打起牌来。钻桌子、顶饭碗，喝凉水憋尿，经常是哈哈大笑闹到深夜，把一个还算井然有序的矿山硬是整成了无所不有的游乐场。这期间，许现成来过两次，后一次就差没跟伍乃子打起来。十来天下来，白鸡洞煤矿已被搞得底朝天。春雨一过待到复工：该修整的设备没修到位；该做好的准备没做好；厨房里更是一塌糊涂，油盐酱醋、米粉面条及坛坛罐罐的萝卜咸菜、连挂在灶头上的一块熏肉等，全部一扫而光。更要命的是，井下有两巷的设施，反反复复水淹了三回，支护几乎尽数倒塌。煤仓的存煤除烧了不少外，又大量被附近村民偷走，空空如也。那个惨不忍睹啊，让葛朗台似的许现成看了后，比吐血还难受。带着满腔愤怒的他亲自跑到青龙公司找马车右想发发飙，一看青龙公司白墙大瓦的六层办公楼和马车右装修豪华、大开间的个人办公室，再加上吆三喝四、人来人往，大班桌面上又摆了十几大摞的百元现钞，人便一下子矮了半截，像泄了气的皮球，连底气也"嗞"了出去。许现成是个认钱不认理、仗势欺人的狗德性，一进门，见马车右扫了他一眼，并没拿正眼看他，而是支支唤唤地招呼着手下：这这怎么搞、那那怎么弄，貌似忙得不可开交，于是乎腿脚就有了些发软，但他毕竟也是打打闹闹、尔虞我诈出来的矿老板。许现成于是仰起下巴自视清高地瞄了马车右一眼。就是这一眼，当看到眼前这个瘦高马脸的青年人冷漠、自傲、目无他人的阴森目光时，一路上给自己鼓足的气便瞬间消空殆尽了。

伍乃子上矿的头几天，许现成也让两个儿子威胁过他，开春的那阵许现成也调族人和村民二十来人扛着锄头扁担势汹汹地到青龙公司坐过阵，以为能给这些年轻人一个下马威，却不料这帮人油盐不进，反倒每每吃足了他们的杀威棒。"这回怕是碰上真鬼了！"他心里嘀咕道。一种征服同代人的快感被面对晚辈人的无奈所代替。"只要下手狠点、对领导打点点、对恶人让点、对小人施点、谈生意吹点、假话好话多讲一点，如此这般，诸事可解，万事可通。什么叫如鱼得水？这就叫如鱼得水！"想着几十年来凡事不无可解地走到今天，靠的就是这些小手段小本领，而今全都派不上用场时，他心里不免黔驴技穷、甚至于是一点基本自信也没了。"唉！他们现如今全都无束无缚，道德规范、为人底线、天地良心，对他们屁用没有。他们轻重不知，只认钱！"许现成第一次觉得人生有了些悲哀。

"哟，许老板来了。"也不知过了多久，见马车右跟他打招呼，他才从恍惚中醒了过来。

"马总好！"他没好气地答道，在马车右办公桌前的一张软包皮沙发上坐下。"丽丽，给许老板倒杯茶！"马车右朝门外喊了一声，转脸向许现成，"什么事让许老板这样的大忙人亲自上门？"看一眼马车右，许现成没有接话，心想："矿上被这家伙派去的那个小矮子搞得乌烟瘴气，眼睛眨一下就损失了几万，你看你看，他说话是多么的轻松？！"马车右的调侃和没有同感让许现成怒火顿生，他放在马车右桌子上的手握紧了起来，青筋暴起。

"你们公司派去的那个姓伍的小伙子，纯粹就是一个捣蛋鬼！正事不干，成天不是喝酒就是打牌，挑唆这个斗那个，乌七八糟的事全有他的份。你不知道吧，他把当班的抽水电工叫去没早晚地喝酒，两个巷道的设备淹了，损失惨重！我的天哪！才几天，把个矿上硬是搞得鸡飞狗跳的。马总，我要换人！"许现成是越说越生气，拳头捶在桌子上是不停地捶，牙齿咬得咯咯直响。

"哦？这样？这家伙是有点流氓习气，在我们这儿也这样。原本想矿上清闲些，兴许能改改，看来，狗是改不了吃屎的。这样吧，过两天我找他谈谈，不行就换人。"马车右刚说到这儿，又来了一拨人，叽叽喳喳没个完。许现成又被晾到一边。待办公室人走净了，许现成再次靠拢上来。

"马总啊，那个小伍造成的损失，你们可是要捡起来的。"他硬着头皮说出了来这里最想说的话。

"你这是说的哪里话？！"马车右立即毫不留情地拿眼光逼视着他，停留在许现成脸上后就一直没移开，"你是大股东，是矿长，矿是你在管，工人是你请的，你有百分百的责任对他们负责。而我们的人，一没拿一分钱工资，二没半毛补助，你的人出了问题却要我们负责，天下哪有这个理？！再说了，损失中我们也有百分之二十。有权追责的是我们！"

马车右这几句不痛不痒、无隙可乘、不留尾巴的话，让许现成无言以对。许现成眼前飘过当年自己也曾带着一帮手下吆三喝四的景象来。但这仅是瞬间，当马车右站起来走近他身边，像欣赏把戏一样非常不礼貌地将手搭在他肩膀上抚擦，说到"过两天我们准备派一个财务审计组进驻矿上，审计一下过去几年我们这份股该有多少分红"时，许现成简直如同五雷轰顶。他跳将起来，两人以两条公狗彼此轮流在树根下撒尿宣示威力的目光你来我去地对视着，但很快，当看到马车右朝他飘过藐视的一眼时——那是一种能剥开人皮的眼光，许现成败下了阵来。就这一眼，足以让许现成毛骨悚然。他自知无力对抗，逃似的一甩门怒气冲冲地走了，留下含着笑容远远看着他背影的马车右。许现成像远离瘟神一样，直到把那个狗屁"青

185

龙公司"抛得远远的。带着未消的怒火，许现成不禁悲从心起："现在的青年人真可怕！他们没了道德底线，没了畏惧，没了情感，他们都是些极端的功利主义者。而我们这些老东西，已跟不上趟了。看看，耍手段、下套子、灌迷魂汤、当面笑呵呵转身捅刀子，还有，打旗的、抬幡的、坐轿的、敲锣的，这厢唱罢那厢起，黑脸白脸齐上阵，整一个三头六臂刀枪不入的怪兽啊！唉！唉！唉！"许现成在心里为如今青年人的残酷和套路连叹三声，一抹脖子，这才发现，自己已是一头冷汗，双腿也如灌了铅般沉重。白鸡洞煤矿——这个他费了千辛万苦、捆绑着一家老小、迎来了平坦大道、他许现成站在装满钞票的车头上正准备策马扬鞭的时候，就在这一刻，下盘不稳了。"他们这是'钓蛤蟆打洋布伞'——装着样子给我下钓啊！"许现成不禁又是一声长叹，他有一种想流泪的感觉，这可是几十年春风得意的人生中未曾有过的。

过去了不久，那日，马车右、赵保刚、赖小毛和伍乃子正聚集在台球室大眼瞪小眼地谈论什么，马良坡从门角匆匆钻了进来，然后像拴住了腿的大洋鸡一拐一跩地来到几个人面前。

"有事？"马车右问。

每当马良坡心里还有话而不方便说时，他的眼睛就喜欢瞅瞅天看看地，然后给脖子挠痒。马车右见他这状，又见嘴角藏着猫偷了食后抹着油嘴逃避主人嗔怪的样式，便知道了一二，于是就故意说："不想说那就拉倒，喝茶吧。"这时伍乃子一巴掌打在马良坡的肩膀叫道："莫不是我们喝茶你喝奶？"

在座的人一听，这话中有话呀，再一看马良坡，他脸竟通红了。伍乃子一看自己不巧言中，首先跳将起来，"哎，这哪行，说——说！"便要骑在马良坡身体上，箍住马良坡的脖子逼他，"说不说？不说下次有事别再找我。"马良坡是个刚下蛋的母鸡，哪有不叫的，早已是按捺不住，只是想要个好价而已。既然台下的事马车右一脚撂到了台上，那就台上呗。"反正我这都是为了工作。"马良坡一努嘴说道，"牛皮不是吹的，火车不是推的。咱老马家的男人，没有哪个女人看了不想尝尝味的，一入了口，刀也刨不脱是斧也砍不掉，立马乖乖的了！信吧？马总啊，那天我们俩去煤矿上后没两天，丢丢傍晚就来了，说来矿上拿什么东西，溜进我寝室里东拉西扯地赖着不走了，等天一黑，说怕，让我送。我的娘耶，刚停雨，黑灯瞎火的一地稀泥巴，怎么送？！这不明显让我背吗？我不肯，她就缠着我，这时看见一束车灯射过来，一听那破排气管的打屁声，就知道是许现成的那台烂吉普车来了。丢丢晚上是不待在矿山的，许现成知道。丢丢于是慌了神，躲在墙角。一会儿，车子便像癫了似的进了矿，在办公楼的门前停下。许现成醉醺醺地从车上下来，跟着，他大儿媳妇巧巧也从车上下来了。他今天带着大儿媳去了县城，说是请什么领导吃饭，大概事办妥了，高兴得要不得，总之，醉得不轻。矿上有间客房，在一楼的最里头，带后门的。巧巧将客房门打开，扶着许现成送至门口，就提着裤子急匆匆地上厕所去了。做贼心虚的丢丢一见许上矿了怕撞上，不知所措地问我怎么办。我就对她说：'你爹醉了，你过去跟他老人家打盆热水洗洗脸，要问起，就说来矿上拿东西的。'丢丢便硬着头皮去了，刚过去就撞见巧巧慌张中系着裤带溜进了客房，门闩死了。'我公公是个扒灰佬！'丢丢大吃一惊地看着我叫了起来，'难怪一直对我不好，原来他们这样子的呀！'丢丢说完，一下子便野开了，死抱我不放，硬逼着我背他回家。一路上在我背上两腿抽筋似的又是夹又是恩，手又掐又拧的，还把他们家里的事什么都跟我讲了。兄弟们啊，苦啊！那晚累死我啦！"马良坡嘴巴喊着苦啊，脸上却透出吃了咸鱼喜不自胜的样子。

"这家伙不是人！"伍乃子大声喊道。

"嚯，这个你就不懂啦，这个人钱看得比命重。他哪能去别地儿花那个冤枉钱呢。"马良坡说道，向伍乃子甩去一个意味深长的飞眼。

"缺德。"赵保刚说道，睁开鱼泡眼看了马车右一眼，那意思是对这种

八

人得下狠招。几个人嘻哈着笑成一堆。

马车右并没有跟他们一样进到那种浪荡状态中感受着他人邪淫的意味，而是思考中正眯缝着眼睛看着马良坡：他喜欢他，因为他忠诚，因为他顺从，还因为他做事做人实在而厚道、不贪婪和乐于平淡。当然，有时他也羡慕他具有马村所有男人身体上的雄性优点：剽悍、俊逸，有胆有识、能够不费吹灰之力征服所有女人，她们像仰望救星一样仰望着他。"这家伙什么都好，就是那地方太贪了！"也不知怎么，想到这里，西女突然像一个大活人一样笑盈盈地走了过来——他又有很长时间不曾想起她了。说不出为什么，他跟她在一起时，有一种轻松、自在、永远被欲望冲动驱赶着的幸福感。在那种强烈的、集中倾泻的欲望爆发后的很长日子里，他都会彻底失去对女性的追逐动力。然而，同样也说不出为什么，只要一离开她，他便会像没那回事似的，长时间不曾想起来。

马车右收回自己神游的目光后，见大家也已经笑够了，而伍乃子正拿眼在看着他，并且眼睛里面放着光亮，分明是在窥探他的心思，又分明是从许现成的行为中看到了机会。"对付许现成这样的人，要想法让他自己挖眼埋自己。你们多从这方面拿主意想办法。"马车右沉思中对大家说，"伍乃子，你肚子里鬼多，你谈谈想法。我们的目标是全控这个煤矿。"伍乃子见马车右对他如此器重，便把身体倾了上来，眉毛向上一挑，小眼睛颇为神秘地看着大家，说道："抓奸！只不过这回不是我们去抓，而是让他儿子大毛朵去——一定有好戏看。像许现成这样的人，非得搞得他精疲力竭、穷于应付。既然他毫无廉耻地干下这样的事来，就让他家里先翻个底朝天。再说了，大毛朵那身肉，力大无比，他若死帮着他爹，我们一旦闹起来，不一定镇得住他。还有他小儿子细毛朵，也不是个好惹的鸟，这就要良坡多多地在他小媳妇身上贡献了，让他小儿子也跟他爹闹起来，这样一来，许现成就疲于应付了。我们已经有了百分之二十股份，多提出些安全技改建议，让矿上短期无钱可赚，他在矿上人缘不好，我们再把人心一拢，他便成了孤家寡人，家里家外不是人。一个过五十岁的老鬼，纵然有过人的精力，也会要压垮的。到那时再来说收购他的股份，我觉得事可成也。即便他不肯，我们是股东，他伤害了股东利益，逼也得逼他走人。"伍乃子说完，哼哼地吐出一口痰来，那痰飞在煮茶的红炭火上，便吱吱地冒着让人恶心的泡泡来，然后他一清嗓子，见大家都不作声，"怎样？干吗不作声了？"

"你真是三句不离本行啊！我认为可行。"赖小毛首先发话，并开始撸起袖管，眼睛发出贼光，他是想起上次那档子抓奸的味道来了。

"但是你要知道，许现成是在这耒水方圆几十里摸爬滚打的过来人，是个老混混了，什么样的风浪没见过？"马良坡说道。他比在座的任何人都了解许现成，所以，他担忧地看着大家，"我估计他不会轻易放手，特别是发现我们想要这个矿时。"

"先就这样了，走一步看一步吧。我们已经进去了，总会有法子的。我们一帮人，还搞不定他一个老鬼不成？！"早已跃跃欲试直起身子来的赵保刚话一说完"轰"的一声又倒在了沙发上。他从来没有正经坐好过，到哪儿都是躺着的。这一点与马车右完全相反——马车右的身子永远像竹竿一样竖着。

"就按赵总所说的办。"就像群狼中的头狼，马车右就是这群狼的方向，"最后，向各位宣布一个天大的好消息：我们的赵总，三天后在望江楼请大家喝喜酒，他结婚啦！"

大家起立，向赵保刚鼓掌庆贺，并大声喊道："大醉三天！"这声音就差没把屋顶掀翻。

儿

　　自去年秋末那夜后，西女便时而有踏入了一个空旷深远的世界里的感觉。这个世界是用花与蜜、情与欲组成的。这个世界是由血液与网管架构成的。她在里面徜徉。人开始变得慵懒，如同一种醉意，舒坦极了。有无形的丝一样的东西，从腹腔牵挂在大脑神经上，时不时地抽动一下，提醒她留神一下那个梦幻般神秘的地方。有不少的下午，当太阳开始落山，光纤温柔，暮色软绵时，她就会背出一条竹躺椅放在院子中央，朝着河的方向，躺在那儿，从透过睫毛下紫蓝色的光晕里看着对岸边的伍市以及伍市街后面电厂的巨大烟囱。她知道，那飘扬着一面五星红旗的烟囱下面，就是他的公司所在地。她每每这样想起，一种强大有力的穿透感便向她袭来。心慌乱跳中感觉马车右就站在她面前，让她羞臊难当。她真真切切地感觉自己躺在他宽展的怀里，仰望着繁星灿烂的夜空……当有一次，她再次迎来这蜜一般的回味和梦一样的憧憬时，腹腔里随之蠕动了一下，犹如一个小小的软虫开始蛰动了，接着喉咙涩酸起来，她马上跑到园子的篱笆下，但什么也没吐出来，这时她明白了，望着蓝天白云她几乎是惊叫了起来："天哪！我怀孕了！！"

　　是的，当月经期过了还没来潮时，西女确定自己是怀孕了，并且确定是马车右的——因为她与马五斤相处多年，那地方从来就没有见到过动静。

这天夜晚，窗外明月皎洁，天空满是星星，只有在夏天才密集出现的萤火虫竟然在早春的暖地里蜕变了出来。它们在菜园子里稀稀落落地飞舞着，在西女的门外、窗口逗留着，虽然形单势微，但仍然给夜空带来了一团团浅浅的蓝光，像磷光，悄无声响地从大地上悄然滑过。

传来几声渡船的"突突"声后，那条通往西女家前的迷蒙小路上出现了一个人的影子。歪肩驼背、步伐急匆——马五斤来了。

于是，一直到子夜，西女木屋的小窗里还传出男女间细小声的对话声：

"……"

"这是广西少数民族的银镯子，是在阿诗玛家乡买的，还有那些银脚箍，戴在脚上，晚上睡觉丁零响，好好耍。"

"每天挑水浇菜的，给谁看？"

"那搬回矿部去吧。"

"我不。"

"这里有什么好？出门没个店子，晚上看不到一个人。"

"我乐意。"

"死脑壳。外面的世界现在热闹得很，连矿里现在晚上也是灯火通明，你却爱躲在这鬼打架的地方。"

屋里一阵沉默。月亮趁机从窗外爬进来。

"有个事得告诉你。"

"什么事？"

"我怀孕了……"

"……"

"不是你的……"

"……"

"是你自己的事，怨不得别个。"

"……"

"五斤哥，一切都是命啊，知道不？是老天爷安排好了的，违抗不得。就说我吧，听爸妈讲城里几多好，于是想到城里去，屁大点黄毛丫头嫁把了个短命鬼，说是工人，多好多好，其实很苦，拿命换钱。本指望把孩子带大，有房子住、有口饭吃，守着儿子相依为命也行，老天就是不让。老公老公死、儿子儿子死。嫁出去的女、泼出去的水，有家不能回。只好守在矿上，好歹能找点事做，弄碗饭吃。去抽个签、算个八字，说是凶宅，住不得，又还说命中——唉！怕会害了别人啊！我是真的怕了。亏得有菜园子这么个地方，蛮好的，平平安安。认识了你，我就再不孤单了。我们在一起也这么多年了，你又去了几年广东，经常也是回来的，本想，一有孩子，就一起过吧，什么结婚不结婚的，我也不想要那个名分了。可是又是一场白等。你怪不得别人。认命吧！我是认命了。好多事情不信不行。没死、没灾、还活着，就是上天安排给你的一条最好的路。你说是吧？哎？你说话呀？五斤哥？"她滔滔而言，一方面暗自庆幸找到了生命中最美好的宽慰，一方面又为身边的男人揪心的痛苦而伤心难过。

"……"

"想要抱。"

"……"

小木屋在一个男人最痛的地方缄默了。空气凝固，窗外的风细得像绸丝一样小心翼翼地滑过窗台。整个夜马五斤再没有说过一句话。他也许是被这曾有过的担忧今成现实的结果所刺痛；也许可能为自己没能挣出这爱与恨、情与欲的桎梏所伤感；但是，压垮他的那根最后的稻草，却是那句让一个男人无地自容的话："无后！"于是，这个铁一样的人，在男人最痛的这个点上，脆弱到了极点。

子时，夜空变得刷亮起来，像扯掉了银盆上覆盖着的纱幔，星星全跑了出来，头顶是无数眨巴着蓝色光芒的眼睛。然而，地表却被愈来愈浓的不愿散去的沉雾紧锁。耒水河面上的雾还在继续地爬上来，排成行，像滚动的羊群。河岸边、菜园里、山脚的斜坡上都是一片浓郁的白；尖尖的树梢和木屋的顶忽明忽暗地摇曳着，像行驶在雾海苍茫中摸不到方向的桅杆和船头。

这里的黎明静悄悄。

春雨一过，开工季到了。许现成担心青龙公司注资会增加股本，于是霸蛮自己筹集开工前的资金。虽说账面已积攒了十几万块钱，但许现成还是决定到耒水电厂去再讨些应该收款回来，以备不测。男人的世界女人好说话，老于此道的许现成将心比心，深有感触。自己单枪匹马地觋着这块松油老树皮，多有无功而返，而带着年轻的女子，情况就会有截然不同之效。年轻的女子嗲声嗲气地往上一凑，笑眉传情间便把事办成了。早先他是带了个墟场上卖草帽的小寡妇，后来女人见他吝啬，抠鼻屎当饭吃，不搭理他了。许现成便改为带自己的媳妇巧巧了。"也只有这一条是个省钱省事的路子。钱来得不容易呀！"这种想法推翻了他所有的其他方式。

上午，上矿上打了个转后，许现成便开着他那台破吉普车带着巧巧出发了。这一行动早已被心怀鬼胎的人在门后窥猜到。一见许现成带着巧巧上车，伍乃子贼溜溜的眼睛才转了半圈便立马明白过来，他三步并着两步，到了马良坡的寝室。

"今天有情况，老色鬼出洞了——带着你'妯娌'出门了。"伍乃子说道，兴奋之色溢于脸上。

"谁妯娌？你可别把这帽子硬往我头上戴，搞出事来，你可要负责的。"马良坡知道他在讥笑他与丢丢的事，如是说，"你鸠占鹊巢，把矿上的客房给占了，他们如今另择了地方，让我们上哪儿去抓？"

看着马良坡疑惑地望着自己，伍乃子便朝他踢了一脚，说："喂，你只管听我的，天一黑，你就喊大毛朵过矿上来打牌。我已掌握了确切消息，今晚定有情况。记住，多准备些矿灯。"

让马良坡感到意外的是，伍乃子竟然在自己的床底下藏了一杆从看门的康老头那借来的土铳。

从白鸡洞煤矿下坡右转，左边是一条灌溉用水的人工小溪，右边是一片宽阔的田垄。放眼望去，麻亮的天际下是群峰山峦，它们像无数从地壳里冒将出来的虎豹豺狼、魔头鬼蜮。而道路不远的左侧边，跨越溪流上面的那座老石桥，便是老湾村口。那里灯光几无，偶尔有几声狗叫，整个村子就像一咕噜叼在黑洞之中的葡萄串；大地被温润带凉意的充满了牛屎气味的低垂空气笼罩着。蟋蟀声远远近近，流水声叮叮咚咚。静。无风。

顺着这条依着溪流而行的石子路，再往前，便能看见黑咕窿咚的一个巨大的黑影仁立在路边。那就是水泵房——原五七干校废弃了的水井。水井用双层红砖围建，离地两米高处有一铁门，里面是机房；巨大的伞形圆顶像蘑菇般稳稳地长在那儿。伍乃子他们算好了许现成今夜必到此处。

世上的事，有着它自己的规律，万物皆有定数，人更是如此。几十年风风雨雨走过来，凭着自己一身好体魄，唯利是图、不加自束、胆大敢为，争也好、吵也罢，即便是打，与外人与家人，最后都是自己吃点小亏占了大便宜。这逐渐地形成了许现成为人处世的行为方式，最终也形成了周围人、甚至自家人对他的无法改变的认知：霸道、贪婪、吝啬、狂为。

这天中午，请了耒水电厂供销科的负责人吃了饭，下午一上班便拿着批条上财务室办款。财务室每天下午四点后才去一趟银行。也常出现这样的情况，付款单送到了财务室，出纳员答应付款，然后当你走后，款子却迟迟未到——出纳员根本上就没管你这档子事或是根本不想付。于是，许现成决定等到下午四点，陪同出纳一起上银行，亲自看见办了才安心离开——矿上等着这钱开工呢！

等办完事回到县城，天已黑下了。老婆有腿疾，常年在家不出门，看天做饭。赶到家是吃不上饭了，于是决定在县城郊的一个马路餐馆吃饭，因收到了款，心里高兴，又喝了二两小酒。趁着酒兴、满面春风的许现成轻一脚重一脚轻地踏着油门把家回。雨过温润的大地，泥土干洁，扬不起灰尘的轮胎撞击在乡村的泥土道上，在寂静的夜里发出咚咚的沙沙的让人心旷神怡的声音来。一只灰兔从田野里蹿到路中央，在车灯的照射下突然不知所措、瑟瑟发抖地待在那儿，两只眼睛发出慌恐哀怜的绿光。要是以往，许现成会一加油门轰过去，撞它个粉身碎骨，还能得一盆下酒菜，可今儿个他也不知怎的发了善心，踩死了刹车。灰兔一恢复视力便逃遁了。

快临近老湾村，车子在山间拐了个三十度角的弯后，两柱车灯正好照在水泵房上，能看见水泵房上写着的几个红色大字"农业学大寨"，以及黄锈斑斑的铁门上用白粉笔歪歪扭扭写着的、已模糊不过清的"机房重地，闲人免入"的字样。睹物助性，暖床勾心。一看见水泵房便一脚踩下了刹车，车子"嚓哧"的一声停了下来。许现成拖着巧巧拐进了水泵房后面。

…………

一生惯用邪魔外道的许现成在那个晚上跳进了同样爱使邪门歪道的伍乃子为他设计的陷阱中。那晚，他被没看清自己的儿子重重地打了一棍，从此腰再也没有直起。

开工的最佳季节即将过去，而一矿之主的许现成仍旧没有安排开工的迹象。矿上静静的，雀声如雷。许现成像是突然从这个世界上消失了，让等待第二场戏开幕的人着急上火。矿上人听到的零碎信息是：大毛朵在猛打了巧巧一顿后把她关在阁楼上。四天后带着巧巧双双出走，驾驶那台绿色的解决牌货车到广东的一个什么地方跑起了个体运输，从此再没有回来。

"和尚头上没毛——那是自找的。"从来不敢顶撞他的老婆坐在门口说道。许现成第一次哑巴了。

过了四月初，再耽误也许耽误的就是一整年了。许现成终于带着钱独自来到矿上。招集人马，修巷道的修巷道，整改的整改，又去交齐了电费，十天后，从四川招过来的十几个掘进工也到了位，矿终于开工了。矿山依

195

旧，人却未必。大儿子大儿媳双双齐飞，小儿子留恋于赌场整日不归，而二媳妇丢丢神神道道，忽隐忽现。有愧于心的他既不能言也不能责，只有是上上下下、方方面面全都自己兜着，连食堂里的菜也自己开着破车上墟场上买来。虽离家仅一步之遥，但许现成多有住在矿上。貌似目光中仍有些自信和威严，但从他见人主动打招呼、逢事一而再再而三地耐心讲解等等迥然于过去的情形看，显然已成夹着尾巴的狼了。短短的一个多月，五十多的许现成似乎老了许多：那曾经能顶千斤重担的腰板弯曲了不少；黝黑油亮、霸气横生的脸褪去了光泽，再也看不到了原来总是透出来的那股凶狠的杀气。

世间的事是个永远也找不到相同结果的谜。如果硬要给个简单的比效，那就像当年许现成自己常在矿工面前嘴里挂着的那句话："人要是走起运来，门板也挡不住。"可是霉运来了呢？这个问题，许现成可从没说过。虽然没说，然而，在短短的两个月里，他却以己为答案，生动而具体地演绎了出来。

桃花、梨花已经开败。开工后的白鸡洞煤矿虽然量还远没上来，但不管怎样，井下开始往上出煤了。黑乌乌的煤就是钱。忙碌以及压力，或许让许现成暂时忘记了像刀尖剜着心一样痛的那件事了。昨天又有两辆车来矿上拉煤，并且付的是现金；今天又招聘来了一个货车司机，把那台一直是二儿子开的解放牌卡车修修，准备着往耒水电厂送煤。青龙公司派驻在矿上那个姓伍的青年人近期也没搞什么事。自责伤感、愁眉蹙额的日子眼看要过去了。但是，就在下午刚刚才腾出手来，想着该回家与妻子吃顿饭的许现成，脚刚踏上进村的石桥，身后便听见呼喊声。有人从矿上飞奔而来。一看那火急火燎的样子，凭经验就知道矿上出了事。许现成转身便往回跑，两人在下坡道上相会了。"出事了！"报信的人上气不接下气地说道，"塌方，死了人了……"许现成圆睁着眼睛呆呆地看着对方足足有一刻钟没哼出声来，末了一跺脚就往矿上跑。

有几个矿工站在井口，朝大门这边张望着，见许现成跑来便闪向一边。

"多大面积的塌方？人呢？"他大声问道。

"小塌方，埋了一个。是顶板掉下来一块，正好砸在头上。死了。"一个黑瘦的中年人挤上前来说道。他脸上看上去显得很平静，似乎死的不是人，而是一只鸡。

"你在场？"

"工作面上就我俩，我亲眼看见的。"那人说，用手指头抠了抠鼻子，眼光从手指背上跳过去看着许现成。

"多来几个人，喂，你带路，下井！"许现成一挥手，然后拖上那个黑瘦的中年人便往井下跑。斜斜溜溜借着矿灯顺着斜井往下走，井下一百米处进入平巷，黑瘦的中年人很快便在不远的一个小巷道的拐角边找到了死者：他斜坐在狭窄的、湿漉漉的地上，歪着头，沾黏着煤灰的黑血像一条水蛭一样从脑壳正中爬了下来，一直流过眼帘、鼻沟、到脖子；安全帽则像对半开的匏瓜滚落在一边，一个竹制的拖筐里有半筐煤和一把挖斧，死者的手耷拉在拖筐上，拖绳绕在脚踝上。许现成用矿灯照了照巷道顶，见那上面确有一个塌落后留下的凹陷部位。这是个老巷道，支护很稀疏，只是在危险处才有井木支撑。"这巷子里面不是没煤了吗，怎么跑这里面来采，谁是当班队长？"许现成大为光火地骂道。还是那个黑瘦中年人挤上来答道："说是里面的巷道泡了水，正在做支护，先在外巷将就扒拉扒拉些……"许现成没有往下听，自己退到一边，朝死者指了指，厌恶地说道："去去，把他装进筐里拖出去吧。"

通知家属过来、协商后事、赔钱、尸体火化完事。以往都是如此这般处理，现在县里对安全工作抓得紧了，弄不好还要停工罚款。许现成想掩人耳目早早处理掉此事，以免夜长梦多。他把领队的人叫过来一问，说这两个人是半道跟着来的，不是和他们一个地方的人。于是又把那个黑瘦中年人喊了来。

"你们是哪儿的？"许现成问道。

"四川，丹巴。"黑瘦中年人说。的确一口川话。

"他家有些什么人，你可否通知他们来一下？"

"他家很穷，父亲早就死了，就一个病在床上的母亲，他是独子。我是他娘家表兄，年初他央求我带他出来做点事，也好挣点钱给母亲治病，哪知才上班没几天……唉！这人真是命苦啊！"

黑瘦中年人哭泣了起来，一边用他那连指甲里面都是黑灰的手指抹着眼泪。

"那你赶快通知他家来个人吧！"许现成不想跟这个人多说一句话。

"我们出山就得半个月，我们那不通电话，收个电报也得三五天。我的天哪！怎么办呀！再等个十天半个月的，尸体都烂成巴巴喽……唉，我的兄弟啊，这是天要你死呀，我没办法啊，只是我怎么向我的亲戚交代啊……"

一心想尽快解决问题的许现成匆忙慌乱中作出了决定，并于当天下午与黑瘦中年人签订了家属关于死者后事处理协议：尸体当地火化，赔款两万，另加五千元车旅费。一次付清，付款走人，不可节外生枝。当天下午就把尸体拖到火化场火化了。由于不知为何银行歇停两天，取不出钱来，许现成便让那人暂时在矿上等等。

是夜。从煤坪能看见对面二层土砖房马良坡的宿舍门吱吱地开了，一个黑影从里面鬼晃地出来，迅速下了楼后从大门溜了出去——那是伍乃子。他要趁黑出矿赶到伍市去，马车右、赵保刚在马五斤的铁铺等着他。晚八点，行色匆匆的伍乃子从渡口一上来便一头扎进了昏黄路灯下的伍市，三步并作两步来到了铁铺。铁铺的门虚掩着，一窗暗光和一缝门光稀里哗啦地洒在石板街上。伍乃子推门钻了进去。狭窄的铁铺里马车右、赵保刚头碰头地坐在吊灯下抽烟，地上满是烟蒂；烟雾像烤房里的熏烟一样在灯泡周围打着圈圈。

蜉
蝣

"把情况讲来听。"

"别的就不说了，电话已经告诉了你。现在发现一个新的情况，可以用骇人听闻来形容。"伍乃子搬过凳子坐下，像喝了胡椒汤似的嘴里将着粗气，眼里眨巴着鬼上岸的神情：

"谋杀，一定是谋杀！下午尸体一弄上来，有个人看了就觉得不对劲，死者他早段时间见到过的。根本不是什么四川人，而是邻县的一个智障患者，那人在县城东郊的黄泥砖厂做工时见到过这死者，当时是被别人从公路边领到砖厂做事的。现在怎么跑矿上来了？只有一个解释那就是这个四川人带来的，因为死者口齿不清，听不出是哪的口音。这个情况这个人没敢告诉许现成，而是悄悄告诉我了。"

"怎么断定是谋杀呢？"赵保刚有些不解地问，灯泡下的他把一个很大的影子投在墙上。

"这种事你没听说过我可听说过。钱这个玩意现如今已经让人发疯啦。去年底有矿山已经发生了类似的事，有一些人专门干这种拿别人的命换钱的缺德勾当：他们把一些智障、哑巴、精神病患者和流浪汉一类人领回租房，换上干净衣服后，带到煤矿上去干下井挖煤的活，然后他会在很短的时间内找机会在井下把带来的人弄死，大都是用石头砸死。在井下根本无法弄清真相。这样一来，他们就会充当死者的亲属找老板赔钱。老板大都怕事情闹大，赔点钱了事。可以断定，这个带死者来矿上的四川人根本不认识死者，所以，毫无疑问是谋杀。明天，只要一拿到钱，他便会消失得无影无踪的。听说这已经是一个秘不外传的行业了。"

灯光下，三颗人头凑到了一起。

"现在到了伤口上撒盐，刀口上补刀的时候了。"马车右展开一双长手分别搭在赵保刚和伍乃子肩膀上，把三人聚拢，"他许现成也算是洞庭湖里面的老麻雀了，也许他是揣着明白装糊涂，想草草了事。我看这样，既然他如此草菅人命，将事就事，我们再让他喝一壶敲脑壳酒！"马车右说完，俯首在比他个子矮很多的赵保刚和伍乃子耳边小语了一阵。伍乃子听后旋即出门，没入夜幕之中。

马车右和赵保刚重新坐了下来。暗光下的两张脸被烟蒂一闪一闪的火光照亮着，如同两头魔兽聚在一起。伍市的灯火渐渐稀少了，铁铺的木窗却仍然在向外倾泻着夹着烟影的灯光。

晚十点。街头传来了脚步声，几个黑影在铁铺门前停留下来，门被推开，那个黑瘦的四川人首先被推搡进了屋里，然后是伍乃子、马良坡，门又被紧闭上了。王猛子站立在门外警戒。

马车右坐在房子的正中，头顶上是那盏摇曳着的吊灯，几个人影也随着灯光晃悠悠地摇摆。在马车右的对面早放好了一条木凳，四川人进来后，赵保刚便示意他坐在马车右对面的凳子上。屁股轻轻地挨上凳子后，觉得事情有些不对头的四川人用惶恐的眼光看着对面凶神一样的马车右。"你们把我带到这儿……"他话还没说完，只见马车右操起右脚便朝他胸口上踹了过去，四川人"啊"的一声便像坐滑板似的摔倒在两米开外的墙脚下。心里有鬼的他没敢哼声，睁开恐慌的眼睛扫视着屋里的人，见谁也没有说话后，才小心翼翼地爬了起来，在赵保刚的示意下再次在凳子上坐了下来。没想到刚一坐稳，马车右又是飞来一脚，再次把他踹到角落里。四川人再没敢爬起来，他双手抱住膝头缩踡在角落，细小的眼睛转动着，目光惊惧。

"你信不，我现在就可以废了你！为什么？因为你是杀人犯！"马车右走近他，眼睛刀子般看着对方，"你把我一个熟人的亲戚喊到矿上去做事，在井下谋杀了他！"

"不！"四川人如翻倒一个热水瓶浇在腿上似的一下跳将起到，眼睛睁圆叫道，"你们乱说！"

"乱说？"马车右再度逼近四川人，闭一眼睁一眼，那样子如同木工在吊线，"他叫什么名字？他是哪里人？他家有什么人？他得过什么病？他在吃什么药？他老婆在哪儿？姓什么叫什么多大了跑哪里来又要到哪里去？

说！你说得出来吗？尖嘴猴腮，一看就不是什么好人！"说话间掐着四川人的脖子，把对方压死在墙角。在场的其他人第一次看见马车右用一种正与冤魂沟通、接受冤魂托付的阴阳两界的目光盯住四川人的眼睛。阴森且恐怖。"要不要我现在把他的家人喊来？"

四川人再没敢哼一声，又看见赵保刚提了一把斧头跃跃欲试地过来，所有防线刹那崩溃。他垂着头看着自己的那双没法再缩起来的脚，他生怕虎狼一样的赵保刚会一斧头下来劈断他的双脚。

"你若按照我们说的去做，我们也许可以睁一只眼闭一只眼，若是不然，今晚就有人将你弄死！"伍乃子说道。

"乍子做嘛？"四川人怯生生地问道。马车右于是向伍乃子使了个眼色，伍乃子便拖着四川人出去了。马车右便对马良坡说道："今晚死盯着他，别让这家伙跑了。"几个人出去上车后，车又直奔煤矿去了。

第二天早晨，早班的矿工刚下井，许现成回到办公室——其实是平常方便来矿上拉煤的司机临时的休息室。里面就一个摆满了热水壶和杯子的破办公桌和几把脏兮兮的椅子。刚刚坐下提过热水壶，筛水间，看见门外那个黑瘦的四川人走了过来，在门边的一张椅子上坐下，叹气间没敢看许现成的脸，而是对着他的脚下说道：

"许老板，昨晚与死者家属通了电话，死者的兄弟不同意原来的处理方案，说要赶过来，还说，死者是来湖南走亲戚的，亲戚离这里不远。他们说，得赔十万元。这样我就做不得主了，得听他们的。"

许现成一听就急了，他一拍桌子就跳了起来，那杯刚倒上的茶水潽了一桌子。"那边的事你不是说你能作主吗？"许现成绕过桌子冲了上来，一把抓住四川人的衣领把他揪了起来，"你这个丧门星，你想害死老子啊？"

"我没啥子办法嘛，哪个晓得他在这边还有亲戚，本来也是好办得很……"

正说着，便看见门外坪里出现了几个青年人正朝这边走来：为首的是

201

个块头很大的高个子，身边跟着四五个青年人。满脸愤怒，杀气腾腾，一看便知是兴师问罪的来了。许现成立马背生凉气，把四川人一掼，便倒在了椅子上。原来来的是县城关镇的尿泡和他手下的一帮人。就在昨晚上，待伍乃子他回矿后，马车右、赵保刚便去了一趟县城，找到了他。于是就演了今天这一出厉鬼抓缺德鬼的故事。

"哪个是矿主？"尿泡一进门便没好气地喝道，其他人全堵在门口。四川人这时便故意地伸长脖子遥望着许现成——那意思再明显不过了。尿泡便向许现成走去。

"听说我的一个远方的亲戚在你矿上出了事故，打电话让我们来看看。人呢？"尿泡问，同时伸手从背后卡在许现成的肩胛骨上。另外又跟进来了两个人，虎视眈眈地也绕到了许现成的背后。

"你们先坐下来吧，别急，"许现成脸现慌乱，黑色额头上冒出虚汗来，"听我来给你们解释。"

"解释什么，他人呢？死了吧？"尿泡叫了起来。这个吃恶心饭耍流氓钱的人做起这种事来简直是如鱼得水游刃有余了。他拖着许现成就要见人，哪知许现成死赖在椅子上，就是不肯站起来。僵持了一会儿，许现成只得大喊一声："人已经火化了！"

"什么？火化啦？怎么死的？为什么不通知家属？为什么不报案？你们有什么权力火化？"

"怎么就没通知家属了？我们是跟家属协商好了的呀！协议都签了！"

"谁、谁、谁呀？"尿泡指着四川人嚷嚷了起来，"他算是哪门子家属？不沾边、不搭界！满村子里全都是老表，你们好大胆子啊！人命关天，就是死了条狗也要先找到主人呀！你们倒好，烧啦！这人还不如狗啦？兄弟们，先把他弄到公安局去，告他们杀人！"站背后的两人便想架起许现成，结果被迎上来的马良坡给顶住了。

"这位兄弟啊，慢点，莫躁，这矿上死人也是常有的事。这位不管是远是近，也算是个亲属，死者家乡远在千里，交通又不便，等他们来，尸体早烂了。火化也是正常的，既然你们受家属委托，那么就谈事好了，犯不着在这里大呼小叫的，架老板出去？想干吗？可别忘了，这矿上有几十号人，村里还有的是人呢！"马良坡正色道。

"怎么了你？还威胁我？看我们人少是吧？好呀，我马上调一百人来，都是当地人，谁怕谁？彪子，打电话，先报案。"

"你想闹事是吧？来人！先把大门给关死，死一个也是死，再死一个也不多，一次解决！操家伙！"马良坡根本不示弱。

"嗨哟！打架是吧？碰上正吃这碗饭的了，兄弟们，先把这个害人的矿搞他个天翻地覆再说。打就打！上！"

"慢！"伍乃子大叫一声，因为个子太矮，所以他跳到了桌子上，居高临下地像个翘屁股公鸡似的在桌子上手指所有人走了一圈，"都别动哦！听我说几句：这位兄弟啊，我想你是来解决问题的，是吧？不是来打架的，打的话，什么问题也解决不了了。人已经死了，这已经是无法改变的事实。报案有用吗？公安会赔钱给你吗？还是谈谈该怎么处理这个问题吧，啊？你们说呢？"

于是尿泡在桌前坐下，"可以呀，十万！没有十万，什么也别谈！"他把头一扭，摆出一副无赖相。

"现今死一个人都是赔两万了事，顶多三万到顶，凭什么要十万？"一听要十万，许现成急了，眼眶里就差没流出泪来。

"那就免谈。"

"两万，可以再到三万。"

"不行，必须十万。"

"做不到。"许现成态度坚决。

这时，尿泡忽然站了起来，抬腿照着许现成坐的椅子脚便是一个扫堂腿过去，椅子便从许现成屁股下飞了出去，接着便听见"叭"的一声，许现成重重地一屁股摔在了地上。而尿泡不但没有收敛，反而一脚狠狠地踏在了椅子上，拉开了大打的架势，手指着许现成，嚷道："你必须马上给我们一个正式的回答，是私了还是官办？私了，就按照我们的要求赔钱。官办，那现在就去报官。说——呀！"

眼看着自己身边的人没有一个敢应战，都默无言语地待在一旁，摔倒在地下的许现成干脆就此赖在地下不肯起来了——这可不是他为人做事的风格。连日来的连续事件像多只吸血蝙蝠吸吮尽了他身上的阳气和精气，他已经感到背负不起压在自己身上的这副皮囊了。眼睛里笼罩着一片疲惫、忧伤和无力反抗的表情。大家看见他脸上流出半滴泪来。僵持到快吃午饭时，许现成实在是没有办法了，心想："这样熬下去说不定就把命搭上了，钱重？命重？"许现成选了后者，站起来说："各位在这儿等等，我去想想办法。"几个人交换了一下眼色，让他去了。

马良坡搀扶着许现成来到财务室。财务室只有记账员在。

"丢丢呢？"许现成问，"快把她找来。"记账员颠着久坐后生褶的大屁股半天才回来。她背后是躲躲闪闪的丢丢。

"把账上剩余的那十万块钱取出来。"许现成有气无力地说。丢丢磨蹭了半天才从记账员后面出来，她用一种如临大敌、几乎是等于望见一把明晃晃的刀像架在脖子那样几近绝望地看了马良坡一眼——几年后，就是这一眼，让马良坡坚定了娶丢丢为妻的决心。

"账上……账上……没钱了……"丢丢吞吞吐吐地说道，畏缩到马良坡的一侧。她用小指头勾住了马良坡的裤口袋。马良坡从她小指头上感觉到了她全身的颤抖。

"什么？钱呢？不是还有十万吗？！"

"让细毛朵拿出放高利贷了……"

"败家子啊！"许现成的脸顿时变成了猪肝色，只见他颤巍巍地站立起来，举起那双打过无数人的熊掌似的短掌。

"不怪丢丢，要怪就怪你小崽。"马良坡见状立即挡在丢丢前面，说道。

许现成的手在空中像折翅的黑鸟扑腾了几下后便耷拉了下来，随后整个身往椅背上一靠，突然又向前面一趴，像一袋漏了沙的软麻袋似的瘫伏在桌子上。这后脑勺上的折皱，曾经是他的威武所在，此刻歪扭得不成样子了。许现成结束了可能是他一生中无数次的狂怒中最无奈的一次狂怒。

"去让小伍打电话，把他们马总叫过来吧。"五十多岁的许现成说这句话的时候，已是用尽全身之力气。马良坡得令立即转身顺手拖着丢丢一块出了门。

原来在一个礼拜前青龙公司的一帮人就给许现成下好了套：由马良坡从丢丢那里探听到矿上还有多少现金流后，再由马良坡给细毛朵介绍了一个放高利贷的朋友。当然这个所谓朋友其实是跟着马车右在道上混的人。他以前所未有的高息——月息一角的利息诱惑细毛朵，然后马良坡又背后怂恿丢丢，说是件稳赚不赔的好事。矿上开工后每日都有现金流入，资金开始宽松，余钱可去放利。于是乎丢丢便给细毛朵不停地吹枕头风。细毛朵那几日赌运不佳，听说一月就能不劳而获稳赚大把利息，于是让丢丢偷偷将款取出背着父亲贷了出去。马车右要的就是造成矿上出现资金缺口，然后青龙公司注资扩大股本。这下好了，活该许现成倒霉，矿上出了这档子谋财害命的事，正中青龙公司下怀。

马车右接到电话，下午三点赶到了矿上，见到了沮丧已极的许现成光杆一人伏在自己办公室的桌上。背脊苍凉。"马总啊！你们来处理吧，我好累。"许现成说道，双手像抱着头。他感到脑壳里像是钉进了马钉一样痛得几乎要裂开。

"不就是出钱吗？好处理呀！矿上不是还有些钱吗？"

"矿上近期开工花去了不少钱，已经空账了。"

"死人赔钱，天经地义，不满足家属要求，别人怎么肯？没有去告官就

205

万幸啦！听说现在，出了人命事故，县里一罚就是十万。"

"要不，马总，从你们公司借吧。"

"我公司近期资金也紧得很，"马车右道，"还得你们自己想办法。实在没法子，你不如就折价一部分股份给他们，他们是本地人，也许可行。"

"这怎么行？"前门驱虎，后门招狼。一听这话许现成头皮发麻，断然拒绝道，"那哪行！一看这些人就知是下三烂狠角子，让他们入股进来了，那今后的日子还过得下去？"

"那怎么办？"马车右朝许现成摊开双手。

"既然我已经上了你们的船，大家就得同舟共济是吧？我姓许的也是有卵子的人，你就先垫上个十万八万吧。"许现成情急之下口不择言，竟说出一句肝脑涂地的下流话。稳坐钓鱼台的马车右知他不是在说笑，但还是故作正言道："都火烧茅茨了，你还有闲心跟我说笑话。我公司还有事。"话一落便毫不客气地抬起屁股走人。许现成见状，竟方寸大乱地一把逮住马车右的手，说道："你看我像是在说笑吗？我这是急的啊！"许现成知道自己作出这种决定的后果。"我这是下坡道上日驴，一步错步步错啊！但是又能怎么办呢？"心里却是另一种呐喊．

"那好吧，就由我们来处理，但得说明白，不是借，也不是垫，而是你缩股，我们增股。这是合作做生意的规矩。"

"缩多少？"许现成有种被敲骨吸髓的感觉，他用待宰的牛一样的眼睛看着马车右。

"上次我们购买龙会计的股是二万八，百分之十的股份，你这里三万元百分之十，你看怎样？"

看到马车右开出这样的价码来，悲凉之心如翻江倒海的许现成，纵然是在心里咬牙切齿、恨不得蘸着血生吃了对方也只能是毫无办法地压制着内心的怒火，那双已经变成馅饼似的大眼睛几乎直了。然而马车右却无动于衷，他始终在慢条斯理地摆弄着手上那支银色的虎头打火机，没有丝毫让步的表情。"这就是一条毒蛇啊！"许现成心里吱呀了一句。最后，为了度过眼前的坎，毫无它路可走的白鸡洞煤矿风云一时的许老板接受了此方案，在拟好的协议上签了字——那落笔声让马车右如同听见一个强人的哭泣。"许老板，你就别下去了。休息去吧，后面的事由我来处理。我把他们请到青龙公司去谈，这里人多口杂，家属容易动气。"于是马车右下楼去了。望着马车右那令人胆寒的背影，许现成腿都软了，直晃，以至于不得不靠在门框上。"我的戏这就唱完了！"他悲哀地想到，然后伸出黑指头从鼻孔里抠出鼻屎来，仇恨般地碾碎，似乎碾碎的是青龙公司这帮兔崽子的尸体。

一到楼下，马车右便把赖小毛拖到一边，耳语道："你与良坡一起把那四川佬带到县城去，开个房间先住下守住，千万别让他跑喽！等这边将事情办妥后，再送他娘的去公安。"

没过多久，许现成便看见那一帮人手舞足蹈、吵吵嚷嚷地蜂拥跟着马车右向矿外走去。这时的许现成才长长地吁了一口顺畅气，但与此同时又在心里一声呐喊："我就是个吃屎的。"他步履艰难地倚在办公室的门框上，感觉一股拔凉拔凉的像块冰琉璃一样的东西从背脊上一直溜到脚后跟。

刚刚复工才一周的白鸡洞煤矿又停工了——采煤队被遣散回乡、管理人员继续放假、在修设施一律暂停、机房井道拉闸停电、食堂大灶改小灶。自从又出了这档子死人的事，不得已搬来了青龙公司这个救兵后，第一大股东的交椅便移到了青龙公司马车右的屁股下。当伍乃子将与死难者家属签订的善后处理协商书交与许现成看后，许现成自知已经无力回天了。这接连的两件事击垮了他，他倒在老湾村自家那间宽大乌黑的老屋里，足足睡了三天。这是与噩梦相连与鬼相随的三天。三天后，他的精神才稍有恢复：躺在那架漆着绛红色的雕花床上，睁开满是伤感的大眼，呆呆地望着熏黑了的天花板出神，心里是空落落的。好好的一个矿山，昨天还在自己手里攥着，怎么几天工夫就落到了别人手里？这可是倾注了他毕生精力、全家老少赖以生存之物。许现成心里纵然有一万个不舍得也只有抓起石头砸天了。但不管怎样，还有百分之四十的股份在手上。"也好，让他们接管好了，自己落个只管年终分红，对于我这把年纪的人来说，为必不是一件好事。"许现成如此想，心也就宽慰了许多。

许现成从床上下来时，腿脚发软，眼皮沉重。在床沿坐了好一会儿，正待下床，抬头看见厅堂的饭桌上摆放着一钵子饭，上面插双筷子，他皱起眉来，走了出去。那是矿上用的那种四两米饭的蒸钵。许现成摸了摸，还是热的，于是用筷子夹了点送到嘴里，却是夹生饭。"那是我的。"突然听见有人说。许现成转头四望，一个人也没有，这声音好似来自桌子底下、地皮里、屋顶上，甚至自己睡房的衣柜中。"这是有人想我死啊！"他自语道。老伴坐在门外，瘦削歪斜的背对着他——那是一个充满了愤怒表情的背影，像刀、像刺、像滚烫的一锅水。还有，那只大红冠公鸡正在墙头威严地走来走去，高傲地斜视着墙下一群正在空谷壳堆里刨食的母鸡，并时不时支开像一排拖刀一样的翅膀——它刚战胜了与它争宠的另一个歪脖子公鸡。许现成突然就来了气，他从门窦里操起一把小笤帚便朝公鸡砸了过去。

"想吃点什么？我去做。"看到从屋里飞出去的笤帚，老伴一动没动。冰凉冰凉的声音，像是在跟门前的蚂蚁说话。许现成顿时没了底气。"只想喝粥。"他说。

粥还没喝完，许现成便看见青龙公司的伍乃子从前面浅坡道上吃力地迈着八字步朝他家走了过来。"狗！"他心里骂道，"我恨不得剥了你的皮做鼓，每天敲！"

"许老板，矿上请你去开会。马总他们已经到了。"离家门口还剩十来步，伍乃子就不想动了，停在那喊道。许现成像蚊子叫一样极不高兴地"嗯哼"了一声后，将碗里剩下的粥一口倒进嘴里，把碗边一舔，转身回屋里去了。

等许现成来到矿上时，发现矿上静悄悄的，有点奇怪，只有一楼那间接待室门口笔直地站立着一个穿戴整齐的他不认识的青年人。青年人看见他来，便像宾馆迎宾先生似的做了一个伸手请进的动作，这让许现成忽然觉得有一种严肃向他袭来。"这有点像政变前的味道啊！"他愣在原地半天没挪步，直到那貌似迎宾先生的人上前重复地做了多个"有请"的动作后，他才栖栖惶惶地走进了新布置好的接待室里。房里面的那张大破桌子上铺上了一块麦绿色的绒布。围着桌子坐了不少的人，连乡镇企业办的邓主任也来了——他还有百分之十的股份在矿上。邓主任坐在最上首，但始终低着他那尖尖的脑袋，玩弄着手上的笔，小眼睛没看任何人一眼，也始终没吭一声，似乎这个会与他无关，他是来陪坐的。挨着他下来的是马车右、马良坡、伍乃子和一个正在做笔录的年轻女文员；而他们对面坐着的是一个壮实的黑脸中年人，他一个人霸去了一方。许现成在邓主任的对面空位上坐了下来。桌子上已为他准备好了一杯茶水。没有谁认真地看他一眼。"失势的凤凰不如鸡"这个道理许现成是知道的，但眼下的景象还是让他忍不住一阵心寒。还没等他从这心境中缓过来，马车右呷了一口茶后，会议便开场了：

"人都到齐了，现在开会。自从矿上出了人命案后，矿上的股权发生了变化，青龙公司成了大股东，所以，今天这个股东会由我来主持。首先宣布一个决定，决定：由马良坡担任临时副矿长，主管供销和后勤。伍乃子调回青龙公司。"

马良坡听完马上笔直地站了起来向大家点点头。而许现成却瞪眼在心里恨恨地骂了一句："猪鼻子上插葱——装蒜。"

"大家知道，春节停工至今，已经过去几个月了，早几天刚刚复工又出了事故，只得又停工。什么原因？我们的设施已经完全老化，根本不适应新的开采条件，如果强行复工，新的事故又将发生。说句不要脸的话，这次算躲过去了，但是如果再这样继续下去，那么，躲得了初一，也躲不过十五，事故还将发生。在这种条件下，乡镇企业办、县煤炭局、安监办这些主管单位也不会允许我们复工的。所以，作为第一大股东，本着对自己、对大家、对工人生命负责的态度，白鸡洞煤矿下一步：继续停工，马上技改！大家不会有什么意见吧？"

　　许现成环顾了一下在座的各位，谁都低垂着头，一副认真听取极为赞同的样子。"又不知这混蛋唱的哪一出？"许现成心里是一咯噔，但一时间不知说什么好。

　　"既然大家都赞同我的想法，那么这点就定下了。什么时候复工得看技改的进度。下面我向大家介绍一下：对面这位姓邝，是红旗煤矿的总工程师。这次我们请他来担任我们矿这次技术改造的总设计师。下面请他来说。"

　　乍一看邝总工程师那张黝黑脸膛，怎么也联想不到"总工程师"这个称谓上来，顶多也就能看出来是个机修车间的老杆子钳工而已，然而当他将那副金丝眼镜架在双皮柳叶大眼睛上时，也就完全出落成了一个在矿山日晒雨淋、摸爬滚打出来的老道的工程师模样了。他清了清嗓子，说道：

　　"这两天我在矿上看了看，设备陈旧，问题很多。主要集中在井道狭窄、支护单薄，有些巷道进入了松软的煤层中，却没相应的支护。这种状态下生产，随时会出事故的。所以，我认为技改主要在井下，具体来讲是：主井全部拓宽并改为混凝土支护；斜井原八公斤轻型轨改为二十四公斤标准铁轨；扩建绞车房；使用一吨标准矿车提升；所有电线改为煤矿专用电缆。还有，我上午上山查看一下地形，井上有不少积水区，必须修筑阳水渠，大约一公里……"

　　"慢，慢，邝总工，"这一连串的方案报出来，许现成越听越吃不消，这得花多少钱呀？于是问道，"这些全要改吗？"

　　"这仅仅是井下部分，如要复工，必须改。地面部分我还没有去考虑。"谈这些问题，工程师的态度历来是鲜明的。

　　"可是，你知道这要花多少钱吗？矿山不去边开采边改造，停下工来动这种大手术，钱从哪儿来？总不能拿卵改吧？！"许现成瞪眼看着对方，脸黑成煤球一般，最后竟蹦出来一句粗话——他无法想象作为第二大股东，这些投入确定后，自己这份投入从哪儿来。

"有没有钱，是你们老板的事；该怎么改能达到要求，是我的事。"

"不能折中一点吗？比如绞车的规模改小一点，电线能用的先用着……"许现成龇着满口烟熏的黄牙，紧盯住对方说。但得到的回答却是"不行的"。于是乎许现成嘴里像蹦豆子似的蹦出几个字：

"我怀疑……"

"不用怀疑。"邝总工程师毫不迟疑地打断了他的话，"其他的，怎么想是你的事，但在技术上你怀疑我，那等于怀疑我髌胯不脱裤子一样可笑。说句不吹牛的话，办矿挖煤，我只要打个喷嚏，就能打出一张耒水的三川地貌图来，哪里有煤，哪里有水，哪里有岩层，这个喷嚏都能告诉你，别说技改了。"邝总工程师不肯退让半分，其中竟也夹了一句下流话，算是对许现成的回应。会场便开始沉默了。各自想着各自的事：邓主任心里明白，矿山怎么改，对他来说都不是至关重要的，重要的是他要跟马车右站在同一条战线上。他的这点股份有没有红利，全靠他现在所处的位置和与马车右的情感关系了。另外，在过去的合作中，许现成作为大股东，太自私、太霸道、太无视他人利益。他对许现成是有意见的。而此时的马车右希望扩大投入，贵金属产品价格飞涨，青龙公司不缺钱，尽量把利益最大化、并将收益摆放在最后，趁着许现成还没有恢复元气，很多事情还蒙在鼓里，再给他致命的一击，将他的股份稀释到最低，直至出局。这个才是马车右想要的。自然，对于许现成来说，最怕的是投入，因为家里无钱可投，因为儿子都离他而去无人可帮；矿山他已经心有余而力不足了，他的底线是想守护好自己百分之四十的股份，以期待在清闲的时日里每年多多少少都有一份甩不掉他的那份红利。只有邝总工程师是心无它念的：既然请我来，我就要对矿山负责、对老板负责、对自己负责，更要对工人生命负责，在技术要求上来不得半点马虎，你就算是我的亲爹，也不能迁就，否则宁愿不干。"我就这个德性。"

沉默被马良坡打破了。他小心地环视了大家一眼后，小声地说道："如果不作技术改造，又不能复工，停在这，这煤矿不像其他行业，每天仍要投入。电费、人工费一个月下来也不少钱，更可惜的是错过了采煤的大好季节。在不安全的情况下复工又面临更大的风险，一旦出事，因小失大。所以，我认为一定要技改，并且越快越好。"

"许老板，你认为呢？或者你有更好的方案？"马车右问道。

"我的想法还是边生产边改造，"许现成回答道。

"这怎样可能呢，这样危险更大。"邝总工打断了他的话，高声地说。

"许老板的说法不是不可行，"马车右冷冷地说道，并瞥了许现成一眼，"过去你是绝对大股东，你是可以这样那样做，因为后果是你个人承担，现在不行了，老实讲，我们不敢担这个责任，如果许老板能承诺，写个条子什么的，出了问题你来承担，那么就按照你的意思搞，怎样？"

"我的满哥哥哎，你这是刀刀见骨啊！"

"这本就是一个刀口舔血的行当。"马车右从牙缝间蹦出一句冰冷的话。冰冷的程度让他身边的人也觉得寒气上身。

大家又沉默了。许现成心里非常明白，其实在座的人都在逼他，他们已经统一了思想，只等着自己让步。在这里，自己已经成了个孤家寡人。一股悲凉之情向他袭来，他觉得脑壳一阵晕眩，热潮直冲着头顶而来，于是顿时觉得气短胸闷，手脚都有些不自觉地发起颤来。他把宽阔的额头痛苦地抵在了桌子面上，双手箍住脑袋，头顶盖上开始闪汗，过了半分钟其中一个手朝空中做了一个貌似再见的伤感手势，然后大家听见他朝桌子下面低声吼道："老话讲'担不加斤，加斤卵毛十八斤'，你们是明知我担不起了，还硬往上加，这是要逼我屁眼屙血，往死里整啊……"

听见许现成如此这般地说，大家都面面相觑，然后同时将目光集中到了马车右身上，等待着他发话。看着许现成趴着的、痛苦摇晃着的大脑袋，马车右脸上没有任何表情，片刻后他站起来，说：

"许老板啊！这已经不是死的第一个人，每年都在死，难道你不心寒吗？不是讲感情和不讲感情、多投少投的问题，是人的生命问题。对事不对人，希望你不要站在个人角度来猜度他人之心。毫无疑问，这个矿在我的管理下，必须实施国家各项安全标准，我不能让这个矿山再死人。这就是原则。好了，如果邓主任没有其他意见，技改安改这个事就这样定下来了。邝总工马上开展工作，尽快将方案、预算做出来。马良坡全力协助。小王将今天的会议纪要打印出来分发给与会人员。会议就到这吧。马良坡开车送邓主任回乡政府。伍乃子你也送送许老板吧，他这段时间确实辛苦了。散会。"

许现成觉得自己有点迷糊地一路歪斜地回到了老湾里自己家中。老婆脚疾十年，她永远坐在家门口廊下的一条固定的木靠椅上，手扶着一条半人高的特制板凳，以便要移动时靠着它挽扶。虽说恨透了丈夫的所作所为，又在丈夫的淫威下忍痛屏息地过着日子，但她有保持沉默的权利。丈夫回来时，她没有抬头看他一眼。许现成自个回屋，又睡下了。他一直睡到下午四点来钟才醒过来。揉了揉眼睛，像磨盘一样把双脚抬起旋转朝着床外，磨蹭着屁股挪到床边，缓了一口气，才从床上下来。屋外下起了小雨，妻子的背影与褐色的门框成一个颜色映入他的眼帘。厅屋里弥漫着潮湿气，用拆老屋剩下的老砖铺垫的厅屋地板上斑斑点点地现出地苔的绿色。平常起来坐在门口必先抽的一支烟，因口干舌燥，许现成也懒得抽了。他站在妻子后面伸手扶着宽大的门框，懒懒地看着门外的雨天：雨斜着下来，一片片的樟树叶子被雨丝扯住使劲往上弹跳，并发出"噼里啪啦"的细碎声来；雨粒粒打在地坪的浅水洼中，溅起水花，如同一地的灰色蚂蚱在振翅跳跃；杂房、爬满青藤的院墙围子、捆绑在一堆的旧房梁木，以及旧砖堆上都已是雨水淋沥……

"桌子上有饭，自己热热吃吧。"妻子冷冷地说，用手指抠着板凳上的一个树疖子。那疖子被她长年掏抠，已成了一个凹。于是许现成拖沓着身子走到厅屋的那张漆皮脱落但榫卯紧实的棕黑色的八角桌前，刚准备去揭开罩在桌上挡苍蝇的竹罩，便看见罩子下压着的一张表格。拿起来一看，是送过来的煤矿技改预算表。许现成来不及逐条细看，就直接盯住末尾投入总数一栏：一期技术改造总投入为一十三万八千。这个数字把许现成给吓住了，他搔了搔头皮：按照这个数字摊派下来，他这一份一次必须拿出五万五来，如若资金不能按时到位，将按股东间增股、缩股的方式调整股权。这不是要他的命吗？如果拿不出钱来，许现成掐指一算，自己这份几乎就所剩无几了。"真下得了手啊！"想着他们会像当初自己对待小股东龙会计一样来对待自己，许现成怒火汹涌。"你八辈子的祖宗！"他大吼道，将那张表撕扯得粉碎往空一抛，碎纸屑像雪花一样从他头上飘荡着落了下来。

　　"算了吧！你也五十老几的人啦，儿子们也长大啦，过点清闲日子不好吗？"传来妻子闷头闷脑的声音——这怕是她一个月来说的第一句像样的话。像是被自己的吼声震呆了似的，许现成直愣着背脊一声不吭地站立在桌前足足有一分来钟。他目光呆滞、表情僵硬，按在桌子上的那双青筋嶙嶙的手背，现出来像鱼鹰的爪子在耗尽最后力气后不得不放弃猎物时颤抖松懈的状态；过了一会儿，他哆嗦着，口鼻开始歪扭，黑青的脸白一阵、紫一阵、黑一阵，整个身子开始有些摇晃。

　　"算了吧？讲得好轻巧啊！"他大叫了起来，双手往桌子一摆，接着发疯似的将桌子上的菜饭及罩子全一手扫到了地下，他气恼地朝妻子的背影大叫道：

　　"算了？十年的努力啊！老子一分一毫攒到今天，忙得汗水落在地上砸成八瓣不说，一泡屎都要从八里外憋回来屙到自家的茅茨坑里；蚊子脚上找肉，苍蝇腿上揩油，连吐口口水也要洗把手，庚朵那年偷了一捆电线，我追了二十里地打一架才夺了回来。你个瘸婆子瘪嘴巴上下没一样有用的东西竟说'算了'！呸！"

妻子的背痉挛了一下。

"毒蛇！毒蛇！"他继续地、怎么也平息不了内心愤怒地、悲痛而可怜地号叫着，"现在这些青年人怎么就这样地毒啊！不斩尽杀绝、拿光抢光，是绝不肯收手的啊！啊呀呀哎，我的天啊！我的矿啊！"

他像条鱼线上挣扎到了气力全无只能面对死亡发出悲凉的一望的雄鱼。之后片刻，他伸着头望着门外的天，眼前一片蒙眬，忽然地就不出声了，安静了下来，连针头掉在地上都能听见，静得吓人。坐在门外的妻子觉得奇怪，便扶着凳子，回转着身子往屋里面一瞧：许现成叉开着双腿站立厅屋中间，伸直脖子，状如呆瓜，那嘴巴里像落进了一坨红铁的黑洞，往外冒着白气的同时，似有带钩的鱼线钩住了心正在往外拉扯一样，嘴角歪到了耳根却发不出声来，眼睛翻白，整个人一动不动地站立着。妻子一看这是不对了，正要唤他，他却失去了任何自我保护地、像倒老土墙似的直挺挺地向前慢慢倾斜，接着便"轰隆"一声，头朝下栽了下去。

"我屋里的老许啊！"随着守候了自己三十六年的女人一声尖厉凄惶的哀叫声，许现成从倒下那一刻就没能再站起来。

他因脑出血，从医院抬回家时已经成了个植物人。五十五岁的许现成人生这部书的后半部分由于他的无畏、自傲、狂为和未能做好风雨来袭前的准备，因此，连他自己也未曾想象到会有如此大风将他那还有大部分未翻阅的书章大页码地吹翻了过去，直接地就掀开到了最后一页，结束了他刀霜箭雨的一生。

这期间，当马车右回过头来要将谋财害命的四川人扭送到公安局找赖小毛要人时，赖小毛却说："一个大活人怎么守得住，跑了。"其实赖小毛是接受了那四川人仅有的一百块钱后，故意放了那家伙。大毛朵终究是没有原谅父亲，他们没有回来看望老人。第三天的上午，丢丢来到了矿上，

九

215

她找马良坡想在矿上借一万块钱照顾公公。马良坡便给马车右打电话请示，马车右只批了五千。丢丢双手接过五千块钱后，用那种无以言表的噙着眼泪的眼睛抬头看了一眼马良坡后便逃似的转身走了，她娇小的背影消失在被晨曦笼罩的那片宽阔的田垄上。

马良坡的心一下子给噎住了，像被谁紧紧地揪住并且一定要拿出来见见光似的，羞愧让他低下了头。"真不该欺骗她！我好可耻！"他在心里骂了自己一句。

蜉
蝣

十

　　这是伍市最美的季节：早晨，河雾翻涌，它像万千尺素鱼贯穿行于小街小巷，让你感觉一错，认为小镇在云雾缭绕中航行；傍晚，西霞被细密柔润的河风牵手于瓦檐、木窗、商幌及阳台晾晒着的万千衣物之间，那一刻，百年踩踏而成凹凹凸凸的青石板街便成了宛如满街滚落着熟透了的橘子似的华丽隧道了。

　　"卖油糍粑喽！倒担的油糍粑便宜卖喽！"有小贩挑着半筐粑粑在人已稀落的街上吆喝；板门里钻出来小朋友滚着铁圈向街头奔去；南杂百货的摊子开始将坛坛罐罐衣帽鞋袜往铺里收，而餐饮小贩则开始往门外搬挪桌子，支灯架火，早早地为渡口的船客准备起夜宵摊来了。这个下午，马车右走在了这条老街上。

　　自从回乡创业，马车右可谓是顺风顺水。想什么有什么、要什么得什么。白鸡洞矿百分之七十的股份就像入了篓子的鱼儿，就算生出翅膀来也跑不掉了。而冶炼厂和广西的铅锌矿山，效益出奇的好。马五斤、赵保刚带领各自的人马忙得不亦乐乎。整个青龙公司上下，团体癫狂，那种出门捡到钱、数钱数到手抽筋的样范，让人联想到暴发户的嘴脸。马车右更是如坠云端。而就在这时，他又揽下了矿山至县城一个小段位的马路拓展工程。他像一头饿久了的狼，嘴里吃着心里却惦记起下一顿乃至再下一顿的美餐来。他预计半年内就要完成这个工程，然后等煤矿技改一结束，便开足马力生产，从年产两万吨猛然提升到五至六万吨。昨晚得一梦，梦见马村成了一个堆满金山银山的大煤场，他徜徉之间。马车右认为这是上天的点拨，于是乎决定将梦变为现实。趁着国营红旗煤矿管理散乱、资源枯竭之际，在马村河岸建个耒水第一家私营大型储煤煤坪——有了这个煤场就能抢夺大部分原国营矿的资源。再加上物价天天上扬，钱能堆成山，不是不能实现。所以，他今天想去一趟马村，看看现场，找找感觉——那种童年永远吃不饱的感觉被一种膨胀了的占有欲和掠夺快感所淹没。

从青龙公司出来走到伍市街时已是下午四点多。马车右身着一条棕红色的长筒小喇叭裤，配上一色的尖头皮鞋，长袖衬衫，大翻领；脖子上的金项链闪烁着迷人乱心的光芒。好一个风华正茂、潇洒倜傥之徒。夕阳正巧对眼射来，当他抬手遮住光芒，便从手掌下方看见霞光簇拥中有一腰肢婀娜的人影在摇曳，接着有敲打竹梆子的"笃笃"声传来，又听见女孩铃铛般的声音在高喊："各家各户，满——水！"这声音似曾熟悉，有如暖指般扣在了他的心坎上。马车右不由地停了下来，"莫非是……？"他竭力地想看清那女孩，然却因为对射的霞光，看不清女孩的面目，但对方却早已是把他看得是一清二楚。两人一近：

"嗨！"对方笔直地站住着，试着朝他轻轻"嗨"了一声。这声音不啻为前世某一个生命中含着全部意义的机缘命节在擦肩而过后待到今世的此时重邂。马车右顿时心跳肉颤——原来是他上次从水井里帮助捞过水桶的那个女孩。他想起了当时两人的回眸一望，人便有了些晃荡。

"嗨！"他也跟着"嗨"了一声，"你好像从我梦中走来。"

"噩梦吧？"她小嘴一嘟，翚眉挑眼看着他。

"美梦——一场前世今生的美梦！"

马车右的眼睛像两颗滚动的弹珠在女孩秀洁如玉的手上和那个破竹梆

子上来回滚动。之后，马车右便赖着要帮女孩敲梆。在女孩欣然接受后，两人边敲边喊着朝街尾走去。每当马车右用唯恐天下不知的粗犷声音大吼一声时，哀其不雅、观其可笑的女孩就要捂住嘴狂笑一次。"驴叫！大耳朵驴叫！……"女孩笑弯了腰，最后竟捧腹蹲在了地下，嘴里嚷嚷道："啊呀，好玩，笑得我肚子都痛了！笑得我都站不起来了！"马车右的声音确实像大耳朵驴叫。

"我姓马，是驴子的哥哥马变的，自然有点驴样范。"马车右看着蹲在地上的她，欲搀扶又不敢，嘿嘿笑着。

"难怪。咯咯咯，再敲呀，再叫呀，驴子哥。"又是一阵大笑。这是她第一次用"驴子哥"这个称呼。一种从未感受过的少女率真如同蜜一样黏甜的感觉溶化了马车右的心。马车右感觉到有冰糖葫芦的滋味从他舌尖上滑过。于是他吸进两唇，用舌尖轻舐着那上面来自女孩哈气中留下的甜沫。

当落日临近了河面，美丽动人的霞光像块长布至下而上升起来时、当她穿着蓝花布鞋的脚尖在回屋的台阶上画了足够的代表犹豫不决的圈圈后，十八的女孩用微笑应诺下了她人生中的第一次约会——她答应了他周末去看电影。

马车右随即取消了去马村的计划，坠入地狱般地陷入情渊。周末那天的下午，吹了一个大分头，抹上发胶，并平生第一次系上红领带，在路边摊铺上囫囵吃了些晚饭后，便去了矿子弟学校拐角口的那棵老槐树下——这是他们约定见面的地方。听着红墙内高语喧哗、笑声朗朗，仅上过两年小学便肆学在外瞎逛的马车右不禁觉得一阵神秘和心底泛起的一股久远难以平静下来的亲切。

山里吹过来的风清凉舒适，空气里弥漫着嫩草的香味；碗状的月亮从紫色叠加的云层中忽出忽进，像飞蝶；极少的几颗亮星在空中闪着温柔的光点。当看见打扮一新、脱去校服、以一个女孩子首次褪去稚嫩蜕变成一个青涩少女猝不及防地跳入眼帘并对他莞尔一笑的玉子时，马车右双腿的颤抖已经传递到了整个心身。她的美丽让他窒息！

电影已经连续放映了三天，片名叫《爆炸》，是罗马尼亚的电影。这是这个小县城首度放映外国映片。被电影惊悚恐怖的震撼场面震晕了的玉子在回家的路上好长一段时间里没有吭一声。她默默地走着，手插在裙兜里，看着自己的双脚，神情忧郁。马车右几次想逗她说说话，也没成功。到了西正街坳头上，拐弯就是通往红旗煤矿的那条沿河公路时，没有了路灯，天一下子便黑了许多。

"好啦，不想啦！"她大声地对自己说道。看得出来，她果断地抛开掉了电影给她造成的种种困扰，回到现实中来，恢复了她原本的欢快性情。"来呀！快些点！"她率先跑上公路，回身向他招手。

只有离开了灯光，进入了黑夜里，眼睛完全适应了黑夜后，才会发现夜空其实是多么的明亮。两人一上马路，只稍一会儿，眼前的世界完全不像待在城里的灯光下那般，大地在脚下铺开：物景绵延，巨穹之下的星空像个漏勺，人随之变得像个渺小的暗影。万物朦胧又清晰。彼此的呼吸声、心跳、肢体的表达，甚至目光中的内涵，都在不加任何防备下尽显了出来。两人走在一边是山、一边是河的马路上。耒水河面上闪烁着的几束船灯，像是几条黄色的链条荡漾在水面上；银色的河流静静地流淌着；与之平行的马路，泛着白磷光，像耒水母亲衣裙的花式绞边。

"今天有种过生日的味道！"她说，像只花鹿，在马车右面前蹦来蹦去。"驴子哥（为了这个刚说出来的绰号，她又是一阵子弯腰大笑，完了才又回到她要说的话题上），你知道不，今天那个讨厌的老师是终于向我认错了。为什么？就为她见异思迁。不行，我们全班的女同学都不答应。不上她的课，就不！我跟你说，她是我们的英语老师，说起英语来像猫叫。每天一到教室门口就排起脚低头看着她那双咚咚响的高跟鞋，然后自我欣赏地原地转一圈，完了才进教室——我最讨厌她这一套了。她跟高一教化学的陶老师谈恋爱，已经谈了很久了，全校都知道啦。可是，哎哟，你看看她，见到新调来教体育的张老师长得英俊一些，便甩了陶老师跟张老师好上了。那哪行，我们不答应。她一来上课，我们全班女生走光光，不上她的课。哼哼，气死她！驴子哥，有味不？她今天下午求我来了……"

"你们还管老师？"

"就要！谁让她是个花心萝卜！"

还没等马车右开口，她又讲开了：

"我跟你说，今天还发生一件好好笑的事。上午上语文课时，语文老师让我同桌小印——小印是乡下来的女孩——读一篇文章。小印读道：'当科考队进入戈壁滩……''停！'老师喊道，'不是戈（蝈），读戈（哥）！'于是小印就说道：'我是读哥（蝈）呀？''戈（哥）！戈（哥）！'老师喊道。'戈戈（蝈蝈）。'小印重复道。'这个字读哥音！笨蛋！'语文老师开始骂人了。他是男的。'没错呀，我是读的哥（蝈）音呀！'小印也急了。'你会不会叫哥哥？''会呀！''那你叫声哥哥！'老师可发大火了。于是小印就冲着老师气鼓鼓地喊道：'哥哥（蝈蝈）。'全班同学哄然大笑，屋顶上的檀墨灰都震掉下来一层。老师给气疯了，他双手握书往讲台上一砸，用小印乡里的话吼道：'你今晚自习别上了，跟你的蝈蝈约灰（会）去吧！'小印扯着头发抓狂起来。全班人都笑傻了，停不下来了。比你今天的驴叫还好笑哩，我笑得蹲在地下都起不来了。后来课也上不成了，小印把'蝈蝈'气跑了。班上又多了一个好好笑的笑话——小印，你蝈蝈叫你去约灰。"

她绘声绘色、一路喋喋不休地讲述着自己学校发生的各种故事。寂静的夜晚里响彻着她像夜莺一样的声音。她倒退着走，面朝着他笑，叽叽喳喳地讲，每当走到前面与他拉开距离时，就会停留在原地，弯腰双手支在腿上，像运动员准备起跑一样抬头看着马车右，嘴巴不停地仍在讲不停地仍在笑，看着马车右走近，便又跳了起来赶到前面去。她像一个不能安静下来的百灵鸟，忽前忽后在他的周围啾啾不停。"驴子哥、驴子哥，快点、快点，你怎么不说话？你是头闷驴吗？哈哈哈……"她呼喊着他，这声音在夜空下回荡，将莘笋从地皮下催生出来，将莘絮飘扬在空中。

前方是两块巨石组合成的一个夹缝，涧区有流水和冷风溢出，叫"冷风窝"。矿山的炸药库就建在这里面的垅巷里，不准外人进入，所以被蒙上了一层神秘。玉子走到这儿，忽然地就不出声了，夜，便一下子安静了，传来一声河里鱼儿跳跃起来拍打着水面的声音。"怎么啦？"看着合手抱胸、悚然不动的玉子，马车右笑问。他看见她做出一副神秘样子，小手指瑟瑟地指着前方，忐忑地压低着声音说着："冷风窝，到冷风窝了啊！"眼睛里面闪着夜晚也明亮的孩子般惊险目光，并猛然依偎到马车右的身旁。"那里面有沙子鬼哩。"她声音颤颤的。"假的，是那些调皮的男孩子吓你们的。"马车右说，想起那年到县城抢赌场在这里等马五斤时，伍乃子跟他说的话。他们就是躲在这里面看见有散电影后夜归的女孩子时，便向她们泼沙子的事来。可玉子不信，在过冷风窝时，忽然小手塞进马车右的掌中，一声不吭地拉他匆匆向前。过了冷风窝后，她才放下心来，吁着粗气对马车右一本正经地说道："那里面真的是有鬼耶。"而马车右攥着她那柔软、冒着凉汗的小手，体验着其中的滋味。这一触碰，碰出了他一生的豪迈。他想把她拉过来，搂在怀里，但他的这种肢体动作所传出的用意立即就被她拒绝了，她从他手臂中挣脱，跳了出去，又跑到了前面。"来呀，来追我呀！你追不到我的……"

时间在一个不断地说、不断地跳、不断地笑和一个始终默默却心潮荡漾的二人间像沙漏一样让人依依不舍地过去了。到分手时，已近午夜。告别时，裁缝师傅的女儿突然用优雅绝不失色于电影里欧式风格的时髦动作，将手背抬起，递给他。这一动作让乡巴佬马车右的魂都掉了，他的一双大手耙子像捧着豆腐花一样捧着那香饽饽般的小手，蠢笨得绝对不像那么回事地努着唇在上面吻了一下。

"香。"他说，依恋不舍地看着她把那手抽回去。

"那是松香味，"她再自然不过地说。转身，回屋，合门，之后忽然却又把头伸出门外，卖弄道：

"我拉一段小提琴曲给你听听吧！"

"好呀！"马车右一喜，刚准备抬脚跟上去，却被玉子的纤纤素手指摁住了胸口。

"你不能进来！"她说，曲指一指，马车右顺着指向望过去，墙拐角有一棵泡桐树，那正是裁缝铺的吊脚楼下。关门，然后是她在铺内急速行走时浆干过的衣裙发出的窸窣作响声，再后是在楼梯上奔跑的咚咚声。马车右于是就像被楼上放下的一条绳索吊着的一个木偶，蜘蛛般地顺墙磨到了吊脚楼下。

泡桐树下落满了枯花。马车右一仰头，楼上的灯光也随即亮了。一窗泛黄的灯光像镜框套在河岸边的沙地上。不一会儿便从这窗里传出了琴声。马车右从未见过小提琴，但他知道，那是马村丧戏班子里找不出的洋玩意儿。马车右也不懂音乐，但从曲调中他还是听了出来，那是电影《白毛女》里面跳红头绳的那段。马尾弓一直跳跃在E弦上，抑扬顿挫。那像一对白鸽的琴声，从阁楼里夺路而出，撞上吊脚楼的阳台栏杆、撞上泡桐树、惊飞树上的蛾虫、唬走河岸捕鱼的夜鹭、分岔开吹来的江风……在夜下里穿梭回荡。这声音在马车右看来不啻为今生来世都只能出现一次不可再有的天籁之音。玉子将此曲一连拉了两遍后，便收弓息声了。再没动静——像点了把火却没想让它旺起。一辈子将那些吱呀作响能凑出美妙声音的东西视着神奇之物的马车右，被这种高雅撩拨得一身颤抖，像想吃糖果的顽皮孩子抱着泡桐树很久很久未有离去。就是那个夜晚，就是那段《白毛女》的曲音，一桩百年前已然存在的孽缘就此展开了。马车右几近疯狂的那颗心，在那个万物俱寂的午夜，像山野间被猎人放的夹子夹住了脚的兔子一样东跳西蹿一直折腾到黎明。

马车右的恋爱故事开始了。

幸福的热恋与揪心的苦恋，相隔就一张薄薄的纸。急性的马车右一步便跌入了苦恋的征程。连续几天他忘了去公司，流连于学校周边、伍市街头、能遥望裁缝铺的渡船上。也曾在高三玉子的寝室下一呆一整夜，脚下的烟蒂堆积起来有小山包那么高。有一次徜徉在河边，他忽然突发奇想，捡了块石头扔向水面玩水上漂，数着石头在水面上跳跃起来的次数。"十碗！"他喊叫道，一连几十次都未能如愿。"十碗这个数就是我能追到她的成功标志。"他心里说道。整个河滩上的薄卵石都被他拾光扔尽，但仍没如愿，最后累倒在沙滩上，直到一只沙鳖夜间出来产卵从他肚皮上爬过时，他才从梦中醒来。他握住沙鳖薄薄的边壳，口里嚷着"就看你了"，使劲朝河面一甩，"一、二、三……十！"沙鳖在水面上像盘子一样跳跃着，"哈哈，十碗！"马车右狂叫起来。至此，玉子那欢蹦乱跳的影子、黑可照人的眸子、汗丝里冒出来的香润……渗透到了他的肌肤乃至灵魂。

当然，有时候他也会想起西女。他给自己找的理由是，作为一个男人，面对如此成熟如此具有代表性的母性胴体，男人动心是再正常不过的了。他原谅了自己。他自然知道那不是正经之道——尽管他心中的初男之旅是如此的刻骨铭心、尽管从她身体上得到的是一种无与伦比的疯狂至极的生命体验、尽管她让他蜕变成了一个真正的男人，但马车右还是更看重玉子身上的稚涩、纯洁、阳光和高雅，她就像雨润中等待初升之朝阳的栀子花，诱惑无比，比肉体的东西更浸入骨髓，更能让一个男人充分体现出雄性的关爱。这与西女在一起时有着天壤之别。马车右决定不再与西女往来，他的心已被玉子塞满。

周三的下午，是他们第二个约会的日子。从渡口向西望去，那条灰色鹅背般的曲岸就是耒水船厂的船坞。滩头上、水草边、兀立的巨石，以及渡船的甲板上，都冒出热浪。湘南迎来了一年中最炎热的天气。"看见那棵古樟树没有？那是我们马村的守山树。我在那儿等你。"那时，马车右指着对岸对玉子说。他得到了玉子再一次的跳跃——她的跳跃代表她欣然接受。"我可以先在树下睡一觉。"马车右这样想，他已经有很长时间没去那地方了，他想那个地方。

就如同步入夏日的天堂：宽敞宏大、视野开阔的古樟下，绿荫婆娑、清风习习；芬芳的草香、浓郁的樟油味、沁水醉心的凉气、泥土的湿润感，以及树冠上万花筒般的无数碎花片一样的耀光，都扑面而来。几只池塘里的鸭子也从池塘跑了过来，远远地待在低垂的树梢下，梳脖捋翅，享受着萌佑。

看着河岸边绿帘一样垂在河面上柳树，摇动的树影子让马车右很快就进入了梦乡。浅睡中，他看见自己光着脚丫在河边奔跑，前方不断有涨水时搁浅在岸边的树枝挡住他的步伐，水中鱼儿逆流而上，与他同行；被惊吓的水鸟弃下嘴中叼着的小鱼，慌不择路地四处飞散，他跑啊跑啊……渐渐地，脚下的沙泥越来越松软，像是入了沼泽，你越是拼着命地想往上爬，却相反地越陷越深。最后，是一片漆黑，脸上被淤泥和水藻覆盖。他害怕起来，猛然往上挣，光亮就在眼前，像黑锅上扎了一个洞，阳光从洞里倾泻下来。"好熟悉的景象。"诧异间，梦境一转，他又回到了伍市那个叫"模范井"的井中，手扣着铁皮桶往上浮。浮啊浮，就是达不到水面，那一口光亮既遥远又近在咫尺。这时他又看到了那张像贴在玻璃面上挤平了的脸——那是她。于是，他又像上次一样放慢了速度，滞留在水面一掌之下，他睁大眼睛，他看到一张天真无邪却内涵丰富的脸呈在金黄色荡漾在水皮上……

马车右睁开眼睛时，看见一张青苹果刚透红时涩硬饱满的脸——那是玉子正俯身用逗趣的眼神望着他。她汗湿的绒毛干竭在额头上，闪烁着细黄透亮的光，像团金丝沾在银板上。此刻的她，正将嘴努成风筒，马车右感觉到了从她嘴里轻吹出来的带着丝丝凉意、携裹着香甜软嫩的风柱，像玉润冰壶从自己身体的各个部位滑过，所到之处无不勾心摄魄。刚从梦中回来的马车右突然觉得心中涌起一股抑制不住的冲动。他伸出胳膊的动作遭到了她轻声的一"呸"。马车右放弃了——她身上有一种无声的力量像魔力一样制约住了他，他从不敢在没有她默许的情况下越雷池一步。

"做了一个梦。"他说。

"又是梦，你的梦真多。"她道。

"梦见自己掉进了河边的泥巴潭里面出不来了，下面好黑，就像那次下到井底帮你摸桶子一样黑。后来看到了你，就什么都不怕了。"说这段话的时候，马车右是很认真的，以至于玉子那张快活单纯的脸上立刻动情地蒙上了一层深深的内疚感来。她用指肚在他的鼻子尖上点了一下，"真的？假的？"她笑问，但口吻、神情是相信的，然后像是要避开这个问题似的从他身边跳开，一甩头发，说："走，你不是说教我游泳的吗？"

"日头正猛。"

"那我先去玩水。"

从渡口往下游，奔腾的耒水冲过老虎口后，河床变宽，左岸便留出来一个马蹄形的沙滩。黄灿灿的沙滩从浅水湾里半隐半现地凸显了出来。船厂在这里建了个船坞，为船检修补漆、停泊歇息。每逢夏季来临，这里便会帆船云集，沙滩上扣满了翻晒待修的旧木船和新打制的船骨。这是这片沙滩最忙的季节。木夯声、钉扒声、船板效正的巨大咯吱声此起彼伏。有一群人手拿木杠绳索正朝一条刚修缮好翻正过来的大木船走去。这是新船要下水了。另一远处的河岸边，一队裸着上身腰下系着白汗巾的纤夫正在歇脚。一支烟后，他们将把歇足的气全部用来抢滩。

玉子一手提着凉鞋，一手按着柳叶帽，沿着河岸往前跑，到达沙滩上后，把鞋子胡乱一扔，撒腿就跑向河边。马车右看见河面上的波光立即将她包裹了起来，她便成了水面上漂浮着的一朵花儿，铃铛般的嬉笑声从那里传了过来。有一条晒干后补漏的待修小舟底部朝天倒扣在不远的地方，在它的下方沙滩上留下一条柳叶形的船荫。马车右钻进船下方的荫凉处躺下，扯了根草茎放在嘴里嚼，目光像风筝线一样追视着在烈焰风暴中忽上忽下、摇曳不定的玉子。这时，从船厂走下来一队人马，像次序严谨的一队火烈鸟。他们全都光着膀子，一律小裤衩兜"家伙"，米色的荷叶形坎肩套在脖子上，像婴儿项上巨大的长命锁。不一会儿便传来了船工们拖船下水的号子声：

> 同志们把肩起呐！
>
> 嗨——哟！
>
> 新夫养上轿子呀，嗨嗨哟啊！
>
> 赶紧往新屋里抬呀，嗨嗨哟啊！
>
> 酒菜都上了桌呀，嗨嗨哟啊！
>
> 快点把新郎灌呀，嗨嗨哟啊！
>
> 醉鬼进了屋呀，嗨嗨哟啊！
>
> 洞房烛火灭呀，嗨嗨哟啊！
>
> 快点把衣裳脱呀，嗨嗨哟啊！
>
> 好事成了双呀，嗨嗨哟啊！
>
> 早晨把人来看呀，妈耶——媳妇是个丑八怪呀！
>
> 噢！……嗬哟哟哟哟哟！
>
> ——又一艘船下水了！

号子声粗野雄浑，带着汗酸味。这些号子马车右听多了，以往从没在意过，此刻却听得津津有味，第一次悟出味来。没过多久，热得不行的玉子回来了，手上抓了一把白蜡似的小石子，立正，甩发，伸手，"看，我的收获。"她将掌中的石子展示给马车右看，"漂亮吧？我捡的，小时候妈妈带我捡过，放在花盘里好好看。"

马车右侧起身来，用双手在沙滩上耙了一个浅窝，见了湿气后便在上

227

面示意地拍了拍，"现在你的任务是睡一觉，等到太阳下山。"他说，偷看了一眼她的胸口。那上面沾着的砂粒，玲珑剔透。

"那你呢？"

"我站岗。"

"不，你讲故事。"玉子一伸腿躺下，头枕在了马车右的大腿上，"我不听故事睡不着。"

"我嘴笨不会讲。"

"就是要讲。"

"那我讲一个？"拗不过她后，马车右搜肠刮肚中想起了小时候冬季里村里人拥进马家大屋围炉夜话时，五奶最喜欢讲的一个故事，于是便捡了来说："从前山里面有两只老虎，它们一母所生、吃一奶长大，睡一起睡，醒一起醒。从第一次出窝，它们便不曾分开，朝起结伴而出、夜来秉烛而归；每到太阳落山的时候，它们就会双双趴在悬崖边上，望着江水的尽头、太阳落山的地方，因为它们都有一个共同的心愿——山外面的世界究竟是个怎么样的世界呢？在某一天，它们发现了彼此间的一个奇特的现象：它们一个是千里眼，能看到山外山的地方；一个是顺风耳，能听到山外山的动静。从此它们更是形影不离了。渐渐的，它们长大了，相爱了。老虎妈妈可不同意，这怎么行呢！你们是兄妹啊，是一母所生啊！于是把它们分开。一个赶往南山，一个赶向北山。它们伤心极了，它们不能忍受彼此分别的痛苦。为了表示彼此永不分离，它们作出了一个决定——千里眼掏聋自己的耳朵、顺风耳扎瞎自己的眼睛——借此达到相互依存的目的。

"从那之后，每当太阳落山天边一片火红的傍晚时分，人们就会看见河对岸悬崖边上的那块龟背石上，一前一后跑去两只老虎，它们一个没有眼睛，一个没有耳朵。于是村里的小孩就会齐声唱道：'两只老虎，两只老虎，跑得快！跑得快！一只没有眼睛，一只没有耳朵，真奇怪，真奇怪……'"

故事讲完了，听故事的玉子却久久没有出声，当马车右轻拿开她搭在眼睛上的细手掌时，发现她弯曲的睫毛阴影下藏着两颗眼泪。"你又弄哭了我。"她噘起嘴气鼓鼓地对他说道。此话一出，马车右的心几乎是软成了一摊泥，他有一种即将被溶解、并且在她面前永远也再塑不起来的感觉。少许，她站了起来，伫立在离马车右五步之远的地方，朝河对岸的悬崖凝神远眺。马车右望着她长裙飘逸的背影，感觉似乎覆盖上了一层愁云，以为她仍旧为那两只老虎伤感，于是走上前去，她却突然转过身来，面对着他：

"征兵了。"她对他说。似喜似忧。

"年年如此。"他答道。

"这回有女兵——北京空后文艺兵。"

"……"

随着太阳的下山，沙滩上渐渐的安静了下来，与此同时，船坞那边敲击船体的"咚咚"声和耒水的浪涛声也变得单调而清晰起来；天空中飘来曝晒下的船体散发出来独有的干桐油味；浅水中有鳜鱼突然发力追捕前方小鱼发出的尾浪声；小鸟也开始在河面上飞掠，蔚蓝的天空上盘旋起了数只老鹰——耒阳在渐渐的孤寂中迎来了血色美丽的傍晚。那个晚上，马车右与玉子各怀心思沿河岸以卵击石，一直从下游走到上游，其间言语很少。

从那之后，半个月两人未曾再见，这对马车右来说，如隔三秋。他一度放弃工作，几度傍晚到学校门外逗留，希冀老天开眼，让他与玉子不期而遇，但终没能如愿。茶饭不思、夜不能眠，这是自然的，说狂癫失魂，也不无道理。送货回来的马五斤一早到公司，看见立在阳台上发傻的马车右，于是在下面喊道："你不出去吧？我去吃碗螺蛳粉就回来。广西那边有事情找你。"马车右点点头，但是立马就忘，他夹着包飞快去了冶炼厂。一屁股坐在赵保刚办公室后，还没等赵保刚把茶端上，他嘴里莫名其妙的一声"嘟噜"，屁股一抬又走了。赵保刚这才确信"那个学生妹把他给弄癫了"的传言。也不知在哪里逛了半天，下午才回公司。那时，马五斤与伍乃子正站在公司院墙里说着什么笑话。"你早上是不是说找我有事来着？"他想起了什么似的问道。这马五斤好像故意的抑或是真忘了，说道："没有啊，是昨天吧？昨天找了你一天，都没找着，最后有人说让我上学校门口去找，准能找到，说你在那守株待兔呢，等一个叫什么'耒水一枝花'的……"

"这是谁在背后放的骚屁？"马车右脸上掠过一丝魂归窍里的赧然后立即瞪眼看了一下伍乃子。

"朝我瞪什么眼？我屁都没放一个。"伍乃子小眼套大眼回击马车右，他知道马车右在怀疑他，于是干脆点破那张窗户纸，翻白眼道，"你也算是泥江里钻进钻出的老泥鳅拐子了，还玩这些细把戏过家家的玩意儿，费事不？要让我啊，就学着三居会周矮子找老婆的套路：假说带她去看夜景，然后带到'八居会'山上去，再告诉她，这是坟山，脚下全是死人，保准吓得她喊爹喊娘，拼着命往你身上乱钻。这时下手，一招搞定。"

"鬼话。"马车右眼角掠过一丝恍然后，一路踉跄着回办公室去了。

伍乃子就这么随意一说，并未觉得有什么不妥，然而马五斤却从马车右的眼睛里看到了一丝罪恶，于是对伍乃子正色道："你开了个过分和邪恶的玩笑，你等着吧。"

"何以见得？"

"他是什么东西，我还不知道？"

又过了些日子，他与她的事成了全公司上下的主要话题，公司的人都背地里谈论着他。马车右是个急性子的人，耐不住性子的时候心里面便会很躁，火一上来，谁也惹不得他。所以除了赵保刚、伍乃子、五斤几个走得近的人外，其他人都躲着他，嘴上不说，心里都明白：值此难受之时，别惹。

马车右的担心无不道理。凭玉子的美貌，只要身体不出问题，政审能过关，哪个接兵的看了不想要？这天，马车右不觉中又来到学校门口。他在学校门外逛够了后终于鼓足勇气跨进校门。脚一迈进学校，便有些后悔。

有几个女生用诧异的目光看着他。虽然学校已经放暑假，但操场上仍有不少的学生在闲逛。马车右看见，其他教室已空无一人，唯独三楼高二的教室却人声鼎沸，教室门楣上贴着红色指示标志，门下人出人进，走廊上也站满了学生。"众目睽睽之下，我一个社会青年来这里找一个学生，这是不是……"马车右决定退出去。恰巧这时抬眼看见操场对面的一排红砖平房里出来一群女学生朝自己这边而来。他一眼就认出了那个高挑、扎着跳来跳去的马尾辫的学生是玉子，于是心一阵狂跳。他将背对着她们，低着头，迈着逍遥步，煞有介事地做出一副闲散瞎逛的样子来，心却早已飞出了体外。在与她们擦肩过来时，马车右耳边传来女孩们叽叽喳喳的说话声：

"'站直喽！'我都直得像晾衣竿子了，还拿尺子打我的屁股。"

"你们发现没，那教官让念芝一连转了好几个圈，看不饱似的。"

"全县仅招五个女兵人，轮不到我们，哼！明天我不来了。"

"也是，目测下来怕只有念芝了。她既漂亮又会拉提琴……"

几个人从马车右身边走过时，他从她背影语言中看出，玉子其实已经发现了他，但她没有停下，而是继续往前，等拉到了一定的距离时，她才一回头脱离群体，朝他跑来，脸上溢着笑，"你怎么来了？找我的吧？"她小声说道，眼睛紧张地瞅着远去的同学。"没事出来溜达，赶巧碰上了你。"马车右表情极不自然，脸涨红了，连傻瓜也知道他在红口白牙说假话。玉子四下张望了一下，用手碰了碰他，细声快语道："刚目测完，那边我还要去展示一下特长。马哥，三天后的下午，河边老地方等我。快点走吧。"说完，逃也似的甩开辫子跑开了。

马车右回到办公室，里面早已坐着两个人，像在争吵着什么，一个脸上一阵红，一个脸上一阵白。俩都是冶炼厂的骨干：仓库保管员"瘪伢子"和冶炼车间主任"猪屎鸟"。

"你们有事？"

"冶炼车间建新炉的耐火砖到了，送货的等着打款，请你批个字。"猪屎鸟抢先说道，并将单子端放在桌子上。

"赵总呢？他批就行啦。"

"赵总带着老婆去医院做孕检去了，让找你。"

马车右双手插在裤兜兜里站在办公桌前，慢不经心地瞟了一眼批条，目光散乱。"那你呢？"他转眼看着瘪伢子，问道。

"原料库装不下了，路上又来了一卡车。赵总说在仓库侧边搭个敞篷当作临时库房，刚送来了一车竹子，司机没走，等着拿钱。"瘪伢子说道，也把条子递上去。

"那你们刚刚在吵什么？"

"他——"猪屎鸟立即情绪亢奋了起来，眼睛瞪得灯笼大。他手指着瘪伢子像找到了同盟军似的对马车右说道，"他脑壳里进了蛆！胡说八道，说什么光可以转弯，我们现在看到的星星，其实早已经不在原地，我们看到的只是上万年前的那颗星星弯曲的光。马总，这不是明显地胡说八道吗？"

"这可不是胡说八道，是宇宙科学。还告诉你吧，我们地球不过是宇宙间一个渺小的尘埃，更别说我们人类了。生命短暂啊，跟屁一样，嘣一声，就没啦！"瘪伢子说，"你的这颗脑壳当尿桶好使，回家塞老婆裙子下接尿去吧！"

这话说得让马车右有一刻钟陷入了迷惘。他拿过批条似看非看了半天也不签字，然后站起走到了门口，也不知是对谁说："生命确实短暂，嘣就没了。走了也许再也回不来了。"然后长时间看着门外的天空。

"去呀！"他突然莫名其妙地叫了一声。

屋里的两人一惊，然后便是迷惑不解，最后，他们的表情达到了高度的一致：老板癫了！退出房间后在楼道口遇上捂住嘴巴偷笑的牛鱼鹅。她一挑眉，说："他近日心情不好，像疯牛，见谁瞪谁。你们还是等赵总吧。"

从小到大，他还从未如此郁闷和不安过，也从未如此地想念过一个人。无父无母、上无片瓦下无寸土、夜无所归、日无所居。那些孤苦伶仃的童年和少年，在马车右看来仅仅是在肉体上侵害着他，但是，只要有口饱饭吃，他就能一觉睡到大天光。今儿个不行了。从玉子给了他个约定，整整三天，几乎就没睡觉。当一场太阳雨过后，天空上呈现出一弯彩虹时，马车右终于等来了那个时刻。

日落时分，马车右乘渡船赶往约会地点。一样的路，一样的景物，两样心情。马车右有种预感：接兵的定会看好她，她一定会如愿以偿。日落的沙滩已经鲜有人迹。河面碎光闪烁，橹声欸乃，柔浪中有船夫立在船头，单手划桨，径直靠岸。渔夫锚好船，筋瘦黝黑的背上驮着一大捆渔网，鱼儿挂满了网格，偶尔还有未死的鱼在网上挣扎着蹦跳几下。渔民看来今天收获不小，因为风送来了他时断时续、沙哑嘶吼的一路歌谣声：

> 红萝卜的胳膊，
> 白萝卜的腿；
> 花儿样的脸蛋，
> 红嘟嘟的嘴……

> 小妹妹和亲哥哥，
> 一对对哎，
> 刀架在脖子上，
> 也不悔耶！

> 亲哥哥、情哥哥，
> 撇东撇西，
> 唯独你——
> 撇不下啊！

正听着歌，河岸边飘带般的小沙道上已出现了玉子飘然而来的影子——

轻盈、袅娜，像抛至在空中的一条彩色的丝带。好不激动的马车右于是朝她奔了过去。"停。"仅剩三步远距离时，玉子忽然刹住了脚步，"停在那儿，不许动！"她朝他喊，并做了个阻止前进的手势。见马车右站稳了，于是运足气力，展开双臂，先是碎花步来了个三百六十度的芭蕾舞旋转，然后是一跃而上，像猴儿一样吊在马车右的长脖子上。

"我考上啦！"她把脸蛋贴在他的耳边，激动地对他说，"我考上了，马哥，真的！我真的考上了耶！"

"恭喜你。"他极端勉强地说，眼眶子里痒痒的，那是悲伤。仍处在兴奋中的姑娘未能觉察，或者说还不能切实地体悟到热恋中男人的隐秘心情，她从马车右身上下来后，还没高兴够似的冲着河边又来了个三级跳，然后弯腰，双手合成喇叭口，放开喉咙朝对岸一阵呐喊：

"啊——！我、要、当、空、军、啦——！啊——！我、要、上、北、京、啦——！"

整个河湾回荡着她高亢清脆的声音……

她的心已经飞向北京！当马车右微微颤抖地点燃第二支烟时，玉子似有所悟地从后面趴在他的背上，双手叠加着放在他的胸口，脸颊摩擦着他的背肌，两人的心跳声此起彼伏。

"忘记我吧！"她轻声地说，"不要想我，不要等我。我回来了，我便会找你，我没回来，就永远不会回来了。我会在心里会永远地记住你。"

"北京老大的地方，是首都，时间会很快让你忘记掉我的，而我，将会由于时间的流逝而越来越忘不了你。"马车右说道。他呆滞地望着月色下波光涟漪的河水。

"那……？我不去了？……"

"我可没这样说！"

"我不能保证我能够回来。所以，你必须忘记我。忘记我吧！哥！"

…………

风是热的，天空幽远，河面上像正在下着密匝的星雨——全部斜挂在开始拉升至头顶的天网上。一只夜鹭展开巨大的翅膀，在河面上滑翔，能看见它翅膀下白色的羽毛映入在水面上的两团白磷光。沙滩，温柔地、毫无掩饰地、含情脉脉地向她的儿女敞开着自己的胸怀；两个拥抱着的影子被月光映照在沙滩上。

不知为什么，马车右忽然想起了小时候从小伙伴碗里抢肉吃的事来。"好东西不会自己跑来。"从他半岁时母亲再嫁开始，生活就教会了他这个理。"抢！"这种冲动与特性，从那时起，就铸就在了性格、理智、情操，甚至灵魂里，成了他的秉性。现在，就在此刻，爱的自私性和性的欲念正在悄悄地吞噬掉他原本纯净的爱的灵魂。马车右紧搂着玉子，万念进发，那种冲动折磨着他。但是，当马车右看见月亮下她用安详纯洁、带着微笑带着信任的美丽的黑眼睛看着自己时，他立即放弃了那种从心里刚进发出来的恶念。

"哥，送我回家。"她说。

"好吧！"

"我要你驮我。"她又说，做预备性跳跃状。

"那就驮。"

如果事情就此了结，世间不过是多了一场情伤，少了一段佳话而已，但上苍恰恰没这么安排。上苍在他们身上都播下了一颗带有罪恶、欲望、自私、暴力、阴暗，美丽、善良、真实、情爱，充满着各种基因的种子，让这些潜伏着的种子适时而发。上苍从来就对这些从亿众竞争者中脱颖而出的佼佼者们不那么吝啬，它要让每一条生命都在短暂的几十年中活出自己的色彩来——不管这色彩是黑色的还是亮丽的。

很快，玉子参军入伍就要北上归队了。启程前的那个傍晚，玉子跑去与马车右告别。马车右早早地就到了爱琴广场上等着。因正赶上晚饭时间，空旷的广场上除了一个驼背老男人踮着脚在标语墙下伸长脖子看海报外，就还只有一老奶奶手端饭碗吆喝着追赶小孙子喂饭的祖孙俩了。此时最热闹的，当属广场左侧矿宿舍楼那一排排整齐的五光十色的窗灯了，就像数不清的皮影戏台子。里面正上映着油盐酱醋锅碗瓢盆的人生交响曲。马车右双手插在大裤衩子里，望着伍市方向来的路口，神情有点像偷猎者正在静候猎物。当他无意将地面上的一块小瓦片踢飞起来，顺着瓦片飞去的方向望去时，那个熟悉的影子已然出现在了远处球场的球架下。确信对方看见了自己后，玉子便在篮球架下驻住了脚。球场的上空架有数盏柱光灯，没有球赛时仅开开南北两头各一盏灯。玉子正好立在南头的光柱下。

展示在马车右前面的是一个全新的玉子。她已着上军装：绾了一节的绿色大军裤下露出一对白色护士鞋尖，军衣略显短了些，齐腰紧束，臀围便舒展开来；原来马尾式的长发，也剪成了女式短发。当马车右走近，她便将偷偷撂在背后的军帽端端正正地戴在头上，把胸挺直。马车右看见，短密的浓发像经织严密的一大团黑绒线把她的脸蛋包裹了起来，那恰似被一双上苍慈祥的手轻捧着，里面线条柔润的脸庞正露出无比灿烂笑容。军帽下的玉子已经在此刻起由一个学生蜕变成了一个美丽的、性感的、暴发着青春魔力的成熟少女了。

"怎么样？像军人否？"她并拢双腿往前一跳，军人风范十足地立正在他面前，双手反背放在臀部。等待他的夸赞。马车右早已目醉神迷：如果说在这之前一直穿着小女孩似的服装的玉子在他心中还只是个需要他呵护、关爱、无敢伤害的小妹子外，那么，此时的玉子已经是个活脱脱的令其魂飞体外、使他心身俱颤、让他可望而不可即的绝色佳人了。

"就是个军人。"马车右说道，他发现自己甚至不敢多看她几眼。

两人开始在球场漫步，双方都突然发现纵有千言万语一时间却不知该说些什么。

"我听说……"玉子欲言又止地偷看了一旁的马车右后说道，"女兵很

236

少有转业回乡的……"

"能留在北京，有多好，那是首都。"马车右喉结咕噜地响一下。

"我怕我会想你。"

"生活不是这样就是那样。"他说，似乎需要安慰的是对方而不是自己。圆月从云层里钻出来，白云簇拥着它。

"我……知道有一个地方能……能看到矿部的全景。"马车右说这句话时，心里一阵怦怦乱跳，途中一度想止住，但没有。

"真的呀？带我去看看吧！"玉子于是说道。天色已黑，她大方地挽住马车右的手，像妹妹缠着哥哥一样把身子沉在他身上，催促他带她去。

一条小道从矿办公大楼背后七居会的后山通往"八居会"。这条垂直的泥路，像一根白桦树干，将黑乎乎的一座山包一分为二。山脊上有一块不大的坪地。两人不一会儿便到达了这个圆形像个秃子似的岗顶坪地上。他们的身影交织着映在背后是墨黑色的天幕上。月亮、星星，以及整个的夜空，突然间就变得不那么高远了；黑影绵延的山峦、围绕着矿广场四周的房舍、球场、电影院，还有那个像箭一样指向夜空的电厂烟囱，都已在了眼皮底下的视野之中。一颗明亮硕大的星星，闪着忧郁的蓝光，悬在耒水河湾上空随风摇曳；山野垄巷里吹来草香、夜间泥土中散发出来的湿润气。两人面对着山下坐了下来。

"真的吧！尽收眼底！"玉子惊呼起来，"今天才发现矿山真美！"黑暗中，她眸子里闪着奇亮的光。从远处的广场、灯光球场隐隐约约传来孩子们的嘈杂声。

"所以，……他们选在了这地方……"马车右吞吞吐吐、极不连贯地说道。他把脸侧向一边，躲避着玉子朝他投来的目光。黑森森的眼下吹过来一阵阴凉的风，芦苇的花絮像无数白旗般顺着风飘扬，一座座土包像一座座奄奄一息的冷灶。

"你说的什么呀？谁选在这里呐？"

"他们……"

"他们是谁？"

"死人——这里是矿上埋人的地方……"

"啊——？！"

玉子惊骇地一叫，收拢目光，惶恐地四下观望，这才看清，四野全部挤着长满了野草的乱土包、倒塌的坟围子和歪斜的墓碑，就连自己背后也是一座崭新的坟头，上面端正地摆放着一双死者生前穿过的破皮鞋。当清风吹动起坟头上沾满月亮磷光的茅草时，叶的纤纤影子，就像有无数个幽灵从坟头地缝扭摆着身体挤了出来一样，张牙舞爪地你牵我拽迎接起它们的新一天。

玉子看清这一切后，顿时汗毛竖起。这时有一条白色的猫"嗖"的一声像一张落地后重新被牵着走的破风筝，忽上忽下、忽明忽暗从眼前的坟沟蹿过去。玉子一声尖叫，惊跳起来，然后朝马车右怀里一钻，整个身子便缩了进去。马车右从她眼中看到了类似兔子受惊寻找庇佑的目光。他抱紧了她。

一颗橙色的流星拖着长长的尾巴、擦过圆月的边缘朝西边马村后山方向陨落。山脚下卷上来的潮气像四脚蛇一样在坟岗上爬行，然后将滚落在山冈上的两个情迷意乱的人影来缠绕。夜空在雾霭的黏糊中昏沉下来，再不清澈；橘黄的灯光透过层层雾霾，将稀零的一点余光抛弃在"八居会"的乱坟岗上。

"你是个大坏蛋！"马车右看见她双手支在背后弯腰朝他喊道。信赖感崩溃的背影在马车右木呆的眼里晃晃悠悠地消失了。

第二天一早，"玉子"唐念芝坐上从县城来的接兵车走了。

十一

赵保刚与珍珍同居后不久便诞下了一对龙凤胎。一双儿女满月时，满月酒与婚礼宴一起办。酒席就摆在宿舍院子的廊道上，从巷口到巷尾，一字排开一十八桌。请的多为左邻右舍。高兴坏了的赵保刚母亲，一边耸着小鼻子闻着含有十月木樨花香的空气，一边揉开高兴得挤在了一起的那双吊皮眼睛。虽说儿子娶的是个"回笼的包子"，心一直被咯噔得不舒服，但自从儿媳妇怀上了，她心中的美事便开始了。每天像只蹩脚的兔子围着有蛋要下的母鸡旁转悠：煲汤送饭、嘘寒问暖。两个小女人从消除隔阂到亲密无间，最后像对小姐妹似的整天价地黏在一起，只用了不到一个月的时间。这一切全都因为赵家即将要添丁加口。

"可得要帮我们老赵家生个男孩呢！"为此，她不少去送子观音那烧香磕头。有回俩在家没外人时，她像摸刚揭开盖布的嫩豆腐似的在儿媳妇的大肚子抚摸了一周后说道："准是个男孩，我求了观音。"自豪且不再羞涩了的珍珍捧着肚子笑道："就放心吧，妈妈，你家儿子像头牛牯，猛得狠，准是个儿子。如果这回生了个千斤，那我就再怀，管它呢，罚款拆房子也由他们去。妈妈，放一百个心吧！"说到儿子猛，两个女人的眼光碰到了一起，煞有介事地抿嘴笑了。快八个月的时候，珍珍的肚子撑破裤腰大到

239

了吓人，走起路来像鸭子，尿尿都得站着。"妈，这肚子怎么会泱大呀？你生刚子时是不是也这样？"珍珍那天问母亲。"可能是你羊水多了的原因吧？"母亲说道，然后撩起珍珍的衣裳。从窗格子里射进来的午后阳光照在珍珍的肚皮上，青色的血丝在绷得紧紧的肚皮底下，就像玻璃板下压着的苔丝一样，闪着紫绿色密麻的线条光来。"这才八个月呀，怎么像就要生似的？莫不是双胞胎吧？"母亲惊叫了起来，想了儿子回来那天在地里挖出来的一对连体尜尜薯。于是，儿子一回家，就逼着他带媳妇上医院检查。果然让她老人家说准了：医院检查结果就是双胞胎。全家都因此高兴死了，快生产的前半个月，赵保刚几乎就没有去过冶炼厂。一到晚上搂西瓜似的搂着老婆的肚子听胎心。九月的一天，珍珍产下一双龙凤胎。"老赵啊！你睁开眼睛看看你的孙崽孙女吧！"赵保刚的母亲那天高兴地哭了一个上午。

秋天的阳光，总把刚被雨水冲洗过了的大地万物照得锃亮清新；被打扫得干干净净的走廊里，酒肉飘香；暖阳是带着色彩的刷子，给席间的每个人都来了一下子，让每个宾客的脸上都溢满了喜悦、羡慕和多多少少的隐藏在心里头说不出来的醋意。邀请的邻居家基本都到齐了，整个邻里今日乐得都不开火了。老老少少、男男女女们把狭窄的廊院挤得往外冒油，气氛爆棚。从早晨十点起，大呼小叫嚷嚷着看"毛毛"的、你来我往贺喜送点小衣裳的、说吉利话的、孩子们的追打吵闹声，便满巷子闹腾了起来。锦上添花的是每天都要拉上个把小时京胡的退休张老师，早早地像个磨刀师傅似的，背上架着板凳，歪歪跄跄走了出来，然后把木凳往院中央一摆，调了调弦，感觉到位后，收腹挺胸，甩开膀子一拉，《红灯记》里粗犷、铿锵有力、旋律极快的曲调便响彻整个胡同，气氛癫狂。拄着拐棍的邓娭姆却最烦这声音——她年轻时听惯了声箫软绵之音——骂咧了起来："鬼打架似的，又淘这粪勺子了，一天几个小时，他怎么不烦死！"她把身子往赵保刚身上挨了又挨，那双深凹进去湿黏的小眼睛像看自己的儿孙一样充满

蜂蛳

着爱地看着赵保刚（她这一辈子没有生过儿女，所以，她对天下所有小孩都有一种如同己出、爱不释手的激动心情）："我说小刚子啊，你真是前世修得好福气噢！一肚生了两个崽，这是老天爷看人做事啊……"

赵保刚注意到，户户门院大开，却唯独雷婆家门紧闭。赵保刚用肩膀推了推珍珍，朝雷婆家门口努了努嘴。那意思是怎么没请这家？"请啦！前天妈妈就告诉他们家了，妈妈今天又去敲过两次门，都没见开，"珍珍说道，"要不，你再去看看？也怪了，他家都好长时间没见人了。"毕竟不是什么杀父之仇夺妻之恨。"得请！"赵保刚想趁此解开这个怨结，否则，就会如牛婆胯上黏膏药，使多大的劲儿也贴不上了。

到了门前，敲了敲绿皮板门，没动静，再敲，仍不见有来人的迹象，赵保刚索性使劲一推，门没锁，"吱呀"地开了。踏进门一看：没有拉开的厚窗帘遮住了阳光，屋里昏暗且充满着多日没通风、缺乏日晒而滋生的一种地泥和墙壁散发出来的阴湿气味。一只癞皮老鼠从赵保刚脚边窜过。从半开的门口拥进来的一团阳光照亮了屋里，也照亮了架在红色的五屉柜上一个夹满了照片的相框。相框的右上角镶着一张最大，也是唯一的一张上色照片：一条小乌篷船船头站立着一位身材修长、穿着粉红色连衣裙的青涩少女，那是付艳。前厅屋里没人，后院的门却是敞开的，能够看见绿色的菜地和歪倒了的篱笆；阳光斜着照进屋里，光亮形成的镜框，正好框在中门上，于是那门便一边是阳一边是阴。赵保刚先是看见门槛上有一双穿着白色人造革皮鞋的女人脚并拢立在那儿，顺着这双穿栗色小口喇叭裤的腿往上看，一个窈窕女孩穿着一件酒红色紧身秋衣倏地呈现在了眼前。赵保刚这才发现，付艳其实就站在中门门框前：她个子像她父亲，很高，头几乎顶在了门楣上。此刻，她正默不作声地站着，用冷漠的、表情复杂的眼神看着这个闯进她家、曾被母亲骂过无数次"挨刀子、遭雷公劈"、外号叫作"红眼鸡公"的体壮膘肥的矮个子老邻居。

"哟，艳艳在家呀，小孩今日做满月酒，想请你们一家今中午吃酒。艳艳，你爸妈呢？"赵保刚笑着脸说。付艳没有马上回答，而是有些烦乱地撇开脸，仰起头，目光像一道阴影从赵保刚蓬乱的头发上越过去，停留在窗帘右上角一幅庆丰收的年画上——那是一张想掩饰但却无法掩饰内心痛苦的脸。这张瓜子型美艳的脸蛋正好一边处在背阴中，另一边面向着阳光，像一座半黑半白的美女雕塑。赵保刚从付艳复杂表情的脸上还看到一丝自卑感。他心中诧异：这个自小就美丽高傲、矜持端庄，几乎从来就没把赵保刚之类人放在眼里的公主般的傲慢姑娘，今天怎么啦？竟然如此不加掩饰地当着自己的面露出内心的伤痛来了？

"怎么啦？艳艳？"赵保刚再次问，口吻多了些关切。他突然觉得这个原来是如此热闹的家庭此刻冷清得可怕，带着不祥。

"家里出什么事了吗？"

"刚子，我可拿不出礼来贺喜你。"她哼唧了一句，也没看他一眼，脸有羞愧之色。

"你这是在说耒阳话[1]，我们邻居十几年，自小一起长大，什么礼不礼的。你爸妈呢？叫上一起上席吧。"

"她病了。你先回吧，我洗漱一下就来。"说完转身端盆进了后厨房。

酒席热热闹闹结束后，晚上，赵保刚又在自家屋里摆了两桌，把青龙公司的同事请了来，外加冶炼厂的主要骨干，一群青年人疯疯癫癫一直闹到九时才散场。赵保刚抹着满是酒肉气的油嘴，送马车右、马五斤、伍乃子、赖小毛他们出门。

"'牛卵子上隔座岭、马卵子上隔个坳。'别净跟我扯这些乱弹琴的事。说白了，你就是想把张小兰的那个百分之五股份转到你名下来，可以呀！我没意见。但你总得让她弟写个什么东西……现在这份股是挂在她弟弟张小军名下的……"路上，马车右停下脚，蹙起眉头对赖小毛说道。这个问

---

[1] 见外的意思。

题在酒席上赖小毛就已经当着马车右、赵保刚俩，东扯西绕地说了很多，没想到赖小毛路上又扯这事。这让马车右有点烦了，于是说出了上面上火的话。他转身伸手拍了拍赵保刚的肩膀，"保刚啊，别送啦！多休息几天吧，照顾好嫂子。我们走了。"道了别，几个人继续说着话，消失在了无路灯的矿区四居会的巷子里。

有了些醉意的赵保刚目送他们后，在原地点了一支烟。烟火在黑下里像颗相思红豆，映出他原已醉红了的脸膛。月亮没能出来，夜空中只留下一条狭长的、带有黑紫色花斑的云带。走在秋凉中，大口吸烟，大口呼吸，赵保刚感到一种前所未有的轻松、前所未有的惬意和前所未有的满足。他情不自禁地举手在黑暗里连打了两个响指。前面是一弯低矮的青砖围墙，白天能看到湿漉漉的墙垛长满了绿皮苔藓；围墙里宽大的人字形厂房，是矿上的材料仓库，坐落在里边门却朝路边开的小二层楼是公共厕所。过了这段围墙，往右便是另一条巷子，通往五居会，往左便是通往自己家的路口了。十字道口亮着一盏用洋钉钉在墙壁上的弯脚搪瓷喇叭罩的低瓦数路灯，无数的虫蛾在灯下飞舞。正当赵保刚脚拐进左边自己家路口想着这些灯下飞旋的虫蛾为什么不相撞时，忽然听到一阵衣裳的窸窣声音，接着便听到有压低的声音轻轻在唤他："刚子哥……"赵保刚停下脚步一看，四下无人。正疑惑，从对门巷子路灯照不到的墙角的阴影里走出一个人来，一看，是付艳。

"刚子哥！"暗柳摇曳中她怯生生地又叫了一声。

"咦，艳艳？黑灯瞎火的，你站这干吗？"赵保刚诧异地看着她。

"我……找你……"

"有事？外面冷，走，我们回屋去说。"他说道，侧了下头，示意一起走。付艳仍然像棵秋黄了的小白杨迎风站立着，没有走的意思。对于矿山来说，晚上近十点已经算是夜深了，且已入秋，付艳以这种方式出现，并且目光忧郁，赵保刚猜想她定是遇到了什么难事，于是又说道："怎么啦？"

"不……不上你那儿去……"

"那就在这说吧。"

"你跟我来。"她说，声音极小，带有央求。赵保刚还没有来得及吭声，付艳像是怕他犹豫，就已经放开步子走在了前面，一步三回头，眼睛里面满是期待，像只鹿。

跟着付艳，穿过两条巷子，到了广场。又穿过广场，上了西角长满着褐红色奶水草边的炉渣小道。从东往西，付艳把赵保刚带到了矿上唯一的一家招待所。招待所的门脸隐藏在一棵巨大的冬青树下，两层加个小院，一楼二楼为客房，统共也只有二十间客房。因没有什么流动人口，所以生意很冷清。她未跟前台打招呼，便径直带着赵保刚进了西头一楼最后一间房间。原来付艳早已经在这开好了房间，是有备而来。

被这神秘举止弄得一头雾水的赵保刚，在这最后一刻有了些迟疑，他皱了皱眉头，瞟了她一眼，但还是进去了。客房简单至极：两张单人床，一对木椅配上站立不稳的一个小茶几，外加一张掉漆的、开了缝的单腿办公桌，除此外别无他物。倒是浴室很宽大，因为用的是电厂的焗炉水，所以，这里二十四小时热水不断，而且是那种没有喷头的弯管，水量很大。

"艳艳，究竟怎么啦？有事说事。"赵保刚突然口气生硬起来。他在靠窗的椅上坐了下来，开始点烟。烟雾像一条白丝巾，蛇形地往满是蜘蛛网的天花板上爬去。坐在床头的付艳开始局促起来，偷眼看着他。"刚子哥，"她说，眼睛看往别处，"我想要点钱。"当付艳将这句话说出口以后，她一反刚才的怯场感，并使出两倍的注意力目不转睛地急切地盯住赵保刚的脸——那是一种太想从他脸上找到肯定答复的表情。

"就这事？"赵保刚马上把手伸进裤兜里，一把将里面的钱全掏了出来，裤兜口袋于是像牛舌头一样吊在了裤外，"这里是八百块，够了吗？少了的话我明天再拿些给你。"

付艳脸上立即绽放出一种令赵保刚无法探知的复杂表情。她把脸从黑发中抖了出来，并把接到的钱紧紧地攥在手心，不好意思马上揣进口袋，咬了半天嘴角，最后将身子从床头挪了过来，坐在他的对面。"谢谢……"她说道，声音很小，像蚊子叫。

"是你妈妈病了？"

"不是。"

"是你爸生意亏了？"赵保刚知道，付艳的父亲已经下岗了，做生意被广仔骗得血本无归。全矿上的人都在传这个事。

"不是。"

于是赵保刚觉得不好再问下去，便换了一个话题："好久没见你两个哥哥了。他们现在干吗？"

"他们……"她欲言又止。

赵保刚看见烟雾后面的付艳刚刚有了些喜色的脸上倏然像拉过来一块尸布一样又蒙上了一层忧郁来。短暂沉默，两人的目光同时离开彼此，赵保刚撑开眼皮看着从自己嘴里吐出来的浓烟，想着准备告辞；而望着天花板目光游移不定的付艳像是决定了什么事似的站了起来。

"哥，你等我一下。"她起身，走向浴室。让赵保刚吃惊的是，她中途竟用类似于窑姐的那种轻佻眼神回眸看了他一眼。这一眼里同时还含有某种童年隐秘的暴露。赵保刚的心在这一刻急促地跳了起来。付艳进浴室前看的他那一眼，让他心里全明白了：接下来她要给他的，是这个女孩身上最珍重的东西、是他本能想要却心里不能要的东西。他站了起来，犹豫着是不是要离开，当他反反复复催促自己，又反反复复地磨蹭不前时，这个从来办事果断、雷厉风行的男人犯难了。最后，当吸到烟屁股冒火，火燎舌头的时候，赵保刚才将烟蒂往地上一扔，用脚尖碾灭，呸了呸满是焦苦的嘴巴，他下定了决心：老婆孩子在家等他，他要回去！但是已经晚了，当他刚想迈脚，浴室的门"吱扭"地开了。像从矿山小火车雾蒙蒙的蒸汽中钻出来一样，热浪簇拥中的付艳那双白溜圆浑，还腾着热气、滴溜着水珠的长腿从浴室门口伸出一只来。没有拖鞋，漆着红色地漆的水泥地板上留下她长脚趾的水印。赵保刚立即转回身子，面对着窗外。他觉得胸口闷气，热潮涌动，于是他伸手推开了半扇窗户。

尽管窗户焊上了铁栏杆且又为了旅客安全蒙上了一块锈迹斑斑的铁网，但赵保刚仍能够透过布满蜘蛛网和落满灰尘的网格，看见窗外的景色：从突兀在前面的一座冷森森的库房的黑色人字形屋脊上望过去，远方铅灰色的天空上，一颗寒星靠着屋脊的檐角边闪烁着，像是要从黑色的束缚中挣扎出来，又像是以免掉落下去而不断地往上跳跃着；秋夜的风带着矿山特有的油污味和浸足了夜露的泥土味，从窗外吹了进来。

身后什么声音也没有，但赵保刚仍能从越来越近的皂角香中感觉到她就在他的身后，她正在向他靠近。

付艳云发高挽，脸颊潮红，双手将一条已经陈旧发黑了的白色浴巾掳在胸脯上，垂悬的浴巾遮着身子；她微弓着修长的身子，赤着脚，羞涩而坚定地朝赵保刚走了过来。当她伸出双手从背后搂抱住赵保刚的时候，浴巾滑落在了地板上。

"为什么要这样？"望着窗外的夜空，赵保刚默默地问。

"我还不出你的钱来。"她说，滚烫的胸脯紧贴住他宽厚的背脊。

"我不要你还。"

"我知道……但我不能……还记得小时候的事吗？从茅草屋檐下抓麻雀到河边去煨。用泥巴包住放到柴火上煨出来的麻雀真香……到现在我还能感觉出来它当时的香味。谢谢你童年对我的好……我今晚用这样的方式来报答你，你就让我吧，像小时候让我一样……"

赵保刚能从他搂抱住自己的双手上感觉出她的所说是如此的真诚。时间在这一刻凝固了。

浴室里的热气散尽后，窗外的雾霜便朝房间里面倒灌进来。霜，像细粒的水珠沾满在窗户上的蜘蛛网上，排列成一串串，在灯下闪着银色的光。思索良久的赵保刚开始转过身来，他闭上眼睛，把自己的脸埋进在了付艳的胸脯里，"来，我抱你上床。"他说道，伸手将她抱起来，放在床上，不由自主地将身体压了上去。他避开她慵懒迷醉的目光，把腮帮子捂进她的脖子窝里。就在这时，他仿佛看见童年的自己奔跑在通往耒水的石板小路上。"刚子哥哥，等等我……"有声音从身后追上来。这种遥远的、连续不断的、带有回音的稚嫩声音，以及那双擦着眼泪细嫩的小手都来自她——自己现在压在身下的这个大姑娘付艳。于是，热血顷刻便冷却了。"如果这样，那我还算是人吗？"他在心里骂自己。然后撑起身子，帮她盖上被子，掖好褥角。他俯身看着她，随意一笑，说道："记得童年一起过的那个春节吗？我俩往河边跑，我使坏，将一个爆竹插在牛屎堆里点燃，爆竹一响，吓哭了正好跟上来的你，新衣裳上也溅满了牛屎。"赵保刚伸手帮她理了理额头的乱发，看着她，直到她的目光从惊麇中归于平静。"艳艳，你肯定是遇到了大难事了，来找我吧！没有什么要报答我的，谁让我童年对你使了那么多坏呢？相抵了……"说到最后这句话时，赵保刚原本想用来当句笑话，借以缓解双方沉重的心情，但付艳那无法言明的眼神让他终是没有笑出来。看着那张饱满浸透了红油般春情勃发的脸，以及带着深情却心虚伤感望着自己的那双泪眼，赵保刚差点就把嘴唇凑了上去了。"我得离开。"他告诫自己，但脚下却像是钉上了钉子，挪不开步子，于是握紧拳头狠狠地往自己脑袋上擂了一下。"再不离开，我就真不是人了！"他在心里恶骂了自己一句，然后起身毅然决然地往外走去。在余光中，他看见她猛然把头蒙进了被窝里，接着从里面传出嘤嘤泣啜声。

　　昨晚在村里过的夜，今儿一早，马车右想起了建煤场的事。为这事得赶到上班前去县公安局见一面马副局长。马副局长现在是县里的大红人，也是他心中的偶像。他找他，是想请马副局长帮忙疏通相关部门的关系。

这是个风宁树静的早晨，天空浑然，冷气滞凝；耒水像烧开的一壶水，冒着蒸气。雾锁的江面，蒸腾起来的雾丝形成一面面静止的挂帘。候船亭传来下晚班的矿工以及赶早市的菜农们的嘈嘈声；女人们在说笑，而下夜班的矿工们则裹着一身炭黑的矿服，腰间系着饭盒，默不作声地双手抱臂，他们累了，不想说话，只想看女人，偶尔露出疲惫的一笑。

马车右下到渡口，懒得去凑那个热闹，便在码头岸边站定，看着浪拍打石头出神。

"都是婆婆的孙，婆婆的奶脯谁都有份，哪个摸得哪个摸不得？凭嘛子，两缝门面你做兄长的全霸着？！"一妇女在说，怒气冲冲。看来是对哥嫂有意见。

"那是，一个娘养的，大崽、细崽都是崽，一碗水要端平。"另有女人附和着。

"每天就知道吃饭，一搂裤子走人，什么事都不干，什么也干不了，找理由说他是城里当干部的——心累。呸！我卖菜比他赚得多多了，说我丑，丑你老娘个头——上床一样猴急着往裤裆里钻，怎么就不'城里人了'？"另有女人在大发牢骚。完了还不忘给其他女人递个眼色。

"开船！到、点、啦！"有人开始烦躁了，朝对岸高喊。船在对岸。马车右看见铁板船驶过来时在江面划出一道巨大的弧。就在这时，他无意间瞥到一个与众不同、似乎有些怪异的影子。这影子是那样含着诸多内容地跳入他的眼帘：那人坐在远离候船亭的一个刷成白色的河岸界碑上，笼罩在薄雾下的眼神凝聚在河面上，有烟从他嘴里吁出。他吸烟的动作非常饥饿。青烟与白雾绞成一束线，像魔术师从口腔拖出来那条永远不见结束的佩巾一样。这条白色佩巾缭绕在他的头颅周围，像牵魂索。每当他猛吸一口时，烟蒂的火光就被唤醒，如同一只血红的独眼在灰色朦胧中恶狠狠地眨巴了一下眼睛。此人警觉而带沉思，别人忙了一夜，目光浑浊疲惫，而他却给人一种有兴奋被压制在心里的感觉。从小就在社会上各个角落里混大的马车右一眼能看出，此人非做工之人，说是"赶车的"[1]吧，怕看贱了他。他定是个江湖上的老拐子，昨夜定然是做下了一票。

"突突突"的柴油机声突然熄灭，渡船到了。浓雾中只见其桅杆，不见其船。近时，才看见船夫像古战场的勇士，腾云驾雾中手执长篙立在船头。"靠边站！"他大声喝道，并用长篙拍打水面，以警示他人。随着船底触在河床上的摩擦声，妇女们立即中断正聊得兴起的话题，争先恐后地挽起菜筐像一群鸭子似的扑腾着上船，男人们则骂骂咧咧地紧随其后，嘴馋的借机扶腰推屁股揩油。

马车右一个箭步跳上船，靠在右舷上。为下船方便，菜农的菜全摆在船头上，筐筐担担，挤得无插脚之地。白萝卜、红菜薹、白菜薹、葱、蒜、菠菜之类时令菜散发出湿润清新的叶子香与村妇脸上抹的浓度极强的雪花膏香气扑面而来。

"……那妇人也真是下足了头本，见面头天就杀鸡宰鸭，好酒好菜、床上床下当爹一样伺候着，硬是把男的留住了。这边家的媳妇原先还好，守着崽过日子，后来恐怕也是熬不住了，往城里跑了两趟后，心就耍野了，心想好一个好马不吃回头草，行！老娘照葫芦画瓢，也跟你来个靠山吃山靠水吃水。把儿子丢给两个老家伙，自己三天两头地往城里跑。常常几天不回家，打扮得妖狸怪气，准定是做了'那个'了。唉，苦了家里的两个孩子……"

"有'田'还怕没'谷'吃？现在的女人想得开多了。哎哎，你听说没有，昨天'豆腐'街死了个老倌子。是真的，一个七十多岁的老倌子。当时那女的一边做还一边玩着 BB 机，忽然就没了动静，于是就催道：'快点呀，怎么不摇了？'一看，老鬼眼睛翻白从她身上瘫了下来，死都死了！"

两个女人又说起。

---

[1] 指流窜在京广铁路线上偷包的小偷。

马车右注意到，那个奇怪的男人并不急于上船，而是等所有人都上船后，才最后一个跳上了船。他对船上人不屑一顾，上船后并不往里走，而是孤立在船头，背对大家。迎面的晨雾从他稍微有些弯曲的身边分叉开来，长发上凝结起一层白霜——看来他走了很长的夜路。船每靠近对岸一点，他的脚就要往前挪一挪。身体语言告诉马车右，那人早预备好了，只要船一靠岸，他便会抢先第一个下船离去。船横过耒水河面只需两三分钟。当渡船悬挂在船头下方的几个破旧轮胎直接撞上斜伸进河里的岩石河床时，那男人就从还处在缓冲阶段的船上跳了下去，上了岸了。

　　一走上高高的码头，从河面上升腾起来的河雾便被东方初升的朝霞抑制住，放眼望去，浓雾之上，已经是朝霞满天的万里晴空了。这个时候，走在后面的马车右又看了一眼那个人，他突然感觉到那个人的背影有点熟。"这谁？"他急速地思考着，加快了步伐。马车右腿长脚快，而那个人在陡坡上却显得步履维艰，甚至有些蹒跚。在坡道顶上、伍市入口的地方，马车右赶在了他前面，当他回头想看看这个人是谁时，双方都惊住了：此人竟然是"铜壳子"费建业！在最初相视的那一两秒钟，双方都处在一个尴尬的状态中——在马车右的印象中，这个时间点上费建业应该在广州的一个什么高级酒楼里，架着二郎腿，慢悠悠地边吃着早茶边与同事或者朋友什么的聊天谈生意，而在这里见到，装束又是如此朴素平常，并且行为诡异仓促，这让马车右有些吃惊。而费建业显然不愿意在这个点上遇见马车右，脸上飞掠过一抹丈夫与妻子的情夫不期而遇的窘态。

　　"呵呵，还真有那么巧的事。我刚还在想：不会碰上什么熟人吧？嘿，还真是灵验得很，原来是你啊！呵呵。"马车右说，嘴角有那么一点不知所措的尴尬。

　　"一个朋友的父亲过世了，我赶来看看。守了一夜。你怎么那么早？"费建业立即镇定下来。

　　"昨晚回了村里，今早有些事，又赶了过来。我没有睡懒觉的福。"

两人在伍市口粉店里一个避风的门角下落坐，并要了两碗早粉，像是久别重逢的老朋友似的聊开了。伍市的早市可谓是一天中最热闹的时候：刚下船的菜农吃力地挑着满满的担筐从码头一个个地跟着上来，像条爬在坡上的蜈蚣，又像一队蚂蚁；摊贩从市场里一直将品目繁多的各类商品摆到了伍市石板街上，严严实实，拥挤不堪。商铺正忙着卸门板、支棚子，菜农忙着抢摊位，吵吵嚷嚷，伍市就像烧开了的一锅水。

"算算，也有快两年多没看见你了，生意还好？"马车右问道，边吹开碗口边的红油，喝着里面的辣椒汤。在没有解开怎么会以完全不一样的形象在一个不可理喻的时间点见到他这个迷之前，另一个更重要的问题匆忙地摆放在了马车右面前：当初开公司时找他借的那个二十万块钱，虽说是不期而遇，但怎么也得提提，给他一个说法，不能失了做人的规矩。但这个说法怎么给呢？如果光还本付息的话，现在公司赚了钱，这样似乎不厚道；而若按照当初投资约定的股份给他，公司发展到现在，如今的青龙公司已经拥有了一个煤矿、一个冶炼厂和广西的一个铅锌矿，算起来，这个数目将是很大的。这个费建业常年在外，有时一两年也见不到个人影子。马车右是断然不会同意的。所以，马车右此刻处在两难之中。"现在公司发展还是很乐观的，费老板，什么时候到公司去看看？我让财务……当初多亏你的大力支持。"

"不急不急。"费建业一罢手说道，他似乎在这方面不愿多说什么。他炯炯的目光，从门角射向伍市街上，阴森森的。"我还是那句话，马老板怎么样都行，说句心里话，我认的是你这个朋友。钱算个卵！"

这个问题出乎马车右意料地就此打住了。心不在焉的费建业又勉强地附和着扯了一些乱七八糟的事后，便叫来老板娘结账，然后独自起身，"我还有点急事要办，得先走一步。"说完，便匆匆出了门，旋即又折回来。

"兄弟，"他说道，白净的脸上泛起诚恳的表情，"那个钱我不要了，送给你吧，算是交朋友尽个意吧！一点要求，也还是当初说的：我的两个哥哥是老实人，万一有个什么扯皮的事，请兄弟罩着点。"说完，他目光毫无拘束地盯住马车右的脸，直到从对方脸上看到了当初在坟山上的那种无声的承诺再现时才收回。他像一个老于世故的风儒雅士向马车右伸出手，握住，并使劲地甩了甩，撂下一句"后会有期"便又出了门。

"后会有期……"

就这样，两年多没见过面的两个耒水上的神秘猛男在不期而遇后便匆匆地又分了手。有着许多疑惑没有索解开的马车右看着歪歪跄跄走在伍市石板街上"铜壳子"费建业的背影，心里犯了嘀咕："这究竟是个什么人？"

马车右赶到县公安局找到马副局长把要在马村建个大型煤场的事跟他说了，得到了马副局长认可后就又赶回了矿部。

下午，伍乃子回来了。

"根本就没有谁家死人。"

"弄清楚了？"

"嗨呀，你若是问我谁家媳妇怀孕生娃什么的，我还得费一番工夫，但不出三天，也保准帮你搞清楚喽；死人没死人，这么大的事，我只是一个电话就行，这十三甲工区我熟得很，绝对没有的事！"

"你像条公狗，"马车右一笑，"矿上的旮旮旯旯、树莍脑下，你只要嗅嗅，就知道有没有母狗经过，并且知道是什么样的母狗。"

"话是难听了点，但确实如此。哎，你打听这个干吗？"

马车右转身去了窗前。他凝视着天空，天空中有一只单飞的白鹭往西边飞去了。

"我早晨见到费建业了……"

"他不在广州做大买卖吗？"

"我也这样想。"

"车右啊，我跟你说，这人绝不是做什么正经生意的，看他那种鬼鬼祟祟的样子，又那么有钱，什么生意能挣那么多钱？还广州做大买卖呢，弄不好，就一毒……你还不知道吧，现在矿区有人在偷偷地吸一种白粉，叫'海洛因'的"

伍乃子的话让马车右突然想起在广东樟木头时的一个晚上：在一个公园的角落里，两个男人在交易着什么。一个男人接过来一小包什么东西，另外一个男人便迅速地走开了，留下的那个马上蹲在花木丛下，拿出锡纸开始点火吸吮着，像饿死鬼般呼呼噜噜一顿狂吸，完了出来，见马车右站在那看，便冲了上来，凶巴巴地喊道："看什么看？信不信我弄死你？"想到这儿，马车右像是明白什么似的，心里咯噔一下，他从窗前猛然回过头来，惊诧地看着伍乃子，"你说的是贩毒？"

伍乃子没有回答他，而是躲避开他犀利的目光，把脸撇向一边。让马车右更吃惊的是，他从伍乃子脸上看到一种伍乃子不想让他看到的东西。

鞭炮厂每天都在往外拉库存，年味渐浓。还有十来天，就到了这年的春节了。然而，雨秋过后是干冬，整一冬了，虽说有过一两回能嗅出雨润气息，但大地仍旧是干涩冒花；蓝天、白云、暖日，整日价被低沉、压抑、让人喘不过气来的、铁青色的幕纱所遮挡；旋风时有呼啸着从耒水的泥夹江和沟垄里卷起潮气，也只不过是一种诱惑。

冶炼厂已经关门放假，门卫二十四小时轮流值班。自从马车右将冶炼厂的担子压在他肩上后，赵保刚基本每天也就是两点一线——家里、厂子来回跑。厂里如今放假了，但他每天还必须来转一趟。这个厂子，就像是新媳妇养崽头一胎，时刻看着、摸着，才踏实。一天没来转，心头便慌。

赵保刚来厂子的一路上，天像扯烂了一床旧棉絮，雨却没下；通往冶炼厂的矸石路旁的枯草芽尖上、烟色翻卷的陈年树皮上，还有孤单地挂在灌木枝头随风摇摆的蛾茧的茧绒上，都凝结起了银花边似的霜牙。冶炼厂铁门紧闭，用铁链条锁上，旁边有个铁板小门。赵保刚敲门时，可能门卫正在听收音机或者年老耳背的缘故，门半天没开，冷得直嘚瑟的赵保刚于是猛蹾了两脚，才听见有了门闩声。门卫是个上了六十岁的大方脸老倌子，姓张。他伸出来的脸如同一面破铜锣卡在门缝中。"哦，是赵老板呀！这天都起了狗牙齿霜啦，冻咧，你还来干吗？有我呢！"张老倌说，憨厚地笑笑。他那皱纹满面的脸烤得如同刚出炉的黄油板鸭。"这就喊着要过年了，正是人要钱，钱要命的时候。来帮你搭伙，待在家里屁眼烤出火来，不如到厂里走走，冷风一吹，神光就来啦！"赵保刚说道，掖了掖衣角，进了传达室。传达室架着盆煤火，四方围着木凳子，火势正旺。靠在窗台前的破办公桌上一台自带拉杆天线的小收音机在哇啦哇啦地扯着嗓子叫唤，京剧《打渔杀家》的唱词从里面像烧着了尾巴的老鼠般蹿了出来："我本当不打鱼关门闲坐，怎奈我家贫穷无计奈何……"赵保刚不好这玩意，把收音机的声音拧到最小，在火盆前坐下。

"眼看就要过春节了，这个十来天，钱就是命。"赵保刚递上一支烟给还站着没有坐下来的张老倌，眼睛看着厂外。厉风像淋湿身子的野狗从围墙角蹿出，左冲右撞；围墙上一大块折弯的杉皮挡雨在风中发出恣肆的喀喀喇喇响声。"'赶车的''拐子'都已在回家的路上了，发了财在家有几天豪赌，空手回的，肯定要就近捞一票过年。张师傅呀，除厂里，厂子外面也得转转，电缆别让人割了，变压器、水泵房多看看，那些铜铁铝，都是'拐子'眼里的钱，别耽误了节后开工。"

"这个，赵老板你就放心吧！早晚我都要带着'矮脚虎'出去转一圈的。狗东西，还行，昨天叼回来一只竹鸡，今一大早又叼回一只兔子。"张老倌指着门外能看到的一棵木兰树枝杈上挂着的一只剥了皮血红血红的兔子，说道，"风干后，卤兔肉吃。哪天晚上赵老板不嫌弃，我请你喝酒吃兔子肉。"

"好呀，好呀……"

正说着，门外传来敲门声。张老倌探头从窗户棂里斜看出去，然后有些吃惊地望着赵保刚说道："一个女的。"赵保刚一猜便知是付艳。短短一个月不到，付艳已经找他要了四五回钱。在家时，她不敢上门，怕珍珍生疑、怕母亲嗔怪，经常是赵保刚一出来，她便尾随而来。赵保刚皱起了眉头，给她的钱也算是不少了，但既没见到她办什么事，也没见她添两件新衣，反倒是寒冬还穿着初秋的衣裳。鬼知道她要钱干什么？几次三番也没套出半句她的心里话来。赵保刚性急，早已窝了一肚子的火。"别理她！"看见张老倌起身准备去开门，便吼道。张老倌停住了脚。既然赵老板喊道别理她，想必定然是他的朋友或者什么熟人了。"别面那冷，她又穿得少，冻得慌！你看……？"心善、为人厚道的张老倌把那双粗糙污黑的手巴掌朝赵保刚一摊，然后还是一只手摸到了门拉环上。赵保刚手指掐捏下巴，瞟眼看着窗外灰蒙蒙冷清清的天空，吁了一口气，只得说道："那让她进来吧。"

付艳也还真是的，内里仅一件低胸的绿色桃形紧身毛衣，罩一件外套。北风卷起干燥的尘土和面粉般的雾霜一个漩涡跟着一个漩涡地把她搅和在中间，使得她脸上和外露的长长的脖子及锁骨下扁平的胸窝都扑满了灰尘，黏巴在上面的灰尘和凸起的鸡皮疙瘩就好像春蚕一夜产在一张白纸上的一整版蚕子似的，一眼看上去冻得寒碜、冷得可怜。

"快些进来，快些进来。哎哟，你这个姑娘怎么啦？这都什么天啊！天气预报说了，今夜有雪。"张老倌把付艳让了进来，甚至殷勤地、怪心疼地帮她掸了掸身上的灰尘。赵保刚埋着头看着火盆，默不作声；而她像老师面前等着挨罚的女学生，瑟缩着身子，挪不动脚地站立着。

"快快，坐火边来呀！"张老倌打着手势喊着，声音软溜得像天底下再没得什么比这更让人心疼的了。这时，赵保刚站了起来，瞥一眼几乎是哭着鼻子看着他的付艳，转身摘下挂在墙壁上的一件平常值班员用的军用棉大衣。他将大衣合在付艳身上，紧紧领子。其间赵保刚看见付艳紧咬住的嘴唇留下的两个久久没有恢复血色的紫青色的牙印时，狠瞪了她一眼。

"张师傅，麻烦您老夹盆火送到我办公室去。"赵保刚说完，领着她朝自己办公室去了。

门卫室斜对面的一排低矮的平房中间那个贴了旧窗花的房间便是赵保刚的办公室。推门进去，方方正正的一间，后窗对着后山，窗栏杆是白木条做的；办公桌、文件柜、电话、等，一应俱全；靠着进门的墙边有一条那种大会堂或者电影院里面才会有的由一根根木条钉就的靠背式四人座长木凳子。张老倌把火盆端来后，就放在这长凳前。赵保刚挽着付艳在长凳上坐下，自己则另拉过来一把椅子坐在她对面。无语，他等着她开口。

"你今天必须告诉我，究竟出了什么事！"看着她半天不敢吭声，赵保刚憋不住了，嗖地站了起来，严厉地对付艳喊道。那样子要吃人。付艳垂着头，看着自己并拢成内八字的一双脚尖，死顶着不出声。

"说话呀！"

付艳的头耷拉得更低了，有些日子没洗、油墨味极重的黑发从头顶四散下去，像一蔸倒拔葱。她这样子，急坏了一边的赵保刚，他像一头被关进了笼子里的笨熊似的在不大点的空地方转着圈子，一面向她投去说不清是愤怒还是心急的目光。最后还是他熬不过她，只得走了过来，拨开垂在她耳旁的头发，好声好气地对她说道：

"艳艳，我的好妹妹，不是哥舍不得几个钱，哥现在不缺钱。你这种不明不白的要法，让我心里发毛。难道真的就那么害怕告诉我原因吗？我们从小一起长大，小时候你可不是这样子，记得有一次你不小心摔到河里，衣服裤子全湿了，是我帮你拿着衣裤到沙滩上去晒干的……那时你是那样的信任我，为什么现在就不行了呢？"

"哥，救我！"

付艳突然扑了过来，她紧抱住赵保刚的大腿，仰望着他，渴求、哀鸣的目光从她散乱的头发缝里射出来投向他。她原来所有的矜持、自制力、掩饰和不耻等在这一刻面子搅和着里子一起崩溃了。

"怎么了？""救"这个字像电一样击痛了赵保刚，他心里猛地一咯噔。

"我吸毒了。"

"白粉？电视里说的那种？"

"……"

"你呀！你——！"赵保刚一咬牙，他把付艳从脚下拽起来，掼在椅子上，恨得喘不过气来。他迈向后窗，一把将窗户推开半扇，"你怎么惹上这种东西了？谁给的？！谁让你吃的？！"赵保刚声音很大，估计门卫张老倌子都听见了。传来门卫室开门的声音。

"哥，救我，我……戒不掉了……"她的声音柔弱无力，像只断腿的猫在呻吟，目光中有血影，"刚子哥，我想戒，可是我真的戒不掉啊……"

粉红色的天空在极短的时间里，像有一只巨手在天幕上喷涂着一团团的黑墨，瞬间，便只剩下来一小块一小块的蓝天从乌云缝隙间挤了出来，像黑土地上一涓涓蓝色泉眼。但也仅仅是昙花一现，当最后的光点褪净时，天彻底地黑下了。厂里厂外安静了下来，滚落在地上的枯叶子声向远处黑暗中遁去，偶尔吼叫几声的"矮脚虎"也挤进了门卫室；山里头风声鹤唳，如同有无数尸鞋的踏步声从四方传来，让人惶惶。赵保刚决定出去帮付艳买点吃的东西回来。出门时他将半开的后窗支起，然后跟门卫张老倌打了个招呼，让他留心注意点，别让她走。

出了厂子，走在光秃秃的无遮挡的路上，无羁放纵的风更狂了，挨近渡口时，风竟"呼啦啦"地叫唤了起来，从耒水逆流而上的北风席卷起浪涛中飞溅起来的水珠，像泼过来的铁沙，针尖般打在脸上。十三甲工区没有像样的小卖铺，得过河到矿部去。捂住身子、顶着寒风的赵保刚匆匆赶到矿部时，早已华灯初上。回到家里，母亲、珍珍围坐在炉火边，饭菜已做好放在炉边，用碗盖着，正等着他回家一起吃饭。赵保刚进屋第一件事便是跑到摇窝边看看一双儿女。两个宝宝，一个还在睡，另一个醒了，在独自呃巴着自己白嫩嫩的手指。把手搓热后，摸摸这个，亲亲那个，赵保刚是好一个乐不可支。"在嗦手指头呢，想必是要吃了。"赵保刚说了一句，算是向母亲、珍珍打了个招呼，然后来到火炉边，端起母亲替他剩好的饭便狼吞虎咽地吃了起来。

"我吃完饭还要出去。"鼓囊着嘴，赵保刚对珍珍说。他不想没事找事将付艳的事情告诉妻子。

"厂里还有事？"珍珍问。

"公司没事，马老板到樟木头去了，准备在那边开个物业公司。是厂子看门的老张人不舒适，要回家取药，我过去顶顶。"他闷头嗡嗡地说道，心有些虚。

珍珍看了赵保刚一眼，忽然眼光神秘起来，或许还夹杂着后怕，说道："刚子，你还不知道吧，隔壁的两个兄弟出大事啦！"

"哦？出什么事啦？"

"呷毒。"

"呷毒？"

"就是电视里说的那个什么叫'海洛因'的毒品，吃了会上瘾的那种。"

"白粉？"赵保刚骇然地张大了嘴，他惊讶地看着珍珍那张产后开始丰满、红润起来的脸膛，眼前却马上跳出来付艳的影子，"哥，救我……"这可怜兮兮的声音跑了过来，在耳边像风钻一样响，"怎么会兄妹几个都……你听谁说的？"

"妈妈今早过他们家看了，给他家送了些刚包好的饺子。他妈妈在床上哭呢，双手拍打着脚把子，喊着家里遭了大灾、要死人什么的。妈说，她家里现在败了，什么值钱东西也没有啦，乱七八糟的，还说，雷婆像得了场大病似的，就剩下寡瘦寡瘦的一张皮了。碰鬼了吧，矿上什么时候有了这些东西……"珍珍还没说完，赵保刚已经放下了碗筷，急急地站了起来，这就要走。

"我得走了。这事可别在外面说。"

"我知道。我才不记他家的仇呢！"见丈夫要出门，趁着婆婆在厨房没出来，珍珍蹭上去，抱着丈夫的脖子努着嘴在他脸上戳了一下，"早点回来，奶还没全通呢，还得嚓一嚓！"

晚八点的时候，赵保刚赶到了厂大门口。风刮乏了，也无力了。冷清肃穆和看不见却无处不有的寒霜笼罩在冶炼厂的上空。万物都像被这寒霜压得透不过气来似的蛰伏了起来。冶炼厂后山陡峭悬崖劈过来的巨大黑影里，飕飕涌出刺骨的阴潮，让人汗毛竖立。一只游隼像黑色的箭镞一般无声息地刺破黑暗，向耒水方向而去。门卫张老倌已经坐在炉边打盹了，收音机却仍在哇哇地乱叫。

赵保刚一路上都在想付艳的事，想她那两个牛高马大、白白胖胖的哥哥。他怎么也没想明白：怎么就兄妹几个都吸上毒了？这些害人的东西哪来的？当然，他想得最多的还是付艳。"她小时候就像跟屁虫一样跟在我后面"，"她老是将家里的铜铜罐罐、那些没有用完的牙膏皮偷出来，去伍市的街口换麦芽糖两人一起吃"……最后，他打定主意，对自己说："这事我得管！"

睡眼惺忪的张老倌合着大棉袄，碎步出来开门。

赵保刚将一包茴香豆、一包花生米和一瓶子本地酒厂产的金刚苑脑酿制的烧酒放在桌子上："张师傅，喝点酒暖暖身子吧。原来想弄点卤菜来，可是天冷，铺子早关门啦。一点花生米，将就将就吧。"

张老倌一见酒，满口的黄牙就哑巴了起来，感动的要不得，瑟缩地站立一旁，一副诚惶诚恐的样子。赵保刚刚进去，他就追了过去，手里提着半筐木炭。"我再给你们添些炭，"他殷勤地说道，但刚到门口像是碍于什么，又退了回来，"还是你自个儿添吧。"他把木炭放在门边，便蹑手蹑脚地退了回去。

从窗户外面往自己办公室里看，屋里的墙壁被火光照得是亮堂堂的，门外的窗下，一窗火光像大红印章似的方方正正地盖在门廊下。在这样一个寒冷的夜晚，在这里外的一窗火光中，由不得让人顿生出一身暖气来。

赵保刚轻推开门进去，房里通亮，用不了开灯。付艳和衣熟睡在火炉边的长条凳上，军大衣的一半盖在身上，另一半敞开着，衣角耷拉在地板上。火盆里旺火已过，只有火中心仍垂死挣扎地蹿起带蓝舌子的短火苗。添加了木炭后，赵保刚隔着火盆轻手轻脚地在她对面坐下，从食品袋里拿出一包快速面撕开，将面、调料放进一个掉了瓷的白色的搪瓷杯中后，将杯子撂在一边。完了，摸出烟来，在火盆里点燃，默默地吸起烟来。烟雾在火光中像曳光弹般闪着橙色的光芒，透过这飘浮的烟幕，赵保刚久久地凝视着她火光中平静安详的脸。

裹在军大衣棕色的毛领子里面的付艳那张瓜子形的小脸蛋，此刻是红通通的；长睫毛下映着两道细微的影子，眉毛像柳叶子一样温柔地弯曲着，竟像画好了贴上去一般；饱满的双颊生着两颗浅褐色的芝麻粒小痣，除此外，整个脸颊光洁明润；可能是太暖和，小小的鼻尖上竟沁出了几滴细小的汗珠。

"如此美丽动人，如此娇艳可爱的一个女孩，怎么就跟吸毒挂上了钩？"赵保刚惋惜地不明白地问自己，他无法将这两样东西混在一起，但同时似乎又很明白地骂着自己，"自己当初不是也不可理喻地跟着那帮坏蛋为了抢七毛钱而坐了两年牢吗？年轻人谁不犯错？关键要纠正！"赵保刚再次下定决心，他一定要帮助这个打小一起长大，最早、也是第一个看见他光着屁股在耒水河里跳水的女孩。同样被火光照得满脸通红的赵保刚此时脸上露出了顽皮的、坚定的、却又恨铁不成钢的兄长般温柔的笑容。

时间在静悄悄中，从赵保刚手指间不断掉落的烟灰中悄然过去；火光中荧光般的烟雾在低矮的屋顶棚下停留了一会儿后，便像从冬眠中苏醒过来的长蛇似的舒展开身子，沿着顶棚，缓缓无声地、可怕地、旋转地、鳞光闪闪地从半开的后窗十字格栏里蹿了出去；火盆中新添的木炭又一次燃烧过半，炭条上的白灰纷纷地脱落了下来，红通通的余烬便像舔了血的舌头般伸了出来。

正当赵保刚瞌睡来了，想眯眯眼时，他听见付艳哼唧了一下，然后像是被鱼刺卡住了喉咙似的，她开始拼命地伸直脖颈，为了伸得更长、或者说为了摆脱痛苦，头开始强烈地扭动，继而双手紧扣住大衣往下拉扯，那头像缺氧的黄鳝从大衣领子里挣出来；接着，她"啊——啊——"地叫唤了起来，张开大嘴急促地喘气，而后是战栗的双手开始撕扯头发、挠脖子、抠胸口，双脚蹬开大衣，"又来了——！"一声凄厉的号叫划破子时宁静的夜空……

赵保刚扑了过去，迅速把跌落在火盆边的军大衣拿开，靠长凳蹲下，阻挡着颤抖不安的付艳，防止她从椅子上滚落下来。

"艳艳，你怎么啦？！我在这儿"他急切地问道，把手伸过去抓住她的手。他感觉到她的手不是在颤抖，而是在痉挛、在抽搐，有一种生命之火在这一刻即将要熄灭的感觉。赵保刚脑袋轰隆一声炸开了，他一下子把她抱住，拍打着她的脸，大喊道："艳艳！醒醒！你给我醒——过——来——！"付艳软绵绵的头在赵保刚拼命地摇晃下支撑了起来，她睁开血色猩红的眼睛看着赵保刚，满脸的眼泪鼻涕唾液。"哥，我毒瘾犯了！"她痛苦地说道，抬不起来的头垂到他肩膀上，"它们动啦！它们又动了哇！满脑壳里，它们像蚂蟥一样挤在一起，它们正在那吮吸着我的脑髓……在我的耳朵里吸、在我的鼻孔里吸、在我眼皮下吸、在我的喉咙里吸呀吸！它们像蚂蚁，它们正在我的胸口上爬呀爬、啃呀啃，在我的腋窝里爬呀爬、啃呀啃，在我的肚皮上大腿间，爬呀爬、啃呀啃！在我骨髓中，它们变成了一颗烧红了的铁球，从头顶，滚呀滚……滚到肩骨里、滚到胸口中、滚到胯骨上、滚到腿杆子直到脚指头上……痛啊！痛啊！！妈妈哎、爸爸哎、哥哥哎！告诉我怎么办吧……"

"我受不了啦！我真的受不了啦……我要走，我要走！"她霍然站了起来，毫不犹豫地一只手扯住赵保刚的裤兜——她每次都看见他从那掏钱——另一只手快迅伸进去抓了一把钱出来。但当她发疯似的跑向门口时，发现赵保刚已经先一步堵在了门口。"哥，求你了，放我出去！我会死的……"她哀求道，无力地拖拽着他。

"艳艳，听我说，不能再吸！你现在是初期，是能够戒掉的，哥帮你戒。"赵保刚捧着她的脸，抹去她的眼泪，他发了横：不能让她再吸！

"不！不——！"她又一次尖锐地叫了起来，眼睛里开始冒出凶恶的目光，并歇斯底里地撕扯起他的衣服，张开嘴咬他。此刻，挡在她前面的变成了掏了她心肝、剜了她眼窝的最可恨的人。

赵保刚死死地靠着门，无计可施地看着她，眼睛冒出来两行泪水。

"哥，放我出去吧！我真的会死的……就这一次，最后一次……哥啊！……"她不知疲倦地哀求着、哭喊着，蹬鞋撕衣裳，在地下打滚，完了，一扫先前呆板、麻木的神色，眼睛放亮，贼溜溜地盯着赵保刚脸上看，见他仍没有让开的迹象时，霎时间便像疯婆似的一抹脸上的眼泪鼻涕，变成笼子里的病兽那种渴望饱食一顿的卑乞加仇恨的目光看着赵保刚，然后一步步往后退，在达到了起跑的足够距离后，身体便往下一沉，弯腰抬头做起跑状。于是乎，往日玉树临风的一个清丽孤傲的女孩，刹那间变成了一头疯牛似的朝赵保刚顶了过来。由于用力过猛，赵保刚来不及搂抱住她的头，头撞上他的胸脯后，从腋下滑了过去，蹭到了门的铁锦上，赵保刚把她搂起来的时候已是血流满面。

"你今晚就是死在我这里，我也不会让你出去！"赵保刚冷冷地说道。付艳听到这话，绝望地看了一眼他那没有半点商量余地的目光后，便瘫软了下去，她像一条被打断了腿的小狗倒卧在地下哀伤地呻吟着……

后窗外传来野猪啃噬冬笋的声音。

夜深了，雾反倒稀薄了，天空现出了稀稀点点的星星。隐隐约约，竟能看出北斗星象瓢一样的舀柄在可怜巴巴地闪烁着；山峦巨大的黑影渐渐地显现了出来，大地瞬间开阔；只有凛冽的风还在沟壑、洼地和厂房围墙脚下滚动，将沉滞下来的露水卷起来后又扑打在干旱的泥土地上，浸润露水的表皮泥土便软化了起来。

"这个鬼东西吸后竟是这样的利害。吓死人了！是哪个断子绝孙的把这些鬼东西弄到矿上来的？"一听到赵保刚办公室传出来尖叫声便跑过来偷听的张老倌听到房子里开始平静了，嘟噜道。想必也是喝到二两杠子了，黑暗里，见他一路歪斜、快三步慢两步地回到门卫室，后面跟着耷拉着尾巴的"矮脚虎"。

屋子里，被大衣包住躺在赵保刚怀里的付艳似乎开始有了些平静，但不安、烦躁和毒瘾撩拨起来的蠢蠢欲动始终像附在身体上的鬼魅一样在她眼睛里游弋。那目光，让人感到她已站立在万丈悬崖的峭壁边，随时都在等待着那一刻快感的爆发。

"明天一早，我陪同你去戒毒所。你妈那里我去说。"

"我妈妈知道我也……非跳河不可！"

"这个谎我来说吧。就说你现在在我厂子里上班，派到广西去了，得几个月才能回。艳艳，回来了就在我这里上班，哥给你安排一个好的工种。"

"刚子哥，我怕自己受不了，我真的不敢相信自己……"

"不，你能行！"赵保刚将付艳额角的一绺乱发撩到耳根后面，温柔地说道，"你肯定行！到时候哥去接你回家！"

仰面看着赵保刚虎头般的大脸，付艳弯弯的睫毛下晶莹的泪花中闪烁起了希望、信任的光芒。

自从与珍珍结婚以来，赵保刚第一次晚上没有回家，他守护付艳一夜。第二天清早，当东方的晨雾在太阳的照耀下变成粉红色的一层膜时，赵保刚叫醒了付艳，王猛子开着公司的车子已在厂门口等。赵保刚亲自把付艳送到了地区戒毒所。

两年后，雷婆的两个儿子，大毛、二毛，一前一后，相隔竟只有半月时间，死于吸毒。死时，全身溃烂，竟找不到一块好肉。俩儿子死后一个月，雷婆疯了。那天她把自己双颊涂上两团红，手持竹鞭，头带柳条编织成的掩护帽，上插一根鸡毛，像杨子荣打马上山那样，"锵锵锵锵锵锵……彻！"碎步急驰来到爱琴广场。她把那当成舞池，在舞池中央旋转数圈后突然来个马蹲式造型，然后是一个斜望着苍天的特写动作，稍后，便沿用她一贯风格唱开了："一窝一窝一苑一苑，都是些打摆子的、催死的、世上冇有看过的、祖上呷了孽芡的、有来路冇得去路的、有嘴巴进冇得屁眼出的……杂种！杂种！杂种！神经病！神经病！神经病！你们去死吧、死吧、死吧……"她骂着，唾沫横飞直到头晕，最后一屁股坐在了地上，但仍然精气神儿俱佳地顺着自己的兰花指仰望着天空，似乎那里有些什么。人们发现天空飞满了鸡毛，像雪花白茫茫一片。

　　这是她出现在人们视野中的最后一段影像。

蜉
蝣

十二

时间凝固在某一处无法流逝时，便成了记忆。一九九四年，红旗煤矿二、三、六工区关闭，矿区小火车至此全部闭炉熄火——那曾经的场景成了永远不再重现的矿山人最亲切的过往。随之而来的是耒水煤码头也因日渐萧条而撂荒了。这个年产七十万吨煤的大型国营煤矿走向了衰落。

当马车右想起耒水河上曾经也是百舸争流、帆船麇集、自己的爷爷当年就是靠着这条水道行医贩药为生时，便有了一个梦想，就是重开耒水河道。他想让人们看看，他马车右虽是孤儿，没吃过饱饭，没上过学堂，但却是个也能搞大名堂的人。如今国有矿山没煤了，码头废了，船厂没了货源也行将就木了。看着河岸像苗寨挂在墙头那吓人的牛头骷髅般的四个溜槽，看着闲在手中无处可用的船厂二十条机帆船，马车右如获至宝般地跳了起来——现在这个机会来了。

过小年这天，马车右与马副局长相约好了，小年回马村过。把马六爷家三个吃城里饭的儿子也都请了回村。马五斤则在之前已经放年假回到了村里。早市刚过，马良坡就将伍市购好了的菜品送到了厨房。

马家大屋从中午就开始做准备。凡是家宴，仍然是马善民的老婆掌勺，马善民沦为下手。人虽不多，但小年也是年，且马村的几号头面脸人物都到了堂，怎么也得配上十碗——图个十全十美。

厅堂里照样烧的荒脑火，炉边照例煨着酽茶，厨房里照旧架起大王锅柴火炒菜。几个人围炉一坐，架起二郎腿喝茶，嗦起嘴巴讲笑话。待寒暄述尽，菜肴上齐时，马家四兄弟排行老大的马重武开腔了："嚯！这才是我们湾里地道的味：香、辣、冲、咸，特别是这豆豉油味，别处无有，独此一家。这味道好比十二月里的腊肉正月里的干鸭，一个字，香！"他手指成枪，晃动着枪口对准一大桌菜做垂涎三尺状。老三马尚武立马将摆放在门角的一口五十斤装的大肚子酒瓮——自家酿制的低度红薯酒——提放在靠近桌旁的宽板凳上。红绸一掀，缸盖一揭，酒香便成了钻鼻虫，满屋子人未饮先醉。全体落座后，开席在即，老大马重武却仍站着，双臂盘抱在胸前，咧嘴歪头，作前言未尽状。只见他带着极度欣赏赞美的目光看着满桌子的鸡鸭鱼肉，翕动鼻翼，贪婪地作深深呼吸道：

"我们算是赶上趟啦，瞧这一桌子的菜，享受啊！上千年才碰上一回的时代大变迁让我们这代人赶上啦！宋朝，算是富庶的朝代了吧，这桌菜撂到那时候，了不得哩！嘛了不得？"当马五斤问他时，马重武拿出大人物指点江山的态势往脑后捋了捋已经稀疏不多了的几根头发，一手撇开外套支在腰间，另一只手做刀切西瓜状。"这样跟你说吧，"他手往右一划拉，意思是这部分，"这四个大菜，外带一个牛头，撂在那时，可以换回来个小妾。那么这一边，"他又划拉开另四道菜，"外带一个生猪头、十条干肉，记住嘹，这可是蛮重的礼啦！给县太爷送去，起码也得弄个捕头干干，那职位可相当如今的公安局局长噢！"他迅速不好意思地瞟了马副局长一眼，"好啦，这最后的两道菜：清蒸枸杞三黄鸡、百合红枣薏米粥，再外带羊头一个，送给县太爷的大老婆补身子，嘿嘿，她枕头风一吹，县太爷起码也得给你在衙门里挤撺出来一个衙役什么的当当。我们现在轻易就吃上这么一桌子的美味佳肴，你们想想，我们有多奢侈！"

一时大家都嘿嘿笑了。

"嘿嘿个什么呀？你们还别以为拿不出手，在那时，这就是重礼啦！《金瓶梅》里面的西门庆就这么干发的！那时送礼，就这鸡鸭鱼肉什么的，靠这手，那家伙色财双收、官运亨通，日子是过得滋溜溜的有味。"

酒桌上，论辈分，六爷、五奶是长辈，但论官阶，当属在县公安局当副局长的马效军了。席间他不发话，其他人断不敢端杯。"来、来、来，菜齐啦！大家把酒碗端起来！"马效军用短粗的大拇指扣住碗口，像军人那样将碗高高举过头说道，"这第一杯酒敬二位长辈，你们是我们马村的宝贝，祝福你们身体健康！活上百岁！"然后一口而尽。大家不敢怠慢，纷纷附和着说些吉利话，然后将酒干掉，只有老四马崇武渳了一口，便放下了。两个老人感动得四眼生花，嘴里呵呵的。

"这第二杯酒嘛，"马效军环顾四周一眼，特别含着那么一点歉意地看了马家大兄弟马重武一眼，"这第二杯酒呢，我要破个例，敬敬车右。他现在也算是事业初成，接下来便还要干番大事。有种！有我们老祖宗'十九担'的范儿！我们马村需要这种敢闯敢干的人！来来，为了这个，我敬你，干喽！"

马车右受宠若惊，杯子擎在鼻梁上，待马效军话一落音，便抢先一仰头将一大碗酒给干了，脸上顿时泛出潮红。大家纷纷敬过马效军，场面沸腾起来。

"接着重武兄弟刚才的话题往下讲。不可否认，我们还真是赶上了好时代。我为来到这个世界而庆幸，为赶上这个时代而高兴。"大方脸，虎虎生威的马效军往嘴里塞了一大块牛肉后，咂咂嘴，又道，"想当年……六爷啊，您老是看到的，我三岁就跟着父亲赶马车，一手抹着鼻涕，一手玩着小鸡鸡。"因为这句，马副局长瞥了一眼马善民媳妇那不好意思的脸，"风里来雨里去，白天黑夜，肚子饿得咕咕叫，等天乌黑父亲赶着马车到家时，早已肠子皮贴皮在马车上睡着了。我记得，每次回家父亲都累得脚打摆子，到门口就连滚带爬地赶紧回屋，嘴巴哆嗦地朝迎过来的母亲喊道：‘蠢婆子，别管我，赶紧把崽抱下来！’母亲就跑过来抱我，车板高，她抱不起来我，于是就揪着我的耳朵使劲扯，嘴里喊道：‘军军，醒醒，到家了……’”

说到这，马效军眼圈红了，瞳孔中跳跃着火光，他呆然地看着满桌子的佳肴，目光沉凝。他足足木呆了一分来钟，之后便把空碗往桌子上用力一掼，手指指着碗，吼道：“筛酒！……你们说说，我们现在是不是赶上了好时代了？”

马副局长突发感慨的一静一动，令大家有些错愕。几个人面面相觑。大哥马重武从口袋里掏出一方蓝条纹的手绢出来，左左右右潇洒地擦着流淌在肥嘴边的油水，那手绢立即就变得红嘟嘟的了。马善民的老婆筛完酒后笔直地站在厢房门口待令，一边绞起围裙角擦着她那油渍渍的肥手背，眼睛一直亮晶晶地看着马效军，脸上露出浅浅的收敛的笑。马车右思想没那么复杂，他没闲心听马效军忆苦思甜，他脑子里一直转悠着办煤坪的事，他在等马效军起头。

酒过三巡、菜过五味。又添了柴火的火盆里噼噼啪啪的，火苗蹿得老高，把厅堂整个地照亮。房梁、青砖墙乃至甚至瓦片、挂在墙上的簸箕、犁耙等农具，都在火光中晃晃荡荡的；火炉中的树蔸脑咝咝往外冒着的樟香。扑腾着的蒸汽带着火光窜出去，门外的寒风带着水气挤进来。

“个人的命运跟国家的命运是紧密相连的。乘着这股强劲的东风，兄弟们啊，都把眼睛都睁大喽！把握住了机会，你们就是时代骄子，错过了时机，将会被历史的巨轮所抛弃，没有下班车。对于每一个人来说，机会是均等的。我啊，是不小心踏上了仕途，非我所愿。俗话说得好，‘一辈子当官，十辈子打砖。’在这方面，我还是很欣赏车右的，敢想、敢做、手上有人，肚里有货，正生逢其时啊！”说到这，马副局长似乎不满意大家的喝酒态度，他舞动着粗指头，像画圈圈似的在空中连续不停地画着，嘴里嚷道：“都喝起，见底，都要见底！老四？该你啦！老弟嫂呢？过来、过来，都给他们满上，满上！……我说六爷、五奶啊，您二老就别在这儿跟这些后生熬啦，回屋早些歇息吧。五斤，送二老回房。"但二老死抓着桌边不肯走。

"……我们都是佼佼者，从千万竞争者中脱颖而出，别辜负了父母辛苦一场做出的这条卵命，不能白活了一场啊！"马副局长像是在单位做动员报告似的比画着手说道，"车右早几天找我谈了，说想在村里建个大型煤场，我看行！我支持！"

马副局长今天一反常态的兴奋，以及耐人寻味地抛出来的话外音，让马家兄弟个个张大了嘴巴。兄弟几个不约而同地朝马车右看过去。

"我是有这种想法，但是这种想法能否成为现实，这就要看在座的各位兄长了。"马车右说道。席间他已经憋了很久，所以有些急迫，而面对这些看着他抹着鼻涕在村里东一家西一家混吃混喝长大的马村最大、根也最正的家族中的头面人物时，内心仍旧有些发怵。"这样说吧，"马车右稍做停顿，沉下脸，他想把事情说得更婉转、详细一点，"白鸡洞煤矿现在是青龙公司的，而青龙公司我是大股东。现在这个矿年产量已达三万吨，马上就要升级到六万吨，再后面是九万吨。煤层厚得很，简直挖不完。销售现在是我们的最大问题，南下广东，搞不到车皮，北上长沙，公路运输成本太高，眼看着地下地上全是钱，却变不了现。现在有一个改变这一切的绝好机会：红旗矿没煤了，煤码头停了，耒水船厂也要倒闭了，他们厂里有二十几条专用煤船面临报废。我的想法是，把船低价收购过来，重开耒水水路。如此一来，销售成本将大减，利润将大翻。这是一条共同富裕的路。"

"关我们什么事？"老大马重武问。他已经喝得面红脖子粗，那张善辨百味的嘴正在美滋滋地嚼着一块水晶红烧肉。

"当然有关系，条件是要在耒水左岸建个煤场，而这个煤场只有一个地方合适建，那就是我们马村。"

"这不是废话，整个村子都处在坡岸上，往哪儿建？"

"屁大点地方，摆哪儿？"

"难道拆房子不成？"

…………

蛤蟆闹塘，厅堂嘈杂开了。这时，马副局长用酒杯敲打着桌子，大声喊道："你们先别嚷嚷，让车右讲完再说。车右，你接着说。"

"对，拆房子。"话说到此，马车右觉得已没有必要拈词择句了，索性说白，"是要拆些房子才能满足煤场的要求。我的想法是沿着后山垄上开一条路直达矿上。这个距离很近，我测算过了，不到一公里，然后将村里靠河边一排的八户房，迁开，但那只能开出一条下河道路来，主场地就在马家大屋的打谷场上，也许还不够，所以……这个嘛……要帮六爷建个新房。"

"嘛噶？你兔崽子说什么来着？拆房子？"谁也没有六爷反应快。他耷拉的脑袋像被根绳猛不丁提起来似的，那双小红眼瞪着马车右。"这房子谁敢拆？这是我们老马家的祠堂啊！是老祖宗留下的，有三百年啦！车右，你这个少教的混账东西，怎么出来这种缺德的想法来，看我搡死你……谁动了这房子的一砖一瓦，我非不劈了他不可！"六爷激动得双拳直播着桌子。马车右打住话，冷冷地看着六爷。马六爷的态度是预料之中的，只是他在场没法跟马家兄弟们谈下去。马车右于是向马五斤使了个眼色，五斤便起身走到父亲身边，搀扶着他，说道："只是这样说，不拆，另想办法，都晚上十一点啦，爸，回屋睡去吧。"六爷哪肯，狠狠地握着颤抖的拳头，眼屎黏巴的小眼睛直往外冒火。父子俩拉拉扯扯僵持了几个回合，把马六爷弄急了，照小儿子半光的头上就是一个爆栗子，在仍见儿子霸蛮不撒手后，只得回屋里去了。走到厢房门口时，双手摽住门框，稳住衰朽的身子，回头又嚷嚷了一句："我死了也不能拆！祖宗在上，这一菀子全靠着他们的神灵保佑呢……"五奶跟进去帮他铺床。他钻进自己那床八斤被里，嘴里仍骂骂咧咧不停。"冷不？要不把我那床四斤被也给你盖上？"五奶问。"不要！"六爷把头从被窝伸出来吼道。"我也是狗咬尿泡多管闲事，你爱要不

270

要，晚上喊冷，鬼也不搭理。"五奶嘟噜一句，上一边去了。

大家沉默了一会儿，虽说六爷是长辈，那是挂在嘴上的，心里谁也没把他这个行将就木的老人放在心上。马副局长看着马车右，一脸铁青地说道："老人有老人的想法，这是不可避免的。这个世界需要勇敢！就像我们攻打凉山一样，没有死拼的精神是不行的。当然，对待老人，特别是长辈，要讲策略。车右你继续说完。"

"房子肯定要拆，不拆没那么大场地。"这时，马车右站了起来，双手插入裤兜，做出准备要离场的样子，"只要你们几兄弟能把这块地腾出来，我们准备把百分之三十的利润让给你们。是多少，我帮你算个账：就算第一年最低两万吨的转运量，每吨毛利二十元，摊到你们身上，纯利润怎么也得有个四块钱每吨。二四得八，每年纯收入达八万。这八万可以按同样的规模建一个崭新的马家大屋。这仅仅是一年的利润，来年还要成立体式增长。再说了，我们还要在后山建新房子来安置拆迁户，这些是不收钱的。这个账蠢子也会算，我公司图发展，但更多的是想帮帮村里，村里人养大了我，再怎么也是一个祖宗下来的，我哪能光顾着自己吃香喝辣。当然喽，如果不愿意，那我又何必呢？"马车右把话一撂下就溜到门外抽烟去了。

马副局长貌似醉了，他英武的大脸盘子，在火光与酒精的作用和两边腮帮子不停地鼓动下，就像一面画着油彩、擂起来的鼓，只是这面鼓光动不响；马良坡抬直自己那张英气勃发的脸，一声不吭地坐着；马五斤则像听天书一般歪斜着脑袋，谁发言，他便盯住谁看，脸上露出憨厚的傻笑。马车右出来后，他就跟着出了门。只有马家老四城府最深，他总是尽量不发言，眼睛里闪出会意却又捉摸不定的笑。

村尾有间豆豉油作坊，耒水上下游的乡村大都不吃酱油，而是吃的这种豆豉油。夜里，从作坊里飘来豆豉油的气味，这气味让挣足了钱的人闻到了年味和家庭的温馨味，而让那些到年头了裤兜还空空如也的人闻到的却是一种苦涩味。马车右深深地吸上一口，"真正的香啊！"他对马五斤说道，口气中充满着自信。站在他对面的马五斤没搭他的茬，而是看着屋里他的几个兄长。家里的大小事情都是几个哥哥商量着办，几乎不管他什么事。

从外往里看，半扇门里是马家三兄弟聚在桌上的那三个脑袋。他们正在商议着马车右抛给他们的提议。像桌子上正摆放着一张刚出锅的大饼，葱油香正浓，他们不停地翕动着鼻翅，六只手比画着，你看看我、我看看你，没有争执。突袭而来的利益，让他们每个人的脸上都迸发出兴奋和贪婪的神色，如同从天而降一桶金币摆放在面前，不是能不能要的问题，而是怎么分的问题。马效军则直挺着军人腰，一声不吭地仰头望着天花板，像是在思考，又像是在等待，更像是在瓮中捉鳖。马车右一看这情景，知道事情可成。他把烟扔下，大步走了进去。

"马局，晚上住村里还是回城？"马车右没有再谈及煤场的事。

"当然回城，"马效军说，"我明天有个早会。"

"那我送你，"马车右说道，然后坐定下来，把那杯还未饮完的半杯酒端起来，看着马家兄弟们，他想最后给他们再鼓一点气，"你们都是吃官饭的，具体事都由我们来做，你们只管放心进钱。这样吧，你们兄弟还仔细地合计一下，过几天给我一个答复，如果能行，我这里就好请马局帮忙去县里跑手续，这里面还有不少事要办。"没等三兄弟作回答，见马效军已经起立扣风纪扣，马车右随即站了起来，两人出门。

吉普车的尾灯亮了，"轰"的一声，扭转的车轮碾压在"嗞喇"叫的泥土上，灯光跳跃着消失在了通往马村的那条满是泥泞、车辙印的机耕路上。

马村的夜晚恢复了平静，但马家兄弟心里却迎来了一个注定是不平静的夜晚。

马村冬季里有一个俗节，谓"狗氇胯"。就是两个男人背靠背，弓下腰

272

去，把手从自己胯裆下穿过去勾住对方同样伸过来的手指，然后往各自的方向拉。谁拉赢了谁胜。不知是村里人怕六爷，还是六爷真有硬本领，总之，每年的胜利者都是六爷。马车右十三岁那年夏，跟着六爷到耒水上游去放排。晚上滩上乘凉时，六爷提议比狗豳胯，但没人响应，怕他，于是六爷指令让马车右上。少年懵懂的马车右不识深浅，比赛时拼死霸蛮，结果六爷吃不消了，眼看将败。六爷是族长，又是当年的村支书，怎么能输给一个毛头小子，于是耍起赖来。他死勾紧马车右的手指不放，然后猛然挺直腰杆——这是一个严重犯规的动作。结果是马车右两脚悬空，手又被困住，摔了个狗啃屎，磕出一嘴巴的血来。今天，当马车右站立在高高的马家大屋前还有些犹豫不决时想起了这档子事。"拆！"他下定了决心。

马家大屋在马家兄弟的应允下拆除了。在拆房子那天发生了三件不寻常的事。第一件事是，当马家大屋最高的那面马头墙轰然倒塌时，地面上腾起的尘土像蘑菇云一样升起，遮天盖地，久久不见光亮。马车右、马良坡他们甚至要手牵着手，才不至于在黑暗中迷失。当尘埃散去，露出天眼时，在蔚蓝的天空，有人发现一只褐色的老鹰展开像蒙古弯刀似的巨翅，在耒水上空翱翔。它的影子在耒水河面上画着一个一个不规则的圆圈前进。过了一会儿，鹰影像一柱黑色电光从村尾向着村口滑过去，当它从林子里的上空优雅地折返回来时，癞皮狗不禁惊讶地叫道："看——"大家都抬头望去：老鹰府绸缎面似的灰色背脊在阳光下闪烁着银枪一样的光，它此时正像一杆标枪般向他们俯冲过来。它摆动的尾翼正精准地效正着方向，身后紧跟着的是一线云尾，而地面跳跃而来的是它那三角箭镞一样的影子。速度极快，霎时间，便已经能够看清它盯住人的那两环赭黄色眼圈里睁圆的眼珠子了。"怎么回事？！"大家惊骇了，猛然四散，马良坡甚至慌慌张张抬手遮住脸，而癞皮狗吓得打尿禁，一个跟跄摔在谷场上的拴马桩上，额头鼓起一个包来。老鹰在调整到直线时，放出了爪子，老树皮般尖利爪子像飞驰过来的一双五爪鱼叉。癞皮狗哇哇叫着立即捡起一块石头，但老鹰却刹那间迎风展翅，在离他们极近距离的地方扶摇而上，直冲云霄，它的黑三角影子无声地从他们头上滑将过去。

村里人把老鹰当作天空的神物。它之所以能预知，是它看得很远很远。许多年后，在生命最激荡的那个阳光明媚、天空灿烂的午后，在弥留之际徜徉在梦幻般的海洋之上时，当马车右再次看到高邈苍穹中的鹰影之际，心里顿时明白了其中的道理。

第二件事是，马村之所以得名"马村"，因为他们的祖先以养马为生从北方迁来。到一九九五年时，村里只剩下最后一匹马了。本来马老三已经将马从马厩里牵出关进了后山的牛圈里，但老马恋栈，知事明理，它嚼断了绳子又跑回来了。当时，那匹枣红马正垂着头悠闲咀嚼着地下仅存的一点干草，一边时不时打起响鼻，一边扑哧着耳朵撵着马蝇，目光乞怜地探望着厩外。它铁嚼子上吊着一个银色的铃铛，不停地发出清脆的响声，额头上还挂着一个簇新的红布球。一股浓重的潮湿的马粪味从厩里扑出。赖小毛靠近时，它便抬头睁大那双黑色、布满血丝的大眼珠，默默地看着他，边漫不经心却心慌意恐地舌卷着嘴边的干草。绿头蝇、吸血蚊在它脸上营营地飞来飞去。赖小毛将门栏上横着的三根厩牿拆下后"嘚儿嘚儿""驾、驾、驾"地想把马儿赶出来，这时马五斤喊了起来："别站在它前面，它会踩死你的，绕到后面去，从后窗拿扛子捅它的屁股！"赖小毛便扛着杠子绕到马厩后面。一会儿，马便从马厩里急跳了出来，蹄子溅起黑色的泥土，它的尾巴像拖把一样重重地打在门柱子上，发出"唰哧"的声音，然后行动迟缓地站立在路中央。老马冷冷地、垂落着长长的尾巴，一动不动地注视着他们：它眼睛透着温驯，似乎无奈地觉得这一天终将来到。然后它龇了龇牙，咴儿咴儿地叫，一边捯动蹄子，往后尥蹶子，不知是恐惧的袭来还是在驱赶那些讨厌的苍蝇，它不停地颤抖着身子，一块块肌肉，像遭到间歇性的电击一样。

"好了，行动快一点！"马车右朝铲车司机打了个手势，喊道。小伙子像只兔子似的蹿上驾驶室，轰地铲车启动了，抬高铁斗，向前。这时，谁也没有料到，那匹骨骼宽大却瘦骨嶙峋的枣红马忽然一声长啸，跳将过来，在铲车前一跃，立起了，龇着牙，仰天嘶吼着，前蹄在空中踹着，宽阔的红绸缎般的胸脯，在西斜的霞光照耀下，闪耀着血色光芒。

这架势把开铲车的小伙子吓蒙了，一脚踩死油门，双手抱头，生怕马蹄子会踏破车窗踩在他头上。围观的几个人也纷纷四下逃窜。

马没有要离开的意思，静静地伫立在铲车前，侧着头看着眼前的怪物，甩耳朵，捯蹄子。

"马老板，我怕，我搞不来。"司机小伙子老实说，脸上白一块红一块的，手还在不停地捶着自己的胸口压惊。逢这种事，"癞皮狗"赖小毛爱逞英雄，他没有一技之长，又贪婪不合群，所以常凭借凶狠无赖之举来让他人觉得自己还是有些可用之处的。在马车右面前他是极力迎奉巴结的。整个青龙公司，他独服马车右，其他的人，他是不上心的。此时，他看到了时机，而这种事情其他人似乎都不适合。他露出不屑，一脸的横肉抖了抖，对司机说道：

"不就是一匹老马吗，你看它连站都站不稳啦，有那么可怕吗？上呀！"

"我来不了，真的，你看它的眼睛……"小伙子反而往后退，用他那油渍的袖子擦了擦额头上的细汗珠，不好意思地说道。

"滚一边去，我来！"赖小毛一把推开司机小伙，一个箭步上前，自己上了驾驶室——他在矿上他无事时摆弄过铲车，懂得基本操作。

铲车在赖小毛操纵下像摇头摆尾的鳄鱼向马棚子开去。迎面站在铲斗前面的马惶恐不安地往后退着，蹄子碾碎泥块，巨大的骨节里发出嘎嘣的响声。马头不停地侧眼仰头，像是要看清来者。赖小毛停止往前，想等受了惊的马闪开。然而马却后腿顶住，心已横下，死赖着不走，当看着铲车的斗摇晃着又顶过来时，马的烈性再次暴发了出来：它举头一声长啸，再次直立了起来，龇出满口的黄牙，两只充满疯狂的同时又浸满死亡血色的大眼睛睁睁看着铲斗，满是白霜般的舌头卷起，乳白色的唾液从铁青的唇齿间喷泻出来。它不知道铁爪为何物，它不明白这铁家伙为什么不依不饶，它认为它能够把那家伙吓住。于是它拼命地想牴住，不停地用牙齿去啃咬，蹄子皮划开了，蹄筋也露了出来，牙齿也崩掉了，唇齿中也流出血来，但是眼前的家伙就是不退，老马急了，用头去撞……

"停——！"马五斤见状高声喊道。

一向见弱就欺、心毒手辣、惯从残忍中获取快感的"癫皮狗"赖小毛哪管这些，他推上前进挡，脚下油门一踩，铲车轰隆地向前一冲。枣红马火红的胸脯被铁斗重重地顶住，马的身子开始往后倾斜，马的后腿来不及调整支撑点，于是马便弯下脖颈贴紧铁斗，借以稳住重心，但是铲车却继续向前，枣红马的后脚悬空了，四脚朝天，直挺挺地在空中像条巨虫一样轰隆一声，重重地摔倒在了用青石砌筑的水沟旁。

摔倒的马挣扎了两下，试着站起来，但后腿起来后前蹄怎么也起不来，它就跪在那里，侧撇着头，哀伤地看着大家，有很多话要说的样子。它的嘴里往外冒着黏稠的黑血，流淌在泥地上的血像水蛭一样四下爬去。马车右一伙人跑了上来，围在马的周围看，马的跪状让所有人猛然心跳。

"你看它的眼睛。"那个司机小伙子说了一句。

枣红马睁开被长长睫毛遮着的巨大眼睛，眼白被血块覆盖，黑色眼球上有紫色的丝光在游走，灰色鹅毛般的鼻孔尚存一丝气息。

"它还没死！"有人说。

它的确还没死。它的长长的、弯翘的、像包裹着一层琥珀一样透亮的睫毛下，是映着铲车影子的眼睛。这只眼睛大睁着，暗淡下去，从上面，能看到天空是蔚蓝色的，能看到一只苍鹰在深不见底的玻璃幕墙上翱翔，能看见一圈圈紫色的光晕在散开，还能看到看它的那一圈人。马车右从马的眼睛里不但看到了一种类似人的哀伤，还看到了自己——一张与马头同状的脸。

276

马村最后一匹马倒下了！马村再也不能称其为"马村"了！据说马村的马一直以来从不与外乡马配种，因为他们的马是北方草原上与蒙古马争雄草原遗存下来的纯种战马。这个规矩已沿用了三百多年。

第三件事是，他们把古樟树伸延到村口的那根能容纳百人的巨枝给拦腰砍断了，因为它离地面太近，阻碍了卡车通行。"这是马村的守山树啊——"当六爷回村看到时，发出一声要命的喊叫。那声音马村的老老少少从来没有听到过。

马六爷是拆房的事发生后第三天才回村的。早在一个礼拜前，几个在城里当小干部的儿子约好似的一起回了村，孝心空前，齐声道："开春了，日子暖和了，爸爸到县城住几天吧！"三个儿子轮流做东，请老人家天天上馆子、日日逛戏院。还说，城里正流行一种新式理发——儿子们知道六爷最好理发——坐着洗头，躺下按摩，完了还可以泡个澡，舒服极了。"爹！现在不是那什么过去啦，理发店不叫理发店，叫发廊，剃头佬不叫剃头佬，叫美容师；茶点馆也不叫茶点馆，而叫茶楼、酒楼、美食中心什么的，世界已不是您想的那个世界啦！您老再不出去看看，明儿咱娘问您阳间变得怎样啦，您拿什么给娘说去？"其中有儿子如此这般道。

马六爷也是从放荡中走过来的人。往年，只要口袋里叮当一响，他就会往城里跑。他在大儿子家寄放着一套自己专门为进城做客装相的行头：藏青色瘦腰中山服外搭一副雪白的假衬衫领。把行头一换，便味道全非。他完全蜕变成一个有范的人了——没有丝毫乡巴佬的味道了。那些年，每上城里，太阳不落山是不会回村的。俗话说："八十岁的公公做得种。"六爷也有春心荡漾的时候。每每在大街上，衣衫一掸，霸王步一迈，往街心那么一摆，不是神仙胜神仙。他带着马村族长鞭长莫及但留有余威的傲慢和自认为能洞察天地人间的自信感，悠然闲逛于各个商号店铺，未了，他会找一家小酒楼独酌一杯，从二楼的窗口往街上看，花花绿绿的城里世界

十二

啊，还真是很有看头的嘞！有一次，他见到街头有背着铁锨锄头的学生高喊着"学期要缩短，教育要革命"从窗下经过。"他们这代人真好耍！"六爷羡慕地自语道。窗外的风景变幻，让他看到了这个世界一步步的变化。那应该是前年的事了吧，县服装厂拖一大车裸体模具从街上经过，把六爷的老眼给看傻了，"乖乖哎，这是要往哪儿拉……肉联厂吗？喂，停下！那可是鲜活乱跳、肉嘟嘟的一车人呐！"结果迎头撞上了一骑单车的老头。"我说老庚，你犯桃花癫？"那大爷怒目圆瞪。"你才犯桃花癫呢！"六爷反唇相讥。"没癫你瞪眼看什么看？那是模特——死家伙！"那大爷说完骗腿上车"丁丁零零"走了。"模特？！"六爷不生气，反倒偷着自己乐——养眼啊！假家伙比真的还真耶！但是，就是那次，六爷感觉自己那地方破天荒的首次没了动静，他心存疑虑地往街边的玻璃橱窗上一靠，认真起来感觉，的确没有动静。也就从那次感到了自己的衰老，叹道："人生如何如此的短暂！"六爷上城的次数就这样少了，那种当年吃公牛的醋把正在交媾中的老牯牛从母牛身上拉下来的壮举已成过去。现如今，他自知已到了安享生活的岁数，晒晒太阳，温杯暖酒，门前看雄鸡争宠打架，屋后听母猪哼哼奶崽，也是一种享受。所以，马六爷其实是不想进城的。他常称自己属虎，虎即猫，是有九条命的主。这如今只剩下最后一条喽！老实点好，就算运气极佳，又有几个人能九死一生呢？

　　马六爷九条命的传说在他多年的营造下，已根植人心。多少年了，一到冬闲，马家大屋便热闹了起来，围炉煮茶时，马六爷便会在小辈面前、老娘们面前摆起自己"九条命"的龙门阵来。别看他已年越六十，子丑寅卯，他仍能像背书一样一字不落地说得清楚。他说他的九条命是从七岁那年丢掉第一条开始的：

　　那年他爬上村里的一棵高高的柏杨树上掏鸟蛋，树枝丫断了，结果他掉了下来，幸亏下面有个猪圈，猪圈是茅草屋顶，屋顶被砸出个大洞。马六爷说自己运气好啊，整好落在一头母猪身上，捡回了一条命。但头却磕到了墙角，抬回家吃了半月的草药才算是可以下床走路了。这第一条命便这样子丢的。再后来，就到了跑日本鬼子那时候了。民国十五年，日本鬼子到了耒水，仅仅就来了三个人，其中还有两个是朝鲜的二鬼子，结果，全城人都吓得跑光光。这是县城自形成集镇以来空前罕见的事，就像魔鬼降临。一个县城炸油条养家糊口的半大老头带着全家跑到了马村。当停下脚，揭开箩筐盖时，箩筐里的两个小孩已经死了一个，——六个月大点的妹妹已经给跑死了！一家大大小小，禾坪上哭成一团。马村人性烈、尚武，立即召集马队，由村自卫队队长马三癞子带队，他也是甲长，带着保丁一行八人泅过耒水，往县城方向去。这里面就有少年马六爷！队伍开往镇西关，一上堤坝便发现了目标。三个日本兵正在河边烧火煮饭，三支长枪支在一起，刺刀上挑着钢盔。其中一个正忙着下河边洗澡，没穿裤子，用一条丧巾似的白布兜着那玩意。"呼——！"马三癞子朝天放了一铳。三个日本兵当下便吓得抱头鼠窜，看见高高的堤坝上游走着一支披蓑戴笠的持枪马队，便哇哇哇叫了起来，屁滚尿流地向耒水上游逃窜。那个下河的日本兵来不及穿衣，拽起枪就跑，那块兜裆布也掉了。其中有个日本兵回头朝堤岸上放了一枪。狗娘养的，随手一枪，还真是准，就差那么一丁点，就打中了马六爷，子弹嗖地从他耳边飞过去，打掉了他戴在头上细篾编制的渔翁斗笠。马六爷又一次幸免于难。

当时的情景被人看见，一时间全县人们士气大振。原来狗日的也是银洋蜡头枪。什么"掏肝煮肺""噬血魔头"？假的，怕死得很呢！还没开打就跑。而最搞笑，并当笑话流传下来的是那个光腚的鬼子兵。有人说他那东西像猪肠子似的拖在地上走，慌不择路时，还被自己踩上了几脚；有人说他那东西像茅茨坑里面的搅屎棍……总之，不管说些什么，马村的马队由于这次的一显威风，名声就像爆竹一样，"嘣"的一声爆开了，出了名了。这彪人马当即便要求加入国军。

后来每每想起那日本兵打的那差点要了命的一枪，马六爷还是不寒而栗。照他的说法，那算是又丢掉了一条附在他身上的命。

再下来就到了快解放了。加入了国军且入了"三青团"的他本来迎来了一次彻底改变人生命运的机会，鬼使神差，他错过了。解放战争后期，他所在的部队调去打共军，他不干了，想着回乡，半道上当了逃兵，却不料他所在的那支国军整个起义成建制地加入了共军。共产党得天下后，马队的那几个人都当了官，最大的官当然是马三癞子。斗大的字不识一个，扁担横在地下不知是个"一"，竟然当上了县长。马六爷后悔了一辈子。一九五八年县里抢修拦河大坝，有人举报六爷，说他当过国民党的兵，还入过"三青团"，属于坏分子，于是被派去修大坝。

连日大雨，引发了山洪。夹着泥土石块的黄泥巴水像几条张牙舞爪的巨龙，一路咆哮着从山里冲入耒水。新建的大坝缺了个口子，马六爷被调过去抢险。那时的马六爷正年壮，又想着将功补过，早日得到"解放"（就是摘掉"四类分子"的帽子）。于是总是冲锋在前，始终战斗在第一线。坝上的几十架拴靠在岸边的木排，如果散开顺流而下，在数量巨多的木头的冲击下，大坝将再次引发匮缺。如此一来，大坝将面临巨大危险。指挥部立即调集会游泳的下河扎排。马六爷第一个报了名。几十架排就在坝上大约两百米的一河岬边。一边是主河道，一边是从龙山出来的支流。支流汇集了大量的山水，把木排冲散了，其中有一架排像油锅里的油条，散开来，向河中央漂去。情况紧急，马六爷举手宣誓后，一行三人游了过去，想将散排归拢，然而水力太猛，拴上的绳索像头发丝一样轻易地就扯断了。原先扎好青篾竹绳也松了，排再次散架，转眼便漂到了江心，冲入了激流中。当几个人决定弃排逃命时，已经来不及了，排已漂过坝顶。黄色的洪流从坝体上滚滚而下，看似平缓，像块绿黄相间的绸布，落下去却是气势磅礴、涛声如雷。马六爷等三人，连人带排从三十米高的坝顶上随着洪水像倒火柴棍一样翻了下去。

高高的坝下，飞溅起来的水柱有三层楼房高，白浪滔天，一架上百立方的木排下去，就如同往河里扔进去一把筷子，瞬间便无影无踪了。能浮起来的木头都这样子了，何况人呢？！没有谁想到排上的三个人会有活的，老实说，就像在油锅里扔下几条泥鳅，夺路而逃的事想都别想。但是奇迹还是发生了！有命大的！六爷就是！他的头像个黑色的浮标，在汹汹的河水中，摁进去又浮出来，不断地来回这样，竟然在百米开外一处回流湾里靠了岸。当人们蜂拥过去，把他从水边的黄色泡沫团中捞了上来时，马六爷身上连一根纱都没有了，赤条条的一个光人。"这水的搅缠力真厉害呀，包裹得严严实实地下去，光溜溜地出来。"大家惊骇地叹道。多年后马六爷拿这事开玩笑时总是说，"打着灯笼找，也擒不到一根毛来！"

另外两个，上百人沿河岸搜索，在下游两公里外才收到尸。

这次算是马六爷一生中最危险的一次了！

"六爷，满打满算，才丢了七条命。你不是说猫虎一家，你有九条命吗？那还有一条呢？"村里总有那么些打破砂锅问到底、爱钻牛角尖的嫩头小儿问道。逢到这时，马六爷便缄默不语了，两眼起花地死死地凝视着火盆里的火，火焰像热锅上的红蚂蚁在他黄眼珠子上爬。任你是怎么问，如何激，他愣是一言不发半句不语，只是手指关节拧得"叽叽"地响。于是乎便会有憋不住的老娘们捂住嘴扑哧地偷笑起来，那笑声里面夹着看淫荡笑话的意味。马六爷十次有八回是脸胀得比火还红，屁股像是被火燎到了似的跳了起来，朝老娘们骂道："骚包！"边骂边急忙站起来，接下来他知道对方会立马反击，而他肯定无法招架，于是干脆一脚把凳子踹开，回屋里去了。他没有了睡意，坐在黑魆魆的房间里，贼溜溜的两眼看着窗户外面那口大黑锅上的星星。良久后，等厅堂的人都走光了后，他又吱吱地开门出来了，独自一人，看着火盆出神，直到火盆里燃烬最后一点火星。

其实马六爷说与不说，都一回事，他的那第八条命，村里人都知道是怎么丢的。马六爷也知道，那些人问他，只不过想气气他，再者，从别人偷情中满足一下自己的淫心。

马六爷丧偶的第二年看上了邻村王家湾里的一个村妇。马六爷憋闷了整整两年，像绷足了水的皮管子，胀得难受，便想打打野食，于是就瞄上了这个王姓妇女。马村后山田垄里有块田正好与王家湾的田相隔。也是活该有事，那日中午，太阳正毒，能把人烤出油来，这时间点上是没人出工的，都躲日头了。哎！天底下就有这种怪事，偏偏他俩出工了，而且是在一埂之隔的同块田间里。六爷从田间这头心急火燎地过去，王姓女子则从那头跑过来，两人在两村分界线的田埂上拢到了一起。马六爷将王姓女子摁在田埂上，借着田埂的斜坡行那事。马六爷把几年憋积下的力一块儿使，结果像铅锭龟裂开的田埂给压崩下来一块。鬼知道为什么，女人的丈夫正巧赶来了，只见他手握一把镰刀，跑过来，二话没说，举起镰刀照着马六爷的脑壳便挖了下来，就差那么一指宽的距离，否则，六爷的脑壳就开了瓜了。在马村流传了十来年"崩田埂"的故事就是这样来的。

时光斑驳、叠叠错错。这便是马六爷讳莫如深的九条命中丢掉的那令他最难以启齿的第八条命。经历了太多的事，人生坎坷、命运多舛。已经仅仅剩下最后一枪烟了，野性十足的马村汉子马六爷终究是怕了，心也归了。马六爷是真真的不想走动了。但终归架不住几个儿子左拉右劝，特别是老大。"一定要待在这破、烂、旧屋里干吗？"大儿子把"破烂旧"三个字说得又重又顿挫，生怕父亲耳背不好使唤。"总得要走走，活动活动筋骨，让大媳妇带你去医院查查身体，她是医生，方便得很。这转眼又是清明了，你也让我们给娘有个交代吧！"话都说到了这个份上，马六爷想想还是去了，并且把五奶也带去了，也让媳妇帮他大婶婶查查身子。

就这样，上了当了。回村那天，二老跌倒在村口的坡道上。

"老东西，你也等等俺……"当时，五奶像鸭子呱呱呱地跟在六爷屁股后面叫。

"快点嚏，你又不是巴肚婆（指孕妇），慢得死。"六爷像条黄毛狗耷拉脑袋在前面走。

"是急着去投胎呢还是去赶白帽子（指奔丧）？"

"冇下过崽的老猪婆，不晓得胯痛！"马六爷在心里骂道，嘴里说出来的却是，"五姑娘，这几天在城里憋得尿泡都快炸了，屁都没放出一个痛快的来，我这是老啦，老想着回村。一回到村里，一闻到牛屎马粪味，我一身的不自在就像屙完了粑粑一样全没了，舒服哩！真的，五姑娘，我真的太想太想闻到那股子牛屎马粪味了，离不开了……"

"那我捡几块放你房里？嘻嘻，还'好想好想'，今晚就睡牛栏去，让你闻个饱！还'好想'，好想个屁呀你！"马六爷嘴巴可没有北方来的五奶会说，于是像喝醉了酒似的摆头晃脑、颠颠簸簸、自顾自地走着，呷巴着舌头道："香，实在是香啊！"这样，一会儿五奶又跟不上了，她支腰站住喘着气，心里骂了一声："老鬼！赶死去哩！"

没想到下一秒就应验了。两老一上村口脚就软趴下了：

村子没了！马六爷头像被打狗棍猛地击了一棍子，懵晕了。"天杀的！天杀的啊……"过了会儿，就像水塘扑腾起来的鸭子，六爷跳将起来，脖子里咕咕噜噜地冒出来一连串的低沉而气急败坏的咒骂声。他跌跌撞撞，双腿打跪，但屁股却像被锥子不停地锥着般，猴似的跳着，从不存在的大门口，跳到已是废墟的厢房，从原来的厅堂跑到偏室、厨房、耳房、农具室和粮仓，最后又跑出来呆呆地看着已找不到位置的牛栏和马棚——这里被彻底地夷为了平地，原来高大宏伟的马家大屋不在了！瓴瓦残砖、刻有"马氏""五福"的瓦当遍地都是，剩下唯一能够标记地理位置的只是一个已经踏凹了的青石门槛和两尊长方形红岩门墩了。那些破碎的雕花窗格从泥瓦砖头块中伸出角来，经历了无数个年头的几根黑乎乎的房梁横七竖八挺尸似的倒在那儿，没有上漆的碗柜和上了红漆的水缸架子，缺胳膊少腿地扔在天井里。整个像放了个炸弹。

"天杀的！天杀的啊！"马六爷又号叫着，从细眯的眼缝里往外挤压出来一滴松脂油一般淡黄色的老泪来，"欺祖败家、横尸门前的孽种……"

五奶呆若木鸡地垂手站在离马六爷不远的地方。背后阳光模糊了她雪白的一头散发，只看见她端庄的、菩萨般轮廓柔和的脸上现出来不知所措的惊悚神色来。她半天也没明白过来，眼前究竟发生了什么？不管马六爷怎样絮絮叨叨地诅咒、怎么向她表达对儿子的愤慨，她都像什么也听不见地歪斜着身了，张开瘪进去掉光了牙齿的嘴，长时间地伫立着。然后向六爷走去，老泪婆娑地看着他。

村里静得很，人都躲开了，有几户村民立在门后观望，没有人敢出来说句话，也不知道说什么。马五斤躲在为六爷、五奶临时准备的过渡房屋里，此刻他也不敢出来，只是像鹅似的伸出长脖子远远地望着。"这几天你就待在村里守护着父亲！"这是几个哥哥给他下的死命令。显然，他们知道父亲难过。"其实还是可以另想办法的，干吗一定要拆了这房子呢？"马五斤好一后悔。

由于连日春雨，耒水水位上升了不少，水势凶悍。一只白肚皮的水鸟站在激流中的一根树杈子上，随着树杈在水中一沉一浮地调整着站姿；它水晶球似的小眼珠子紧紧地盯住水面，搜索着水面上可能出现的猎物。六爷看着那只鸟，像小孩似的可怜兮兮地擤了擤鼻涕，擦嘴巴时，那嘴歪斜得如同堤上过风时呼呼作响的老鼠洞一般。

"五姑娘……"他喊她。

"哎！小六子……"她闻声而起。

马六爷从瓦砾中捡起一把劫后余生的木凳子来，步履蹒跚地把它拖到临河的坡埂上，"来，我们吹风去……"她是如此感动地奔着碎步而来。于是两人肩靠肩坐在河边，老泪纵横地看着夕阳西下——在那里有一道像刚从熔炉里抽出来火红火红的细炉条隔开了水和天。

堤坡下长着一棵歪脖子苦楝子树。马六爷小的时候，树就在那儿。现在树老啦，形状丑陋。毫不怜悯它的河风，吹得它枝丫摇晃，粗糙、干泥巴似的树干上伤痕累累，褐色透明、颜色深浅不一、像一嘟噜一嘟噜琥珀一样透明的树脂，从腐烂的树干里往外流淌，在夕阳的照射下如同泪流满面的红烛⋯⋯

　　从这天起，马六爷就苍老了。头发直白，驼背如弓却胸腔凸起，像个从灰窑里钻出来的老翁。当他抬头看人时，那脸上就像覆盖了一层经年沤烂发臭的枯草，眼光从草缝里像小猫一样怯弱地射出来。从黎明的湛蓝荡开紫黑的天幕、余星即将沉没开始，佝偻着身子，趿着千层布鞋，套着明显宽大了许多的棉布衫的马六爷，便像个半明不暗的影子从临时暂用的屋里出来，穿过马家大屋废墟，向河岸走去。他双手端着一个中号搪瓷杯。这杯子是他早两天从废墟里翻出来的：白色，裂着龟纹，上有用红色毛体写着的"为人民服务"几个字。是当年大坝抢险、为了表彰他的英勇行为，奖励给他的。他就在那棵歪脖子苦楝子树前坐下，合掌捧着这个往外冒着热气的搪瓷杯。粉末似的晨光吹动着他头上几根稀疏的柔毛，柔毛如水中倒匐的枯草。像个信徒。雨天也是如此，披着蓑衣戴着斗笠，他一动不动地坐着，眼睛的凝膜上不断地浮动着耒水殷红的波浪，直到暮色苍茫、最后一只翱翔的苍鹰归隐松山乔林。显然，那些顽强的不曾被岁月蚀掉的画面，每天都在他蒙眬的双眼前映过，每天如此。

　　他变得不爱说话了，失去了当年向村民们摆弄他"九条命"时所展现出来那眉飞色舞的神态了，更失去了往日连笑带骂训斥他人的族长威严。他再也没有唾沫横飞地讲述起马家家史了。有时竟让人从他一向充满严肃和傲慢的小眼睛里看到无法隐藏的哀伤、乞怜。难道拆了老屋就对他会有如此大的打击吗？以至于他苍白菜色的脸就像已经看到了阎王在召唤他一样。

　　直到有一天，在一个耒水河面漂浮起成块的晚霞、一朵镶上金色花边的白云向西方驰骋而去的那个下午，当太阳落到遥远的河流水平线上、他的驼背与河中央凸起的一块酷似白头石狮的石头形成三点一线时，那时的六爷便成了这个巨大火球一般的夕阳中心的一个黑点了，这是一个即将燃烧殆尽的黑点。看到这令人震撼的景象，人们恍若明白了什么，效有阅历的人在心中嘀咕道：这个世界留给六爷的日子不多了，他在安等死亡。

那天午饭毕，马六爷又端杯出去了。他一破过去一成不变的装束，竟然打扮了一番：头戴一顶帽铲弯曲的列宁帽，脱掉那件发白不成形的中山服，换上了一件晒洗干净还留有浆直烫痕的白色棉布衬衫，灰色西裤，千层布鞋，手腕上扣着块上海牌手表，手指间套有一个玉扳。他的这一身东西压在厢底几十年了，因为马村人从未见过六爷着过这样一身土洋结合的行头。他蹒跚着来到在落满了紫色小花的苦楝树下坐下，把双脚并拢，抱杯于怀，像祷天拜地。最具古典风范的是拧成山羊胡状的白胡子，那胡子朝天翘起，犹如一扎鱼钩。未水倒悬在天空！那些一丝一丝的缕缕白云，满天空都是。它们像千军万马般，在浩瀚的天空上，在他的面前，齐刷刷地向北方奔驰。

快落日时，起来一阵小风，风把枯老树叶吹了过来，在地上翻滚着，在六爷的小板凳下发出细碎的叶子声，然后一律向河堤下滚落去。一团鸭蛋那么大的黄褐色的、不知是牛屎还是马粪的东西，慢悠悠地滚将过来，由于上面布满了牛马未能消化的细草茎的阻碍，它滚滚停停，任由那些树叶草根从它身边驰过。马六爷迷糊的眼睛忽然间就变得雪亮起来，身子战栗了一下，下巴颏开始哆嗦，他一定是闻到一丝什么气味，这气味肯定让他动了心。只见他的鼻孔迅猛地翕动了起来，找到了感觉后便长长地深吸了起来——那是烟鬼饿烟后得以重吸的景象。他尸青的脸上竟然泛起一抹亮光。

风是阵阵的，那团扁状的干粪被风吹得又向前滚动了一下，眼看就到了河堤的坡边上，这让马六爷的眼睛忽然睁得海大，他斜着身子站了起来，那只已经瘦得只剩下皮包骨头的、爬满了青筋的爪子向那干粪伸了过去。

就在这时，又吹来一阵风，扁平的干粪翻了两个圈后，正待要向坡下滚去。能看得出，马六爷是真的急了，他不顾一切地匍匐下去，在地上乱爬，四指锄一样的爪子一把把干粪球锄在了手心里，合掌捧了起来。他把它捂在鼻子上拼命地闻着，他瘦瘪尖削的背脊在起伏中不断膨胀，现出来极端贪婪的啃噬之态。可能是累了、双臂无力支撑住自己的沉重身体，马六爷干脆将身子翻转过来，仰天躺着。他仍然保持着双手合掌的姿势，就像兔子在向天乞命。他洞开的大嘴，深呼吸中溢满出甜美姿态，他吸啊，吸啊！凹陷的双颊全都是捂碎了的干粪沫子。

马六爷看见，那里，在遥远的云峰上、在一根长长的直立的丝光绸带上，有一圈一圈紫红色耀眼的光环，这些光圈一个套着一个，像天神套着火圈的手杖，从上而下，一直到达他的眼角，在眼角边的泪光中发出炙热的光感来。

"六爷倒啦！"村妇马结巴子的老婆一声尖叫。正在与村民玩牌的马五斤扔下手中的牌跑了出来。

"爸！爸……你怎么了？"马五斤边喊边跑，把父亲抱在怀里。马六爷用发红的眼珠子斜睨了儿子一眼，感觉魂已出窍，便正眼看着马五斤，那是一种极度可怜的孩子般的眼神、一种刚受过上苍垂怜过的眼神、一种大限已到的眼神，说道——那声音像驴放了个阴屁："舒服啊——"话落眼皮便耷了下去。他双脚蹬了一下，尽最后一丝气力想站立起来，但是，哆嗦着还是从儿子颤抖的、试着不敢使劲的肘弯里像空了米的布袋子一样无言地瘫软下去。

毫无疑问，这气味已经根植到了马六爷的灵魂中，已经成了他血液中的一部分润滑剂或者说是激情在流淌，这突然的消失，人们不知道，也无法知道马六爷的这种眷恋。总之，六爷至此再也没有说过一句话了。儿子们把他送到县医院，在那住了几天，没有查出什么实际致命的病来后，又回到了马村。每天由马五斤邀了几个村民在临时借住的旧屋里边玩牌边守护着他。马六爷掉气的那天，先是天空有朵低云挨着耒水水面上飞过，然后几个人听见六爷从喉咙里发出一声声响。这声响有点像将一枚硬币扔进河对岸寺庙里的泉水眼里，当那枚硬币一直在水中摇摇晃晃得让你等得没了耐心时，才传来了它触底的那声音——这是生命将去之音——这声音轻到像鼠猫经过、鹅毛落水、苍鹰收翅、雾成珠、珠成冰。虽悄无声响，但这一丝动，却无异于一声惊雷。闻声后马五斤几个人从牌桌上跳下，迅速围拢上去。那时的六爷正把目光投向门外，似乎不是自己而是门外那棵"招魂树"（苦楝子树的别名）发生了什么。于是所有人都顺着那眼神望出去，等大家发现什么也没发生掉转头来再回望六爷时，他老人家已经头耷在肩膀上了，像棵晒台上挂着的老茶树苑。

马六爷死了！无疾而终！在马家大屋推倒后的一个月、在无限依恋着的牛屎马粪的涩味中，这个马村宗族大佬曾一度是族群灵魂式的人物在生命的方向突然迷失中送掉了自己九条命中的最后一条。

马六爷死的那天，白胡子拉碴，眼皮凹陷化屑，嘴巴像个霉包，把前来瞻仰遗容的小孙女吓得哇哇地大哭："爷爷要咬人！"一直在门廊下哭哭啼啼的五奶闻声颤颤巍巍地走进来，她从头上绞下一绺儿头发置入棺中，又从指骨弯曲的右手食指上撸下那枚戴了几十年、还是刚嫁过来那个死鬼丈夫给她置的婚礼戒指，放入六爷的口中，嘴里泣啜道："小六子哎，你就别操这份闲心啦，世界泱大，关你屁事，儿孙自有儿孙福，好死赖活都他们自己选的，你就安心地上你的路吧！可记好喽，到了那边，在你身旁给五姑娘挪腾一块地儿，五姑娘我打十三岁出来就再也没见过俺爸俺娘了，现在都已经记不得他们的模样了，待我回河南看过二老后，我便去陪着你……我也想那边了……"五奶的话音还没落，像听话的乖乖似的，六爷的嘴就合上了，他脸上漫出一种捕捉到了真谛的安详和迷途的羔羊找到了归处的心落感。

停尸三天。巧合的是，举哀期间马村对面坦洞中的寺庙里也死了一个叫觉新的尼姑。按寺庙惯习，焚尸圆寂。庙宇侧老禅房旁的那块碗状巨石上，火光三天三夜未能熄灭，焚尸的松香味与马六爷寿厝前长明灯的桐油味，共同静伫立在平静的耒水水面上，风吹不散。

在马六爷死后一个月，五奶也去世了。村民从她床上的破棉絮下找到一本旧皇历，里面夹着一个拆平了的烟标叫"大号"的烟盒。盒背面是粗线勾勒出一条弯弯绕绕的路线，沿线标有麻城商城等路向，终点是鸡公山。整条线路前后画了三个箭头，最后的箭头下有一幅画：一只没有头的"龟"，让人感觉其生命简洁到了就只是三个箭头。村里人不知这画是什么意思，半年后才有人猜出，那是一个象形字，是"归"意。但是那龟为什么没有画头呢？这就谁也猜不透何意了。这是这个逢人就笑笑了一辈子的老女人用自己的一生留给马村人的一个解不开的谜。她定是有归心的，六爷死那天，她也说过要去趟河南的。她究竟是一如她所说先上河南看过二老再魂归六爷榻前，还是另有所途，只有鬼知道。村民只知她是个与六爷同龄的老寡妇，姓钱。儿童们只知道马家大屋住着一个会讲许多鬼故事的老奶奶。第二年清明立碑时村里人犯了难：谁也不知道她的真实名字，年纪稍大的也只知她姓钱，从北面而来。后来还是五婶说了一句："好像背地里听六爷偷偷叫过她'五姑娘'。"于是，碑上也就只铭刻了四个字——钱五姑娘。

十三

　　这是个平常日，然而对于她来说，却是个人生辉煌的日子。这天儿，伍市石板街上走来一个头戴蓝色软布帽撑着洋布伞的妇人。挑眼一看，首先映入眼帘的是她别在脑后那团盘发上金色嵌有碧玉琉璃线的别针，那别针在花伞下闪烁着主人内心向外盈溢着的兴奋之光；进一步扩大到她穿着的那件宽大的花布短筒衫，虽旧，但浆洗得干净。那衣裳针织松软绵柔，胸襟被高高撑起，以至于本来就短了点的前襟被挑得老高，腹肚间便留下半尺空余，这样一来，随着她夯实有力的步伐，衣裳的前襟便像蒲扇般地扇动了起来。只要与她擦肩而过，男人便会魂魄出窍。那蜜蜡般黏稠的香，像无形的丝线在伍市街散布。伍市街上的男女都在这个女人走过来的那一刻凝固了，锁声于寂静中。连阳光也聚集成团，追随其左右。有男人恬不知耻地从她身后追赶着超上前去，随后又假装落了事般地折返。这是一个正在奶孩子的母亲。妇人尚有些羞涩，所以在头上搭了个茄子色带葱兰花的三角巾。但尽管如此，在迎面扑来的粉色晨光中，在她被河风撩开的纱巾下，仍然半现半遮地忽闪出她神色兴奋、充满幸福感的脸庞出来。

　　这妇人便是西女。她悄然离开矿区两年多后，今天，回来了。去时一对，来时一双。人们见她手上牵着一个正丫丫学舌两岁多的小男孩。小男孩穿着一套崭新的有肩章和红色裤绦线的儿童夏季军装。他一手牵着母亲，像军人那样开步走，小手臂像那么回事地大力甩动着。西女她给这孩子取了个名字叫"易恺"。意为简单而快乐。

"妈妈，红集（旗）。"坐在铁板渡船上时，小孩眯缝着被水波晃得睁不开的小眼睛，指着船尾飘扬着的旗子说道。

"对，五星红旗。"妈妈说，把孩子揽入怀中。

"我是改（解）放军。"小孩说，指着自己的童子军服。

"对，小改（解）放军。"妈妈说，指着那曾经魂绕梦牵的对岸，"过了河，看见的那棵大树下就是我们的家。"孩子迷惑而新奇地朝妈妈指着的方向望去。樟树槭下隐约露出静默中的木屋檐角，从那正传来细风抚墙的声音。

"有小狗狗吗？"

"有。"

"有鸡咯咯吗？"

"有。"

"那有爸爸吗？"

"……"妈妈沉思地看着河面翻起的浪花，然后，她捧着孩子的脸蛋，揉揉，坚定地说道，"有的！"

夜间，沉寂了两年多的小木屋再次有了人气。天上，分不清是月亮在走还是云在飞；房廊、梨树、雕花窗户、篱笆以及柴垛、鸡笼子，甚至于素颜的门框、门页，都在月色的浸透下，清清朗朗如白昼。对于房子里的男女主人来说，这一次的久别重逢，注定是充满激情和无法入眠的夜晚。

熬了一整天火车的小孩早早地睡了。小窗传出马五斤与西女悄声的对话：

"我还是那句话，既然孩子都给他生了，为什么就不能告诉他，让他承担养育责任呢？你没工作，又带个孩子，既苦又累，而这孩子的爹却在外一掷千金。"

"我不图那个，我自己能养活。"

"不过话说回来，车右会不会认这个儿子，还说不准。他的心现在大得很。钱让他的心变狠了。早些日子，跟个学生好上了，没几天那学生考上了女兵，上北京了，把他气得……听他自己有一次喝醉了酒说，他把那学生给弄了……"

"啊？这样呀……不说他吧。"

"我爹到死都揪着心，死前没看见我娶上老婆。既然你执意如此，还是我们一起了吧！"这已经是马五斤第三次向她提出这个问题了。自从知道西女怀孕，同时也知道自己没那个能力起，马五斤的心一直被红铁烙着，那是种无法言说的苦。如今两年过去了，剩下的也只有无奈了。冷静想来，单就自己需要一个家，一个女人来讲，西女是最佳的选择了：她与自己年龄相仿，她健康，她多情心善，她勤俭而无奢求，现在又有了孩子，她既然想秘不外宣，那么，也就掩盖了自己作为一个男人最羞耻的缺陷。马五斤知道自己没有其他选择，只能默默接受这无法改变的现实。

"我可是个寡妇家。"

"寡妇就寡妇，我就要你这个寡妇了。让我来做孩子的父亲吧！"

"亏了你了。"

"反正孩子也是出自咱马家一苑，总比今后花钱讨个老婆，再从外面过继一个外姓人家小孩来要强些，唉！好笑不，那个早两年还在抹鼻涕白天找不到个吃饭的地方，晚上又没处落脚的小把戏，这就已做父亲了，而且有人不计回报地帮他带着。绝了，这老天给的安排真是绝煞了。亏我爹死了，不然，照样气死。"

"五哥，世间万物都有定数，我奶奶说过，只要活着，这就是上苍对你最好的安排。你看我，把心一放，什么都好了。早晨起来到河里去挑水，捎带漱个口、洗个脸，然后回家夹块咸菜喝碗粥。想做事呢就到菜园里慢悠悠地莳莳菜，不想做事，睡到什么时候都可以，然后在家收拾收拾，剥个豆、晒晒太阳什么的，一天就这样过去啦。春天山脚下的大槐树花开了，烫个煎槐花饼，后院的艾草嫩绿的时候，又可捶艾叶粑粑吃；夏天，茄子辣椒黄花菜，样样有，冬天，干鱼腊肉缸缸满，总之，门前屋后，要啥子有啥子，足不出户，一坨的幸福。我觉得蛮好的呀！现在有了孩子，你又愿意一起来过，家就齐了，这就是美满。其实，什么都是老天爷安排好了的，顺应天命吧。很多事情你不想它，就没事的……喂，你在听不？"

"你说得比唱歌还好听，我也想没事，可我没事得起来吗？"

"要不，你去医院查查，能治好，我再给你生一个。"

…………

第二天早晨，太阳升起时，马五斤已站在院子的篱笆边，他想要把已经倒塌了的篱笆重新竖起来，然后将房子再修缮一下。

"叫爸爸。"

西女穿着开肩睡衣，光着鲤鱼肚似的大白腿子，怀抱孩子站立门口，"叫，那是爸爸！"

"爸……爸……"那孩子怯生生地从鼻子里哼唧了一声。

尽管昨晚已有了思想准备，马五斤还是仓皇中现出窘态。三十老几的男人平生第一次听见落到自己身上这两个字时，铁匠没能给自己打造一副铁肚肠。他把腰直起来，脸竟有些红了。

"来，爸……抱抱！"他把手伸过去。小孩扁平的胸脯和高鼻梁，特别是那细眯的眼缝里流露出来的那种野性和无畏，一看就出自马车右。"娘的，我这就帮他做爹了。"他说道。

西女把头扭往一边。

"不！这里没有小狗狗。"孩子嘟噜起嘴，扭头钻进母亲怀里。

"有啊，走，爸爸带你去村里抓。"

一听这话，小孩又把头扭出来，向马五斤伸出了双手。

付艳被送到市戒毒所后，回来的赵保刚第一件要做的事就是去十三甲工区。他答应了付艳，把她两个哥哥找回来。

　　中午出发了。红旗煤矿总共分六个产煤工区，一工区是全矿最大工区，按地名叫"十三甲"，然后是"鹅婆岭"（二工区）、"牛卵山"（三工区）、"窝风岭"（四工区）、"打靶场"（五工区）和"簸箕坪"（六工区）。从冶炼厂出来不出二百米，面对的还是那两座像黑色大伞一样的煤矸石山，山下横着的还是那条"丫"字土基路，往左便是十三甲工区。

　　已经有半月没下一滴雨了，路肩上几可没胫的黑泥浆干成了粉尘细沫，剥皮去瓢般向空中飞扬着。赵保刚捂着鼻子快步走着，从重车碾压出了的轮折中跳来跳去，找着下脚的地方。上了坡，便是左右各有一排五十年代建的矿工住宅，间距较宽，能通行两辆大车。这就是十三甲工区的主干道了。住宅是篾笆房，就是那种用圆木做框架，竹笆做隔板，然后在上糊上捶揉好的黄泥巴，再粉上一层白灰，素雅简丽。现脏乱不堪，可在当年，属矿上最高档豪华的住宅了。不是党员干部、劳模和工人阶级的先进代表，是没有资格享用的。从右边最尾倒数过来第六间，是个小卖铺。小卖铺的老板叫"国民党"。"国民党"不是国民党，"国民党"只是小卖铺老板的外号。赵保刚来找他，是他知道付艳的两个哥哥躲在哪儿。

　　小卖铺前门可罗雀，进店后也空无一人。有几只苍蝇停在木制柜台上喜洋洋地抹嘴，柜台里一溜摆开八个洋铁皮箍的桶盖上，也有几只苍蝇在盖缝边着急地寻找入口。一听从柜台里麻布隔断内传出来喘粗气的声音，赵保刚便知道人在里面，拿起柜台上的那把十二开算盘照玻璃台上一拍，大喊道："老板，来十斤瓜子、二十斤桃酥、三十斤纸包糖……"喊声未落，便听见帘里传出慌张张的"来啦来啦"的应诺声。"哧嚓"间帘子被掀开，"国民党"从帘子下钻了出来。一看是赵保刚，又看对方瞪着自己的裤衩，一低头，发现自己穿着的是一条花裤衩——原来一听来了大买卖，一急，"国民党"穿错了裤衩。"孕期间也不放过？"赵保刚说。"没、没、没、哪有那事……"他口里急叨着，眼神丢往一边，脸却红了，勾着头急回屋去换裤，恰巧碰上从里面出来的他新婚不久的老婆。"这个没白日夜晚的砍脑鬼，把那个'名堂'当饭呷，搞得颠三倒四。"她骂道，竟没有一点羞涩。女人边说边麻利地将一包草纸包好的饼干扎上纸捻绳，完了，扭摆着屁股到外面送货去了。

等"国民党"慢悠悠重新换过裤头出来时，赵保刚已经不耐烦地从破椅上站了起来，"你怎么像算盘珠子一样，拨一下动一下？"随即从口袋里掏出二十块钱扔在柜台上，说道："关门！"

"你这是什么意思，看不起兄弟？"

"随便你怎么想吧，快点收摊关门吧。我们走。"赵保刚懒得理他，自己动手把门关上了一扇。

两人出来。"不能走大路，得插小道过去。""国民党"拍了一下赵保刚，俩人便从绞车房拐了进去。井口区被砖围墙围住，高高的井架像个7字，上面的大轮盘正在缓缓地转动，下面是闪着银光的轨道。踮起脚尖像个罗圈腿的"国民党"在这些轨道间跳来跳去。

"我说保刚兄弟啊，你还别看我这铺子小，工区什么消息最后都得汇总到我这里来……小心，前面有潭水。矿上早就有不少人在吸毒了，你才知道？那付家兄弟俩，毒龄已有几年了，这些吸毒鬼，一旦上瘾，你就再也难寻得见他了。他们整天躲着，哪里偏僻、哪里又臭又脏又没人，哪里就有他们影子……等到你能看到他时，那就已经离死不远了……哎哎，这我就不明白了，他们吸毒关你屁事？别人说你与他俩的妹妹有一腿，不会是真的吧？我这人长期待在工区，世界上最善良的人和最恶毒的人都集中在贫穷阶层。好人，宁可自己饿死，也要救济更需要的人，坏人嘛，恨不得别人都比自己矮一截，都有天灾人祸，哪怕是与他没有一丝一毫的利益牵扯，他也乐见于身边的人越死越多。你就是属于那种最好的人。怎么？来提供毒资的？""国民党"跟在后面叨叨不停。

"快点走吧，鸭婆嘴！"赵保刚骂了一句。

从一节断墙处翻过去，便到了一片凌乱不堪的棚户区。房屋没有规划地一通乱建，各住户前门后院全都是自行搭建起板屋，要不就支着凉棚。所有能用得上的木棍、烂板子及各色塑料布、编织袋都利用上了。所有的房子——不管原来是白色绿色黄色——都被单一的一种颜色所覆盖，那就是煤尘。

"我不过去了，你自个儿去吧。"到了一个巷子口，其实就是一道夹壁，"国民党"便往墙角一靠，手伸进口袋摸烟。

"这大一片，我上哪儿找去？"

"就在前面，你一拐弯就看见了，库房侧边搭的那间烂房子。早几天，他们让我来送过方便面的。不会错，你去就是了……哎，烟呢？我忘带啦。""国民党"向赵保刚伸出手来。赵保刚拿了一整包烟给他。看见赵保刚有些迟疑，"国民党"又说道："怎么？还有你红眼鸡公怕的事？放一百个心去吧！只要一吸毒，也就全身无力了，不经打的，就是上来七个八个，也都是你碗里面的菜。你就放心去吧……最好快点，我铺子还要开门呢。"说完，抽起烟来。他怕人看见，恐遭瘾君子的报复。他了解赵保刚，这种事他是不需要他帮忙的。

穿过那条没有门窗仅容一人通过的小巷，一出巷，便到了一个类似四合院、东西还有两个出口的小院子。正面是个废弃仓库，仓库低矮，一台破风扇在通风孔中被风吹得转着，屋檐下搭着个只有一人高的板房。这就是"国民党"说的那个窝点了——一个完全被世界抛弃的角落。赵保刚走近，弯腰将横在门口的一把高粱秆做的扫帚捡起竖在门边，一边用手撩开那块用一面邋遢红格子床单充当的门帘子。里面还有一道缺了门耳的木门，半开着，要抬起才能推开。赵保刚抬高门，用脚慢慢地踢开，把头伸了进去。

房子里阴冷乌黑。借助一面薄膜纸糊的小方窗的光线，赵保刚看见里面共有四个人，一人盖着脏兮兮的被子睡在床上，另外三个人，其中两个就是付家的大毛、二毛。三人在一个小方桌上玩牌。赵保刚瞟了一眼，在房屋一角看到有锡纸、吸管，还有一支破碎了的玻璃注射器。

一听见门声，三个人将牌往桌上一扔，倏地站立了起来，都准备冲过来。而睡在床上的那个也"嗖"地一屁股坐将起来。一看不是送货的，失望地又坐了下来。而付家兄弟交换了一下眼神后，知道赵保刚是来找他俩的。

屋里弥漫着霉沤气和烟臭味。赵保刚用拳头捂住鼻子和嘴巴，眼睛盯住付家兄弟俩。

"让我好一找，原来你两个在这里吞云吐雾，神仙样。"赵保刚说道，搬过来一条木凳塞在屁股下，"我来找你们，是让你们跟我回去的。"

"回去？凭什么？"大毛喊道。

"凭什么？就凭你妈妈病在床上半个多月没人料理。我们隔壁邻居时常要过去看看，怕她死在床上。死了个老鼠也要臭半条街，这就关我的事了。"

"有妹妹在家。"二毛也喊了起来。

此话一出，赵保刚耐心全无，抬脚朝小方桌就是使劲一蹬，并排坐在对面的两兄弟便轰隆地倒了下去。另外一个人立即闪向一边。赵保刚站了起来，指着俩兄弟骂道：

"不提你妹妹，我还跟你们好好说，一提到她，我今天非得治治你们两个猪狗不如的东西！"边说边从屁股底下抽出凳子来，上前一步砸在桌面上，小方桌立即劈开两半散了架。兄弟俩一见这架势，立马抱头鼠窜，挤到一个放着一架破碗柜的墙角里。四只手捂住两张脸。

"你们两个缺德鬼，自己走死路还不算，把妹妹也带上，你们还是人不？把个妹妹弄成人不像人鬼不像鬼的。她曾经是我们矿上最美丽的姑娘，你们知道吗？！你们害了她！……告诉你们，我昨天把她送到戒毒所去了。

我来，是她托付的，要不，我才懒得管你们这些事，让你们去死。"

俩兄弟一听说是妹妹让来的，又见赵保刚举在头上的凳子放了下来，于是蒙在脸上的手也耷拉了下来，同时放心地吁了一口长气。二毛拖着庞大的身躯向前摸索着走过半步，他那张苍白、虚浮，像过期发面的脸上露出一丝假笑来。他试探地说：

"既然是妹妹让你来的，你就好好地关心她好啦，至于我们，我问你，你干吗要操这份闲心呢？操也没用的，我们的事不用你管。再说了，你能有怎么个管法？借钱给我们？你不会的……"他还没说完，就上来一个长长哈欠。赵保刚看见他双腿发软，贼等的目光又投向门外。

"如果你们今天跟我回去，那么，"赵保刚把他们两人一人看过一眼后，语气温和起来，"我安排你们到我厂里上班，厂里有住有吃，要不然，我明天就报派出所把你们抓走！"

"我们做不了了。"两人表现出来的心迹完全一致，大毛甚至嘴角撇了一下，露出一丝鄙视来。

正说着，传来掀布帘子的声音，然后，门吱呀地轻声开了，一个高个子尖头男人头蹭着门楣钻了进来。他的手捂住口袋，一脸雪中送炭的喜色。来人是四眼，七居会费建业的隔壁邻居老王的二儿子王明涛。

一见赵保刚，屋里气氛又是不对，四眼立马转身撒腿就往外跑。像撞晕在树干上的绿蚂蚱，在院子里晕头转向地转了一圈后，朝左边的一个巷子斜刺里蹿了，惊得院里煤堆上鼻孔插着鸡毛的囫报鸡婆扇着翅膀满院子飞，咯咯直叫。

"站住！"赵保刚大喝一声，追了出去，"堵住他！细鬼！（'国民党'的小名）"可四眼已经没影了。

"哎呀！你别嚷嚷我的名字呀！""国民党"使劲朝赵保刚打手势，让他过去，"你这么一叫，别人会知道我的。你让我今后还做生意不？唉，你这人……"

赵保刚喘着粗气跑了过来，"这回我知道了，白粉原来是这家伙弄来的！可惜啊，让狗娘养的跑啦！"

"你真的想抓他？"

"当然！"

"你吃定了要操这份心？"

"他害得付艳从我这拿了不少钱去了。当然，钱是小事，可不能让他害人。你看看，把这些人害得，都成鬼啦！"赵保刚眼睛四处张望着，拳头捏得嘎巴响。

"你要是真想抓住他，我就帮你一把喽，反正他也看见我啦。""国民党"说道，然后朝赵保刚伸出一个指头，"一条烟！"

"嗨，你就是个卖油糍粑的乡巴佬，也太不敢开口哪！"赵保刚一挥手，说，"你明天到我厂里去，给两条芙蓉。"

"国民党"脸上立即堆满了笑容。他眼角朝赵保刚挑了一下，飘过来一个妙不可言的神秘眼神，并朝刚才四眼跑的那个巷子努了努嘴，说道："那是一个死胡同，出去就是茅厕。除了陡坡周围都是茅草窝，这个天又冷又是雨，他根本没路跑。你又不是公安，他不会没命逃的。"

那的确是条蒙屁股巷子，一条小路上去便是茅厕。那茅厕其实就是一个敞开的粪池，粪池上架了一间吊脚板棚，上面拉屎，下面粪坑接粪。

"国民党"这个绰号的全称是"国民党反动派特务分子"，是"狡猾的狐狸"的意思，又有办事贼精、老练、处惊不乱意。此刻，他用轻松调侃的眼神看着赵保刚，然后目带赵保刚瞅向茅厕。他们看见，一米多高的厕板上冒出一线青烟出来。"信不信？那家伙准定就在茅厕里蹲着。""国民党"话音刚落，赵保刚便一撸袖管冲了上去。厕门半截高，门上用粉笔涂鸦成一个"男"字。赵保刚踹开门，走了进去。一个男人蹲在最里面的一个蹲位上，他连裤子也没脱，手指间夹着一根烟。此人正是四眼。

四眼一见赵保刚闯进来，脸色大变，缩在双肩里的猴头哧溜地伸得直愣愣的。虽然已无路可走，但他还是下意识地四周一望，然后只得无奈地慢慢站立了起来，变成死猪不怕开水烫的样子抽起烟来，斜瞥着对方，等待赵保刚发话。他知道赵保刚现在有些来头了，且财大气粗又心狠手辣。他怕他。但赵保刚却一直没说话，只是堵住门看着他，这让四眼从故作镇定到慌乱无措，他的腿有些抖了起来。茅厕是木制架构的，且悬在空中。此刻，跟随他腿的颤抖发出吱吱呀呀的响声来。

"原来如此！你就是后面的鬼呀！还真看不出来呢，这种要别人命的钱你也敢赚。你狗日的，看把付家兄妹几个害的。老子今天非得让你脱层皮不可！"赵保刚咬牙切齿地说道，把拳头从衣袋里抽出来。

"我只是个跑腿的。"

"那好，替谁？告诉我！"

"哎呀，刚子兄弟，我跟你一无仇二无冤的，这关你什么事嘛？他付家不是跟你有仇吗？他兄弟俩可从来没说过你一句的好话。再说了，付艳又不是你的女朋友。"四眼调整了一下姿势，稳了稳身子。

"就是我的女友了。"

"可你有老婆耶。"

"有老婆就不能有女朋友哪？我以为她要钱是做生意什么的，没想到都让你们……最坏就是你这种人，自己不吃，却祸害别人。要钱不要脸的东西！你今日若不说出后面的人是谁，老子立马把你扔到下面茅坑里去。而且，马上报案。到了公安局，不怕你不说。你若说了，我还可以缓缓。"说完，赵保刚用他带血色的眼睛瞪住对方，接着脚用力跺了一下地板，茅厕便吱嘎吱嘎摇晃了起来。这话一出来，四眼脸上像直接刷了一刷子白漆似的，死人般惨白，嘴唇发青，腿脚颤抖得更利害了。这四眼属那种鸡鸣狗盗之辈，又欺软怕硬，曾经跟赵保刚打过交道，对赵保刚畏之如虎。今日，猛不丁碰上赵保刚这种刚烈霸蛮的主，被连哄带吓，三下五除二，软了！好汉不吃眼前亏！四眼贼眼珠子一翻，也就什么都说了。

"刚子兄弟，求求你啦！可千万别说是我说的啊！他们知道我说出了这事，会捅了我的……"

"暂且答应你。"

过了二日，在矿广场西北角的一个由平房改建成的小餐馆里，站在迎客屏上挂着的牛头骷髅下，赵保刚电话单独约了马车右。一盘花生两个小炒，要了一个小房间，一人一瓶啤酒对吹。

"孩子刚会跑，正脱不开手，今日如何得空？"马车右有个陋习，大口喝酒时喜欢单拳支腰站着，这样痛快些。他上来就拽过啤酒瓶握手榴弹似的，一仰脖子就哧溜了一瓶。"菜太素，来盘油重的，"他呷着嘴巴大喊道，"老板娘，加一盘红烧猪蹄！"

"说句真心话，想你了。"赵保刚跟着也下了一瓶。相识已经有些年了，马车右是他一生中最喜欢的一个男人，对味、霸气、仗义。三天不见面，赵保刚就觉得脚板发痒，屁股下生针——这是一种男人间的恋情。他说想他，是句真话。"忙归忙，但兄弟们有时间不在一起了，就像半个月没呷肉，慌得很。我呢年纪比你大一点，但实际上，你就是我们的带头老大。做事做人得法，方式方法得路，看人用人知门道，没你，公司哪有今天的辉煌。不管是用了什么方式，对也好错也罢，我在心底里始终认你。我只不过是个小打小敲的人，就那点出息。有时间没看见你了，真的，就是想了。"

马车右一听这话，愣了，这话听着很不赵保刚。赵保刚那点蛮子德性，马车右是一清二楚——今日另有名堂。马车右大叉着腿，摸着自己的鹰钩鼻子看着赵保刚，当他看见赵保刚睫毛下有那么一层忧郁的暗光时，忽然哈哈大笑起来：

"喂喂，今日怎么啦？娶了娇妻生了子，既有爷爷当也有外公做，神仙不如啊！怎么突然却儿女情长来了？怪道有人说，娶了妻子生了崽，这男人会有一变。哈哈，果然。来、来，好兄弟，吹了这瓶。"马车右翘起酒瓶子屁股，又一瓶咕噜了个底朝天。这时，红烧猪蹄上来了，他夹了一块放在赵保刚碗里，"公司能发展到今天，全靠着大家，特别是你。我有你这样的朋友，真是三生有幸啊！"马车右说。

"兄弟我不是儿女情长，是有事要跟你讲。"赵保刚开始点正题。

"什么事？"马车右闷着头问道，他预感到了会有什么不好的事，要不，赵保刚不会以这种带有神秘色彩的形式邀他独自出来。

"先向你汇报一下厂里的情况：近期厂里运行情况非常正常，货源也充足。不知五斤跟你说了没有，铅锌矿石价现在天天看涨，而掘进成本却不涨反降。厂里铅锌成品售价更是猛涨，供不应求，白银也是如此，黄金更是一天一个价，钱就像大水滔来一样——我们迎来了一个涨价潮。效益不是一般的好啊！恭喜老板！"

"公司是大家的，应该同喜。你就直来直去，说不爱听的吧！"马车右说，仍旧闷着头。

"不爱听的还真有。"赵保刚正色道。

"说吧，天还能塌了？"

"姓费的是毒贩！"

"毒贩？"

"是的！"

马车右的脸色一下子铁青了起来，他脑海里立即沸现出那天早晨偶遇费建业的情形。想起他孤坐江边、目光如盗的神情，再看了看一脸正色的赵保刚，马车右确信了赵保刚的话。

"而且不是一般的贩子，是大毒枭。"

"何以见得？"

于是乎，赵保刚把付艳、付家兄弟及他了解到的矿上逐渐增多的吸毒者和四眼交代的情况跟马车右说了。"矿区范围仅是他贩毒的极小一部分区域，是费的两个兄弟见钱眼馋背着费偷偷干的。费本不想在本地贩。他们是一个巨大的团伙，网络遍及东南亚乃至美国。费把钱借给我们，也是为了求得身边的一份安宁。"赵保刚最后补充说，"这个'铜壳子'，早先在京广线上'赶车'时，认识了境外的毒贩。其实，他早在五年前就已经上道了。这个人胆大、心细、狠毒，很受团伙里的大佬器重。最危险的事都是派在他身上。他的任务主要是从云南接下从金三角过来的货，然后带到衡阳据点，再转往广州，交易大都在境外公海上。从去年开始，看见这行太暴利，费建业便打起了小算盘，他将云南带来的货在矿上短暂停留，将那些用海洛因做成的樟脑圆子一分为二，然后补充假料，又复原成樟脑圆再从水路——他专门包了条渔船——送往衡阳。这样，将私自截留下了一部分货据为己有。做这件事的是他的两个兄弟，外人不得插手。地点就在十三甲工区原矿警队的破房子里。为了安全起见，起先也没想在矿上卖这个的，费跟他的两个兄弟都打了死招呼。截留的货由他自己亲自带到广州另销。可是架不住钱的诱惑，一看搞了几年屁事没有，两兄弟胆子肥了起来，偷偷地在矿上卖上了。这东西一吸就上瘾，到了一定程度，根本没法戒，就是等死。现在矿上已经有不少人吸上瘾了。我估计，再下去事情肯定会捅破，到时候公安肯定抓人。费在我们公司有投资，这些钱肯定是毒资来的，一旦被抓，费那个人是假义气，定会把我们扯进去。我们不知道他贩毒的金额有多大，弄不好，厂子没法承包不说，公司也会全赔进去的！"

赵保刚讲完，两人陷入了沉默。从餐馆外又走进来一拨食客，吵吵闹闹进了隔壁包厢，有人高喊道："喂！老板有牛鞭不！"赵保刚起身过去把门关严，再把窗帘给拉上，房里暗了下来。

"会有那么严重？"马车右打破沉默，看着赵保刚问道。他看见赵保刚眼睛已经发红，说明事态严重。

"应该有，"赵保刚补充道，"而且，这种事迟早是要暴露的。费这个人我比你了解，敢干这种事的人都是亡命之徒，没有诚意可信。他的被抓只是个迟早的问题，但却把我们推到了悬崖上。所以，我想劝告你，把他投股的钱如数退回给他，申明他已经不是公司的……"

"不行啊，就在早几天见面时他已经说明了，股份不要，钱送给我们。我们又没参与他贩毒，关我们屁事……"

"公安不会这样认为……"赵保刚说。传来厨房杀鸡抹脖子的声音。

"既然公安不会这样认为，即使就算退回了，不也是于事无补吗，又何必呢？再说了，当时靠着他的二十万公司起的步，现在公司挣了那么多钱，你说退本，说得过去吗？"马车右道。从餐厅外的管架上传来电工哧啦响的烧焊声和阵阵弧光。

"问题就在这儿。多给，会认定我们提供了毒资，那就性质完全不一样了；不退吧，弄不好摊上大事，一旦扯到我们身上，不知是个什么结果。追缴款不知道是个什么样的天文数字。车右兄弟啊，当前最最重要的是退款还条——我记得给他出了个条子的。现在就这个条子害事，若是能弄回来，即使出事，事也不大，否则，就是天大的事。这样吧，如果你不好出面来，我来办这个事。"

"哎呀，你现在就是退钱，也找他人不到啊。说不定那个什么'四眼'早向他通风报信啦。这种人敏感得很，一有风吹草动，就会溜之大吉，鬼影子都没了，上哪儿找？现在不是没事吗？天大的事到时再说吧。来，喝酒，先不管他，听天由命。"马车右嘣地又开了一瓶，蹾在桌上，"趁着现在行情好，闷头赚我们的钱才是正事。"

赵保刚把酒瓶揽在手中，沉默起来，他那若有所思的样子似乎有话没有说完。过了会儿，赵保刚抬头望着马车右，表情很是诚挚，说："我们是好兄弟吧？"

"又怎么啦？"马车右被费建业的事搅乱了心绪，脸上已没了笑。

"我只问你，我们朋友一场，怎样？够兄弟不？"

"怎么不够兄弟？我们是铁哥们啊！"

"我本来想等公司把钱退回了再……那我得预先告诉你，'铜壳子'的事，我要去报案的。走了费建业——他是跑不掉的，他还有两个兄弟，他们都是帮凶。"

"那哪儿行！"一听这话，马车右想起了对费的承诺，猛地从桌前跳了起来，他用一种忽然无法看懂赵保刚的目光看着他，几乎是号叫了起来，"你这不是害了我们自己吗？你跟他有深仇大恨？没有，既然没有，那又为的什么？老子管好自己就行啦。保刚，这使不得！"

"车右，这个事情我不能依你。事迟早会要暴露的。晚出不如早出，早出我们还可把握，晚出肯定被动。"赵保刚没有看马车右，他知道马车右正朝自己龇牙咧嘴。两人都是火爆性格，但逢两人一起时，总是赵保刚谦让冷静些。

"哎呀呀！"马车右鬼急般双手拍打着桌子，"你这不是没事找事吗？你不会是哪里出了毛病吧？"说话间，马车右把手伸到赵保刚的天门盖上试了试，被赵保刚一手推开。

"我就是不能让他们再祸害人！就为这个！"赵保刚声音突然放大道，"人做了坏事而不受到惩罚，他就会继续做下去！"于是把椅子挪后，屈身抱臂，以示冷静。当他再次回避开马车右投来的目光时，他已感知到了马车右正用疑惑和无法解答的愤怒目光看着他。气氛陡然间紧张了起来，令人窒息。

"车右兄弟，人有很多种活法。只要家庭温暖，邻里和谐，有饱饭吃，有暖衣穿，我就满足了。但我最看不惯欺弱怕强的奸佞之徒，若是仅仅如此，我忍忍也算了，但如今费家兄弟做下的可是谋财害命的事，我是容忍不了的——这就是我的活法！其实，他们兄弟被抓已是砧板上钉钉——明摆着的事了。我这样做只是想让他们少祸害些人而已。"说完，赵保刚站了起来，他想让马车右思考一段时间，再与他谈，于是道："我家里还有些事，要不，我们改日再说这事吧。"说完，也不等马车右表态，便准备开门出去。但是马车右早已经冲了上来，先一步将手掌撑在门框上拦了去路，另一只手搭在他肩膀上，动作很生硬，口气却带有央求："我答应过费的，关照好他的两个哥哥。不管他做什么，对我们来说，他姓费的算够仗义了，你不能置我于不义啊！是不？做人不能这样，保刚兄弟，你说对吧？"

"这是两码事。"赵保刚用血丝密布的眼睛看着马车右，没有妥协的意思。

"你不会为这事，使得我们兄弟之间翻脸吧？"马车右口吻中能听出带有威胁的意味了。

"我绝无此意。说句实话，你比我亲兄弟还亲，如果你觉得我不够朋友，对不住兄弟，那……大不了，我不干了，股份也不要了好了！"说完，赵保刚推了推马车右的手，但马车右没有松开。

"兄弟啊，万事都可随你，但这事你得答应我：放过他俩。"马车右开始耍起了牛脾气来，他那只猛抵在门框上的手青筋暴突。赵保刚冷冷地看了马车右一眼，这一眼的对视，宣告了他们之间的关系第一次裂开了缝隙。

"让我走。"赵保刚说。

"不，你得答应我。"马车右道。

于是乎不肯让步的赵保刚双手抓住马车右的手腕，开始使劲扳。赵保刚手短臂粗，下力果敢。当马车右觉得自己渐渐力不能支的时候，突然使了一个扫堂腿，赵保刚便悬空仰倒了下去。赵保刚从地上爬起，不吭不响地掸了掸衣服，再次走近抓住马车右的手腕。

"我的好兄弟，你就答应了我吧！"马车右大声说道，天门盖上腾出一圈白气，完全被怒火点燃。

"不。"赵保刚依然短声细气，但态度坚决，没有回旋余地。

僵持中，马车右再次用扫堂腿将赵保刚扫翻在地。他们就这样，没有过多的语言、没有过多的战略改变、没有其他招式，也没有任何一丝一毫的彼此退让，来来去去，打倒站起，站起再打倒，数不清多少个回合，直到最后，马车右无法再承受这一次又一次无反抗的伤害，极度内疚起来。

马车右的最后一击，是他全部愤怒的最后发泄。他这次是手脚并用，赵保刚悬空的身子在被马车右死命推搡中跌到了一丈之外餐桌底下。赵保刚的头磕在桌角，鼓出一个大包，鼻孔里也往外冒血，血像是一条从血旺子中爬出来的蚯蚓。他的上衣扣子尽数撕扯掉，露出他带毛的胸脯来，臀部的裤子也被地皮蹭破了，能看到里面红色的裤衩。尽管如此，赵保刚脸上仍露出死扛到底的坚定意志。当赵保刚再次爬起朝马车右决然地走过来时，两人在门槛前足足对视了一分钟，最后马车右败下阵来，几乎是绝望地喊道："我的亲兄弟啊！你就答应了我吧！""不！"当赵保刚再次将双手抓住马车右的手腕时，马车右的手软了，耷拉下来了。赵保刚头也不回大步跨出房间，留下气急败坏又无可奈何的马车右孤独地看着赵保刚矮墩墩的身影走出餐厅，消失在光焰朦胧之中。

"两条卵尿不进一个壶了。"马车右回到桌前，骂咧咧地将剩下的半瓶酒一干而尽，"埋单！"

又过了两日，在一条从七居会通往三工区"牛卵山"的登山小道尽头，赵保刚跷起二郎腿坐在一根上山的水管阀门上。这是一条从耒水抽水到三工区的输水管，口径巨大。岩石凿出的石径小道就依附于这条水管直达山顶水塔。如今三工区停产了，这条当年大生产时曾红旗飘飘、高歌猛进的昨日小路，便荒芜了。它是步行去三工区的最佳途径。赵保刚安心地抽烟，他在等四眼。

四眼是抵了退休父亲的职进入红旗煤矿工作的。分配到三工区上班，是个钳工，负责设备检修。工区停产了，需要一些留守人员，他被留了下来。每天往来工区一趟，也就算上了一天班，月发二百块。赵保刚打听清楚了，四眼下午要打此处过。

也就是半个小时，小路尽头的篱笆墙根拐进一个人来。一看那单瘦的身影，步态酷似母鸡啄米，赵保刚断定，来人就是四眼。小路临近赵保刚坐等的位置是一段三十度角的陡坡，像天梯。四眼嘴里叼着根稻草，想着心事，心手相应地自说自话。一到陡坡上，便喘不上气来，头低得像头拉不动犁的牛。脖子上的骨节，在阳光下，像一排发黑生霉的算盘珠子。一直到了赵保刚跟前，他还浑然不知。赵保刚只盯着他看，也不吭声，等他已到了跟前，便干咳一声，吓得四眼四脚一弹，一声怪叫，丢了魂似的喊道："鬼来哒！"往后一退，差点没摔倒。他猛一抬头，见是赵保刚，才吁出一口气，但瘦长的腿杆仍像撑在水里的船篙般哆嗦着——这几日他一直是魂不守舍，一有风吹草动，便是心惊胆战。现在这一惊吓，看来不轻，他半天没回上话来，脸色尸青。

"保刚兄弟，我的爹哎！你莫吓我！"他握拳捣胸，另外一只手无所适从地晃来荡去，像发癔症，目光哀怨地看着赵保刚，"看在都是矿上子弟的份上，你就行行好，放我一马吧！哪怕今后做你的崽，我也认了。"

"我放你一马倒是没关系，但是公安会放不？你知道不，你们的事风声已很大了。公安随时会抓人的。我在这里等你已经半个多小时了，你以为我饭吃多了撑的？老子是来救你的。我来告诉你，三天后我就要去报警，这个谁也阻止不到。正因为是矿子弟，所以，我提前告诉你，目的是给你一个机会。你知道是个什么机会？就是让你在我举报前主动自首，这样会减轻你很多罪……你应该谢我的。"赵保刚说完，从坐在的闸阀上跳了下来，拍手就准备走人，但又回头丢下一句"你不要不识好歹"，便头也不回地走了。四眼这种人赵保刚太清楚了，是个呀哇嘴、软骨头，一定会去公安自首立功的。

"狗娘养的东西，生崽没屁眼的杂种。"赵保刚在心里骂了一句。

个把月后，夜到静时，两辆湘江牌边斗三轮摩托驶入矿区。从车上跳下六个人，然后将车悄声推至七居会的公厕旁。没有言语，没有停歇，六条灰狼似的影子直奔费家。前门后院锁定后，便直接踹门强入。屋里慌乱中一阵惊呼，紧接着传出一声枪响。

"他们有枪。"一个刚进门的警察叫喊道又箭步退出，滚卧在门外水泥洗衣台后面，并掏枪回击。

前后五声枪响后，屋里传出一声低语："老二，跑呀，我不行了！"

寂静片刻后，一个人影从屋顶破瓦而出，猿行遁去。与此同时，枪声再起，子弹在水泥台子上溅出火花并伴随着"啊——啊——"的嘶叫声。这分明是想压住警方火力。

"哥——啊！"屋脊上的人影呼喊着，那声音悲哀到了要将心肝肺全都吐出来。"照顾好嫂子……"屋里呼应着，这呼声只有弟弟才知道，那是说："我完了嫂子肚子里的孩子就交给你啦！"

第二天，全矿区疯传着昨晚上的枪战。这是矿山老百姓自新中国成立以来第一次听见枪声。这枪声震惊了所有人，也震没了矿区至此之前的温柔。温柔之乡不再温柔。有人看见，一直布守到天亮的警察，进入费家里后，抬出一具尸体，那是费家的老大。他腹部中弹，血迹画着生命之图，潦草于各个房间。有人还看见，昨夜里有一个人影从耒水坦洞里的寺庙飞檐上像树蛙一样凌空跳入耒水河中，顺耒水下游往衡阳方向而去。那无疑是费家老二了。

"看报！看报！"一天晌午，一个肥女从菜场门口冲出来高呼道。于是乎又一个闻所未闻的新闻在矿区爆炸般的传开了。"噫呀呀哎——"人们惊呼着，像开了闸的洪水一样，顷刻间便遍布了矿区的各个角落，大家争抢着看一份《南方日报》。在这份报纸的副刊上，主标题用黑体字写着：建国来华南最大的贩毒团伙今日破获。副标题是：大毒枭费建业以及同伙在广州黄埔港落网。整版面详细地刊登了此事。人们无法相信的是，这个大毒枭竟然是本矿七居会费家的那个外号叫"铜壳子"的不起眼的小儿子。直到中央电视台也报道了此事，人们最后才确信了：原来看似风平浪静的矿山，早在多年前就暗流涌动、演绎着惊天动地的事件。而那个"华南最大毒枭"竟然出自我们红旗煤矿一个烧锅炉的矿工儿子。也彻底清楚了,那夜矿区上演的前所未见的大戏,竟然是老实巴交的费家老大老二拒捕的枪声。

有相当长的时间人们把这事当着茶余酒后主要话题来谈论,并不断地发掘出来最新细节:什么"十几台猎豹车的轮胎里面全是毒品""费建业瘸腿飞渡泥夹江""费跛子剁指拜师""费家小子独闯金三角",还有什么"千里走单骑""白面杀手",等等。但是,有一个细节是经久不衰、最接地气、最能看得见摸得着,也是最令人们津津乐道的,那就是费建业的东北女友张红回矿的那个夜晚。

一段时间后的一个傍晚,张红悄然回矿了。她第一个找到了四眼。有人看见傍晚他俩到了"八居会"的山脚下。两人在一个栗子树下说着什么,之后便滚到了一起。完事后四眼一搂裤子便走了人,他的背影露出心满意足又不守信用的意味。张红缓缓地从地上爬起来,伫立在原地很久,脸上敷着切齿的恨。晚些时候有人发现一身素颜淡妆她,匆匆地回到了七居会的家中。家中已没人,内屋里的灯光像鬼火冒了三下便黑了。不一会儿,张红从屋里出来,将木门用马钉钉死,就去了矿部,在几个主要的巷子里急匆匆地来回走着,眼睛四处地瞄,像是在找人。终于在广场的一角,找到了她要找的人——一个叫"铁把垴"的哑巴。因是个哑巴,又长着个柿饼脸,朝天鼻,黑乎乎脸上像一团烂泥。过了三十也没娶上媳妇。矿上安排他看水泵房。单身一人的他,"关门不怕饿坏了小板凳",每天碗筷一丢,把门一踹,便到外面游荡。口流唾液,两眼四望,嘴里叽里呱啦从巷头到巷尾地乱叫着。看漂亮妹子是他一天中最大的快乐。

"喂! '铁把垴',你呀呀的什么?"有人大声问过他。

全矿只有一个人知道他在嚷嚷着什么。

"他那是在唱歌。"炸油糍粑的老婆子笑呵呵地说道,"唱的是'乡里的伢子进城来'……"

"哈哈哈哈……"于是乎引来一阵大笑，"怪哒，怪哒，哑巴还会唱歌？"

张红看见哑巴手舞足蹈、打着罗圈腿从前面走了过来，便伸出一只秀手拦住。哑巴先不看人，而是紧盯着眼前的那只通白的手。他那眼屎巴巴的眼睛像一把猪毛刷子，从张红的指间开始，哧溜溜地刷过去，一直往上、再往上，最后到达张红的脖子窝才收住嘴角的唾液，目光停在了肩窝里的小坑处，然后露出对更深入部分的神往目光来。

张红是费建业的女人，是闯过大风大浪的，虽然还不能算是"洞庭湖的老麻雀"，但绝对称得上是的"鸭绿江岸边的老狍子"，是个什么"鸟"都见过的人。别看她待在矿上时，大门不出二门不迈的，可是对矿上的所有事情都了如指掌。她非胆怯之人，又有东北女人的辣味和狠劲。只见她面不改色心不跳地与哑巴打起哑语来。她先做了一个数钱的动作，然后指着哑巴，又指着自己，最后又指指坟山"八居会"，再后来做了刨地的动作。她的手语流利而准确。哑巴立即明白了她是请他到山上帮助她刨什么东西。哑巴摇摇头。于是张红拿出一沓钱，约莫有一二百块，摆放在手心伸过去。哑巴又是摇摇头，并指指天，那意思是天黑了。张红索性把背在身上的那个绿色挎包打开，将里面的钱全数一把抓在手上。怕是有千把块，又伸向哑巴。哑巴看看，还是摇了摇头。张红很有耐心，她指指自己，然后摊开双手，继而手指数空钱。那意思是，我就这么多了，你还要什么？哑巴眼睛眯缝了起来，目光从张红的脸上移到了胸口，吞咽下一口涎沫后，脸上露出来尴尬、羞涩、略带淫意的笑来，接着做了个下流的动作。张红立即明白了，于是脸一红，一只手不由自主地捂住领口。但是，只过了一小会儿，张红便抿嘴坚定地点了点头。

那夜很特别，月亮很大，很大，像家里的褪色澡盆扣在头上；满天都是星星，很多，很多，像萤火虫在泛滥中；耒水河畔一片银白。水轻悄地拍着沙岸，小鱼在水面上翻起鳞白，体态嫣然的沙洲、母性十足的洲头户埠、婀娜多姿的垂柳，都像是在静默中等待着渐入佳境的那个时刻。

为了践诺，哑巴跟着张红上了"八居会"。张红带他找到了费建业父母的合葬墓。两人将碑前拜台下的一块巨型汉白玉石板撬开，里面是个四面见方的地槽。张红从里面提出来两个大号密码箱，很沉。走时，张红把自己口袋里的钱全掏出来给哑巴，但哑巴没接，打着手势让她快走。张红走出几步又折了回来，张开双臂燕子般飞了过来，把哑巴抱住，深情地吻着他，其间将脖子上的一个项链扯下偷塞进哑巴口袋里，借以表达自己深深的谢意。

从此以后，哑巴再也不唱那首"乡里伢子进城来"的歌了。他安静了下来，不再四处闲逛。脸上的笑容跟那个七月的月光之夜一样可爱。人们时常看见他安安静静地坐在广场那个巨型标语墙的墙头上望天。手里玩着个项链。那项链上坠着一个有花生米粒大小双层镂空、内核可以滚动的吊坠。做功精美、造型绝伦，堪称绝世珍宝。同时似乎人们对他的称呼也在羡慕和羞惭中改了过来。虽然背地仍然叫他"哑巴"，但当着他的面不再喊"铁把垴"，而是"老水"——他本姓"水"——尽管他啥也听不见。

"老水，你真傻。"时不时有人打着手势这样问，"你当时怎么不要她的钱呢？要知道，那两个密码箱里肯定是财宝啊！"

这时哑巴就会把神游远方的目光收回来，双指做一个数钱的动作，然后指指自己，摇摇头。那意思是，那是分外之财，他不要。

"可是你怎么又要了她了呢？她哪里好了？""哪里好了？"这才是那些人最想问的。

哑巴便会眯眼狡狯地一笑，刻意把嘴抿紧，抿不住时便会用手捂上，从黑指间只挤出"嘿嘿"的傻笑——那就是所谓的"哑巴吃饺子，心里有数"了。让那些想听真内容的人痒痒去吧。总之，从此以后，平静下来的哑巴把一生幸福都扔在了那个月光之夜的耒水沙滩上，那个夜晚成了他生命的终点，那个夜晚成了他生命起点。

至于那两个箱子里到底是什么，人们不得而知，但至此，再也没有人见到张红回来过，她人间蒸发了。这事过去了许多年，人们才陆陆续续地知道了些关于那两个箱子的事实。原来那两箱子里，一个装着黄金，足有十公斤重；而另外一个，满满的一箱，装的全是崭新的大额钞票。

又过了一段时间，这段时间是静悄无声中走过的。正当人们将所有心思都转向如何获得财富而将费建业的事彻底忘却时，费建业奇迹般地又在矿区掀起一个小小的也是最后一个但回味悠长的涟漪：原来听说从费建业父母合葬墓的坟头挖出了财宝后，有要钱不要命的砍脑鬼，认为坟里应该还埋有其他宝贝，于是夜至坟山，将费家坟头挖了个稀巴烂。钱财没找到，却挖出一个用红头绳扎起来的一札塑料千层包，打开一看，只是一封信：

亲爱的爸爸妈妈：

我知道，那个世界既没有天堂也没有地狱，你们哪里也没有去，你们的骨骸和灵魂就在我面前。今天是妈妈的第八个阴生，我来看看你们。我把我想对你们说的话写在信纸上，权当寄给了您二老。

姐姐又嫁了一嫁，夫家在云南，她跟去云南了。给你们造坟的那年她回来过，对你们虽有怨恨，但过去了的对她已不那么重要。她知道，重要的是你们给了她生命。这命虽贱，但也是命。所以坟前她给你们上了香，磕了三个响头，我看见她脑门上都磕出了血，嘴里嘀咕什么，我没听清。哥哥们现在都还好，都成了家娶了老婆。大嫂已经怀上了，年前会生。有一种东西叫B超，你们没见过的，在肚子里就能看出男女来。我让他们去检查过，说是男孩，也就是说你们有孙子了，高兴去吧！这里要告诉你们的是，我们家终于有钱了，很多的钱！这也是你们高兴的事。至于钱是怎么来的，你们就别管了。我现在才知道，你们的错是可以谅解的，所以，请你们不要太过自责。今天我来主要想说的是，儿子已经走上了恶路，也请你们谅解我。当然，我对你们的谅解与理解，不是作为交换条件让你们来谅解我。我的意思是，人一旦犯错，特别是大错，往往是覆水难收。当今摆在儿子面前的，不是天堂，就是地狱。所以，这里更多的是求得你们别为之伤心。之前，我也上寺庙抽了一签，签上说：回头有路已难寻，意思是我自己无法找到回头路了。其实是宿根难改。你们都走了，也就没有了指路的人了，这个世界教我无法相信任何人，我的心扉也无法敞开。所以，也只能任其走下去了。其实，生命就一过程，这个过程的纯洁与邋遢决定着生命的质量与价值。我是没办法了，只求得下世重来！爸爸妈妈，你们听见了吗？你们一定听见了！但愿你们在悟透活人的世界时，同时也悟透阴世。就在今天提笔之前，我终于悟出了一个道理，人生其实是条没有意义的路，财富其实什么都不是，如果一定要给个定义，那它就是一坨卵！它像牵魂索一样使得人间万众向死求活。好了，好了，我的心好乱，不说了。最后一个请求，请你们就从阴宅里放出一条蛇来——就是当年咬了爸爸的那条。我想让它咬一口。我知道，流出来的血一定跟爸爸的一样，是黑色的。没有什么说的了，你们就好好安息吧！不要再探听儿女的事了，阴阳相隔，我们都好自为之。阴间管不了阳间的事，更不要托梦回我。

愿你们在冥界安息！

你们的小儿子：五毛

一九九二年旧历九月九日

蜉
蝣

十四

苍天之上、穹隆之下、冥冥之中、阡陌之间，万事万物莫不有着内在发展规律，这些规律是自然的选择，无法改变。人的命运脉络常隐在其中，看不见也摸不着，但却时时在发生着变化，这里会有一个奇点。马车右的奇点就出现在他怂恿马家兄弟骗了六爷，拆了马姓祠堂并拦腰砍断了村口那棵守山树的巨枝后。这些都貌似并不关联。马车右自己有时也猛不丁一错，感觉一夜之间马村像丢了魂的衰翁。有一次他看见有燕子撞死在那堵剩下的马头墙上——这再一次证实了村民"所有燕子都是直接照墙撞上去的"所说是真实的。他还看见有家鼠不愿迁移而饿死在煤堆里，风中残枝上挂满了干枯的饭蝇躯壳，连蝙蝠也不愿迁徙死也要死在煤棚架上——它们成排成排地倒悬在竹棚上，像铁丝上挂着的一串串死老鼠。而最让人费解并恐慌的是，每天老鹰们就会择时逗留在马村的上空，它们低空盘旋、俯视村庄，似乎在等待。难道这些依存物也在这里繁衍生息了三百年突然改变后无所适从？以身殉旧？这里现出来的丧期气息让马车右震惊。痛，不止于心，亦溢于周围。那墙上、那地下、那林中、那后垴山弯弯的竹梢，甚至屋檐上的那些呆鸟，似乎仍在哀思，村殇之气远未散尽。这些都让他始料未及，他身上浅薄的文化底蕴远没有达到那么深厚。

315

他在心里面有了些内疚，有如麦芒刺背。如果说这仅仅只是局外现象，那么，毫无疑问，内在的，在没有任何表象下已经发芽萌动了，那个时刻已然到来了：先是与他性格最贴近、也最合得来的赵保刚发生争执，两人开始有了罅隙。这种裂痕不是由钱财所致，亦非性情使然，而是道德和人生观。要消弭，有大难度。就像并缰而行的两匹烈马，突然一匹往岔道而去，这个时候要重新倒回来，便会拉开距离；而任由它去的话，其结果是分裂得愈来愈宽，直至到无法再并马同行。马车右时不时就冒出来这样的感觉来——赵保刚会离他越来越远。

再就是伍乃子，这个专司邪门左道、爱出馊主意与他配合得最默契、最无条件支持他、最无原则的天然搭档，近期来也像吃错药了似的变得沉寂了。他再不像过去那样始终保持亢奋，有用不完的精力。经常是几日，甚至是更长时间见不到人影。即便是来了，也是耷拉着一张死板板的脸。宿酒、赌博、缺睡，让他曾经精悍紧绷的脸松懈到了极限。他不想多说一句话，但凡要说，就是提钱：这月工资什么时候发，股东分红能不能早点。甚至有一次竟然说，谁要？他准备将自己在青龙公司的所持股份转让出去。马车右与伍乃子在做事上是天衣无缝的一对好帮手，然而在情感伦理方面却像是一张白纸，两人几乎没有这方面的交流。马车右几次想套套近乎，却感到两人之间似乎已无话可说。曾经是如此亲密无间的人怎么就在极短的时间内变得如此陌生？

如果说赵保刚的渐行渐远和伍乃子的性情大变让马车右无所适从和无法理喻，那么，接下来发生的事情，就伤筋动骨了。八月的一天，也就是那年与玉子分手的同一个月，整好四个年头。这天的午后，马车右正在自己办公室打发煤坪上一帮催要工钱的管架工，出纳员——那个叫"牛鱼鹅"的刘茹娥——一个爱嚼舌的离婚女人——摸头探脑地猫进办公室，肥大的屁股把裙摆撑得老高，一手二指支在裙围上，一手五爪悬在空中，像把烧壶。她用讨好的眼神看着马车右，说：

"马总，冶炼厂那边昨天付过来七十万块钱；截至这月底，账面余额总计是三百零八万。冶炼厂那边财务说下半年的承包款到期要付了，让我跟你请示一下，付不？再就是税务局来了几个人……"

"好啦，我知道了，承包款马上付，税务那些鸡毛蒜皮的事情直接跟会计去说就行了，该怎么办理就怎么办，以后这些事别问我……"他一挥手没好气地打断了她。

牛鱼鹅便立即将话打住，大红舌头伸了出来，做了个歉意的鬼脸，转身作势欲走。但是从她故意转了半圈又折回来的别扭的腰身语言中能看出来，她还有话要说，而且，这后面话才是她今天来要说的主题。

"马老板我好像听说你原来谈的女朋友是个女兵？"她貌似无意地问上一句，但她的目光却是那么认真地注视着马车右的脸部表情。

"怎么啦？"

"是伍市裁缝铺的那个细妹子？"

马车右没有吭声，表示默认。

"她回来啦！"

"啊？！"马车右眯缝的眼睛猛不丁像被两根绳子上下两头拉开似的，睁得老大，闭不下来了。这个消息让他太吃惊，没等他反应过来，牛鱼鹅已经毫不迟疑地往下说了：

"是的，住裁缝铺隔壁曹家屋里的是我一个亲戚。她看得清清白白。都回来半个来月啦，关在家里整个就没再出来过。好像看上去精神……哦……思想上出了什么问题……"

她话音未落，马车右已哑声一叫。他先是差点从椅子上坠落，继而立即从椅子上跳了起来，茶杯子打翻在桌子上，"你说什么？什么精神出了问题？"

牛鱼鹅下沉的肥臀像磨盘转动了半个圈，脸朝向马车右。她看了看前面的一把椅子，小心翼翼地将半张屁股放在上面，也没下力坐，而是直面看着马车右，保持着一种惯用的恭敬状态。马车右的这一急，让她那肥白松垮的脸上掠过去一丝隐藏不发的兴致来。"看来他是什么还不知道啊！"她静待着他发令让她把话说下去。在这样一个熟透了的女人面前暴露出自己极为隐秘的男人情愫来，无疑是撕开自己的伤疤去给一个老女人吞噬男人隐私的窥测之心。马车右随即坐了下来，强作镇定地说道："呃？这个情况我怎么一点不知，说来听听。"

牛鱼鹅润了润嗓子，把手端放在两条并拢的大腿上，用极低但却完全能听清的胸音说道：

"那个叫'玉子'的女孩确实是回来了。她兵没当成！我在县城一中的一个朋友的女儿也是那年那批考上去的五个女兵中的一个。据她写来的家信中说，她们到达北京驻地后，在一次体检复查中，查出来，"她停下，看了马车右一眼，"查出来她怀孕了，"她又停下来，又看了马车右一眼，"部队上按规定，复查不合格，退回原籍……听说那姑娘整整在寝室里哭了三天三夜，不肯走。后来还是被家属——通知过去的姐姐接了回来。路上精神就失常了。回到长沙先去医院刮掉了毛毛，后就住院了。家里不敢让她回伍市来，也不敢告诉外人，怕笑话。就待在长沙姐姐家，一边治疗，一边在姐姐学校的校办工厂做点事情，啊？……不知道，好像病情稳定了，早段时间被姐姐、姐夫送了回来。自打回家，还没出过门的，整天披头散发在阳台上呆呆地坐着。不哭不闹，也不说一句话。他们家现在是，老裁缝给气病了，铺子也关张了……"

马车右闻言瞬间恍惚、目色骤黯，像夜间突然被手电筒照亮的兔子似的呆愣着。而尾尾道来由情的胖女人刘茹娥则像是握着手电筒的那个猎人。她正不眨一眼地看着马车右，连他僵硬的脸上一丝毫的情感变化，她都毫不忌讳地尽收眼底。

"你不去看看……？要不，我先替你去打探一下情况？"牛鱼鹅试探地问道。虽然在公司马车右是她的老板，可是论世故风情、月下折柳、上马操刀，离过两道婚的刘茹娥堪称老手，马车右的那点花花肠子，早已是被她将着顺顺溜溜、一青二白。见马车右无言以对，目光呆滞，并且脸上开始出现痛苦的抽搐来，于是女人言犹未尽地站了起来，做出很知趣的样子，蹑着脚退出去了——她压在心中几天了的这件事，终于像宿便得以排泄。她轻手关门的声音，无不表明，清肠的感觉真好。

待这个叫"牛鱼鹅"的刘茹娥撅起屁股左撒右蹭地一挤出门，面色难看的马车右发疯地双手往桌子上面一擂。这简直就是一个晴天霹雳。他双拳撑在桌面上，有相当一段时间里大脑处于一种被清空到了无限空旷的状态。倒翻的茶水绕过他的双拳，一滴一滴、不紧不慢地滴在地板上，"咚咚"之声犹如夜间的脚步。这脚步正领着一个哭泣的少女倩影向他走来。"我彻底毁掉了她。"他痛心疾首地想到。

他当即决定去她那儿。此时的伍市街，每一块凸起的青石板上都像被拓上了一层铂，银色灿烂。街上少有行人，店铺寂寞。疾驰的步伐到了石桥上便渐渐地放慢了，步履中透出疑虑，渗出沉重。一个骑着自行车的女学生风似的从他身边擦过，被马车右的衣角带住车把，女学生摇晃一下便斜刺冲上文轩书斋的石阶上倒下了。"你吓死我啦！"她一跺脚气恼地朝他大叫。这声音就如同天阙的回音，于是乎，那个金色傍晚的小水井旁"你又弄哭了我"和那个炙热的午后耒水沙滩倒扣着的小船的阴影下"你又弄哭了我"的娇嗔声，便乘风而来，在他耳边凄凄地反复响起。他看见一只鸟雀从瓦当上扑棱而下，在穿越屋檐下的三角梁时被蜘蛛网缠住，随后便斜坠下来，猛撞在了拱桥上那块刻有"白驹过隙"的桥栏上，继而落至桥下。马车右看见它在溪流中翅膀拼命地扑打着水面，怎么也无法腾起，眼睛惊乱地看着天空。"我这回是把她真弄哭了！"马车右把头缩进双肩里，双肘支在桥栏上想到。自责不安的背脊映衬在相悖的伍市宁静平和的氛围中。到了裁缝铺门口，门是闭着的，年代久远蚀涮出来的木纹在太阳光照下，像被烟熏过的一根根动物骨殖，从上面析出一道道冷森的寒气来。马车右心中一战栗，他忽然发现自己不敢面对或者是不知如何面对她。他迈上台阶的脚又退了下来。他身后的太阳影子在他踌躇不定的犹豫中渐渐地越拉越长。

挨到日落时分，马车右倍受煎熬地在伍市街上来去已经走了五个来回。在第八班渡船即将开船的最后一声鸣笛中，他终于是鼓足勇气推开了裁缝铺的门。紧闭的店铺里就像忽然滚进去一地的阳光，缝纫机、裁衣板、墙上挂着的皮尺、冷板凳、破竹椅、凉飕飕从铁肚里冒出幽蓝的铁熨斗、地下的布条和碎粉笔头什么的，便从黑暗中像憋久了的活物，跳将了出来。空中也奔跑着的布屑纤尘。看来主人已经多日没有开门揖客了。马车右就像这些什物的检阅者，兀地被推至到了房子中央。店铺里呆板的景象让马车右有些不知所措。他把手摸向裤兜里——这是一个不由自主地掏烟动作，表明紧张。就在点烟时，衣橱旁边立着的一面穿衣镜里，一个人影陡然跳入了他的眼帘。穿衣镜的上下边缘已经苍黄发毛，裂出伤怀的皱纹，人影正好端坐其中。那人着白色长袍，白发如魔，长须如霜。人影一动不动，像幅惨淡的画。马车右看见镜中人正用呆滞却不失犀利的目光看着自己。这目光像根教棍打掉了马车右叼在嘴角上的烟，那烟卷在不平的地上像陀螺一样转。他急忙慌弯腰拾起烟并打火机一起揣进兜里，脸没敢离开镜中人。坐在镜子斜对面的是个耄耋老者。麻布长衫，须发皆白，驼背，长脖子，像张身心俱疲的壳。马车右看到了曾经从二爷眼中才能看得到的那种老耄才有的凋零目光。这一定是玉子的父亲无疑了，于是马车右以一种躬身听训的姿势走到在老者前面。"我是……"他以为能如实相告，但话到嘴边，一看到老者那在岁月磨砺下虽痛犹存的一丝隐忍不发的犀利目光时，马车右心虚了。

老者将一条裤衩放在双腿间，用筷子往裤头里擩裤绳，一边抬眼望他。目光穿透衰老的睫毛冷冷地挂在马车右身上，那目光中含有对世间的一

蜉
蝣

切恨。

"歇业了？"马车右说，胆怯中转移了话题。

"今天不收衣。"

瞬间马车右就彻底丧失了勇气。他举目望了一眼里面那条通往阁楼的之形楼梯——他知道她就在上面。他看的这一眼，不是想从那里看到她，而是恐惧着一旦她从那下来，自己将怎么办，更重要的是拿出什么样的态度来定位彼此的关系？这个问题他没来得及思考。

"哦，这样啊……那我改日……"

他退了出去。走到街心，不知出于什么心理回头看了一眼仍端坐着纹丝不动的老者：半扇门的光亮像一爿四边镀上了水银而中间是金色光晕的屏幕，老者静坐其中，他周边的空中飞舞着门外涌进来通体透明的粉尘。马车右忽然感觉老者就像一尊置身于万世沧桑中的苦行僧。这画面，让马车右怯从心起，愧入肺腑。他逃似的踉跄着一路歪斜地走了。他像无头苍蝇一样在伍市街上冲撞，最后直奔曾经的事发地——坟山"八居会"而去。站在浸透冷月霜辉能俯瞰整个矿区的坟山峁头，看着山下葡萄串般摇曳着的灯火，马车右说不出来自己心里究竟是个什么滋味。他仰头倒了下去。

自从十五岁生日那天走出马村，走进这个腥风血雨的世界，曾经只有饥饿、寒冷、酷热和孤寂感的马车右第一次尝到了情感之痛和亲责之重。他心中第一次生出来一种别样悲情，而这种悲情是他有生来从未体验过的。说到父亲、谈到母亲，想到自己孤苦伶仃的童年，这些纯粹的直接的痛都能在自己坚强的忍耐中渡过去。而眼下，从一听到这个消息起，她的痛与他的痛便连接到了一起，这种伤害了爱人的痛就像钢钉钉在心坎上一样，无法稀释更无法忘却，并触动了一根深藏在骨子里、从未曾动弹过的伤感之弦——内疚感、责任感、负罪感……他在从坟山下来前，向苍天伸出双手，捏紧拳头往下压，像做引体向上动作般地长长吸了一大口冷气——这是一种由悲悯情怀上升至悲壮的叹息。

那天，马车右其实并不知道自己是要过河到西女住处去。当他踏上那条蜿蜒于河岸边的坡道、当迎面吹来菜花香和泥土里的粪蒸味、当看到那条曲径通幽的沙泥小道时，马车右顿悟到了，原来在他灵魂的最深处，还有一隅等待着他寻找慰藉、求得注解、借以安抚的灵魂之窗。他发现，从这眼窗户里，能看到西女的多个重影——性伴侣、姐姐，甚至母亲。至于能按多少比例来分解，他不得而知。至于什么时候角色转换，也是一概不晓。他只知道，就目前而言，他的情感唯有一个地方可以去存放、可以去安抚，甚至是一个大男人的撒娇，那就是那间绿荫掩映中的小木屋了。

知了正叫得起劲，雨迅将至让蜻蜓群体迎风冲向高空，蝴蝶、蜜蜂正忙于收花前的最后一撷。马车右在篱笆门前的南瓜棚下立住了脚，朝院子里面瞅。挂满了老丝瓜和花残骨的凉棚下，就是那扇熟悉的木门。屋里有打闹声，少许便冲出两条小狗崽来，随后便听见有童声厉声喝道："小花、小白，别打架！"一个穿着白背心、开裆裤、光脚板的小孩子随声从门槛上爬了出来。这是一个小男孩，马车右看见他双腿旮旯里肉嘟嘟的小鸡鸡在门槛上蹭得像只压瘪了的小气球。小孩见院门外扶手站立着一个陌生人，便吓住了，睁开生僻审慎的黑眼睛疑窦丛生地望着马车右，又转身求助地回头往屋里望了望。马车右吃惊不小，刚踏入篱笆门的脚退了回来。大人小孩都在等待屋里的主人出现。

刚给孩子断奶的西女出现在了屋里的小方桌子旁。她看到了他。她在往后理头发。身后有扇阳光，光晕裹住了她的脸庞，使得她的整个面容在闪光中焕发出一种生完孩子后女人更丰腴的迷人魅力。厢房和楼梯下的几处暗光，模糊了她的表情，唯有她黑亮的大眼睛在静悄无声中略有所期地闪烁了一下。但目光有些散乱、多了一层内容。女人双手成拳紧抚在胸口上，敛住呼吸，面朝屋外地端坐在桌前的高凳上，然后似乎为了平复心情，双手又从胸口移开，舒拳成掌，放入双腿间，用那种无可捉摸的做作的沉静中有分生的目光注视着扶栏而立的马车右。

西女这一与以往相悖的少有矜持，让马车右以为归处的心悬浮了起来——他没有看到那个喜形于色向他奔过来的姐，也没看到那个落落大方、施以关怀的嫂，更没得到一个女人等待偷欢时的窃笑，而是一个陌生的持重的西女。"嫁人了？有男人了？生孩子了？"马车右脑海里立即冒出这些想法。

"恺恺，去叫马叔叔进屋！"待小孩第二次回头来看母亲时，西女对那孩子说。小孩应声走到马车右跟前。

"马熟熟（叔叔）……"小孩喊道，面无惧色。

马车右弯腰牵着那只小手，进了院子。太阳已经下山，凉棚下添上了一地桔光；风扬起树叶，一拔拔地从院前滚过。

"恺恺，往缸里掬些水放在狗狗盆里给它们喝。"在最初对视的一丝尴尬解除后，两人平静了下来。西女双手十指交叉地放在小方桌上，而马车右则立在一边咬着嘴唇。

"谁家的孩子？"他问。

"我的！"她道，面有得意之色。

"你的……？"他诧异，醋意十足。

"你都整四年没来过啦，"她说，眼望门外，小男孩正双手着瓢晃悠悠地朝狗盆走去，"这期间发生了很多事……"

马车右对这一突如其来的未知一脸的吃惊，他迅速地朝木屋里瞅了一眼，脑子里面浮想到第一次与西女在一起的那个晚上追打他的那个黑影人。他以为能够看到这个男人存在的痕迹，但是，这里一切如故。

"不知官人是何许人也？可否请来一见？"他调侃道。

回答他的是西女的冷眼和沉默。

夜里，一直孤坐在院里望着天空抽闷烟的马车右终于等到了西女安顿好睡熟的孩子从房屋里走出来。满天的星星已将大地照亮，洁白如玉的月亮斜挂在深蓝的天幕上，云像雪豹身上的花斑从月面上飞驰而过。菜园里静得只剩下蛐蛐声。马车右鼻孔翕动了一下，他从送来的风中闻到了西女身上淡淡的那种滑湿的皂香味和步态轻盈的窸窣声。少许，她到了他身后，双手轻抱住他的头，把它搂在怀中，抚摸着。

"你是另有其事，"她说道，心里充满的是母性的爱。她知道这是她对他不可或缺的一部分，特别是此刻。

"……"

"我什么都知道，今日你是为她而来。"没等他作答，她又说道，"山里面有只没有尾巴的公狐狸，它为了留住另一只它喜欢的母狐狸，于是在母狐狸归途的路上设下陷阱。当母狐狸落入陷阱后，它便假惺惺地前来相救。它把事先准备好了的假尾巴伸下陷阱，它对它说，咬住我的尾巴吧，我来救你。母狐狸咬住尾巴被救了，而与此同时公狐狸却啊哟一声惊呼道：我的尾巴断了！母狐狸感动得一塌糊涂，从此一生跟定了它。你就是那只狡猾的公狐狸。你促孽、你使坏，你是故意的。你把在社会上混、把做生意的手段用在感情上，用在了一个最信任你、崇拜你、爱你的纯洁的女孩身上……"

此话一出，马车右顿时哑口无言。他将半截烟蒂扔出去，求助似的双手反向从脑后抱住她的双肩。他回想起那个夏末与玉子的离别之夜，当初自己或多或少确有这些龌龊心理，但不是全部，可是在走火入魔的最后时刻却越过了给自己划出的红线，他在欲火面前迷失掉了自己。与此同时，西女在说完了上述话后，立即也想到若干年前的那个午后，当时与眼前这个男人第一次"那样"时，也有趁对方年少怂恿成事的成分在里面，于是内疚之心泛起。她把他的头抱得更紧了，唇抚着他的头发：即使上苍给我一百个祝福，也抵不过他给我的那一夜。好好地带大他的儿子吧！唯其如此，才是对他最好的爱。而嘴里说出的却是下面的一段话：

"世界上唯有这'东西'是自私的、不要脸的，这个错误谁都难免，包括我。要说有罪，姐对你也有罪。姐对你不这样看。这就是命运，是上苍在使坏的同时又发善心。你想想，如果不是这样，她也许就永远留在北京，留在了远方。上苍仁慈啊！峰回路转，它把你最好的礼物，以留给另一方伤痛的方式送还了给你，你还要怎样？你不去好好地呵护她，爱她，那才是真正的罪过。姐打见到你第一眼，就看出你是一个有胆量，敢担当，有责任感的男人。看看，"她掐捏着马车右宽阔有力的肩胛，"看看，你现在有多强壮了。你若不去呵护你的爱人，谁去呵护？她的病是气的，相信吧！只要你回到她身边，她一定会好过来的。如果你把她抛弃，那么，她这辈子肯定彻底地毁了。你钱再多，有意思吗？人活百岁也是死，树活千年砍柴烧。好好地在有爱的生活中过一辈子，比什么都好。听姐的话，做出个男人的活法来。去，给她的家人认个错，回到她身边。外面传说你已经是个多大多大的老板了，钱是干吗的？下广州、上北京，治疗去呀！"马车右感觉到西女放在他双肩上的手在颤抖。"这就是姐的意思。车右啊，姐可看不起那种玩了人家而不尽责任的男人！"

马车右抬头望着天空良久，然后站起面向她。"谢谢姐！"他说，向她展开双手，想把她搂入怀中，但是，月色下西女给他的却是一种退缩的目光——那一向温柔含笑的黑眼睛里朝他射来长者的威严和蕴含着的女性矜持。马车右的手耷拉了下来，他没有敢坚持。

"现在我想谈谈另一个问题，"没等马车右稳住神，西女已经在他的对面安然落座，言道，"我已经跟了他人了，你看到的，孩子都有了。"

"……"

"想知道男的是谁吗？与你同村的。"她又说，眼睛有点躲闪，但口气坚定。

"谁？"

"他叫马五斤。"

"什吗？他？"当确定是马五斤没错时，吃惊之余，马车右还是被那种鸠占鹊巢之恨所激怒，他从椅子上跳起，酸不溜秋地压低声音叫了起来，

"屁话！他几乎天天跟我在一起的，他的大脚趾上长了几根毛、脚板上有几个鸡眼，我都是一清二楚的，这怎么可能呢？！……不可能！"

"这只能说你从来没把他当过兄弟、放在心上。我说过了，你有四年多没有来过了，这期间发生了很多事……"

"骗人的，你就骗吧！"马车右身体往后倾斜，尽量拉开与她的距离，似乎这样才能够看清楚西女整个人。

"你去问问不就知道了，"她却异常的冷静，"所以，请你今后不要再来这儿。我爱他，我庆幸自己的生命中遇到了他。我就想过这种宁静简单的日子，一生都愿如此。"

马车右有一种大脑里突然塞满了烂抹布的感觉，从来没有过这种无言以对的无奈心境。他站立了起来，装作被刺痛后无所谓的样子往后退着脚步，嘴里"好、好、好，行、行、行"地嚷个不停，手在空中比画，不知想表达什么。他就这样，龇着牙，挥舞着手在院子里转着圈圈，像斗败的公鸡。末了，一甩手，背影如狼一般地往门外悻悻而去。西女用那蕴藉无限柔情的眼睛看着马车右的背影，她知道，自此以后，再无往昔。忽然间，她赶紧跑进屋把床上的孩子搂了出来，娘儿俩倚在门槛上，"恺恺，睁开眼睛！快点儿，睁眼看看！"孩子小拳头揉了揉脸蛋，撑开睡眼惺忪的眼睛，他看见一个背影瘦长的影子消失在篱笆门外的月色下。

"爸爸走了——"她说，顿时热泪盈眶，眼泪像一万个不舍的线珠，扑扑地往下流。

上午醒来，若按昨夜既定方案，马车右洗漱后是准备去裁缝铺的，他想了一晚该怎样面对她和她的老父亲。正抽着晨烟，门外传来脚步声，然后是敲门。"马总，有人找。"他听见财务室的刘茹娥在门外高叫了一声。

出门便见门外靠阳台站着两个人。两人肩挨肩地像两尾鱼挤在一起，指手画脚地交谈着，很神秘。马车右定神一看，来者是阮律师和一个陌生人。阮律师很胖，陌生人也很胖，头碰头，四眼相望两嘴相对，那样子又活像两只企鹅挤在一块儿。

"啊哈！像你这样重量级的老板，晚睡是肯定的了。"一看见到马车右，阮律师便满面堆笑，张开双手迎过来。那样子分明在向陌生人宣示他与马车右有着非一般的关系。"我们九点就到了，整整等了你一个小时，没敢喊你，就想让你多睡会儿。"

"办公室坐吧。"马车右强睁大眼睛，打起精神来，把两人让了进去。陌生人在办公室一侧的接待椅上端正地坐下，而阮律师则随随便便地走到马车右的办公桌前。

"我来介绍一下，"阮律师白肥的手巴掌撇向陌生人对马车右说道，"这位是我县知名企业家蒋光荣。县轻工业局副局长，兼任陶罐厂厂长。这位呢——"阮律师像献哈达似的把双手举过胸口，指着马车右，回头对那个什么厂的厂长说，"这是青龙公司的马老板，我们县第一个资产上五百万的老板。年轻有为，年轻有为啊！这才二十几岁三十不到的人呐！"

马车右欠了欠身子，斜睨了蒋光荣一眼，没有吭声，只是嘴角飘过一丝笑意，算是打了个招呼。与阮律师白乎乎的胖有所不同的是，这位什么厂长的胖，是实不是虚，浑身都是货真价实的劲道肉。他雄鱼头，熊胆鼻，大红腮帮子，砍刀眉，同样紫黑肥腻的大嘴唇上有着全耒水人民独此一口的斯大林胡须：浓密、粗犷、尾尖高翘。后来马车右得知，这是他十年如一日修修剪剪保留下来的"伟人特色"，仅凭此招牌，不动内存，就能闯荡江湖如鱼得水。此人一看，给人感觉便是那种浪迹天涯、敢于显山露水、有捏拿掌控之力、绝对是那种有故事多内容的人。是"实心"货。

"有事？"马车右朝蒋光荣礼貌地点点头，转而问阮律师，一边提壶筛开水，心里面却想着去伍市裁缝铺的事。

"有事，好事。"阮律师说，那印满细纱布布纹的脸上堆满无法收敛的笑。样子像财神。马车右没读过什么书，对有知识的人心存敬意，再者，马车右对于接触新人、特别是那种奇特之人，骨子里有种与生俱来的偏好以及享受刺激感和挑战性的秉性。于是便将去裁缝铺的事暂搁一边，耐下心来听他们道来所谓的好事。阮律师殷勤过火，争抢着又是给蒋光荣端茶又是给马车右斟水。这期间，蒋光荣一直微笑着看着马车右。从他老道的眼光里不难看出，他对这位青年人很是欣赏的。当他手接茶杯时，那眼神还在马车右身上游移，大有相见恨晚之感。

"这样吧，还是请蒋厂长来讲吧！"阮律师一手叉腰，一手像孕妇那样抚摸着下坠的大肚腩。在蒋光荣润嗓子准备当口，阮律师退在一张藤椅上坐下，椅子便在他挤得满满当当的屁股下发出吱呀声。蒋光荣显得很沉着，他慢悠悠地呷茶，慢悠悠地吹烟。在他准备发言的时候，他必然先要将一捋他的大胡子，绝对像那么回事，毫无故作，相当沉稳：

"马总这人一看便知是那种有大魄力、可以肝胆相照的人，那我也就不避讳，直言相告了。是这样：我厂销售科有个女科员，叫万爱巧——你知道现在的产品销售是企业最头痛的事，所以企业都会将能说会道、漂亮大方、有献身精神的妇女同志安排进销售科里。这个女的三十出点头，是我们厂销售标兵。全厂百分之七十多的销售额是她一个人完成的，不简单啊！由于工作关系，与你们红旗煤矿的刘矿长对上了口。现在两人关系非同一般……是那种……嗯哼……就是什么心上话都能掏出说给对方听的那种关系。这个刘矿长，马总应该有所耳闻，在红旗矿也干了六七年了，算是老干部了。一次两人在一起时便向她透露，可以按搞活经济的思路，把十三甲工区一个井口找个合适的人承包出去，让小万出面找人，他通过小万这边占点暗股。这个事情小万回来立马就报告了我。这可是一个天大的好机会啊！我查看了钻探资料，也找了矿上相关技术人员了解。其中有一口井是通往白鸡洞煤矿方向的。这块采区足足有近百万吨的储量……有赚头，有赚头啊！我们这个破县，什么都不好干，干嘛嘛亏！酒厂、鼎罐厂、乳酸钙厂，以及我现在所在的陶罐厂，哪个厂我都干过，说倒就倒！"

"是件好事。"马车右打住他的话，脸上没有什么很显著的变化，心又去了裁缝铺，目光游移在天花板和蒋光荣之间。不知什么时候起，他对做生意赚钱有了一种可有可无的无所谓感了。

"蒋厂长的想法是想与马老板合作。"阮律师忍不住插了一句。

"合作？怎么个合作法？"马车右又把视线拖回到蒋光荣那边。

"双赢！双赢才是好方案！"蒋光荣兴奋地大手一挥，继而又怡然自得地将了将八字胡须，"如果马总有意向，同意下面的方案，我便开始运作，承包下来一口煤井。有饭兄弟一起吃，有钱大家一起赚嘛！"

"什么方案？"

"据小万报来的情报显示，十三甲工区的这块资源离你们白鸡洞矿主井道很近，仅有几百米距离。若是从十三甲的主井过来，已经快近两千米了，而且他们是竖井，你们的是斜井，开采起来成本也有天壤之别。如果马总同意我从你们的主井区掘一个巷道插入过去，那么……当然，这是要付费的，比如，今后出来一吨煤，向你们交付一定数额的管理费。对于你们来说既没有采掘自己的资源，又挣了钱，好事一桩。何乐不为？自然，十三甲那边也要出煤，只是那边做做样子，而这边真出煤。马总，我够坦率吧？这可是掏出真心来待你的。"

"可是现在煤炭滞销，我们的煤场已经积压了上万吨煤，没法给你们腾出来地方。"马车右又道，想起矿上那座堆积如山的煤山。

"呵呵呵哈哈哈，"蒋光荣又将了一把胡子大笑了起来，"牛皮不是吹的，火车不是推的，说到这事，你反倒要求我了。兄弟，我跟你说，现在做销售没有两手还真不行。我也算是耒水的老狸拐子了，我有我的办法。这样跟你说吧，爱情这个东西是个怪物，像喝汤一样，第一口下去味道太重太浓，接下来便寡淡无味了。恋爱也好、婚姻也好，迟早玩完，反倒是那些渐进渐浓的，却能够白头偕老，也就是说，起先爱得死去活来的，最后大都不欢而散。这些娘们一旦脱离了家庭的羁绊，就会海阔天空，胆大心肥，非要喝辣子汤才过瘾。我手上就有一帮这样的女人。她们个个都能征善战，只要我们能合作，你的那点库存，包在我身上，不出仨月，保证给你销得一干二净！"

马车右彻底的来了精神。他像兔子似的竖耳听着，眯缝的眼睛一直盯住蒋光荣的眼睛看。他立即得出了此事的可行性与真实性。于是抽出一支烟来，往桌上戳了戳，点着，龇牙"嗞"地吸了一大口，然后往大班椅背上一靠，一股浓烟旋转着从他口中徐徐而出。像老街上的老麻雀，蒋光荣也同时得到了令他满意的结果："看这位'少年江湖'抽烟的样，此事可成，此人可交。"

阮律师是吃笔墨饭的人，满肚子塞满都是像稻草般的文章例律，对于察言观色、揣度人心自然比不了眼前的两位。他甲看一眼，乙看一眼，一幅竭力想从二人脸上揣摩情况的着急神情。

"怎么样？可以吧？"他不停地追问马车右，眼睛却时不时往蒋光荣这边看，似乎是敦促蒋光荣加大力度，开出更诱人的价码来。看来事成之后他是有好处的。马车右竟然把脚架在了桌子上，一副无所谓的面孔，尽管阮律师一再追问，他却只管吸烟，同时又不失礼节地向蒋光荣扔过去一支烟。

"事是个好事。这样吧，"马车右把脚从桌面上收了下来，说道，"你们给一点时间让我与其他股东沟通一下，到时给你们个回信。"

蒋光荣是个见好就收的人，马车右一出此言他便站了起来："那是自然、那是自然！马总，三天行吧？三天后听你们的信。这个事有你们合作是最好的结果。"

"车右兄弟啊，这是个两全其美的事。干得，干得呢！"阮律师甚至有些激动地说。一个当律师的，做本行当外的事，特别是谈生意、做买卖，他会觉得是额外赚了一份，所以，特卖劲。

本以为谈完事他们会走人，马车右好去办自己的事，到裁缝铺去，但蒋光荣一直没有走的意思——他想把关系做扎实，于是天南地北地扯开了。这样马车右便把去伍市的事情告诉了他们，只望他们知趣走人，哪知道蒋光荣一听此一说，便急不可耐地跳了起来，说了下面的一番话：

"啊呀呀！幸亏跟我说了，要不你就惹下大麻烦啦！你想想，一旦应承下来这事，后果会有多严重吗！一，往正理上说，你得娶她吧。她现在精神不正常，合适吗？可行吗？不行。你不能明明知道是火坑还往火坑里跳吧？这二，不娶她，但人是你弄成这样的，又误了别人的前程，你得补偿呀，得赔呀！这可是一笔说不清、算不明的无底账；还有呢？道德层面？想想，这都是无法逾越的问题。闷头不作声，什么事都过去了，一嚷嚷，大白天下。我可告诉你，车右啊！全天下人都会骂你的！还有，虽说事过了一年多，当时你们又是恋爱关系，但你是在她不愿意的情况下做下的那事，你现在又承认了。她可是能告你强奸罪的呢！虽然说不准法院会怎么断，但一旦如此，你将终生麻烦。法院从保护受害者角度考虑，最起码也得判你承担抚养或者赔偿什么的，唉！这可不是闹着玩的事。我分析了下，她家没有找上门来，无非就因为两点：一，拿不了证据，说不上你。你死活不承认，他们一点办法没有；二，这是一件丑事，张扬出去，既解决不了问题，又丢面子，弄出这等事情来，只怪自家蠢。这可是大面子的事，谁家丢得起？！只有硬吞喽！他们现在是有苦难言，有苦难言啊——当然，这是我的揣测，但是思想情感这个东西，很复杂，很难设想，这是一个非逻辑和非机械性的难题。他们家会怎样对待这事，谁也把不准。你若是应承下来，无异于自投罗网。马老板啊，使不得，千万使不得的呢！听兄弟我一句话，不会有错的。你睁眼看看，中国正在巨变，楼房像树林一样密，桥梁像下面条一样多，全中国的人哪个不在拼命工作？！你现已经拥有了第一桶金，多好的条件、多好的机会、多好的年龄段，要什么没有？！娶什么样的女人不到？！就是娶个洋妞也不足为奇。兄弟啊，情感是个虚无体，看不见也摸不着，就是一个念想。"

后来，马车右去裁缝铺的路上，走着走着，步伐放慢了，直至最后停下。

"中国正在巨变。"这句话让马车右半月以后有了更深刻的感受。

县委县政府为响应国家号召，促经济，引外资，"开放开放再开放，放开放开再放开"，组成了强大的经济工作班子。这也是国家的主题曲。马车右作为县利税大户，优秀企业家受邀出席政府的一次经济工作会议。他自知自己是个所谓的"利税大户"，所谓的"优秀企业家"，但还是参加了会议。在县礼堂，马车右看到立在厅门口一个海大的城市规划图，道路、楼堂馆所、学校、绿化、工业园区、科技馆、开发区等，像蜂场的蜜蜂箱一样塞满了大图。这是一个蓝图，一个比原县城大了三倍的蓝图。有传言说，新来的县长还在酝酿着更大的规划，准备将耒水上游的老坝再升十层楼高，那样耒水上游就会成为一个千岛之湖，湖上将会被无数的别墅所点缀，会有一个巨型的水上乐园和一座无与伦比国际康乐中心。"届时，我们耒水将不再叫耒水，而叫'国际梦幻之都'。"县长于是说。会议结束后，有二十几人被选定去广州参加广交会。马车右在其中。他打了个电话，让马良坡陪他一起去。

一下火车，进入人山人海的火车站广场，一看到川流不息的车和铺天盖地的广告，再灌入各种招揽顾客招徕生意的喧嚣声，马车右便不自觉地惊呼道："广州啊广州！"他的脚步在那一刻似乎凝固了。仅仅相隔九年，这个旧式的温柔之都，就已被另一种全新繁华所代替——它已经完完全全成了霓虹灯的世界。它的繁华到了每一块地砖。

下榻红绵酒店后，政府的几个人就急急地拉着马车右他们去逛街，去友谊商店买紧俏商品。完了后，去体验地铁，去看直指蓝天的银针般的中信广场，去看珠海大桥的灯光，再到三元里买小商品，到天马服装城购衣。吃完龙虾吃白斩鸡。繁华喧嚣像兴奋剂使得他们不知疲倦，而马车右却感觉到自己晕光、晕喧哗、晕人挤人、更晕那些花花绿绿的露着两条腿的女人——这是他第一次产生这种城市亚情绪。

马车右离开众人独自坐在街边的一个大玻璃橱窗下。橱窗里摆着一排四个无头美女模特。她们身子上套着丝绸艳服。他抽着烟，望着缭绕中的烟雾，烟雾中他看见了玉子，她孤坐在裁缝铺吊脚阳台上。"那才是我的家，我的女人。"这是他最清醒明白的一次认识。于是他在大街上跑了起来，他不知道自己为什么跑，也不知道跑往哪里。不夜城的广州，夜越深越明亮，彩灯下的人全都飘浮了起来，人人脸上都洋溢着幸福。当他跑累了，停在一个服装广告灯箱牌下时，发现前面就是红棉酒店，他这才知道，自己是想回家——回到那个有亲人在日夜等待他的地方。

"这回算是开了眼了。"半夜才回来的马良坡说道，他的兴奋溢于言表。

"我们明早就回去。"马车右却说。

"这是为什么，会还没开始呢？"马良坡急了。

"就这么定了，明上午参会，下午走人。"马车右说完把被子蒙住头准备自个睡觉，却发现马良坡急鬼般地从床上蹦下来，跑到自己床头，把脸凑在自己鼻子下，极不满地嘀声说道：

"会议是三天，急什么嘛。我跟他们都说好了，会议结束后还要去东莞。哎哎，他们说东莞是个好地方，一个把男人当皇帝侍候的地方。反正，你走我不走。我跟他们一起回。"

"那随你便，反正我得走。"马车右看着马良坡，他脸上溢满了幸福感。

"我钱花光了，得给我点。"

"包里有，留下路费，爱拿多少拿多少。"

马车右回到耒水的一个礼拜后，县政府城建部门便把他叫了过去。像分任务，强行把伍市旧城改造项目交给青龙公司。优惠政策是土地可以零收费，各个窗口开绿灯，各种税费大减免，一百万低息无须担保贷款。

赖小毛新近又交了一个女朋友，叫郝依娜，外号"莫妮卡"。人长得跟她的名字一样：细巧婀娜、秀小蛮腰。她原本在矿服装社上班，自从青龙公司承包下了冶炼厂后，作为最大的功臣，赖小毛竟然也被任命为该厂的副老总——尽管马车右什么也没安排他做。这郝依娜一上班就发现了昔日的仇人"大瓶子"单冬梅也回到了冶炼厂上班，并且被安排在化验室——那是个令女工们极羡慕的工种。于是郝依娜便伙同电解车间的两个女青工没事找事跟单冬梅过不去，仗着赖小毛撑腰，胆子是越来越大，竟发展到了有次趁单冬梅不在化验时，从窗口扔进几块砖头，把化验室的器皿砸得稀巴烂。害得单冬梅罚款赔钱不说，还要调离岗位。把单冬梅给气的，于是便发生了澡堂打架的事。

蓝色天空中有一条扭动的白烟，那是冶炼厂的烟囱。烟囱下有一幢龟背似的瓦房，那是冶炼厂的澡堂。蒸汽从灰黑斑驳的屋顶瓦片的细缝中冒出，像从地里钻出来满把的白色蚯蚓。充满廉价"大方肥皂"味道的热气，飘荡在澡堂周围不忍离去。这气味不但让人在这寒冷的季节周身一暖，而且里面还夹带着只有那些嗅觉敏锐的被荷尔蒙激励得浑身燥热的人能闻到的异性群体散发出的那种诱人体香。冬季里，澡堂成了全厂最温暖也最热闹的地方。

下午四点，澡堂里传出"啪啪"两声响后，突然喧闹起来，接着便传出来哭叫声，声音越来越大，哭叫声越来越响。男人们不敢进去，女人们又不敢出来。大家都愣在一起不知道里面发生了什么。突然安静下来后，一个裹着浴巾的妇人从帘子后面探头出来，慌张地叫道："快去叫矿山救护车！要死人啦！"待救护车将郝依娜送走后，大家在谈论中才知道了原委：

"大瓶子"单冬梅知道化验室被砸是郝依娜使的坏，心里早窝着火。这天恰巧在澡堂里相遇，于是便直问对方。但郝依娜仗着身边有两个帮手，外面还有赖小毛撑着，不但不退让，反而出口大骂，结果打了起来。令她们没想到的是，打虎不着反被虎伤，山东姑娘单冬梅不但以一敌三，而且还把她们打得屁滚尿流。最后将郝依娜的头塞进自己的大腿间，差点就把郝依娜给闷死了。祸就这样闯下了。

　　湘南多丘陵，秋夜如帘，系带一松，黑便席卷而下。今夜月色橙黄，黄得像块冰冷的馕。未能及时添衣加裤的"大瓶子"单冬梅独自地走在这样的黑下里。她在冷冽的风中打着寒战。澡堂事件的胜利者、如今是四处逃窜的可怜人，此刻正高一脚低一脚地从伍市街摸向渡口。低矮的灯光映出她庞大的身影，河风扬起她凌乱的大卷发，凹凸不平的石板街上的积水溅湿了她的双脚。到了岸边，她看清了那块走上渡船的过板。船上还没有一个夜渡客。她从过板上船的时候，全身都战栗了起来。她身子太沉，过板在脚下吱吱呀呀地响，摇摆着，像荡秋千。要在平常，北方来的旱鸭子单冬梅早已是吓得尖叫而逃，但此刻，她咬紧了牙关。她蹲下，双手抱胸，并脚屈膝，嘴里嘟囔着求天拜地，然后一步挨着一步，挪上了船。她靠船舷坐下，望着夜风吹皱的河面，那双大眼睛闪烁着与河水同样的光。

　　赖小毛那边寻仇心切，而赵保刚又管不住赖小毛，于是单冬梅找到了小时候是邻居的伍乃子。让他带她去找马车右。现在，单冬梅按照伍乃子的要求，提了两瓶"白沙液"酒上马村。伍乃子和马车右在马村等她。单冬梅摸到马村时，马车右刚吃完饭。看到单冬梅一脸的狼狈相，马车右立即让马善民的老婆重温了一碗鸡汤端给单冬梅。这碗漂着淡油的乌鸡汤让单冬梅脸上有了一点红色。她按照伍乃子事先授意，将事情的来龙去脉原原本本地给马车右讲述了一遍。马车右偶尔问些细枝末节的小问题，多数时间里都是沉默以对。他目光穿透面前的烟雾隔空看着单冬梅，不是在听她讲什么，而是花了不少时间在回忆着多年前县城罗巷的那个赌场的情景。把那个赌窝里唯一的女性、人称"大瓶子"的、嘴里叼着纸烟、胸脯肥硕并大喊狂嚎的女人与眼前这个愁云密布、狼狈不堪又低声下气的女人，在心里面做着比效，比较后心里面嘀咕了一句：女人一定要有个安定的家啊，不能漂着。

单冬梅把事情说完后，眼巴巴望着马车右时，马车右似乎仍停留在那个夜晚的记忆中。等了半天不见马车右表态的单冬梅急了起来，她以为对方为难，于是求助地看了看一直没有吭声的伍乃子，希望他能够撺掇几句。

"三个女人一台戏，演砸了就砸了，你一个男的掺和进来，这算充的哪门子英雄。我最看不起这样的男人——别的本事没有就只会在女人面前逞强要横。这赖小毛也太过了。"伍乃子说道。他要趁机点把火。

"我已经明白了。冬梅放心，这个事由我来亲自处理。做人有做人的原则，办企业有办企业的规矩。这个厂子是个倒闭重启的厂子，有几百号下岗再就业的职工在那，由不得他胡作非为。明天我就杀鸡给猴看，要让所有人明白，家有家法，厂有厂规，厂子搞活了，大家都有碗饭吃，厂子倒闭了，谁也捞不到好。冬梅你放心回吧。"马车右于是说道。

像拨云现日一样，单冬梅脸上顿时灿开了感激涕零的笑来。单冬梅刚出门，伍乃子便从柴火堆里抽出一根火把，便也起身要走，说天黑路滑，两个同行可相互照应。看着火把照着的人影遁入黑暗里，以及泥泞在女人脚下发出的却步声渐渐离去，马车右点了一支烟，不知怎的，又想起了多年前劫赌场的那个夜晚的大瓶子，而不是眼前的这个女人。"糟糕的女人遇上糟糕的事、糟糕的人和糟糕的夜晚。"他对着黑夜叹道。

两人上了渡船后，单冬梅和伍乃子相挨一起在船舷固定的木板凳上坐下。河面上卷起来的风呼呼地响。一条鳗蛇从水面的光团中游过，它后面的细水纹像一条没扯直的墨斗线，在水银面膜般溶溶荡荡的波面上弹出了一条歪扭不正的曲线来。

"你只管把心放落吧，马总这个人讲到哪儿做到哪儿，从来不玩虚的。"伍乃子说，见单冬梅没有吭声，便将身体向单冬梅凑近了些。月光下当他从她的眼睛里看到一种沉凝的目光时，不知为何，有一种特别的东西在他心里萌动了一下。今天怎么了？在铁青色的阴森的船甲板上，他看到了月色中他与她相依相偎的两个影子。这两个影子像河流中共进的一对鸳鸯。水在淌，船在摇。伍乃子似乎第一次有了一种过去未曾有过的感觉。这种感觉何其少见，在无数个与他交往过的女人身上都未曾出现过。因为找到了这种曾经想要却从未得到过的感觉，伍乃子一时间心潮澎湃了起来。他的聪明的小脑瓜子告诉自己，这其实就是一种爱的感觉啊！当月色下单冬梅以一种无言、且纵且收的表情静待着他的时候，伍乃子没有心思去分析这里有多少是被动的、有多少是主动的因素，便急不可待地抓住了她的手。“我们谈朋友吧！”他突然说道。

她约莫有半分钟疑惑地望着他，双手束在腹部，并着脚。“在我八岁那年发胖后就再没有合身的衣服穿了。”她说，“十六岁那年已经上了一百四十斤，看见别的女孩穿裙子穿高跟鞋，我想哭。小伍子，我一生就一个愿望：穿上旗袍高跟鞋，在广场上走上一圈，你陪我，除此之外，别无他求。答应我，我就答应你！”她声音里充满勇敢和羞涩。这些女人特有的蠢话在那个寂静无声的夜里极美到了能熔化天地的程度。伍乃子怦然心动，捉住她局促的双手，把那双手摁住在自己的胸口上。当他直视她时，他看见她眼里仍在长久地闪烁着自己幻想的那个景象。“我的心乱跳不？我的心哐啷乱跳。这说明我很慎重，我答应你，我一定会在我们好日子那天，牵着你的手，漫步在阳光明媚的爱琴广场上的。不说一个圈，一百个一万个都行！”

从广州回来后，阮律师又两次问起与蒋光荣合作的事，于是马车右来到了冶炼厂，他要与赵保刚就这事通通气。门卫张老倌跑出来引他到了赵保刚的办公室，斟好茶。“我马上去叫赵总。”张老倌一出门，便一溜小跑去了车间。从身后看去，老倌的那件破得不成样了的圆领棉毛衫像是一张烂渔网兜着他宽大的背脊。

不一会儿，赵保刚手提一个安全帽进来了。他刚从高炉那边检修炉膛出来，因炉膛余温未退，他脸膛烤得通红，一进屋便把湿浃浃的防护服脱掉，光裸着赤红的上身，跑到桌前端起那个大搪瓷杯一顿豪饮，喝舒服了，才拖把椅子在马车右面前坐下。寒暄过后，马车右便将阮律师带着蒋光荣找他合作的这事跟赵保刚说了，想听听他的看法。赵保刚打一听说"蒋光荣"这三个字起，眉头就是皱起的，嘴也抿着，时不时还把两片嘴唇吸进去，用牙齿咬住，一直耐心地让马车右把话讲完。

"……好事儿，保刚啊，我看做得，当然，这个姓蒋的看上去也不是个什么省油的灯。我的想法是先应承下来，合作得好，大家好，若是不守规矩乱来一气，我们可以逼他走人。刘矿长的七寸就摆在那儿，我们还是拿得住的，把合同转接过来不是不可能，无非多几个钱而已。这个事情我个人是蛮赞成的。"马车右说完了，有些得意地看着赵保刚，将手握成拳，然后从小指开始，潇洒地将一个指头一个指头地弹了出去，待全部张开后果断的像捞到了什么好东西似的陡然紧握起来。

因上次在小酒馆冲突中产生的隔阂并没有彻底消除，赵保刚本不想开腔，但"蒋光荣"这三个字一出就让他来了火。他起身给马车右满上茶，在马车右对面坐下道：

"据上所说，是件有利可图的事。但是，姓蒋的这个人太邪门，他给我的印象太坏。他有个外号叫'倒厂长'——他先后干倒过四个厂，因而得此名。每到一个厂，多则两年，少则几个月，厂子便被他——当然喽，也有市场的原因——弄得不是亏损就是大量无法收回的应收账款，最后只有关门大吉。酒厂、粉丝厂、鼎罐厂、陶罐厂，去一个倒一个。最后，竟由此出了名，以至于轻工部分、商业部门，哪个厂要倒了，县里便调他去哪儿，屎盆子全扣在他身上。那些当领导的也缺德，有意无意把这人当成倒闭厂的魔头，以此制造笑话，撇脱自己的责任。他无所谓，花圈也是花，一个也是送，七个八个也是送——管他娘的，死人也好、倒灶也好，有吃有喝就行。每天拈着大胡子到处招摇撞骗……屁！县里现如今没厂可倒啦！

他呀，现在就一个无业游民。这人胆大心坏，诡计多端。要说事吧，是一件好事，但人却不是一个好人啊。"

马车右弓着腰，沉默不语地听着，指手头则在脸上不停地抠着，似乎那里长了个什么东西。等抠得差不多了，便一拍桌子说："不怕。说句不好听的话，巷道一打通，他若调皮，老子立马要他走人。"

"既是这种思想，那还不如先介入。我们自己安排人去跟刘谈。张小兰不是也能说得上话吗，就让赖小毛去央她，我想事情也能成。"

"那哪行，别人找到我们，是信任我们，我们却撇开他，这不仗义。不行！"

赵保刚没有再作声了。接下来马车右又说另一件事："伍乃子现在与大瓶子在谈朋友。上次澡堂打架后她不想在厂里干了，跟伍乃子说她老家招远有家金矿，她能搞到金矿废料，说每吨废料中还能回收二三百克金子。于是伍乃子想去碰碰运气。你批两万块钱给他们作路费吧。"赵保刚答应了，但在马车右要离开时，却说了一句让马车右摸不住头脑的话：

"伍乃子这人迟早会出大事——"

三天后，蒋光荣与青龙公司签订了一份合作协议。协议规定，蒋光荣方面可以借白鸡洞煤矿主巷道开一个通往十三甲工区四煤九号采区的支巷。掘进费用自行承担。其他费用按实际发生多少承担。每过境一吨煤青龙公司分得利润十元。要求所有出煤全部由青龙公司下属的马村煤场包销。售后付款。

十五

　　萤火虫从头顶划过时，尾部有光晕与影随行，那是子夜的蓝光。有"夜猫子"夜回矿部，路过张小兰的窗下时，从半开的翠色窗帘里传出与宁静的夜晚极不相称的嘈吵声。窗外人放慢了脚步，刚抬头望上去，便听见"呼"的一声，从窗户里飞出一个玻璃杯来，那杯子击碎在对面巷子壁上，玻璃碎片落雨般稀里哗啦洒了一地。于是从破玻璃洞中射了出来一束毛光，横在巷子上空。过路人惊得脖子一缩，急靠在墙边停下，心想："是夫妻干仗了？"他竖耳斜眼，希冀能听到些什么。屋里短暂的沉默后，紧接着便是"叭"一声清脆的响——路人没见有东西飞出，倒觉得那是一记响亮的耳光。过路人来了兴趣，索性站定。再接下来便听见有女人呜呜的啼哭声了：

　　"呜呜……打死吧！……你个屙脓下血雷公劈的东西！你个打靶鬼……劳改犯！不得好死啊你！……"这女的分明是张小兰。"……你的良心给狗吃了……这几年每月分得万来块钱，就让你拿去了五千多，你还要怎样？……"

　　"嘛？你还委屈？冶炼厂那份分红，不是我顶一肩，别说分一万，毛都看不到一根，那都是一帮吃肉不吐骨头的人。你以为你是跟一帮什么人在打交道？你不感谢我也就算了，一上来就叽叽歪歪，老子半夜跑你这里来，不是来听你和尚念经的……'呜呜'，呜个屁呀你！你这种断人香火、杀人的恶妇，不是该打，是该杀！"这是"癞皮狗"赖小毛的声音。从赖小毛无所顾忌的喝斥声中来看，她已经完全成了他任意捭捏的囊中之物了。

"我早说过，只要把股份转到我的名下来，就能多争取到一倍的分红，你不听，防老子防贼似的。你以为你们（指与刘矿长）是谁？到现在这份上，你们就是一对利用职权，假公济私的腐败分子。"

"不，就不，你嘴里嘴外全都是鬼话。我现在才知道，你真的坏透了……"

"我就是个坏蛋——十足的坏蛋。怎么啦？从来就没人教我做人，从来就不知道什么是好人，现在，我只认钱！"

…………

窗下的人，听了一会儿，也没听到什么想听的东西来，且夜已深，便啐了一口，甩手走了。走时摇晃着头气急败坏地丢下一句："一对男盗女娼！这个社会钱变多了人变坏了。"

仅过三天，与青龙公司签订了关于借道开采合作协议后，蒋光荣在掷笔的第一时间，马不停蹄地又赶到红旗煤矿，签约下了十三甲5号井口开采承包协议书。不到十天，掘进队便自带设备进了场。令马车右叹服的是，蒋光荣非凡的组织能力和工作效益。一个月下来，掘进速度就推进到了六十多米。又过了一个礼拜，巷道不偏不倚正好穿在十三甲工区4煤九号开采面上。按他私下的说法，这全得益于刘矿长的铁杆心腹：全红旗煤矿唯一的一个高级工程师——邝良才。稍懂点矿山开采的马良坡于是说道："这家伙简直就是来抢钱的。"

此话一点不假，这个被红旗煤矿一把手刘天宝亲自面授机宜的蒋光荣确实是来"抢钱的"。一出产量便远远超过了白鸡煤矿本身的产量。到了十一月底，其出煤量便达到了白鸡煤矿同期产量的两倍以上。把个马村煤场堆得如同黑乌乌的两座剑指蓝天的高山。

时间就如同流水，一天一天过去。马车右，这个马村走出来的孤儿、遗腹子，走向了他人生的巅峰。他成全了自己魂牵梦绕着要在耒水重开水道建一个机帆船队的夙愿——尽管后来船队没能航行一天；他实现了将白鸡洞煤矿据为己有的野心，借以安魂死在那里的父亲——尽管最后他又不得不放弃；他完成了县政府将伍市改造成现代式商贸街的目标——尽管这条充满了历史沧桑和鬼怪故事的老街改造后鬼使神差地变成了"豆腐街"；他也兑现了给他生命中第一个女人许下的承诺——在河岸建一座大厦——尽管那女人并不接受他的赠送；他还让冶炼厂成了全耒水第一家上千万产值的企业——尽管名声大噪之后是环境遭受破坏后的质疑；他还令人大跌眼镜地成功举办了一场全县盛况空前的招商会，让县长坐在了主席台上他身边的副席位上。

耒水河上出了一个传奇人物——马车右。

这些都是发生在一九九八年前后。多少个耒水河畔橙色的傍晚，当马车右想起当年身处轨道旁火车从头顶上飞飙而过的情景时，身体就会为之倾斜，就会有一种刹不住脚步也如同那个子夜飞驰而来的列车一般样！现如今，他早已不是当年的那个孤儿了，人生所有苦早已在膏粱厚味中荡然无存。是的，他有钱了，是响当当的耒水风云人物了。他想继续向前——向一个连他自己也不明白其意义的方向前进。于是乎，他拿定主意，要建一座白银年产量上百吨、黄金产量上两千公斤的冶炼厂的计划和首开耒水第一个煤业集团。然而，万事万物有自己的规律，不以人的意志为转移。量变会到质变。生命线是呈抛物状的，貌似完美的弧线，其实内质已经开始分崩离析。生命是依照着伊始的路头而终的，是照着它们应该发生的样子发生的，只是我们并不知道其内在的原因而已。

这不，半月后，事情来了：那个叫"牛鱼鹅"的胖女人刘茹娥清早便急急赶到矿上，是来向他报告，刚刚——也就是银行一开门，从广东过来的经警在县公安的领引下查封了冶炼厂、青龙公司账上的所有资金，总计三百九十万。原因是冶炼厂的股份中注有贩毒资金。若是罪名成立，还将考虑追究法人代表的刑事责任。

　　马车右叼在嘴上的半截烟抖着抖着就掉在了地上，他转身往办公室急步而去，他第一时间想到要去给马副局长打个电话。只有这个沾亲带故的人能帮他。马良坡跟在后面，用脚尖碾灭了马车右掉在地上的那半截烟后，不断地用手挠着脖子，嘴里咕噜着："这回碰上鬼了……"

　　祸不单行，同样也是规律。当马车右囫囵吞枣三下五除二扒了几口饭，正准备带着马良坡开车去县城公安局见马副局长时，正在办公室门外草地里蹭鞋子上泥泞的马良坡突然紧张地压低声音示意地轻叫了一声"满满"（叔叔意）。马车右比马良坡的辈分大，严肃的时候马良坡会那样称呼他。一听"满满"二字，马车右便头皮一紧，一抬头，便见一辆桑塔纳牌子的警车"嗖"地正往矿上开来。不知为什么，似乎是故意的还是要起警示作用，车子在院里慢悠悠地转了半圈，然后警笛突然开启，发出一声摄人魂魄的尖叫后又立马关闭了。所有人都不知发生了什么事，办公室、宿舍楼、绞车房都探出无数个头来，看大门的雪獒吓得夹着尾巴躲一边去了。马车右、马良坡迎了上去。静了一分钟，警车门开了，一边一个下来俩警察。

　　"我们是县刑侦支队的，这位是曹支。我们找蒋光荣。"其中一个年轻点的对马车右说道。

　　"有嘛事？"

　　"他在哪儿？"还是那警察问。这时另一个，就是那个曹支，职业感非常强地迅速扫视了一眼周边的情况后，说："你只带我们去找他。我们只找他！"

不到十分钟，蒋光荣就从主井一侧的一间交由他们作办公室用的平房里被带了出来。他身材高大肥硕，迈着大方步，而一边一个紧贴着他的两个警察倒像是他的随从了。他故作镇定地仰起头，东看一眼，西瞅一下，露出那种混迹江湖的无赖嘴脸。当看见马车右拧紧眉毛站在警车旁边时，他那像刚被狗舔过一样湿浸的宽额头上折出三条极不自然、慌乱无措的笑纹。马车右从那上面看到了他内在的心虚。"一点小事，马上就回来。"蒋光荣对马车右说道。马车右冷冷地看着他，心里却在想，"这家伙犯了事了。不知是犯了啥事？"蒋光荣被从后门推进车的时候，整个车子便"嗞"的一声沉了下去。警车迅速启动并又尖利地鸣了一声警笛后，轮毂下便飞溅出胎泥，显示司机在猛加油门。车子调头冲出了矿山，给院坪里留下半圈轮胎深深的泥牙印。

几天后，什么都明白啦！原来蒋光荣与国营红旗煤矿签订了井口开采承包协议后又马上与私营白鸡洞煤矿签订了借道开采协议，而这份协议并没有告知红旗煤矿。第一份协议是产量与利润挂钩的。发包方按每出来一吨煤向承包方收取一定份额的利润。胆大贪心、机关算尽的蒋光荣用第一份协议来做幌子，掘煤过程中，消极怠工，三天打鱼两天晒网。而在白鸡洞煤矿这边，却加大马力出煤。这些采掘出来的煤向白鸡洞矿交一点借道费后全部私吞了。国营红旗煤矿并不知道此事。蒋光荣的行为已属盗采国家资源，是刑事犯罪。他因为贪婪耍小聪明，最终付出了比愚蠢还大的代价。

又过了一个礼拜，传来了红旗煤矿刘矿长被公安局逮捕的消息。原来拈花惹草、吃拿卡要已不足以填饱刘矿长日益膨胀的欲念，他要趁自己手上还抓着的权力，像枯水渔季来临那样，布个大网、捞一网大鱼才收场。按他自己的说法，"老年人辛苦了一辈子，光却都让年轻人给全沾了，那不行！"结果晚节不保。涉嫌偷盗、欺骗等罪名遭逮捕的蒋光荣供出了他。这个刘矿长是鱼儿没有网着，却把自己兜了进去。事情发展至此，白鸡洞

蜉蝣

煤矿已深陷其中，成了冤大头。

　　首先是公安过来调查白鸡洞煤矿是否参与侵占国家资源行为。一旦罪名成立，将涉嫌刑事犯罪。马车右闻讯，连夜赶到县公安局马副局长家，两事并成一事说，把费建业贩毒与己无关和蒋光荣偷采国家资源是其个人行为的事情原原本本跟马副局长说了。

　　"我早说了，做正经生意，赚良心钱。违规必罚，违法必究。你必须一五一十地向有关部门说明白事情的来龙去脉。自己做错了，就要承担后果，这是一个男人应该的担当。我可以保你，但是你一定要明白喽，是在不触犯法律、不违规违纪、维护法律尊严和公正的原则下的保护。"这是马车右找到马副局长现已是县政法委书记给他的回答。

　　第二天，国土部门又来了，确认白鸡洞煤矿涉嫌越界开采，事实成立。通过现场勘测，越界开采量达两万多吨。处罚金额是越界开采金额的两倍。白鸡洞煤矿财务账户被冻结、煤场的余煤被封存。不到一个礼拜，矿上就损失了达近一百八十万。罚款那天，一下划拉走那么多钱，财务室的刘茹娥捂住脸哭了起来。"怎么就遇上一个这样背时倒灶的丧门星！捡到芝麻丢了西瓜！"她哭喊道。这还不算，接下来对这个出了问题的矿山，政府各个部分都像是统一行动似的：安监局过来查安全，几十上百项，十分钟不到便现场下达了停产安全整改通知书；煤炭局、乡镇府、企业办、环保局、电力局，最后连村委会也都紧跟而上，各尽其能、各司其职，把个白鸡洞煤矿是彻彻底底地给整顿了一番。马车右看到这份虽不是千辛万苦但也是绞尽脑汁换来的财富被一纸划走，心疼到了极点。

　　足足有仨月时间，马车右带领公司大部分人员都忙碌其中。他让大家相信，能从困境中走出来，但是，矿还是因此被关停了。封条贴在主井口十字架上，不通过安监、公安、消防、煤炭部分的层层达标验收，不得复工！马车右对费建业的一个错误预判和与蒋光荣协议中的一个失误，给自己和公司带来灭顶之灾。直到半年后，白鸡洞煤矿总算是冲关过卡通过了复工验收。脱了一层皮、削了一身肉，抽筋折骨的马车右总算是渡过了这个难关、迈过了这道坎。但是，不管冶炼厂还是煤矿，从此元气大伤，要恢复过来，似乎成了一件遥不可及的梦。

如果说以上是下坡路开始的话，那么，接下来发生的不仅仅是财富损失的延宕，不啻为灵魂的一次殇葬。

刚刚花了三十万收购过来的十条耒水船厂的旧船，一字排开地停在船坞里。船已全部修复好，也重新打磨抛光上了桐油。在遮天蔽日的樟树冠荫的光漏下，乌光锃亮。那种壮观，让马车右心神俱荡，他信了耒水上的一个老风水大师的话，单等择吉日剪彩开航。马车右眯着眼睛得意地看着，心里面盘算，不出半年，他马车右将颐指气使于耒水河上，他所受到的损失会很快得到挽回。这多多少少给了他一些安慰。但是人算不如天算，一夜之间，上下两县决定在耒水河上各建一座水电站，耒水将会被截断成三节，一切商用船只瞬间化为废品。马车右重开水路的美梦还没启航便夭折了。断流那天，乌云像黑色的巨浪舀来，在形成浪形的镂空下，是耒水两岸人们在举手欢庆。他们挥舞着锅盆水桶、鱼篓网兜，奔走相告、前呼后拥。从城里通往河谷的各个胡同里，一条、两条、三条，无数条由人群组成的蚁群队伍直奔耒水，穿梭在黑云压顶之中。场面疯了。

那条在马车右眼里一直绵延天边的耒水断流了。耒水在羞涩中坦露出来了她千百年来从未示人的胸怀。

河殇那天，马车右也参与其中。他倒不是去发河难财的，也没有那种凑热闹的嗜好，他受童年被耒水水鬼无数个恐吓之夜的记忆驱使，他就是想去看看，水落石出后无处遁形的水鬼究竟长得什么样？

坦露的河谷像大地被天执巨斧挥劈过后留下的一道骨肉爆裂的砍伤，其状悲凉；左右两岸簇新的水泽线，挂着风干后留下的龟裂状泥纹，其景哀怨。在河床现底的最后一刻，马车右在人群簇拥下，冲进了河床。这个时候的河床已是千疮百孔，像天上掉下来砸碎了的一面支离破碎的水银镜面，镜面上是无以计数的银色闪光，马车右看得清楚，那是鱼的白肚。人们蜂拥至此，疯狂地享受着这一生中都未曾有过的鱼虾盛宴。恨不得撑死。马车右来到一尊浣衣妇的捶衣石旁，那里有一汪小小的水洼。他看得清楚，虾慌蟹乱的水面上漂浮着聚以成亿的黑芝麻点——那是鱼的嘴巴，它们正在作最后的垂死挣扎。马车右蹲了下来，把手伸进水洼中，他感觉到了来自无数小鱼头的触碰，那些鱼儿求生的企盼和无助的挣扎，像一道电流顿时贯穿了身心。那一刻他惊跳了起来，一连倒退几步。他恐怖地有些不知所措地看着那些拼命冒出水面的黑口牲牲的小生命，眼泪汪汪。就在这时，不知为什么，记忆中最早最早的一个画面出现在了他的面前：那是五奶端着坐在潲盆里的他正往母马肚下塞进去的景象，他看见那巨大的沉甸甸的府绸般滚烫的无比亲切的马的乳房展现在他眼前，于是，心中陡然产生一种想亲吻这块裸滩的冲动，并抑制不住。"妈妈噢！……"他喊了一声，"轰"地像倒枕木一样直愣愣地栽在了凼眼中，把头贴在沙床上。在水中的静默中，他感觉到了来自卵石底下的爬岩鳅密集地贴附在了他身体的各个部位。这种代有吸盘或者说是翅膀的只有拇指大小的鳅，像千万个指肚，更像母亲温柔的唇，轻轻地滑过他的周身……马车右觉得这种感觉如同依偎在母亲的怀抱般——不，就是母亲的怀抱。于是，一如当年十五岁生日的那个午后把脸颊扑进西女胸脯上一样，一种遗忘干净了的亲情感从久远记忆深处涌出渗透至他的全身。他再一次看到了记忆中最早的母亲的样子——所不同的是这是一种在刑僇中苦乐般的温柔。世界在这一瞬之间像划过一道银色的光弧，马车右在这道光弧中忘却了自己，他的灵魂在出窍过程中犹如一只黑色的蝙蝠从水面上腾空而起，而他的躯壳则像折翅的大鸟一样随之被无形之绳牵扯着，风筝般飘扬了起来。

河床上拾鱼的人恰如一群群黑压压的秃鹫，待一处啄光噬尽后又兴冲冲地奔向另一处。有人惊讶地发现从水中冒出一个人形的东西来。只见那东西挥舞着蓬乱的头颅，头颅上沾满了水草，他额头鼻梁爬满了一条条虎斑纹爬岩鳅，浑身披挂着青苔，并从喉咙里发出一种深山老林里猿一样的尖厉短促的啼叫声后，便号啕着手舞足蹈地狂奔了起来：

"啊呀嘞啊——！"

于是乎人群惊呼起来："水鬼上岸啦！"在最初的几分钟，披着一身绿苔奔跑的马车右所到之处，惊慌的人群像粪堆上聚拢的苍蝇被扔去的一块石头吓得四处逃散一样，但当他们发现那只不过是耒水上又多了一个疯子时，唾弃中便又围拢成一团了。人们无意去关心这个世界有没有鬼抑或是又多了个疯子，他们谁也不愿意错过这千年难逢一遇的饕餮大餐。

一直到摸黑人群都不舍得离去。耒水上空殷红如血，血红中有一峰状的白云，白云中有一圈刺蓝，像眼睛默默在垂视着人间。

包裹着头的马车右第二天出现在青龙公司大门口时，全公司的人正在门口谈论着昨天在河里捕到的那条八百斤的鱼王，一见马车右到，都捂嘴屏息相视抿笑。是那种只能意会不能言传的笑，隐喻着他昨天在耒水河上出的那个大洋相！"……毁了！"大家不知道他在胡说什么。从那天起，马车右便频显颓废，鼻梁两侧现出两道像斧头砍出的皱褶来，凶狠而冷漠，苍凉中含着忧伤。

从此以后，阴云如影随形地笼罩着他。他对"朝政"再无兴趣，他把自己关在马村煤坪西北角搭建的类似牢笼实为瞭望火情的独脚竹棚里，像病狼一样睁着眼望着窗外——那是一个漫长的雨季。细雨如丝。马善民的老婆每天用塑料袋罩着饭篮给他送两餐饭。在近一个月逃避现实、心无旁骛和自省自责的生活中寻找重生的支点。似乎是没有找到，但"玉子就是我的妻，裁缝铺就是我的家"这一点倒是坚定了。冬至那天，带着梦醒般的冷峻神情出来了，曾经那股攫取财富的激情猛然消退了。

苍白的脸，疲惫的身子，晦涩的眼睛，他像一条大病初愈的狼一般弓着身子。在穿过煤坪中央的那一刻，全景象的黑，陡然使他一个趔趄，那是一种眩晕和空盲感。一切记忆像刹那间被抹去就一个空壳。待它重新充实时，已物是人非。

接下来他给自己安排的第一件事就是去裁缝铺——尽管这已是个迟到了多年的等待。

雾雨携着细雪，落地即化。湘南的雪年年都这样：受地面上升的热潮气温影响，大部分细雪在着地之前就化为了雨水，没化的一沾在湿漉漉的地面后，便也在悄无声息中无影无踪了；只有那些落在瓦檐上、蓬架子上、青菜叶子上、煤堆上，总之那些当风口的地方，雪亮了起来，在阳光中闪耀着带有紫色圈的光芒；它们东一小块、西一小块，斑斑点点、闪闪烁烁，就像一块破布上的窟窿洞正往外撸出一管管糯米花。

马车右原本想携重礼登门，但却碍于不知深浅，一时拿不定主意。光着手站在门前时，脸已被雨雪打湿，一滴白水珠挂在他鹰钩鼻尖上，晃出七颜六色，然后滴在嘴唇上。那嘴唇像一弯焊缝。没有犹豫，他手指扣在了门环上。他拍了拍8字形铁门栓，立候着。一只骨骼清瘦的手伸出来把住门边。这手是那种没有做过重活但却精巧别致到堪比天下任何能工巧匠之手。手将门拉开了一条缝。或许是老眼昏花，或许马车右身材太高，门缝里的两只老眼往外瞄了瞄后，大概觉得没人，门又给合上了。板门上斜飘了一些溶化了的细雪印，如同蘸了黄铜水的毛笔在门板上画上的道道。马车右蹭蹭脚泥，推开了门。

铺里光线昏暗，光亮从靠河边老旧的沾满了死苍蝇的玻璃上射进来，屋里中央那座用半截油箍做的散煤灶正往外蹿着绿火苗。马车右推开门进来时，老裁缝一手提着个铁灰箕，一手拿着把火钳，正在给灶添煤。老裁缝已大不如前：脸像发了霉点的一张尿干的白纸，眼窝也塌陷了下去，双眼袋成了两咕噜浸有紫色痕迹、被吸空了的皮囊；佝偻着背，头戴一顶灰毛线织的圆顶帽子。老裁缝干着自己的活，并不曾发现有外人进来。马车右正待上前，却突然发现不知用什么称呼来唤老人，哽住了。老裁缝这才发现屋里有人，他用衰老得像树皮缝一样的眼睛瞎糊糊地看着马车右。

"做衣裳呀？"他问，手摸索着从衣兜里去掏烟荷包或者是软尺什么的，"是自己做呢？还是给小孩做？这就快过年啦，小孩子又要穿新衣裳啦……还来得及……来得及的。我这里可没什么时尚面料，若是你自己做或者给堂客做，那可要自己去城里扯布来，我这里呀，只有些给老人和孩子做的便宜货。天冷……外面是下雪了吧？老话说：下雪天——送人天！又不知哪些老不死的要到阎王那去报到喽。……来来，挨火边拢点，别冻着了……我给你沏杯茶……"

马车右还没来得及阻止，老人已经晃晃悠悠站了起来。他从裁衣台板上拿来一个里面全是黑茶垢的陶罐，将灶上壶里熬沸的茶倒进陶罐后又沏在茶碗里，端给马车右。"黄泥巴埋到脖子上的人了，眼浑啊，原来是个后生哩。来来，喝茶，好茶哩，马村黄竹岭的茶，已在火上蹲了一夜了……"

"老伯……我不做衣裳，我是玉子的男朋友。"马车右终于开口。

"啊？谁？玉子——我女儿的男朋友？"老裁缝眯缝的眼睛通电似的睁大了起来，像触碰到了最不该触碰的地方，那样子像杀猪的屠夫下刀时被喷了一脸的血。他老眼中的目光不再浑浊，炯炯发光。马车右看见他的手开始在身上摸索着什么，然后头偏向旁边看，迅速地把灶边竖立的火钳攥在了手里。

"你就是那个害了我女儿的二流子？水老倌、地痞流氓？你终于是露面啦！我打死你——"老裁缝将手中秀小的铜火钳高高举起，朝马车右的头砸去。马车右怕闪着老人，急速地将身子挨近老人，手抓住落下来的火钳，嘴里匆匆地说："大伯，听我说……"可老裁缝心里的仇恨积得太深，哪里得听，便从藤椅上一蹭就倒将到了马车右身上，又是撕扯又是打。马车右只好护着脸，身上任老人捶打。

"你不是个好人，别人都这么说的，滚吧！"老裁缝自知不能过度伤感，对眼前这类青年亦无办法，做了一辈子老实人的裁缝，也只得松开手，倒在藤椅上。

马车右被赶了出来，他下台阶的时候崴了一下脚。外面细雪正密，风呼呼地带着雪花儿，即刻间，雪绒便飘满了他一身。"地痞流氓。"他还是第一次从外人嘴里听到对自己的如此评价。没有能够如愿地求得老人谅解，也没有能够见到玉子，马车右灰心到了极点。他六神无主地站在街口用大手掌抹着脸上的雪。

等愁眉苦脸的马车右回到青龙公司时，已经是上午十一点了。雪稍停，天空盲白，破碎的阳光照在大地上。等他等得已经不耐烦的马五斤正要准备走，他却来了。马车右像个醉汉似的一路歪斜地走来，走到大门口时一跟跄，肩膀撞在铁门上，门栏上的积雪便掉落下来，正好砸着他头顶，他掸也不掸，像一个代着白帽子的老头儿走进了公司大院。"又是哪根筋不对劲了，看样子这次跌得不轻啊，要不像他这种好斗的红眼牛怎么会漏出这等窝囊相来！"马五斤心想，拿眼一直看着马车右，心里有种莫名的痛快。

看到熊包马车右一步步走上楼来，马五斤咧嘴笑着，赶紧闪往一边给他让路。跟在他后面进了办公室。

"怎么啦，谁那么大的胆子招惹了我们当今正红的马总了？"马五斤跟在后面问道。马车右也不搭腔，往椅子上一倒，死猪一样叉开两脚，双手抱着后脑勺，眼望天花板。

"被赶出来了！哼哼，'地痞流氓、水老倌'哈哈……原来这样，哎，五斤啊，你说说，我们是地痞流氓、水老倌吗？"

"很像。"马五斤说，在马车右对面坐下。

"啊？你也这么看，难怪外面这样说了。坏人，坏人谁还相信。不怪他，不怪他啊！"马车右接着仰天长叹一声，斜咧嘴，脸抽搐。

"不怪谁呀？"

"裁缝铺的老伯。"

"唔哦，那个老裁缝呀！他怎么就成了你的老伯了？你去找他女儿啦？

不会吧，听说他女儿考上女兵又被退了回来，说是不知被哪个缺德鬼把她的肚子给搞大了。那家伙你说是不是地痞流氓？结果害得部队上不要她啦，把别人给气的，回来就疯了。多好的一个姑娘啊！一辈子的前程就毁在一个流氓的裤裆下！现在好啰，整天迷迷糊糊，被老裁缝关在阁楼上。怎么，关你什么事了？你去找她，莫不是你就是那个缺德鬼？不会吧，若真是的，那可不是地痞流氓，比地痞流氓还坏百倍呢……"

虽说马车右没跟五斤说过自己与裁缝女儿的事情，但马五斤肯定知道这事的。马五斤与马车右的关系，摆在桌面上是朋友加兄弟，且连着宗，但是，一涉及女人，便有了仇人相见分外眼红的感觉了。马五斤一听是裁缝女儿那事，便上了火，张口就来了盘让马车右苦口难咽的菜。马车右能放得下，他马五斤却放不开。两人为了西女产生的这份怨结，马五斤远深于马车右。马五斤是被动者，是输家，是冤大头，他的这种心结谁也无法解开，更不能放在台面上。他对同村同宗的这个马车右有着非常复杂的感情。爱不是，恨不得，离不开，走不了。所以，在这种复杂感情作祟下，他今天一反常态，口带嘲讽心有怨恨地说了那些，就是要气气马车右，解解自己心里这无法宣泄的无名火。

一听马五斤说这话，马车右"唰"地从椅子上跳了起来，他倾身向前，怒视着一脸畅快笑容的马五斤，说道："你这是在说谁呢？"

"说的就是那个害了裁缝铺小姑娘的那个狗男人呀！怎么，你知道那个人？那个弄大了别人肚子却不敢站出来的人？哼！这种人啊，做这种没屁眼的事，真让人恶心。"马五斤看着马车右的眼睛——他就想从他眼睛里面掏出来那种被别人剜心时的痛楚来。"那才让人痛快呢！"马五斤高兴地想到，并从眼睛里向马车右射去挑衅的、无所畏惧的藐视。一看到马五斤那种来势汹汹的相，被骂得心了虚的马车右心里蹿得老高的火一下子便蔫巴了。"好家伙，今个儿算是接上火了，他这是想找事呀！老子偏不跟你抬杠。"想到这儿，马车右轰地一下刚站起来的身子又倒进了椅子中。

"你来有什么事？有事说事。"马车右抬手指着马五斤无不烦躁地说道。他现在不想看见他，他想催促马五斤快点离开。

"你今天不大对头啊，兄弟，一副要杀人煮肉吃的相。"

"有事说事嘛。"马车右蹙起眉头叫了起来。

"我来当然是有事的。"马五斤从椅子上站了起来，双手很那么有点自鸣得意地掸了掸衣服，看也不看一眼马车右，说道："我呢，嗯哼……过两天就得去广西矿上，这次准备把西女和恺恺一起都带过去，孩子现在调皮了，像种！"他把"像种"这两个字说得特重，"得管教管教了，要不长大了又是一个飞天蜈蚣。要带的东西满多的，所以，这次得让王猛子开公司的车送过去。今日过来跟你说一声，明后天就走。"马五斤一说完便转身，那架势就要出去，口气是不容推脱的。

"西女"两个字从马五斤嘴里一说出来，马车右的头发便耸立了起来。与西女的关系两人现在虽都已心知肚明，但谁也没挑破。至于那孩子，马车右当然不知道是自己的，而马五斤更不会言明。马车右面前浮现出了那天晚上西女拒绝他时那种坚定的目光。毫无疑问，她倒向了他。马车右觉得与这个引他入彀的女人的关系是彻底的完了——这不仅仅是马五斤加塞，其实更多的是来自玉子那灵与肉完美的结合给他的最佳归属感。他从来就认为与西女的经历不过是一场撩人而短暂的游戏，幕已在那天晚上垂下。一切都不可再来，他也不想再来。"她归他了！死罗锅！驼背佬！"马车右于是心里说道，心也就镇静了下来，他转而用一种内容丰富、等待已久的目光安静地看着马五斤，目光中竟然现出一种长者的慈祥。这让马五斤大为光火。

"哦，原来如此。你现在是天天歌舞升平，抱得美人归啊……好！没问题。我能否请求你们再推迟几天？"马车右口气忽然缓和地说道，并目光妥协地看着马五斤，"我明天要去趟长沙，我去找她姐姐谈谈。你也别怨我，我如何不想做个好人，我头上戴个'地痞流氓'的帽子，那你也好不到哪去。就这样吧，公司没人，伍乃子又带着大瓶子到山东去了，你照看一下公司吧。"

从来就喜欢硬碰硬的马车右反倒和颜悦色，马五斤心里倒有了些失望。"这小子什么时候变了？"这个和尚脸豆腐心的男人，尽管心里窝火，但脸怎么也沉不下来，即便那脸紫得像块猪肝。"老子借卵生崽，如今是他儿子的爹了！"他在心里蹦出来这个想法，心一软，"嗯哦"了一声算是答应了。两人竟然相视中又笑了起来。

倚靠在阳台上，看着残雪飘飞，看着驼背的马五斤在飞雪中一跛一瘸的令人怜悯的背影，马车右心里忽地就产生出一股控制不住的内疚来……那种狂野的性情似乎在渐渐地远离自己。他又短暂地想了想西女，然后告诫自己：为了五斤，一切都已过去了，一切必须过去。

蜉
蝣

十六

　　把那个还没来得及看清模样的后生轰出门后，老裁缝心跌落到了冰点。他无法将跌落的心收拾起来，心被镂空，像丝尽的蚕，累到了极点。他蹒跚着向前闩上门。

　　石灰疙瘩包围着的窗户，雪光透过毛玻璃，无力地照在铺子内的左侧，地灶的火苗像从窟窿洞里蹿出的绿舌头将铺子内的右侧照亮，使得屋角像个暗黄的暖龛。铺里冷暖相交，形成两片光区。那些飞舞着的裁缝铺特有的纤维尘丝，徜徉在光区中。老裁缝像一团泡了水的软麻袋擩在藤椅里，半睁半阖的眼睛看着炉火发呆。已经烧开了三遍的那只铜嘴茶壶，又开始往外潜水了，并发出"嗞嗞"的催促声。老裁缝无动于衷，他直愣愣地看着，似乎特意要感受这水与火相残的潜唏声，用这种声音来抵消自己伤口上的痛，从他物的痛感中寻找、得到内心的解脱和快感。

　　女儿回来已经几年了，这几年的每一天、每一时、每一刻，他都在爱、疼、恨的交织中浸泡着，浮不出来。女儿成了他生命存在的全部意义。女儿的沉凝、女儿的乖张、女儿的缄默、女儿的滞钝、女儿的低眉垂目、女儿眼睛朝天空遨游的苍鹰相眺时的一瞅以及朝河湾白鹭飞过时的惊鸿一瞥，甚至于半夜里的梦中呢喃，每一细微之处，都牵动着老裁缝的心。他在她

355

的一举一动中，痛与爱地生活着。

马车右来过后的第二天，雪停了，地温降至冰点，屋檐上已挂了瘦细的冰凌，原起伏不平的石板路换成花岗石地板后，便像了一张张整齐的拼画板，画板上冰洼散列。伍市已不是当年的那个伍市，鸡笼式全铝合金门窗的街道，有了它的新名称："小康街"——但大家都叫它"豆腐街"。这街在向社会贡献力量远超原气数已尽的杂货市场的同时，又荼毒了无数个家庭。原街所剩下的零星残余只有马车右在开发过程中私留下来的裁缝铺那幢木板房了，它在格格不入中尽显凄怜。这条夜间灯红酒绿下闪现着诡秘人影的街巷，白天却是孩子们的天地。冯巷口有一个男孩子从水缸取出一块薄冰，对着太阳，当薄冰被太阳晒到溶出一个孔来时，他便发出一阵欢天喜地的尖叫。有三两个小女孩则在跳橡皮筋，伍市灌满了她们童稚的歌声："抬的抬闹的闹，新娘子下轿放鞭炮；哭的哭笑的笑，新娘子就要怀毛毛……"石桥上则另有一群小男孩倚在白玉石栏杆上朝着女孩们挑衅地唱道："缺牙齿，耙猪屎，耙一升，讨营生，耙一斗，好煮酒，耙得不好跌跟头……"阳光雨漏下的伍市一片童欢。女儿玉子从阁楼上悄无声响地走了下来，在父亲身边蹲下，目光呆滞地望着呼啦啦的火苗，伸出双手烤火。她那双大支开的十个细长圆润的手指，在火光映照下，透着血玉一般的红潮。老裁缝用自己拿了几十年裁剪的那双老手握住女儿手，看着她，深情地低语道："玉啊！爸爸老咧，爸爸也有累也有伤感也有支不住的时候，当爸爸对自己的生命都无力呵护时，孩子啊，爸爸就再也管不了你了。你得醒过来，你得会自己做饭、洗衣、夜晚闩门啊……"

裹着冰溜的苏铁蕨在天井壁上倏然断落，"叭"的声响，在宁静的冬夜是如此的清脆而单调。

夜里，瑟缩在火旁藤椅里的老裁缝迷迷糊糊进入了半梦之中……

当落日像一个红色的纸贴飘飘荡荡，或者像一个紫色的气球跳跳跃跃地落到耒水的水面上时，在外玩累了的玉子就会跑回门店里来，站在他身

356

后，小手扯一下他的裤腿缝，"爹爹（牙牙音），我想吃东西！"于是他就会弯下腰来，把她抱起，放在裁衣的大案板上，问："娇娇，想吃什么啦？"大多的时候，女儿是要三分钱买支冰棍或者五分钱买个糖包子。当唐裁缝看到女儿遁出门时小小的羊角辫晃啊晃时，十有八九他会憧憬起一段女儿长大后或是上学，或是工作，或是背起背包远行，而最多的是她新婚宴尔的样子来。不需要理由，自己的女儿就是这世上最美丽、最让他牵挂的女人。这种幸福的向往会让一天很快过去。

"爸爸，看！我的军装！"那天，天空真是美啊，像挂满了一天空的黄金疙瘩，满屋子里全是金晃晃的霞光。长了那么大，也只是在她穿上军装时的那一瞬间才发现她懂事了。她第一次那样野蛮地抱着父亲深深地亲吻了一下。

后来，老裁缝便完全进入了梦乡……

伍市的街景像老家小时候走日本鬼子时飞机放炸弹那样，到处断壁残垣、满目疮痍。"娇——娇——！满——女——！"乱纷纷中女儿竟然跑出去了……他找啊……找啊！心急得要跳出来，嘴巴里直往外冒绿水。长褂子也被自己蹬踩掉了。找遍了伍市所有的店铺，没有女儿的影子。在穿过茶油榨坊边的高墙危巷时，前面倏现一堵横墙来，墙角下全都长满了紫红色的草仔花儿。梦中的老裁缝感到奇怪，这是条通巷，什么时候变成蒙屁股啦？他发现青砖巷壁中嵌有一条木门，门框已经腐烂，门却在，悬着，摇摇晃晃，将倒不倒。一只乌鸦侧着头看着他，没有要飞走的恐惧。他蹑脚走过去，轻推开门，就在这时，回头间看到了阎王，阎王是个尖头黑脸，在后面推了他一把，里面一片红色，似乎听见了女儿的呼叫，他便一头扎了进去，热啊！热得脸都麻痹了、热得不知道痛了……

老裁缝在停雪的那个晚上先是摔了一跤，半夜起来后坐在火旁边一直打着盹，天亮后第一缕阳光从窗板缝里钻进铺子里时，他在梦中一头栽进炉火里烧死了。店铺中的一切陈列在那一刻永远地静止了下来，只有那一缕阳光中的布屑纤尘仍在恣意地飞舞。

老裁缝死的第二天，当从长沙回来的马车右前脚到青龙公司，玉子的姐姐、姐夫后脚就跟了进来。这次去省城长沙，马车右如愿地见到了玉子的大姐，在向她忏悔了自己的过错，并愿意承担今后对玉子的责任后，得到了大姐的谅解，并也谈好了让马车右带玉子去广州再次治疗。本来马车右准备一回到公司，将工作稍做安排便立即带玉子启程，哪想刚进门衣还没脱，玉子的大姐、大姐夫就到了。告知老父亲去世了。马车右当即决定，以女婿的身份全力以赴组织好老岳父的丧事，并承担一切费用。

送走大姐、大姐夫，马车右打电话让吃那碗饭（白喜事）的祝平过来，并把赵保刚也叫了来。由赵保刚牵线，从矿上一个百岁老人那里购来一副寿料。这是矿区最贵的一副寿料，小叶楠木。据说是民国时期凤凰煤业公司（红旗煤矿的前身）总经理留下给自己用的。马车右当即请来专打寿料的老木匠，开夜工加班加点，当天便打制成了一副好棺盖。棺周比一般的棺柩大一圈不说，光翘首就比一般的高八寸，且角度巍峨。打满桐油涂上三遍生漆后，漆皮乌亮、威武雄霸，其势不可挡。

"事情都摆在这儿了，抬棺的队伍和司仪、乐队这两摊子事就全部交给你了。只准办好，搞砸了我不饶你。"马车右对祝平说。祝平原本就是干这个行当的，做了几年的歌郎，唱了几年的夜歌子，也替丧家孝子贤孙哭过灵喊过魂。这些对他来讲本是轻车熟路。

"规模搞多大？过去有些东西现在又时兴起来了，按照哪套搞法？这些你都要给我交代清楚。另外还要给我配上两个帮手。"祝平认真地问道。既然私下里已经口口声声喊道是在为岳父大人办丧事，那么，也就是他马车右自己的事了，祝平岂敢不尽情尽力。

"按旧俗。白事不讲究地方，丧宴那天，餐席把所有伍市街全排满。费用记在我的名下，你只管拿单子报账。人嘛，要几个配几个，车也配上。"

说完，把脸转向赵保刚，"赵总这边我想请你带上人立马就上'八居会'。那是矿区公墓，找块墓地，让她大姐看好后就将坟坑掘好——矿上有专门挖坟眼的，让他们做吧。他们理手，懂风俗，连带着铲条路出来……哦，记住，墓地离费家的远点——那家伙是条毒蛇，是'困草黄'（五步蛇），挨近不得。这还剩下几天就要过年了，大家都开始张灯结彩图喜庆呢，我们就停灵三天——他把头又扭向祝平——听清楚了？就三天。该进场的，今天都要进场。"

马车右将眼前急于要办的事安排妥后就赶去伍市了。伍市街坊四邻早已架起了场伙。插满纸质花朵的松枝竹片搭就的灵堂就设在裁缝铺门前的街中央。黑幔白幡为主色调的灵堂内外：挽幛低垂，唁幅高悬，魂幡招扬。

下午三时，老裁缝的四个女儿都到齐后，来到棺前见最后一面。马车右听说老裁缝生前只好抿一口小酒，于是拿来两瓶铁盖茅台置于衾裯两侧。明器落实后，升炮、奏乐、嗣孙就位、鞠躬、跪拜、哭别，打入棺钉入殓封棺了。漆黑油亮的棺材架在两条漆红的条凳上，当头贴了个"寿"字，棺盖上蚕卧着个纸制的大狮子。狮子张开血盆大口，口含银珠，翻皮大眼迎风摇曳。老人的碳素画遗像就放在棺材头前的一张小木椅上，在燃烧冥钱的火光照耀下和檀香烟的缭绕中，老裁缝时而就像电视里面的黑白影像一样，在那活生生地似笑非笑、似悲非悲地看着他的女儿们。

着黑衣道袍的司仪倌手执拂掸从入殓封棺伊始开始主持着祭奠仪式。按照马车右的要求遵旧俗：一，开灵设奠；二，告灵；三，家奠仪式；四，客奠仪式；五，宰牲仪式；六，孝媳点茶仪式（可怜老裁缝没生有儿子，这项免了）；七，侑食；八，饮福受胙；九，辞祖；十，辞灵文；十一，告利成；十二，扫堂；……遵循这些一一做来，从入殓开始，灵堂内外便时而爆竹轰鸣，时而鼓乐喧天；熙来攘往的人群把个伍市街口围了个水泄不通。

自从那年夏季征兵，到今六年了马车右还没有看到过玉子一眼。未曾

359

料想再次相见时，却是在老裁缝的丧礼上。入殓时，披重孝的玉子才从里屋挽着出来。她与几个姐姐趴扶在还未盖棺的灵柩前，见父亲最后一眼。玉子比姐姐们都高出一头，孝布从头一直拖到脚跟下，如同一只白头翁一样一动不动地伫立在枝头密匝的白桦林中。在司仪吆喝开始封棺铆钉时，都未能给父亲送终的姐姐们悲哀、内疚地呼号起来，而她却只是低声啜泣。尽管孝布和长发蓬乱遮掩住了她的额头和鬓角，远远站着的马车右还是清晰地看清楚了她饱满充盈的脸盘：

她脸色惨白，泪迹斑斑，小翘的鼻尖上有一滴泪珠；低垂的睫毛像一弯黑帘覆盖在目光呆滞、神情漠然的大眼睛上；当年无数次打动着马车右的那青春洋溢、无畏无知、不识悲愁的中学少女面容，已在她脸上荡然无存，替代的是蒙上了一层忧郁的成熟女子的素雅面庞。在马车右看来，她的美丽不失当年，甚至更能让马车右怦然心动。那种冲动下铸就的错误由而生出来的情感和歉疚，已经像锻在一起的铁链，把他与她锁链在了一起——最起码如今的马车右是这样想的。

玉子凄美得让人心疼，令极想上前挽扶却畏惧不前的马车右肝肠欲断。"我是她心中的魔。"他这样想到，甚至从原地再退后了几步，在一个墙柱边靠定下来。他的出现，让四周一阵耳语。有两个穿土布衣的妇人站在人群中交头接耳。嘈杂声太大，马车右听不清她们在说什么，但从她们偷看着自己、并快速比画的神情上来看，这俩妇人是在私下议论他人是非。马车右断定，她们是在议论自己，并且她们嫌恶的目光告诉他，肯定不是在说自己的什么好话。

是夜。爆竹鼓乐息。剩有低沉微量的哀乐还像蚊虫声一样从收录机里连续不断、翻来倒去的犹如一束扯不断的丝线般地奏鸣着，哀伤如泣。天空一片漆黑。从伍市黑洞一般的深巷里传来萧萧的风筒响，耒水的波涛则像天边滚动的闷雷。灵堂四周黑影重重。尽管几个打牌守夜的人还强作精神在吆喝，但在这巨大、空旷的夜空下显得是如此的单调而微弱。

待到玉子子时守灵时，马车右深吸了一口冬夜冷冽的寒气，向灵堂走去。他在玉子的对面静静地坐了下来。

"玉。"这是一声充满赎罪感的轻唤。

玉子目光稳定，端坐在小板凳上，右手叠在左手上，一动不动，像尊塑像。她是那样的沉静、肃穆，是那样的专心致志地注视着那盆燃烧冥钱的瓦钵，注视着冥钱化蝶后飘飞的样子。那些如同白蝴蝶的灰烬，薄而透明，夹着速燃的红丝。有几次，马车右看见玉子伸手向空中，窝着手心，做挽留状。她颤抖着的手，似乎是想阻止它们远去，却又怕触破了它们——那一片片飘飞着的蝶状灰烬，就是乃父的灵魂啊！

在玉子的目光中，此刻只有一个世界——父亲的世界：她仿佛看到父亲把她抱放在裁衣案板上时掰着糖包子塞进她嘴里的最初影像；她仿佛看到黑下里父亲搬出竹梯架在屋檐下从竹椽里掏出麻雀然后用布条拴住脚把绳头交给她时的喜悦脸庞；她仿佛看到六岁那年与隔壁六宝躲光光老鼠不小心摔倒在檐沟里下巴磕出血来时父亲眼睛噙满泪水的悲伤样子；她仿佛看到从省城医病回来的那个夜晚父亲佝偻的背影无数次对她的回望……

"我家后屋有条小木门，对着河，太阳落山时，河面上会有一片金色的闪光。我每每放学回家都是在河边玩了一阵子后从后门溜回家。许多许多次，我一当踏进金色的木门时，就看见坐在天井旁的廊道上早已等候着的爸爸在那看着我笑啊笑啊的……他的脸正对着霞光，他笑得有多甜啊……"

玉子说——像是在自语，又像是对马车右言。她沉凝的目光，在冥钱的灰飞中飘落。

这是那年入伍前夜至今过去多年后再次听到玉子说话声。没想到当年夜莺般的欢乐之声此刻却是如此的悲凉。让马车右首次感受到了玉子情感的细微之处，那是过去在玉子身上不曾看到过的。当飞灰消失在黑夜里后，她嘴弯处会有一缕淡淡的悲伤透出，于是，她又添加冥钱，期待的目光再

十六

361

次聚焦在茫空中。她就这样周而复始，让马车右看出泪来。

"玉！"马车右又轻唤了一声，把脸斜着凑上去，"我是你的驴子哥！"

玉子仍然没有从她沉浸中的那个世界回来。于是马车右伸出双手握住她垂落在火旁的那只拈着一张冥钱的纤细的润浸着血色的手，把它捂在掌心。这时，玉子才有所触动地慢慢将头抬起。她木讷地看着马车右，散乱的目光犹有触动地在马车右脸上凝聚了片刻，咬咬嘴唇，然后又暗淡了下去。良久，当马车右从火光中看到她沾了些灰烬的睫毛下线条清秀的眼角缓慢流出来一滴滚动着火光和紫烟的泪水时，心一下子揪紧了。他从她泪光中看到，她知道了眼前的他是谁，她知道了是谁来了。在短暂的相视无语后，玉子又垂下了头，蓬乱的长发从额头上瀑布般甩落了下来。她一张一张地机械地快速地往火中放着冥钱，整个身子在孝布的捆裹中，像寒冷的冰凌丛中瑟缩的一只小鸟那样蜷曲着。马车右绕过去，挨着她坐下，大手巴子轻轻地放在她的背脊上抚摩着。他说：

"哥错了！哥对不起你了！玉子……你是没有休息好，你什么事也没有。等把你爸的事办好喽，哥就带你去广州，我们到广州去玩……再看看医生，回来……不嫌哥的话，我们就结婚，你要怎么办就怎么办，你要买什么就买什么，总之，搞得热热闹闹的，好不？从今以后，你的驴子哥天天陪着你……你不是让我教你游泳吗？夏天就去！还到那个地方——沙滩上……在小船下面……"

马车右不停地讲。想到自己曾让这个纯洁无瑕的灵魂蒙上灰尘，从此坠入如此境地，他耐心好到了极点。他把每一个字都讲得柔和清晰。有几次，他把她的头扶过来靠在自己的肩膀上，他嗅着她头上的曾经熟悉的皂洗过的发香。把她耷拉在眉梢的散发撩到耳根后，看着她耳根的茸发和她被火映照得粉润的小耳唇。他那细眯的眼睛从未如此温柔深情地看过一个女人。

"如果你愿意，我们就生个儿子，两个也行；如果你愿意，我们就把这门店改成欧式洋楼，砌个大阳台，整日看着未水；如果你愿意，我们可以到全国任何一个地方去旅行；如果你愿意，就像我们刚认识时那样，让我驮着你，我愿意一直驮着，直到腿脚走断；我还愿意上天给你摘星星——当然，那是做不到的，我这样说，是表达我的心情是这样子的……"

这天晚上，马车右像一个游说女人嫁人的老媒婆一样，断断续续、唧哩呱啦一直低声絮语地呢喃到黎明的曙光在层层叠叠的山际线上露出第一抹紫绿色的云霞为止。

第二天做道场，焚香烧纸、打鼓闹丧，孝子绕棺跪拜，为亡魂超度。二弦手、胡琴师、板胡家、鼓匠、钹角等，齐聚灵堂，典着将军肚的唢呐汉立于灵幡之下。灵堂前的地面画上八卦诸象图和天干地支表。从卯正时开始，鼓点一开，伍市的寂静便被这升起的鼓乐声打破。之后歌郎祝平出场了！从端始、开鼓、起歌、招亡魂、进门……在鼓点和一把破二胡拉出的嘶哑声引领下，祝平从灵堂后面冲出来，他在棺材前站了一下，然后一仰头看着天，有一刻钟，他沉浸在有灵魂升天时向他摇手招呼的默契中。等他调整好状态后，尖细的歌声便通过麦克风回响在伍市街头巷尾。马车右与赵保刚他们吃了早点回来时，祝平已唱"招亡魂"一节了。他唱得很起劲、很入神：

· 十六 ·

　……

　　一魂引在阎罗殿，二魂引在庙门前；

　　三魂渺渺归阴府，七魄茫茫上天堂；

　　唯愿北方开大路，地狱门开放善人；

　　孝子随我身作揖，拜谢北方黑帝君；

　……

"这哥们哭哭啼啼唱的什么乱七八糟的玩意儿？"赖小毛滑稽地看看赵

保刚，说道。走在马车右旁边的赵保刚也是一笑，伸过手搭在赖小毛肩上，半是认真半是笑地说：

"这就是说假如你死了，你的灵魂还在，为了让你的灵魂不会像孤魂野鬼那样四处游荡，所以歌郎引领你去天堂。上天的路可不好走，阴曹地府处处是关卡，你得层层过关，首先就是青、赤、白、黑、黄五帝关。像唐裁缝这样的老实人，善人，通天之路就容易啦……呵呵，若是你'癞皮狗'，恐怕就难喽，怕是还没过第一关就被打进了十八层地狱了——嘿嘿，开个玩笑。信则有，不信则无，就一个风俗。"

"要把戏而已。"赖小毛说的这话与他啐出去的痰一起喷在地沟里。

"今天是些什么仪式？"马车右问赵保刚。

"今天主要是做道场。你可要心疼心疼你的那位美娘子噢！祝平唱多久，她们姊妹几个就要绕着棺材转多久，又是跪拜，又是转圈圈，不是把膝盖跪肿，就是把头给嗑破。如果有人想起老裁缝的好来，往里扔钱，那祝来还得更卖劲。你最好给主事的打个招呼，让她中途休息一下，要不就让祝平少唱几段，那就一个过程，否则，你的小娘子现在身体是虚的，累倒了，你心疼都心疼不过来。"

几句话把马车右说得头捣蒜，嘴里咂牙，心里唬啦地疼。赵保刚、赖小毛两人相视笑了起来。

追悼会设在这天的晚上。

傍晚时分，河里起了寒雾，层层叠叠卷起，由北逆流而上，越过码头的门楼，便向伍市鱼贯而来。这些雾丝在夜色的遮掩下，穿梭在街道的各个角落旮旯，并在那里滞留，形成浓重的潮湿气。于是，墙角、地皮、树蔸、菜地，以及人们穿的鞋袜都湿漉漉的，灵堂的篷布上感觉都被喷上了一层暗白的水珠。灵堂的一侧摆放着几根抬棺材的大杠子，漆了红的杠子上隐约地飘忽着星星点点的白磷光，祝平就坐在那些杠子上，用站在鬼神间看人间的目光看着大家——他在等待哭灵仪式开始。

晚七点七分，追悼会开始。司仪作完悼词后，小乐停，升大乐。霎时间，锣鼓喧天、管乐齐鸣，大地在那一刻有一种想哭的感觉。人们的心忽然地紧缩：哭灵开始了。

代为孝子[1]哭灵的祝平着一身黑装从灵堂内侧匍匐在棺材前，随着他一声凄怆的哭嚎声，鼓钹顿时屏息，哀乐奏响，祝平在这场丧事中的最后一项"哭灵别父"开始进入角色了。

呜呼——

爹爹呀，我的爹爹哎！

孩儿们来看您最后一面啦……呜呜……

明天，您老人家就要上路啦！永远不会回来啦……

儿女们不忍哟！

您老人家怎么能不吭一声就撒手走了呢？！

您用这种方式离开我们，

是在打儿女的脸、伤儿女的心啊！

娘去得早，您含辛茹苦将我们带大，流过多少汗，淌过多少泪；

您就是儿女们的天啊！

您就是儿女们的地哟！

您这么一走，您让我们想您了，可怎么办呀？

再也看不见女儿出门时您向我们挥手时那慈祥的笑脸……

再也享受不了您那温柔的手抚摸女儿们的脸颊的幸福……

您走啦！走到一个很远很远的地方不回来啦！

---

[1] 专门代孝子哭灵的人。

谁陪着您？谁又跟您说话？谁又会代您给女儿们捎个信、道个平安？

……

明天就是您的善终日，一抔黄土就要把您来埋——那里面黑，那里面潮，泥巴会沾满您慈祥的脸，冰冷的水会浸透您的衣裳，泥虫会爬进您的鼻孔……

我们怕呀！我的可怜的父亲哎！

……

呜哟啊！

地狱的各路阎罗哦！请怜悯我们可爱的老父亲……放放行吧！

苍天哟！收下我们那一辈子积德积善的可怜的老父亲吧！

在低沉凄婉的哀乐声中，祝平哭的时候多，唱的时间少，眼泪哗啦啦地往外流。他的哭喊声真实而伤感，前来吊唁的街坊邻里在他捶胸擂背的哭喊声中想起了老裁缝的种种好，都情不自禁地流下泪来，连几个老男人也禁不住用拳头拭着眼泪，躲一边哭去了。

"这祝平今天怎了？平常都是逢场作戏的呀，呵呵，今天他这是在真哭啊！"赵保刚大感意外地惊诧起来，并用脚使劲地碰了一下并排坐着的马车右。

"还真是，你们看，他连自己都已经哭成泪人了，像是他死了爹似的。"赖小毛也发现不对头。

马车右想起昨日被祝平一顿奚落，也开始感觉到今晚的他确实太过上心。要知道，祝平可是个不爱多说话、平静腼腆的老实男人。且这样的场景他经过上百回了。

366

天茫茫、地苍苍，

人活一世，草木一春

爹娘给了这条命，万世万年不复有。

莫辜负！莫伤害！

积点德吧！行些善吧！

万生万物有定数！

因果善恶终有报！

殊不知：

人要害人天不肯，天要害人草不生！

听到这儿，赵保刚霍然站了起来，他瞪起牛眼奇怪地向正在怀着亢奋情绪、连哭带唱的祝平望去，嘴里不由地说道："咦？这不是原词呀，这唱着唱着怎么唱跑题了？"几个人听这一说，也都站了起来，竖起耳朵听。祝平的歌声仍然像利刃一样，划破漆黑的夜空：

却为何？偏要行！

处心积虑拆祠堂，

巧取豪夺霸矿山，

威逼利诱害人命……

善不来行，恶偏要为！

钱——啊——！

钱把你们的眼睛蒙住啦！

钱把你们的心染黑啦！

钱让你们设下无数邪恶的圈套！

可知否？

也是给自己布下罗网。

......

花开花落年年有，人生一世万事休啊！

钱有何用？钱为何物？

买不了万年路——终有头！

《红楼梦》中说得好啊：

纵然是白玉为堂金作马，到头来还不是落得两手空空把命亡？

......

听到这儿，大家都明白怎么回事了。这祝平今天病得不轻。别人家办丧事，为亡者超度，为生者祈福，他倒好，唱着唱着跑调了，把现世唱来世，这还了得？赖小毛以及王猛子都偷偷地侧眼看着马车右。"这是在唱咱们青龙公司的事啊！是在咒咱们呀！"赖小毛叫了起来。原本还想往下说，一看马车右脸色铁青，牙齿咬得咯噔咯噔直叫，也就不再吱声了。几个人目瞪口呆、心惊胆战地站在那儿，吭不出声来。而祝平像注了鸡血似的，竟然越唱越起劲，原来那种凄怆哀伤的哭声转变成了一种愤怒的、说教似的号叫：

人呀人！就那么扁担长点的东西，

日食不过斤米、夜宿不过三尺；

生不带来、死不带去；

奢侈繁华如过眼烟云。

自古土中生万物，

五谷生长养凡人。

朴实平淡才是真啊！

我的兄弟姐妹们哎！

醒醒吧！

"死人出丧，事当大！"赵保刚怕这样唱下去，会惹出事情来，一拍大腿急忙招呼赖小毛和王猛子来跟前说道："赶快去制止他，就说结束啦，他如果不依，就把他给拖出来。马善民，趁着大家还没听明白，你赶紧过去把音乐放到最大！夜歌子唱多了，走火入魔啦！"

过了会儿，祝平被赖小毛揪住衣领，像抓住脖毛不肯就范的狗一样被拖了过来。只见他鼻涕眼泪一把抹，眼睛通红，嘴巴顽强地咧在一边，脸上红一块紫一块的。他确实走火入魔了。"你发神经啦？都唱些什么？"赵保刚骂道，其他几个都等着马车右发作。看见大家怒不可遏的样子，祝平不但没收敛，反倒是犟劲上来了。他一扭脖子，指着赖小毛，满嘴喷沫地嚷嚷道：

"你就说，说得对不对吧！我唱了十年的夜歌子，为别人哭了十年的灵，三天两头就要送人上西天；我看多了，也听多了，真真的就是这样。哪个亡者生前不是：日夜忙碌，图了吃又图穿，有了饭吃要肉吃，有了房子要车子，最后还要保个子孙们万世富贵。可哪个亡者死前不后悔：生前日日嫌聚少，到头来原本就是一场空。没有一个死得舒坦的，没有一个死得安心的。我是把死人最后的想法告诉兄弟们，有何不好！有何不妥！"最后几句，祝平几乎是咆哮起来。

"鸟为食亡、人为财死。千百年来就这样，有什么奇怪的呢？"赖小毛说道，拿眼睛向马车右看过去。他心想，那家伙怎么今天那么能忍？

"就是奇怪了！怎样？因为我们是人！人！"祝平一蹦老高，跳了起来喊道，袍里秀长的双手像乡里女人撒泼那样往空中拼命一舞，于是，长袖迎风发出的"呼呼"声以及被搏动起来的风浪，将他满身的怒火和正气冲击到了马车右一干人身上，把几个人给镇住了。奇怪的是马车右只是铁着脸，瞥一眼祝平后便走一边去了。

祝平可不愿收场，今天真疯了，他像喝醉了酒似的在大家面前跟跄了一圈，稳住身子以后，用先知的眼光看着都拿他没办法只好待在一边的大伙。

　　"我给你们讲个事吧，信许会让你们明白些。还是在前年，有一回，在路过矿一居会'将军楼'[1]戴向武的家门口时，我被他喊进了他屋里。戴向武你们应该知道吧？就是当年矿山'一零一一'事件端着马克沁机枪站在'忠'字台上打了一梭子的那个戴麻子。他满嘴的酒气，醉醺醺地晃着。'我要死啦！'他开口就说，'求你一件事。'他用海碗给我倒了一大碗酒。'喝酒！先喝一碗，我对你有话说。'我便问他什么事？他说请我为他哭灵。'活得好好的，哭什么灵！死那天再说吧！'我说道，起身就走。可是他不让，他硬拖着我，他说：'我的大侄子啊，我无儿无女的，死那天就迟了。''谁家为活人哭灵？！你这不是折我的阳寿吗！'他死活不让走，然后竟哭着说，他坏事做多了，得了绝症了——是那种无法睡觉无法安宁、心躁气短全身疼痛、行之乏力吃之无味、盼死想死要死不死的绝症。他说活不过半年了。后来我才知道，他是得了癌症。看他那虔诚的样，我便答应了他。他感激涕零，就差没趴在地上给我磕头了。那天晚上，他一把他的整个一生都真实地、好的坏的都毫无保留地讲给了我听。他说他是个孤儿，是矿上的绞车工，后来上夜校扫盲班读一点书有了一点文化后，竟当上工区主任……他流泪跟我讲了许多、许久，老婆怎么被他逼死的，儿子怎么被他气疯的，隔壁的邻居怎么被他害得妻离子散的，总之，一五一十地说给了我听。'到那天，你就给我这样'哭'！把我这个该死的贪婪狂、吝啬鬼、恶贯满盈的坏东西，在世上做的坏事都'哭'出来，我好到阴间有个解脱。'后来，他抹去眼泪，硬拖我上里面屋子，把灯打开后，他指着大衣柜上放着的一个箱子让我搬下来。我吃了一惊：那是一个大红漆樟木包箱，包的是铜角，嵌的是金边，用一把穿心老铜锁锁住——我还从没见到过这样漂亮富贵的箱子。戴向武——就那半大老头儿，从被褥底下摸出

　　[1]　早期矿高干的宿舍楼的别称。

370

钥匙把包箱打开时，不仅浓香逼人，而且里面装满了整整一大箱子的金银财宝。有铜香炉、有几大摞钞票，光一个红布兜里兜着的金镏子就有七八个之多；还有光洋、银锭、一块金砖、一块镀金怀表、一个玉马、一瓶洋酒，一幅铜框的花池浴女图、捷克的刻花水晶瓶、一副金丝眼镜并带有镜链、清朝花瓶，总之，光怪陆离，无奇不有，整整一大箱子。他还拿出来一块木疙瘩，他说是沉香，是从一个老妓女那弄来的——矿上解放初期押来一批劳动改造的妓女。他说，有一次有人想起了那批来矿上改造的妓女，保不准她们那能搞到好东西。于是他们便高喊口号，打旗开道，把十几个已从良的妓女家翻了个底朝天。戴向武说，有一个老妓女见他们来，尿都吓了出来。从她家的地灶里找到了一个类似百宝箱的小盒子，从里面翻出这块沉香来。还有团小布卷，用黄绸丝带系着的。戴向武于是从箱子底找出来一个小香奁，摸出一团红布，展开给我看，原来是一块镶嵌着金丝的红绸缎肚兜。珍巧、美丽，透着香气，摸上去滑溜溜的……'好东西啊！这些都是我巧取强夺来的，我本以为它们会给我带来一个安逸的晚年，今日才发现：所谓的幸福其实都是由痛苦堆砌起来的，而当你将那些堆砌起来压得你喘不过气来的痛苦推倒时，啊，轻松了！啊，幸福啊！其实呀，那只不过是由于彻底的解脱后产生的快感而已。真正的幸福已被耽误，你打了一辈子的摆子而已。'现在——他指着那一箱财宝——都归你了。真的，全归你了！'他说，斜靠在木雕床上，像看鬼一样看着那箱子，似乎里面不再是财宝，而是老鼠药。'拿去吧，我是说真的，归你了。我一辈子想开脑壳，图别人这东西好那东西好，想方设法谋到手，坏事做绝、缺德事干尽。祝平大侄子啊，活着本身应该是件快乐的事，原以为钱应该是快乐的源泉，假的！不但是假的，还会让你灵魂丑恶。其实，所有的财富最后都将成为耗涸你生命的负重。说出来你也许不信，你若知道我的真实内心，你会感到害怕的。我看不得别人好，看不得别人高兴，看不得青年人，总之，看不得一切比我好的人——甚至在街上看见狗瞵胯，也恨不得拿根杠子把它们打散。我总希望别人有灾，总是乐于看到别人悲伤。别人的痛苦我看起来是那样的心里舒服，不管是他家死人倒灶还是全家死光光，我的内心都没有一丝一毫的怜悯——我的心已经麻木到了只有别人的痛苦才能让自己愉悦、只是别人的灾难才能刺激起自己快乐和只要别人好自己就痛苦不堪的境地。看似无关，其实都是钱这个毒药害的。你的财富越多，你的痛苦就越深；你的精神越复杂，你的情感就越肮脏。我过去被它左右着，现在被惯性控制着，它已深入骨髓，刀刨不脱。祝平大侄子啊，真的，钱财就是狗屎，一切一切的有，都是虚的，所有的财富乃身外之物。幸福其实很简单也很真实：有儿有女有父母、牢里没亲人、外面没欠债、身边没仇人、家中无病人、缸有斗米，足矣！就那么简单！有的事要到死时方明白，才省悟，才知道被什么害的……悔哟！可怜我那痴情的老婆嫁把给了我这样一个狼心狗肺的东西……'戴向武死拉硬拽要把那箱东西给我。'你信不信？'他指天发誓说道，这个世界上最可怕的东西不是别的，就是钱。我把这些东西给你，你到了那天会发现，你的心会变坏，你会为之幸福为之快乐为之痛苦，直到得知自己必死之时，你终于发现，你的一生都被这家伙害了……"

祝平滔滔不绝地讲述着，嘴角挂满了白沫，眼睛放出阴森的光，他已经完全进入了一种大彻大悟的那种迷乱状态中。从先前对大家说，到后来自言自语，从先前他像老儒一样立在一群听众面前指手画脚，到后来像智者一样手背在身后绕看一群怪物，他始终保持着让人无法理解的亢奋。直到赵保刚上来朝他脑门拍一巴掌，他才停顿，红肿的眼睛里露出倦意。最后他倒在了对面的一家新式发廊的玻璃门下，用一种无法形容的目光看着大家，嘴里伴随着唾沫声。大家都听清了他睡着前说的最后那句话：

"这个老流氓让我走进了他的精神世界。原来坏人认识世界感知世界的程度远比起好人来得更猛烈一些……"

所有人谁也没有理他，只当他酒喝多了。只有一次"癞皮狗"赖小毛嬉皮笑脸地凑上去把他撩醒，嘴对着他的耳朵说了一句："你把那老妓女的镏金花肚兜兜丢哪啦？让我也摸摸哈？"结果遭并未睡熟的祝平劈头一顿臭骂："你一定会不得好死的！"

矿井深处是这个世界上最黑暗的角落，道德良心、善良美丽、正义公平都被黑暗所吞噬，而罪行和恶欲却被它催生出来。祝平想不出还有什么比那地方更黑，更能揭示人性的黑暗面。祝平刚参加工作那年，他还是个井下采煤的青工。那年夏季夜班，祝平因年龄最小、体质最弱、经验最浅，工间休到了还有一筐煤没拖出小巷。几个老工友早已是坐在大巷子里休息讲宝话了。当他屁股朝外倒拖着煤筐从小巷退出来经过几个在休息的工友身旁时，不知是谁猛地褪下他的裤衩。祝平"啊哟"一声，痛匍在地上。五盏矿灯同时照在他的下体上，有人说道："听说考兵是要检查的，脱下裤子站在那儿，医生用指头在上面敲三下——不多不少就三下。翘起来的便是好样的！""是是是，是这样子的。听说还有女医生，她们是用筷子敲。"另有一工友附和道。"要不我们帮他检查检查，看他能参军不？"有人提议。尽管祝平百般呵护，但还是架不住两人抬脚两人拖手，把他像一块黑布一样从四角拉扯开来。他躺在地上痛苦羞涩地看着那些人，无法言喻。没想到的事还在后面，当黑暗里一双双像鬼魅一样的眼睛相互暗示后，突然，就像约好了似的，所有矿灯全灭了，几双手同时都伸向他的那个部位。所有人都闷嘴不出声，在确保受害者无法知晓是谁在使坏的情况下，手都在毫不省力地尽情撕弄着。他们在狎昵中高呼，在淫荡中狂笑，在他人的痛苦之上兴奋，而祝平则在大叫中发现，竟有人将他的生殖器用炮丝捆了起来。

那件事的发生，成了他生命中不灭的记忆，也促成了他成了一个不快乐、辛酸和仇恨的另例。他带着这段丢不掉的记忆一路走来，又被丧葬中无数他人生命过程的累积、碾压，这些堆摞起的人生悲曲，终于使得他哀从心起，感觉再也无法承载。十年的寻找，十年的苦等，他没有找到生命应有的光芒。这次老裁缝的死，他已下定决心，唱最后一次夜歌，做一次真正的歌郎。自此以后，祝平就再也不做歌郎唱夜歌子了，隐居在"鹅婆岭"二工区自己出生的那间篾房里。城市的脚步已悄然临近，已将那里变成了荒芜的角落。这个角落，他认为是天堂，而门外，是条分界线——一道身不由己的分界线。"……三月枇杷四月泡，五月杨梅烂糟糟……"白日，他就这样嘀咕着，夜间，一个人呆坐时，便二目成柱，锁定在窗台上的一线幽蓝间，超然物外中与鬼同行。他从此拒绝与人来往，病倒后的第三天似乎终于找到了生命的最终训诫：人生所有的追求终将会以一场梦醒来结束！

矿山人爱取绰号，刚过三十岁的祝平，神鬼苍白尘心不离中得了他第一个绰号：纸菩萨。

翌日，吉日良辰，天地开张黄道。时辰到。

"起——轿——！"主事者轰开众人，棺前一声大喝："不哭不叫，阎王不要！哭吧——叫吧——！"话音一落，喇叭响锣鼓敲爆竹齐鸣，孝子孝孙们全都应声匍匐倒地，"呜呜哇哇爹啊爷啊"哭声叫声顿时震天动地。老裁缝躺在十六金刚抬的漆黑棺材里，二步一退三步一颠地上路了——去到那个再也回不到裁缝铺、再也听不到女儿笑声的地方去。那翘首棺材像矿山刚油漆一新的小火车头，在冥钱花雨中穿行。棺材里被颠翻了身子的老裁缝是否安心地上了路？他阳世未了的牵挂是否会直到他骨殖化泥？没有人心细到去想这个问题。伍市街生意很忙。有开道帅灵者见粉面女子挤爆胸衣看热闹，于是挥泪大声喊道："豆腐西施们，闪开！洗洗醒醒吧！"

三天后，马车右带着玉子去了广州，治疗带玩共花了一个月时间。失去了父亲的玉子在马车右的关怀下，病情明显好转。回来前，玉子提出去一趟乐器店。她买了几根小提琴弦和一方松香——马车右知道自从出了那事后，她再也没有摸过琴了。那把断了弦的小提琴一直端放在大衣柜里。又要了一台唱机，附带买了一些唱片，大都是些古琴曲、小提琴曲以及邓丽君的歌曲。有一张是日本电影《追捕》的歌曲，她特别喜欢，单独把这张片子放在自己背包里。

在马车右携玉子回耒水后第二天，伍乃子与单冬梅回来了。他们去年在山东招远购进的那批黄金冶炼厂的炉渣回炉后，光他们俩的提成就达到了十六万。所以，他们决定节后再去，这次准备捞一把大的。马车右答应了他们，并让财务提了两万元差旅费给他们。马五斤带着西女和恺恺去了广西的铅锌矿山，打电话来让马车右如有空，到菜园里的木屋去看看，雨雪天莫让房子和围栏什么的倒塌了。马良坡常住在白鸡洞煤矿。赵保刚管着冶炼厂，一天也离不开。唯独赖小毛没有具体工作，在公司浪着。

赵保刚那年送付艳去戒毒所戒毒成功后，付艳回来便到了冶炼厂上班。赵保刚安排她在化验室学化验。一年后赵保刚又自掏腰包，在县城西街服装批发市场为付艳开了一爿服装店。至此，付艳算是安全着陆了。赵保刚也由此释怀了一桩心事。而付艳的父亲、也就是付经理，停薪留职后下海去了广东。他的一张白脸和高挑的身材很管用，不多时，便傍了个死了老公的靠土地征收发财的富婆，几乎不再回家了。

各式各样颜色艳丽的花衣裳像时代召唤的彩旗，服装生意好做得很。付艳只需每个礼拜下一趟广州，边玩边捎带一些货回来。人山人海的西街不愁销路不畅。这天，赚了钱的付艳决定请赵保刚来城里吃顿饭，以示报答。临近中午时分，赵保刚骑着雅马哈摩托车到了付艳的小店门口。付艳倚在玻璃门前等他。她今天穿着件糯米色短袖硬领衬衫，硬领用紫色花纹图案的绸布包裹，那绸布像片柔软的玉带，探伸至胸口；下身是一条磨白牛仔裤，脚蹬一双肉色高跟凉鞋。她伫立在窄幅玻璃门框中，像一幅花边美女图。"怎么样？好看不？今天才上的货。"付艳一步蹦到他跟前说道，脸上堆满了笑，"还没上架，我先穿穿。"赵保刚说："有种邓丽君那种甜甜的味道。"

店铺里的一个帮手——也是曾经在冶炼厂打过小工的一个女孩，也算是赵保刚的老下属了，见到赵保刚进来，忙着倒了杯水就知趣地出去了。双手插在裤兜里、被风吹得一头乱发的赵保刚因为是第一次来，于是看稀奇地在不足十平方的小店里东瞧西望。小店除了一个门脸外，后边还有一个储货更衣用的小房间。赵保刚推开门刚将头探进去，就在这时，觉得付艳已贴了他的身后。他的后背以及臀部都感觉到了来自她的温柔。有手从背后伸过来抱住了他的腰——那手上充满了由来已久的愿情。他能听到她心脏的跳动——那种跳动是慌乱的，是怕被拒绝的，亦是坚定的。

　　从那以后，赵保刚又来过几次。两个月后的一天，当再次在小店相见时，付艳对赵保刚说道："刚子哥，我谈了个男朋友，是从地区商校毕业分配到我们县的，还是个干部呢，现在五和乡当副乡长。他说了，不让我卖服装了，他还说他有办法把我调到百货大楼去上班。"付艳笔直地站着，望着自己的脚，又道，"我们准备结婚了……"

　　"这么快？"他惊讶道，发现付艳脸色苍白。

　　"他说领了证就能分房子。"

　　"这样啊……"

　　"刚子哥，你是我见过最好的男人。"她说，绕过正面贴在他背后——不知道为何，她爱这个动作。赵保刚觉得自己鼻翼两侧经脉同时在痉挛。他慢慢地站了起来，醋意十足地拍打一下双腿，"恭喜了！"他说，他不知道自己为什么向她伸出手去——要知道，那其实是一个对于他俩来说非常陌生的动作。

　　赵保刚在离开小店时回头看了付艳一眼。付艳还是像往常一样，送至门口后倚靠在瘦玻璃门内，像幅画，只不过今日双手叠放在小腹上，神情中有了些慵懒，目光中多了份神游……

十七

公元一九九九年九月———也就是老裁缝死后次年的九月七日。云闷在低空，热潮从土地里往外蹿。黄色的月亮就挂在伸手可以触及到的地方。当那个被深紫色烟云笼罩、水面上闪烁起蓝色波光的傍晚来临时，耒水上游河畔女埠滩———也就是马村人所说的那个"婆婆滩"，发生了几十年从未出现过的奇观景象：大面积的、聚以成亿的蜉蝣在泥江与耒水浅平的河流岔口泛滥开来———那是一种通体透明呈淡黄色、扇动着银色的羽翅、翘起两尾长须和一对蝇眼的虫子。它们从不轻易示人，一旦示人，就是遮天覆地。那日，它们像狂风卷起的黄沙、像长江虎跳峡腾空而起的水雾，在河岔口中央的浅岬上空集结，如风搅雪，密密麻麻、层层叠叠、足腿相碰、羽翅相连。它们正在历经其生命中的最后疯狂———交配！这是它们最神圣的生命事业———它们为之而等待，为之而煎熬。奋进、拼搏、痛苦、失望、挣扎……最后为此而死！它们的生命仅存一个傍晚。上苍特意封住了它们嘴，造物主携天命阻塞了它们的肠道，仅给它们有限的、不可重生的一点点额定的精力和时间，让它们各自去演绎自个的虫生。在生命仅存下的几个小时内，它们必须去全力完成生命中最后的圆满———雌性产卵而死，雄性精尽而亡。在奔向这股旋转的洪流中后，或成功、或失败、或遗憾终身、或如愿以偿——它们都将会是如脆弱的露水，转眼间将化为乌有。

在泥江水岸边的河汊、沼地、灌木丛下，在浅滩的苇塘中、在倒伏着栽蒿的沙埠上，以及夹江上那座爬满青藤的石拱桥下，数不清的蜕变和正在蜕变出来的蜉蝣，伸展开乳黄色的翅膀，以排山倒海之势，朝圣般向着河口浅岬蜂拥而来。这股飘摇的滚滚洪沙，铺天盖地，以无法想象的状况形成一个巨大的、旋转中的黄色风柱。风柱内传出的低频振翅声宛如由远而近的滚雷，而近处细润的夹杂着黏接的声音是来自它们匆匆交尾时的吮吸声；这些细碎的蚕噬声音非常神秘，反向着包裹世界。无数新来的外围的拼命地往里涌；里面的、精力耗尽的纷纷扬扬地朝周边仄落。周而复始，一连几个小时。卵圆的河岬上堆积着足有十公分厚的蜉蝣尸体。这一切都在寂无声响有惊雷中进行着，所有的生命最终都将在此回归自然。

懒洋洋摇动着的耒水上游宽阔的黑色水面上，漂浮着无数它们的尸体，如同锯木厂成堆的锯屑倾倒在了河面上。拥挤、缓慢、雪崩般浩浩荡荡地向西北面的下游漂去。这些漂浮的、有些还处在挣扎着的蜉蝣，引来了大大小小的鱼群，水面上无数冒着泡的黑洞是它们的嘴巴，嘹喋声如同落雨，它们正贪婪地享受着这顿突如其来的蜉蝣盛宴。尽管这样，蜉蝣尸体还是像一条占去半条江面的撕烂了的灰色帆布带子，从河岔口开始，一直伸延到下游很远很远、直到视觉模糊了的水天之间。

这种现象一直持续到第二天早晨。

马车右带着玉子再次去广东连玩带着治疗，效果很好，一个月后回来了。回来的那个傍晚，他与她看到了这个疯狂的蜉蝣景象。马车右过目即忘，但玉子却目思神游。她由此而生出了什么样的感想，不得而知。马车右回来后的第一件事是开始着手修缮裁缝铺的房子，将发霉起斑的墙壁重新粉刷，将老裁缝的工具包、案板、缝纫机，以及那个让人看了便心酸的煤灶，都收捡起来堆放在后院杂房里。玉子卧室在阁楼上，他按女孩的风格装修了一番，添置衣柜、梳妆台，将原来单人床换成不锈钢圆柱床并簇

蜉蝣

378

新的被褥。玉子爱坐在阳台上，他便将那里打造成一个能身临四季的空中榭台。置身其中，春天里，满目是青山绿水，夏天里清风习习，鸟语花香，秋季来了层林尽染、浪涛声声，而冬来时，阳光温暖，夕阳红遍。马车右知道玉子最喜欢就这个地方——她在回伍市的几年中，大部分时间都是在这度过的。半月后，诸事办妥，马车右这才去公司。一路上筹划着怎样将公司稳定下来。"决不能让冶炼厂二百职工再度下岗，决不能让煤矿停工停产，决不能让青龙公司不该发生的事再次发生。"他对自己说，心里便觉得重新燃起了希望和增添了力量。

马车右回来的消息早已传遍了公司，那些天天遭遇铁将军把守未能签到字的办事人员堆了一门口。马车右到时，赵保刚早在那等着他了。两人一拍肩膀，便往办公室去。

"蜜月度得咋样？"赵保刚笑问。

"何谈蜜月？治疗而已，同时让她逐渐接受我。还好，有效果。"

"那就好。有好姑娘来爱，是男人的幸事。"赵保刚用一种羡慕加逗引的眼光看着对方说。

两人坐了下来。马车右发现仅仅才两个月没见，曾经雾龙风虎般的赵保刚似乎是老了许多，眼角布满了鱼尾纹，额角多了一绺白发，曾经锐不可当的目光，变得温和而平淡。

"我不在时你一个人辛苦了。看看，鬓角竟挂白发了。"

"呵呵，我是人累心不累，你是心累人也累；我这人哪，是个没理想的人，事情一忙完就想着回家。你还别说，只要一回到家，老婆上来一发嗲，孩子们一闹，母亲一唠叨，什么累呀、烦呀的，瞬间就烟飞云散了。这就是你这个傻老兄的福气。所以啊，兄弟，早把婚事给办喽，早婚早福嘛！"

"快了、快了……怎样？"马车右两手指往桌面上潇洒地弹了一下。他今日心情特好，怕听坏消息。

赵保刚知道他是问公司的情况，脸便一沉，眼皮子也耷拉下去了。他长叹了一口气，说：

"兄弟啊，本想过些日子再说，你既然问起，也就只能如实相告了。红旗煤矿改制为股份公司了，换了新的总经理。前日派人来传话说，冶炼厂和广西矿山的承包合同虽然还没有到期，但他们要提前终止。我说得按合同办，他们说不行，一个月不退出，立马断电断水封路。新来的这个老总口气很硬，看样子会来真的。现在不像是过去了，个人效益与企业挂钩，他们把为企业创收看得比我们还重。"见马车右沉默不语，似乎情绪还能稳住，于是赵保刚就开始又往下说，"伍乃子被公安带走了。"

"什么？伍乃子？谁把他带走了？"马车右吓得一跳。

"山东招远的公安。"

"为什么？"

"大瓶子死了！"

"啊？怎么死的？"马车右向赵保刚逼近的时候，肘子将桌上一瓶插有万年青的花瓶打翻。

"现在是考验我们的承受能力的时候了，就看我们挺不挺得过去。"赵保刚说道，把脸避开。

原来伍乃子与单冬梅这几年一直蹲守在单冬梅老家、山东招远的一个金矿上。每年都能从那里弄回几吨甚至十几吨的炼金炉渣。这些炉渣里还存留一些大厂不愿或者不能回收的金子，少则每吨含金几十上百克，多的达几百上千克。运回来再回炉细加工，每一次弄到的货都能让他们提成几万之多。他们尝到了甜头，就长期驻守在那儿，天天陪有关人喝酒玩牌，想把关系做牢，图个长久，赚足赚够了回来买房结婚。哪知，半路杀出个程咬金，也是耒水人。这帮人一到，就玩出了新名堂，不但陪吃陪喝，还从南方带去了俩公关小姐。好家伙，俩货色，喝酒泡吧、唱歌跳舞、发嗲暖心，样样在行。他们也带去了南方人的新套路，把只会使老手法的伍乃子和单冬梅撂翻了，硬是把好好的一单生意抢了过去。伍乃子当时还蒙在鼓里，看到货物越囤越多，厂家哼哼哈哈就是不肯给货，以为关系还没做到位，于是那晚买了一些贵重物品，请重要部门的负责人喝酒。伍乃子南方小个子，逢这种场面反倒嘴拙，又不胜酒力，全场仅靠单冬梅一个顶着。本来单冬梅酒量特大，但架不住一群酒肉男人的轮番上阵，又兼伍乃子赚钱心切一边不停地怂恿，想想拿下这单生意就可以回矿买房办婚事了，从此告别剩女的日子——她已经上三十了。所以大瓶子那晚也就拼了。当时上了整一箱高度秦池古酒——那酒是酒厂在中央电视台黄金时段以十二秒时间收费六千六百六十六万元天价夺走广告权的标王酒。当她喝到第三瓶酒时，已是天昏地旋，红嘟嘟地醉成了一团，回到旅馆，不省人事。原来他们一直都住亚西亚大酒店的，可伍乃子兜里的钱已所剩无几，于是便在对面找了家名为"第二次握手"的小旅馆住下了。这家旅馆半夜就一个服务员，晚上见客人都已入睡，估计一夜没事，也就把门一锁，出去与男友约会去了。伍乃子半夜醒来，爬到单冬梅床上一摸，一身冷肉，再一触鼻子，早没了气息。想去叫服务员又没人，电话也锁在柜台里，门又上了锁，急得团团转。伍乃子一看这人怕是难救了，怕单家人打上门来，于是翻墙出去，索性跑了。可怜兮兮的单冬梅等第二天服务员来查房时发现，早已是一具僵尸了。据说尸检时，已有三个月身孕。

躺在从山东到耒水的绿皮车厢蓝皮座椅底下，逃离中的伍乃子一边闻着乘客的脚臭味，一边在狭窄的黑暗中回忆着单冬梅醉酒的一幕。有一个声音他永世难忘，他扶着她进到房间中的洗漱室时，他听到了一生中最恐怖的声音——她打了个酒嗝，那声音像打闷鼓一样从她嘴里蹦跳了出来，之后便像从嘴里扯出一条怎么也扯不到尽头的烂布，而这条烂布仍在不断地发出撕烂之声。那时，单冬梅大眼睛睁开，这也是他一生中第一次看到如此空灵的目光，那目光世人无法读出其中内容，但伍乃子知道，是在说，她无法看懂这个心眼如此之多的世界。

・十七・

381

"你还不知道吧，伍乃子是个瘾君子，已经好几年了。按理这几年他们也挣了不少钱，我帮他算了算，光冶炼厂的提成就有几十万，还没加他股份的分红，本来可以过上好日子，却好上这一口。现在矿区毒品成灾。大瓶子啊大瓶子！可惜了你，若不是胖了一点，你是我们耒水最美的姑娘，还愁嫁不上好男人，怎么就摽上了伍乃子这么个东西。"说到这里，赵保刚发现自己捏紧的手指节发出"嘎巴嘎巴"的响声来，他恍如看见付艳的影子从眼前飘过。而马车右早已站立在门外，靠在阳台栏杆上，看远空中飞翔的一行苍鹭。他的心平静而沉重，他或许想起了那年冬季单冬梅拖着一身的泥泞来马村找他的那个晚上时瑟缩在马家大屋门框上的可怜样子；他或许想起了更早之前县城罗巷那个地主宅子里面对一群赌徒浩然大气的那个大瓶子；他或许还会想到那年的那个雾锁河面的清晨费建业坐在河岸边注视着河面时那双狼一样的眼睛……

征兆和预感往往都潜藏在看不见的地方，不来，它便不会来，要来，它便一定会来，并且打你个措手不及。对于马车右来说，这件事不仅仅是意味着又来了一场风暴，而是——你无论如何，也不知道伤口是怎样被割开的。

也就是那个蜉蝣之夜后不到一个月，马五斤从广西来了个电话，他在电话里呜咽地说："西女得了大病了，是要死人的那种，会'收摊'了……"

这是马车右第一次从马五斤那个歪脖子里听到这种怪异的哭腔，声音如同他铁铺里叫锤砸歪在薄铁片上一样，以至于马车右当时怀疑是不是马五斤在说话。撂下电话后，他的手开始哆嗦，烟落在了地上。这个比他大近十岁的少妇、这个曾经的情人、性引导者、像母亲般把他捂在胸脯口的"姐"、如今是马五斤实际上的妻子的女人，年前还风姿绰约、光彩诱人，怎么突然间会"收摊"了呢？这不是碰上鬼了吗？从马五斤的哭腔来看，这又是假不了的事了。

马车右眼珠一动不动地呆望着窗外，忽地跳将起来，跑着去了裁缝铺。

那是一种下意识的反应。他想尽可能快地回到玉子身边——一种"怕"的阴影恐惧地笼罩在他心上。玉子立在阳台的东南头，手里拿了块抹布在擦拭栏杆。马车右走过去，从身后抱住她，搂进怀里，下巴摁着她的肩，一股比任何气息都美好的淡淡发香溢满了他的鼻孔，他几乎醉在其中。他在心里发出一声接着一声的呐喊："这就是我最亲最亲的亲人了啊！"

玉子没有过多的反应，她仅仅是停下手中的活儿，在他的搂抱下窝进他的怀里，唯有的动作就是仰直脖颈，耳唇贴近他的脸颊，任由着他的腮帮子在那磨蹭。两人就这样长时间地相拥在一起，一边沐浴着渐渐温柔起来的阳光，一边在风吹着吊脚阳台的吱扭声中聆听着彼此的心跳和气息声。马车右享受着这种生怕丢失的甜蜜，有一种渴求永远的感觉。心境稍微平静，又想起来马五斤的电话。他记起了上一个电话里马五斤让他抽时间去菜园的木屋看看的嘱咐，于是他附在玉子耳根悄声说："我得出去一下，很快就回来。"

踏上那条熟悉的沙泥小路，脚总还在飘，手总还在抖。篱笆门上铁丝已经有了些锈斑。马车右看到，屋顶上积了一层的腐殖，竟然还生出了几株苎麻，地坪上也东一块西一块生了些苔藓；藩篱旁用来搭瓜棚的竹竿、木棒都码得整齐，鸡窝都用木板遮盖并压上砖头，连鸡笼子下的鸡屎也清扫得干净；盆、罐、碗、勺，桶、瓢、担筐、粪箕，都摆放在屋檐下，利利落落。看得出来，主人走时将这里收拾得停当有序，是待等回来时，原物俱全、情景依旧地重过往日生活。

马车右进了院子后直接到鸡窝旁，从靠墙的一块半截土砖下找到塑料袋包裹起来的钥匙，把门打开。屋子里面也是如此，干干净净、整整齐齐，只是有了股子霉沤气弥漫着整个房子。马车右于是将门、窗，以及后门全部打开。耒水的河风马上呼噜噜地贯堂而过。他在房子中央站立着，环顾四周，目光停留在跟前那架无扶手的楼梯上：这架楼梯，既熟悉又亲切，没有任何变化。十多年了。那年她就是从这里用她那丰满柔软的手指钩住他的手心，牵引着他一步一步踏上阁楼。马车右一个箭步奔向阁楼。岁月似乎从那天就停止在了这里：阁楼上没有任何的变化，地板还是那样整齐洁净，脚下还是发出那种音质朴实的厚木板的吱嗯声，床还是那床。马车右抚摸了一下，上面一尘不染；连三角窗进来的斜阳和阁楼顶上两块明瓦投下来的光辉，交叉点都是一如当初那样准确地投在阁楼中心点上。马车右扯直脖子，深情地吸了一大口这熟悉的诱惑的仍然停留着西女体味的气息。

他有时候想，她给了自己什么？自己为什么在内心深处的一个什么地方为她永久地保留下一个神秘的空间？原因呢——是的，很长时间里，从表面上看基本上找不到什么特别的原因来解释他们的相处。但是，就在此刻，现在，十年后的当前，他似乎突然明知了究理——原来他骨子里对异性恋的最高标准和冲动都是来自纯自然而然的爱。一种素雅真实、庄严神圣、像婴儿第一口奶那样从而奠定类似于对母亲终身之眷恋的情感。这种情感基调，是西女给的——在他十五岁生日那天。

马车右从楼上下时，双脚失去了着地感，像飘浮着的一个人。他搬了个小木凳坐在院子里坐下抽闷烟。落日收净西边最后一丝光彩后，他离开了这个院子和装着他处男之夜的那个小木屋。向马村去，天正压黑，此间正值妇女们在门口大脚盆里洗澡的时间，男人不得串门和在村里闲逛。于是马车右坐在村口的楠木树下又抽了几支烟后才进村。他摸到马善民家待了一会儿。马善民的老婆惊奇地看着一声不吭的马车右，半晌才反应过来去搬座倒茶。

不久，马五斤带着西女和恺恺回家了。他们决定先歇一些日子，然后再到地区医院进行第二轮化疗。人生多变化，生命无常形。这个天生肢体欠妥的老实人马五斤和一生命运坎坷的"西女"易桂香，原本是一次充满幸福愉悦和组建家庭后的第一次工作之旅，突然间便鬼使神差似的无情地演变成了落叶归根般的凄怆还乡。

还是在广西矿山时，一个天晴天，看着满天飘飞的春燕，马五斤便叫上恺恺带上狗到山里面摘蕨菜去了。西女一人待在工棚里，无事便照镜子玩，猛然发现下巴颏下凸起来蚕豆大小的一个硬块，一摸硬邦邦的，也没疼感，她没在意。可是才过去几天不但没消，左边下巴颏下也长出来一个。她让马五斤看看。马五斤用他那粗糙得像枞树皮似的手在她脖子一摸，笑道："没事，那叫'阳子'。小时候我们经常有，还摸着它玩呢，像弹珠子似的，跳来跳去。你这是上火了或者牙疼什么的，过两天就没了。"事情并没有像马五斤所说的那样。不到一个月时间，在一次与西女亲热中，马五斤突然从她大腿窝窝里又摸到两个———一边一个——对称的硬肿块。"快快，拿手电筒来。"马五斤钻进被褥，他不但证实了西女大腿两侧的两个肿块，还在西女腋下也找到了这种像"阳子"一样的肿块，都是对称的。当气喘吁吁的马五斤从被窝里爬出来时，看见西女一动不动地睁开黑亮的眼睛看着天花板，有死神将来之感。"感觉我一身都在开始长这种鬼东西。"马五斤听到西女带着悲腔在咒哭，"天啊！地啊！爹啊！妈啊！这是要出大问题的架势了啊！"

第二天一早，恺恺还没醒来。马五斤把孩子托付给食堂范厨师后，两人就下了山，搭车去了柳州。找了一家大医院，当天的上午就做了各种检查，但切片要三天以后才会有检验结果出来。"正好，带你在柳州玩三天。"马五斤说道。但是，西女不肯，恺恺一个人待在矿上她不放心。于是当晚，他们只好又赶回矿山。三天后，马五斤一个人去医院，取了检验单便去问医生。穿着白大褂的黑脸医生一会儿翻着各种单子看，一会儿拿眼睛瞅瞅同样一张黑脸的马五斤，然后眉头蹙起来，整个脸像块刚过了火的死猪婆肉，过了好长会儿才开口说话。

"病人呢？"

"没来。"

"嗯，好！你是她什么人？"

"丈夫。"

"嗯，好！"

"好？……什么好？那就是没啥子事啰？"

"我是说病人没有在现场好……我告诉你，从现在的检查结果看，你妻子得的是淋巴恶性肿瘤，也就是癌症。什么？这是什么病？我告诉你，这是一种很难治的病，能治好的概率是十分之一的二十四次方。你回去吧——带她回老家去吧。下一个，王来喜。"

什么"十分之一的二十四次方"？马五斤没想到医生跟他来这套玄的，一急，握大锤的巴掌便死掐住医生的手腕，医生痛得直叫唤。"好大夫，告诉我是什么意思？"马五斤问道，急切中几乎把医生拖离了位子。那医生掰开马五斤的手，手搭其肩将马五斤送到门外，途中说："意思是绝症，能治好的概率为零。"

马五斤从门诊走出来快到大门口的时候，一个被诊断为肝癌的患者正绝望地从提包中抽出一沓一沓的百元大钞掷向天空，"见鬼去吧！"那患者号叫着。正逢其时，马五斤淋着钱雨、踏着钞票，怀揣与掷钱者钱财已无卵用的同样心情，跌跌撞撞地走出医院。他几乎被这个噩耗击垮。他先是将医院的大门给撞塌了半扇下来，然后又撞倒了两个匆匆的行人，直到医院门外街边，他才稳住神，然后斜刺里倒进了人行道边的花池里。扑面而来的是九月里最火辣的日照。马五斤那被铁铺的炉火烤得粗黄干枯的睫毛在太阳强光中颤抖着，舌头歪咧着抵在牙床上，有点像饿死狗咬住了一块绿皮肉——打死也不松口的气势。他就这样咬住舌头，睫毛颤抖、全身哆嗦地仰倒在花池里，任由着过路人指指点点、说三道四；他的整个心与身都在这一刻像灵壳分离，正在挣扎中等待归附。

在一个陌生城市，哭也哭了，嚎也嚎了，马五斤总算从花池里面爬了起来。他毫无掩饰地用他那黑粗的大手耙子当街抹着眼泪，给他那古铜色、健实剽悍的小圆脸上留下一弯弯像是风干的鼻涕般的泪渍来。忽然，他那驼了的身子猛地撑直了起来，张开大嘴巴，像是有什么东西要从里面喷涌出来，但只是干咳了一下，什么也没吐出来。那是他压抑不住的内心痛苦正在往外涌……接下来，他第一个想到的是马车右。于是便跑到电话亭，连哭带嚎地给马车右打了那个电话。

他们在柳州医院做了一个疗程的化疗后，西女一照镜子，人瘦了一圈子不说，头发也脱得像老家烧山时烧过的光秃秃的山包一样，东一块白、西一块黑。这把她自己吓得半死，也让她陡生了死亡的预感。于是西女对马五斤说，她这几天夜夜做梦，梦见自己的小木屋、菜园子和那条一直通往河边的小路。她要回耒水。接下来的疗程可以回家后到地区医院去做。这样一来，马五斤便带着西女和恺恺回来了。他们决定休息一段时间后，便到地区医院去做下一步治疗。哪知每一次化疗都适得其反，癌细胞反倒扩散了，且医疗费奇高。马五斤于是到公司去借钱。

这天上午，得知他们回来了的马车右提着一包水果来看西女。马五斤正从小木屋偏房钻出来，两个人恰巧在外门门楣下迎头相撞。两个男人的目光在西女病重住院间已消去了一大半的敌意。马五斤目光里充满的是哀伤和起死回生的渴望，而马车右眼睛里更多的是同情内疚和怜悯。

"我来看看她。"马车右说，流出一种别扭的柔情。

"她一回家就让我转告你，她不见你。"马五斤道，表情生硬。

"为什么？"

"我哪知道。"

两人面对面地靠着门，彼此都弯着腰近距离地看着对方的眼睛。

"她恨我？"马车右问。

"没有这种恨法。"

"那她怨我？"马车右又问。

"她既不惦记你的钱又不惦记你的粮，何来怨？"

"那她又为何不见我？"

"你呀……你就是一个榆木脑袋，一个打打杀杀、盘泥巴玩的乡巴佬，什么都不懂的蠢货。如果不是看在咱们都是同宗同族的份上，我那天晚上就废了你了。"马五斤突然起高腔，讲起狠话来。

"你说什么？哪天晚上？那天晚上？"马车右愣了一下立即就想起了十五岁生日的那个晚上。那个夜下蹿出来的黑衣人难道就是马五斤？

"你？是你！"马车右忽然双手紧攥住马五斤的衣领，怒目而视。而马五斤面无惧色，甚至于藐视地瞥了一眼马车右，冷冷地说道：

"就是。现在我数三下，你把手放开，我不打你。一，二……"

马车右看了看马五斤举过头顶的手。那手支开二指，像鱼权。这是个马五斤攻击前的惯用动作，也让马车右证实了那个晚上追击他的人就是马五斤无疑了。

正当两人弩拔弓张之时，"五斤进来！"偏房里传西女竭力地唤叫声。那声音已经明显苍老而虚弱了许多，像清水中的泡泡声，但口气是坚定的。女人的声音一下子让两个即将动起手来的男人安静了下来。听到西女一喊，马五斤双手合十像蛇一样灵活地从马车右双手间的下方空隙里钻了进去，然后又猛然往外合力一掰，马车右攥着他领口的双手便松开了。他齐了齐领子，离开了还傻待在门槛上怒瞪着他的马车右。马车右听见他们俩在里面说了几句话后，马五斤便带着恺恺出来了。马五斤说：

"她不见你是有原因的，你这个木脑壳回去想想便知道她的苦心苦意了。她让你领着孩子去县城里玩两天。"

马车右无可奈何地瞅瞅那方让人揪心的内门，然后走近孩子，在小孩面前蹲下。孩子的神色远不如当初第一次见面时的那副灵巧相，他耷拉着脸，目光中充满着怯生。马车右双手把他抱进怀里，低头说道："叔叔带你上街买好玩的，好不？"

孩子不置可否地噘着嘴认生地看着马车右，目光呆滞，然后从喉咙里哼唧出一句："我要妈妈……"

"是呀，叔叔带你去铺子里给妈妈买好东西呀！晚上就会回来看妈妈啦。走，我们坐船去。"小孩没有哼声了，任由马车右搂起来。马车右抱着恺恺走到篱笆门前时回望了一眼身后的木屋，觉得心被什么噎着，那个未用言语只用行为和肉体打开自己人生之命门的女人，在回望的一刻中，从那个神秘神圣的位置上暗淡了下来，却在一个更广乏的领域大面积地涌出一股伤感来——那是一种从未有过的沉重伤感。

中午，她又咯血了。马五斤去了斗笠山乡找郎中擒草药，家里就她一人。傍晚时分，她再度醒来，摇摇晃晃走到外屋，看见放在小方桌子上的水果，想到马车右上午来过，于是又折回睡房。她来到小木窗前，立在挂着的那块铜皮包边的圆镜面前，墨迹如钩的残月照在她焦黄的脸上。自从化疗后，病情反倒恶化，各种症状雨后春笋般凸显了出来。西女双手捧着自己那张略带紫青色的怕人的脸庞对着镜子，她简直不敢相信，丰腴饱满、肤若凝脂的自己，仅仅只不过过去了二十来天，这镜子里的自己就换了人了，形同枯槁了。她不禁失声痛哭起来，那是一种在没有预感中猛然地就丧尽了一切的悲。"多亏没放他进来。"她想起马车右躬在门框下不得而入的样子。在他面前，她是多么地害怕那个丰满圆润、笑容灿烂的自己一降而为病恹恹恶心邋遢的可怜虫。

"报应啊！上苍那是公平：你吃得太好、太多，上苍让你少活几年；你挥霍无度、铺张浪费，上苍让你先甜后苦；你丧尽天良、暴殄天物，上苍提前让你上路……上苍这是让我提前上路啊！……"她反反复复地在心里谴责自己，找自己的过错，竟然生出了一丝安慰，似有长期鲠于心底深处的一个结得到了些许释怀。自从在马车右十五岁生日那天有意无意或是被动主动地破了马车右的处男之身后，她在充满着对他姐姐般的爱和偶尔也产生一丝母爱外，时常也会冒出其他想法——这难道不是触犯了天条？想到这些，死竟然变得必然和轻松了。

天压黑时，她睡着了。

初秋的傍晚，冶炼厂烟囱排放出的浓烟笼罩在雾霭缭绕的菜园之上。那雾像夜晚闪着磷光的一层层白绫，发扑克牌似的，一张一张从未水飘忽过来。菜园子里的蛐蛐声和瓜棚上的雀鸟声以及山脚下躲藏在灌木丛中的画眉鸟儿的鸣叫，此刻，都显得急促而慌乱，似乎兆预着什么。月亮也有累的时候，歇在了窗台上。在这样的一个令人不安和杀象迭出的夜晚里，西女却进入了一个鲜花簇拥、鸟语花香的奇葩梦境中——也许痛苦已经将她浇灌得麻木，也许她看重的是人生中的那一个个美妙瞬间而漠视人生的一段段苦难。

在梦中，她像是一个飞出自己体外的精灵，悬浮在小屋的空中。她看着自己的躯体把一双白皙肥美的大腿从被窝里伸出，"哇！"她惊叹着，欣赏着，沉浸在被美好景物陶醉时那种唯美的快感之中。"那是我的腿。"她说。就像点燃了导火索，她一下子兴奋了，坐了起来，衣裳从她双肩滑落。月色吐出来的银白，把她宽厚丰腴的背脊照亮。"哇！那是我的背！"她看到一块白蜡从银色的溶液中渐渐露出……于是她反手向背后，手指柔软轻细地抚摸着自己的后背。然后逐渐往下，再往下，直到宽展的臀部。这时，她看见她的身体情不自禁地昂直了胸脯，腹部也蠕动起来，都被满屋子的月色照亮……"真美啊！"她惊叫了起来，"看看，那就是曾经的我啊……"

房门轻悄悄地自动开了，屋里屋外，都被月光铺满。一只灰色的野兔蹲在外屋的中央。它双手不停地挠嘴，睁开乌黑圆瞪的眼睛看着房里直挺挺坐在床头的她。她像是领悟到了什么，她披上衣裳，踏月而出。门外早已是如白昼一般：

夜色就像阳春三月早晨黎明的曙光那样，把大地照个透亮。篱笆的竹片上、光秃秃的梨树枝头刚刚吐出来的花芽上、被风吹弄得不停地摇摆着的樟叶上、院里码在窗台下的青砖老瓦上，等等等等，都像是给镀了一层颜色斑驳的银膜。风吹落了她的衣裳，吹乱了头发。在这如梦似醒之间，她看见自己光裸着上身，赤脚，穿着被臀部撑得几近崩裂的红色白花点的大裤衩，目视前方，向院子外面的菜地里晃悠悠地走去……

菜园空荡，四下寂静，远处传来落雾的安详，山脚有溪水在叮咚，时而有野兔在菜垄中奔跑声。时值油菜花开季节，一块块花地如一床床铺在地上金色的毯子，在风碾子的滚动下翻着花的波浪；而波浪之上是园地里腾起来的暖气和耒水飘过来乍暖还寒的清风交替下形成的让人心境迷离的粉色的光晕。她来了，来到了这片油菜花地里，在齐胸的花海前，大口地吮吸着这些熟悉的、清新的、带着泥土潮湿和粪坑沤涩味的花香；而风却恣意贪婪地借助着花蕊尽情地亲吻、抚摸着她的身子。她一动不动站在花簇中，闭上眼睛，挺直胸膛，全身心地感受着这一切。

这时，从花巷里涌出成群结队雀鸟来，它们像一团用看不见的透明丝连在一起的橘色小球，在花毯子上滚动着，叽叽喳喳你呼我唤。西女被它们引领着往前走。到了耒水水岸边，她站住了。有一部分油菜花沿耒水河岸往上游绵延，一直伸延到了天际线，再前面就是蓝天，花儿像蜿蜒着的金色飘带，又像一条通往天堂的金色天梯。

她屏住呼吸，眯缝起眼睛，生出一种冲动——她要沿着这条花之路奔向那里。她跑动起来，双手虔诚地托向天空，掌心的油菜花瓣魔幻般地不停歇地飘飞出来，像金牙一样的花瓣形成花雨，沾满了她裸露的上身。一直以来都干着重活的双腿给她带来力量；长年在耒水河中游泳所造就的宽厚的胸腔给她带来气力；人生的挫折与坎坷给她带来信心……她不停地跑着，跑啊跑啊，双手掬捧在胸，"我要献给你——我亲爱的上苍啊！"她呼喊着，仰望苍天。

她没有能跑到终点，她始终觉得自己还是在原地，双脚却越来越沉重，那个美丽天堂般的彼岸似乎永远就在触手可摸却怎么也摸不到的地方。

谁也不怀疑——当若干年后有人说起有那么一个月光之夜，看见有花仙在耒水岸边奔跑的情景时，所有倾听者都毫无例外地会想起菜园中那幢小木屋里曾经住过的那个光着脚丫走路的丰满女人。

　　那天上午，马车右看见放着一盆红蜀葵的窗中，打外面飞进两只蝴蝶，当缠飞的蝴蝶叠成单时，他猛然一惊，"她死了！"他惊呼道，向门口跑去。站在阳台上，他看见垂头丧气的马五斤从大铁门一侧斜肩拐了进来。为了遮雨，在头上戴了一个黑色塑料袋，手抱一个青溜溜的瓷罐子，样子很狼狈———是男人最痛苦的身体形状。马车右的心一阵乱跳，转回卫生间洗了一把脸，强作镇定地坐在办公桌前，双手托脸，眼圈微红地等马五斤进来。

　　"回来了……"马车右说。他不敢看马五斤怀里抱着的那个青花瓷罐——他知道，那个令他成为男人的女人已骨殖化灰，就在那里头。

　　"嗯，都回来了。"马五斤将青花瓷罐端正地放在马车右的办公桌上，擤了擤鼻子，然后用黑银一样的拳头擦了一把脸，立在一旁。两个男人同时默默地把追缅的目光投向那个装有西女骨灰的青花瓷罐子上。当彼此目光相碰的一闪之间，两人男人过往的一切隔阂与怨恨都在目光离开那罐骨灰后化为了乌有。稍许，马车右从椅子上站了起来，他把自己那双开始变得粗糙的大手轻放在瓷罐上，一如当年放在她宽厚的肩膀上那样轻轻地抚摸着。他沉默不语，眯缝着眼，似乎在用心地感觉她的脸、她的肩膀、她爽滑的背及她柔软的胸脯。他有一种真正在爱抚着西女的感觉。

　　"把她埋在我们马家的祖山吧。"马车右低语道，望着门外天空飘着的雨线。

　　"她也这样想。"

　　"五斤，我觉得那事做得真不咋地，是做错了。"马车右从桌子对面步履沉重地绕过来，把手搭在马五斤肩上，这是个男人间的动作，很深情，"我们还是把马家大屋重建起来吧！祠堂也再立起。这也是六爷的愿望。

今后你带着恺恺回村住去吧。"

"钱呢？现在公司还有钱吗？"马五斤摊开双手，说。

"冶炼厂的合同即将终止。原来我还想咱们自己来办一个厂，现在没那个必要了——我听说冶炼厂烟囱排放的重金属会让人得很多怪病，全县儿童重金属指标超标跟这有关系，县里不让办了。库存还有不少的原料和设备，全部处理掉，资金足够了。保刚是好兄弟，不会有意见的。"

"那好吧，我怕看这个地方。"

小木屋便从此寂寥下来，蜘蛛忙着结网，老鼠开始筑窝，蟑螂四处游荡，白蚁登堂入室。只过了一阵雨，刮了两场风，门前屋后的野草便噌噌地往上长，不消一月，便上了窗台，小木屋便在秋黄中变成了一个蒿草堆。那种门前院后时不时闪亮起红色粉色肉色的衣影子，马五斤也只是在幻觉中看过一两回——曾经的一切都过去了。马五斤那张憨憨的单纯得有点娃娃似的黑脸也再没见笑，相反倒是充满了杀气。他人长得丑，又矮又黑且不擅交际，年纪也大了，秃头上竟然盘起了几根白发，没有女人喜欢他，他也不敢去接触女人。那种跟西女在一起时轻松自然、没有任何精神负担的日子从此一去不复返了。人生之路从此在一个铁一样的汉子前迷了方向。好在重建马家大屋这件事压在了他身上，给了他不小的压力和分散了他不少的精力。马车右则不然，在他男人生涯中，西女只不过是一个起点站，这个驿站给了他人生的真实与美好，给了他一个方向，同时也让他领略了女人的美妙。这成了他的一个起点，站在这个点上，他所眺望的是那更诱人的超越原点的风景线。他以一种无比感激的心情感谢她把他带入了这种纯粹真实的世界中，从而使这种生命倾向变成无比神圣而伟大；变成一种理念，一种人生的方向。所以他无法、也不可能像马五斤一样，停留在西女这里。当他偶尔想起当年在广东时常出没入那种灯红酒绿、满目铜臭的声色场所时，他就会产生一种恶心感，甚至连一丁点欲望和冲动都没有了。

两个男人的心境各不一样。

马家大屋在榆木脑袋马五斤的指挥下，短期内便建成。落成典礼的鞭炮声一熄，作为新族长的马五斤在摸着乌光锃亮的铝合金大门时，那门的手感冰冷轻薄，毫无积蕴，曾经每每能触碰到祖宗十八代析出的浩气更是无法寻觅，自然，那厚重的枞树门板上经年铭刻着的家族累累痕迹也无重再有。乡巴佬马五斤这才明白一个道理：原来最旧的才是最美的，因为上面留有岁月，附上了魂。

一波未平，一波又起，月末又出一事："癞皮狗"赖小毛死了。县公安局接到报案后当天早晨警车就呜呜地来了，停在张小兰三工区那幢老井口边墙皮落满了黑色波纹般煤灰的红砖平房旁。这是她十八岁刚参加工作时矿上分配给她的小单间宿舍房。总共也只有二十来个平方米，房里就一张床和一些简单家具。赖小毛七窍出血裸身躺在那张简易棕绷子床上，眼睛鼓起来像开了眼的桃，长有胸毛白腻的胸脯口有几道他自己留下的指甲抓痕。痕迹很深，看样子当时是很痛苦的。他张开的嘴如同个被雨淋毛了的老鼠洞，从烟熏的黄牙缝里往外流着黑血。通过法医检验，确定为中毒死亡。当晚，第一嫌疑人张小兰便被刑侦大队带走了。这个新闻一下子像掀开了一个大蒸锅，瞬间便弥漫到整个矿区。人们在不断谈论这个事情的过程、原委时，最后都归结于一个总结式的结尾：都是钱惹的祸。一个罪该万死，一个不得好死。

几天过后，这个事的细节便明朗起来。原来自从赖小毛那次晚上抓奸、逼奸，而后发展到通奸、同伙、同谋后，他抛弃抑或是被抛弃了成天不是找他要钱就是爱耍小脾气的郝依娜，与有夫之妇、淫荡狂为的矿山计划生育专干张小兰公开厮混在了一起。张小兰可不是个简单女人，别看她长得是秀气精致，但短小精悍间却内敛杀气。就工作而言，那是雷厉风行、巾帼枭雄。矿上让她来拿计生工作，是恰得其所。究竟是工作上的如鱼得水造就了她轻佻的个性，还是赖小毛的威胁逼迫成就了她的残酷，不得而知。总之，她是个爱吃粗糠的女人，男人身上她想要的就那个"糙"味。她愿意屈从强暴并从这种屈从中得到快感，藐视懦弱并从这种藐视中弥生嫌恶。赖小毛就如同量身定做般的正对上了她这种口味。癫皮狗是什么人？一个"二进宫"的矿山恶霸。心狠手辣之徒、怕强欺弱的主，专干那夺财霸妻、欺行霸市的坏人。他对待弱者，剥你一层皮还恨不得再剐一层肉，丝毫没有怜悯之心和道德观念；对待强者，却卑躬屈膝、阿谀奉承，甚至当牛做马杀子献肉都成；对待财富，更是惜金如命，分毫必争。按赖小毛自己的话说，"钱是什么？钱就是命！命是什么？命就是卵！"这是他的人生哲学。于是乎，这对苟且男女便越走越近，行为越走越远。两年下来，赖小毛出主意唱黑脸，张小兰打头阵拉关系，也还做了几单生意，也挣了些钱。最初的一段时间里，赖小毛还是蛮喜欢张小兰的。天下凡事有度，物极必反。事情发展到了最后，赖小毛、张小兰的关系就像拉得太满的弓，绷断后，成了冤家对头了。

·十七·

原来，当年青龙公司承包红旗煤矿冶炼厂时，赖小毛捉奸张小兰、要挟刘矿长，威逼利诱将冶炼厂的承包权揽了下来。这里面有百分之五的股份是暗中给刘矿长的，然而赖小毛和张小兰却将这股份霸占了。为了避嫌，这个股份挂在张小兰弟弟张小军名下。每年分红张小军都得到堂签字。虽然青龙公司在年终利润分配时，多多少少要克扣部分，但每年下来怎么也得分上三万五万的。这个钱虽然得张小军签字，却都由赖小毛去领出来。如果赖小毛是只善鸟，钱一到手，二一添作五，大家均衡一分也就相安无事了。可赖小毛肉夹馍吃惯了，到嘴的东西，让他吐出来，比登天还难。起先几回还给得爽利，为的是图张小兰与矿长关系，只望着能捞些更大的好处，时间一久，加上赌博输钱，本性就是个吃了肉还不愿吐骨头的人，不多时便原形毕露。每每克扣少分不说，还处心积虑打起主意来，想独吞。在与马车右、赵保刚私下几次商量得到的答复都是必须与张小军签订一份股份转让协议方可后，知道此路走不通了，赖小毛便耍起了无赖。时常对张小兰打骂威逼，偏张小兰在钱这个问题上就是不从，坏了心肠的赖小毛便起了歹心。

张小军在矿汽车队开车，常年在外跑车。有一回趁着张小军要送一趟煤去衡阳，赖小毛说闲着无事陪他跑趟车玩玩。装完车，上午十点动身，到衡阳交完货已挨近天黑。赖小毛便提议吃了饭再回。于是两人在市内找了个酒馆，要了几个菜，上了一壶酒。一边喝酒，一边天南地北胡扯。赖小毛一反常态很是热心，不是劝酒就是夹菜，还主动买单。两人一直喝到晚上十点才推盅收摊。此时的张小军已喝得东倒西歪、上唇不搭下唇了。"今晚走不了啦！"张小军醉醺醺地说，想明天再回。可赖小毛却附在张小军耳朵边神秘兮兮地说了句什么，张小军醉意惺忪的眼睛便亮了起来。两人爬进驾驶室，轰隆一声便驾车往回走。出城不远，便上了国道一〇七线，在一个前不挨村后不着店的路边餐馆旁，赖小毛让张小军停了车。两人走进一家路边餐馆，又是点菜又是上酒，弄了满满的一大桌子菜，还叫上了两个服务员作陪。四个人各踞一方，又喝起酒来。张小军好酒不胜酒，几杯酒下肚，人已烂醉如泥。赖小毛待到时机成熟便向那俩服务员使了个眼色，并掏出钱来塞在她们手里。于是领会了意思的俩女人架起张小军去了后院里的暗屋里。赖小毛则坐在外屋里喝茶。约莫过了半小时，俩女人出来了。"完事了？"赖小毛问。那个年纪稍大、满嘴油嘟嘟的女人恬不知耻地一笑，会意地点了点头。赖小毛听罢，嗖地从椅子蹦了起来，便往里面暗屋里去。屋里的张小军已经睡得跟死猪一般，上光下裸。赖小毛喊了一声，张小军没有丝毫反应，赖小毛又拍拍张小军的脸，也像是打在死猪屁股上一般。这时，赖小毛便从屁股兜兜里摸出一张早已经写下了的股份转让协议来，又自带了印泥。他把张小军的右大拇指抹上印泥后便在协议上按上了张小军的手印，又迅速地清洗干净手指上红色印泥。一切办妥后，他把张小军拖了起来，并拼命把他弄醒。"赶快走吧，万一有公安的过来，我们可就惨啦！走吧，换个店子去睡吧！"张小军纵然有一万个不愿意，一听到"公安"两个字，尿都给吓了出来———这几年跑车他已被抓几回了。于是赶快穿上衣裳上路了。从衡阳到红旗煤矿最顺利也得走上个四五个小时，强打起精神的张小军，一脚油门一脚刹车，车子也同醉汉似的，快三慢四疯疯癫癫般。赖小毛越坐越发毛，心里不踏实起来，"照这样开下去，非出事不可。"他心想，几次拿眼瞅着张小军看，竟发现他有好几次开开睡睡、睡睡开开，头像鸡啄米似的。"还有这种开法？"赖小毛立马叫停张小军，说他附近有朋友找他，不回矿上了，让张小军自己回。

那天晚上张小军醉汉开醉车，最后，在离矿上还剩十来公里的一个弯坡上，将车开进了坡下的田里。大货车像头疯牛一样一头扎进田里，他的头猛烈地撞在挡风玻璃上，造成严重的脑震荡。住了半个月的院，命是保住了，但从此以后大脑就没有清白过。车不能开，班也上不了，该记的东西也记不清。姐姐张小兰找到新上任不久的罗矿长，给弟弟弄了个工伤，从此靠吃劳保过起了日子。而赖小毛在张小军出事后的第三天，跑到县城老街刻了一枚张小军的私章，抹上印泥后在那份张小军按了手印的协议上盖了个章，然后就拿着那份协议将股份改到自己名下。这件事直到青龙公司有人三个月以后告诉了张小兰，她才得知。可弟弟已经不清白了，整天只知流着口水既傻又呆地坐在家门口。这里面的蹊跷，张小兰细思极恐，全身冒出冷汗来。这便拉开了双方之间仇恨的大幕。

当张小兰主动问起冶炼厂的股份的事情时，赖小毛只是轻描淡写地说是张小军觉得不好管理，怕青龙公司分红时克扣少分，所以转在了他名下，这样方便些。"一到分红，你的那一份我立马提给你。你少操这份闲心多好。"赖小毛于是说。但是说归说，自从股份以那种阴暗毒辣的手段弄到手后，赖小毛从来没有想过要把钱分给张小兰，同时还冠冕堂皇地做起了张小兰的"男人"。要说还另有价值，那就是张小兰与新来矿长的关系。他赖小毛可以利用这种关系让张小兰去捞一些不劳而获、从中得利的小生意做做。但几次下来大都无功而返。"现在到卸磨杀驴的时候了。"赖小毛想，于是乎想从张小兰处榨尽她最后的存款后，从此散场。而张小兰这边得知分了红而赖小毛却分毫未给后，恨便也深深地扎进她的心中。

在张小兰唯一的弟弟张小军脑震荡痴呆以后，"癞皮狗"赖小毛不但没有收敛，反而见张小兰缺了亲人帮衬，更是无所顾忌。像什么事都没发生那样照常要与张小兰来往，有步骤地进行下一步。张小兰想断绝关系，却遭到赖小毛耍泼玩横，要来便来，要走便走，不打即骂。即便有时张小兰的丈夫在家，他也无所顾忌。踢门进屋，上桌吃饭，目中无人到了视张小兰和丈夫于不在。可怜那张小兰胆小的老公，在外地工做个把月难得来一回，尽管张小兰在矿上的各种绯闻进进出出早已让他耳根生茧，但十几年阴盛阳衰的婚姻生活摇荡下来，已是把他的那点男人的锐气给挫磨得精光了。见赖小毛如此这般，虽气得脸上发绿，但也是心中有苦说不出，如老鼠见猫一般。他知道自己打不赢也骂不过。赖小毛就是个无赖、流氓、劳改犯，他怎奈何得了他？一辈子没跟人吵过嘴、干过架的张小兰胆小鬼丈夫，不要说还手，就连招架之力也全无。只巴望老婆能以妻之心体贴他这男人之身。但往往也是事与愿违：心坏了的人，没有了道德约束了的人，坏事做多了没有得到报应的人，这种人已经没有了善良之心。指望赖小毛良心发现，完全是妄想。发展到了今天，连张小兰也只有招架之势无还手之力了。她玩不赢赖小毛这种人了。无奈之下，这个叫"丈夫"的男人只得到外面去转悠，腾出时间来让伪丈夫喝足、吃好、睡饱，自己才回家。个中滋味只有世上像他这种懦弱之极的男人才有机会儿品尝得到。

对于丈夫的委屈，游戏于多个男人之间，来者不拒、咸淡皆宜的张小兰并没有怎么上心，准确地说她心里是无所谓的。她性野浪荡，惯从暴虐中品尝美味，喜好臣服于像赖小毛那种野性十足的坏男人；同时又喜于掌控、戏耍像刘矿长这类有权有钱又好色，却谨慎怕事、游走于家庭边缘的男人；她看不起、甚至恶心像自己丈夫这种胆小如鼠、阳气严重不足的男人——这些秉性早已存在于她的性格中、隐藏于她的骨髓里。她的性情德性与赖小毛如出一辙：凭己之好恶做人做事，毫无顾忌他人感受，听由天下人品头论足、说三道四，甚至谩骂嫌弃，她自逍遥充耳不闻。这两个人在某一方面是有着异曲同工之处的。那么，最终，让她起了杀心的是什么呢？钱。

那天晚上，已过了子夜，张小兰早已睡下。蒙眬中听见有人敲门。这种放肆霸道的敲打声，梦中的张小兰一听便知是赖小毛来了。她原本想懒得搭理他，可不多会，赖小毛竟用脚踹起门来，那架势，若是不开门，纵然是铁皮门，怕是也难保不被踹塌。再说这深更半夜的，声音震天响，不马上开门，怕明早一出门又要遭邻居戳脊梁骨、啐口水了。张小兰只得和衣去开门。喝醉了的赖小毛像头疯癫的公牛，摇头晃脑地闯进来。他一进门二话没说，揪住张小兰的头发往地下一拽，只见张小兰就像一条耷拉起尾巴的落水狗般四脚朝天地倒在地上嗷嗷直叫。赖小毛却并未松手，反脚把门踹上，拖着张小兰便往里屋走，口里嚷嚷道："找死呀你！……"一进里屋，赖小毛便把张小兰往地上使劲一掼。

从睡梦中缓过神来的张小兰，呆呆地坐在地上，她像受戕的夹尾巴狗一样缩在房角里。她在赖小毛面前已经虚了胆。见赖小毛往床上一躺，赶忙起来打水，用热水帮他擦洗干净身子后，便像驯服的小鹿似的在他一侧躺了下来。熄灯。默无声响地等待他大施淫威。不管怎么说，苦也好、痛也罢，这些张小兰都是能够忍受，有时甚至是乐于忍受。她不知道她什么时候产生了这受虐的癖好，以至于渐渐养成了一个无法也不想根除的痼疾，也许这就是她委身于赖小毛的全部龌龊理由。于是乎，即使心虽不甘，但情已愿。配合着完事后，赖小毛便呼噜噜又开四肢睡大觉。他嫌张小兰躺在床边碍事，便一脚把她蹬到床下。本来张小兰也受惯了他这一套，半夜三更在自家里也没人看见。但接下来赖小毛嘴里冒出一句话来，却让张小兰睁大了眼睛、汗毛竖起。"我今天打牌输了，没钱了，明天从你那拿一万块钱给我用！"赖小毛那口气没有商量。

"我没钱。"张小兰理了理衣襟，挺直胸脯吹开一绺垂发说道，态度坚定。

"你没钱？你的钱呢？你既没有孩子要养，又不要管老公，父母又有退休工资。你光人一个，平常不花一分钱，有工资拿，有外水钱进，光早几年青龙公司的分红就有十几万了，钱呢？"赖小毛一个鲤鱼翻身，从床上坐了起来，龇着牙，那样子要吃人。

"没有就是没有。"张小兰一反常态口气硬了起来，"再说了，我是你什么人？你要来就来，要吃就吃，要躺就躺。你出过一分钱还是出过一分力？你昧着良心将青龙公司的股份全拿走了，你还要怎样？……"要是平常，她早哭哭啼啼了，今儿却显得异常的牙口硬。

这激怒了赖小毛。他火冒三丈地从床上呼啦地跳了下来，骑在张小兰身上，摁住头就是拳打脚踢一顿暴打。张小兰却有他不为知的另一面：钱是胜于一切的好东西。所以，当发现赖小毛这一回主要目标是钱时，她不干了。"死也不能再给他一分钱。"她咬着牙，紧闭嘴，任凭他拳头落雨般砸在头上，始终顽强地不吭一声，直到赖小毛筋疲力尽地倒在地板上喘不上气为止。她用从未有过的仇恨眼神看着他时，他给她的仍是毋庸置疑的残酷和毫无回旋余地的坚定。这一刻，她绝望了。

"你若明天不拿钱来，别怪我到办公楼去丢你的丑。"赖小毛仰天躺着，看着天花板咬牙切齿地嚷着，"我就是打死你，全矿也不会有人为你叫屈的。你断了多少人的子，绝了多少人的后，矿干部来一个你偷一个，你现在就是一坨太阳下的干屎，已经臭不可闻了。"

她退无可退地坐在衣架和梳妆台之间的角落里，也无意再躲避他一时兴起挥过来的拳头，而是用难逃宿命或许自食其果更为恰当的目光斜头仰望着屋角。那里有幅乏黄了的电影招贴画，还是那一只——也许是另一只——壁虎正在画中美女的眼睛部位踮起前脚尖回头张望着她，它长年在那儿，它见证了他与她的一切。张小兰从壁虎可怜她的眼神中，感觉自己坐上了一条驶向无尽黑暗的船，且已开得太远。一种无法言状的空旷的彻底绝望感向她袭来。她歪斜着靠在墙角，浑身没了一丝气力。浸满了悔当初的目光像幽灵一样在眼皮底下跳动。整一个晚上她没有闭眼，望着天花板。突然，她想到了弟弟，弟弟的痴呆背后隐藏的恐怖呈现出来。这个习惯在男人泪水上、甚至于干涸的血渍上嗅闻到快感的女人第一次感到来自内心深处的怕。这种陡然升级并质变了的惶恐、焦虑，让这个善良之心已被剥蚀的女人在极短的时间里，决定了自己人生的最后命运。当一个人对别人的生命麻痹漠视的时候，其同时也在麻木自己的生命。

"该结束了！"她对自己说。

第二天，张小兰跑到伍市买了两包三步倒（毒鼠药）。三工区有一间十几平方米的老宿舍房，是她刚参加工作在矿灯房时分的。她邀了赖小毛上那个地方。这次魔鬼帮了她，魔鬼也帮了他——赖小毛如约而至。张小兰知道赖小毛好一口酒，于是备了酒，当赖小毛嚷着要喝酒时，她没有犹豫，用她那双本应该捧着工作笔记本的手将毒下在了酒中。两杯啤酒下肚后药性发作，赖小毛大惊，可张小兰早已锁上屋门逃之夭夭了。

丑初时，"癞皮狗"赖小毛死了。他像一条被燂了毛横陈在案台上正等待屠宰的白条猪。身冒绿光，唇皮黧黑，耳朵里飘出来一条红色的血带，鼻孔里也爬出来一条黑色的蚕路一样的血迹，带着蚯蚓的腥味；歪咧的嘴角沾满了霉黄色的呕吐物，舌头发紫像蟾蜍的屁股堵在唇齿间。目光如羾的眼睛还停留在死相初现时的那神情：惊骇、不解、诧异和痛苦不堪，似乎"死"的突然光临让他无法理喻……

当二天早晨，被昨晚上嚎叫惊吓不已的矿工跑过来趴在窗台上看时，他已尸体僵硬。据说人在死时最初的时光，大脑是仍能思考的。值得回味的是，赖小毛——癞皮狗早晨睁开的牛眼里，既没了恐惧，也无了哀怨，空落落的，完全是一种在死亡的踌躇中渐渐感悟后无内容的盲光，这种盲光中透露出公平意义上的坦然和承受。

张小兰被公安带走了。案件不侦自破：张小兰承认赖小毛是她所杀，是她给他喂了老鼠药。她说她不知从哪本书上看到过，原本想每次他来时就在食物里下点砒霜。她想看到他痛苦，让他慢慢死，无疾而终。可是那不是她的性格，她已经受不了他了，她一旦起了杀心，她便要立即去实施。

在死囚里等死的日子里，她没有要求见自己的丈夫一面。就是死到临头，她仍旧是看不起他。她见了他的弟弟张小军，告诉他她的存折藏在哪儿，让他照顾好父母。然后踮起脚摸摸弟弟的脸，眼睛里流出眼泪来。"是姐害了你，姐不是好人，活该！"这是张小兰说的最后一句话。

蜉蝣

"倒厂长"蒋光荣被抓矿山遭重罚、耒水截流建坝造成投资泡汤、伍乃子吸毒、单冬梅醉死、西女病逝，现在赖小毛又被鸩杀。这一切就好像事先有约似的，一咕噜突然爆发，山洪一般。一波打击刚过，还没待马车右想重新站起，紧挨着又来一波，这让马车右产生一种说不明道不清的盲目愤怒和盲目不安，惴惴如惊弓之鸟。他后怕起来。种种迹象表明，糟糕的事情还远没有到位，有一种血流满地却找不到出血口的惶恐感觉。这让他想起那个蜉蝣之夜，马车右不由得惊出一身冷汗来。他似乎是开始领悟到了什么，但又不得要领。马村河对岸绝壁上有一个坦洞，形如佛龛，峭倚壁悬，有百米之高；岩洞最里头的一块白垩色峭壁上挂满了像黑斗笠一样的蝙蝠，蝙蝠之下是一龛木构僧尼混居的五层寺庙。虽曾被捣毁，但仍旧香火顽强。自唐朝开庙至今，香火已缭绕了一千三百多年。里面的慧敏老尼姑，也就当年伍市的那个石女。马车右儿时经常帮她做些事——寺庙建在水边陡壁洞内，山门无路，只有一条用三根黄竹并排捆绑起来的小竹筏充当进庙之路。慧敏胆小，凡有重物皆请求香客帮扶。马车右小时帮她做事，作为回报，她讲故事。马车右打小就觉得她知道很多东西。于是想问

402

那蜉蝣之事，便上了庙。老尼姑患上青光眼后已双目失明，听马车右那么一说，睁开目空一切的眼睛，露出从世外借来的空茫目光，在神龛的案台上写了一张签条递与他。半文盲的马车右皱着眉头看了半天，不解，正要开口问个明白，却不料老尼姑早已料到会有一问，伸出手指压在努起的惨白如月的嘴唇上，示意让他回去慢慢领悟。签条上写了八句诗话：

蜉蝣之羽，

衣冠楚楚；

脆如寒冰，

命若朝露。

蜉蝣之舞，

纤纤袅袅；

与恶与善，

地狱天堂。

十八

这是一个充满鬼气的黑夜：漆黑下的大地万物都在高远怪异的凄怆风声中瑟缩地发抖，惊魂慑魄、腥风血雨似乎就蛰伏在耒水河畔这悄悄的无声之中。

晌午时，渔夫还划着筏子放着鸬鹚追逐断流后的漏网之鱼，但转眼间鱼儿就在乌云摧迫中卷入了河底，渔夫们在匆忙绝收的吆喝声中唤回鸬鹚，雨幕便随之而来，哗啦啦中河面便茫茫一片了。雨歇后，西天出现了极为少有的云象：一团火光烛天的鸡血云在重重乌云的围堵拼杀中奋力挣扎着要突击出来，而黑压压的乌云，像蒺藜、像乌贼的触角、更像利剑，狂掩狠劈，企图扼杀住它。像是怕辜负了对万物的等待，那团红灿灿的鸡血云顽强地、凄惨地、又极度无奈地将最后的血光像蜥蜴断尾似的留在了黑云之外，天空像开了一个血眼。

马车右近期的心情日落千丈。晚上陪了会儿玉子后便离开了。没有她的默许，他不敢在她身边过夜，通常睡在自己办公室的简易床上。已经有时间没有睡上一个好觉了，多数夜晚他都是辗转反侧、彻夜未眠；常与被他碾压得"吱呀"乱响的床板痛苦相随。夜里，常有噩梦，起来，怀里就像揣了一篓蛙似的跳得厉害。近期集中发生的事淤塞住了脑子，无法疏通。

未痊愈的玉子什么时候会完全康复、病死的西女现如今魂可安歇、马五斤痛苦的眼神何其无奈、不知会死的赖小毛猛醒的眼神，还有那个毒枭"铜壳子"费建业的余毒漫延，以及手脚已经被扎得千疮百孔的伍乃子何去何从……间或，还有单冬梅——他只见过她两面，但她硕大的身躯里隐藏的仁心和宽厚却给他留下了深刻的印象。这一切全都一股脑地像放电影般的倒来倒去地来回着放，像爬进了脑壳里的蠕虫，赶不走、扯不掉，若是硬生生地霸蛮撕扯开，那虫子不是断成两截便也是满吸盘的血。总之，横竖都是血淋淋。哪一件事都如同烧红的烙铁烙在心上。

看来又是一个漫无尽头的不眠夜。躺在床上的马车右被窗外吹进来的河风冷得直打寒战，一种从未有过的孤独和从未有过的无助向他袭来，他不由地蜷缩起身子，并将毛毯拖至脖窝处掖紧。窗外死寂，连墙角落里两只饭蝇振翅声也丝丝入耳听得清楚。"坏兆头！"马车右黑暗里睁开眼睛往四处看——平常夜里老叫个不停的蛐蛐今儿也都躲哪儿去了？电厂的锅炉也像卡了脖子，在死活间喘息。这种要死不活的喘声很像是在配合着促成某种事发生。"又要碰鬼？"马车右翻身坐了起来，睁大眼睛看着窗外。窗户就像个黑魆魆的洞口，连一丝毫的光都没有，反倒是屋里粉白的墙壁上透出幽微的一片暗淡的磷白来。马车右一会儿躺下一会儿坐起，煎熬挣扎中到了子夜。这时传来了码头晚班渡船"突突突"的马达声，像催眠曲。马车右在这熟悉的马达声中总算迷迷糊糊地进入了梦乡。睡得半醒不熟。有一段时间，他还感觉自己在床上转侧，还在用手挠头，他知道自己在睡觉，快睡着了。再后来，突然就像滑进了一混混沌沌的世界里，那个世界明亮与黑暗浑然一体、月亮与太阳同框相映……这时，他恍惚听见有慌张杂乱的脚步声由远而近地传来。诧异间他便看见有许多人朝自己这边奔跑，男男女女：头发散乱的、仅穿着短裤衩的、光着脚丫子的，还有来不及穿衣将被子裹在身上的……什么人都有。马车右看见一个红衣女子打着伞，伞下是她没来得及穿裤的男人。她撑住伞，一边匆忙地退下自己的红色外裤，想用自己的裤子去帮男人遮掩住那个地方。可她却不慎踩上了自己敞开的衣裙，一头栽倒在了地下……"发生了什么？"马车右大声问。没谁理他，人们只顾着奔跑。马车右惶恐地站在原地四周张望，直到人都跑光了，周围静下来了，他还木然地站在那，惶惶然，不明究竟。这时，他感觉脚下有动物的小蹄子奔跑时践踏在泥地上那圆浑单调的震动感传来。由远而近，由深而浅。他蓦然回头，霍然撞见黑暗里高低两束幽蓝的冷光就在不远的地方正警惕地瞪着他——那是一个幼麂依偎在母麂身旁。马车右顿时汗毛竖起，不由地往后退了一步。他四下看了看，思索着该找根木棒和石头什么的。双方僵持了数秒后，那蓝光一晃，便退隐进了黑暗中，与此同时传来那幼麂凄凉的、婴儿似的尖锐的初啼声。这声音划破了肃静的、阴森森的、空旷无边的夜晚。"麂——子——叫！"马车右闻其声便大惊失色，此乃恶兆。马车右怎么也不会想到，就在二十九年前的那么一个夜晚——也就是父亲死于煤窑的那个前夜，母亲与他此时一样，惴惴不安中听见山里传来麂子叫。只不过那是成年麂牯叫，而这次是幼麂。

自己的惊叫声把自己从梦境中惊醒了过来。"出事了。"他对自己说，"肯定是出事了，应该是矿上那边。"于是他侧起身来，正想去扯床头杆上的灯线开关时，便听见有人在敲打公司的院门。起初用手掌拍打，可能是嫌声音不够大，便操了块砖头，把铁门敲打得震天响，同时听到马良坡在门外高喊声："满——满！！"马良坡那声音听起来就像老牛咽气时最后的那声叫唤。一听到马良坡的喊声，马车右嗖地从床上跳下便往楼下跑去。见马车右衣冠不整地流时下来，马良坡像终于找到了主心骨似的呜呜地竟哭了起来，嘴里发出像受了委屈的孩子那样嘶哑地喊叫声："死人了！矿上出大事啦！……"

"别急、别急，讲清楚来！"

"……一个班啊……没上来几个……"马良坡口齿哆嗦地说。他把他那张恐怖的变了形的脸挤压在铁门的两根格条之间，看着马车右，目光沮丧。

蜉
蝣

马车右头"嗡"地一下，脑壳像被浸透了水的枕木猛击了一下似的：眼冒金花、头皮痉挛、背脊抽搐起来。他赶忙扶住门，僵直地站着，过了好一会儿才又问道：

"人呢？"

"都还在井下呢。最后出来的是安检员，他没死，打手势不让人下去，说瓦斯突出。现在正急着往井下送风……"

"熊矿长呢？"

"跑啦！"

"跑啦？！"

"一听说出事就跑啦，让我赶紧来找你。"

"平常一口大的，一出事就成了夹尾巴狗。良坡，快去，到宿舍叫醒王猛子——用脚踢门，他睡得死。然后到我办公室的柜子里，那里放了十万块钱，全带上。你们开车去，我走小路先上矿。快，行动快点。"马车右交代完，头也不回地扎进黑夜里，朝码头方向跑去。

摸黑一路小跑，马车右东跌西撞地到了渡口。寂静的码头孤零零的灯光下飞蛾禁不住河口冷冽的寒风，都躲藏了起来，或是趴在电杆子上一动不动。从黑漆漆的对岸水面上传来不间断的夜鸟啼啭。借着这团光，马车右飞似的跑下码头。渡船还在对岸。没时间等下班船，那得到凌晨。马车右没有犹豫，正准备脱衣裳，见坡上有个黑影朝渡口跑来。"满满！"那人喊道。一听这声音，马车右知道马良坡来了。"怎么啦？不是让你叫上王猛子开车过去吗？你来干吗？"

"你一个人我不放心，我陪你走小路。王猛子已经喊醒了。"马良坡喘着粗气说道。

"船没到点，我们得游过去。"

"啊？！这样……"马良坡胆怯地看了一眼黑咕隆咚、冷飕飕的河面。马车右没理他，脱衣退裤子，将它们揉成一团用皮带锁紧，然后顶在头上，下水前朝马良坡吆喝了一句："像我这样。快点！"说完便像坐滑滑板一样从码头斜壁上哧溜地下到冰冷的耒水中。

被逼到墙角无路可退的马良坡也只好效仿马车右，咬咬牙跟着下了河。一到河水中他便浑身嗦瑟地打起寒战，哆嗦着上牙合不拢下牙。抬头见马车右已经游出两丈之远，并在前头喊他："快点！把身子游热。"自从下游建了拦河电站，河面宽阔了许多来；水流平缓，死水一般，泅起来吃力多了。马良坡奋力地游着，好不容易才靠了上去。"满满，这水真冷，我全身像针扎似的，全麻了，你说待会儿上得了岸不……？"马良坡牙齿缝里往外滋水，头打摆子似的直颤抖，断断续续说道。"少废话，只管游。"马车右不想理他。他的心早飞到了矿上。

河水如镜，溶溶漾漾、混濛弥漫。墨一样的耒水河面上，平行浮动着两个暗白的坨；坨划破宁静的水面，给身后留下一道道酷似箭头般的波纹，这波纹的箭头直插对岸。

等马车右、马良坡搂起裤管翻过马村的后山，沿着马车右父亲当年去白鸡洞煤矿挖煤时走过的那条山间小道到达隘子口时，天空已经开始泛白。一条紫罗兰般的光带将浑然迷茫的世界划开了一道月牙似的裂缝：天，伴着孤寂的几颗昏黄的寒星越走越远；山，却走近了过来，它巨大的轮廓迎着马车右压倒了过来，于是，人一下子便渺小得如同蝼蚁了。

马车右一踏进大门，迎面便扑来井下温闷沤涩和人群散发出来的汗臭、狐臭、煤堆中透出来的硫黄等混合着让人神经紧张的气味来。主井口面对着大门口。煤矸石堆上、横倒的电线杆子上、轨道旁、煤斗车厢边都密密麻麻地站满了人。他们睁开血红的眼睛和张开一个个黑洞似的嘴巴，齐刷刷地朝着向他们走来的马车右——他们仍然还处在惊魂未定的默默无言中，如若呆鸡。

马车右环视四周——他在寻找主管矿长、安全矿长、救护队长和安监员（尽管他知道前两位已经跑了，但他还是希望能从人群中看到他们），只有救护队队长"红面朵"和三个队员整装待发地站立在索道边的围墙下。而另一个管财务的彭矿长远远地靠在办公楼二楼的栏杆上，头伸出阳台外，往这边张望。见马车右到了，身材高大、一脸红腮帮子的救护队长红面朵便快步地朝他走过来，捆绑在身上的救护工具随着他的大踏步叮当响着。就在这时，一个清瘦猴脸的小个子中年人像突然从噩耗中惊醒过来似的，从救护队长身后蹿了出来，声音像女人那样尖嚷着，不断拨开人群，跌跌撞撞直奔马车右而来。但是却在离马车右还有两步距离的地方，不知何故，轰隆一声一头栽倒在煤地里，趴在那，痛苦哭泣地用拳头擂着土地。这个人是采煤队包工头，所有来矿挖煤的工人（有一百号人之多）全部是他从老家贵州福泉带过来的。马车右快步上前将他扶起。此时的包工头，鼻子、嘴巴、眼睛都沾满了煤灰，从磕破的额头往外渗着血；他的那双黏满煤尘的睫毛下的小眼睛里面，闪烁着痛苦、伤心、无奈和不知如何是好。马车右知道，在矿难者家属没来之前，此人是最痛苦、最不安、最需要安抚的人——采煤工人是他"放一百个心，宽一万个心"千说万劝从家乡带出来的，现在人没了，那还了得？而这边，还有几十上百号人仍在矿上做工，还有大把的工钱没有结算，怎敢得罪？一旦工人闹将起来，他一个小小的包工头纵然有天大的本事，也会是风箱里的耗子，两头受气，横竖都是死。早些年邻里矿山的一个包工头就因为无法承受这种两头受折磨的压力而跳了楼。

　　"还有五个人没上来，啊嘞唧！我的天哪！怎么办啊？……我算是这回彻底完啦！……"他朝马车右哭诉，掺和着煤灰的眼泪鼻涕流到嘴角，像个待宰的羔羊。马车右把他搂进怀里，抚摩着他瘦削的肩膀。他也不知道怎么安慰才好。这时，目前唯一的一个矿难者家属——刚来矿上看丈夫还没三天的一个小女人，三十来岁，穿着土布上衣。她原本坐在地上，一夜的等待、一夜的哭泣和一夜的焦虑，她累了；盘腿坐着，耷拉着像断了弹簧的头，乱发遮面；她嘴角青绿的口水随着哼哼唧唧的低泣声像下挂面一样不停地滴落在地上，地面上出现了无数被唾液黏成的一个个小炭球。当听见有人提醒她"老板来了"时，这女人便像是触了电似的从地上跃了起来，摸不清方向地在原地转了两个圈圈后，发现包工头跟一个高个子男人站在一起，于是断定那就是老板了，便疯了似的甩开众人，撒开黑脚丫子朝马车右跑了过去一把搂住了马车右的双脚。

"我的丈夫还在井下，你们快快去救人啊！……快去呀，救人啊！……天呐！我的男人噢！你个短命鬼，我打老远来，喊你多陪一天你就是不肯，钱比老婆还重……这回好了，钱要了你的命了！命没了，拿钱打鬼去吧……呜呜……你快快出来哟！……妞儿还在等爸爸回家呢……赔我、的、男、人、来……"

她目光绝望地向上仰望，不知是在看天空还是在看马车右；她的悲号声响彻整个矿山。女人双手将马车右的腿死死地抱住，头像木瓜一样不停地捣着马车右的腿部；鼻涕口水蹭满了他一裤腿。这种典型的中国农村老百姓求助"青天大老爷"式的朴素冲动行为（当年父亲死时，母亲的悲号与此刻的妇人是何其的相似）。让马车右忽然感觉鼻子一酸，眼泪飙了出来。马车右知道，此时此刻，他已经没有半点时间和丝毫空间来允许自己流露出哪怕丁点儿的脆弱、无奈和怯懦。他必须马上稳定人心，尽可能快的拿出方案来解决问题、平息事态。否则，众情激愤、局势失控，打、砸、抢，围殴矿主等等诸如无法预测的事，可能在瞬间发生，甚至再次死人！他立马挥手示意让救护队长过来。"什么时候能够下井救人？"他问。红面朵没有回答，而是摘下安全帽放在怀里，一边抹脸上的汗，一边朝那边努嘴。马车右顺着看过去，从井口那边，有人搀扶着安检员朝他所在的方向走过来。安检员是个白脸小伙子，扣着一副镜片上有两个圈圈的高度数眼镜。女人一样单飘的身子。乍一看，谁都以为他只不过是一个初出茅庐的愣头青，一个实习青年。其实，他在安检这个岗位上已经干了十年，是个有经验的老安检了。此时，他像是刚死了一回似的正朝这边走来。他的那张小白脸上死气还没散尽。直到现在，事情已经过去了五六个小时，安检员的脸上仍然写满了惊魂未定的余悸。像一只受到重创在死神的追逐下刚刚掠过白茫茫一片凄凉雪地的惊弓之鸟，虽已平安着陆，却仍惴惴不安地惊慌四顾。他那张恐惧得变了形的脸让马车右心里涌出一股心酸来。

"马老板，赶快再往主井口增加一台送风机，往井下送风！瓦斯浓度太高。现在不能下，坚决下不得！一有火星，就会爆炸！马上，快点，去把井口的人疏散开……"他说道。神情呆滞了一会儿后，似乎想起什么，他定神看着马车右，那眼神就像看到久别的亲人那样，眼睛里面流露出来幸免一死幸运儿的光彩来。"就差一点点，我就没命啦！"他对马车右说道，"在临界面……就在前方一点点，我是看见他们一个个不动了：第一站住不动了，第二上去也不动了，接着是第三个、第四个……我前面的老潘一看不对，正想回身，可还是没来得及，就像钉子钉住了似的，卡在那了……这时我腰上的瓦斯检测器报警了，我赶紧头往后仰，正好处在瓦斯的界面点上，头在外，身子在里——啊哟哟哟哎，老天爷饶了我一命啊！……马老板，我是有责任的，按规定人人都要带瓦斯检测的，可是他们嫌麻烦都不肯带，我没坚持，我有罪啊！"说到这，安检员为了说明吸入瓦斯的恐怖情景，他做了一个样子给大家看：眼睛翻白，张开嘴，鼻如劓刑后两个空洞，全身僵持，就好比有一根涂抹上了桐油的船篙猛然从喉咙满贯而下，一竿子插到底直到穿至肛门为止一样，具说既动弹不得，也不能言语，只能在干着急下急速死亡。

正说着，从矿门外急驰进来一辆吉普车，车尾扬起比车身还高的一大圈黑色的尘埃。吉普车在办公楼前的坪中央停了下来。"咣"的一声车门被踹开，从车上走下来一个秃顶、矮壮、黑脸膛的中年男人。来人是分管乡镇企业的副乡长，叫范国良。

"把马车右给我叫过来！"他一跳下车便朝迎过来的马良坡大喊道，然后二话没说便大步流星地独自朝办公室去了，留下一连串他那短脚虎似的大脚板踏在地上发出的"咚咚"声。

马良坡于是向马车右跑去。"乡长叫你。"他说道。马良坡看见马车右太阳穴上暴出一根蚯蚓般的青筋来。马车右让救护队长快去疏散井口的人，然后对马良坡说："叫上彭副矿长。"说完便朝办公楼走去。

一踏进办公室，门便被一脚给踹上了，紧接着便听见闩门声。原来范副乡长早已经立在门背。趁着马车右还愣在那，他已快步回到了他的座位上——椭圆形接待桌的最里头的主席位上。他已经给自己倒了一杯水，杯子正冒着热气。范副乡长正襟危坐，那双黑李逯似的圆珠眼睛怒气冲冲地瞪眼看着马车右。见他还傻愣着，便喊道："你不是火暴性子吗？今天怎么啦？过来呀！"

马车右脸色铁青，他愤怒地看着范副乡长——当初因蒋光荣的原因矿上被责令停了工，就是这个范副乡长主动帮助疏通好上面的关系，于是马车右接受了他安排他亲戚来矿上任矿长的要求，就是那个跑了的"熊矿长"。现在出了这么大的事，马车右一看到这个范副乡长，心里便冒火。

"出事便跑了！什么东西？平常嘴巴说的比唱的还好听——拔根卵毛杀得猪死。呸！就是一个屁。"马车右嘴里骂道，在范副乡长右侧椅子上坐下。马车右对煤矿管理缺乏经验，而现在该组织实施救援的人却躲避责任跑啦。明摆着，满盆子屎全扣在了他一人头上。现在是吃也得吃，不吃也得吃的场合了。"今天让你'放一百个心'，明天让你'只管跷起脚数钱便是'，人呢？没想到是个丧门星！……"他还想往下说，但范副乡长那双有力的短手巴子已经高高地举起来，往空中一挥，大声地打断了他的话：

"现在不谈这个，也不是谈这个的时候。你是大股东，是法人代表，你就得负起这个责任来。你不负谁负？！就是天上往下落刀子，脑壳削了半边去，手也得把刀子给我接住喽！死人啦——事当大！把什么都放下，先把这事处理好……什么？你住嘴，听我的！现在我给你三条建议：一、把受难者家属安抚好，决不允许一个人上访闹事；二、封锁消息，决不能走漏半点；三、积极组织救援工作，但决不能发生二次伤害。为了落实这三点，你必须马上把下列事情办好——越快越好！一、马上调辆救护车来，车一进矿便开铲车到路口将路堵起来；二、马上安排人员到路口守候，任何人、车都不得进入矿区，主要是死者家属；三、尽快把死者弄上来，务必在今晚之前完成；四、天一黑便把尸体拖到火化场火化掉。记住了，是火化。而且是外地，上衡阳烧……什么？我们有什么权力火化？哎呀，小兄弟啊，现在不是谈什么权力的时候，是在解决问题、平息事态。是在偷偷地把这个捅的天大的娄子给补上。你年纪，不知深浅。一旦家属与死者见面，几十个人一哭二闹三上吊，到那时你就架不住了，还能处理好事吗？再说了，农村讲究土葬，黑压压的人群跟着一车死人后面哭天喊地，你知道那是个什么情景吗？浩浩荡荡啊！别说市里、省里，天下谁人不知。弄不好再死上一两个家属，这事就天大了。一旦出现市县接管兴师动众大规模营救，那我们就都得死翘翘啦！车右啊，办这种事情，心要狠、要快，决不能婆婆妈妈。我知道，你们年轻人情感上过不去，但是，把方方面面都处理好了，就是对大家包括死者和家属最好的交代……当然了，见面是必须的，这是人之常情嘛，但是，是在火化场——衡阳火化场，到了火化场就由不得他们了。国家不提倡棺木土葬，凡同意火化的，政府出一万元的补贴——当然，这个钱实际是由你们矿上出。车右啊，听我的，我搞了几十年农村工作，吃刀口饭长大的，农民那几根鸡肠子，我比你清楚。"

马车右被范副乡长说得无以言语。看着对方晒得像烧黑的铜火壶一样的秃头在自己眼前晃来晃去的，马车右心里顿时生出来一种厌恶来。"你不是吃刀口饭，你是吃屎长大的。"马车右心里骂道，冷冷地又瞅了一眼对方的秃头。

"好了，马车右同志，立即行动吧！一个前提：要尽快——也就是赶在家属到达之前将死者弄出来，送走。"说到这，范副乡长停住了，他把椅子往后面一推，站了起来。他长长地吸了一口气，又长长地吁了出来，口气也缓和许多，原本铁青的那张黑脸也泛起一丝不易察觉的不好意思的狡黠的红。他绕到马车右的身后，双手搭在马车右的肩膀上，俯下身说道：“车右兄弟啊，把人弄走是关键的关键！否则，一拖必将暴露！到那时，你应该知道：矿要查封、矿长要法办、乡长要撤职、县长要记大过，上上下下，能挨着边的都没好日子过……当然，最惨的就是你了。你说你一个矿老板、挣黑钱的暴发户”——说这句话时站立在身后的范副乡长把一种阴险的目光投在马车右低垂着的后脑勺上——“还能有好？！弄不好，罚得你倾家荡产不说，还得去坐牢。你想想看吧，只怕是到那时，想死都难了。车右，为你、为我、为大家。这种事我比你有经验，比你见得多，绝对没错！什么也别想了，只管照着去落实吧！”范副乡长说完了。他大步回到自己位子上，坐下，从裤兜里掏出一包烟来，扔了一支给马车右，自己点上一支。一口白烟像滚动着的热汤圆在他鼓囊囊的腮帮子里转了一圈后冒了出来，并恰到好处地停留在了他噘成鸡屁眼似的唇口上，继而又被他吸进了肚子里，少许，便化成两管白烟从他那大鼻孔里徐徐而出……

对于马车右来说，范副乡长所说的方案或者说是诡计、套路，残忍而不近人情，甚至为了自保而妄动他人权益，但是……还有其他的路可走吗？没了。马车右无奈地站了起来，向门口走去。他将门打开。彭副矿长早已在门外候着。“把救护队长、安检员、机修班长、电工老王、食堂‘油嘴巴’（厨师）和马良坡他们都叫进来。”马车右对彭副矿长说道。彭副矿长一溜小跑地去了。范副乡长和马车右回到会议桌前，两人挨里头坐下。一会儿工夫人便齐了，门也闭上了。马良坡最后一个进来，他一进门便慌慌张张地跑到马车右身后，附在他耳边说道：“刚听他们打电说，家属已经在路上了，两个中巴车。不出意外，今晚便会到。”马车右还没来得及作出反应，竖起耳朵听得明白的范副乡长便大叫了起来：“赶紧地布置下去吧！”

“废话不说。在座的各位给我听仔细了：每半个小时测试一次瓦斯，一且允许，立刻下井。现在首要任务是把人救上来。我希望天黑之前救护队必须把人弄上来。主井口加了两台送风机还不行的话，马上上风井再加两台抽风机。这事由安检员和'红面朵'负责，机修班和电工组归他们管。马良坡立即打电话通知赵保刚叫上十几个人，然后让他去红旗矿矿医院调一辆救护车来。把人留在路口的树林子里，用铲车将路封死。彭副矿上，财务室还有多少现金？七十万？待会儿全提出来放我这里。你的任务是安抚好其他矿工，把后勤搞好，食堂二十四小时开饭，热水不停。千万别让他们单独聚集，派人跟着，该赔笑的赔笑，该说软话的说软话，特别那个包工头，派一个人二十四小时陪同他。下午把他安排到路口去，一旦家属到了，让他打头阵做说服工作……总之，别闹事。这块出了事情，你负全责！什么？留下五万……不行，钱自己想办法。大家记住，我会一直在煤坪，有事到那找我。好啦，拜托各位啦！各就各位去吧！"

天空一直飘着雨，雨像面粉厂风机吹出来的粉末，在空中冲撞；从苍凉、阴冷的山谷古树洞里传出来"呜呜"的风声，这声音一会儿像埙，一会儿像长笛。嵌进山坡有颗红色五角星的井口拱门上，那棵年年砍又年年长的泡桐树心状的树叶，正一片接一片地如同纸飞机，挣扎着、翻滚着、时而跌落时而俯冲，在充满忧伤的空气中飘啊飘……

从煤坪可以看到宿舍楼走廊挂满矿服的晾衣竿下站满了矿工。他们有的双手插在裤兜里直愣愣地站着，有的则趴伏在阳台栏杆上，还有的蹲下抽烟，有的将脸抻近阳台栏杆中间的隔空中——他们都无一例外地睁开忧郁的眼睛，朝着一个方向——也就是一口黑锅似的主井口。那种余悸未消、事不在己的侥幸，都如此掩饰不住地呈现在他们的脸上、眼睛里和气氛中。马车右捋了一把湿淋淋的脸，又用指头抹了抹眼角的水渍，心里不由地蹦出一句自说自听的话来："为什么要在这样的一群人中发生这样种悲惨事件呢？这难道不是我的过错吗？我一个不懂开采技术和行业管理知识的半

415

文盲，却是这么个高危企业的老板，自己的无知和不慎，他们付出的就是生命。"

马车右用目光在人群中搜寻到包工头后向他走去。"我心里太不安，"他对包工头说，"我太担心死者家属情绪不稳，怕又出事。你是包工头，又是同乡，你最了解他们的心情和诉求。事情能否顺利解决，关键还在你这。你可要开明些呃，要多费心啊！既要帮着他们说话，又要站在我方角度多想想。有一件事我反复想过，还是要坦诚地告诉你，一旦死者升井，我们就立马送到火化场去，不在矿山停留。让死者与家属在矿上见面，事情处理起来会很吃力。再说了，你看这雨下得停不下脚，他们那么老远来，一路劳顿饥饿，这里既没有什么吃的，也没个休息的场所，会苦了他们的！你不会不同意吧？"

看着马车右滴着雨水的眼皮底下那殷切中带有求助的目光，包工头凝眸思索片刻后，抬头说道："有些事情你可以做，但我不能说。事情已经这样子了，人死不能复生，其实到现在，其他的都已经无关紧要，失去亲人的痛苦将在他们今后的岁月中慢慢去承受。现在，关键在如何赔偿，亲人去世了，家属赶来相见告别，这是情理所在，但来了那么多人也是为了壮胆。人多胆大，无非也是想多要些。马老板，可别不理解他们，我们穷啊！人穷有人穷的想法。说实在的，究竟会闹出什么事来，我心里真的没底。"包工头极为无奈的样子让马车右心里像吞下了一块铁，沉沉的。

"是呀，人死不能复生，吃亏的永远是那些离世的人。我也是农民，我能理解。就算赎罪吧！我们也只有在赔偿方面尽最大的努力了。老哥，我们一起努力，让他们能尽可能快地减轻痛苦、接受事实，进入赔偿和安排好后事这些事情中来。这样痛苦也会少一些的，你蛮能干，我相信你。拜托了！"

"我会尽力的。"

下午三点，小雨转中雨。四点，雨停。大地抹油般的清新明亮。马车右看见救护队长红面朵和安检员一前一后地向他匆匆而来。看他们那神色，知道下井的时机已到，赶紧招手让马良坡过来。

"马老板，可以下井了！"安检员说道。就像一直在耐心地等待着冲锋号角的战士那样，马车右为之一振，那张一直蒙着愁容的马脸一下子拉开了。他朝离他不远的马良坡喊道："你去让救护车开到井口边来，然后你待在绞车房，在那儿等着。"说完转向救护队长，"再去拿套救生服来，我跟你们一起下井！"

"马老板，你……"救护队长没料想到马车右会作出这样的决定来，大红脸膛上的小眼睛疙瘩里露出诧异的眼神来——这可是他从国营煤矿到私营煤矿从事这项工作二十多年来所未曾见到过的。"这可不行！你还是在上面坐镇指挥吧，养兵千里，用兵一时，这是我们的分内事。就是上刀山，下火海，自有我们在！再说，井下情况复杂，谁也没个把握，万一瓦斯再次突出，这种事说发生就发生……不行，不行，很危险的……"

看着黄色安全帽下救护队长红面朵肥硕的脑袋上帽箍勒出来的红色嵌子印和那双从昨晚事发就一直紧张待命而疲惫不堪的血色眼睛，马车右先是把手搭在他的肩上，摁了摁，那意思是"谢了"，然后在他厚厚的胸脯上用力一推，说道："谁的命不是命？废什么话，赶紧点，全程听你的指挥，出发！"

从侧道铁路推过来四个铁煤斗。推上主轨挂上钢索后，"开车！"红面朵朝着绞车房高喊了一声。传来一声启动电铃声后，煤斗箱便"叮当咣当"响开了，一溜四个煤斗便朝斜井下滑去。一行六人：马车右、安检员、救护队长和三个队员，成行尾随斗车下井了。

这期间范副乡长一直待在接待室没有露面。彭副矿长跑进跑出向他汇报外面的救援情况。

沿着二十五度角的斜井，随着煤斗的渐渐远去，原本三米高的主井口就像黑夜里一轮高高挂起的寒月，飘摇中渐行渐远地慢慢升高、慢慢缩小，直至变成一个晃悠悠的小亮点后，便消逝在了黑暗之中……

下行至一百米，便驶入了平行巷。卸下拉索，几个人开始轻推动着煤斗滑行向前。在没有任何其他光源的情况下，井下一片漆黑，伸手不见五指，抬脚如瞎子摸路，几个人头盔上的矿灯光将井下这死一般的阴森打破。若是平常，习惯了井下作业的人，对这种阴森和寂寞是无所谓的，然后此刻，大家都是胆战心惊，即便像红面朵这种久经历练、浑身是胆的老救护队员了，也无不胆虚心惊：这些被上百米深的岩石泥土禁闭住了升天之路、被无数巷道迷乱了通天方向的灵魂，正在那焦急不安地冲撞、窥视，正在苦苦地寻找附身之物，渴望着在阳光来临之前去寻找属于他们的最后归宿。否则，他们就会成为孤魂野鬼，跌入万劫不复的深渊之中。他们的幽灵正在那急着呢！井下工人怕的是这个，并为之毛骨悚然！再说了，这是个高瓦斯矿，谁也说不准它会在某时某刻将再次突出。一旦突出，不是瞬间就地毙命，就是在爆炸中化为灰烬。这种不确定的恐惧感让大家收紧了头皮，寒气浸透心身一样让人战栗。"咚咚、咚咚"的心跳声彼此都能听到。安检员不时地回头瞅瞅跟着后面的人，生怕孤悬在前。

从第七个支巷口往里拐进去过了溜槽不远，他们看到了五个死者：他们全都站在那等着，排成一排，像多米诺骨牌一样，是如此的安详。他们每一个人的手都搭在前人的背肩上。看得出来，当死神来临的那一刻，每个人想到的不是立即回逃，而是通知、探究或者是想搭救工友，但是没有成功——一个也没有成功！最前面的一个，骨骼瘦长的手指死死地抓住井壁上的一根弯曲了的卯杆，头斜靠着井壁，挣扎着想让自己别倒下去。而后面的人不明情况，上前一个，完一个。一而再再而三，没有一个人能在生命完结的最后挣扎间告知身后的工友，他们就这样来不及作出任何反应地送了命。只有最后一个煤工，双手高高举过头顶趴扶在井壁支护上，是一个回望的姿势，兴许是正想掉头回跑，但已经来不及了。他的眼睛绝望地瞅着身后；像喉咙里浇进了一勺烧红了的铁沙似的嘴巴恐怖地、呼救似的张开着，黑胀的舌头死赖在下牙床上，整个地像只打昏了头无法起跳的树蛙；死者头上的矿灯还有丝丝的亮意，就像他不愿闭上的眼睛。

"怕还是活的吧？"最小的那个队员心惊胆跳地说了一句。

此言一出，马车右忽地觉得有一股狂喜涌上心头，他越过正在行注目礼的红面朵，把手搭在了那煤工的肩上，传递给他的却是一种他从未触碰过的生硬和冷漠——那分明就是一种死亡的感觉。马车右的脚杆像突然遭到了一根铁棍的猛击跪了下去。那是一种从未有过的无力感和从未出现过的内疚。"生命中的一切努力、生命中的一切向往和憧憬，在这一刻都戛然而止了。——这是我的责任。"他在心里喊着，感觉泪水像开了闸的水龙头般地往外流。

"我们得尽快离开这儿。"红面朵走了过把他搀扶起来，说，"瓦斯有再次冒出的危险。"说完，红面朵走向前去。他把手伸到回头瞅望的那个死难者眼睛前晃了一下确定没有反应后，将死者的眼皮捋了下来，叹息道："只可惜，上天没发这份善心。"说完紧了紧皮带，面对着面。"伙计们，下班了。我们回家！"他跟"他们"说道，然后拦腰像拥抱好友似的竖着抱起。

五个死者横七竖八装在后排的两个煤斗里。在推到上升道斜坡时，红面朵将拉索扣上，向绞车房发出上升信号。像一条长蛇一样的黑溜溜、湿漉漉的钢丝拉索寒光一闪，蠕动了一下便拉直了。一排四个铁煤斗"咣、咣、咣"几声响后便缓慢地向斜井上行驶去。大家默默地走前头，不时地回望随行而来的煤斗，谁也不愿说一句话。那些斜立在煤斗靠板上的僵尸因为是斗形底而不时地摇滚着，时而撞在一起，时而分开，像活着、像在逗乐、像平常下班升井一样。

那个消逝了的光点又摇摇晃晃地出现在了前方头顶之上：渐渐地像溅上了泥浆的玉盘呈现了出来，又犹如一纸被丝线牵挂住了的深秋里飘摇着的寒月。随着煤斗上升，光亮越来越大，直到一个清晰的井口呈现在大家的眼前。就在这时，像黑暗中奔向阳光的幽灵，忽然五只翅翼宽展的蝙蝠从他们头上贴近洞顶无声地一掠而过。它们相互追逐、争先恐后地朝着洞口冲将而去，犹如一排齐射出去的箭镞，井壁惨淡的寒光披在它们黑府绸般的蹼翅上，一到洞口光明处便像几道黑色的闪电一样四下散开了。

"咦呀，怎么会有蝙蝠？往常只有在废弃井才见到过呀。"一个队员惊讶地说道，并仰头小心翼翼地环顾四周。

"怕是后面那几位的幽灵吧？"又是那个小队员惶惑地说道，并惊慌地往上看，"看看，它们有多着急！都想抢到前头。"

"闭上你的乌鸦嘴，信不信我抽你？"红面朵朝小队员低声吼道——干他们这行要忌嘴避讳。

…………

在即将出井口时，传来"咔嚓"一声，车斗往后倒退一步，停了。"咦？怎么停啦？"有人问。"先就停这儿，"马车右说道，"我安排的，等压黑了再请这几位上去。"说完便自顾自地大步往前走。大家于是跟着出井。还是那个年轻的小队员，迈着小快步一个劲地往前挤，生怕落了单。他一脸的狐疑，嘴里嘟噜道："是因为他们怕光吗！……"没有谁回答他这个问题。走在最后面的红面朵上来照他屁股踹了一脚，口里骂道："不是说了让你闭嘴？"小青年扭了扭头，仍然自个儿翻着白眼皮——他还没有琢磨出原因来。

范副乡长手里掐着烟屁股正在屋里像热锅上的蚂蚁般急得直打转转，猴急地不时扯直脖子朝窗户外面看。马车右进来的时候，他正在用两根手指梳理着秃头上仅剩的几根头发。"怎样？弄上来了？"他迅速将门掩上，急问道，目光像糯米糍粑黏在马车右脸上，一直尾随着马车右从门口到桌旁、到马车右坐下来一口喝完一杯水后，才按捺住自己的耐心，在马车右对面坐了下来。"上来了，"马车右冷冷地说，又往杯中倒了一大杯水，"按照你的安排，天黑再走。现在是五点，离天黑还得半小时。""为了错开家属，你们得插小路！"范副乡下令道。

天，降霜了。霜，就像织布厂挡车上推过来的一块块飘荡的白纱。灯杆子上的灯泡，在霜的围剿下，不是朦胧暗淡，而是愈来愈亮。天黑了。

尸体移进救护车后，马车右跳上了车，一边朝马良坡大声喊道："带上大哥大，拿上东西（钱），走！"司机是个不爱说话的半大老头；身宽体短，像一团大小正好的肉包子一样端坐在漆白的驾驶位上。这个见死人比见活人还多的司机阴沉地看了马车右一眼后，启动了车子，连喇叭也没叫一声便滑行至斜坡的拐口，这才猛地一轰油，"嗖"的一声驶出了大门。白色的救护车像一条大裤衩，幽灵般遁入了黑暗里，留下来两道车辙印。这车辙印如同大地身上被钢针铁爪刮出来的几道口子，而那些轮胎牙槽里挤压出来的一节节各种胎牙印的黑色泥泞，就像是大地身上冒出来的冻血。

救护车前脚走，范副乡长的吉普车便后脚趁着夜色悄然地遛出了白鸡洞煤矿。吉普车排出来的恶心的焦油味沉聚在办公楼前的坪地上，久久没有散去。车子行至白鸡洞煤矿那个废弃的水泵房时，停了下来。范国良掏出 BB 机向自己的上级发出了一条信息：矿难者已按照原设想运往外地火化场，现在可以行动了。请按既定方针今夜派人来紧急查封关停白鸡洞煤矿。良国。

事情完全像见多识广的范副乡长预想的一样：两小时过后，在雨蒙蒙的黑夜里，几柱闪动着雨点光的车灯出现在了进入矿山的坡道上：两辆贵州牌照的中巴车果然猛轰着油门闯了进来。车子还没停稳就风风火火地跳下几个人来，他们架住了迎接上来的包工头。一听说尸体已拉往火化场，二话没说拽着包工头和那个哭已无泪的新寡妇就上了车，没熄火的车子急速调头又匆匆地拐出了矿山，直奔县城火化场而去。自然又扑了个空。再一打听，根本没来。县火化场太小，上衡阳了。于是乎车子又立马调头，沿一零七国道往北猛追——他们想在半道截住运尸车。然而马车右他们走的却是不为人知的小道：往陶卅、耒阳、经遥田至衡阳。可怜家属团的车像个无头的苍蝇东飞西撞，等他们绕来绕去终于赶到衡阳时已经是凌晨四点了。马车右他们早已是到了，救护车就停在火化场的大院里，锈迹斑斑的高大铁门紧闭。按火化场规定，夜间，无关人员、车辆和死者亲友不得入内。火化场早九点上班，殡仪馆十点开门。

深秋的清晨，天色苍凉，瓦蓝的树林连绵天边，像一圈舞动的蓝布；远处山峰上的电视信号塔架，从模糊的一根联通天地的黑色线杆开始变得越来越清晰，并逐渐开始从各个铁三角的网格中透过紫蓝色的云霞来。林子里有鸟啼，能看清楚这座遮蔽在林荫之中低矮宽阔、飞檐高翘、铁灰色瓦棚的火化场主楼的屋顶了。整个火化场除主楼外还有一栋被绿色长廊连接着的刷成白色的附属砖房；那便是焚尸房了。房子的后山脚下竖立着一根单瘦高耸的铁管烟囱。这根被锈蚀包裹着的在风中飘摇的烟囱被三根不同方向的斜拉索从固定。铁帽子下的烟囱口冒出惨淡的白烟。

也许是一天一夜的旅途劳顿和失去亲人的痛苦折磨累垮了吧，停在大门口等待天明的车上所有人都沉沉地睡着了。两辆车静悄悄地停在那，像无人的空车一般，连鼾声都未曾有过一丝，安静得有些恐怖。这情景引来了酷爱在悄无声息中寻找杀机的一只捕猎晨归的猴面鹰。它的展翅迎风一收，便下脚无声地落在了铁门的墙头，黄金色的一对爪子紧紧扣在被干枯苔藓覆盖着的墙头砖上；它不停地前后左右摆弄着头，神灵一样冷森森的猫眼随着头面的不停摆动而效正着焦距。它正在朝无声的车厢里窥视。

马车右、马良坡早晨八点才算忙完从殡仪厅的后门出来。两人脸色苍白、神情呆板地坐在后门的石板阶梯上，目光戚戚，连烟也恶心得不想碰一下。尽管用肥皂褪了无数次手，但始终还感觉到不管是手还是衣袖、甚至于自己嘴里哈出来的气息里，都存留有甜腻的尸味。火化场没有美容师，不承担这项工作；门外围墙上有一则用白石灰写下堪称世界上最悲凉的小广告："尸体美容请打电话：444……"——他们没有看见。摆放在殡仪馆大厅的五个死者都是一身的黑炭，根本无法分清谁是谁，必须将脸部清洗干净，再套上新的工服，家属在告别仪式中才能找到自己的亲人。这事便落在了他俩身上。马良坡纵使有一万个不同意，在马车右面前也不敢放半个屁出来。两人只得硬着头皮麻着胆子把这事做了。

一看到那些像长沙坡子街的臭豆腐般歪扭变形、紧绷的、僵硬的、又像从黑水泥污中打捞上来已经腐烂掉皮的沉木疙瘩一样的头颅和那什么也看不清就像一张过了火的树皮外加几个窟窿的脸庞。那一刻，马车右从当初对这几个不按安全规章上岗的死者的憎恨转变成了可怜和惶惶不安，以及内心从未曾有过的如此沉重的负罪感。与马良坡怀着恶心、惊骇和颤抖的心情完全不一样的马车右，在做这件事时，是怀着忏悔和内疚的心情去完成的。此刻，马车右追忆起父亲死时的印象。于是父亲的背——他从未见过的那张背便与眼下死的那几个人的背混在了一起模糊了他的眼睛。每一个矿工，不是每天便是每周，多多少少都要被井壁上掉下或震落下的煤块和矸石击伤后背，所以他们背骨上都或多或少会留下伤愈后的青印。这是矿工的永恒烙印，是他们无一例外的标记。马车右跟死者穿衣时都特意看过，少点的，三五七条痕，多的，整背都是，无以计数，像幅紫色的獠画。这个情景从此再也没有离开马车右的脑海——似乎每一个背影都是父亲的背影。

沉默良久后，坐在石阶上的马车右瞅了一眼平排坐着、还未能从惊吓中回过神来的马良坡。见他目光呆呆地看着地板，神情恍惚、嘴唇乌黑，手还在抖。

"怕了？真不该让你来的。应该让那些年纪大点的、结过婚的来。"马车右说道。

"你不也没结婚吗？"马良坡反问道。

"我不同，我是矿主。对他们，我是有罪的。我现在为他们做任何事都无法赎回我对他们犯下的罪！我的心真的好难受啊。"

马良坡看见马车右大分头上雾水凝结成的雨滴以及长睫毛上挂着的细水珠子，都在开始往下滚落，像泪水。

"满满，你怎么了？我发现你开始变了，变得忧愁和婆婆妈妈的了。像吴妈（村里一个逢人便爱哭哭啼啼述说自己苦难一生的老女人）。当年你是何等的刚强果敢，是村里青年学习的楷模啊！呵呵，这才几年，变啦，变啦！我有时候真想学你那样，有一副铁石心肠，这样才能成大事。真的，刚才我好怕，手发抖，喉咙里直打干呕，脚像打摆子样样的。我是看到你才坚持下来的……"

马车右没有再哼声，他把手搭在马良坡宽厚的肩背上，目光凝视着破晓的东方天边绵延错落的渐渐清晰的巍峨群山。

衡阳饭店——衡阳最大的饭店。面朝湘江，背靠回雁峰，是一家国营饭店。摆放在马车右房间桌子上的一张表格，是这次矿难死者的家庭基本情况：

一、廖六九，年龄：四十九。贵州福泉，XX 乡、XX 村、四组。有儿女一双，女儿患癫痫病，儿子有智障在家务农。

二、廖千祥，年龄：三十八。贵州福泉，XX 乡、XX 村、三组。父亡。离异，儿子随女方，女儿随他，小学生。

三、廖火生，年龄：三十三。贵州福泉，XX 乡、XX 村、三组。父母健在，生有一双儿女，男孩七岁，女孩五岁。小学生。

四、廖万顺，年龄：三十二。贵州福泉，XX 乡、XX 村、一组。父亲车祸死亡，母亲务农。生有二个男孩，均不过十岁。小学生。

五、廖小强，年龄：十八。贵州福泉，XX 乡、XX 村、二组。未婚。七岁时，父亲矿难亡故，母亲改嫁他人。与孤寡爷爷一同生活。

蜉蝣

这份死难者家庭情况表是马车右让包工头登记过来的。

"我看这样吧，"马车右指头摁住表格，看着一脸严肃拘谨、面临谈判挑战而惶惶不安的包工头，说道，"先确定一个死者的基本赔偿标准，然后再根据各个家庭的情况再做些不同的补贴。你的意见怎样？"

"可以。"

"在我们县，矿上死一个人基本赔偿额是五万……"

"这个——"包工头一听五万，便站立了起来，他急着想打断马车右的话，"按说，也差不多，但定在五万，我不能同意。这次是大事故，一下子就去了五个。他们都是一个地方的，前村后村，隔村相望。情绪很难安抚下去……若是高出来几千、万把块的，我也好说话，他们也没有理由强求。马老板，你大人大量，不差这万儿八千的，多给点。矿上如今还有几十上百号人在做工，处理好了，今后你我在矿上也好做人做事呀。就六万吧。"说完，生怕马车右会有什么反应，不安地看着对方，继而又小心翼翼地坐回床上，甚至把脚也盘了上去，双手搂住，像只绵羊。

马车右把目光从包工头那张难为情、带有怯阵、却决然不肯轻易让步的脸上移开。他双手抱肩地走到窗前，看着窗外灰蓝灰蓝的天。薄暮中有一只翅膀尖利的孤雁至西向南飞去。马车右看见它灰麻色的腹部从温暖的阳光下滑了过去时，自己嘴里不知为何涌出一滋溜的苦涩来。他舔了舔干唇皮，深吸了一口气后把目光收回来，说："我是想把每个死者家庭的赔偿标准定在十万元。"半个身子躺在床上的马良坡一听，双腿一抻，疯癫般从床上蹦了下来。"十万？！"他惊讶地拿眼追问着马车右，嘴巴张得像个傻子。当被马车右用毅然决然的眼睛瞪了他一眼后，便立即闭上了嘴——他知道这哥们的牛脾气又来了，他一旦发作，八匹马拉不回不说，还会像醉酒的狗逮谁咬谁。"关我屁事！钱是他的，爱咋咋地。"马良坡在心里嘀咕了一句，又回床上躺下了。

真正吃惊的是包工头——他傻在那儿，似信非信，嘴咧着；他那双拘谨的手像村里姑娘第一次相亲那样，铆足了劲捏着衣裳角使劲地搓着。过了足足有一分钟的光景，从马车右的表情上确定了这不是气话和玩笑话，而是实实在在的真心话时，他竟然失态地单腿从床上一骨碌地跳了下来，双手一把握住马车右的手使劲地摇了起来，泪奔了起来。"你真是一个有良心的老板啊！我带工十几年，从未遇见过。好人呐！真的好人啊！马老板，我是不敢讲呀，就算是按六万，我今年年底回家还是得给他们每个家庭再送上一些，否则，年是过不去的。今年这事一出，又亏大了。你这一下给了十万，总算是给了他们一些实在的安慰。人既已死，他们图的也就这个了！……好人呐！"

"再多的钱也抵不了一条人命啊！即便如此，也不能减少我内心一丝一毫的不安和痛苦。"马车右冷言道，脸上无半点慰藉之感。他那瘦削的脸上明显地留下了几道这几天由于痛苦和精神摧残锉凿下的伤感印记，"去吧，跟他们去谈吧。"

"好的、好的，这事就交给我和小马啦。这里面还有些谈判技巧，得多谈几个来回，跟他们多磨磨。一开口就定得很高，他们认为还能加码——请马老板谅解，农民就是这样，穷的，我们得慢慢往上提高。他们的心一旦暖起来，对未来有了希望，痛苦就会相对减轻的。马老板，你这两天没休息好，你就别操心啦，好好休息一下吧。"包工头脸上一直挂着的苦难相被马车右的一席话一扫而光，呈现出来雨后阳光般的和煦之色。一直紧绷的心弦也瞬间松弛了下来。他就像清晨从鸭笼子放出来的一只灰不拉叽的旱鸭子似的撅起尾巴摇摇摆摆地出门去了。看着他斜歪的身子不时蹭刮在走廊的墙壁上和穿着饭店的塑料拖鞋"呱嗒呱嗒"地一路走去的信心满满的背影，马车右两天来心中第一次生出一丝安慰感来。

所有的事项一直轮番争执到子夜才最后谈妥。双方在协议上画押签字后，鸡叫已经第三遍了。马车右囫囵地睡了一下，睁开眼已是第二天的上午。因还得紧急赶回矿山处理余后事情，于是叫醒马良坡，街边随便塞了

426

点小吃，两人来得饭店大厅与家属道别。

饭店大堂，富丽豪华。七枝八杈的水晶吊灯、宽阔漆包的三合板服务总台、水磨石镶铜条的地板，以及面对湘江的落地大玻璃格子窗。更让大堂蓬荜生辉的，是大堂中央放置的那块巨大的朱木屏风，上面镶嵌着一块象牙白的木刻浮雕：云雾缭绕的回雁峰上，一行准备北归的大雁回望着傲立于云端的雁塔，呼唤着向北而去……

马车右伫立在屏风前，深情凝望着这幅浮雕，他忽然有一种感觉，这种感觉激发出一种冲动来，他说不出这是一种什么样的冲动，痒痒的，像冬眠中苏醒过来的虫子一样在心里开始蠕动。"回归？我还真的好想好想像这群'鸭子'——他在心里将大雁叫作'鸭子'——那样再回到它原来那地方，把那些做错了的事再重做过一遍来。问题是回得去吗？雁可回，人呢？"站立在屏风前的马车右在心里嘟哝着。马良坡结完账过来时，他仍旧沉醉其中。

"车右哥，看什么呐？几只破鸟有什么看头？回村里，我去后山帮你抓上几个。"

"你懂个屁！"

两人正说着话，看见包工头提溜着腿，从大厅一角旋转楼梯口走行下来。他看上去精神抖擞多了，清癯的脸也洗刷白了，衣裳也穿得笔直了，小眼睛里不再有那种四下张望的恐慌和瞻前顾后的畏惧目光了。他大大方方地向着马车右走过来。

"马老板，早呀！"

"早！"马车右个子很高，他伸过手去，像牵小孩一样牵着包工头的手，说道，"我呢，公司那边还有许多事，得马上回，这里你还得辛苦一下。我们多开了一天房，让家属们在衡阳玩一天吧。"

"好的、好的，交给我啦！我陪他们。"望着马车右的包工头像老母鸡啄米似的一个劲地点着头，"我是要一直送他们回到老家的。马老板啊，跟你说句心里话，带完这批人，我就再不干这个行当了……造孽太深，我今后会不得好死的。马兄弟啊！（他忽然改了称呼）你是不知道噢，我每年带一百多号人出来，哪年年终回家，都会少上几个的，村里的寡妇眼看着一年比一年多了起来。为了节约点钱，有些家里没后人的，骨灰都没个人接回乡，永远丢在外乡。你说说，我身上背了多少罪啊！这样的罪如何洗得干净哟！这回我是真的打定了主意，决定了……现在才发现，还是家乡好，穷点就穷点吧，真的，我现在是想死了我的家乡！！每次外出第一时间就是惦念着回家的日子，嗨呀！这回终于决定了——回乡。除恶积德，图个善终。马兄弟，谢谢你！你这次对我教育很大，是的，我说的是真心话……"

包工头很是激动，唾沫像射水枪一样从他嘴里喷了出来。他知道不好意思，抹抹嘴继续说，这一刻也顾不了那些繁文缛节了。

正说着，从屏风后面追赶出来两个小孩。一男一女。马车右认识，是这次矿难死者廖火生的一双儿女。他们都刚穿上一套崭新的、明显偏大一号的新衣裳。"这是大人刚给他们刚买的，"马车右于是想到。小女孩扎着两条用红毛线系着的羊角辫子，稀薄细黄的刘海被汗水沾黏在浅平的额头上，黑瘦的小脸颊上那双硕大的黑眼睛此刻正注视着手上紧握住的一包花塑料袋子装着的糖果——是那种做成一瓣瓣橘子形状、上面沾满细颗粒白砂糖的糯米软糖。那个比他高出来一头的、同样黑瘦的小男孩正馋猫似的把头探了过来，眼睛直勾勾地瞧着小女孩手上的糖果包。男孩是女孩的哥哥。

"又要又要，刚刚才给了你一颗哩！我不……自己的那包一顿晕吃，没啦就想着要别人的……哼，不给。"我吃得太快，没尝到甜味。"哥哥于是说。女孩生气了，努着小嘴，手掴得更紧了，但在瞥一眼哥哥后，旋即眼睛里露出来退让。她右手指将握着糖的左手指一个个掰开，拈出一颗，眼睛盯住哥哥的脸上。"最后还给一个。"她说，等到哥哥点了点头，才松开了手，把糖放进了哥哥张开并伸过来的嘴里。再摸出来一个塞里自己的嘴巴里，抿住，能看见那糖果在她小腮帮子里跳来跳去的。于是乎兄妹俩相视一笑，脸上同时露出来甜美、幸福的享受感来。

这一幕震惊了马车右。"他们哪里知道，这衣、这糖是爸爸拿命换来的。他们趁着这次死了父亲的机会，出了一次大山，吃了一次最甜的糖果……"马车右想到，突然觉得心、肺、肠子刹那间都抽搐了起来，鼻子像捅进了筷子头似的一酸，眼泪不由自主地要滚落了出来。他弯下腰，捂住嘴，"别流出来。"他心里喊道，但还是没忍住。他生怕人看见，一扭头，逃似的跑出了饭店的大厅。他脑洞里顿时觉得满是淤泥——是那种矿沟沟里油腻血腥味的淤泥。马良坡见状，诧异地尾随出去。他在大门口出去不远的人行道上的白玉兰树下看到了马车右。

"还剩下多少钱？"马车右问道。

"七万多点。"马良坡回道，不知何意。

"留下路费，其余的让包工头平分给那些小孩吧。"

"啊？那不是耒水的水哎，那是钱！"

马良坡见马车右铁着脸，用小鸟一样的乞怜眼神望着天空。这一不符合马车右性格的表现，使得马良坡不敢多言，怕骂，于是小跑着去了。办完这事后，在饭店的后山花园里找到了马车右。他在回雁峰的塔下，正抬头望着那一群大雁的雕塑：迟到的朝阳将一片霞光慷慨地撒在了回雁峰上，塔上飞翔着的大雁背上像镏了一层金箔，金光灿灿地展翅向北方而去！千百年来，北往南迁徙的大雁，到了这回雁峰就算到南头了。它们在这里休整歇息，等待期盼着春暖花开的北归日。

"这是我爷爷当年战死的地方！"马车右心中默念道。他忽然想起了爷爷。

回程中，两人坐在绿皮火车厢里时有段这样的一段对话：

"哥，说句真心话，这是我第一次见到死人。看到那一张张死人的脸，哥，你猜猜我当时是怎么想的？"

"怎么想？"

"活着真好！"

"那你知道我现在在想什么不？我在想，好的愿望并非会是好的现实。我第一次深刻地感到，对于这个矿山，无论从什么方面来看，我都是一个无法胜任的人。那些矿工的死，都是我的罪。罪大恶极！"

之后，两人再没说话。马车右眺望着窗外飞驰而过的树木、山峦。当所有人的命运——身边的、身边以外的——组合在了一起，让他突然从中发现了什么的时候。此刻的他生出一种从未有过的强烈想回到耒水、回到伍市、回到玉子身边的心情。

蜻蜓

十九

　　当大地被秋天难得一见的骄阳像丝绸一样裹束、湘南的原野在车窗玻璃上映出蛋黄般的斑斓、拉着长笛的火车驶进马田圩火车站时，时间已是下午五点过了。回到伍市，已近黄昏。彩虹像黄鹂鸟的翘尾已轻搭在了伍市口码头的峰坳上。与马良坡分手后马车右没有回公司，而是径直朝着自己最以为能得到慰藉的地方而去。他要到玉子身边去憩歇——那是现在的他极度渴望的地方。不知何时开始，他觉得他们之间有一种东西变换着反了。他从守护她爱护她温暖她的这一角色变成了更需要她给予同样的情怀。并想得要死。他希冀着能把心存放在那个他最想存放的地方。他的心渴望着她那双温暖的手轻放在上面，在男人最脆弱的地方抚触一下——一下即可。他盼望着她从不知静止了多少年的状态中活转过来，抖落掉身上的尘土，一如当初那样充满着生命的朝气和原味。他似乎等到了这一天。当他匆匆轻推开裁缝铺的板门时，一眼看见穿着绛红色宽领粗针织开衫毛衣的玉子正坐在楼梯顶端三角区洞口下方的楼梯踏板上。她双手握住楼梯栏杆，目光穿过栏杆朝店铺的门洞在张望，神情像教室里趴在窗台上盼着亲人来接校的学生——显然那是在等他。一股暖流顿时流遍马车右的全身——她的眼神告诉他，那一刻终于来了——她在等她爱的人——她苏醒了。他迅速反手掩上门，奔跑了上去。玉子的眼睛里掠过一丝不易察觉的喜悦。她正了正身子，曲指理了理垂在眉前的头发，似有羞涩地把目光收拢在自己穿着的那双棕色灯芯绒软底布鞋尖上。马车右发现她脸颊上第一次荡起了浅浅的一抹红晕，还有唇角边那一双米粒大的小酒窝也洇成了诱人的粉色，从里往外透出隐约的忸怩。

"树上知了叫了！"她说。

"嗯！"他回答，几乎泪涌，"是的，知了叫了！"

然后他看见她羞涩如初地将头埋进他的怀里，双手从他腋下的衣裳间穿行过去，抱住他筋肉发达的后背；脸、耳、鼻，以及极力想探索到他肌肤的嘴唇，都紧紧地贴在他扁平宽阔的胸口上。瞬间，一切的不如意都被抹掉，那一刻，对于马车右来说，世界剩下的只有美好。他颤抖地捧着她的头，热吻着她诱人的带着海飞丝香的发丝。阁楼里的灯光淋至楼道上，像幅垂帐。在这厢帐帘里他们默默无言地相拥在一起，渴望着永远。

十月的夜晚，犹有寒意，特别像伍市裁缝铺这种河道边凌空构架起的板楼，冷浸浸的河风从西北往东南沿着河道溯流而上，呼啸着从阁楼的隙缝中钻进屋来，并伴随着耒水的拍岸声，呜呜地响着。隼、卯、没有严丝合缝的窗棂、用马丁钉住的人字屋梁，瓦片下的檐板，都在这风的肆虐下，发出"吱吱扭扭"的声音来。

然而，这一切对于马车右和玉子这对刚刚将伤口弥合好的情侣来说，都已是毫无意义的身外世界——他们已经忘却了外部的一切，他们像万年重逢的夫妻一样，沉浸在唯有彼此的二人世界中。阁楼是他们的卧室，马车右特别用心地配置了一个特宽的双人铜管欧式床。河边凉得早，玉子今一早就铺上了秋被。那是一床崭新的实棉合欢被，大红缎子面上绣有一对拥水击浪的鸳鸯；从被窝里不断向外散发出来干燥感和太阳余热以及香蕉味的新布料气息；留着玉子手掌抚摸印的粉色印花床单一直罩到地板上。无罩吊灯被玉子用红色的玻璃纸裹上，昏暗的红色便像雾粒一样弥漫了整个阁楼，甚至在门角下也有这种迷蒙的光辉在涌动。长时间等待终于迎来了的水到渠成和瓜熟瓢甜，加之这没有纷扰的宁静和诱人的氛围，一下子将两人推入了忘却过去唯有崭新的爱的激流中。

两人相依相偎地滚到了华盖上。

"这就生命的全部啊！这就是生命的意义所在啊！"他在心中呐喊，世界霎时间烟飞云散了。

这是马车右一生中最心安的一个晚上。过了一个一生中灵与肉完全得到融合、梦幻与现实轮番交替着的快乐之夜。而她整个晚上依顺着他、任由着他，整夜在呢喃着两个模糊不清的字："哥哎——！"

每个人从来到这世界起就像钻进了万花筒，他们一如初生的小猫小狗一样，怀着忐忑之心畅达其中，忽然有一天，他们会发现这个世界并非全是鸟语花香、亦非处处斑斓艳丽。玉子人生的这一天就发生在征兵启程前的那个晚上——那个马车右诳她去看美丽的矿山之夜的坟山上。她对这个世界的真实相识猛不丁定格在那个晚上。但是，有一味药却能治百病——那就是时间和爱。在这个知了叫了的午后，玉子苏醒了。

河岸边的一棵老梓树上每过去十来二十秒后，便传来一阵急促的啄木鸟的啄木声。这种被河风带过来的声音像蒲公英的花絮飘落在耳孔周围一样，细痒细痒的，挠醒了累死了也幸福死了一夜的这对还沉浸在春梦中的男女。当马车右睁开睡眼惺忪的眼睛时，已是第二天的午后。太阳光从数条板缝里射进阁楼，线条光将阁楼横劈竖砍成光怪陆离的一个烂漫世界。

吃了饭后，马车右这才想起了必须去一趟煤矿上。打开大哥大一看，有七八个未接电话，除赵保刚的一个电话外，其他全部是白鸡洞煤矿打来的。这是有急事。临走时，玉子来到他身边，拽住他的衣角，轻言细语道："早点回家……""好嘞，早点！"马车右高兴应道，这声音中蕴含的力量足以抵消所有的失败和挫折。

马车右一迈进白鸡洞煤矿的大门，就觉出来气氛儿不对。坡上拐角口土包上站着一群矿工，完全失去了往日那种高谈阔论、淫词相逗的活泼气氛，而是处在一种沉默不语、没精打采的状况中。马良坡昨天就回矿了。此时也在人群中，双手插在裤兜里，漠然相视。彭副矿长见马车右到了，便像是终于等来了救星似的从一路小跑过来。彭副矿长这个人做了一辈子的会计，过惯了夏天不当日晒、阴天不遭雨淋的日子，也没见过、经历过什么惊险大事，是个安稳惯了的老实人。原矿长与主管安全的副矿长跑了后，其间全矿的工作就都压在了他一个人身上，很辛苦。马车右发现他本来就白得没劲的脸显得更加苍白了。

"彭副矿长，这几天辛苦啦！"马车右关心地说道，手在彭副矿长的肩膀上拍了拍。两人并肩同行。

"算不了什么，应该的。你不在的这几天矿上发生了很多事……"彭副矿长开始向马车右汇报几天来矿上所发生的情况，"你们走的当天晚上，井口就被他们贴上了封条；第二天上午，电也断了，供电所说是接上面通知。我们原来一直是用了再交，月月结，现在不行了，说是得先买后用。冶炼厂赵总送来了一万块，才交上了电费，恢复井下抽水。乡政府打电话来说，让你一回到矿上便到乡政府去，怕是要重罚。"

"鸡肠子上择油、苍蝇腿上刮肉，就那么一点了，让他们罚吧。"马车右宿乏的脸在阳光照射下现出来一片吓人的青色。

"还有你公司叫'伍乃子'的那个人，也来矿上两次了，说是找你，我看他是想借钱……"

"他放出来了？"

"他自己说，大瓶子的死不关他的事。"

在其他人默视下，两人走到主井口。井口用两根碗口大的杉木呈十字叉在中央，前面又用一节水桶粗的枞树筒子横在井口的钢轨上。封条就贴在十字架上。马车右凑近一看，封条上盖有三个大红章：一个是乡政府的，一个是县煤炭局的，一个是县安监局的。马车右站立了一下，说："让各队队长都过来，还有机修班、食堂，凡是各岗位的负责人全都过来吧。"说完便自个往接待室去了。彭副矿长紧随其后。两人刚坐下，便听见矿上的喇叭在广播：请各岗位负责人马上到一楼接待室开会……

"马老板，现在账上是一分钱也没啦！"一进接待室彭副矿长就诉起苦来，"村里头又来催交青苗补偿款，说再不交就要把路给挖断……"

"让他们挖吧！"

"不复工，这么多工人闲在矿上，一天就得上万元开销……"

"所以我来通知，采煤队、掘进队全部解散回家，其他的，休假。"

"这？……只要解除封条复工，不到十天立马就会缓过气来……"

"我不会去找他们！"马车右叫道，将空杯子往桌子上一掼，杯中长满了白霉的茶叶随着腾起的黄霉跳了出来，"彭副矿长啊，这次死了的那些人让我现在的心都是慌的……所以……"

彭副矿长只是一个建议，这不是他分内的事。见马车右如此说，便闭上了嘴。苍白的脸上竟还红出一块来。不大一会儿，门口已经站满了人。"良坡，让他们进来吧！"

人坐满了半屋。

"现在向大家宣布矿上的决定！"马车右从椅子上站了起来，拿眼环顾四周后，大声说道，"各位也看见了，由于这次事故，县里已将矿井封了。什么时候能够复工谁也说不准，肯定不是三天五天，也不是三两个月。所以，矿上决定停产休整。本地人员今天就可以回家，多发半个月工资；外地人员——主要是掘进队和采煤队的，你们可以迟一天、最多留矿两天。矿上负责你们的车旅费用，还未结算清工资的，明天上午财务室结算，……对不起大家了，这是没办法的办法。复工那天我们会打电给你们的，你们如果愿意再来，车旅费还是由我们来承担。好啦，请大家来就这事，有什么事情找我的，可以随时找我，我哪儿也不去，就在矿上，……食堂继续开火两天，负责好这两天的伙食，不用去买荤菜了，就将放养在矿院里的那些鸡抓起来全宰了……好了，还是那句话，对不起大家了！……有气的、有火的，请冲我一个人发，我不会对大家怎么样的。散会！"马车右速战速决，并第一个离开了办公室。

从矿井一贴上封条起，所有的人都知道会是如此结果，闹也没用。大家一哄而散。好在老板心善，没有克扣。当马车右在门外吸了两支烟再回到办公室时，里面只剩下彭副矿长一个人呆呆地坐在那儿，两眼望天。他还有事说。

"还有一事得跟你说。昨天来了几个人找你，说是县城的一个什么大公司的老板，哦，准确地说是三兄弟，'鼓眼'（矿上的材料采购员）认识他们。说这三兄弟可有来头了，在县城开了一家'三箭客有色金属公司'，生意大得很嘞！三兄弟有一个统一的外号，叫'海陆空'。父亲过去做过武装部长，姓郑，现退休了。他给三个儿子取名海军、陆军、空军。这三个人书读不好，但生意做得好。上交权贵，下结地痞流氓，神通得很。你小心点，我看他们来者不善。"

彭副矿长终于是心情沉重地讲完了他要讲的，看见马车右蹙起眉头不吭声，便出去忙自个的了。但刚一出门，就又转了回来，口气慌张地说道：

"来了、来了，他们又来了。说曹操，曹操到。"

来的"曹操"，就是彭副矿长刚刚才跟马车右说起的"海、陆、空"郑家三兄弟。

三台小车：一台银灰色奔驰、一台丰田佳美和一台白色桑塔纳。三台车子趾高气扬地在办公楼前的坪地上一字排开后，像是在演电影似的：三条车门同时打开，郑氏三兄弟统一从各自的驾座里出来，每人身后还跟着两个着一袭黑衣、脸部表情故作严肃的青年人。与其说是随从，倒不如说是黑道打手更贴切些。三兄弟皆因父母来自北方，个子高大，体格健硕。

虽然西装革履、衣冠楚楚，但从他们满脸的横肉以及手握移动电话阔步向前、目不斜视的派势上来看，怎么也看不出是有教养、有文化、有内涵的善良人家出来的人。

老大郑海军上次来时与彭副矿长有过一面之交，此时见彭副矿长站在接待室的门口，便径直朝他走去。"正巧，我们老板今天在矿上。"彭副矿长说道，闪向一边，笔直起身子，然后向接待室做了个请的动作。三兄弟大大方方，如归己家般吆喝着进了屋。那几个跟班小兄弟则装腔拿势、故作姿态在门口一溜直线地笔直站立着，目光统一傲视天空。

马车右是个服软不服硬的人，更看不得这种鼻孔里插弹壳摆威拿势做派。他连眼皮也没抬一下，一直不吭声地有意无意地玩着手上的杯子。面色严肃。而"海陆空"三兄弟似乎是也并不急于交锋，而是在马车右对面并排坐下，将手中的大哥大齐刷刷地一字排开地在桌子上一放——当第一代砖头式移动电话还在全耒水只有极少数人使用的新鲜玩意时，他们已经用上了第二代摩托罗拉折叠式移动电话了。

"我们是过来交朋友的。"老大首先说道。兄弟三人三双窥视的眼睛一齐投向马车右。马车右这才稍微抬起头来，目光斜视不甚其解地看了他们一眼，然后又摸起杯子，等待他们把话往下说。

"我有一个叫'尿泡'的小兄弟，他对你很是佩服。我从他那听说过你。你也算是我们耒水的雄霸一方的人物了，也是矿区名副其实的老大——像你这样的朋友我们是要交的。"郑海军停留了一下，摆出一副居高临下的样子。他从烟盒子底部弹出一根烟来，把它叼在嘴里，然后把烟盒扔向马车右。他那带有点猫黄色的眼睛一直盯住马车右看。

"我可不是什么你们说的那种'老大'。交朋友嘛，不一定能对上路，有什么事你们就直说好了。"马车右说。他鼓鼓鼻翼，似乎是想嗅一嗅究竟有多重的火药味。

三兄弟数老三个子最为高大，且脸上筋肉饱满，一看就是那种冲劲大，耐不住性子的人。一听马车右说这话便不乐意了，满脸愠怒。

"呵呵，朋友哪有什么对路不对路的，这混江湖，要的就是各路朋友，路路有人方可神通广大嘛！马老板你说对吧？"还是老大说话，他耐心好一点。

"'尿泡'那人就是个婊子，婊子的胯，只认钱，见了钱……哎，你们究竟有什么事，说事嘛！"马车右有点不耐烦地瞥一眼对方。他从自己烟盒里抽一支烟出来。点着。他看见马良坡走了进来，在他身边坐下，铁青着脸看着郑家三兄弟。

"既然马老板这样坦诚，那我就直说了。"老大将欠在桌沿边的身子往后一仰，很是气派地深吸了一口烟，吐了出来，"其实交朋友也好，道上混也罢，说穿了，大家无非是想多弄几个钱花而已。我们呢，一直有个愿望，想开一两家煤矿。请你相信，我们在上面是绝对有关系的，没有摆不平的事。跟你讲句心里话，我们看上你的矿了，今天就是来谈合作的。如果你愿意的话，我们想参股你这个矿。马老板，你肯定会问，'凭什么？我好好的，要你参什么股！'这很正常，我也理解，有钱自个儿挣自个儿花，多爽啊！干吗找个不自在？但是，你矿上才出了大事故，一切已经不是先前那么回事啦！这才是我们今天来的信心所在。"老大将那刚抽了半截的烟摁进烟灰缸里，又弹出一支烟来，点着，欠起来身子，一双大手摆放在桌上。他的猫眼像钩子一样钩着马车右看。"县里现在对矿山安全生产抓得很紧，作出了一个决议：所有私有煤矿都必须缴纳安全保证金五十万。我们在这方面不仅有办法而且资金充足，所以，我想……你可以考虑一下，由我们来交这笔押金，然后负责疏通各路关系，由此，我们占这个矿的一部分股份。"

"我可以坦率地告诉你，与我们合作是你最佳的选择，也是不二的选择，说句你别见怪的话，其实就是唯一的选择！这一点，你现在肯定不相信，但时间会告诉你，你最终会相信的。只是那样，耽误了时间，你会损失惨重，又何必呢？”老二忍不住说话了。他看上去比那俩兄弟要文雅点，"我们还可以增加在矿上的投入，把产量扩大，那样的话，你的收益比原来兴许还有提高。如此的双赢结果，马老板是生意人，这个账算算便一清二楚了，马老板不会不乐意吧？"

"我想告诉各位的是，这是一个高瓦斯、丰水矿，没有高技术人员，没有严谨的管理水平和巨大的安全投入，是很容易出事故的。这一点我深有其感，也深受其害。"马车右插了一句。老二随即把他那只肥硕的生有几个肉涡的手掌张开摁在桌面上，然后像拧西瓜似的从右往左拧着。指间那个硕大的虎头戒指闪着金色的光。"开矿哪有不死人的？！"他玩味地看着戒指，慢吞吞地说，"你看看哪个矿不死人？！这很正常，高风险才有高利润嘛！"

马车右听到这，心"嘎嚓"地像刺进了一把鱼叉，痛得难受。他眼里冒火地瞪眼看着对方，正想要发作，咬咬牙，忍了。至此，他再也没有抬头看一眼郑家三兄弟。

"马老板别躁，我们可以取长补短。"

"我不需要你们所谓的'长'"马车右斩钉截铁地说道。

"你刚经历了一场矿难，心情不好，我们可理解。开矿的老板都是这样走过来的。我们希望你不要拒绝我们的好意。不管怎么说，这是一件你赚、我赚、大家赚的好事情，跟谁过不去，也别跟钱过不去嘛！马老板，考虑考虑？"

"不需要考虑，没有这个必要。"马车右坚定的态度让三兄弟吃惊和羞恼。老三郑空军早已是按捺不住了，几次想要跳起来，都被老二拽住，最后还是从椅子上蹦了起来，他将大哥大一把握在手里，天线就像一支筷子头那样弹了出来。他就用手中大哥大的天线指着马车右嚷嚷道：

"你这个人怎么敬酒不吃吃罚酒？我们一片好心，你只当成驴肝肺。"

郑家老三的口水沫子飞得满桌子都是，马车右却出奇的冷静，但他放在桌子上的那双骨骼暴凸的手却捏得骨节直叫。他没有看老三一眼，而是拿狼一样的眼睛瞪着老大郑海军，目光阴森。慢吞吞却字字铿锵地说道：

"我们马村人有种怪性格，不知你们来前打听了没有？特爱摸顺毛，那样舒服，但摸不得倒毛，一摸就反。可别跟我来横的，你们不就是想挣钱发横财吗？但要钱得先有命，对吧？所以，我劝你们一边去，我不跟你们玩，也不想玩了。我敢肯定地说，别看你们咋咋呼呼、神气活现的样子，在我眼里你们全都是胆小鬼怕死鬼。你们只想着钱，有了钱就以为卵比天大，而我不想玩钱，我现在烦那个东西。我啊，现在只想玩命。信不？不信的话，你们哼一声，我拖把刀出来立马劈了你们。"

马车右的话虽然低沉，但却掷地有声。这让马良坡都大感意外，意外的不是马车右面对强敌时所表现出来的勇气，而是他的那句"现在只想玩命"，似乎话中有话。马良坡有些紧张地把嘴附在马车右的耳边，说了一句："我已经打了电话，五斤、保刚他们马上就到，满满，你可慢着点……"

马车右的话一落尾，郑家三兄弟的火就被点燃了。他们齐刷刷地站了起来，气氛陡然紧张，大有山崩地裂之势。但是三兄弟在马车右冷冷的、狼一样阴森的目光逼视下，感觉到对方说那话不像是只吓吓人，怕真的会做出杀人放火的事情来，于是乎便底气不足了，没有谁敢哼一声。只有老三还有些蠢蠢欲动，但脚却被身边的老二暗地里死死踩住。正在双方紧张的僵持时，赵保刚、马五斤到了。马五斤是早早地就剥掉了外衣，瘸着腿一路大步走来——他爱玩这套。只要他一光裸着上身，就会凶相毕露，身上凸起的黑筋肉就像是张开了要吃人的血盆大嘴。此刻的马五斤有万夫不当之勇。

"谁敢到老子的地盘上来耍威风？"马五斤一脚把门踹开大声吼道。他在长形的接待桌靠门的一头站定，歪斜的眼睛扫视了"海、陆、空"三兄弟一眼，鼻子里哼哼的。"嚯！像三条汉子，只是你们找错了地方。我们马老板是这里的坐地虎、地头蛇、困草王。到了这个地方，你就是天王老子来了，也得礼让三分。我把话撂在这桌子上，凡事好商量，若是来霸蛮的，老子就陪你们耍耍。"说完，来了一个"一人荷戟，万夫趑趄"的招式：擂起黑拳头照着桌面就是一拳头下去，三夹板做的空心接待桌上面便留下一个拳头大的洞来。

这一来，郑家兄弟也就明显地败下阵来了。

"呵呵，我就喜欢马老板这种有血性的男人。"老大赶忙说，"马老板啊，我小弟也是个急性子，本来是件好事，结果一急，反倒搞成了坏事。我早先就说了，我们是来交朋友的，既然马老板不愿合作也没关系。现在经济形势大好，有钱哪里都有生意可做。不过，马老板我还是得劝劝你，煤矿真的难开啊！到处都是求爷爷告奶奶的事情，人贱不说，要办好点事，上面没关系，还真的不行，你慢慢体会吧。好啦，没有关系的，虽说有点不愉快，但认识了马老板我们还是蛮高兴的。那……今天就这样，我们还是先回吧。"

没有握手，没有道别，"海、陆、空"三兄弟就这样窝窝囊囊地走了。

郑家兄弟走后，马车右一直呆坐在椅子上没有起来，他心情低落、忧心忡忡。看他们嚣狂的样子，已是王八吃秤砣，铁了心了要夺取矿山，玉子的病愈让刚刚才舒缓的心情一下子又给绷紧了起来。从衡阳回来的路上他就已经决定不再开启这个煤矿了。以井下的地质情况，以及低成本的开采方式，似乎不死人是做不到的。他看不得再死人。只要一到矿上，脚一踏在这块土地，脚下似乎就有一种异样像电流一样传遍他一身。他总觉得父亲躲在一个什么地方，睁开惊恐的眼睛看着自己的儿子，并在一个他看不见的地方从干哑的喉咙里发出哟哟的声音来，这声音一直跟着他。心就惴惴不安。他想关闭这个矿的决定已经坚定下来。但是今天这不请自来的郑家兄弟，让马车右心里又悬浮了起来。不是你想开不想开的问题，而是这填满了矿工生命和洒满着矿工血泪的煤窑子，无时无刻地都在吸引着婪贪者的觑视目光。他们可不管那些哗啦啦响的票子上是不是充满了血腥味。马车右能否保住这个矿不再被重开起来，转而成了心中的疑虑——尽管这个矿的老板是他马车右。

"所以，"马车右突然站了起来，一拍桌子大声音喊道，"炸喽它！"

就他一个人在，这声音震得房梁落灰。这个决定太突然，连他自己也为这个既陌生又不符合自己性格的念头大吃一惊。

天色渐渐暗了，矿上也没给留饭，赵保刚、马五斤他们早走了，马车右在矿上度过了一个从未有过的孤独之夜。他竟然忘记了要回伍市。

就在第二天上午，乡政府范国良副乡长来到了矿上。他先在矿上四处转悠了一下，然后自个进了会议室。马车右还没起床，等马车右起床下来后，他已经静静地毫不着急地把脚翘在桌子上自斟自饮地喝起了茶。

"找我有事？"睡眼惺忪的马车右一见到范副乡长，眉头就皱了起来。他有时觉得这个秃子乡长就像一条刚从屎坑里爬上来的蛆虫一样恶心。他的出现就预示着烦心事的到来。

"当然有事。矿上出了那么大的事故，虽然得到了有效处理，但是你还是得到乡里、县里去接受处罚！"范副乡长说道。像是来传达县、乡的指示。其实这次矿难他是有一定的责任的——主管矿长是他推荐硬塞给马车右的。矿上出了事，第一责任人就是具体负责的矿长！然而从他脸上没有看到丝毫的不安和愧疚。他今儿像到隔壁老王家串门那样轻松而随意。

"接受处罚？什么处罚？我矿不开了，你们还罚个鸟呀！"马车右蹲下在系鞋带，听范副乡长这么一说，嗖地直起来身子，可能觉得鞋子不舒服吧，他干脆把还趿在脚上的一只鞋抬腿便踢了出去，光着袜子就在范副乡长对面坐下，"这次已经耗光了矿上所有的钱，还从冶炼厂、青龙公司那边挪用了不少。现在连抽水的电费都没有了……处罚？把个卵罚给你们要不要？"

"车右兄弟，别激动嘛，过去的已经过去，关键问题是着眼未来。你这个矿资源丰富，一开工，钱不就来啦！我知道你现在资金有问题，所以我来找你，就是来帮助我们乡镇企业的嘛。银行不给贷款，因为煤矿是高风险行业，可以找私人嘛。比如转让一部分股份什么的……"

范副乡长这么一说，让马车右立即想起了郑家兄弟，"来得真快呀！"马车右心里想道。"你不是来为那个什么'海陆空'三兄弟来做说客的吧？"于是马车右紧盯住对方问道。

"我今天来是为了工作！处罚是必需的，你想逃也逃不脱。至于是不是那什么的说客，先丢一边不说，我这是为你出主意想办法来了。要找能办得成事的人合作嘛，这才是上策，有何不可？"

"老实告诉你，我眼生挑针，有脓，看他们不得，矿是我的，我不开了总行吧？"

"此言不对，资源是国家的。你不能占着茅坑不屙屎，那哪行。国家要发展经济，县里要税收，乡里要效益，农民要饭吃，闲人要有事做，由不得你。"

"这个煤窑的地质条件你不是不知道，复杂得很。昨天我还电话找到了红旗矿的总工询问过。他对我说，这是个高危矿，不仅仅是高瓦斯，最大的危险来自悬在我们头顶上的那些过去废弃的几个小煤窑。我们现在是在采二煤、三煤，我们头顶上甚至还有旧社会留下的老井，这些废井多于蜘蛛网，井道里长年灌满了水，我们现在如同在河底下作业，只要有一个穿了洞，大水漫下来都会是灭顶之灾。那会死很多人的，想想都打寒战。我们是人，总要有人性，让姓郑的那帮噬钱如命、重产量不重安全的人来开这个矿，其实就等于让他们杀人，会有大灾难的……"

"重生产，更要重安全，这个理我懂。但路是一步步走过来的。"范副乡长显得很平静。

"不行。"马车右态度坚决。

"别跟我谈什么人性，别在我面前装什么悲天悯地大慈大悲，你做的坏事还少吗？你的那些发家史，谁心里还没有个谱？"范副乡长开始发起首轮进攻了。

"我没那个觉悟，但我身在其中，我脱不了干系。人活在世上总要有点良心吧？正于你所说，我也不是什么好东西，难道不是好东西的人就不能成为好东西吗？我决不能让自己手上再沾上矿工的血。"

"中国还有成千上万的人没有脱贫，不发展经济能行吗？"

"让人民吃饱穿暖，让国家走向富强。这就是人性、良心的最大体现。"

"靠山吃山靠水吃水，亘古不变的道理。我们能看着财富埋在地下不去发掘而始终戴着贫困县的帽子吗？"

"现在全国哪里哪里都在抓经济建设，你以为我们能停下来吗？停得下来吗？"

"再说了，中国有十几亿人，天下哪天不死人？"

范副乡长每说一句，就向马车右逼近一步，说到最后一句，他的鼻尖与马车右的脸仅剩毫厘之差了。

"你这是在说人话吗！"马车右一蹦三尺高，他猛然地将会议桌掀翻，直指着范副乡长的鼻子破口大骂道。

范副乡长闪向一边，他面不改色心不跳地看着像头红眼驴似的嗷嗷直叫的马车右，知道没法再谈下去了，只好走了出去。走时，他那秃头在门口晃了一下，丢下一句话来："想作对，就是螳臂当车！走着瞧吧……"

看着范副乡长稳定的、无处不透出随时将聚集更强大的力量卷土重来的背影；看着范副乡长气急败坏甩开车门飞扬而去、不达目的绝不罢休的吉普车张狂的车屁股，马车右觉得喉咙发干，憋屈在心里的一口气顶在脖子口就是出不来。他独自站立在会议室中央沉思苦想足足有十来分钟，才将情绪舒缓了下。在外偷听的留守厨师李大爷走了进来。"马总，别听他胡说八道，"他说，口气像央小孩一样温和，"他是在给政府抹黑，政府可不这样，政府总是向着人民的。他爹跟我同村，我是看着他吃鼻涕脓吃长大的，他就是一个社会渣滓加腐败分子。"老厨师扶起桌子，然后给马车右倒了杯白水，见马车右缄默不语，眼冒血丝，便又无声响地退了出去。马良坡还没起床。

等心稍有些静下来，马车右走出会议室。没有太阳的天空却闪耀着明晃晃的强光，晃得马车右睁不开眼来。他用手掌遮在眉骨上，摇摆着脖子，目光生硬、呆滞、又充满伤感地眺览着整个白鸡洞煤矿全景。

不知从什么时候起——他没有细琢磨，马车右觉得自己丧失了斗志。他让厨师去叫醒马良坡。

"这才几点？"马车右干笑道。想着这个同村同宗的小兄弟，竟是如此心中无事天地宽地过着日子，马车右心中竟冉冉升起无限的羡慕之情来。马良坡一屁股坐在了楼梯的台阶上，赖在那儿不肯起来了，嘴里嘟囔道："什么事情嘛，我的亲哥哥哎？唉，跟着你真累，没过一天舒坦的日子，没睡好一个觉。"马车右只好边笑边走过去。他将一只脚踏在台阶上，面有愧疚地面对着马良坡，说：

"刚才光头乡长来了，让我给轰走了。我们要抓紧。我这不是急嘛，所以才叫醒你呀，不好意思啦。告诉我，梦中人是谁呀？不会是丢丢吧？呵呵，我猜准是。"

"哎哟喂，我的哥耶！你简直就是我肚子里的蛔虫。哎哎，告诉我你怎么知道的？我刚才还真是想丢丢哩！"马良坡被马车右一语戳穿后反倒来了神了。

"呵呵，你不是早就说过，'天光炮，回笼觉，神仙过的日子'吗。"马车右说。

"嘿嘿，满满，一想到丢丢我还觉得真对不起她。"马良坡站了起来，拍马屁似的把手搭在马车右的肩膀上，脸凑了上去，透出几分鬼气，"为这事我得求求你。丢丢她现在也离婚了，待在嬷村老家。你既然要把这个矿给废掉，我倒有个想法，这里房子水电都齐备，我想不如就在这办个养殖

445

场什么的，到时我把丢丢叫过来……嘿嘿……怎样？"

"好呀，只不过我记得当初你找我抱怨过，说她是有夫之妇，养过崽的，成色不好，你吃亏了、花不来什么的，现在怎么想通了？"

"嘿嘿，这个嘛……我的哥耶，鞋子合不合适，脚知道，这个你懂的……"

"好，答应你了。"马车右一拍胸脯说道，"但是，在这之前，我给你六天时间必须把井下的事办好。一，今天把不相关的人员全部遣散回家，彭副矿长我来通知；二，把井下电缆、抽水机等值钱的东西全部拆上来；三，通知废品收购站马上来矿上，将破铜烂铁全部收走。总之，一个礼拜后炸矿。听明白没？"

"是，老板，听明白了！"马良坡竟然来了个军人似的立正、敬礼。他简直太高兴了，他直盼望着马车右下完命令后赶紧走人，这样他好直奔嬺村，把这个好消息告诉丢丢。

原来马良坡早与丢丢又搭上火了。半年后，范副乡长便被撤职查办。

二十

　　过去了的，并不意味着就过去了，记忆总是在筛选的过程中将那些势必永恒的东西钉在心上，经年不忘，就像月亮停在窗笼子里的那个初夜铭刻在马车右心中一样。

　　夜晚，又下雨了，谁家在阳台上用洋铁皮搭了个雨篷，雨砸在上面，在这寂静的夜里显得格外刺耳、纠心。天空吝啬地仅漏出一点点暗光。与玉子缠绵了三天三夜未出门的马车右今夜彻底没了睡意。他将手从枕在自己胳膊上已睡熟了的玉子头下抽出来，蹑脚来到吊脚阳台，点了一支烟，凭栏夜眺。自从耒水上下游分别建了电站后，耒水原貌已荡然无存，那曾经山野村妇转身般的醉美已成过往。尽管沿河一带都被栽上了樱花，如同她的口红，但她丰实质嫩的唇感已不再；尽管人们在桥栏和拱门上坠满了玻璃管彩灯，如同璀璨炫目的腰带，但她婀娜巧设的身姿已不再；尽管人们填沟筑堤，借以护佑，但她凹凸有致滑爽碧玉般的肌肤已不再；尽管人们架设浮标引航导向，但鹭行帆影已不再。夜里的耒水极像一个由各种模块组成的大型鱼塘，里面缀满了两岸高楼的窗灯。再也没有看见过它奔跑、它欢跳、它歌唱，更别说看见清流之下、五颜六色的石子间，那些悠闲的鱼穿梭其中——它在马车右面前陌生了。它抽丝剥茧后现出了臃肿而肥腻的身躯，它变得毫无朝气，慵慵懒懒，它变得任由他人蹂躏而对自己日渐憔悴的面容熟视无睹、麻木不仁……

有时，从薄雾下会传来"泼剌"的声音，马车右知道，那是寺庙放生的鲤鱼跃出水面时的响声，来自它们的烦躁。河流突然改变，让它们不能容忍没有搏浪的这种死气沉沉的可怕的环境。为了驱散这种恐惧，它们会突然发力，拍打着尾翼让自己直立于水面，于是一双鱼的骇目便在空中让人无法解读地旋视着。

"她再也醒不来了。"他脑子里不知怎么就突然跑出来了这一想法，于是猛抬头，越过河面，他看到的是马村后垴山映衬在黛黑色天幕上的山影。

"她就躺在那儿——两个月啦！石灰这会儿大概已灼烂了她的眼睛，泥巴水也涸进她的鼻孔，土狗虫的两个铁臂肯定正在撬开她的头盖，蚂蚁会噬咬尽她的身躯，最后，蕨草根会伸进她的口腔胸腔腹腔，吸光吮尽她身上所有能作为养分的东西直至化为乌有，成为一堆白骨。"马车右想到这儿，心一颤。他将烟蒂扔出去，"应该去看看。"他想，丢了魂般转身下了阁楼。

马车右直奔码头。未水水面上积了一层重雾，雾下有波浪触岸声传来；远方是黑林子里阶段性的夜鸟孤鸣；山的那头，再那头，是一抹暗白色的磷光，这光若如天眼，居高临下地俯视着只有在黑暗中才会呈现的真实大地和万物本性。

在渡船上，他独自一人坐在船首。人生中每一个不愿示人的情感撞击、命脉节点都浮现在迎面而来的水上，竟然会像彩色画卷一样，重现如初。西女死了，他自知自己还没有找到一个心静气顺的时间来想过一回她。今夜无眠，就现在了——之后，他将彻底地封存起来，全身心地跟玉子秉烛于未来。跟西女在一起是疯狂的，那种朴实简单、那种粗鲁直接的过程，现在看来，原来是如此的美好而难得。马车右再次产生一种对这个女人的歉疚感来。她从未向他提过任何要求，而自己竟也从没想过要为她做些什么。也许他们间需要的就是这倾心相悦却又彼此无碍的自然而然的轻松感觉。果真如此吗？马车右一直以来将他们之间的交往定位在男欢女爱这种关系上。现在她死了，才让马车右发现，他们之间不仅仅只是那，这里是有爱的。这种爱与玉子不同。与玉子的是一种大男人对女人正常的爱，是从守护她、关心她、为她而活亦可为之而死的丈夫情怀。而西女，那里面还夹杂弥足珍贵的类似"母亲、姐姐"般的那种混杂在了一起的说不清道不明的奇特情愫。而这种情愫对于马车右这个从小缺失母爱的孤儿来说，虽然片段支离破碎，却无疑是唤醒了深扎进骨髓中割舍不掉的那种久远记忆。别人是体会不到的。

山的那头，再那头，还是那一抹暗白色的磷光。截了流的耒水已没有了沙滩。马车右孤伫右岸回望了一眼左岸临空架筑在石岩上的裁缝铺，又小坐了一会，便踏上了那条景致依旧的沙道。夜里的这条菜园小道，像水中的一行墨韵，蜿蜒于黑暗之中，若隐若现。菜圃岑寂——一种马车右从未感受过的冰冷的寂。仿佛四周有一双、两双、无数双眼睛已静待其中。这种景状不知是河流的改变还是其他因素所致，马车右不知为何觉得异然，脚竟有了些颤晃，似乎黑暗里隐藏着什么在等待他。果然，待他到达小院的篱笆门前时，命运跌宕中又一件意想不到的事情发生了：院门半开，静处有声。他驻足探头望过去，发现在院子中央影影绰绰有一个蹲着的黑影，他背对院落，面朝着屋门，脖子缩进肩里，双手抱头，活像个正在接受挨打的人。马车右不由地退后一步，迅速把身体侧进黑暗中。他思忖着，这定是个与西女有关的人。"她老家来的？""什么人会深更半夜来到这里哽咽？"马车右对西女的过去以及她周边的人一无所知，他无法确定这个黑影子究竟来自何方。

马车右没有离开，而是静静地待在那儿，极小心地摸了一支烟夹在鼻唇间闻了起来，以过其瘾。大约过了两分来钟，那个人开始自言自语起来，侧耳一听，声音竟何其之熟，马车右震惊了——那是马五斤。马车右立即又退了两步，将自己完全隐藏了起来。"怎么没想到是他呢？当然应该是他！"马车右顿悟到。也许是马车右压根儿就没将那个憨厚粗俗的莽汉马五斤与眼前这位深夜释怀的痴情人联系在一起。他将耳朵贴近篱笆，听清了黑下里马五斤絮絮叨叨说的话：

"我这一辈子就你一个女人，你可知道？我这一辈子最幸福的时光就是跟你在一起的日子，你又可晓得？没有了你我无法生活下去，你这能理解否？你的死让我失去了生活的全部味道。说句心里话，我丑，我冇有信心，我面对任何女人都缺乏自信——唯独你例外。我恶心那种满身铜臭味、开口闭口不是要钱就是物的女人……这老天爷还真下得了手，喊走就得走，一刻都不留。如今，你不在了，让我怎么办？我这一辈子什么都不图，只图你。真的，我只想枕着你抽上一支神仙烟，只想靠在你的胸脯上看那停在窗笼子里歇气的月亮，只想……只想个屁呀，你都上了阎王殿了。现在什么都没了。短命的妹唉，你这么一走，晓得不，害苦了我了……"

四肢发达头脑简单一生只会傻笑不知道哭是啥玩意的马五斤，竟然哭得稀里哗啦一塌糊涂。马车右觉得一身寒冷，与其说先前心里还隐藏着对另一个男人无法释怀的醋意，那么此刻飘来马五斤的饮泣声已经让这种情结随之烟消云散了。

打马车右舔着自己两道黑鼻涕在村里廊前屋后爬的时候起，他就没见到过马五斤哭过！马五斤始终带着那张傻笑的脸与马车右一直走到今天。在马车右心里，马五斤就是一个憨厚又粗俗、实在又重情、吃得起亏扛得住压的铁打一样的男人，此时此刻却一包眼泪一声叹成了多情郎。他的不为人知的另一面，直到生命中与他一路走过来近三十年的今天——在这个梦幻一般的夜晚才出乎意料地让马车右看见。马车右这才发现马五斤的另一真实面貌是多么的可爱。

马车右蹲了下来，也觉得眼眶里有泪在动。

"你现在倒是好了，"马车右继续听着马五斤的自语声，"安安心心地睡在后垴山背上了。百事不想、万事不探，却把他的孩子扔给我……假父成了真爹还得当娘。唉，也好、也好，恺恺这小把戏好在绗（听话），我现有点喜欢了，只是，我一想起车右那没良心的，心里就窝火，他总是在我们面前晃荡，一看到他的影子，我就可怜起恺恺来，我怎么能做到不想那些事呢？！我又不是神仙。每每想到你，想到儿子——他的儿子，我就整天不安，就像喝醉了酒一样，麻木、痛苦，连活着的滋味也都变成了罈子里的酸萝卜味。干脆索性看不到他，倒还好些。都说时间会把过去忘掉，所以啊，我决定，等恺恺上学了，我就离开这里，带着恺恺到县城去读书，就租房住在县里不回来了。唉！你是不知道哇，其实我想死了马村，我哪儿也不想去，当初拆村子时我心里是反对的，可架不住这小子发财心切一顿鼓动，现在……好了……村子像没了睾子的男人！……"

听到这儿，马车右如雷轰顶，趔趄着一退几步，几乎瘫坐在地上。黑暗中，他那细眯的眼睛睁得像受了惊的野鬼，那里面充满了突如其来的各种复杂情怀：惊诧、窃喜、惭愧、内疚，感激、惶恐、憧憬、振奋……

"好、好、好，我知道，每次你都得逼我讲他的事，那我就告诉你吧，听好喽。车右这回可是栽了个大跟斗了，惨得狠哩！别看他现在癞蛤蟆鼓起肚子装硬气，其实虚喽！我都在可怜起他了。你既然那么疼他，又偏那么信鬼信神，那就请你在天之灵保佑保佑他呗，让这驴头马面的骡子渡过这个难关吧……我们好歹也是同宗同族，也别辜负了他儿子叫了我一场爹……"

一边的马车右开始膝盖发软，喉咙发干，心乒乒乱跳。他从地上爬了起来，但没站稳又跌倒了下去，他只好分两步，先单脚跪立，歇一口气后再双脚起立。马车右逃也似的遁入了黑暗里。

他没有进村子，而是斜歪着肩膀一气跑上了马村后垴山上。没有月亮，没有星光，只是未水的寒光。山被雾罩着，那雾像一面漂在水上的白毯被一堆破坛烂罐里冒出的缕缕白烟牵住。马车右摸黑朝着那条新开的坟头小道疯癫似的往上爬，鞋底被雨后的泥泞粘满，这些黄泥像糯米糍粑似的

451

把他的鞋子粘在泥泞里扯不出来。最后一段路几乎是膝行。从自从西女病重到死，马车右一直没再见到过她。安葬的那天他也没来，但他知道大致方向。这里是马村人的祖山，只要找到新的坟茔，那肯定就是西女的坟茔所在了——马村近期没有死过人。当马车右借着夜色找到西女的坟头时，已经是光着两只满是泥泞的大脚板了。

"姐啊，车右对不起你啊！"还没到坟头，他就迸出泪来，一头蹾进带有矿石的黄泥巴土堆里，嘴里像倒豆子一样反反复复地絮叨着这句话。有一束深藏的秘籍，马车右从来都没敢打开过。那就是母亲。时至今日，这根隐藏极深、只有在最孤独的时候才偶尔牵动一下的这根弦断了，再也奏不出让他思想到"母亲"这个念想上的特别因子了。几分钟前的震惊发现——他竟然有一个儿子了——不啻为一声雷鸣，将这种乱异的情感推至一个无以加复的高度。他把头抵进新坟的泥土中，双手插进还泛着新泥气息的土壤里，拥抱着泥土，任由着不知是泥水还是泪水流淌，耳朵里也响起了不知是泪水还是雨水的哗哗声。马车右的歉疚来自他做了父亲，西女却已驾鹤西去未能知道自己已得知此事——这是一种她对儿子赋予真相的情感遗憾；他的感激来自西女给他生了儿子；他的伤感来自没有更早知道此事而失去了对她的关怀、帮助和疼爱。再下来是，马五斤默默地承受着屈辱，对自己这个插上一杠子的情敌体现出了一个男人天大的宽容并真爱地接受和养育起孩子。马车右发现自己其实就像是一个大木瓜，一个粗心大意、诸事不细思忖的傻蛋，不但什么都不知不晓，而且，对他们没有起过任何的帮助和关怀，甚至于一点最基本的人情温暖也都已忽略，尽管过去的日子自己是如此的有钱。

马车右痛并快乐地用干得要命的舌头将脸上流淌的水舔进嘴里，咸咸的，他分不清那里头多少是泪水多少是雨水；他幼稚笨拙地擦着溻湿的脸，但是似乎是越擦越模糊，他的视线被什么遮挡住了，什么也看不见了。

最后马车右像一尊泥塑地靠在坟头边的一棵倒塌了的老树杆子上，看着黑漆漆什么也看不见的天。从十五生日那天晌午在河里看到她金灿灿的胸脯起到那年秋夜带着她到河里游泳自己在对岸向她大声喊叫时听到她担心的哭唤声止……马车右把这些片段拼凑起来，形成了他与她生命中最美好的一幅画。这些画面都与现在躺在这冰冷的泥巴窟窿里面的女人分不开。

"我什么都不要，我只要人！"当马车右想起那年自己说要送西女一套房子而被一口回绝时的话来，现在、此刻，他才深深地理解到了她隐而未言的深意——原来她最想要的是做一个母亲！是要一个儿子——要他的儿子。

竹林哗啦啦的响声带来的冷飕飕的风斜打在已经麻痹了的脸上，光溜溜沾满了泥泞的脚也冻得失去了知觉。马车右透过夜幕下摇曳的竹梢，能看到县里方向的天空上一片通红——通宵不断的城市建设正如火如荼。财富事业突然变得毫无意义，他心中突生一种要急往回赶的冲动——他不能再失去另一个。

于是他又往山下跑。河边苇荡中举着一把渔火，船桨声里夹带渔翁怪诞的俚歌：

我要千年屋上雪，
我要百年瓦上霜……
我要虾公头上血，
我要鲤鱼身上毛……

船工独个在拧拨断了天线的收音机，怎么也调不准台。"师傅，单开一趟好不？"马车右朝船工央求道。"又不是去赶白帽子，急卵。"船工说，放下收音机后从手腕上退下手表嘎嘎嘎地上链。马车右感觉一种从未有过的急迫想见到玉子。"帮个忙。"他走近船工，将口袋的半包烟塞给对方，"就是想早点回家。再说，反正你老是跟公家做事，费点力而已。"船工看来是个烟鬼，接下烟后二话不说便给马达搭上了火。轰隆一声，浪打着浪，船头像座钟的指针一样拨向对岸。船至河中央时，早早就伫立在船头的马车右惊讶地发现黑暗的对岸悬着一窗黄澄澄的灯光——那是伍市裁缝铺吊脚楼的灯光！那窗灯光犹如儿时在打谷场上看露天电影时的那幅屏幕，屏幕里有个纤体瘦身的影子在蝶动。"玉子？！那是玉子在拉小提琴！！"马车右几乎惊叫了起来，就差没跳到河里去。"师傅，开快点！"他随即朝船工喊了一声。那船工用铁扳手往破仓门上使劲地敲了一下，喝道："你给我靠里边点站。"马车右没有理会，取出船头的篙杆握在手中，做撑竿跳状。船离岸还有三步远时，马车右来了一个撑杆跳，扔下篙杆，疯似的跑上了岸。

一身全是泥，他没敢进屋，而是一气跑到吊脚阳台下。阳台上的灯光成直线照在窗前的泡桐树上，只能看见泡桐树心形的叶片在灯光里起舞婆娑。马车右往泡桐树上一靠，心这才有了些平静。他伸手准备掏烟，想起刚把烟送了船工，于是便顺势抹了一把脸，那冰冷的脸上还沾着刚才在坟头弄的一脸泥。就在这时，一种抚触着大地的琴声飘落下来。这声音如同遥远的呼唤、如同咫尺的断絮、如同耒水上飞鸟击浪、如同马村后山被重冰压垮的裂竹。马车右知道，那是一首老奶奶少媳妇儿唱的摇篮曲，叫《耒水河边》。那是一首欢快平和的曲子，就像耒水的柔浪声，然而，此时，曲音却像从裹着一层絮的困扰中挣出，竟是那样的柔绵不忍，有如蝴蝶跌入水池的挣扎，有如树叶飘离枝丫不忍离去。马车右忽然觉得这曲声让自己还算坚强的心瓦片般碎裂了。琴声几近凝固。在马车右抬头寻找时又细软缠绵地溶化在了充满泡桐树花骨暗香残留的空中，净洁得无处寻觅。让马车右的心有种瓦片般的碎裂之感。

马车右不知道这曲声在诉说什么，也不知道这柔绵的声音为何如此让自己无力，更不知道究竟这声音的力量来自何方，他双腿发软地一屁股坐在了地上。曲音中似有人在诉说，这种听不懂却能感觉得到的东西，将没有音乐细胞的南方蛮子马车右击垮在了泡桐树下。看着横亘在空中的那窗透明、穿梭着无数蛾虫的灯光，有一种远胜于其他伤感的伤感向他袭来……

马车右那夜没有回屋，他抱着泡桐树，仰视苍穹，呆子似的一直到天亮。当越来越亮的天空让裁缝铺赤麻的瓦屋顶变成一片通红、当一道一道的霞光像甩过来的金丝一样一圈一圈缠绕在阳台上、当屋檐上的麻雀啾啾啾地告知新的一天来临时，马车右才苏醒，他看了看表，离开了。他的驼背在乱草峙立中龟似的摇晃，像个落草的怪物。

回到了公司，换上干衣到财务室了解了一下公司资金情况后，马车右打电话让马善民过来。他交给马善民一千块钱，嘱托他明年清明去西女坟头立块墓碑，碑文怎么写去问马五斤。这期间赵保刚一直坐在沙发上。自从费建业被抓、其兄一死一逃后，马车右一恼便与赵保刚疏远了——他很少主动与赵保刚见面。尽管赵保刚作过缓和关系的努力，但似乎效果并不好。最后赵保刚请辞了冶炼厂总经理的职务，但仍留在青龙公司。此刻，赵保刚见马车右安排妥事后拔腿又要走，便追上去问道："你上哪儿？""我去看伍乃子。"马车右说。他想起牛鱼鹅告诉他几天前伍乃子两次徘徊在大门口附近偷偷朝公司看——他一定是好想见自己了。"你找不到他的，我带你去吧。"赵保刚于是说。

伍乃子的家在三居会的王家湾。矿山男人十有八九早死，女人九有七八落成寡妇。他们家也一样，父亲是尘肺病人，早死。他与母亲同住。自从单冬梅醉死在不是异乡胜似异乡的山东烟台的那个叫"第二次握手"的小旅馆后，伍乃子就像抽空泄尽的皮球——彻底地蔫了。他斗志完了，人生在他眼中也玩完了，世界末日到了。他再没敢回家——母亲死活要见还未正式过门的媳妇。见过一次面后她太喜欢单冬梅了！她喜欢这个山东姑娘，喜欢她的憨直，喜欢她的实在，喜欢她善盈舒展的脸，更喜欢她牛高马大的身架子。"屁股大好养崽！"——从见第一面，伍乃子的母亲就认定了这个北方姑娘是菩萨送来改变老伍家短小精悍这不良基因的最佳人选，以致自己不能去死！为了这个信仰，她开始重新奋斗——在矿区角角落落捡破烂攒钱。矿区的每一个垃圾堆、河岸边的每一个垃圾场和阴臭熏天的公厕前后，几乎每天都会出现她佝偻的背影，渐渐地，这个背影便成了那里不可或缺的一道凄美背景。她有一条宽幅布腰带，每每上县城废品收购站卖了纸皮后，她就会将得来的钱缠进腰带系在身上，然后回家再藏进墙缝里——几面墙缝瓦隙间里都擂满了用旧报纸包着的钱。靠着这个别人引以为耻却日有进账的便简行当，几年下来，积攒下了近万把块钱。当她把一个壮实的中年妇女变成一个沧桑老妪时，终于等到了那一天。她歇下脚，洗尽脸上的涂鸦，将一摞摞零碎小票打包成扎用皮筋箍好，然后用一个纸鞋盒装住，用当年矿上开妇女大会那双绣过国旗的双手捧着端放在双腿间，从此坐在了那张丈夫留下的扶手曲弯靠背半圆的苦楮木椅子上——这张椅子正对门口，摆在这个位置已经几十年了。她睁开一只眼和滚动着另一只瞎目中的瘪眼窝，在泪湿的双脚间等望。她坚信，当门在吱吱呀呀中轻推开时，阳光下出现的一定是她那身材高大慈眉善目的媳妇。所以，人生输得卵打精光的伍乃子也心虚了起来，他一直躲在毒区——十三甲工棚区一个毒友家。他怕看到妈妈。

　　谁也不知道过了多少时日，蟑螂四脚朝天在几案上天昏地暗地旋转，然后干枯，一个两个三个，直到满桌都是它们仰着的空壳；蚂蚁咬蚂蚁；老鼠在过道里互噬直到饿死后它们身上涌出的蛆虫也化蛹成壳；天花板下像雾帘一样的蜘蛛网中落下的蜘蛛粪直至垒成一片片灰白色的尖堆；风扇扇叶上飞蛾血痕化屑飞落。二〇〇〇年年末了——也是她流尽最后一滴泪的那天，天空飘落下了第一片雪花，雪花打在窗户玻璃上后，化成一行凄凉的泪迹。看到这儿，那个整天把自己撂在苦楮椅上发了霉、空了心的稻草人一般一生卑微的老母亲脸上露出了的对生命的倦意。"睡着了也就什么都不知道了！"她嘀咕着，抖掉白色睫毛上的灰屑，拂去满身的尘土，支起身来。她从墙缝里抠出来一块手表，上海牌女表，与一块玉镯并压在饭桌上，再用指甲在墙上划了几个字："老伍啊，这就对不住啦！"借以从最后的遗憾中解脱出来，然后摇晃着弯曲得已不成样子的老背一路向耒水踉跄而去，嘴里叨叨"上吊费箩索、呷老鼠药费钱、跳楼吓到细伢子，江里有盖盖子，正好"这个被人叫作"邋遢婆"的老母亲就像从自家菜园走到自家厨房里那样平常不过地跳了耒水——

　　马车右、赵保刚通过线人找到伍乃子的时候，他正斜身躺在那间被废品包围着的烂屋里的破床上。大冷天床上还铺着草席，草席上有几个只剩下绗线的窟窿，窟窿下现出杉木床板。伍乃子光着脚，目光虚空中抠着脚丫子里的癣皮，席子上满是麸皮一样恶心的皮屑，一只脚已抠出血来，用一撮报纸捻成的签夹在脚丫里止血。从他发毛结胼的嘴洞里像霉腐的麻绳一样蹿出一股死老鼠的臭味，被掠去了亮泽的眉毛上也像挂上了一整冬的白霜。骨瘦如柴，人若猴崽。令赵保刚、马车右感觉奇怪的是他身上竟然套着一件绿绸旗袍。他意识混乱视而不见地面对来者，含意模糊地张着嘴，目光阴霾浑浊。这打乱了马车右来时脑子里对吸毒者状态的原有预想，他很吃惊。"你是人是鬼？"马车右问道，厉声中带有震怒。伍乃子用不知是是还是否的古怪眼神睃了他们一眼后，用小指尖从眼眦里剜下来一坨眼屎，往窗外一掸。一阵风过来，破塑料窗纸便呼啦啦地响。这风让伍乃子蒙眬状的眼睛里闪过一线清晰的意识，这意识化为一道宛若鼠背的暗光从窗台上悄然蹿出。这种目醉神驰的样子马车右太熟悉了，当年刚出道时两人到县城劫赌场，伍乃子就是用这种目光扫视着桌上的底盒（钱），只不过当时充满贪婪和狠劲，此时却带着无奈和绝望。"窗外在下雨。"伍乃子自语道，摇着头，露出男人诙谐的忧伤。不知道这伍乃子是想起了单冬梅呢还是后悔染上毒瘾，抑或都有，不得而知。马车右随着他那灰色的目光瞟了一眼停留着一个黏液渴尽死亡的蜗牛的窗外。窗外正飘着细雨。赵保刚则四下环顾，想找个地方坐下来。他把一个堆满了杂瓶乱罐的小方桌移过来后，一把把东西扫向一边并垫上半张报纸，两人半个屁股蹭在半边桌沿上，面对着伍乃子。"问你话呢！"赵保刚说道。赵保刚于马车右之前已经单独来看过伍乃子几次了，他心里明白，眼前这位手臂腿杆已稀粉溶烂的被评为段子大神的人已经无可救药。伍乃子对他们的问话一概不予回答。三人在无言相对中渐入尴尬。后来赵保刚实在忍不住了，便拍了一下马车右的肩膀，示意走人。

"缓！"伍乃子把压在脚板底下的手抽出来拍打了一下床板，马上，席子面上的死皮屑便像无数死灰复燃的跳蚤一样狂跳了起来，两人这才从皮屑雨落状中看到伍乃子脸上流露出淡淡的情急来。他侧过头来面对着他们，空茫飘逝的目光让马车右赵保刚摸不准对方是在看自己呢还是在看自己身后的一个什么地方，总之，他目光越过他们的头顶，投向的地方似乎遥远却又近在眼下，既有所指又空洞无物。"缓嗲走！"伍乃子补上一句，然后站起，那旗袍又长又大，像块绿瀑布。正当二人不知何意时，伍乃子舞了起来，竟像一只折翅在蜘蛛网上的蝶。接下来，讲了一个他这一生中无数个黄段子中的最后一个：

"我知道你们不会再来了，我没其他本事，就爱讲个笑话。就让我最后再讲个笑话故事给你们听吧。从前哪，水埠口有个坊间小女子，长得水灵葱秀，常与一些纨绔子弟厮混在一起。某日偶得一枚戒指，高兴得了不得，乘船过河时摘下来把玩，不料却在船触岸时掉入了河中。那时的耒水河啊水清见底，八尺深的水中能看清石爬鱼，那戒指就落在一块卵石上，看得见却摸不着。女子急得团团转。'我可以帮你捞上来，'待船上人走空后，船夫过来说，'就看你怎么谢我？''只要能捞上来，身上有什么拿什么，'女子道。船夫不多话，一个猛子扎下去，把那戒指捞上来，捏在手中。女子索要无果。'说话得算数，你答应过我的！''那你要什么嘛？''我不要钱不要粮，单想要你身上东西一用。''说！''这个！'船夫将大拇指夹在中指与食指之间，露出拇指头来——这是一个下流的拟状动作。正中下怀、无本交易——女子早已不是混沌初开的女人，风月场上那点事是早已领略过千百回。'成！'女子满口答应了。船上不便，码头多耳目，那边风景独好。于是船夫领着女子上了河岸边林子里的一块巨石背。一到男人便急慌慌解衣卸裤，提枪上马，但却关键时刻跑了马。'这可怪不了我啦，走咧！'女子将要回的戒指往手上一套，一扭屁股，走了。船夫低头瞧着自己，气不打一处来，骂道：'平常里你没事找事，大耍威风，今儿个给你机会，咦？你倒蔫了，贱货！打死你！打死你这个不争气的东西……'"

"哈哈哈，哈哈哈……"边跳边讲的伍乃子忽然大笑起来，且有无法抑制之态。他的脸形扭曲，鼻子尖上渗出虚汗，右眼眼窝中笑出一颗泪来，这颗笑泪像荷叶上的水珠，滚来滚去。马车右发现他竟还笑出尿来，裤裆已湿了大片。"你们怎么不笑？难道不好笑吗？！"他努力地想要停下来。没有谁理他。于是他笑着笑着，那笑声便逐渐的软弱、逐渐的虚假、逐渐的不是那回事，最后在一声怪叫后，演变成了号哭——他像一只被团队抛弃了的瘦猴不停地追望着远去了的大伙，"呜呜呜，呜呜呜"的哭声掀桌揭瓦响彻整个破窝棚。马车右赵保刚同时往后退了一步。这时，伍乃子左眼冒出一颗泪珠，那是一颗真真切切的哭泪。它像线珠一样挂在眼帘上，随着主人的捶胸擂背而摇晃着，闪烁着，总也掉不下来。马车右又发现，伍乃子竟又哭出屎来——从他的裤筒里滚出来一坨黑乎乎带着黄疸线丝一样的东西——那分明是一坨类似食草动物痾出来的干屎。"我就是那个船夫啊……黄瓜打铜锣——两头没一头噢！"伍乃子号恸着。

两人只是看着，出奇的平静。当伍乃子先是笑出泪来继而又哭出泪来；先是笑出尿来继而又哭出屎来，马车右脸色也只是铁青，并无明显表情。就在此刻，马车右发现自己不仅仅是变得冷静了，也成熟了许多，且能坚韧克己。仿佛世界一夜之间向他展示出了她的残酷内涵，而他也洞悉到了其中的奥秘。反倒是赵保刚眼睛红了，"狗肉不上秤的东西！"他骂道，眼睛却伤感地看着伍乃子那张扭曲失真的脸，"把你这些淫秽故事留到那头讲给鬼去听吧，好歹也算给了阎王一个见面礼。"赵保刚已经从伍乃子那张烟透了皮蛋墨紫色的脸庞后面看到了死神召唤的手。稍后他拉了拉马车右的袖管，再次示意走人。两人转身出门后，传来伍乃子隔门追出来的高喊声："再缓！"

于是两人又折回头，但只站在门口。伍乃子这时已脱下了旗袍并把它装进一个袋子里。"拜托二位，抽时间到山东招远冬梅的坟上，把这个烧给她。做好了却没来得及穿，这是她生命中最美好的一个愿望。"说这话时，一向薄情寡义的伍乃子眼睛里掠过去一抹只有死亡时才会发生的爱。之后他终于释放掉了什么似的斜肩倒靠在床栏上，他从马车右、赵保刚身后的破帘子下睃了一眼细雨霏霏的屋外——目光呆滞中含着的沮丧，沮丧中透着对生命的极度消极。

马车右接受过袋子，发现里面还有一双红色高跟鞋。

从窝棚出来再到青龙公司，已过十点。赵保刚回家，马车右直奔裁缝铺而去。裁缝铺的板门虚掩，窗户大开，令人眼花缭乱的阳光从碗口粗的小窗格子里射进来，于是店内凹凸的地坪上洒满了阳光。马车右径直上了阁楼。楼上滚落了一地的像老黄皮瓜一样的淡黄色光圈，沐浴着晨曦的被褥整齐地叠放在床头，阳台的木门半开。玉子没在楼上，马车右又急急地奔向阳台，阳台上也无人。马车右回到房间，四处观望。他在那张瓷白的梳妆台上看见有一张信笺纸被一支圆珠笔压着。这是一张抬头印有'湖南第一师范学校信笺'的十八开便笺纸——那是上回玉子姐姐来时带过来的半本。马车右走过去，见纸上面用秀丽的字体写道：

　　哥，我的一个地区棉纺厂的同学来了，她请我们同学中午一块在县城吃饭，所以我下午才能回。

　　玉子，上午九时

这是马车右首度见玉子写的字，字如其人，真美。从这秀美的字体上让马车右又看到了病前的那个活蹦乱跳、嬉哈妩笑的过去的那个玉子。"曾经的她真的要回来啦！"他想，爱不释手地拿在手上仔细地看了又看，三番五次地放在鼻子下闻了闻。到如今，尽管一路走过来的过去是如此的不堪回首，尽管现在看来自己的人生就像是一根被白蚁镂空的桩子，已有满目疮痍之感，但是，只要她在，马车右认为，那才是他人生真正的所需所要，才是他心归意满的生命彼岸！他渴望从此撇开过去从而过上一种不再有劣绩的平静而朴实的生活。

阳台门挂有一块用各色玛瑙状的塑料珠子一串串穿起来的门帘。马车右坐在门槛上，后面那帘子便像是斜阳下飘动起来的一面五彩缤纷的花旗。马车右又拿着信笺高兴地看来看去，这时他发现信笺的空白处印有上一纸张留下的凹陷笔迹印。马车右把纸放在桌上展开，凑近细看，辨认出两行字迹来：

亲爱的姐姐：你好！

我想了许久——这个"许久"竟是好多年，今天终于决定给你写这封决定我今生来世的信……

后面的被新写上的字覆盖后，马车右看不清了。这两行字像忽现出来的一角冰山，以它巨大的诱惑力一下子将马车右的心攫住了。他立刻像个无头的苍蝇一样在屋里四处翻找，终于在玉子枕头一侧被窝底下找到了这封玉子写给她在省城长沙姐姐的还未寄出的信。马车右从那个白底带有红色虚线边的航空信封里抽出信来，迫不及待地靠在阳台上，捧着这封仍在往外散发着玉子体香的信看了起来：

461

亲爱的姐姐：你好！

我想了许久——这个"许久"竟是好几年，今天终于决定给你写这封决定我今生来世的信！

自从从北京"遣回原籍"，很长的时间里，我的心一直处在痛苦中、抑郁中。已经浮现在眼前的美好前程瞬间化为海市蜃楼！生活怎么会是这样子？我曾经一度觉得生活在这个世界上已经没有了任何意义。好在时间磨灭了一切！我没死，还活着，并发现了自己是如此的坚强。现在我想通了，我给自己找到的理由是：上天其实没有做那样的安排，只不过逗我玩玩而已，嘻嘻。其实，话说回来，那天晚上也有我自己的错；我的错在于我当时也爱着他，当时的情景是我并没有被坟山的恐惧吓得完全丧失了理智，我仍有一分清醒。但是，女人的弱点就在于迁就男人，这种迁就骨子里天生就有的，我也一样。突然要走，我看不得他受伤的目光，所以，迁就了他。现在，几年过去了，我也成了二十几岁的大姑娘了。我庆幸我终于可以脱离伤痛来理性地分析规划自己的人生了。

接下来我要回答你问了我千百次的那个问题：我爱他还是不爱他。这是一个很难回答的问题，但爱他是肯定的！他是我的初恋。没有办法，初恋是魔鬼缠身。曾经何时，他那夹着烟卷修长焦黄的手指，就像钢钎铁爪一样，深深地掘住了我的心；而那缠绵的一根长长的烟雾，就像夺命索把我的灵魂从窍中勾引而出；只要他朝我走来，每一步都是对我心灵的一次震撼；多少个夜晚，多少节课，他英雄般的影子充满了我的整个心身……可以说，曾经的自己，爱他爱得死去活来。现在好了，爱也爱了，恨也恨了，一切都过去了，我已经不是当初的那个坠入爱河不能自拔的毛丫头了，我成熟到了能以一个正常的女人来看待这个浑浑世界了。

冷静地来讲，一个人善不善良，从他的眼睛里面能看出。眼睛里空荡，没有什么内容和顾虑，说明这个人内心没有作为一个人应该有的约束和畏惧。他，应该就是一个这样的人——信仰理想道德良心都有缺失的人（我在学校时并没有深刻地了解这一点）。现在想来，使我苦苦踌躇不能决断的，已经不是两人在坟山上的那次冲动而给我留下的恶果，而是几年下来对这个人的观察。姐，你帮我想想，一个孤儿，没念过什么书，没有家庭教养，从小缺爱，他的心会是一个什么样的心呢？他的灵魂时而龌龊，时而圣洁。这两种东西常常交叉捆绑在一起，我从他身上无法将此分开。现在看来，他是凭借着人性固有的野性或者说不受羁绊的本能，恣意妄为地走过了他所谓的辉煌人生。据说他现在是矿区的首富。他的成功在于他缺乏道德约束，从而不讲规则，不讲法制，为达到某种目的可以不择手段甚至残忍无情。一味地追逐掠夺财富，到后来，其实他心里并不知道他需要财富的目的。他的那些所谓的财富对于我来说，其实是负担和不安。我不需要这种财富。

　　我现在基本研究得出了他是一个这样的人：因为苦，他有一种奋斗精神；因为累，他有一种渴望感；因为饥饿，造就了他的贪婪无情；因为孤寡，养成了他性格上的孤傲凶狠；因为欠教，他缺乏道德约束；因为少学，他精神贫瘠；因为从小缺失父母之爱，他的情感世界是分裂的；因为吃百家饭长大，他对人生百态了然于心；因为原性无羁，他的性欲情爱变得扭曲并充满着畸形的幻想；因为被欺辱，他的眼睛里总是充满着尖锐的凶残……

　　他集饥饿、贪婪、残酷和善良于一身——这就是他——好复杂的一个人！

　　多年来，我脑海中几乎被他占领。我每天站在阳台上看着未水，脑袋里塞满的却是他。我的痛来于他，恨来于他，爱来于他。他的爱、他的恨、他的狠、他的浪、他的善、他的恶，他能否变好？抑或更坏？他骨子里的原髓、他情感世界的初始、他精神深处的黑暗与光明、他的灵魂是否被玷污或将能荡涤一新……一切的一切，都涌进了我的世界。在闭门思过、细酌慢研中——得到了效为准确的答案：他是个坏好人——我不知道这种说法是否准确，但是那个意思。有一点很重要，从见过他第一面起，他在我心中就是一个英雄的形象。天下哪个女人不爱英雄。这便是我回过头来再爱他的原因了！我给了他——这次是自愿的、真心的、也是幸福的。

姐，我不知道自己是不是又犯下了错误？我是不是对人性还缺乏足够的了解？当然了，如果这回错了，也是我心甘情愿的。付出与牺牲、得到与失去，忽然间，在我心中已变得无足轻重。这种思想是我从痛苦中解脱出来的关键因素。近期来，他显然是事业上受到了挫折，他明显地变化了。孤独、贫穷、自立自强的生活弥补了他受教育方面的缺失。他总算脱离了过去迈向了新生。他看我时，眼睛里充满了怯意和内疚，以及对世事自然的驯顺，他变得小心翼翼了，完全没有了过去那种撑大船的做派了。这是过去不曾有看过的，我知道，他在为我而变。我身上具有那种、特别是在感情上不敢辜负他人的秉性（要怪，就怪我们的爸爸吧，他老人家这一辈子就怕亏欠了别人，一有亏欠，便心有不安），于是……这样……我怀孕了。但是这种爱是带有伤痛的，这种伤痛并不会随着时间的流逝而愈合，总会在某一时显现出来的，碰一碰，仍然会出血。"爱"这个东西（这也是我近期所悟），已破坏就很难——干脆说无法修复如初，失去了的，其实是永远失去了。伤痛是无法抚平的，它永远在那儿——在他的背影上！在他的步履中！在每一个怯生生的话语和每一个小心翼翼地呵护中！在辽阔的天空中！像天眼看着你，是无法躲开的。还有一个更重要的原因：我必须跟上这个时代，我不能停留在过去，我要醒过来，追上去。我爱这个日新月异的时代。二十几岁，还来得及，否则，时代会抛弃你，现实也会抛弃你。那就真正的输大了。所以，我决定——这个决定谁也不能阻止，谁也无法阻止，我要离开伍市！离开耒水！离开这个已遭受了破坏、灵魂萎缩掉了的地方！等孩子一生下来，我就带着孩子到你那儿去。我与他没有婚约，我之所以把孩子生下来，是因为生命纵然有千百种体验，我最想体验的是孕育出生命。这个男人千般不好，但却是个堪称男人的男人。就这足矣！请姐务必收容那个曾因无知无谓迷失在人生歧途而今迷途知返的小妹吧！我曾以为，从那之后，我的命运就注定了，但我终于在痛苦的煎熬中抹去了自己惨淡的记忆，我认知到，生活是可以改变的，我一定要寻到一种没有过去羁绊的新生活，把旧的东西都统统丢进历史的垃圾堆，去迎接一个崭新的眼花缭乱的错过将不会再有的新时代……

小妹：念芝

马车右看完信后，喉咙被一种黏稠干涩的东西哽住，嘴被双头刺枪卡住，脸憋得通红。有一条软滑软滑柔绵柔绵的但却炽热的像熔岩一样的东西，从喉咙一直缓慢地流淌下去，穿心而过。静坐不动中内心却是一片灼烧。在仅有的几次短暂的接触中，由于沉浸在初始的爱情里，她的理想、她的人生观以及各种习性和生活态度，对于马车右来说，还是一张匆匆未来得及填写的白纸，今天——此刻，玉子思想的大暴露，使得从没有真正了解到玉子内心深处真实思想的马车右突然跌入了一个冰的窟窿中，整个躯壳被寒冰裹住，内火外寒。他第一次看到了他在她心中的样子——

甚至这个样子连自己都不清楚。而反过来，现在的她已不是原来心中的那个"她"——那个"她"就是一个圣洁纯粹的姑娘！是一个人还没有来得及注入复杂灵魂的壳——美丽的壳！现在，这个"壳"里的内涵以他猝不及防的方式和时间猛不丁呈现在他面前，让他仓促中第一次看到了一个有血有肉的玉子——仍不失热烈的时尚追新的玉子。马车右这才发现，这个"她"不是原来那个简单的"她"，这是一个让马车右只能仰望其项背的"她"！这种感觉让马车右生出一种痛——一种失去却无法挽回的准确地说是不敢挽的"她"。他清楚地知道了她希望的"他"是他无法成就的"他"。在她眼里，他就一农民的儿子，没读过书、没文化、没教养、粗暴、冷漠、不懂感情、不懂爱，是的，一个十足的由乡巴佬变成的土豪——而这样的土豪不是玉子要的！她追求的他给不了，他有的她不要！这些，从信的语气中都能看到。说什么，都是多余的，做什么，都无可挽回。"没戏了！"他心里在想，发出一声叹息。这是上天对他整个生命一连串的打击中最沉重的又一击。他手哆嗦着，耷拉着乱嗡嗡的脑袋，靠在阳台栏杆上，看着眼前死水一般的未水，感觉自己的心正在支离破碎、在挣扎撕裂、在毫无挽救地沉入未水。"现在什么都可以失去，唯独不能失去她呀！"他对自己不停地说道。然而，说着说着，却发现越来越没了底气，那是个死结，最后变成了一句无力的诉求或者更准确地说是一声哀鸣。他抹了一把额头，发现一手的冷汗，有一种无限的空落感袭来。玉子那360度旋转的倩影像个白鸽般他头上扑棱，"你又弄哭了我"，如正在走向遥远的绝响……

"啊——！"他又像十五生日的那个夜晚一样双手指向天空发出一声嘶吼，声音里充斥着崩溃——在最后希望的节点上猝然没了希望。而他却毫无办法，只能任由她正像一缕轻纱顾盼生姿地随风远去。情感世界不是生意场，他像个全新的老手，根本没法儿把握。

燕子在阳台一角衔泥筑巢；麻雀从瓦檐上侧翼着旋飞下来，停在栏杆上；对面梧桐树上知了仍在"知了——"；黑尾巴的大黄蜂嗡嗡嗡地飞临到木橡上，急匆匆地找到它的洞穴，屁股却蛰在洞外，螯针冷森；一串串干红辣椒在风中摇摆；耒水河岸的阳光永远那么明亮。这里的一切照旧，却人心瞬间迥异。"生命没了意义！"他像一如既往地舍弃任何东西一样竟然忽的生出如此想法，然后将后脑勺猛撞到门框上。但值得安慰的是，他知道自己又有了一个孩子——这个孩子在她的承诺下会保存下来。"天啊！我这就有了两个孩子了——可我什么都不知道啊！"这又是一件多么幸福的可以慰藉先辈们的事情呢！他被幸福与痛苦死死箍住喘不上气来！

在井下黑色的煤田中徜徉、在冶炼厂堆积如山的银锭间行走、在伍市街口高楼大厦门前的罗马柱的间隔中伫立、在众多羡慕的仰望的目光追逐下，马车右曾经无比自豪过，然而现在，一切都变得毫无意义了。马车右将信放回原处后就去了伍市的菜场，他买了不少的鸡鸭鱼肉之类菜肴回来放入冰箱。临走前在玉子写的那张信笺上的空白处，歪歪扭扭地写下了几个字：

妹，我窿（矿）上有些急事，怕得几天。冰箱里备有菜。

你的驴哥，下午二时

马车右其实没有去矿上，而是拖着沉重的身躯又折回到了青龙公司。在他办公室有条小门通往隔壁房间，那是他平常作为临时休息用的备间。房间有时间没用了，满屋的霉沤味，通过玻璃过滤后的绿色光晕弥漫其中。也怪，竟有一只停在灯绳上孤独未死的饭蝇在开门瞬间振翅飞翔了起来，它在室内嗡嗡地飞了一圈后又来了原来的位置上停下。马车右一头倒在床上，看着这只不慌不乱的苍蝇。苍蝇也看着他，并不时地用两个前足蹭摩着嘴巴，那样子有点神仙笑看凡间百味的意思。马车右倒在光床板上在与苍蝇的对视中滑落梦乡。这一睡就是整整两天，其间只是叫外卖。第三天早晨，太阳的曙光爬上了坟岗"八居会"，刺眼的第一抹阳光透过花白的玻璃浇透了整个宿舍。马车右恍惚着眼皮盘腿坐在床上发傻，感觉仍然疲惫不堪，一身虚空。床板上有个人形的湿影子，像准备起跳的蛤蟆。马车右用手掌在那个湿影子上轻轻地抚摸过去，一时间又有了些忧伤，感觉那影子开始摇曳着立了起来，像在立不稳的水中。那分明是自己。马车右呆滞地看着，过几分钟竟还没回过神来，一头又栽在了床上，这回没有睡沉，他做了一个白日梦，并且清楚每个细节。

那是一个无序的梦，由小块与碎片组成：伍乃子、王猛子、赵保刚和马五斤，他们一个个东倒西歪，朝着不同的方向嚷着快些开饭。他说，快了，弄完这一单就可以去吃食堂。他低头忙着，但不知道在忙什么，等他弄完回头一看，白茫茫大地真干净，一个人也没有，他们都走了。于是他就独自晃晃悠悠地来到了伍市——不是现在这个装满了防盗网像监狱通道的伍市，是过去的那个旧的伍市。他在豆腐店的隔壁炸糍粑的摊子上买了几个油粑子，拿到手上却发现是千层饼，他啃了一口，干巴巴的。这时发现很多青年男女相互呼唤着蜂拥而来，挤挤搡搡中，他便也跟着人群跑了起来。这些人到了一个地方，这个地方马车右很陌生，不是伍市，也不是县城，而是城市——很多人的大城市——他想起了一幅图，叫《清明上河图》，对，就是那样的地方。熙熙攘攘、车水马龙，不同的是，这些人都匆匆而来又急急而去，他们都很忙，像打仗。没有谁顾得上谁。他走到一个卖烤肉的摊前。平底锅中正在烤肉，成块状的肉块有巴掌大小。摊主双手执刀在剁肉末，有买者伸手从油锅中摸出一块半熟的肉饼翻来翻去地看，查看着是否烤到了位。他的手不知道烫。是个大汉。就在这时，马车右抬头看到对街的一家铺子里有一个青年跪在大案板前，像是在叩头，而他背上背着一块大白肉。定神一看，那哪里是肉，而是一个开膛破肚的少女。她仰着，胸膛大开，一吊肠子悬在外，上面正滴着血水。马车右吃惊地发现，那铺子的屋梁上挂满了成大块状的尸体，都开膛破肚，都没有脑袋。这时，一个头裹着黑巾的少妇怀抱一个小孩从刚才那个死人店里走来，她哭号着，像刚刚失去亲人，那脚如同踩在滑板上漂。马车右看见襁褓里的孩子往外抻着头，那孩子分明还活着。这些让他害怕极了，他奔跑了起来，想逃离这里。他到了一个巷子里，这个巷子里全都是通道似的小门，他发现自己忘记了是从哪条门进来的，于是胡乱推开一条。从这条门里走出来一个陌生人，很高，弯弓一样的细腰，穿着麻布衣。"请问，怎么出去？"他问。那人没吭声，眼睛却一亮。马车右当即感到问错了人。那人把他带到一条窄幅的刷着生漆的小门前，"从这道门穿过去。"他说。正当马车右迟疑之际，那人却一把猛将他推了进去。马车右看见这是一条陡然下降的黑暗通道，远方有一扇门，门的光像一条从柜台上落下的一卷卫生纸，这卷纸在黑暗中涌动，像水上白色的蛇。"必须找到电梯口！"他对自己说，奋力拖着拖不动的身子，爬啊爬，他终于到了那条小门。一出门，还真是电梯间。有几个古怪的人像木头一样竖在电梯口等电梯。马车右跑上前去，伸出手，但是……他蒙了，他忽然发现不知道去哪一层，因为，他不知哪层是天堂，哪层是地狱。他在这个既是地狱之口又是天堂之门的地方呆住了，脚灌了铅一样不听使唤，耳窝里却有一种声音响起，那是钟声，声音从遥远得无法再遥远的地方穿透过来，整整一十八响……

从中国改革开放伊始，社会每天都在发生着令人难以预料和不可思议的变化。用"天翻地覆"来形容，一点也不为过。矿区人在丢掉一切的繁文缛节后，发现昔日的荣光都是假的，唯一真实实在的，就是"钱"了。

红旗矿区的人步伐就慢多了，绝大部分人还处在小富之中。那些日子里，几乎天天有人办各种喜酒，婚礼寿宴、升学买车、乔迁新房、小孩满月、老太老头金婚银婚，甚至建房封顶。今天，又是谁家喜迎新娘，马车右的梦被那挂鞭炮惊醒。他呆坐在床上，过后洗漱完下了楼。面对广场，揪了一把自己干裂的鼻子站了一会儿。广场已今非昔比，过去的集体广播体操已绝迹多年，替补上场的是一种不曾有过的新景象。为了长寿，有

469

人开始练各种各样的功，举目望去，爱琴广场上一片繁忙：有练狗爬功的、有练倒行功的、有背撞大树练脊功的、有挺肚弯腰练腰功的、有双击宣传墙练铁砂掌的、有打脸揪眼皮拧耳朵将鼻子拽头发击胸脯拍屁股，无所不有！更有躲进树荫下搂裤裆练金枪不倒的男人和收腹提臀练金刚罩的女子……

马车右穿过这类似精神病院般的广场时头皮一紧打了个战栗，他突然加快了步伐逃似的直奔自己的车子而去，咣的一声关上车门后才呼出了一口气来。他在方向盘上趴伏了一下，然后开车去了白鸡洞矿。途中又在刚落成的未水斜拉索大桥上停留了一会，抽完烟后，将烟蒂用手指弹出。那小小烟蒂在空中翻着跟头，最后落入汪汪一片水面上，瞬间便无了踪影。看着波光粼粼中远去未水，他弯了下嘴角——那是一种自我怜悯的悲哀的无奈的微笑。把目光收回，他离开了桥栏。

马车右披着虚空已极的身子摇摇晃晃开着车。到达白鸡洞煤矿时，食堂正开饭，留守的几个人正打牙祭。马良坡是一刻钟都不舍得耽误，早已是将丢丢接到矿上来几天了。未婚同居，行夫妻事了。今天的饭菜就是丢丢以当家婆的身份做的。见马车右一到，大家都站了起来，已经喝得脸红脖子粗的马良坡抢先上去，展开长臂将马车右搂抱在怀里。"看看，我说等你来了再开餐吧，他们说不用，说是你打过电话了，下午三点才过来的……来来来，先罚三杯……"马良坡把屁股往一边一挪，腾出身边的位子来。丢丢赶忙将碗筷酒杯摆上，殷勤得体。

马车右一句话没说，端起酒杯一仰头，干了个精光。大家正想起劲，却发现马车右脸上无一丝笑意，铁板似的脸上泛出紫色。大家伙儿也都知道马车右今天来是要干什么的，原本松弛的气氛顿时紧张了起来。

"人都在这儿？"马车右环视了一眼在座的人，一共六个，于是问马良坡道。

"该到的都到了，不该在的一个没有。"

“把大门锁上，放出狗来。”

“我还是想多一句嘴：有这个必要不？这步一走就等于散场了，就好比村口的那棵大楠木，砍掉了就再没了。现在有的人为了钱什么都做，我们却放着好好的钱不去挣，反而把矿炸喽……我们是不是一群傻瓜？”

“在我八岁那年，村里过‘狗嬲胯’节让我踩高跷，我在人群中看到了我妈妈，她怀里搂着弟弟。我朝她走过去，她仰头看着我，我看见她眼里全是泪水。当我要走时，她拖住我的裤脚说：‘你爸短命，我养不活你，莫怪妈妈！’你们有谁比我更能体会到钱的意义？！留下这个矿也许是正确的，但当这种正确毫无悬念地会以牺牲他人的生命作代价时，我宁愿选择错误！堆积在煤坪上的，在你们眼里那都是钱，而我看到的是尸体，匍匐在上面的是我父亲不安的鬼魂！”他如此想，但却说不出来。

“钱是王八蛋！”他大吼道，从椅子上噌地站了起来。

“……”众人皆无语。

马车右再次端起满杯酒，“那就为‘傻瓜’，干杯。”看到马车右貌似吞下一杯苦酒似的鸭脖子，全场良久无声，最后马良坡只好也站了起来，无奈地嘀咕了一句：“好吧，那就为你这个大傻瓜，干吧。”

马车右杯子一丢后，双手插在裤兜里，转身而去。至此，所有人都知道，这头犟驴子已无可救药了！自然，也没有人能知道这个矿在他灵魂深处的重要。

湘南冬天的阳光突破低矮的云层罩在一片灰色迷蒙之上。树木、草丛、电线杆子，还有那面挂在绞车架上的旗子，甚至于几栋黑不溜秋的房屋，都在无风的状态下静候着，它们似乎都在等待使命般的那一刻到来，连鸟儿也一动不动。

约有一吨的炸药，集中放在三个煤斗里，挂上缆绳后，松闸。煤斗便缓缓地沿斜井滑了下去。煤斗行驶至百米标识时，咔嚓一声响，绞车停了下来，司机从绞车室伸头朝外喊了一声：“到位啦！”

"你们都在上面等着，我下去布线。"马车右闷头来了一句，戴上矿灯，然后夺过起爆器就要下井。没有人料到他会来这一出，马善民一听这话慌了，他一把拖住他央求道："找个理手点的下去吧……"

"谁理手？我最理手！"

"你这人怎么那么固执。'老拐'（一个在场的马村村民）不是开山放炮的吗？！他理手，让他去。"马善民第一次有悖自己的性格大叫了起来，像要吵架，脸也涨红了。他似乎在马车右眼睛里看到什么不祥，心中顿时不安起来。可是马车右却没有理他，甩手便一溜歪斜地下去了，几个人拖也拖不住。觉得事情不对的马良坡冲着井下高声骂了一句"蠢卵"后，立即打电话给赋闲在家的赵保刚。只有赵保刚能阻止他。他敢说话。

井外的嘈嚷此时此刻已经渐渐远去，黑暗与井道中热潮的气息包围着他，身后是一束灿烂的光柱。他义无反顾地朝着斜井深处走去。一切尘世的喧嚣、一切凡尘的杂念，都随着井口地不断变小、光线的不断暗淡被逐渐地抛掷到了脑后——是世界像风筝一样脱线而去呢？还是自己像落入深渊的坠石一样远离这个世界呢？他也分不清，马车右只感觉到心里竟涌现出来一股无法言喻的轻松和快感来。

由于切断了井下照明，巷道里面漆黑一片。马车右头上的矿灯就如同漫漫黑夜里的一点萤火，在时明时暗的飘忽中渐渐消亡。在下到八十米处——井壁上用白石灰记有标志，左手方向有一个支巷。这就是当年蒋光荣从白鸡洞煤矿借道掘的那条通往国营红旗煤矿十三甲 11 采区的那条运输巷。马车右停了停，侧头用矿灯照过去，这是一条笔直的巷道，矿灯无法穿透黑暗。马车右仅能看清楚约两叁米远的地方。湿漉漉往下渗着水的木头支护在灯光下闪烁着冰冷的寒光；寻着细小却朗声如见的滴水声望过去，就在巷口三米远的避险凹壁下，马车右看见一汪如簸箕大小的水洼。这是矿工见这岩缝里有水滴出，于是随便垒的一个小水围子。可饮，可洗手，图个方便。水流从水围子靠着最里的一块垂悬的乳石上滴答下来。跟时钟一样，不紧不慢。于是一圈一圈的细水纹便一丝推着一丝荡漾开来。水清澈而明亮。这水让马车右感到了口渴，于是他撂下起爆器。他在水围子边上的一块垫脚石上坐了下来，欠身捧了一捧水喝。

这是世界上最安静的地方，安静到你能听到自己大脑中的血流像未水大坝开闸时白浪滔天的奔腾声；能感触到你脑海中和灵魂里最繁杂、最细微、最隐秘的思绪。这也是世界上最不被打扰的地方，每置身于此，马车右就有一种万物皆空，唯有永恒的感觉。

马车右在看到玉子给姐姐的信后的最初几分钟，就已经发现脑海里有全身通亮的影子在眼前跳起了舞来。生命应该是一种精神的附着物，他的精神在哪儿？"就在这个窑洞中。"他说。联想自己走过的路、近期发生的事和身边的人，似乎一条路已然铺平了。这里面有他父亲的灵魂、有那五个矿工的灵魂、有在早死去的知道和不知道的人的灵魂，这里面热闹得很呐！我来陪你们。

喉咙干渴得厉害，像噎着什么。马车右又欠过身子去，正当他窝着手掌想再掬一捧水喝时，发现水洼里竟然有鱼。这是马车右没有想到的。在这种与世隔绝，既无阳光又无食饵，没有生存条件也无生命来源的地方，怎么会有鱼儿？这里一无所有，而它们却一无不缺至善至美地活着。马车右心中一惊，遂把脸凑近水面。他看见那是一种只有火柴棍大小的银色透明的小鱼，它们成双成对，在清澈荡漾着的水洼里一动不动地静静地待着，只是鳃下的小翼在轻微扇动。当马车右把手放入水中时，小鱼便游了过来，它们应该没有视力，凭借水波的震荡辨别方向，在他指间穿梭。马车右能感觉到鱼儿的尾翅荡起的波纹像发丝从指背上滑过。它们是如此的单纯，单纯到了不知道畏惧，就像是活在天堂中，哦，其实这就是它们的天堂——生命的天堂。"至简原来是如此的美丽，生存的意义就是简约。"他遽然苏醒出一种从来没有过的如此清晰地认识到生命真实意义的感觉。马车右心中顿生悸动，遂对这些鱼产生出对神灵般的敬意和崇仰，引颈浩叹道，"帝王将相、布衣百姓谁都是食不足二两，卧不过三尺，刹那间，也只有持重和任性。坐在豪华酒店的大堂里不一定比坐在绿树掩映下的农家门槛上来得舒服。生命即简单。这样看来，我还不如这些鱼——同为生物，我不如它们安逸；作为人，我没有它们纯洁完美；相对生命，我又没有它们强大和幸福；作为万物一体的一分子，我远没有它们尽职尽责。"他心里生出一种感激。"好，那就听天由命吧！"马车右给自己找了个"生"的理由。他对自己说道："临近出口时再启爆，然后逃离，如果我跑出去了，好歹我还是活下去，去过一种像深井鱼一样的孤僻遁世的生活，如若没能逃出……那也许就是我的宿命，那么拥抱它吧！"

马车右从水洼边站了起来，感觉有热泪从眼角滑落，他依依不舍地告别了那些小鱼儿，并像阔别亲人一样朝它们挥了挥手，然后继续往下走。他在井壁上看到了那个一百米处的标注，前面十字巷口就是装满了炸药的铁煤斗。他将电雷管取出来，掐在掌心，握住炮丝，放慢脚步摸索向前。将雷管置入好连接上炮丝后，他坐了下来——他每次下井，当身处这种永远也穿不透的黑暗包围着时，总会有一个人伴着他，那就是父亲的背影——一个周围全是白盲的黑影！他在前面走，他在后面跟。而这一次，是从未有过的清晰，清晰地能看清父亲那没穿袜子的脚上半高勒的胶鞋，并且能听到鞋跟践踏在水上的声音。一种幸福感涌上，他把起爆器双手摁在腹部坐下，他想多一会儿留下这景象。黑色的宁静，沁入肺腑、深入灵魂、贯通全身，那是一种从未体验过的浸透感，这种感觉像柔绵的指肚从他心坎上轻轻地抚滑过去。这时——就在这抬头往黑暗中望去的一刻，他惊骇地发现许多的眼睛都在黑暗里争相地想要触碰他——那是长辈们的眼睛——慈祥忧郁的眼睛——他们全都在。爷爷站在最前，身穿国民革命军的制服，拦腰缠着一条碗口粗的大蛇，那蛇吐着银丝卷一样的信子，但瞬间就变成了一架骷髅头，从他的口窍鼻窍眼窍和嘴窍里往外爬着蛆虫；爷爷后面是

蜉蝣

474

盘着巴巴头的那个闻所未闻的小脚女人——那是奶奶；然后是母亲，母亲正朝他迎上来，怀抱着一个孩子，裤头还牵着个孩子，那孩子将母亲的裤腰拽至胯宽处，露出母亲腆着的大肚子——马车右知道，那是他的两个弟弟，加上肚子里的那个，都是那船拐子的。"崽哟，到妈妈怀里来……"他貌似听到母亲唤他——还是那句母亲唯一留在他记忆中的话。"妈妈"这两个字已经生疏到了无法启齿，他有记忆来从未使用过，也不曾敢使用。这时，他看见了父亲——站在最后的那个。父亲的眼神哀凉。他与父亲相望着，感觉相通，有很多话要说，就像久别重逢。于是乎他心中产生出一种无人企及的亲切感来——那是一种渴望跟父亲在一起的亲切。他把双手伸向黑暗，拥抱、抚摸着父亲的脸。他真的很想跟父亲说句话——他这一辈子还没有跟父亲说过一句话哩！连父亲的相貌都是从村民中你一句我一句的只言片语中形成的片段组合而成。在马车右的心中，总有一个映在耒水苍凉表面上的男人弓形的背影，那就是父亲的全部印象。"爸爸。"马车右轻唤上一声。这声音像一个旋转的陀螺在黑暗的井壁上四处碰撞着，然后渐渐远去。突然，他像是想起了什么，先是忍不住闷在肚里哼哼叽叽地暗自笑了起来，实在是忍不住了，便放开了喉咙哈哈地大笑了起来，继而站起，笑得不行又坐下；继而又仰躺倒在地上，笑得四脚朝天，笑得驴打滚。直到他发现整个井道里都充满了这豪放的回音并像拨动的弹簧片声一圈圈久久不能消散时，他才停止住，待在那儿，猴儿似的睁眼静候着这些笑声被黑暗吸收、淹没。他摸摸眼角，寻找眼泪，但没有。这个生命最黑暗的地方，此刻，却让人坚强，并如此的亲切。稍许，他将双手握成喇叭口放在嘴上，对着漆黑的深井放声喊道：

"爸——爸！我是您儿子，我——来——啦！我来告诉您，您没有辱没乡亲们送给您'三腿驴'这个称号。您有儿子，就是我，马——车——右。现在您已经有了一个孙子，过不了多久，您会还有一个孙子的——之所以说还是个孙子，是因为你儿子也差不到哪里去，相信吧！村里许多人都比不了您，所以啊，我的爸——爸——！您无愧于十九担三十六斤的子孙，您老是'三腿驴'这个称号当之无愧的男人。九泉之下，您老安息吧！"

马车右号叫着，享受着一种等了很久的痛快。然后一边往上行退，一边一圈圈地放炮丝。汗水模糊了他的眼睛、散乱的头发遮去了他半张脸、鼻尖上的水珠在矿灯的余光中闪着青光。离井口越来越近，大约还剩下二十米距离时，他停下了，绞断炮丝、连接上起爆器。他坐下来又抽了一支烟，然后他站直身子，看着黑暗的深井，在心里叫道，"上苍若在，那宽恕我吧！您若不宽恕，那就放马过来吧！"马车右撕开领口，在一种勇于毁灭与勇于重生的冲动中，在心里轻声地哼了一声："世界再见。"然后果断地扭动了起爆器的锁片。转身、助跑、加速、狂奔……洞口就像一面飘忽在黑暗中圆形皮影筏子，马车右健骏的身影和轻捷如燕的雄姿跳映在这面圆形的生命之洞的飘忽着的幕布上……

这是他一生中最长同时又是最短的一段距离。

这是他如同蜉蝣般灿烂的生命中最复杂最具挑战的瞬间。

头顶上就是那像挂着的一轮满月的、惨白色的、飘浮着的、生命之大门的白鸡洞煤矿主井口。马车右运足了全身的力气，沿着这二十六度角的斜井往上跑去。这一刻，他什么也没想，他像一头飞扬起鬃毛、鼓着血色眼睛、龇着牙、抖动着乌唇、唾沫飞溅的战马那样奋蹄狂飙！

但——巨响来临了，地动山摇。在最初的刹那，当井口的阳光将外面世界再次带到他眼前的时候，有一种力量冲垮了那在孤独的黑暗中自戕般给自己勾勒出来的美丽的灵魂画图！在最后一丝清醒的意识中，他听到了西女发出的哭声，也看到玉子旋转着远去的身影，但是，最清晰的，莫过于那些给予他生命启示的鱼。这不啻为他一生中最重要的一次瞬间天启和终极召唤。他深深地遗憾为什么这种领悟来得如此之迟——"那才是生命的样子。"于是求生的愿望充满了他的整个心身，他泪奔了。马车右能感觉到自己飞了起来，我要活！我一定要活着跑出这个井口……后来……后来，世界在那一刻停止了——没有黑暗，没有火光，也没有声响，只有空盲。他在灰色的曳光里飘浮了起来……

一听到炮响，几个在外面焦急地抽着闷烟的男人，像屁股被锥子猛锥了一下似的全都跳了起来，还没有来得及弄明白究竟，就看到从井口飞出一团哗啦作响的东西，像篮球似的从井下投掷出来，只不过，它没有像篮球那样弹了起来，而是如同灌水的橡胶袋"叭哧"的一声重重地摔在了互换岔轨上，然后滚过铁轨在几丈远的宣传墙角下才停了下来。大家跑过去的时候，马车右已经七窍流血，全身爆裂。他盘着的身子像蜈蚣那样松弛开来，仰天躺在地上，浑身上下没有一块好布，状况吓人。只有他的脸还显得一如往常的刚毅，像块刚凿下来的铁矿石。大家围拢过来，面对如此景象全都束手无策。马善民是千言万语、千悔万悔涌上心头却吭不出来一声，而马良坡哭叫着，围绕马车右疯了似的来回地看，来回地走，双手颤抖地摊开，他想把他抱起来，却苦于无从下手……

蛐蛐放开喉咙唱起了悲伤的歌；蚕虫在挂着泪珠的橡叶上沙沙大嚼；牛栅栏里反刍的老牛默默地将头摆放在牿栏上，睁开满目空境的大眼睛；一身通白高大的雪獒已经气势汹汹地按照他每天傍晚的习惯，坐立在了能俯视到整个矿山大门及通道的坡坳上，它眼里有恨。

紫蓝的天空像一块蜡染不均的破布，谁在上面撕扯下一块来，于是太阳光就从这条撕开的缝洞中钻了出来，而阳光身边的蜷云则像一个个五线谱上的符号一直歌唱到天际——那是一幅美丽的图画。马车右睁开被血浆黏糊住了的眼睛，他感觉自己就像掉进了燃烧着的大海里——其实是耒水。他没见过海，这时的耒水成了他心中的大海。他看见天空与大海在前面相遇到了一起，海的绿与天之蓝交织，船帆与云帆相错。他在上面飘着，像根两头翘的鹅毛，身子晃荡着随着水流向北而去，他感觉不出是云在飘还是水在荡，他没有痛楚，没有伤感，只有一种眩晕里被那种麻酥的、悄然无声地飘离感像鹅毛绒一样扫在身上的感觉。这时，他仿佛看见一只刚蜕变诞生出来的紫蓝色的细小蜻蜓扇动翅膀停在了他的鼻尖上，它珐琅般的身段、洇透了紫蓝的翅膀都随着他飘遥而飘遥，于是满天的霞光中出现了一片净蓝。他在这片净蓝中荡漾着，水波蓝光覆盖着他；水动天遥间，他感到了寒冷，天空就在鼻尖上。云朵像载着无数金黄色的蚕茧的航船从他身边驰过，云谷中苍鹰像灰粒一样悬浮，真好啊！他感叹道，这种轻飘感就像那年——马车右眼前出现了那次与西女在水中的情形。

有声音御风而来，那是天外的一声叹息。

马车右从这种恍若隔世的梦境中苏醒过来时，感觉到马良坡、马善民他们正将他放在一块门板上，抬着奔向渡口。"他们这是要抬我去医院啊。"当感知到马良坡的一路嚎哭声时，他悲哀地想到，"我本想做条未水上硬卵，唉！却不料成了懦夫做了条尾大不出的狗卵。"赵保刚赶到时，他们抬着马车右已快到了渡口。"谁让你们放他下井的？！"赵保刚骂道。谁也不敢哼声。"死了埋在古樟下，没死抬到寺庙去。"当脑海里翱翔于天际的苍鹰即将凝固成一个不动的黑点时，马车右哈开嘴巴说——谁也听不懂他在说什么，但赵保刚听明白了。赵保刚从他没能睁开的眼睛上忽然间发现或者是忽然间明白了，马车右其实早已经原谅了自己，他之所以回避自己，是因为不想让自己看到他的伤口。赵保刚轻轻地把手掌放在马车右的胸上，看着马车右那张平静到不能再平静的脸，忽然就失声地大哭了起来。那泪水像断线的珠子怎么也收不住。他一生从未如此这般哭过、即使是十六岁生日前一天被抓进监狱的那个初夜想起父亲时，也没有过如此的伤悲。

载着马车右的渡船在经过未水右岸临江绝壁坦洞里的那个寺庙时，传来了悠悠朗朗的磬声，这种熟悉的带回音的磬声像天籁之音，细长、丝远、清澈。马车右艰难地侧头望了一眼，他仿佛看见，在蚕燕环绕着的朱红色

478

画栋雕甍的凭栏上，身穿灰色袈裟沐浴夕阳的老尼姑正翘首相望手拔念珠在声声地吟唱。那声音如同描述生命的话语，虽凄怆柔绵，有恻隐怜悯、深仁厚泽之意，实则法度森严，宛若上苍的训诫：

蜉蝣之羽

衣冠楚楚

脆如寒冰

命若朝露

蜉蝣之舞

纤纤袅袅

与恶与善

地狱天堂

……

这是二十世纪的最后一天——是人类跃上一个无以企及的平台再往前却未可预知了的伊始。

又过了九九八十一天，"玉子"唐念芝在省城湘雅医院诞下一名男婴，虽然早产，但很健康。取名：马易可。全耒水人都知道，那是"猴子"马车右的种！

完

二〇二〇年四月十八日